СТИВЕН
КИНГ

СТИВЕН
КИНГ

КРИСТИНА

Издательство АСТ
Москва

СТИВЕН КИНГ

КРИСТИНА

Издательство АСТ
Москва

УДК 821.111-313.2(73)
ББК 84(7Сое)-44
К41

Серия «Король на все времена»

Stephen King

CHRISTINE

Перевод с английского Е. *Романовой*

Художник В. *Лебедева*

Компьютерный дизайн А. *Смирнова*

Печатается с разрешения автора и литературных агентств
The Lotts Agency и Andrew Nurnberg.

Кинг, Стивен.

К41 Кристина : [роман] / Стивен Кинг ; [пер. с англ. Е. Романовой]. — Москва : Издательство АСТ, 2018. — 544 с. — (Король на все времена).

ISBN 978-5-17-096897-8

Это была любовь с первого взгляда.

Когда семнадцатилетний Арни увидел Кристину, он понял: они должны принадлежать друг другу.

Однако остальные не разделяли его восторга.

Лучший друг Деннис сразу же проникся к Кристине недоверием.

Подружка, первая школьная красавица, ревновала Арни к Кристине и боялась ее.

Но вскоре и близкие, и враги Арни поймут, что случается, если перейти Кристине дорогу.

Потому что Кристина — не девушка, а порожденная Злом машина смерти...

Читайте роман Стивена Кинга «Кристина» в новом переводе!

УДК 821.111-313.2(73)
ББК 84(7Сое)-44

ISBN 978-5-17-096897-8

© Stephen King, 1983
© Школа перевода В. Баканова, 2014
© Издание на русском языке AST Publishers, 2018

*Посвящается Жоржу Ромеро и Крису Форресту Ромеро.
И еще — Бергу*

Предисловие автора

Авторами песен, процитированных в этой книге, я указал певцов (или музыкальные ансамбли), которые их исполняли. Это может обидеть пуристов, склонных считать, что текст песни принадлежит его автору, а не исполнителю. «Вы бы еще сказали, что романы Марка Твена написал Хэл Холбрук!» — возмутятся такие пуристы. Я не соглашусь. В мире поп-музыки, как пел Мик Джаггер, «важен певец, а не песня». Но я благодарен всем: и певцам, и авторам песен — особенно Чаку Берри, Брюсу Спрингстину, Брайану Уилсону... и Джану Берри из «Джан энд Дин». Ему-то удалось вернуться с Виража Мертвецов. Получить разрешение на использование текстов песен в книге — непростая задача, и я хочу поблагодарить людей, помогавших мне вспоминать слова и договариваться с правообладателями. Это: Дейв Марш, музыкальный критик и историк рок-музыки; Джеймс Фойри, он же Могучий Джон Маршалл, что отжигает на волне WACZ; его брат Пэт Фойри, который крутит золотое старье на радиостанции Портленда; Дебби Геллер, Патрисия Даннинг и Пит Бэтчелдер. Спасибо, ребята, пусть ваши пластинки никогда не погнутся от времени.

С.К.

Пролог

Может сложиться обманчивое впечатление, что это любовная драма, история любовного треугольника: Арни Каннингема, Ли Кэбот и, разумеется, Кристины. Но надо понимать: Кристина была в этом треугольнике главной. Она стала первой любовью Арни. Первой и единственной, насколько я могу судить с высоты своего огромного жизненного опыта (мне недавно стукнуло аж двадцать два). Поэтому я предпочитаю называть случившееся трагедией.

Мы с Арни выросли в одном квартале и учились в одних и тех же школах, начальной и средней. Думаю, именно благодаря мне Арни тогда не сожрали живьем. В школе я был крупным парнем, капитаном бейсбольной и футбольной команд, да еще неплохим пловцом — отстаивал честь школы на всяких соревнованиях по плаванию. Понятное дело, это теперь никого не интересует: через пять лет после выпускного одноклассники мне даже пива не поставят. Но именно моими стараниями Арни тогда не убили. Его третировали, его унижали, но не убили.

Он был рохля, понимаете? В каждой школе есть хотя бы парочка таких доходяг, это прямо закон. Один парень, одна девчонка. Эдакие козлы отпущения. Все, кому не лень, вымещают на них свою злость. Паршивый день? Завалил контрольную? Повздорил с предками, и тебя заперли на все выходные дома? Не проблема. Просто найди себе какого-нибудь неудачника, крадущегося по школьным коридорам, точно заключенный перед отбоем, и всыпь ему. Иногда этих бедняг в самом деле *убивают*, во всех смыслах, кроме буквального; иногда они находят способ выжить. У Арни был я. Потом — Кристина. И только потом появилась Ли.

Я просто хотел, чтобы вы это понимали.

Арни родился аутсайдером. Его не любили крутые парни, потому что он был хлюпик: пять футов десять дюймов ростом, сорок фунтов весом, вечно потный да еще в ботинках-дезертах. Его не любили школьные интеллектуалы (сами по себе аутсайдеры в таком городке, как Либертивилль), потому что в нем не было ничего особенного, ничего эдакого. Вообще-то мозгов у Арни хватало, но он никак не мог найти им применение... если не считать автомеханики. По этой части ему не было равных. Арни знал подход к автомобилям — руки у него росли из нужного места. Но родители понять этого не могли: оба преподавали в Университете Хорликса и ни за какие коврижки не отдали бы в техникум сына, набравшего чуть ли не максимальный балл в тесте Стэнфорда — Бине. Арни еще повезло: они хотя бы разрешили ему взять спецкурс по автомеханике. Ну и скандал был... Нарки его тоже не любили: он ничего не употреблял. И мачо в подвернутых джинсах, ценители «Лаки страйка», не жаловали Арни, потому что он не бухал и запросто мог разреветься от пощечины.

Ах да, девчонки тоже над ним потешались. Гормоны устроили настоящую революцию в его организме: Арни с ног до головы был покрыт прыщами. Он умывался по пять раз на дню, принимал душ двадцать пять раз в неделю и перепробовал все существующие кремы и снадобья. Ничего не помогало. Рожа Арни напоминала пиццу, и всем было ясно, что от прыщей неминуемо останутся глубокие шрамы и рытвины.

А мне он все равно нравился. У него было необычное чувство юмора и пытливый ум. Именно Арни в детстве показал мне, как построить муравьиную ферму, и мы все лето наблюдали за этими маленькими паршивцами, завороженные их трудолюбием и абсолютной серьезностью. Именно Арни предложил однажды тайком выбраться из дома, набрать лошадиного навоза в конюшне и подложить его под дурацкую пластмассовую лошадь, что стояла на лужайке у местного мотеля. Арни первым освоил шахматы. И покер. Научил меня набирать максимальное количество очков в скрэббл. Дождливыми днями я первым делом вспоминал про него (пока не влюбился — если это можно так назвать. Она была из группы поддержки, и я просто шалел от ее тела, но Арни считал, что ума и души в ней столько же, сколько в пластинке Шона Кэссиди. Я не возражал.). Арни всегда знал, чем заняться в плохую погоду. По одному этому признаку легко опознать настоящих одиночек: в дождливый день у них непременно найдется интересное занятие. И к ним всегда можно забежать на часок. Они всегда дома. *Всегда*, черт подери.

Зато я научил его плавать. Мы вместе тренировались, и я заставлял его есть зеленые овощи, чтобы на этих несчастных костях наросло хоть немного мяса. Летом перед последним учебным годом в средней школе Либертивилля я пристроил Арни на дорожные работы, из-за чего нам обоим пришлось поскандалить с его предками: они готовы были устраивать пикеты в поддержку калифорнийских фермеров и каких-нибудь сталеваров, но им внушала ужас мысль о том, что их одаренный сын (получивший едва ли не высший бал за тест Стэнфорда — Бине, помните?) запачкает руки и обгорит на солнце.

Ближе к концу летних каникул Арни увидел Кристину — и влюбился. Мы были вместе в тот день, ехали домой с работы, и я все помню в мельчайших подробностях: если надо, готов подтвердить свои показания на небесном суде. Арни влюбился по уши. Все это было бы смешно, если б не было так грустно — а потом еще и очень страшно. Скверно, одним словом.

Все пошло наперекосяк почти сразу. И очень скоро полетело к чертям.

Часть первая

ДЕННИС — ПЕСЕНКИ О МАШИНАХ

1. Первое свидание

> Эй, глянь-ка,
> Вон там, у тротуара,
> Стоит авто, каких на свете больше нет.
> Я все отдал бы за кабриолет!..
> Смотри, так и глядит на нас,
> Вот это тачка — первый класс!
>
> *Эдди Кокран*

— О боже! — вдруг завопил мой друг Арни Каннингем.
— Что такое? — спросил я.

Он смотрел назад, вытаращив глаза, разинув рот и выкрутив шею практически на сто восемьдесят градусов, точно она у него была на шарнире.

— Тормози, Деннис! Разворачивайся!
— Да что с то...
— Едем обратно, я хочу еще разок на нее взглянуть.

Внезапно я все понял.

— Да ты чего? Это же...
— Разворачивайся! — Он почти кричал.

Я тормознул, подумав, что Арни меня разыгрывает — он иногда выкидывал такие фокусы. Не тут-то было. Он влюбился, причем по самые уши.

Выглядела она хуже некуда, и я до сих пор не могу взять в толк, что он в ней нашел. Лобовое стекло слева покрывала паутина трещин, сзади на кузове — огромная вмятина с облупившейся краской, вокруг которой расползлось безобразное пятно ржавчины. Задний бампер свернут к чертовой матери, крышка багажника открыта, сиденья спереди и сзади кто-то исполосовал ножом. Одно колесо спустило. На остальных резина стерта до корда. Под двигателем — темная лужица масла.

Арни влюбился в «плимут-фьюри» 1958 года выпуска, модель с удлиненным кузовом и большими плавниками. На правой — не разбитой — части лобового стекла висела поблекшая табличка с надписью: «ПРОДАЕТСЯ».

— Только взгляни на ее линии, Деннис! — прошептал Арни.

Он бегал вокруг машины как одержимый, потные волосы развевались на ветру. Он дернул ручку задней двери, и та с пронзительным скрипом отворилась.

— Арни, ты прикалываешься, да? Или у тебя солнечный удар? Умоляю, скажи, что ты просто перегрелся. Я отвезу тебя домой, суну под кондиционер, и мы забудем про это недоразумение, договорились? — Уже тогда я не очень надеялся его вразумить. Арни обладал отменным чувством юмора, но сейчас на его лице не было ни намека на улыбку — только безумный восторг, который мне сразу не понравился.

Он не удостоил меня ответом. Из открытой двери пахнуло маслом и каким-то жутким гнильем. Этого Арни тоже как будто не заметил. Он забрался внутрь и сел на исполосованное, выцветшее сиденье. Двадцать лет назад оно было красное. Теперь — едва розовое.

Я выдрал из сиденья клочок набивки, рассмотрел и сдул его.

— По этой машине как будто русские прошли. По пути на Берлин.

Арни наконец меня заметил.

— Ну да... да... и что? Я ее починю. Красавица будет! Вот увидишь, Деннис! Произведение искусства!

— Ну-ка, ну-ка! Вы что тут творите, ребятки?

На нас смотрел старикашка лет семидесяти. Может, немногим моложе. Вид у него был угрюмый и жалкий: волосы — то, что от них осталось, — висели длинными седыми лохмами, на облысевшей макушке цвел псориаз.

На нем были зеленые стариковские штаны и кеды, вместо рубашки или хотя бы майки — какая-то обмотка, смахивающая на женский корсет. Когда он подошел ближе, я разглядел, что это в самом деле корсет, только не женский, а поддерживающий, для больной спины. Судя по виду, последний раз его меняли примерно тогда, когда умер Линдон Джонсон.

— Чего вам тут надо, а? — надсадным и пронзительным голосом повторил он.

— Сэр, это ваша машина? — спросил Арни. Нашел что спросить. Чья же еще? «Плимут» стоял на заросшей лужайке типового дома послевоенной застройки, из которого к нам вышел старикан. Лужайка была в ужасном состоянии, но по сравнению с «плимутом» прямо-таки цвела и пахла.

— Допустим, что с того?

— Я... — Арни сглотнул. — Я хочу ее купить.

Глаза старикана сверкнули, злобная хмурая мина осветилась изнутри каким-то тайным огнем, а губы исказила плотоядная усмешка, сменившаяся широкой торжествующей улыбкой. В тот самый миг, ручаюсь, в тот самый миг мое нутро свернулось в ледяной узел, и я едва поборол желание дать Арни по башке, вырубить его и утащить прочь. Нет, не радостный огонь в стариковских глазах меня напугал, а то, что *скрывалось* за этим огнем.

— Так бы сразу и сказали! — Старик протянул Арни руку, и тот ее пожал. — Моя фамилия Лебэй. Роланд Д. Лебэй. Военный в отставке.

— Арни Каннингем.

Мне он только махнул: ясное дело, ему нужен был мой приятель, а я ему на фиг не сдался. К чему церемонии, Арни мог бы сразу вручить Лебэю свой бумажник.

— Сколько? — спросил он и тут же добавил: — За такую красавицу никаких денег не жалко.

В душе я даже не вздохнул — застонал. К бумажнику только что присоединилась чековая книжка.

На секунду улыбка Лебэя чуть померкла, а глаза подозрительно сощурились. Он, видно, решил, что его разыгрывают. Внимательно осмотрев восхищенную рожу Арни на предмет злого умысла, он ничего такого не обнаружил и задал абсолютно безупречный вопрос:

— Сынок, у тебя раньше была машина?

— У него «Мустанг-Мач-2», — встрял я. — Предки купили. Коробка «хёрст», наддув, асфальт плавит даже на первой передаче. Зверюга...

— Нет, — тихо произнес Арни. — Я только этой весной права получил.

Лебэй бросил на меня хитрый взгляд, а затем переключил все внимание на главную жертву. Он положил обе руки на поясницу и потянулся. Нас обдало запахом кислого пота.

— В армии мне повредили спину, — сказал старикан. — Инвалидом сделали. От врачей никакого толку. Если кто вас спросит, куда катится наш мир и почему, отвечайте: всему виной врачи, коммуняки и ниггеры-радикалы. Коммуняки — самое большое зло, но врачи от них почти не отстают. А если вас спросят, кто вам это сказал, можете смело назвать мое имя. Роланд Д. Лебэй, так точно, сэр!

Он зачарованно погладил обшарпанный капот «плимута».

— Это моя самая любимая машина, лучше у меня никогда не было. Купил ее в сентябре пятьдесят седьмого. В ту пору новые коллекционные автомобили выходили на рынок в сентябре. Летом производители дразнили народ фотографиями машин под белыми чехлами, так что все с ума сходили от любопытства. Теперь уж не то. — Его голос буквально сочился презрением к нынешним временам. — Она была новая. А пахла как!.. Нет на свете запаха приятнее, чем запах новой машины. — Он задумался. — Ну, после женской киски.

Я посмотрел на Арни, изо всех сил прикусывая себе щеки, чтобы не расхохотаться. Арни бросил на меня все тот же восхищенно-завороженный взгляд. Старикан нас как будто не замечал, он улетел на другую планету.

— Я тридцать четыре года носил хаки, — сообщил нам Лебэй, все еще поглаживая капот машины. — Ушел в армию в тысяча девятьсот двадцать третьем, когда мне было шестнадцать. Жрал пыль в Техасе и гонял вошек размером с лобстеров в борделях Ногалса. Во Вторую мировую я видел солдат, у которых кишки через уши вылезали. Это было во Франции. Ей-богу, через *уши*. Можешь такое представить, сынок?

— Да, сэр. — Вряд ли Арни вообще слышал околесицу, которую нес Лебэй. Он неловко переминался с ноги на ногу, словно очень хотел в туалет. — Так я насчет машины...

— В университете небось учишься? — вдруг рявкнул Лебэй. — В Хорликсе?

— Нет, сэр, я учусь в средней школе Либертивилля.

— Хорошо, — мрачно ответил старик. — Держись подальше от университетов. Там сплошные нигтеролюбы, которых хлебом не корми, позволь только отдать кому-нибудь Панамский канал. «Лаборатория идей», ага! Лаборатория мудей, вот они кто.

Он окинул любовным взглядом свою развалюху со спущенным колесом и проржавленной краской, тающей под летним солнцем.

— Спину я повредил в пятьдесят седьмом, — продолжил он. — Армия уже тогда разваливалась на части. Я вовремя свалил. Вернулся в Либертивилль, работал на прокатном стане. Жил в свое удовольствие. А потом пошел в салон Нормана Кобба на Мэйн-стрит — там теперь кегельбан — и заказал вот эту самую машину. Говорю, хочу модель следующего года, да выкрасьте ее в два цвета: красный и белый. Как зверь, что ревет у нее под капотом. Они и выкрасили. Когда я ее получил, на счетчике было всего шесть миль. Ей-богу.

Он сплюнул.

Я украдкой поглядел через плечо Арни на счетчик. Сквозь мутное стекло я разглядел страшные цифры: 97 432 мили. И шесть десятых. Иисус бы заплакал.

— Если вы так любите свою машину, почему продаете?

Он смерил меня мутным и довольно жутким взглядом.

— Ты поумничать пришел, сынок?

Я не ответил, но и глаз не отвел.

Поиграв со мной в гляделки несколько секунд (Арни, ничего не замечая, с любовью поглаживал задние «плавники»), Лебэй наконец выдавил:

— Водить больше не могу. Спина совсем ни к черту стала. Да и глаза тоже.

Тут до меня вроде бы дошло. Судя по датам, которые старик называл, ему сейчас было за семьдесят. А в семьдесят лет все водители обязаны продлевать права и проходить медицинскую комиссию — в частности, проверять зрение. Лебэй то ли не прошел проверку, то ли вообще побоялся идти к врачу. И в том, и в другом случае результат был один: чтобы не унижаться, Лебэй выставил своего драгоценного коня на продажу. После чего он стремительно пришел в негодность.

— Сколько вы за нее просите? — повторил Арни свой вопрос. О да, ему не терпелось расстаться с денежками.

Лебэй поглядел на небо, словно прикидывал, пойдет ли дождь. Затем вновь посмотрел на Арни и одарил его широкой «доброй» улыбкой, которая, на мой взгляд, мало чем отличалась от прежней, коварной и торжествующей.

— Я просил три сотни, но ты малый неплохой. Тебе отдам за двести пятьдесят.

— Ох, *господи*!.. — выдохнул я.

Лебэй чувствовал свою жертву и прекрасно знал, как вогнать между нами клин. Не вчера с сеновозки свалился, как говорил мой дедушка.

— Ладно, мое дело предложить, — проворчал он. — Не хотите — как хотите. У меня сериал начинается. «На пороге ночи». Никогда его не пропускаю. Приятно было поболтать, мальчики, бывайте.

В глазах Арни вспыхнули такая боль и ярость, что я невольно попятился. Он догнал старика и схватил его за руку. Они поговорили. Я ничего не слышал, но отлично все представлял: гордость Лебэя была уязвлена, Арни искренне раскаивался. Старик просто не мог слушать оскорбления в адрес своей драгоценной машины, в которой он провел столько чудесных минут. Арни его хорошо понимал. Мало-помалу старик начал смягчаться. И вновь я почувствовал какой-то неизъяснимый ужас... Лебэй был как ледяной ноябрьский ветер, вдруг обретший разум. Лучше описать свои чувства я все равно не смогу.

— Если он скажет хоть слово, я умываю руки, — буркнул старик и погрозил мне мозолистым пальцем.

— Он ничего не скажет, обещаю, — поспешно ответил Арни. — Так сколько просите? Триста?

— Именно...

— Двести пятьдесят, если быть точнее, — громко заявил я.

Арни в ужасе уставился на меня, затем перевел взгляд на Лебэя. Тот решил не испытывать судьбу. Рыбка была уже на крючке.

— Двести пятьдесят, так и быть, — благосклонно сказал он и вновь посмотрел на меня. Я почувствовал, что мы пришли к некоему соглашению: он не переваривал меня, а я не переваривал его.

К моему стремительно растущему ужасу, Арни достал бумажник и начал отсчитывать деньги. Воцарилась тишина. Лебэй смотрел на Арни, я смотрел на соседского мальчишку, выделывающего смертельные трюки на скейтборде цвета зеленой блевотины. Где-то залаяла собака. Мимо прошли две восьмиклассницы: они весело хихикали и прижимали к юной груди библиотечные книжки. У меня осталась единственная надежда: жалованье мы должны были получить только завтра. За двадцать четыре часа Арни, глядишь, и опомнится. Он начал напоминать мне мистера Жабба из Жаббз-холла.

Я оглянулся: Арни и Лебэй с грустью смотрели на две купюры по пять долларов и шесть — по одному. Больше в бумажнике, по всей видимости, ничего не было.

— Можно я вам чек выпишу? — спросил Арни.

Лебэй лишь сухо улыбнулся.

— Хороший чек! — затараторил Арни. — Обналичите без проблем, клянусь!

Он говорил правду. Мы все лето работали у братьев Карсон, строили расширение автомагистрали I-376, про которое питсбуржцы говорят, что достроят его ко второму пришествию. Однако нам было грех жаловаться: многие наши ровесники трудились за жалкие гроши либо вообще не нашли работу на лето. Мы же делали неплохие деньги, иногда даже брали сверхурочные. Брэд Джеффрис, наш бригадир, сначала не очень-то хотел брать на работу такого хлюпика, как Арни Каннингем, но в конечном счете решил, что ему пригодится регулировщик; девчонка, которую он взял на эту должность, залетела и выскочила замуж. Арни начал с малого, но постепенно заслужил доверие Джеффриса, и тот стал доверять ему работу посложнее, а летнее солнце даже немного подсушило Арни прыщи. Все-таки хорошая штука — ультрафиолет.

— Не сомневаюсь, сынок, — сказал Лебэй, — но мне нужны наличные. Ты же понимаешь.

Не знаю, понял ли его Арни, зато я прекрасно понял: в случае если по дороге домой кляча окончательно отбросит копыта, остановить выплату по чеку ничего не стоит.

— Да вы позвоните в банк! — В голосе Арни уже слышалось отчаяние.

— Не позвоню, — возразил Лебэй, почесывая подмышку над корсетом. — Уже почти половина шестого. Банк давно закрыт.

— Тогда возьмите задаток! — Арни протянул ему шестнадцать долларов.

Вид у него был прямо-таки безумный. Вам не верится, что взрослый парень, которому скоро разрешили бы голосовать на выборах, так помешался на старой развалюхе — причем в считаные минуты? Я и сам не мог в это поверить. Зато Роланд Д. Лебэй ничему не удивлялся: тогда я решил, что он всякое повидал за свою долгую жизнь. Лишь много позже мне пришло в голову, что его странная уверенность имела другой источник. Как бы то ни было, если в его жилах когда-то и текло молоко сострадания и доброты, оно давным-давно створожилось.

— Меньше десяти процентов не возьму, — отрезал Лебэй. Рыбка была уже на крючке, оставалось только вытащить ее из воды. — За двадцать пять долларов я, так и быть, придержу машину до завтра.

— Деннис, — взмолился Арни, — одолжи мне девять баксов!

У меня с собой была двадцатка, а идти я вечером никуда не собирался. Рытье канав и таскание мешков с песком помогали поддерживать форму — осенью я бы без всякого труда вернулся к тренировкам, — зато не благоприятствовали личной жизни. В последнее время я даже перестал осаждать свою болельщицу. Я был богат, но одинок.

— Иди сюда, поговорим, — сказал я.

Лебэй нахмурился, однако тут даже дураку было ясно, что исход сделки теперь зависел от меня, нравилось ему это или нет. Седые лохмы развевались на ветру. Одну руку он держал на капоте своего «плимута».

Мы с Арни вернулись к моей машине, припаркованной на обочине, — «дастеру» 75-го года. Я обнял друга за плечи. Почему-то у меня перед глазами стояла картинка из далекого детства: нам лет по шесть, за окном льет дождь, а мы смотрим мультики по древнему черно-белому телику и рисуем цветными карандашами из помятой жестяной банки. От этого воспоминания мне стало грустно и немного страшно. Порой я склоняюсь к мысли, что шесть лет — самая лучшая пора в жизни человека (поэтому, наверное, и длится она около 7,2 секунды).

— У тебя есть деньги, Деннис? Я завтра же верну!

— Есть. Но что ты творишь, Арни? Этот старик — инвалид, ради всего святого! Ему деньги ни к чему, а ты — не благотворительный фонд.

— В смысле?

— Да он над тобой издевается! Просто ради собственного удовольствия! Если бы он отвез эту тачку к Дарнеллу на запчасти, тот бы ему и пятидесяти баксов не дал. Это ж ведро, а не машина!

— Ничего подобного. — Если не считать россыпи красных угрей на лице, внешность у Арни была самая обыкновенная. Но я убежден, что Господь каждого наделяет хотя бы одной привлекательной чертой. У Арни это были глаза. Обычно они прятались за очками в толстой оправе, но сами по себе они были необычного и благородного серого цвета — как тучи пасмурным августовским днем. Когда происходило что-нибудь интересное, взгляд у Арни становился пытливый и глубокий, однако сейчас он был отрешенный и мечтательный. — Она красавица.

— Пусть старик ее хотя бы заведет! И загляни под капот. Вон сколько масла накапало. Может, двигатель треснул? И вообще...

— Ты мне дашь денег или нет? — Арни пристально посмотрел на меня. И я сдался. Вытащил бумажник и отсчитал девять долларов.

— Спасибо, Деннис.

— Это тебе на похороны, дружище...

Он пропустил мои слова мимо ушей, сложил вместе две стопки банкнот и вернулся к Лебэю. Тот послюнил палец и внимательно пересчитал задаток.

— Она простоит здесь сутки. А потом ничего не обещаю, — сказал он.

— Хорошо, сэр!

— Пойду в дом, напишу расписку. Как, говоришь, тебя звать, солдат?

Арни улыбнулся.

— Каннингем. Арнольд Каннингем.

Лебэй хмыкнул и пошел по своей запущенной лужайке к дому. Входная дверь была старомодная, с комбинированным алюминиевым профилем и вырезанной по центру буквой — в данном случае «Л».

Дверь громко захлопнулась за стариком.

— Странный дедуля, Арни. Нутром чую, что-то тут...

Но Арни меня не слушал. Он сидел за рулем своей машины с глупым и радостным выражением лица.

Я обошел развалюху и нашел рычажок для открывания капота: тот поднялся с громким ржавым скрипом, напоминающим звуковые эффекты в фильмах ужасов. Вниз посыпались хлопья ржавого металла. Аккумулятор был старинный, «Олстейт», а клеммы так густо покрылись зелеными хлопьями, что невозможно было понять, где «плюс», а где «минус». Я потянул за воздушный фильтр и уставился на четырехкамерный карбюратор — черный, как шахта.

Закрыв капот, я вернулся к Арни: тот поглаживал приборную доску и спидометр, размеченный до невообразимых 120 м/ч. Ну когда машины развивали такую бешеную скорость?

— Арни, двигатель, похоже, треснул. Эта развалюха скоро сдохнет, правда. Если тебе так нужна машина, за двести пятьдесят баксов мы найдем что-нибудь поприличнее. *Намного* приличнее.

— Ей двадцать лет, — сказал он. — Ты в курсе, что двадцатилетний автомобиль официально признается раритетным?

— Да на свалке за гаражом Дарнелла полным-полно таких раритетов!

— Деннис...

Дверь снова хлопнула. Лебэй возвращался. Уговоры были бессмысленны, никакие доводы разума Арни не воспринимал; пусть я не самый чувствительный и наблюдательный человек на свете, но очевидные сигналы понять могу. Мой друг твердо решил купить эту машину, и я при всем желании не смог бы его отговорить. Никто бы не смог.

Лебэй эффектно вручил ему расписку. Паучья надпись, выведенная слегка дрожащей рукой, гласила: «Получил от Арни Каннингема 25 долларов в качестве задатка за Кристину, «плимут-фьюри» 1958 года». Ниже стояла его подпись.

— Что это еще за Кристина? — спросил я, решив, что неправильно разобрал какое-то слово.

Лебэй поджал губы и немного втянул голову в плечи, словно подумал, что над ним будут смеяться... или *провоцируя* меня на насмешку.

— Кристина — так ее зовут.

— Кристина... — повторил Арни. — Мне нравится. А тебе, Деннис?

Так, теперь они придумали треклятой развалюхе имя! Это уж слишком...

— А, Деннис? Нравится?

— Нет, — ответил я. — Если хочешь дать ей имя, назови Бедой.

Он обиделся, но мне было уже все равно. Я ушел к своей машине и стал ждать его там, жалея, что не поехал домой другой дорогой.

2. Первая ссора

Просто скажи ребятам и не ной:
«Кататься некогда мне со шпаной!»
(Тыц-тыдыц!)
А ну-ка — цыц!

«Коастерс»

Я подвез Арни до дома и зашел вместе с ним на кухню — выпить молока и съесть кусок торта. Очень скоро я пожалел об этом своем решении.

Арни жил на Лавровой улице в тихом спальном районе на западе Либертивилля. Вообще-то почти весь Либертивилль представляет собой тихий спальный район, причем вовсе не фешенебельный, как соседний Фокс-Чепел (там все дома — особняки вроде тех, что показывали в сериале «Коломбо»). Однако и на Монровилль — с его бесконечными торговыми центрами, дисконтами, складами и порномагазинами — он не похож. Нет здесь и заводов, только жилые дома для сотрудников и студентов местного университета. Словом, интеллигентский район.

Всю дорогу до дома Арни молчал и думал; я пытался его разговорить — бесполезно. На мой вопрос о том, что он будет делать с машиной, Арни ответил просто: «Починю» — и сразу погрузился в молчание.

Что ж, способности у него были, это я не отрицаю. Он умел обращаться с инструментами, умел слушать, умел работать с проводами. Руки у него были чуткие и ловкие — правда, в присутствии других людей, особенно девушек, они становились неуклюжими и беспокойными, норовя ушибиться о косяк, залезть в карманы или — хуже всего — добраться до лица и бегать по выжженной пустыне щек, подбородка и лба, привлекая к ним внимание.

Арни действительно мог починить развалюху, однако тем летом он зарабатывал себе на университет. Автомобиля у него никогда не было, и он вряд ли представлял, как старые машины умеют сосать деньги. Это настоящие вампиры, ей-богу. Конечно, за работу ему платить бы не пришлось, но одни запчасти стоили бы ему целое состояние.

Все это я сказал вслух, только Арни меня не слушал. Все было бесполезно. Взгляд у него был по-прежнему мечтательный и отрешенный. О чем он думал? Понятия не имею.

Родители оказались дома: Регина собирала очередной дурацкий пазл (примерно шесть тысяч шестеренок и гаек на белом фоне — я бы сошел с ума уже через пятнадцать минут), а Майкл слушал музыку в гостиной.

Почти сразу я начал проклинать себя за то, что позарился на торт с молоком. Арни сообщил родителям новость, показал расписку.... И грянул гром.

Следует понимать, что Майкл и Регина были преподавателями до мозга костей. Твори добро и спасай жизни, такая у них была установка. Это означало, что они без конца устраивали пикеты: в начале 60-х — в поддержку расовой интеграции, затем против войны во Вьетнаме, потом был Никсон и вопросы расового равноправия в школах (они могли часами цитировать судебное заключение по делу Ральфа Бакке, пока ты не засыпал), жестокое обращение с детьми, полицейский произвол... И еще они очень любили говорить. Почти так же, как протестовать. Они могли всю ночь напролет беседовать о космической программе, дискутировать об образовательной реформе, проводить семинары об альтернативных видах топлива — в общем, чесать языками по любому поводу. Оба бог знает сколько часов провели на всевозможных горячих линиях — для жертв изнасилования, наркоманов, сбежавших из дома детей... Ах да, и не забудьте про старую добрую «Позвони и живи», где любой самоубийца всегда может услышать ласковое: «Не надо, дружище, у тебя еще остались важные дела на космическом корабле под названием «Земля». Двадцать или тридцать лет преподавания в университете — и ваш речевой аппарат будет готов к работе по первому сигналу, совсем как собаки Павлова, начинающие истекать слюной при звуке колокольчика. Возможно, вы даже будете получать от этого удовольствие.

Регине (они настояли, чтобы я называл их обоих по имени) было сорок пять, и она обладала удивительной, холодной, полуаристократической красотой — то есть умудрялась выглядеть благородно даже в синих джинсах, из которых почти не вылезала. Специализировалась она на английском, но, разумеется, когда преподаешь в университете, этого недостаточно (все равно что на вопрос, откуда ты родом, ответить: «Из Америки»). Она отточила и откалибровала свою специальность до такой степени, что ее можно было сравнить с меткой на экране радара. Регина занималась ранними английскими поэтами и написала диссертацию о Роберте Геррике.

Майкл преподавал историю. Вид у него был скорбный и меланхоличный, совсем как музыка, которую он слушал на своем магнитофоне, однако я бы не сказал, что он всегда грустил. Порой я сравнивал его с Ринго Старром (когда битлы впервые приехали в США, один репортер спросил его, всегда ли он такой грустный. Ринго ответил: «Нет, у меня просто лицо такое»). Вот и у Майкла было такое лицо. Тонкое, худое, очки в толстой оправе... Словом, он напоминал карикатурного профессора — причем шарж был отнюдь не дружеский. Волосы недавно начали редеть, и еще он отпускал чахлую козлиную бородку.

— Привет, Арни, — поздоровалась Регина, когда мы вошли. — Привет, Деннис.

Больше мы в тот день ничего приятного от нее не услышали.

Получив по стакану молока и тарелке с тортом, мы уселись за стол. В духовке готовился ужин, и, должен сказать, пах он прямо-таки отвратительно. Регина и Майкл некоторое время назад увлеклись вегетарианством, и сегодня, похоже, она решила испечь запеканку из морской капусты или что-то в этом духе. Только бы меня не пригласили ужинать...

Музыка в гостиной замолкла, и в кухню вошел Майкл. На нем были шорты — обрезанные джинсы, — и выглядел он так, словно только что похоронил лучшего друга.

— Опаздываете, мальчики. Что-то случилось?

Он открыл холодильник и принялся искать в нем что-нибудь съестное. Похоже, запеканка из морской капусты его тоже не манила.

— Я купил машину, — сказал Арни, отрезая себе еще кусочек торта.

— Что ты сделал?! — тут же донесся крик его матери из соседней комнаты.

Она резко встала и ударилась бедром о ломберный столик, на котором собирала пазл. За звуком удара последовал тихий стук осыпающихся на пол деталей. В этот самый миг я пожалел, что не поехал сразу домой.

Майкл Каннингем пристально смотрел на сына, зажав зеленое яблоко в одной руке и картонку с простым йогуртом в другой.

— Шутишь?

Почему-то я только сейчас заметил, что его бородка — которую он носил с 1970-го — изрядно поседела.

— Арни, это ведь шутка, да? Скажи, что это шутка.

Вошла Регина — высокая, элегантная и сердитая. Ей хватило одного внимательного взгляда на Арни, чтобы понять: он не шутит.

— Ты не мог купить машину. Что ты несешь? Тебе семнадцать лет!

Арни медленно перевел взгляд с отца, стоявшего у холодильника, на мать в дверном проеме. На его лице появилось упрямое и решительное выражение, которое я видел первый раз в жизни. Если бы он почаще делал такое лицо в школе, ребята из мастерской вряд ли стали бы его донимать.

— Ошибаешься, — возразил он. — Очень даже мог. Кредит мне не дадут, но за наличные купить можно что угодно. Разумеется, чтобы ее зарегистрировать, мне понадобится ваше разрешение.

Предки смотрели на него с удивлением, тревогой и — когда я это заметил, внутри у меня все оборвалось — растущим гневом. Несмотря на свои либеральные взгляды и любовь к фермерам, обиженным женам, юным матерям-одиночкам и всем прочим, Арни они держали в ежовых рукавицах. А он и не сопротивлялся.

— Не вижу ни единого повода, чтобы разговаривать с матерью таким тоном, — сказал Майкл. Он убрал йогурт, оставил себе яблоко и закрыл холодильник. — Ты еще слишком мал, чтобы иметь машину.

— У Денниса же есть! — выпалил Арни.

— Ой! Слушайте! Поздно-то как! — встрял я. — Мне пора домой. Ужасно опаздываю!..

— Мы с родителями Денниса можем иметь разные взгляды на воспитание детей, — процедила Регина Каннингем. Никогда не слышал, чтобы у нее был такой ледяной голос. Никогда. — Прежде чем принимать подобные решения, ты должен был посоветоваться с роди...

— Посоветоваться! — взорвался Арни. От ярости он разлил молоко, а на его шее вспухли синие вены.

Регина попятилась, разинув рот. Готов поспорить, маленький гадкий утенок еще ни разу не повышал на нее голоса. Майкл тоже был потрясен. Они начинали понимать то, что я уже осознал: по каким-то неведомым причинам Арни очень сильно захотел эту машину, именно эту. И помоги Господи тому, кто встанет у него на пути.

— Посоветоваться! Да я всю жизнь советуюсь с вами по любому поводу! А вы сразу устраиваете голосование семейного комитета и всегда голосуете против! Вас двое, я один! Но на сей раз никаких заседаний не будет. Я купил машину и... и точка!

— Я тебе покажу точку, — произнесла Регина, сжав губы в тонкую ниточку.

Ее красота перестала быть полуаристократической: нет, теперь перед нами стояла королева английская, в джинсах и простой рубашке. Майкл на некоторое время вообще пропал с картины. У него был такой удрученный и ошарашенный вид, что мне стало искренне его жаль. Он-то в отличие от меня никуда отсюда не денется, домой не поедет — он уже *дома*. Прямо перед ним разгоралась схватка между старым и молодым гвардейцем, которая могла закончиться лишь зверским убийством. Регина была к этому готова, даже если Майкл — нет. Но я смотреть на это не желал. Встал и пошел к выходу.

— Как ты мог такое допустить? — вопросила Регина. Она смотрела на меня с такой злобой и высокомерием, словно мы никогда вместе не смеялись, не пекли пироги и не ходили в походы. — Деннис, ты меня разочаровал.

Ее слова задели меня за живое. Мама Арни мне всегда нравилась, но доверять я ей не доверял — после одного случая, когда нам было лет по восемь.

Мы с Арни поехали на великах в город — хотели успеть на дневной сеанс в местном кинотеатре. По дороге обратно Арни едва не налетел на собаку, выкрутил руль и упал с велосипеда, довольно серьезно разодрав ногу. Я усадил его на свой велик и привез домой, а потом Регина отвезла сына в травмпункт, где врач наложил несколько швов. И вдруг, когда все уже закончилось и было ясно, что ничего страшного с Арни не случилось, Регина вдруг устроила мне взбучку: отчитала по полной программе, не скупясь на крепкие выражения. Когда она договорила, я весь дрожал и едва не плакал — ясно дело, мне было всего восемь лет, да и день выдался тяжелый, столько кровищи... Дословно я ее речь не помню, но неприятный осадок в душе остался. Сперва она упрекнула меня в том, что я плохо приглядывал за Арни — хотя мы были почти ровесники и приглядывать за ним в мои обязанности не входило, — а потом заявила (ну, или я сам сделал такой вывод), что лучше бы ногу повредил я.

Вот и сейчас было что-то вроде этого — «Деннис, это ты недоглядел!» — и тут уж я сам разозлился. Мой гнев лишь отчасти можно объяснить недоверием к Регине. В детстве (будем откровенны, семнадцать лет — это последний рубеж детства) ты всегда на стороне детей. В тебе живет безотчетная и твердая вера в то, что рано или поздно придется сесть в бульдозер и снести несколько перегородок, не то родители с удовольствием продержат тебя в детском манеже до конца жизни.

Я разозлился, но виду не подал.

— Ничего я не допускал. Он захотел машину — он ее купил. — Случись все иначе, я бы сообщил им, что Арни лишь внес задаток. Но теперь я и сам заартачился. — Между прочим, я пытался его отговорить.

— Значит, плохо пытался.

С тем же успехом Регина могла сказать: «Хорош пудрить мне мозги, я знаю, что вы в сговоре!» Щеки у нее покраснели, из глаз только что не летели искры. Она всеми силами пыталась сделать так, чтобы я вновь почувствовал себя восьмилетним мальчиком — и надо признать, у нее неплохо получалось. Но я не уступал.

— Знаете, если хорошенько подумать, ничего страшного не случилось. Он купил ее за двести пятьдесят долларов, поэтому...

— Двести пятьдесят долларов! — встрял Майкл. — Это какую же машину вы купили за двести пятьдесят долларов? — От его душевных метаний — или это лучше назвать просто шоком, вызванным неожиданным бунтом сына-тихони? — не осталось и следа. Цена автомобиля его добила. Он смотрел на своего сына с нескрываемым презрением, которое изрядно меня покоробило. Когда-нибудь я и сам хочу обзавестись детьми; если это случится, надеюсь, такого выражения лица в моем репертуаре не будет.

Я все твердил про себя: «Спокойно, спокойно, не кипятись, это не твоя война, возьми себя в руки»... но съеденный пять минут назад кусок торта лежал у меня в животе огромным липким комком, а самого меня то и дело бросало в жар. Каннингемы с детства были моей второй семьей, поэтому я, сам того не желая, испытывал все неприятные симптомы семейного скандала.

— Зато сколько он узнает о машинах, пока починит эту старушку, — сказал я и вдруг почувствовал себя каким-то жутким двойником Лебэя. — А работы там много... она еще не скоро сможет пройти техосмотр. — (Если вообще когда-нибудь сможет.) — Считайте, это хобби...

— Я считаю, что это безумие, — отрезала Регина.

Мне захотелось встать и уйти. Если бы страсти в комнате не накалились до такого предела, я бы, наверное, даже счел всю ситуацию смешной. Вот нелепость: я теперь защищаю ржавую развалюху, хотя сам же отговаривал Арни ее покупать.

— Как скажете, — пробормотал я. — Только меня не надо в это впутывать. Я поехал домой.

— Вот и славно, — рявкнула Регина.

— Хватит, — равнодушно промолвил Арни и встал. — Пошли все в жопу, я сваливаю.

Регина охнула, а Майкл часто заморгал, словно ему влепили пощечину.

— Что ты сказал?! — выдавила она. — Да как ты...

— Не понимаю, из-за чего вы так расстроились, — жутким невозмутимым тоном проговорил Арни. — Но сидеть тут и слушать ваш безумный треп я не собираюсь. Вы хотели, чтобы я пошел на подготовительные курсы в университет? Я пошел. — Он взглянул на свою мать. — Вместо рок-группы отдали меня в шахматный клуб — я не возражал. Каким-то чудом я за семнадцать лет ни разу не опозорил вас перед бридж-клубом и не угодил за решетку.

Родители смотрели на Арни в таком потрясении, словно с ними внезапно заговорили кухонные стены.

Арни обвел их странным, опасным взглядом.

— Говорю вам, эта машина — моя. Больше мне ничего не нужно.

— Арни, но страховка... — начал Майкл.

— Прекрати! — заорала на него Регина.

Она не желала обсуждать такие частности — это был бы первый шаг на пути к примирению, а ей хотелось подавить бунт силой — быстро, раз и навсегда. Иногда взрослые внушают детям странное, непонятное отвращение. Именно это со мной и произошло в тот момент — и поверьте, легче мне не стало. Когда Регина заорала на мужа, я увидел в ней обыкновенную бабу, вульгарную и напуганную, — а поскольку я ее любил, зрелище это мне не понравилось.

Однако я по-прежнему стоял в дверях, мечтая сбежать и одновременно завороженный происходящим: на моих глазах разгорался полноценный крупномасштабный скандал, чего на моей памяти в семье Каннингем ни разу не случалось. Десять баллов по шкале Рихтера, ей-богу.

— Деннис, мы бы хотели обсудить это в семейном кругу, — мрачно произнесла Регина.

— Понимаю. Но разве вы не видите, вы делаете из мухи слона? Эта машина... Регина, Майкл, вы бы ее только видели... да эта развалюха до тридцати миль разгоняется полчаса! Если она вообще на ходу...

— Деннис! Уходи!

И я ушел.

Когда я забирался в свой «дастер», из дома вышел и Арни — видимо, его угроза уйти из дома не была пустой. Следом выскочили его предки, причем не просто разъяренные — встревоженные. Я отчасти понимал их чувства. С ясного неба на них вдруг обрушился могучий циклон.

Я завел двигатель и задом выехал на тихую улицу. Как много всего случилось за последние два часа. Когда мы уезжали с работы, я был ужасно голоден и готов съесть что угодно (включая запеканку из морской капусты). Но теперь меня так мутило, что есть было глупо: все равно внутри не удержится.

Пока я отъезжал от дома, они втроем стояли возле двухместного гаража (внутри уютно устроились «порш» Майкла и «вольво» Регины). Помню, как я с досадой и ехидством подумал: «У них-то есть машины. А для сына жалко».

Потом меня посетили другие мысли. «Ну все, сейчас они его забьют, а Лебэю достанутся двадцать пять долларов. И этот несчастный «плимут» простоит на его лужайке еще тысячу лет». Родители Арни поступали так и раньше. Потому что он был рохля. Даже они это знали. Умный парень — если пробиться сквозь броню стеснительности и недоверия, — забавный, заботливый и вообще... славный, более подходящего слова не могу придумать.

Славный, но рохля.

Родители знали это так же хорошо, как и хулиганы из школьной мастерской, которые дразнили Арни на переменах и били ему очки.

Они знали, что их сын — рохля, и без труда бы его сломали. Так я подумал. Но ошибся.

3. На следующее утро

Отец мне сказал: «Сынок,
Лучше приставь мне к виску пистолет,
Если не бросишь водить этот драндулет».

Чарли Райан

В 6.30 утра я немного покатался вокруг дома Каннингемов и остановился возле тротуара. Заходить внутрь у меня никакого желания не было, даже если предки Арни еще спали: уж слишком тяжелая и неприятная атмосфера царила у них на кухне, и я бы при всем желании не смог бы запихнуть в себя привычный пончик с кофе.

Арни не выходил целых пять минут, и я уже начал подозревать, что он сбежал из дому. Наконец задняя дверь отворилась, и он зашагал мне навстречу: пакет с обедом бил его по ноге.

Он сел в машину, захлопнул дверь и сказал:

— Поехали, Дживс!

Так он всегда здоровался со мной, если был в хорошем настроении.

Я поехал, настороженно косясь на друга и раздумывая, как бы начать беседу, но потом решил, что пусть сам начинает... Если ему вообще есть что сказать.

Большую часть пути он молчал, мы почти успели доехать до работы, тишину нарушало только радио — местная станция, крутившая рок и соул. Арни отрешенно отбивал ногой ритмы.

Наконец он вымолвил:

— Слушай, старик, ты извини, что вчера так получилось.

— Да брось, ерунда.

— Тебе когда-нибудь приходило в голову, — вдруг завелся он, — что родители — сами еще дети, пока собственные отпрыски не затащат их во взрослую жизнь? Причем силой.

Я помотал головой.

— А мне вот пришло. — Мы подъезжали к участку магистрали, на котором велись дорожные работы. До трейлера «Карсонов» было уже рукой подать. Дорога в этот час еще пустовала. Небо — нежного персикового цвета. — И еще я думаю, что родители всегда пытаются убить своих детей.

— Какое меткое и здравое наблюдение, — съязвил я. — Моим предкам только дай волю: сразу прибьют. По ночам мама подкрадывается ко мне с подушкой и кладет ее мне на лицо. А позавчера папа пытался заколоть нас с сестрой отверткой. — Я шутил, разумеется, но невольно подумал о Майкле и Регине: как бы они отнеслись к нашему трепу?

— Знаю, звучит немного бредово, — невозмутимо продолжал Арни, — но ты сам посуди, многое поначалу звучит бредово. Зависть к пенису. Эдипов комплекс. Туринская плащаница.

— Все равно чушь собачья! — отрезал я. — Ты просто поругался с предками, вот и все.

— Не думаю, — задумчиво проговорил Арни. — Конечно, они сами не отдают себе в этом отчета. А знаешь, в чем причина?

— Слушаю тебя внимательно.

— Потому что после рождения ребенка до тебя наконец доходит, что рано или поздно ты сам умрешь. Ты видишь в нем собственный надгробный памятник.

— Знаешь что, Арни?..

— Что?

— Фигня это все, — сказал я, и мы оба рассмеялись.

— Не хотел тебя обидеть, — примирительно сказал Арни.

Мы въехали на парковку и, заглушив двигатель, посидели минуту в салоне.

— Я пригрозил им, что уйду с университетских курсов. И сразу же запишусь в техникум.

В техникумах давали такое же образование, как в колониях для малолетних преступников, только преступники жили не дома. У них было свое общежитие, так сказать.

— Арни, — начал я, не зная, как его вразумить. Меня до сих пор потряхивало при мысли о том, как стремительно разгорелся этот скандал, да еще на ровном месте. — Ты же еще несовершеннолетний. Твой учебный план подписывают родители...

— Да, конечно, — согласился Арни и натянуто улыбнулся. В холодных лучах рассветного солнца он выглядел одновременно старше и намного, намного младше... как циничный ребенок. — Они имеют право отменить мой учебный план на следующий год и навязать мне собственный. При желании предки могут отправить меня на курсы домоводства или кройки и шитья. Закон им это позволяет. Но никакой закон не заставит меня учиться и сдавать экзамены.

Только тут мне стало ясно, на что он готов пойти — и уже пошел. Но как, как эта ржавая развалюха могла в считаные часы стать для него дороже родителей? Этот вопрос вскоре начал преследовать меня в разных формах и проявлениях — как свежая боль утраты. Арни не шутил, когда заявил родителям, что оставит себе машину. Он ударил их по самому больному месту — туда, где жили все их надежды и ожидания, причем атака была мастерски беспощадной. Откуда что взялось? Подозреваю, более мягкий подход не подействовал бы на Регину, но все же сам факт, что Арни оказался на такое способен, меня удивил. Не просто удивил — напугал до смерти. Если он проведет целый год в техникуме, об университете можно забыть. Майкл и Регина этого бы не допустили.

— И что, они просто... сдались? — Времени до начала рабочего дня оставалось впритык, но я должен был все выяснить.

— Не просто. Я пообещал им, что найду для Кристины гараж и не повезу ее на техосмотр без их разрешения.

— Ты надеешься его получить?

Арни одарил меня мрачной улыбкой — одновременно уверенной и зловещей. Так должен улыбаться бульдозерист перед тем, как снести самый сложный участок забора.

— Получу, — ответил он. — Когда надо будет, получу.

И знаете что? Я ему поверил.

4. Арни женится

> Я помню тот день,
> Когда выбрал ее среди всех прочих колымаг,
> И сразу сказал:
> «Она — призовой скакун, а не ишак!»
>
> *«Бич Бойз»*

В тот вечер мы могли взять два часа сверхурочных, но отказались. Получили чеки и сразу поехали их обналичивать в либертивилльский филиал Сберегательного банка Питсбурга. Вернее, я-то большую часть денег сбросил на сберегательный счет, пятьдесят долларов перевел на чековую книжку (я казался себе на удивление взрослым уже потому, что обладал ею, — впрочем, это ощущение быстро теряет новизну), а наличными взял только двадцатку.

Арни снял все наличные, какие у него были.

— Вот. — Он протянул мне десять баксов.

— Нет уж, оставь себе. Скоро у тебя каждый пенни будет на счету. Эта развалюха быстро тебя разорит.

— Возьми, пожалуйста. Я не люблю быть должником, Деннис.

— Да я серьезно, оставь себе.

— Возьми! — не унимался он.

Ну я и взял. Правда, доллар сдачи ему все-таки впихнул, как он ни артачился.

По дороге к Лебэю Арни разошелся: включил радио на полную громкость и весело отстукивал ритмы то на собственных коленках, то на приборной доске. Заиграла песня «Грязный белый мальчик» группы «Форейнер».

— История моей жизни, дружище, — сказал я, и он громко расхохотался.

Арни вел себя как человек, у которого жена вот-вот родит ребенка. В конце концов до меня дошло, почему он так нервничает: боится, как бы Лебэй не успел продать тачку другому покупателю.

— Арни, успокойся. Она никуда не денется.

— Да я спокоен, спокоен. — Он одарил меня широченной и насквозь фальшивой улыбкой. В тот день лицо у него «цвело» как никогда, и я стал гадать (не в первый и не в последний раз), каково это — быть Арни Каннингемом и жить с этим лицом, сочащимся гноем каждую секунду, каждую минуту жизни...

— Тогда хорош потеть и ерзать! Дыру на штанах протрешь.

— Не протру, — ответил Арни и снова забарабанил по приборной доске, просто чтобы показать, какой он веселый и беззаботный.

За «Грязным белым мальчиком» включили песню той же группы «Герои музыкальных автоматов». То была пятница, и на FM-104 крутили «Блок рока». Когда я вспоминаю тот год — последний учебный год в школе, — мне иногда кажется, что он весь был сложен из этих блоков рока... а еще из постепенно набирающего силу сверхъестественного ужаса.

— Что в ней такого? — спросил я. — Что ты нашел в этой машине?

Арни долго сидел молча, разглядывая Либертивилль-авеню, а потом вдруг выключил радио быстрым щелчком, задушив «Форейнер» на полуслове.

— Не знаю точно, — ответил он. — Может быть, дело в том, что я впервые в жизни — с тех пор как мне стукнуло одиннадцать и у меня появились первые прыщи, — я увидел нечто настолько безобразное и отвратительное, даже хуже меня. Ты это хотел услышать? Такой ответ укладывается в рамки удобного, знакомого и понятного?

— Да брось ты! Это я, Деннис, помнишь меня?
— Помню, — отозвался он. — И мы все еще друзья, верно?
— Насколько мне известно, да. Но при чем тут...
— Значит, мы не должны друг другу врать — в этом суть любой дружбы, если я правильно понимаю. Так что признаюсь: это не пустой треп. Я знаю, как ко мне относятся люди. Чем-то я их отталкиваю, сам того не желая. Понимаешь?

Я неохотно кивнул. Как сказал Арни, мы — друзья, поэтому должны быть предельно честны друг с другом.

Он тоже кивнул — как ни в чем не бывало.

— Остальные... и даже ты, Деннис, вы не всегда понимаете, что это значит. Уроды по-другому смотрят на мир. Нам сложнее шутить, сложнее даже просто оставаться в своем уме.

— Хорошо, это я могу понять. Но...
— Нет, — тихо перебил меня Арни, — тебе этого не понять. Ты только думаешь, что понимаешь, а на самом деле нет. Я тебе нравлюсь, Деннис, поэтому...

— Я тебя люблю, и ты это знаешь.
— Может быть. И я очень ценю твою дружбу. Если это действительно так, ты заметил, что за безобразной личиной, за моими прыщами и глупым лицом кроется что-то еще...

— У тебя не глупое лицо, Арни. Немного извращенское, но не глупое.

— Иди в жопу, Деннис, — с улыбкой сказал он. — В общем, и эта машина такая же. В ней есть какая-то потайная жизнь... Я ее разглядел, вот и все.

— Правда?
— Да, Деннис. Правда.

Я повернул на Мэйн-стрит. До дома Лебэя оставалось всего ничего, и мне вдруг пришла в голову мерзкая мысль. А вдруг отец Арни взял с собой какого-нибудь приятеля или студента, приехал к Лебэю и выкупил у него машину? Да, беспринципно, да, нечестно, но Майкл Каннингем не понаслышке знал о коварстве и хитроумии. Все-таки он специализировался на военной истории.

— Я увидел эту тачку и вдруг ощутил такое *притяжение*... Сам себе не могу объяснить. Но...

Арни умолк, его серые глаза мечтательно смотрели на дорогу.

— Я понял, что смогу ее преобразить.

— В смысле, починить?

— Ну, не совсем. Чинишь столы, стулья, всякое такое. Газонокосилки. И обычные машины.

Может, Арни заметил, как я приподнял брови. Как бы то ни было, он рассмеялся — робко и как бы оправдываясь.

— Да, знаю, как это звучит. Мне самому не нравится. Но ты мой друг, Деннис, а значит, я должен быть предельно честен с тобой. Мне кажется, Кристина — необычная машина. Сам не знаю почему.

Я уже открыл рот и, наверное, ляпнул бы какую-нибудь несусветную чушь, о которой бы потом горько жалел, — про здравый смысл, дальновидность или даже синдром навязчивых состояний. Но тут мы свернули на улицу Лебэя.

Арни резко втянул воздух, точно ему дали под дых.

На лужайке перед домом старика красовался участок газона еще более желтого и облезлого, чем остальной. У дальнего конца этого мерзкого клочка виднелось болезненное темное пятно — там, где масло впиталось в землю и погубило всю растительность. Зрелище было настолько омерзительное, что мне невольно подумалось: если смотреть слишком долго, можно ослепнуть.

На этом облезлом клочке земли еще вчера стоял «плимут» 58-го года.

Земля никуда не делась, а вот «плимут» пропал.

— Арни, — сказал я, торопливо паркуясь возле тротуара. — Успокойся, не действуй сгоряча, ради бога!

Он не обратил на мои слова никакого внимания. Подозреваю, он вообще меня не услышал. На его побледневшей мертвенной коже пылали багровые прыщи. Он распахнул дверь пассажирского сиденья и выскочил из салона, не дожидаясь, пока машина полностью остановится.

— Арни...

— Это все мой папаша! — в гневе и растерянности проговорил он. — За милю чую проделки этого гада...

И Арни рванул по лужайке к дому Лебэя.

Я вышел из машины и поспешил следом, думая, когда же это все закончится. Арни только что назвал своего отца гадом! Я ушам своим не верил.

Он занес кулак над дверью, и в тот же миг она отворилась. На пороге стоял Роланд Д. Лебэй. Сегодня он соизволил накинуть на корсет рубашку.

Старик одарил взбешенного Арни елейной корыстолюбивой улыбочкой.

— Здравствуй, сынок, — сказал он.

— Где она?! — завопил Арни. — Мы же договорились! Вы расписку дали!

— Спокойно, — ответил Лебэй и посмотрел на меня: я стоял на нижней ступеньке крыльца, засунув руки в карманы. — Что стряслось с твоим другом, сынок?

— Машины нет на месте, вот что с ним стряслось.

— Кто ее купил?! — проорал Арни.

Я никогда не видел его таким злым. Будь у него пушка, не сомневаюсь, он приставил бы ее к виску Лебэя. Я был просто в шоке — и в восхищении. На моих глазах пушистый кролик вдруг превратился в хищника. Я даже на секунду предположил, что у него развилась опухоль мозга, прости господи.

— Кто ее купил? — спокойно повторил Лебэй. — Да пока никто, сынок. Ты внес задаток, вот я и загнал ее в гараж. Чтобы поставить запасную шину и поменять масло. — Он просиял и одарил нас обоих великодушной улыбкой.

— Да вы просто молодец, — сказал я.

Арни недоверчиво посмотрел на него, затем покосился на жалкий одноместный гараж. С домом его соединял крытый проход, тоже видавший виды.

— Кроме того, я не хотел, чтобы она мозолила глаза окружающим. Вдруг бы еще кто позарился? Раз или два какие-то хулиганы бросили в нее камень. О да, соседи мне достались отменные, из БК.

— Это еще что такое?

— Бригада козлов, сынок.

Он окинул зловещим снайперским взглядом противоположную сторону улицы: аккуратные машины соседей, уже вернувшихся с работы, детей, играющих в пятнашки, и людей, попивающих пиво на своих террасах в только что наступившей вечерней прохладе.

— Хотел бы я знать, кто бросил этот камень, — тихо проговорил он. — Очень бы хотел.

Арни откашлялся.

— Простите, что вспылил.

— Ничего! — вновь просиял Лебэй. — Мне нравится, когда человек может постоять за свою собственность. Или почти свою. Деньги принес?

— Принес.

— Ну, тогда милости прошу в дом. Проходите оба. Я перепишу ее на твое имя, и мы пропустим по стаканчику.

— Нет, спасибо. Я лучше тут подожду.

— Как угодно, сынок, — сказал Лебэй и... подмигнул. По сей день я понятия не имею, что это значило. Они вошли в дом, дверь закрылась. Рыбка сидела в садке и ждала, когда ее выпотрошат.

Окончательно упав духом, я прошел по крытому проходу к гаражу и дернул ручку. Дверь легко отворилась и выпустила изнутри знакомую вонь: масла, заплесневелой обивки, спертого летнего зноя.

Вдоль одной стены выстроились грабли и прочие садовые инструменты. У другой лежал старинный шланг, велосипедный насос и древний мешок с клюшками для гольфа. В центре, носом вперед, стояла машина Арни, Кристина. Она была длиной в целую милю, а ведь сегодня даже «кадиллаки» выглядят приземистыми и сплюснутыми. Свет упал на паутину трещин в лобовом стекле и превратил его в мутную ртуть. Какой-то хулиган швырнул камень, как сказал Лебэй, — а может, пьяный ветеран возвращался домой после того, как всю ночь опрокидывал «ершей» и травил военные байки о сражении в Арденнах или на холме Порк-Чоп. Вот это были времена... можно было посмотреть на Европу, Тихий океан и таинственный Восток сквозь прицел базуки. Кто знает... Да и какая разница? В любом случае найти такое лобовое стекло будет непросто.

И недешево.

«Ох, Арни, — подумал я. — Ну ты и влип».

Спущенная шина, которую Лебэй снял, стояла возле стены. Я присел на корточки и заглянул под машину: там уже начинало образовываться свежее масляное пятно, черное на фоне коричневого призрака старого пятна, за долгие годы впитавшегося в бетонный пол. Легче мне не стало. Выходит, двигатель все-таки треснул.

Я обошел машину со стороны водителя и уже схватился за ручку, когда увидел в дальнем углу гаража бочку для мусора. Сверху лежала большая пластиковая канистра, и над ободом бочки виднелись буквы «САПФ».

Я застонал. Да, масло старикан точно поменял. Молодец какой. Старое у него кончилось, и он влил в тачку несколько кварт моторного масла «Сапфир». Такое продается в «Мамонтмарте» по три с половиной доллара за пять галлонов. Роланд Д. Лебэй был просто душка. Сама щедрость!

Я открыл дверь и сел за руль. Здесь запах гаража уже не казался таким тяжелым, насквозь пропитанным затхлостью и разложением. Рулевое колесо у Кристины было широкое и красное — колесо с претензией. И с характером. Я еще раз осмотрел удивительный спидометр, размеченный не до 70 или 80, а до 120 м/ч. И никаких тебе снизу километров мелким красным шрифтом. Когда эта крошка сошла с конвейера, идея о переходе на метрическую систему еще никому не приходила в голову. Ни намека на крупную красную отметку «55». Тогда бензин стоил 29,9 доллара за галлон, а то и меньше — если в твоем городе шла война за самую низкую цену. Нефтяные эмбарго и ограничение скорости до 55 м/ч начали вводить только спустя пятнадцать лет.

«Хорошие были времена», — подумал я и не сдержал улыбки. Сунув руку в нишу слева от сиденья, я нащупал небольшой рычаг, который позволял отодвигать сиденье и регулировать его высоту (если он еще работал).

— Надо же, сколько наворотов, — с издевкой пробормотал я.

В машине был кондиционер (уж он-то точно не работал), круиз-контроль и большое кнопочное радио с кучей хромированных деталей — только АМ, разумеется. В 1958 году FM-диапазон представлял собой пустыню.

Я прикоснулся к колесу, и тут что-то случилось.

Даже сегодня, тщательно обдумав все произошедшее, я не вполне понимаю, что это было. Видение? Может быть... На миг мне показалось, что порванная обивка исчезла: сиденья были целые и приятно пахли винилом. Или натуральной кожей? Потертости на руле тоже пропали, и хром красиво мерцал в вечернем свете, падающем сквозь открытую дверь.

«Прокатимся, малыш? — словно бы зашептала Кристина в жаркой тишине гаража. — Прокатимся с ветерком!»

На секунду изменилось все вокруг: исчезла безобразная паутина трещин на лобовом стекле, и даже облезлая, пожелтевшая и заросшая сорняками лужайка перед домом Лебэя стала ярко-зеленая и аккуратная. Тротуар недавно отремонтировали — нигде ни трещинки. На противоположной стороне дороги я увидел (вернее, он мне почудился) «кадиллак» 57-го года. Благородный автомобиль был темно-зеленого цвета, без единого ржавого пятнышка, с гангстерскими белобокими покрышками и почти зеркальными дисками. «Кадиллак» размером с яхту... Ну да, а что? Бензин только что из крана не течет.

«Прокатимся, малыш? Прокатимся с ветерком...»

Конечно, почему нет? Можно выехать из гаража и отправиться в город, к старой школе, которую еще не снесли, — она сгорит только через шесть лет, в 1964-м. Включу радио и, может, услышу «Мэйбелин» в исполнении Чака Берри или

«Проснись, крошка Сюзи» братьев Эверли, а то и Робина Люка, распевающего «Милую Сюзи». Потом заеду...

В этот миг я очнулся и выскочил из машины как ошпаренный. Дверь открылась с адским скрипом, и в спешке я ссадил руку о стену гаража. Захлопнув дверь (даже трогать ее было страшно), я несколько секунд молча пялился на «плимут», который, если не произойдет чуда, вот-вот станет собственностью моего друга Арни. Потер ушибленный локоть. Сердце колотилось как ненормальное.

Ничего. Ни новой обивки, ни блестящего хрома на приборной доске. Лишь царапины, вмятины, ржавчина, выбитая фара (вчера я ее не заметил) и погнутая антенна. Да еще пыльная затхлая вонь старой машины.

Тогда я понял, что новый автомобиль Арни мне не нравится.

Я вышел из гаража, то и дело оглядываясь — сам не знаю почему, поворачиваться спиной к Кристине мне не хотелось. Знаю, звучит глупо, но я ничего не мог с собой поделать. Всякий раз я видел лишь древний разбитый «плимут» с помятой ржавой решеткой и талоном техосмотра, истекшим еще в июне 1976-го — давным-давно.

Арни и Лебэй вышли из дома. Мой друг нес клочок белой бумаги — договор купли-продажи на авто, как я понял. Руки Лебэя были пусты: денежки он уже припрятал.

— Надеюсь, она тебе понравится, — говорил Лебэй. Он показался мне сутенером, который только что благополучно впарил проститутку неопытному мальчишке. Меня охватило отвращение: эта лысая черепушка с псориазными пятнами, потный корсет... Фу, мерзость! — Я в этом даже уверен. Со временем ты оценишь ее по достоинству.

Его заплывшие гноем глаза поймали мой взгляд, а затем снова метнулись к Арни.

— Со временем, — повторил он.

— Я тоже в этом не сомневаюсь, сэр, — отрешенно проговорил мой друг. Он двинулся к гаражу, как лунатик, и уставился на свою машину.

— Ключи внутри, — сказал Лебэй. — Тебе придется забрать ее сегодня же... Понимаешь?

— А она заведется?

— Для меня вчера завелась, — Лебэй посмотрел на горизонт, а затем добавил тоном человека, уже ни за что не отвечавшего: — У твоего приятеля наверняка найдутся стартер-кабели, да ведь?

Что ж, у меня в багажнике в самом деле лежали кабели для «прикуривания», но мне не понравилось, как Лебэй это сказал. Потому что... я тихо вздохнул. Буду честен: я не хотел иметь никаких дел с развалюхой Арни, но при этом понимал, что меня потихоньку затягивает в их отношения.

Арни не принимал никакого участия в нашем разговоре. Он забрался в машину. Косые лучи вечернего солнца падали теперь прямо на нее, и в них я увидел облачко пыли, поднявшееся от сиденья, когда Арни сел за руль. Я машинально отряхнул джинсы. Минуту-другую Арни просто сидел, положив руки на руль, и я вновь ощутил подступающую тревогу. Машина словно бы проглотила его живьем. Я велел себе не дурить и не вести себя как тупая семиклассница.

Затем Арни чуть подался вперед, и двигатель закряхтел. Я обернулся и бросил на Лебэя злобный укоризненный взгляд, но тот вновь разглядывал небо, словно пытаясь определить, будет ли сегодня дождь.

Конечно, она не заведется! Мой «дастер» был в неплохой форме, но до него я успел покататься на подержанных драндулетах (*отремонтированных* драндулетах, таких ржавых ведер, как Кристина, у меня никогда не было). Холодными зимними утрами я не раз слышал этот звук: медленное уставшее кряхтенье, означавшее, что аккумулятор вот-вот сдохнет.

Рурр-рурр-рурр... рурр... рурр... рурррр...

— Не мучайся, Арни, — сказал я. — Она не заведется.

Он даже головы не поднял, все поворачивал и поворачивал ключ в замке зажигания. Мотор мучительно кряхтел и урчал.

Я подошел к Лебэю.

— Ненадолго же вы ее завели. Аккумулятор даже зарядиться не успел!

Лебэй обратил на меня свои желтеющие слезящиеся глаза, ничего не ответил и вновь стал разглядывать небо.

— А может, она и вовсе не завелась? Может, вы попросили приятелей закатить ее в гараж? Хотя вряд ли у такого мерзкого старикана могут быть приятели...

Он посмотрел на меня.

— Сынок, ты еще ничего не понимаешь. У тебя молоко на губах не обсохло. Вот повоюешь с мое...

— Да пошел ты! — выплюнул я и зашагал к гаражу, где Арни все еще пытался завести машину. С тем же успехом он мог пытаться выпить Атлантический океан через соломинку или полететь на воздушном шаре на Марс, подумал я.

Руррр... руррр.........................руррр.

Скоро этот старинный ржавый аккумулятор исторгнет из себя последний чих и рев. Тогда мы услышим самый скорбный из всех автомобильных звуков, какой обычно можно услышать на размытых дорогах и заброшенных трассах: глухой стерильный щелчок реле стартера, а следом — предсмертный хрип.

Я открыл дверь со стороны водителя.

— Сейчас принесу кабели.

Арни поднял голову.

— Для меня она заведется, вот увидишь.

Мои губы растянулись в широкой неубедительной улыбке.

— Все равно принесу — на всякий случай.

— Как хочешь, — равнодушно проговорил Арни, а потом тихим, едва слышным голосом обратился к машине: — Ну же, Кристина, давай!

В этот самый миг у меня в голове снова зазвучал тот голос: «Прокатимся, малыш? Прокатимся с ветерком!»

Арни вновь повернул ключ. Я ожидал услышать щелчок и предсмертный хрип, а услышал неторопливый рокот заведенного двигателя. Он поработал несколько секунд, набирая обороты, и снова заглох. Арни опять повернул ключ. Двигатель взревел, а потом грянул такой выхлоп, словно в гараже разорвалась граната. Я подскочил на месте. Арни даже ухом не повел. Он полностью ушел в свой мир.

В подобных случаях я бы уже выругался на машину: «Давай же, сучка» — работает почти всегда, «Поехали, сволочь!» — тоже имеет свои преимущества, а иногда достаточно и громкого энергичного: «Дьявол!» Большинство моих приятелей поступили бы на моем месте точно так же; наверное, это переходит от отца к сыну.

От матери обычно достаются разумные и практичные советы: если подстригать ногти на ногах хотя бы дважды в месяц, носки не будут так быстро дыряветься; брось это, мало ли где оно валялось; ешь морковь, она полезная. От отца же мы наследуем все магическое: талисманы, волшебные слова. Если машина не заводится, обругай ее... и обязательно как бабу. Если вернуться в прошлое поколений эдак на семь, вы наверняка обнаружите там предка, ругающего на чем свет стоит сволочного осла, вставшего на мосту где-нибудь в Суссексе или Праге.

Но Арни не стал ругать машину. Он лишь нежно бормотал: «Ну же, куколка, что скажешь?»

Еще один поворот ключа. Двигатель поартачился, снова раздался выхлоп, а потом машина завелась. Звук был ужасный, как будто четыре из восьми поршней взяли выходной, но мотор работал. Я не верил своим ушам, но стоять рядом с Арни и обсуждать это мне не хотелось. Гараж стремительно наполнялся голубым дымом и выхлопными газами. Я вышел на улицу.

— Все-таки завелась, а? — сказал Лебэй. — Тебе даже не придется рисковать своим драгоценным аккумулятором. — Он сплюнул.

Я не нашел что ответить. Сказать по правде, мне было немного стыдно.

Машина медленно выехала из гаража — до такой степени длинная, что я не знал, плакать или смеяться. Длиннющая. Казалось, это какой-то обман зрения. Арни за рулем этой громадины выглядел совсем крошечным.

Он опустил стекло и подозвал меня к себе. Нам пришлось перекрикивать ревущий двигатель; то была еще одна особенность новой девушки моего лучшего друга — громкий рокочущий голос. Надо как можно скорее поставить новый глушитель, подумал я, если там еще есть на что его ставить — кроме вороха ржавых кружев. Арни сидел за рулем, а у меня в голове работал маленький бухгалтер: запчасти встанут не меньше чем в шестьсот долларов, и это без замены лобового стекла. Одному Богу известно, сколько будет стоить новое.

— Я отвезу ее к Дарнеллу! — завопил Арни. — Видел вчера в газете его объявление: за двадцать долларов в неделю можно держать там машину!

— Арни, это слишком дорого! — прокричал я в ответ.

Очередной грабеж средь бела дня. Упомянутый им гараж находился рядом с четырехакровой автомобильной свалкой, носившей гордое название «Подержанные автозапчасти Дарнелла». Я там бывал: один раз добыл восстановленный карбюратор для «меркьюри», моей первой машины, а недавно купил стартер для «дастера». Уилл Дарнелл был мерзкий боров, который без конца бухал и курил длинные вонючие сигары, хотя все знали, что у него астма. Он не скрывал своей ненависти ко всем юным автовладельцам Либертивилля, но она не мешала ему обдирать их как липку.

— Знаю! — крикнул Арни сквозь рев мотора. — Но я только на пару недель, пока не найду место подешевле! Я не могу отвезти Кристину домой в таком состоянии, предки дерьмом изойдут!

Арни был прав. Я открыл рот, чтобы в последний раз попытаться его урезонить, пока это безумие не вышло из-под контроля окончательно, но передумал. Дело сделано, ничего уже не поделаешь. К тому же мне не хотелось больше перекрикивать рев глушителя и дышать токсичными выхлопными газами.

— Ладно. Я поеду за тобой.

— Заметано, — улыбнулся Арни. — Я поеду по Уолнат-стрит и Бейзин-драйв. Не хочу выезжать на оживленные улицы.

— Понял.

— Спасибо, Деннис!

Он снова перевел рычаг автоматической коробки «гидраматик» в положение «D», и «плимут» рванул вперед на два фута, после чего едва не заглох. Арни слегка газанул, Кристина издала мерзкий звук и поползла по дорожке на улицу. Когда Арни надавил на тормоз, сзади загорелась только одна фара. Мой внутренний бухгалтер безжалостно добавил к смете еще пять долларов.

Арни выкрутил руль налево и оказался на улице. То, что осталось от глушителя, ржаво царапнуло по колдобине. Арни надавил на газ, и машина взревела, точно беглый участник демонстрационных гонок в Филли-Плейнс. Жители соседних домов с любопытством наблюдали за происходящим.

Ревя и клокоча, Кристина покатилась по улице со скоростью около десяти миль в час, то и дело выпуская облачка вонючего голубого дыма, которые медленно растворялись в сладком августовском воздухе.

Через сорок ярдов, у знака остановки, она заглохла. Мимо промчался мальчишка на велосипеде. До меня долетел его наглый хриплый крик: «Отправьте ее на свалку, мистер!»

Из окна показался сжатый кулак Арни. В следующий миг он поднял средний палец в неприличном жесте. Я никогда не видел, чтобы Арни кому-нибудь показывал средний палец.

Завыл стартер, мотор почихал и завелся. На сей раз из выхлопной трубы раздалась целая канонада выстрелов: казалось, прямо средь бела дня на Лавровой улице кто-то открыл огонь из пулемета. Я застонал.

Очень скоро кто-нибудь пожалуется копам на нарушение общественного порядка, и те оштрафуют Арни за управление транспортным средством, не зарегистрированным в установленном порядке и не прошедшим техосмотра — да еще за нарушение порядка в придачу. Вряд ли это разрядит обстановку в семье Каннингем.

Раздался последний выхлоп — эхо его пронеслось по улице, как ударная волна после взрыва мины, — и «плимут» свернул на Мартин-стрит, по которой можно было добраться до Уолнат-стрит. В заходящем солнце красный побитый автомобиль на миг вспыхнул золотом, а затем скрылся из виду. Я успел заметить только локоть Арни, вальяжно торчавший из окна.

Я повернулся к Лебэю — у меня внутри опять все кипело, и я хотел задать ему жару. Ей-богу, на душе у меня кошки скребли. Но от увиденного я обомлел.

Роланд Д. Лебэй плакал.

Это было ужасно, нелепо, абсурдно, но прежде всего — жалко. Когда мне было девять, мы завели кота по имени Капитан Мясоед, и его сбил почтовый грузовик. Мы повезли его к ветеринару — ехали медленно, потому что мама плакала и плохо видела дорогу, — а я сидел на заднем сиденье с Капитаном Мясоедом и все твердил ему, что ветеринар его спасет, все будет хорошо, хотя даже девятилетний тупица вроде меня отлично понимал, что хорошо Капитану Мясоеду уже никогда не будет, потому что кишки у него вылезли наружу, из попы текла кровь, а в переноске и на шерстке засыхало дерьмо: он умирал. Я хотел погладить кота, и он меня укусил, прямо в чувствительное место между большим и указательным пальцем. Боль была сильная, но больше всего меня мучила жалость. С тех пор я ничего подобного не испытывал. Не подумайте, я не жалуюсь; такие чувства людям не стоит испытывать часто. Переборщишь с этим — и сам не заметишь, как загремишь в психушку.

Лебэй стоял на облезлой лужайке, неподалеку от того места, где машинное масло выжгло все живое. Он достал свой огромный стариковский носовой платок и вытирал им глаза. Слезы жирно блестели на его щеках — больше похожие на пот, чем на настоящие слезы. Кадык под дряблой кожей на шее ходил ходуном.

Я отвернулся, чтобы не смотреть, как он плачет, и уставился прямо в открытые ворота его одноместного гаража. Раньше он казался забитым до отказа — не столько хламом, сколько древней громадиной со спаренными фарами, панорамным лобовым стеклом и капотом длиной в акр. Теперь же весь хлам вдоль стен лишь подчеркивал пустоту гаража: он зиял чернотой, как беззубый рот.

Смотреть на это было почти так же неприятно, как и на плачущего Лебэя. Но, когда я вновь обернулся на старикана, тот уже взял себя в руки, перестал лить слезы и спрятал платок в задний карман. Лицо у него по-прежнему было бледное и безрадостное.

— Что ж, — просипел он, — вот я от нее и избавился, сынок.

— Мистер Лебэй, — сказал я, — у меня только одно желание: чтобы мой друг скоро мог сказать то же самое. Если б вы знали, в какие неприятности он влип из-за вашего корыта...

— Проваливай, — перебил меня старик. — Все блеешь и блеешь, как тупая овца. Только и слышу от тебя: бее, бее, бееее. Приятель твой поумнее будет. Лучше езжай к нему и помоги.

Я зашагал по лужайке к своей машине. Оставаться в компании Лебэя даже лишнюю секунду мне не хотелось.

— Бее-беее-беее! — заорал он вдогонку, отчего мне сразу пришла в голову строчка из песни «Янгблэдс»: «Одну ноту знаю я». — Ничего ты не понимаешь!

Я сел в машину и уехал. Оглянулся я лишь один раз, когда поворачивал на Мартин-стрит: Лебэй все еще стоял на лужайке, солнце блестело на его лысеющей макушке.

Как выяснилось, он был прав.

Я еще ничего не знал и не понимал.

5. Как мы добирались до гаража Дарнелла

> Есть у меня машина, я зову ее Толстушка,
> Пусть она и колымага,
> Да, она старушка, но резвушка...
>
> «Джан энд Дин»

С Мартин-стрит я повернул на Уолнат, затем направо, к Бейзин-драйв. Там я увидел Кристину: она стояла у тротуара с поднятым капотом. К помятому заднему бамперу был прислонен старинный домкрат, с помощью которого, бьюсь об заклад, меняли колеса еще на конестогских повозках. У Кристины спустило правую заднюю шину.

Я остановился сразу за ним и едва успел выйти из машины, как из ближайшего дома вышла молодая женщина. Она обогнула внушительную коллекцию декоративных садовых фигурок (я успел заметить двух фламинго, каменное утиное семейство и волшебный колодец с пластиковыми цветами в пластиковом ведре). Самой женщине стоило как можно скорее обратиться за помощью к весонаблюдателям.

— Здесь нельзя парковать всякий мусор, — заявила она. У нее был полный рот жвачки. — Это наш дом, ясно? Нам такого хлама не надо, заруби это себе на носу.

— Мэм, у меня спустило шину, только и всего. Я быстренько поменяю...

— Делай что хочешь, но не перед моим домом, ясно? Заруби это себе на носу. — Видимо, то была ее любимая присказка. Даже я взбесился. — У меня муж скоро с работы придет, и он не обрадуется, если увидит возле дома твою развалюху.

— Это не развалюха, — огрызнулся Арни, да таким тоном, что толстуха попятилась.

— Ты кому хамишь, а? — надменно проговорила разжиревшая королева би-бопа. — Муж у меня злющий, понял? Заруби это себе на носу!

— Слушайте... — начал было Арни тем же невозмутимым размеренным тоном, которым недавно разговаривал с Майклом и Региной. Я крепко схватил его за плечо. Лишний шум нам был ни к чему.

— Спасибо, мэм, — вмешался я. — Мы ее сейчас же откатим, будьте спокойны. Сами не заметите, как ее тут не станет — еще подумаете, что вам все померещилось.

— Валяйте, — сказала тетка и показала большим пальцем на мой «дастер». — А *твоя* тачка, между прочим, загородила подъезд к дому.

Я переставил свою машину. Проконтролировав, как я это делаю, толстуха вернулась в дом, на пороге которого уже стояли маленький мальчик и девочка. Тоже весьма упитанные. Оба жевали вкусные и полезные бисквитные пирожные с кремом.

— Чо такое, ма? — спросил мальчик. — Чо случилось с его машиной, ма? А?

— Закрой рот! — отрезала королева би-бопа и втащила отпрысков в дом. Вот всегда любил таких просвещенных родителей; они вселяют мне веру в будущее.

Я вернулся к Арни.

— Что ж... — Я выдавил из себя единственную остроту, какую смог придумать: — Потащим на горбу?

Он криво усмехнулся.

— Есть небольшая проблемка, Деннис...

Я, конечно, знал, в чем заключается «проблемка»: запасной шины у него не было. Арни опять достал бумажник — от этой картины у меня в который раз сжалось сердце — и заглянул внутрь.

— Надо купить резину.

— Да уж. Ремонтированная тебе обойдется...

— Никаких ремонтированных шин! Это плохое начало.

Я молча покосился на свой «дастер». Две из четырех шин на нем были ремонтированные — и ничего.

— Во сколько, по-твоему, обойдется новая «Гудиер» или «Файерстоун», Деннис?

Я пожал плечами и мысленно обратился за помощью к своему внутреннему бухгалтеру: тот предположил, что простенькая новая резина обойдется Арни в тридцать пять долларов.

Он вытащил из бумажника две двадцатки и вручил их мне.

— Если выйдет дороже — ну, там с налогами и прочим, — я тебе все верну.

Я с тоской посмотрел на друга.

— Арни, сколько у тебя осталось от зарплаты?

Он прищурился и отвел взгляд в сторону.

— Мне хватит.

Я решил еще раз попытать удачу. Поймите, мне было всего семнадцать, и я пока верил, что людей иногда можно образумить.

— Ладно бы хоть в покер проигрался — нет, это слишком просто, надо всю заначку угрохать на это ведро! — взорвался я. — С ней ты скоро будешь доставать бумажник машинально, поверь мне. Арни, да включи же мозги!

Его взгляд вдруг стал жестким и непробиваемым. Такого выражения я на его лице в жизни не видел, да и вообще (тут, конечно, вы подумаете, что я был самым наивным подростком во всех Штатах) *ни на каком* лице не видел. Меня охватило растерянное удивление: я вдруг подумал, что пытаюсь вести разумную беседу с сумасшедшим. С тех пор, впрочем, я не раз видел такое лицо, да и вы, не сомневаюсь, тоже. Полное отчуждение. Такое лицо будет у мужика, если сказать ему, что его любимая втайне от него прыгает по чужим койкам.

— Зря стараешься, Деннис.

Я всплеснул руками.

— Ладно! Хрен с тобой!

— Если не хочешь, можешь не ездить за резиной. — Это странное, упрямое и — что ж поделать — дурацкое выражение все еще было на его лице. — Я как-нибудь сам справлюсь.

Я хотел было ответить — и наверняка сгоряча ляпнул бы что-нибудь обидное, — но тут заметил на краю лужайки тех самых упитанных деток. Оба сидели на одинаковых трехколесных велосипедах, крепко вцепившись в ручки измазанными шоколадом пальцами. Оба серьезно смотрели на нас.

— Да мне нетрудно, дружище. Куплю я тебе резину.

— Только если хочешь, Деннис. Я знаю, что уже поздно.

— Все нормально.

— Мистер? — сказал маленький мальчик, слизывая с пальцев шоколад.

— Чего тебе? — спросил в ответ Арни.

— Ма говорит, ваша машина — бяка.

— Вот-вот, — подхватила девчушка. — Бяка-кака!

— Бяка-кака, — повторил Арни. — Какая у вас наблюдательная мама, правда, детки? Она, верно, философ?

— Нет, она Козерог. А я — Весы. Сестра...

— Я мигом обернусь, — встрял я.

— Давай.

— Главное, не нервничай.

— Будь спокоен, драться я ни с кем не буду.

Я зашагал к машине и успел услышать вопрос, который девчушка без обиняков задала моему другу:

— Почему у вас такое противное лицо, мистер?

Я проехал полторы мили и свернул на улицу Джона Кеннеди, которая, по словам моей матери — выросшей в Либертивилле, — была центром самого престижного района во времена, когда убили Кеннеди. Правда, называлась она тогда улицей Барнсволлоу, а переименовали ее уже в честь убитого президента. И видимо, это оказалось плохой приметой, потому что с начала шестидесятых район стал постепенно превращаться в дальний пригород. Там был собственный кинотеатр, «Макдоналдс», «Бургер Кинг», сэндвичная «Арбис» и большой кегельбан на двадцать дорожек. Еще там было восемь или десять станций техобслуживания, поскольку улица Кеннеди выходит на платную Пенсильванскую автомагистраль.

Вообще-то я действительно должен был обернуться мигом, но первые две станции, на которых я побывал, оказались заправками, где даже масла не продавали, только бензин. В каморках из пуленепробиваемого стекла сидели умственно отсталые девки, жевавшие «бубльгумы» таких размеров, что ими можно без проблем задушить миссурийского мула.

Третья станция была «Тексако», где, на счастье, как раз устроили распродажу резины. Я сумел приобрести подходящую шину всего за двадцать восемь с половиной долларов плюс налог, но на станции был только один сотрудник, и ему пришлось натягивать шину на обод и накачивать ее одновременно. Работа заняла сорок пять минут. Я предлагал ему помощь, но парень сказал, что босс его пристрелит, если узнает.

К тому моменту, когда я погрузил готовое колесо в мой багажник и дал парню два доллара за труды, розовый свет раннего вечера уже превратился в меркнущий пурпур. На дорогах лежали длинные бархатные тени кустов и деревьев, а когда я проезжал мимо «Арбис» и кегельбана, то увидел, как в замусоренный просвет между ними бьет последний, почти горизонтальный луч солнца. Свет этот — яркий, золотой, заполняющий все вокруг — был так прекрасен, что почти наводил ужас.

У меня в глотке внезапно вспыхнул сухой пожар паники. В том году — странный и длинный был год — я испытал такое чувство в первый раз. Но не последний. Описать или толком объяснить его я не могу по сей день. Отчасти дело было в том, что 11 августа 1978-го я уже морально готовился к последнему школьному году — концу длинной и безмятежной фазы своей жизни. Я становился взрослым и вдруг это понял, осознал в полной мере, а виной всему был золотистый луч заходящего солнца, что пробился сквозь переулок между зданием кегельбана и закусочной и на короткий миг преобразил все вокруг. Мне кажется, тогда я понял и другое: взрослея, человек скидывает одну маску и примеряет другую. Если ребенок учится жить, взрослый учится умирать.

Чувство быстро прошло, но остался осадок печали и растерянности. Ни к тому, ни к другому я вообще-то не привык.

Словом, когда я поворачивал на Бейзин-драйв, проблемы Арни меня не слишком заботили, я пытался справиться со своими: мысли о взрослении неизбежно привели к рассуждениям о других глобальных переменах (по крайней мере, мне они тогда казались глобальными). Скоро мне предстояло поступить в университет, жить без родителей и в идеале попасть в футбольную команду, где за одно место будет бороться еще шестьдесят обученных человек, а не десять или двенадцать. Знаю, вы скажете: «Ну и что, Деннис, подумаешь, новости! Миллиарду китайцев нет никакого дела до того, попадешь ли ты в основной состав на первом курсе универа». Вы правы. Я лишь хочу сказать, что тогда все эти мысли впервые посетили меня по-настоящему... и даже напугали. Разум иногда отправляет тебя в подобные путешествия, хочешь ты этого или нет.

Увидев, что муж королевы би-бопа в самом деле вернулся с работы и теперь они стоят почти вплотную друг к другу, готовые в любую секунду развязать драку, я, как вы понимаете, особой радости не ощутил.

Дети с прежними серьезными минами сидели на своих велосипедах, переводя взгляд с Арни на Папочку и обратно, словно зрители на каком-нибудь фантастическом теннисном матче, в конце которого судья застрелит проигравшего. Они как будто ждали, когда же Папочка вспыхнет, размажет хлюпика по асфальту и спляшет джигу на его покалеченном теле.

Я выскочил из машины и едва не побежал к ним.

— Надоел ты мне, ясно?! — орал Папочка. — Сказано: убери отсюда тачку, и поживее!

У него был большой приплюснутый нос с полопавшимися капиллярами. Щеки цветом напоминали свежий кирпич, а над воротничком серой рабочей рубахи вздувались вены.

— Не поеду же я на одном ободе! Вы бы на моем месте тоже не поехали.

— Да я *тебя* прокачу на ободе, понял, прыщавый? — заявил Папочка, явно вознамерившись показать детям, как решаются проблемы в настоящем мире. — Убери свою грязную колымагу, и дело с концом. Не зли меня, малый, а то получишь.

— Никто ничего не получит, — встрял я. — Бросьте, мистер, мы сейчас уедем.

Арни с облегчением перевел взгляд на меня, и я увидел, как он напуган — был и есть. Вечный изгой, он знал, что хулиганье его на дух не переносит. Вот и на этот раз, решил Арни, побоев не избежать. Только терпеть он их больше не станет.

Мужик перевел взгляд на меня.

— Еще один объявился, — сказал он, словно бы дивясь тому, сколько на свете придурков. — Да я вас обоих разукрашу, ясно? Вы этого хотите? Уж поверьте мне на слово, я могу.

Да, я знал таких типов. Десять лет назад он был из тех козлов, что скрашивают школьные будни мелким хулиганством: выбивают учебники из рук заучек или после физ-ры запихивают бедолаг прямо в одежде под душ. Они никогда не меняются, эти ребята. Просто стареют, зарабатывают себе рак легких или умирают от закупорки кровеносного сосуда в мозгу годам этак к пятидесяти трем...

— Мы не хотели вас злить, — заверил я. — У него просто шину спустило, Господи ты боже мой! У вас что, никогда шину не спускало?

— Ральф, гони их в шею! — На крыльце стояла тучная женушка. Голос у нее был пронзительный и возбужденный. Конечно, это ведь даже лучше, чем шоу Фила Донахью. Из соседних домов выходили все новые соседи, и я с тоской подумал, что кто-нибудь либо уже вызвал, либо вот-вот вызовет копов.

— Я никогда не оставлял машину с дырявой резиной перед чужим домом на три часа! — громко заявил Ральф. Он оскалился, и на его зубах поблескивала слюна.

— Да мы тут час стоим, если не меньше.

— Не умничай, малый. Мне твоя болтовня неинтересна. Вы мне не нравитесь, ребята, ясно вам? Я весь день гну спину, зарабатываю на жизнь, прихожу домой уставший. У меня нет времени на споры. Сказано: уберите треклятую развалюху от моего дома. Сейчас же!

— Запаска у меня в багажнике, — сказал я. — Дайте нам только ее поставить...

— Где ваша порядочность, в конце концов?.. — с жаром начал Арни.

Это была последняя капля. Уж на что Ральф не позволил бы покуситься на глазах у его детей, так это на его порядочность. Он замахнулся на Арни. Не знаю, чем бы это все закончилось — наверное, Арни бы сел, а машину у него бы конфисковали, — не успей я поймать Ральфа за запястье. Раздался смачный шлепок.

Маленькая толстушка мгновенно заныла.

У маленького толстяка челюсть отвисла почти до груди.

Арни, всегда пробегавший мимо школьной курилки как загнанный зверь, даже не моргнул. Он будто *хотел*, чтобы его ударили.

Ральф побагровел, выпучил глаза от ярости и резко развернулся ко мне.

— Ладно, говнюк, ты первый!

Я удерживал его руку из последних сил.

— Да брось, дружище, — тихо проговорил я. — Резина у меня в багажнике. Дай нам пять минут, и мы отсюда свалим. Пожалуйста.

Постепенно его рука в моей ослабла. Он покосился на своих детей — девочка хныкала, мальчик широко распахнул глаза, — и это его образумило.

— Пять минут, — согласился он и снова перевел взгляд на Арни. — Тебе чертовски повезло, что я не вызвал полицию. У тебя тачка без номеров и техосмотра.

Я приготовился услышать от Арни что-нибудь обидное, но, видимо, тот еще не растерял остатки благоразумия.

— Спасибо вам, — сказал он. — И извините за беспокойство.

Ральф хмыкнул и резкими свирепыми движениями заправил рубашку обратно в штаны. Снова посмотрел на детей.

— А ну, живо домой! — взревел он. — Чего рты раскрыли? Сейчас получите а-та-та по жопе!

Ох, господи, как эта семейка любит звукоподражания, подумал я. Папочка, только не надо а-та-та, они же сделают кака в штанишки!

Дети, побросав велосипеды, побежали к матери.

— Пять минут, — повторил Ральф, смерив нас зловещим взглядом. Вечером, посасывая пивко с приятелями, он наверняка расскажет им историю о том, как он внес свой вклад в воспитание молодого поколения, которому только наркотики и секс подавай. Вот именно, ребята, я им велел катиться ко всем чертям, не то устрою а-та-та — и они покатились, так что пятки засверкали! А потом он закурит «Лаки страйк». Или «Кэмел».

Мы засунули домкрат Арни под бампер, но не успел тот нажать на рычаг и трех раз, как железка с ржавым шелестом разломилась надвое. На землю посыпались коричневые хлопья. Арни в кои-то веки посмотрел на меня смущенным и растерянным взглядом.

— Ничего, — сказал я. — Сейчас свой принесу.

Смеркалось. Сердце у меня до сих пор колотилось, а во рту было кисло после стычки с Крутым Мачо на Бейзин-драйв, 119.

— Прости, Деннис, — тихо произнес Арни. — Больше я никогда тебя в такое не втяну.

— Забей. Давай лучше ставить резину.

Мы подняли «плимут» с помощью моего домкрата (в какой-то миг я с ужасом подумал, что задний бампер сейчас с грохотом отвалится) и сняли спущенную шину. Поставили новую, немного подтянули гайки и опустили машину на землю. Я испытал при этом невероятное облегчение, потому что всерьез опасался за сгнивший бампер.

— Вот так, — сказал Арни, ставя на место древний помятый диск.

Я смотрел на его «плимут» (назвать его Кристиной у меня до сих пор язык не поворачивался) и вдруг испытал то же, что испытал в гараже Лебэя. Наверное, всему виной была новая резина «Файерстоун» с наклейкой производителя и следами желтого мела после спешной балансировки.

Я содрогнулся. Не могу как следует описать охватившее меня чувство: как будто на моих глазах змея собиралась скинуть старую кожу, и эта кожа уже частично слезла, а снизу проступала новенькая и блестящая.

Ральф стоял на крыльце и злобно смотрел на нас. В одной руке у него был гамбургер, с которого капал жир, в другой — банка пива «Айрон сити».

— Красавец, а? — пробормотал я, забрасывая сломанный домкрат Арни в багажник «плимута».

— Ну прямо Роберт Трупфорд, — ответил Арни, и мы оба покатились со смеху, как всегда бывает после затянувшейся неприятной заварушки.

Арни закинул в багажник спущенную шину и тут же едва не покатился со смеху, но успел зажать рот руками и только сдавленно хрюкнул. Он выглядел как мальчишка, которого родители поймали за поеданием варенья. Мысль об этом заставила меня расхохотаться.

— Что смешного, молокососы? — взревел Ральф, спускаясь по ступеням крыльца. — А? Я вам щас рты на жопы натяну, посмотрим, как вы посмеетесь!

— Валим отсюда, *быстро*, — бросил я и во весь дух помчался к своему «дастеру». Теперь уж ничто не могло меня остановить: я ржал, как лошадь. Все еще хохоча, я плюхнулся за руль и завел мотор. «Плимут» завелся с оглушительным ревом и выпустил огромное вонючее облако выхлопных газов. Даже сквозь грохотание древнего двигателя я слышал пронзительный, беспомощный, почти истерический хохот Арни.

Ральф мчался к нам по лужайке, с гамбургером и пивом в руках.

— *Чего ржете, говнюки?! А?!*

— Козел! — ликующе прокричал Арни и рванул вперед, выдав пулеметную очередь выхлопов. Я выжал педаль газа и резко выкрутил руль, чтобы не врезаться в бегущего на меня Ральфа: тот, похоже, готов был нас убить. Я все еще смеялся, хотя назвать это смехом уже было нельзя — из моей глотки рвался резкий, задыхающийся звук, почти крик.

— *Тебе не жить, говнюк!* — ревел Ральф.

Я снова газанул и едва не врезался в Арни. Высунул в окно руку и показал Ральфу старый добрый средний палец.

— *Пошел в жопу!* — проорал я.

Он остался позади: сперва бросился было за нами вдогонку, но через несколько секунд остановился, рыча и отдуваясь.

— Ну и денек, — сказал я вслух, слегка испугавшись собственного дрожащего, заплаканного голоса. Во рту снова стало кисло. — Ну и денек, мать его!

Гараж Дарнелла представлял собой длинный барак с ржавыми стенами из листового железа и такой же крышей. Спереди висела вывеска с надписью: «ЗАЧЕМ ТРАТИТЬ ДЕНЬГИ? ВАШЕ НОУ-ХАУ, НАШИ ИНСТРУМЕНТЫ!» Ниже помещалась табличка поменьше: «Здесь вы можете снять гараж на неделю, месяц или год».

Автомобильная свалка за бараком тоже принадлежала Дарнеллу. Это был участок размером с жилой квартал, огороженный той же гофрированной жестью высотой в пять футов: Уилл Дарнелл сделал вид, что пошел на поводу у совета по городскому зонированию. Впрочем, никакой совет ничего бы Дарнеллу не сделал, и не только потому, что двое или трое членов совета были его близкими друзьями. Уилл был хорошо знаком почти со всеми хоть сколько-нибудь важными людьми Либертивилля. Таких типов можно найти в любом городе, большом и маленьком: они тайно принимают участие во всем происходящем.

Я слышал, что он имеет отношение к весьма оживленной торговле наркотой в средних школах Либертивилля и даже знает крутых наркобаронов из Питсбурга и Филадельфии. В это я не верил — или просто не очень задумывался, — но зато знал, где всегда можно купить петарды, шутихи и бомбочки на Четвертое июля. Отец мне рассказывал, что давным-давно, когда я еще пешком под стол ходил, Дарнелла едва не упекли на двенадцать лет в тюрягу — как одного из организаторов подпольной торговли угнанными автомобилями. Сеть их лавчонок раскинулась от нас до Нью-Йорка, а оттуда до самого Бангора, штат Мэн. Обвинение в итоге сняли. Но мой папа не сомневался, что Уилла Дарнелла при желании можно посадить за что угодно — от грабежа до торговли поддельным антиквариатом.

«Держись подальше от его заведения, Деннис», — сказал мне отец. Это было больше года назад, вскоре после того, как я обзавелся первым подержанным авто и отдал Дарнеллу двадцать долларов за гараж, чтобы попытаться самостоятельно поменять карбюратор. В этом начинании я потерпел полное фиаско.

Мне посоветовали держаться от Дарнелла подальше — и вот пожалуйста, я уже загоняю в опустевший гараж машину Арни. На улице почти стемнело, лишь у самого горизонта еще пламенела красная полоска. Свет моих фар выхватывал из мрака груды поломанных запчастей и прочего раскиданного всюду хлама, от вида которого я окончательно упал духом. Я вдруг вспомнил, что забыл позвонить домой, и родители теперь наверняка волнуются, куда я пропал.

Арни подъехал к воротам гаража, на которых висела табличка: «ПОСИГНАЛЬ — ОТКРОЕМ». Из-под почерневшей двери выбивалась слабая полоска света: значит, в гараже все же кто-то был. Мне даже захотелось предложить Арни собственный гараж — хотя бы на одну ночь. Я во всех красках представил, как мы застаем Уилла Дарнелла и его приятелей за инвентаризацией украденных телевизоров или перекрашиванием угнанных «кадиллаков». Братья Харди местного розлива, ага.

Арни молча сидел за рулем, не сигналя и ничего не делая. Я уже хотел выбраться и спросить его, что случилось, когда он подошел сам. Даже в темноте я заметил, как он смущен и подавлен.

— Посигналь, пожалуйста, Деннис. А то у Кристины клаксон не работает.

— Без проблем.

— Спасибо.

Я посигналил дважды, и вскоре ворота гаража с грохотом поднялись. На пороге стоял Уилл Дарнелл собственной персоной. Он нетерпеливо махнул Арни: проезжай, мол. Я развернул машину, припарковал ее снаружи и вошел следом. Внутри было пусто и просторно, как в пещере, и пугающе тихо. Вдаль уходила вереница ремонтных отсеков (всего — больше пятидесяти), и в каждом — собственный прикрученный к полу шкафчик с инструментами, для тех, у кого есть неисправное авто, но нет собственных инструментов. Потолок был высокий, с торчащими наружу голыми балками.

Всюду висели объявления вроде этих: «ПЕРЕД УХОДОМ ПОКАЖИ ИНСТРУМЕНТЫ ПРОВЕРЯЮЩЕМУ», «НА ПОДЪЕМНИК ЗАПИСЫВАТЬСЯ ЗАРАНЕЕ», «ИНСТРУКЦИИ ВЫДАЮТСЯ В ПОРЯДКЕ ОЧЕРЕДИ», «ЗАПРЕЩАЕТСЯ РУГАТЬСЯ МАТОМ» и прочее, и прочее. Они были всюду, куда ни повернись, налезали друг на друга и выпрыгивали на тебя из-за каждого угла. Уилл Дарнелл был большой любитель объявлений.

— Двадцатый отсек! Двадцатый! — проорал он Арни раздраженным, сиплым голосом. — Заводи ее в отсек и живо глуши мотор, не то мы все тут задохнемся!

Под «всеми», видимо, он имел в виду группу мужчин, сидевших за огромным карточным столом в дальнем углу. Стол был завален картами, покерными фишками и бутылками с пивом. Мужчины смотрели на новое приобретение Арни одновременно с отвращением и весельем.

Арни заехал в двадцатый отсек и вырубил двигатель. В огромной пещере гаража повис голубой дымок.

Дарнелл повернулся ко мне. На нем была огромная белая рубаха, напоминающая парус, и штаны цвета хаки. На шее и под подбородком виднелись жировые складки.

— Малый, — сказал он тем же сиплым голосом, — если ты продал ему эту развалюху, тебе должно быть стыдно!

— Ничего я ему не продавал. — По какой-то непонятной причине мне захотелось оправдаться перед этим гигантским шматом сала, чего я не стал бы делать даже перед собственным отцом. — Наоборот, пытался отговорить.

— Плохо пытался. — Он подошел к отсеку Арни: тот выбрался из машины и захлопнул дверь. С порога на землю густо посыпались ржавые хлопья.

Хоть и астматик, Дарнелл двигался с почти женственным изяществом, будто разжирел уже давно и не планировал расставаться с лишним весом. И орал он будь здоров, несмотря на астму. Полагаю, про таких людей говорят, что недуги не сломили их волю к жизни.

Как ребята из школьной курилки, как Ральф с Бейзин-драйв, как Бадди Реппертон (боюсь, о нем мне придется рассказать уже очень скоро), Уилл мгновенно невзлюбил Арни: то была ненависть с первого взгляда.

— Значит, так, ты последний раз притащил сюда эту безобразину без шланга для отвода выхлопных газов, понял? — завопил он. — Поймаю тебя еще раз — мигом вылетишь отсюда!

— Хорошо. — Арни был похож на усталого побитого щенка. Не знаю, какая сила владела им до сих пор, но от нее не осталось и следа. Глядя на него, у меня прямо сердце кровью обливалось. — Я...

Дарнелл не дал ему даже начать.

— Шланг стоит два с половиной доллара в час, если закажешь заранее. И учти вот что, мой юный друг, учти и заруби себе на носу. Я не потерплю никаких выходок от молокососов вроде вас. Эта мастерская — для честных рабочих парней, которым машина нужна, чтобы зарабатывать на хлеб и кормить семью, а не для богатеньких студентов, которым лишь бы повыпендриваться перед девчонками. Курить здесь запрещено. Если хочешь посмолить — марш на улицу.

— Я не ку...

— Не перебивай меня, сынок. Не перебивай и не умничай. — Дарнелл стоял прямо перед Арни и полностью загораживал его от меня, поскольку был куда выше и толще.

Я опять начал злиться и почувствовал, как тело возмущенно стонет от очередного всплеска эмоций: с тех пор как мы подъехали к дому Лебэя и увидели, что на лужайке нет треклятой машины, меня то и дело обуревали прямо противоположные чувства.

Подростка всякий может обидеть; со временем ты волей-неволей заучиваешь нехитрую песенку, которой отвечаешь на любые выпады со стороны таких вот бычар: «Да, сэр, нет, сэр, хорошо, как скажете!» Но, Господь свидетель, Дарнелл перегнул палку.

Я схватил его за руку.

— Сэр?

Он развернулся. Я заметил, что чем больше мне не нравится человек, тем скорее я обращусь к нему «сэр».

— Чего тебе?

— Вон те господа курят. Скажите им, чтоб перестали. — Я указал на мужиков за покерным столом. Они только что раздали карты, и над головами у них висела голубоватая дымка.

Дарнелл поглядел на своих приятелей, затем на меня. Помрачнев, он тихо проговорил:

— Ты чего? Хочешь, чтобы твой дружок отсюда вылетел?

— Нет, — ответил я, — сэр.

— Тогда заткни варежку.

Он вновь повернулся к Арни и упер мясистые кулаки в жирные бедра.

— Я всяких недоносков издалека вижу. И сейчас явно смотрю на такого. Даю тебе испытательный срок, малыш. Выкинешь хоть один фокус — и твоей задницы здесь больше не будет, ясно? Даже если за год вперед заплатишь.

Тупая ярость поднималась от моего желудка к голове и пульсировала там. Про себя я умолял Арни послать его ко всем чертям, сказать, чтоб засунул свой шланг для выхлопных газов поглубже в жопу и не вытаскивал, а потом как можно быстрее сделать ноги. Конечно, тогда бы к делу подключились ребята Дарнелла, и мы оба через некоторое время очутились бы в пункте неотложной помощи, где нам бы зашивали головы... Но игра почти стоила свеч.

«Арни, — твердил я про себя, — пошли его ко всем чертям, и валим отсюда. Постой за себя, Арни. Не позволяй себя унижать, не терпи это дерьмо. Не будь ты рохлей, Арни, ты ведь уже научился перечить предкам — так пошли куда подальше и этого козла! Хотя бы сегодня, один-единственный раз, не будь рохлей!»

Арни долго стоял молча, с опущенной головой, а потом сказал:

— Хорошо, сэр.

Он произнес эти слова едва слышно, как будто подавился ими.

— Что ты сказал?

Арни поднял голову. Лицо у него было мертвенно-бледное. В глазах стояли слезы. Я не мог на это смотреть, сердце сжималось. Поэтому я отвернулся. Мужики за столом приостановили игру и с интересом наблюдали за происходящим в двадцатом отсеке.

— Я сказал: «Хорошо, сэр», — дрожащим голосом повторил Арни, словно бы подписываясь под каким-то страшным признанием.

Я вновь поглядел на его «плимут» 58-го года, стоявший в ремонтном отсеке, вместо того чтобы гнить на свалке вместе с прочим автохламом Дарнелла. Чертова развалюха! Я снова проникся к ней лютой ненавистью за то, во что она превратила Арни.

— Ладно, убирайтесь отсюда. Мы закрыты.

Арни слепо поплелся прочь. Не схвати я его за руку, он бы врезался в башню из старых облысевших покрышек. Дарнелл вернулся к покерному столу и что-то просипел своим приятелям, отчего те громко расхохотались.

— Все нормально, Деннис, — сказал Арни, хотя я и не спрашивал. Губы у него были поджаты, зубы стиснуты, а грудь часто и мелко вздымалась. — Все нормально, отпусти меня, слышишь, все нормально!

Я отпустил его руку. Мы подошли к воротам, и Дарнелл крикнул нам вдогонку:

— Не вздумай приводить сюда дружков, понял? А то мигом вышвырну!

Другой подхватил:

— И чтоб никакой наркоты, поняли?

Арни съежился. Он был мне другом, но я терпеть не мог, когда он так съеживался.

Мы выбрались в прохладную темноту ночи. Ворота с грохотом опустились. Вот так мы привезли Кристину в гараж Дарнелла. Отлично провели время, правда?

6. Снаружи

> Я купил машину
> И купил бензина,
> Да послал всех на...
>
> *Гленн Фрей*

Мы сели в мою машину, и я выехал на дорогу. Как все-таки летит время, когда весело! Шел уже десятый час. В небе висел месяц. Он и оранжевые огни на парковке возле торгового центра Монровилля затмевали собой все звезды на ночном небе.

Первые два или три квартала мы ехали в полной тишине, а потом Арни вдруг разрыдался, громко и неистово. Я, конечно, догадывался, что он заплачет, но чтобы так... Я немедленно остановил машину.

— Арни...

Больше я ничего не сказал. Все равно его было не остановить. Слезы и вопли хлынули из него мощным неудержимым потоком: весь запас самообладания на сегодня Арни исчерпал. Сначала мне казалось, что это просто реакция на случившееся; мне и самому было плохо, только вся моя ярость ушла в головную боль: башка пульсировала, как гнилой зуб, а живот свернулся в комок.

Словом, да, сперва я решил, что это его реакция, спонтанный выплеск накипевших чувств — и поначалу, возможно, так оно и было. Но вскоре до меня дошло, что все куда сложнее и глубже. Рычание и вопли стали складываться в слова, потом — в целые предложения.

— Я им покажу! — орал он сквозь слезы. — Я покажу этим сукиным детям, Деннис! Они у меня пожалеют! Они будут жрать свое дерьмо... ЖРАТЬ... ЖРАТЬ!

— Перестань, — испуганно произнес я. — Хватит, Арни, успокойся.

Но он не останавливался. Он начал барабанить кулаками по мягкой приборной доске моего «дастера», оставляя на ней вмятины.

— Я им покажу, вот увидишь!

В тусклом свете луны и ближайшего фонаря его лицо напоминало искаженную яростью морду горгульи. Я никогда его таким не видел. Арни бродил по какому-то ледяному закутку Вселенной, уготованному нашим Господом-шутником специально для таких, как он. Я его не узнавал. И не хотел знать. Я мог лишь сидеть и беспомощно смотреть, дожидаясь возвращения моего Арни. И через некоторое время он вернулся.

Истеричные угрозы вновь сменились нечленораздельными рыданиями. Злость ушла, осталась обида. Это был тихий, отчаянный, растерянный плач.

Я сидел за рулем своей машины и не знал, что мне делать. Хотелось оказаться в другом месте — любом, даже самом ужасном. Я бы согласился даже на поход по обувным магазинам или заполнение анкеты на получение кредита в магазине уцененной техники. Я бы предпочел оказаться в очереди к платному туалету, без гроша в кармане и с поносом в кишках. Да что угодно! Но больше всего мне хотелось стать старше. Чтобы мы оба стали старше.

Все это отговорки. Конечно, я знал, что надо делать. Медленно и неохотно я убрал руки с руля и обнял друга за плечи. Он уткнулся лицом — горячим, заплаканным, влажным — мне в грудь. Так мы просидели минут пять, потом я отвез Арни домой и поехал домой сам. Ни он, ни я больше не вспоминали этот вечер, наши объятия. Никто не видел нас в машине. Наверное, со стороны нас можно было принять за педиков, я стискивал его в объятиях и пытался любить изо всех сил, а в голове вертелась одна мысль: как вышло, что я — единственный друг Арни Каннингема? В тот миг мне расхотелось быть его другом.

Однако уже тогда, пусть смутно, я начал отдавать себе отчет: теперь у него есть Кристина, она станет ему лучшим другом. Это мне тоже не слишком нравилось, пусть в тот долгий сумасшедший день я ради нее хлебнул дерьмеца.

Когда мы подъехали к его дому, я спросил:

— Все будет хорошо, друг?

— Ага. — Он выдавил из себя улыбку, а потом с грустью посмотрел на меня. — Знаешь, я ведь не нуждаюсь в благотворительности. Подыщи себе лучше какое-нибудь Общество сердечников. Больных раком. Серьезно.

— Да брось! Все нормально.

— Ты меня понимаешь?

— Если ты хочешь сказать, что скоро сядешь на мель, то Америку ты мне не открыл.

На крыльце его дома зажегся свет, и на улицу выскочили Майкл с Региной: наверное, они ждали полицейского с вестью о том, что их единственное дитя сбила машина.

— Арнольд?! — пронзительно крикнула Регина.

— Вали отсюда, Деннис, — сказал Арни с уже более искренней улыбкой на губах. — Тебе это не надо. — Он вышел из машины и вежливо проговорил: — Здравствуй, мама. Привет, пап.

— Где ты был? — спросил Майкл. — Твоя мать чуть не поседела от страха, юноша!

Арни был прав. Мне совершенно не хотелось принимать участие в счастливом воссоединении. Я мельком глянул в зеркало заднего вида: Арни стоял один, одинокий и уязвимый, а потом они заключили его в объятия и потащили в гнездышко за шестьдесят тысяч баксов, наверняка испытывая на нем все выученные за последние годы психологические трюки — из передачи «Эффективные родители» и бог знает какие еще. Они считали себя такими разумными и рациональными, черт подери! Именно они превратили Арни в ничтожество, но при этом по-прежнему считали себя всезнайками по части воспитания детей.

Я включил FM-104, где по-прежнему шел «Блок рока»: Боб Сегер и группа «Силвер буллет бэнд» пели «Все по-прежнему». И настолько точно эта песня отражала происходящее, что я с отвращением переключил станцию и нашел трансляцию бейсбольного матча.

«Филадельфия Филлис» проигрывали. Что ж, вот и славно. Это было хотя бы в порядке вещей.

7. Ночные кошмары

> Мой дом — дорога, малый,
> Меня не поймать.
> Мой дом — дорога, малый,
> И ты должен это знать.
> Давай, попробуй, догони,
> Ох, детка, детка, не смеши.
>
> *Бо Диддли*

Когда я добрался до дома, отец и сестра сидели в кухне и ели «тортики» из печенья с маслом и сахаром. Я сразу почувствовал адский голод и вспомнил, что не ужинал.

— Ты где был, босс? — спросила Элейна, не отрываясь от своего «16», «Крима», «Тайгер бита» или еще какого-нибудь журнальчика для подростков. Она называла меня «боссом» с тех пор, как в прошлом году я открыл для себя Брюса Спрингстина и стал фанатом. Это должно было меня злить.

В свои четырнадцать Элейна уже начала прощаться с детством и потихоньку превращалась в настоящую американскую красавицу, какой в итоге и стала: высокая, темноволосая, голубоглазая. Но в то лето она еще была обыкновенным среднестатистическим подростком. В десять она тащилась от Донни и Мари, в одиннадцать влюбилась в Траволту (однажды я в шутку назвал его Блеволтой и заработал огромную кровавую царапину на щеке — чуть не пришлось зашивать). В двенадцать ее любовью стал Шон Кэссиди, затем — Энди Гибб. Совсем недавно ее вкусы приобрели более зловещий характер: она прониклась нежными чувствами к хэви-металлистам «Дип Перпл» и новой группе «Стикс».

— Я помог Арни отвезти в гараж новую машину, — сообщил я обоим, но скорее отцу.

— А, опять с этим уродом возишься, — вздохнула Элли и равнодушно перевернула страницу журнала.

Меня охватило безудержное желание вырвать журнал у нее из рук, порвать на части и бросить клочки ей в лицо. Это был еще один признак — причем самый наглядный из всех — того, что день выдался прескверный. Элейна не считала Арни уродом, просто любила меня позлить. Но видимо, за последние несколько часов я наслушался оскорблений в его адрес. Господи, да у меня футболка была еще мокрая от его слез, и, наверное, я сам чувствовал себя уродом.

— Чем нынче заняты «Кисс», сестренка? — ласково спросил я. — Ты уже написала Эрику Эстраде любовное письмо? «Ах, Эрик, я отдам за тебя жизнь, у меня просто сердце заходится, стоит мне представить, как твои мокрые жирные губы с чавканьем присасываются...»

— Ты животное, — перебила меня Элейна. — Животное, вот ты кто.

— И вообще ничего не понимаю.

— Именно. — Она схватила свой журнал, «тортик» и гордо вышла из комнаты.

— Не кроши на пол! — крикнул ей вслед отец, немного смазав эффект.

Я подошел к холодильнику и принялся искать в нем сомнительного вида колбасу и помидор. На полке обнаружился и плавленый сыр, но мое детское им увлечение, похоже, раз и навсегда отбило у меня охоту к этому деликатесу. Я решил запить сэндвич квартой молока и открыл банку «Сочной говядины» от «Кэмпбеллс».

— Все-таки он ее купил? — спросил папа. Он работал налоговым консультантом в компании «Эйч энд Ар блок», иногда брал домой какую-нибудь халтуру. Раньше он занимался бухгалтерией крупнейшей архитектурной фирмы Питсбурга, но после сердечного приступа уволился. Мой отец — хороший человек во всех отношениях.

— Угу, купил.

— Она по-прежнему кажется тебе ужасной?

— Даже хуже. Где мама?

— На занятиях, — ответил он.

Мы переглянулись и едва не покатились со смеху, но вовремя взяли себя в руки и стыдливо спрятали взгляд: нам было совестно, но поделать мы ничего не могли. Моей маме сорок три года, она — стоматолог-гигиенист, но по специальности не работала довольно долго, пока папа не свалился с сердечным приступом.

Четыре года назад она решила, что в ней живет непризнанный гений, и начала строчить вирши про цветочки и рассказы о милых стариканах на закате своей жизни. Время от времени ее пробивало на реализм, и тогда она могла написать историю про молодую девушку, которая решила «попытать удачу», но вовремя одумалась и «приберегла свое сокровище до первой брачной ночи». Этим летом она записалась на курсы писательского мастерства в Хорликсе — там преподавали Майкл и Регина Каннингем, если помните, — и стала собирать все свои рассказы и очерки в книгу под названием «Беглые зарисовки о любви и красоте».

Конечно, вы можете сказать (и флаг вам в руки), что грешно смеяться над работающей матерью семейства, которая захотела открыть для себя что-то новое и немного расширить кругозор. Вы будете правы. Вы также можете добавить, что нам с отцом должно быть стыдно за свое поведение, что мы — просто грязные шовинистические свиньи, и снова я не стану с вами спорить. Вы совершенно правы, но если бы вас тоже регулярно пытали литературными чтениями «Беглых зарисовок...», как пытали меня, папу и Элейну, вы бы поняли, почему мы так смеялись.

Поймите правильно, она — чудесная мама и наверняка не менее чудесная жена (по крайней мере, папа никогда не жаловался и никогда не торчал сутками напролет в барах), и в лицо мы ей не смеемся, только тайком. Знаю, дурацкая отговорка, но уж лучше, чем ничего. Никто из нас ни за что на свете не причинил бы ей такую боль.

Я прикрыл рот рукой и попытался заглушить смешок. Папа немедленно подавился своим «тортиком». Не знаю, о чем подумал он, а мне сразу вспомнился свежий мамин очерк под названием «Была ли у Иисуса собака?».

После тяжелого дня это едва не стало последней каплей.

Я подошел к подвесному шкафчику над раковиной, достал стакан для молока, а когда обернулся, папа уже взял себя в руки. Я последовал его примеру.

— Вид у тебя был мрачноватый, — заметил отец. — У Арни все нормально?

— Все отлично, — сказал я, вытряхнул содержимое консервной банки в ковшик и поставил его на плиту. — Машина разваливается, но у него самого все в порядке. — Конечно, я соврал: кое-что не скажешь даже самому классному отцу на свете.

— Порой людей сложно в чем-то убедить... Они должны убедиться сами.

— Надеюсь, это не займет у него много времени. Он снял гараж у Дарнелла за двадцать баксов в неделю, потому что родители не разрешили ему держать машину дома.

— Двадцать долларов? Только за помещение или за инструменты тоже?

— Только за помещение.

— Да это же обдираловка!

— Угу, — ответил я, мысленно подметив, что отец не предложил поставить машину Арни у нас.

— Сыграем в криббидж?

— Давай.

— Не вешай нос, Деннис. Люди учатся на своих ошибках.

— Да уж.

Мы сыграли три или четыре партии в криббидж, и папа выигрывал каждый раз — впрочем, как всегда. Я побеждаю, только если он очень устал или немного выпил. Впрочем, я не огорчаюсь: если бы это случалось чаще, победы не приносили бы мне столько радости.

Пришла мама — румяная, веселая и сияющая, она прижимала к груди свою бесценную книжку. Сорок три ей было ну никак не дать. Она поцеловала отца — не просто чмокнула, а по-настоящему поцеловала, так что мне даже стало неловко, —

а потом тоже спросила про Арни и его машину, которая стремительно становилась едва ли не самой обсуждаемой темой для разговоров в нашем доме (после того как мамин брат Сид обанкротился и занял у моего отца крупную сумму денег). Я и маме навешал той же лапши на уши, а потом поднялся к себе. Глаза уже слипались, да к тому же папе с мамой явно хотелось заняться своими делами... ну, вы поняли.

Элейна уже валялась в кровати и слушала последний сборник хитов от компании «Кей-тел». Я попросил ее убавить громкость, но она только скорчила рожицу и высунула язык.

Такого я стерпеть не мог. Я вошел и щекотал ее до тех пор, пока она не взмолилась о пощаде:

— Меня сейчас вырвет!

— Валяй.

Я пощекотал ее еще немного, а потом она состроила свою фирменную серьезную мину «не шути со мной, Деннис, это ужасно важно» и спросила:

— А правда, что можно пернуть и поджечь воздух?

Так ей сказала Кэролин Шэмблисс, но Кэролин была той еще лгуньей.

Я велел Элейне поинтересоваться у своего дружка Милтона Додда. Тут она взбесилась по-настоящему, отлупила меня и заявила, что я самый ужасный брат на свете. Тогда я сказал, да, можно пернуть и поджечь воздух, но самой ей лучше не пытаться. Потом мы обнялись (после того как у сестренки выросла грудь, мы редко обнимались — мне стало как-то неловко прижимать ее к себе. Да и щекотать тоже, если честно). Потом я ушел спать.

Раздевшись, я подумал, что закончился день не так уж и плохо. Все-таки есть на свете люди, которые держат меня за человека — и Арни тоже. Завтра или в воскресенье надо позвать его в гости, посмотрим бейсбол по телику или сыграем в какую-нибудь дурацкую настольную игру вроде «Жизни» или старинной «Зацепки». Глядишь, все странное и плохое забудется. Мы снова почувствуем себя людьми.

Словом, лег я с ясной головой и ощущением, что скоро все наладится. Я думал, что сразу усну, но не тут-то было. Ничего не наладится, я понимал это уже тогда. Когда заваривается такая каша, добра не жди.

Машины. Еще одна беда подростков. Всюду эти машины, и рано или поздно тебе достаются ключи от одной из них. Ты заводишь ее, не зная толком, что это за фигня и зачем она нужна. То же самое с наркотой, спиртным, сексом, иногда и с другими вещами — например, после летней подработки, или путешествия, или школьного спецкурса у тебя появляется какой-нибудь новый интерес. Так вот, машины. Тебе дают ключи, пару советов и говорят: «Заводи и увидишь, на что она способна!» Порой тебя затягивает в новую и действительно интересную жизнь, а иногда — на шоссе, ведущее прямиком в ад, где очень скоро ты окажешься в кювете, покалеченный и истекающий кровью.

Машины.

Большие и страшные, как Кристина.

Я ворочался в темноте до тех пор, пока простыня подо мной не сбилась в комок. Я вспоминал слова Лебэя: «Ее зовут Кристина». Арни почему-то мигом это принял. В детстве у нас были велосипеды и скутеры, и я всегда как-нибудь называл своих «коней», но Арни — нет. Да что говорить, то было раньше, а это — теперь. Теперь он ласково величал свою развалюху Кристиной и вообще говорил о ней как о живом человеке, как о женщине.

Мне это было не по душе, сам не знаю почему.

Даже мой отец говорил о ней так, словно Арни не машину новую купил, а женился. Но это же не так... да ведь?

«Тормози, Деннис, разворачивайся! Я хочу еще разок на нее взглянуть».

Вот так запросто, поворачивай, и все...

Это было не похоже на Арни, он всегда все продумывал до мелочей — жизнь обязывала. Он привык держать ухо востро и ничего не делать сгоряча. Но в тот день он повел себя как старикан, который встретил на выходных танцовщицу, влюбился, а в понедельник проснулся с похмельем и новой женой в постели.

Ну прямо... любовь с первого взгляда.

Забей, сказал я себе. Начнем заново. Завтра мы все начнем заново. Утро вечера мудренее.

В конце концов я уснул. И увидел сон.

Вой стартера в кромешной темноте.
Тишина.
Опять вой стартера.
Чиханье.
Наконец двигатель заводится.
Вспыхивают старомодные спаренные фары, и острые лучи света пронзают меня насквозь.

Я стою на пороге открытого гаража Роланда Д. Лебэя, а внутри его Кристина — новенькая Кристина, без единой царапинки и пятнышка. Чистое и гладкое лобовое стекло в верхней части отливало синим. Из радио рвался жесткий ритм «Сюзи-Кью» Дейла Хокинса — голос мертвой эпохи, полный пугающей жизни.

Мотор нашептывает колдовские заклинания сквозь двойной прямоточный глушитель. Почему-то я сразу догадался, что внутри — хёрстовская коробка передач и головка блока цилиндров «фьюли» (они же «верблюжий горб»), а по жилам автомобиля течет жидкий янтарь, прозрачное масло «Квакер стейт».

Внезапно по лобовому стеклу начинают метаться дворники — и это жуть как странно, ведь за рулем никого нет, машина пуста.

Давай, малыш, садись. Прокатимся с ветерком.

Я мотаю головой. Не хочу я садиться за руль, мне страшно, очень страшно. Тут раздается грохот двигателя: он ревет и затихает, ревет и затихает. Жуткий звук, плотоядный и наводящий ужас. С каждым таким ревом Кристина дергается вперед, как злая собака на поводке... Я хочу сбежать, но мои ноги точно вросли в потрескавшийся асфальт подъездной дорожки.

— Даю тебе последний шанс, малыш.

Я не успеваю ответить — не успеваю даже подумать об ответе, — как раздается визг резины по бетону, и Кристина бросается на меня. Решетка радиатора подобна зубастой пасти, фары сверкают...

Я просыпаюсь от собственного крика в кромешной темноте. На часах — два ночи, меня до чертиков пугает собственный хрип, а быстрый топот бегущих ног по коридору пугает еще больше. В руках я стискиваю простыню, которую от страха полностью содрал с матраса. Тело — мокрое и липкое от пота.

Из коридора доносится испуганный крик Элли:

— Что случилось?!

Вспыхнул свет: на пороге моей спальни стояли мама в коротенькой сорочке — в таком виде она могла выйти из спальни только в самом крайнем случае — и папа, в спешке накинувший халат прямо на голое тело.

— Сынок, что такое? — спросила мама. Глаза у нее были широко распахнуты от страха. Не помню, когда она последний раз называла меня «сынок»: когда мне было четырнадцать? двенадцать? Десять? Не помню.

— Деннис... — подхватил отец.

Между ними уже стояла, дрожа всем телом, Элейна.

— Все нормально, ложитесь спать, — сказал я. — Просто кошмар приснился.

— Одуреть! — воскликнула Элейна. — Небось настоящий ужастик! Про что?

— Про то, что ты вышла замуж за Мильтона Донна и приехала жить ко мне.

— Не дразни сестру, — сказала мама. — Что тебе приснилось, Деннис?

— Сам не помню.

Я вдруг заметил, что простыня едва прикрывает мое причинное место, и из-под нее выглядывает клок лобковых волос. Я быстро накрылся, и в голове завертелись мысли о мастурбации, поллюции и прочих не имеющих отношения к делу постыдных штуках. Я был в полной растерянности. В первые несколько секунд после пробуждения я даже не знал, взрослый я или еще маленький — меня с головой поглотил ужас, картинка ревущей и несущейся на меня машины: капот над двигателем вибрирует, стальные зубы сверкают...

Последний шанс, малыш.

А потом к моему лбу прикоснулась прохладная, мягкая рука матери и мигом прогнала кошмарное видение.

— Все нормально, мам. Ерунда. Обычный кошмар.

— И ты совсем ничего не помнишь...

— Нет. Вылетело из головы.

— Я перепугалась, — призналась она, а потом сдавленно хихикнула. — Ты не знаешь, что такое страх, пока не услышишь в ночи крик своего ребенка.

— Ужас какой, не говори так больше, — заворчала Элейна.

— Ложись, крошка, — сказал папа и пихнул ее бедром.

Элейна ушла, правда, вид у нее был недовольный. Сообразив, что ничего страшного не произошло, сестра, наверное, ждала, что я закачу истерику. Было бы над чем поиздеваться утром.

— Точно все нормально? — спросила меня мама. — Деннис? Сынок?

Опять это словечко, мгновенно возвращающее меня во времена кори, свинки, краснухи и ободранных коленок. Отчего-то сразу захотелось плакать. Бред! Я уже на девять дюймов выше и на семьдесят фунтов тяжелее мамы.

— Конечно, — сказал я.

— Ну хорошо. Не выключай свет, это иногда помогает.

Последний раз переглянувшись с папой, она вышла. А мне оставила пищу для размышлений: неужели и ей когда-то снились кошмары? Такое почему-то никогда не приходит в голову само собой. Впрочем, какие бы кошмары ей ни снились, в «Зарисовках о любви и красоте» о них не было ни слова.

Папа уселся на мою кровать.

— Ты правда не помнишь свой сон?

Я помотал головой.

— Наверное, что-то очень страшное приснилось. Вопил ты очень громко.

Он смотрел на меня ласково, серьезно и пытливо, как бы спрашивая, не скрываю ли я что-то важное.

Я почти сказал: мне приснилась Кристина, чертова машина Арни, Ржавая Королева, мерзкая развалюха. Я почти ему сказал. Но слова застряли у меня в горле, как будто признаться в этом означало предать друга. Старого доброго Арни, которого Господь-шутник решил наградить ржавым ведром.

— Ладно. — Папа поцеловал меня в щеку, кольнув только-только пробившейся щетиной. Я обнял его, а он крепко обнял меня в ответ.

Когда все ушли, я еще долго лежал с включенной настольной лампой, боясь засыпать. Я знал, что родители внизу тоже не спят, волнуются, не влип ли я в какую-нибудь беду или не навлек беду на кого-нибудь другого, к примеру, болельщицу с фантастическим телом.

Наконец я понял, что уснуть не смогу. Лучше почитаю до рассвета, а днем, может, успею вздремнуть во время скучной части бейсбольного матча. Подумав так, я мгновенно уснул. На полу возле кровати валялась закрытая книга.

8. Первые перемены

> Было б денег навалом у меня,
> Я бы поехал в город,
> Я бы купил «меркурий».
> Хочу купить себе «меркурий»
> И рассекать на нем везде.
>
> *«Стив Миллер бэнд»*

Я с чего-то решил, что в субботу ко мне приедет Арни, и потому остался дома: постриг лужайку, навел порядок в гараже, даже помыл все три машины. Мама потрясенно наблюдала за моими трудами, а за ужином — зеленым салатом с сосисками — сказала, что хорошо бы кошмары снились мне почаще.

Я не хотел звонить Арни домой после всего, что недавно случилось, но когда началось предматчевое шоу, а его все не было, я набрался храбрости и взялся за телефонную трубку. Ответила Регина, и хотя она старательно делала вид, что ничего не произошло, в ее голосе я заметил какую-то необычную холодность. От этого мне стало грустно. Ее единственного сына совратила старая шлюха по имени Кристина, а лучший друг Деннис ей в этом помог. Может, даже был сутенером.

— Арни нет дома, он у Дарнелла. С девяти утра.

— А... — протянул я. — Надо же. Не знал. — Прозвучало неубедительно. Даже мне самому показалось, что я соврал.

— Разве? — новым холодным тоном вымолвила Регина. — Ну ладно, пока, Деннис.

Она повесила трубку. Я несколько секунд смотрел на свою, потом тоже повесил.

Папа сидел перед теликом в огромных фиолетовых бермудах и шлепанцах на голую ногу, в переносном холодильнике рядом с ним стоял ящик пива. У «Филлис» явно был хороший день: они надирали «Атланте» задницу. Мама ушла в гости к однокурснице (сдается, они читали друг другу свою писанину и пищали от восторга). Элейна ушла к подруге Делле. В доме было тихо; снаружи солнце играло в догонялки с парой безобидных белых облаков. Папа протянул мне банку пива — он делает это лишь в самом благостном расположении духа.

Но в ту субботу ничто меня не радовало. Я все думал об Арни, который променял бейсбольный матч и валяние на травке под солнцем на промозглую, пропахшую маслом тьму гаража Дарнелла, где он теперь возится с этой ржавой раздолбанной тушей, а вокруг орут мужики, инструменты падают на бетонный пол с резким металлическим лязгом и раздаются пулеметные очереди пневмоключей. Сиплый голос и задыхающийся кашель Уилла Дарнелла...

Черт подери, неужто я ему завидовал?

На седьмом иннинге я встал и направился к двери.

— Куда это ты? — спросил папа.

Вот именно, куда это я собрался? К Дарнеллу? Присматривать за своим дружком, кудахтать над ним, слушать мерзкий треп Дарнелла? Хочешь снова отведать дерьмеца, не наелся? Да пошло оно все! Арни уже большой мальчик, сам справится.

— Никуда, — ответил я и заглянул в хлебницу: в самом дальнем углу обнаружилась сестренкина заначка — бисквит «Твинки». Ха, вот Элейна взбесится, когда захочет перекусить во время «Субботней ночи в прямом эфире», тайком проберется на кухню и не обнаружит своей вкусняшки. — Никуда, пап.

Я вернулся в гостиную, сел, взял у папы еще одну банку пива и запил им «Твинки», а потом даже облизал картонку из-под бисквита. Мы досмотрели, как «Филлис» разделали под орех «Атланту» («Мы им всыпали, — буквально слышу я стариковский голос деда, который умер уже пять лет назад, — всыпали по первое число!»), и я совсем не думал об Арни Каннингеме. Совсем.

Ну почти.

На следующий день он приехал на своем старинном трехскоростном велике. Мы с Элейной играли в крикет на лужайке за домом. Во время месячных у сестры всегда «руки чешутся». Элейна очень гордилась своими месячными: они приходили регулярно уже целый год и два месяца.

— Эй! — крикнул Арни, выезжая из-за угла. — Смотрю, у вас тут битва Твари из Черной лагуны и Невесты Франкенштейна!

— Сыграешь с нами? — предложил я. — Бери оружие!

— Я с ним играть не буду! — заявила Элейна, бросая свой молоток. — Он жульничает еще больше, чем ты! Ох уж эти мужчины!

И она ушла, а Арни с театральным придыханием воскликнул:

— Она первый раз назвала меня мужчиной, Деннис!

Он упал на колени и взглянул на меня с восхищенным потрясением. Я засмеялся. Арни умел дурачиться, когда хотел. Поэтому он мне и нравился — ну, помимо прочего. И еще мне кажется, что это была наша тайна. Никто, кроме меня, не видел его в деле. Однажды по телику рассказывали про миллионера, который хранил украденного Рембрандта в подвале своего дома, чтобы больше никто не мог им любоваться. Я его понимаю. Не то чтобы Арни был Рембрандт — его даже хорошим комиком не назовешь, — но я не мог устоять перед таким соблазном: знать про что-то очень хорошее и никому не рассказывать.

Мы еще немного поработали молотком на дорожке для крикета — не играли, просто дубасили по шарам изо всех сил. В конце концов кто-то зашвырнул шар во двор Блэкфордов, я тайком за ним сбегал, и охоту играть нам обоим почему-то отшибло. Мы уселись в шезлонги. Скоро из-под крыльца вылез Орущий Джей Хокинс, которого мы взяли вместо Капитана Мясоеда: наверное, он хотел изловить и зверски разодрать на части какого-нибудь невинного бурундучка. Его янтарно-зеленые глаза блеснули в свете дня — пасмурного и блеклого.

— Я думал, ты придешь смотреть бейсбол. Отличная была игра.

— Я был у Дарнелла, — ответил Арни. — Слушал игру по радио. — Тут он заверещал высоким голосом, очень неплохо пародируя моего деда: — Мы им всыпали по первое число!

Я рассмеялся и кивнул. В тот день я заметил в Арни что-то новое... может, дело было в дневном свете, хоть и ярком, но все же мрачноватом. Мой друг выглядел очень усталым, под глазами темнели круги, но в то же время лицо у него как будто немного очистилось. На работе он иногда поддавался соблазну и пил много колы, хотя и знал, что с его кожей это категорически запрещено. Прыщи у него высыпали циклами, как и у большинства подростков, только вот у Арни хороших дней не бывало: только плохие и очень плохие.

А может, все дело было в свете.

— Что успел сделать?

— Не так уж и много. Поменял масло. Осмотрел мотор. Он не треснул, Деннис, это точно. То ли Лебэй, то ли еще кто потерял сливную пробку. Там все залило старым маслом. Я в пятницу чудом не стуканул движок.

— Так тебе дали подъемник? На него же заранее надо записываться.

Арни отвел глаза в сторону.

— А, ерунда. — По его голосу я сразу понял: он что-то скрывает. — Я выполнил для мистера Дарнелла пару поручений.

Я открыл было рот, чтобы спросить об этих поручениях, но потом решил, что не хочу знать. Может, Уилл просто попросил его сбегать в ближайшую закусочную и принести кофе для постоянных клиентов, или разобрать по ящикам подержанные запчасти. Пусть так. Все равно я не хотел иметь никакого отношения к Кристине и этой части его жизни, включая обстановку в гараже Дарнелла.

А еще я чувствовал, что отпустил его. Впрочем, тогда я еще не мог или не хотел толком объяснить себе это чувство. А теперь могу сказать, что именно оно посещает тебя, когда твой лучший друг женится на какой-нибудь смазливой высокомерной сучке. Сучка тебе не нравится, и в девяноста девяти случаях из ста ты не нравишься ей, поэтому ты просто закрываешь дверь в эту комнату вашей дружбы. А потом либо отпускаешь своего друга, либо он отпускает тебя — к большой радости этой сучки.

— Может, в кино сходим? — предложил Арни, не находя себе места.

— На что?

— В «Стейт твин» сейчас идет какой-то мерзкий боевик с единоборствами. Что скажешь? Ки-я! — Он сделал вид, что наносит сокрушительный удар Орущему Джею Хокинсу, и кот стремглав умчался в дом.

— Звучит заманчиво. Брюс Ли?

— Не, какой-то другой чувак.

— Как называется?

— Не помню. «Смертоносный кулак». Или «Разящие ладони». Или «Беспощадные гениталии». Ну, что скажешь? Потом вернемся и будем рассказывать Элли все сочные подробности, пока ее не вырвет.

— Ладно. Только если успеем на дешевый дневной сеанс.

— Ага, до трех точно успеваем.

— Тогда пошли.

И мы пошли. Оказалось, это был фильм с Чаком Норрисом, очень даже неплохой. В понедельник мы снова отправились на работу — строить ветку заброшенной трассы. Про свой сон я начисто забыл. Постепенно я осознал, что мы с Арни стали видеться гораздо реже — опять-таки это было очень похоже на дружбу с человеком, который недавно женился. Да к тому же я снова замутил с той болельщицей. Нормально так замутил:

уже несколько раз я возвращался домой с пульсирующими от боли яйцами, так что едва переставлял ноги.

Арни тем временем проводил все вечера у Дарнелла.

9. Бадди Реппертон

> И не важно, какая будет цена,
> О, эта двойная выхлопная труба.
> Мотор мой воет, как собака,
> У этой крошки поступь «кадиллака».
>
> *«Мун Мартин»*

Последняя рабочая неделя перед началом учебного года началась как раз перед Днем труда. В понедельник я, как обычно, заехал за Арни и увидел, что под глазом у него красуется здоровенный фингал, а на щеке — глубокая царапина.

— Что случилось?

— Не хочу это обсуждать, — мрачно ответил он. — С родителями уже до хрипоты наобсуждался. — Он бросил свою коробку с ленчем на заднее сиденье и на всю дорогу погрузился в мрачную тишину. На работе кто-то пытался его подколоть, но Арни только пожимал плечами.

По дороге домой я тоже не стал его расспрашивать и молча слушал радио. Может, я бы так и не узнал, что произошло, если б нам по пути не попалось заведение под названием «Джино».

— Давай возьмем пиццу, — сказал я, паркуясь на стоянке перед «Джино». — Большую, жирную и чтоб подмышками воняла!

— Фу, Деннис, какая мерзость!

— Чистыми подмышками, — смилостивился я. — Ну, идем.

— Не, у меня с наличными не очень, — вяло проговорил Арни.

— Я угощаю. Можешь даже посыпать свою половину этими гадскими анчоусами. Ну?

— Слушай, Деннис, я правда...

— И пепси.

— От «пепси» у меня прыщи, ты же знаешь.
— Ага, знаю. Здоровенный стакан пепси.

Впервые за день его глаза просияли.

— Да... Здоровенный стакан пепси... Ты змей-искуситель, Деннис, знаешь об этом?

— Можно даже два стакана, если хочешь. — Это было подло с моей стороны, все равно что предложить шоколадный батончик цирковой толстухе.

— Два... — Он стиснул мое плечо. — Два стакана пепси, Деннис! — Он начал биться в конвульсиях, хватаясь за горло и крича: — Два! Быстро! Два стакана!

Я так смеялся, что чуть не въехал в стену из шлакоблоков. А когда мы вышли из машины, подумал: что плохого, если Арни выпьет пару стаканчиков пепси? Он уже давно не баловался газировкой: то, что пасмурным воскресным утром две недели назад показалось мне легким улучшением, сегодня было видно невооруженным глазом. Его лицо по-прежнему покрывали бугры и кратеры, но далеко не все они — уж простите, я должен это сказать — сочились гноем. Да и во всех остальных смыслах он выглядел гораздо лучше, чем обычно. Арни загорел и окреп на дорожных работах. Словом, я решил, что он вполне заслуживает пепси. Эдакая награда победителю.

У пиццерии «Джино» отличный директор: итальянец по имени Пэт Донахью. На кассе у него красуется наклейка «ИРЛАНДСКАЯ МАФИЯ», в День святого Патрика он подает зеленое пиво (17 марта к его заведению не подойти, такая у дверей стоит очередь, а музыкальный автомат снова и снова играет «Улыбку ирландских глаз» Розмари Клуни) и надевает черный котелок, который балансирует у него на самой макушке.

Автомат — древний «Вурлитцер», пережиток 40-х, и все музыкальные композиции (а не только «Улыбка ирландских глаз») в нем доисторические. Могу поспорить, это последний автомат в Америке, где за четвертак можно послушать три песни. Когда я изредка курю травку, то всегда мечтаю о пиццерии «Джино»: как я вхожу туда, заказываю три пиццы с кучей дополнительных начинок, кварту пепси и шесть или семь шоколадных пирожных со сливочной помадкой — фирменный десерт Пэта Донахью. А потом я просто сижу и потихоньку уминаю все заказанное под бесконечный поток избранных хитов «Бич бойз» и «Роллингов» из музыкального автомата.

Мы вошли, сделали заказ и сели поглазеть, как три повара будут подкидывать и ловить громадные круги теста. Они то и дело обменивались язвительными итальянскими шуточками вроде:

— Эй, Говард, вчера на танцульках я встретил твоего брата. Он был с какой-то жуткой уродиной. Это кто?

— Как — кто? Это ж твоя сестра!

Нет, вы мне скажите, где еще можно услышать такое старье?

Люди входили и выходили, в основном это были школьники. Совсем скоро нам предстояло увидеть этих же ребят в школьных коридорах, и я вдруг ощутил приступ «ностальгии по настоящему» — в придачу к уже знакомому страху. В голове у меня орал школьный звонок, но даже его протяжный звон словно бы твердил: «Ну, Деннис, наслаждайся, больше ты меня не услышишь. Со следующего года ты станешь взрослым». Я слышал, как лязгают закрывающиеся школьные шкафчики, их неумолимое «бумц-бумц-бумц», как лайнмены на поле врезаются в тренировочные манекены, как Марти Беллерман орет во всю глотку: «Моя жопа и твое лицо, Педерсен! Найди десять отличий!» Сухой запах мела в классных комнатах математического крыла. Перестук пишущих машинок, доносящийся из больших классов для секретарских курсов на втором этаже. Мистер Мичем, директор, в конце дня зачитывающий важные объявления сухим беспокойным голоском. Обеды на открытом воздухе, на трибунах вокруг школьного стадиона. Свежий приплод новичков — забитых и потерянных. А в самом конце ты идешь по актовому залу в огромном бордовом банном халате... и все. Школа заканчивается. Тебя спускают с цепи прямо в ничего не подозревающий мир.

— Деннис, ты ведь знаешь Бадди Реппертона? — спросил Арни, выдирая меня из забытья. Нам принесли пиццу.

— Бадди... как ты сказал?

— Реппертон.

Фамилия была знакомая. Принявшись за свою половину пиццы, я попытался припомнить лицо человека, который ее носил. Наконец вспомнил. Когда я еще был забитым новичком, у нас с ним случилась размолвка. Мы были на танцах, музыканты ушли на перекур, а я встал в очередь за стаканчиком содовой. Реппертон отпихнул меня в сторону и сказал, что старшеклассники обслуживаются вне очереди. Он тогда учился в десятом классе: здоровенный, страшный и злобный верзила. У него были впалые щеки, густая копна сальных черных волос и маленькие, поставленные чересчур близко друг к другу глазки. Однако в этих глазах горел довольно живой и злой ум. Большую часть времени Бадди Реппертон торчал в курилке.

Я выдвинул еретическую теорию о том, что старшеклассники и все прочие имеют равные права в очереди за напитками. Реппертон предложил выйти на улицу. К этому времени очередь распалась и образовала застывший в напряженном ожидании круг, грозивший с минуты на минуту превратиться в арену. Тогда к нам подошел один из учителей и велел всем разойтись. Реппертон пообещал добраться до меня, но так и не добрался. Больше мы с ним не пересекались, я лишь время от времени видел его фамилию в списке оставленных после уроков за плохое поведение. Пару раз его даже исключали из школы; такие ребята, как вы понимаете, не состоят в Лиге молодых христиан.

Я рассказал Арни об этой стычке, и он понимающе кивнул. Потом дотронулся до своего фингала, который уже набряк отвратительной желтизной.

— Это его рук дело.
— Реппертон тебя разукрасил?!
— Ага.

Арни рассказал, что познакомился с Реппертоном в школьной автомастерской. Одна из издевок судьбы в случае с Арни состояла в том, что его интересы и способности постоянно вынуждали его иметь дело с типами, которые считали своим личным долгом регулярно надирать задницу арни каннингемам этого мира.

В десятом классе Арни записался на спецкурс «Основы технологии производства и ремонта автомобилей» (раньше он назывался просто «автомеханика», пока школа не получила от государства целую кучу денег на профессиональное обучение), и парень по имени Роджер Гилман выбил из него все дерьмо. Знаю, нехорошо так говорить про собственного друга, но красиво тут не скажешь. Гилман попросту выбил из Арни все дерьмо. Последний просидел дома несколько дней, а Гилман получил недельные каникулы — для него это была скорее награда, чем наказание. Сейчас он сидит в тюрьме за грабеж. Бадди Реппертон входил в компанию Роджера Гилмана и после его ареста, можно сказать, принял бразды правления.

Для Арни визит в автомастерскую был сродни посещению демилитаризированной зоны. Если он возвращался живым, то потом мчался во весь дух на другой конец школы с шахматной доской под мышкой и в окружении верных соратников.

Помню, как однажды посетил городской шахматный турнир в Сквирелл-Хилле: он стал для меня символом той шизы, в которую превратилась школьная жизнь моего лучшего друга. Он сидел, сгорбившись, над шахматной доской, а вокруг висела тяжелая, вязкая тишина (на таких мероприятиях других звуков не услышишь). После долгой паузы Арни передвинул ладью — при этом рука у него была такая черная от машинного масла и смазки, что даже «Бораксо» не справился с пятнами.

Конечно, не все завсегдатаи школьной мастерской его третировали, попадались там и хорошие ребята. Но они делились на две категории: у одних была своя закрытая тусовка, другие без конца курили дурь. Те, что из закрытой тусовки, жили в бедных районах Либертивилля (и не говорите мне, что в школе никому нет дела, из какого ты района, — еще как есть), всегда вели себя очень серьезно и тихо, отчего многие ошибочно считали их тупицами. Большинство из них выглядели так, словно пришли прямиком из 1968-го: длинные хвосты, джинсы, линялые футболки. Разница заключалась в том, что в 1978-м никто из них не хотел свергнуть власть, пределом их мечтаний была собственная автомастерская.

Да и вообще, школьная мастерская вечно притягивает к себе всякое хулиганье: они там не столько учатся, сколько отбывают срок. Когда Арни упомянул имя Бадди Реппертона, я сразу вспомнил парней, что постоянно вертелись на его орбите. Всем им было уже под двадцать, но они никак не могли сдать выпускные экзамены и окончить школу. Дон Ванденберг, Сэнди Галтон, Попрошайка Уэлч. Последнего звали Питер, но все называли его Попрошайкой, потому что он любил «пострелять» мелочь на рок-концертах в Питсбурге.

Бадди Реппертон прикатил к Дарнеллу на двухлетнем синем «камаро», побывавшем в жуткой аварии: после столкновения со встречной машиной на трассе номер 46 возле национального парка Скуонтик-Хиллз автомобиль несколько раз перевернуло. С двигателем все было нормально, а вот корпус пострадал куда серьезнее. Бадди купил «камаро» у одного из приятелей Дарнелла и привез ее в гараж примерно через неделю после того, как Арни приехал на Кристине. Впрочем, Бадди и раньше частенько там околачивался.

Поначалу он попросту игнорировал Арни, и тот, разумеется, ничуть не обижался на такое невнимание к собственной персоне. Зато Бадди был на дружеской ноге с Дарнеллом. Инструменты, которые остальным доставались только по предварительной записи, Бадди получал по первой же просьбе.

А потом Реппертон начал вредничать: по дороге от автомата с колой как бы невзначай задевал коробку с насадками для гнездового ключа, и те разлетались по всему отсеку, или сшибал локтем чашку кофе, которую Арни забывал на полке. А потом с мерзкой торжествующей улыбкой, как у Стива Мартина, протягивал: «Ой, ну прости-и-те!» Дарнелл тут же принимался орать на Арни, чтобы тот живо собрал все насадки, пока одна из них не завалилась в какую-нибудь дыру или щель.

Через некоторое время Бадди начал заруливать в отсек Арни и с размаху хлопать его по спине, вопя: «Как делишки, Шлюхингем?!»

Арни сносил эти первые залпы со стоицизмом матерого рохли. Наверное, он надеялся, что нападки Реппертона достигнут определенной высшей точки и сойдут на нет или что мучитель найдет себе другую жертву. Был и третий вариант, о котором приходилось только мечтать: что Бадди рано или поздно за что-нибудь прижмут и посадят и он исчезнет со сцены, как однажды исчез Роджер Гилман.

Гроза разразилась в воскресенье днем, когда Арни решил смазать все замки, петли и прочие нуждающиеся в смазке детали — просто потому, что еще не скопил денег на очередную жизненно необходимую запчасть. Реппертон проходил мимо, весело насвистывая и попивая колу. В руке у него была рукоятка от домкрата. Поравнявшись с двадцатым отсеком, он резко двинул этой рукояткой в сторону — и разбил одну из передних фар Кристины.

— Вдребезги, мать его, — сказал мне Арни, поедая пиццу.

«Ой, гляньте-ка, что я натворил! — завопил Бадди Реппертон с наигранным ужасом. — Ну извини-и...»

Больше он ничего сказать не успел. Арни готов был бесконечно сносить нападки Реппертона, но тот покусился на святое — на Кристину, — и этим мгновенно спровоцировал ответный удар. Арни набросился на него с кулаками (в кино он непременно угодил бы врагу прямо в выключатель, и тот растянулся бы на грязном гаражном полу).

Однако жизнь — не кино. Арни не достал Реппертону до подбородка, а просто вышиб у него из рук орешки и колу, которая залила ему все лицо и футболку.

— Ну все, гаденыш! — завопил Реппертон. Вид у него был почти до смешного обалдевший. — Получай! — Он замахнулся на Арни рукояткой от домкрата.

К ним подбежали несколько человек, и кто-то потребовал, чтобы Реппертон выбросил рукоятку и дрался по-честному. Ну он и выбросил.

— Дарнелл даже не попытался остановить драку? — спросил я Арни.

— А его не было, Деннис. Он куда-то исчез за пятнадцать минут до того, как все началось. Прямо как знал.

Арни сказал, что основной ущерб Реппертон нанес ему почти сразу: сначала поставил фингал, потом разодрал щеку (перстнем выпускника, который он купил, пока учился в очередном десятом классе).

— Ну и еще несколько синяков тут и там.

— Тут и там — это где?

Мы сидели за одним из дальних столиков. Арни огляделся по сторонам, убедился, что никто не смотрит, и задрал футболку. Я охнул. На груди и животе Арни красовался страшный закатный пейзаж из синяков — желтых, красных, багровых, коричневых. Они только-только начали бледнеть. Как он умудрился прийти на работу в таком состоянии — по сей день остается для меня загадкой.

— Друг, а ребра-то у тебя целы? — с неподдельным ужасом спросил я. Фингал и царапина по сравнению с этим дерьмом показались мне цветочками. Я не раз становился свидетелем школьных потасовок, даже сам в них участвовал, но такое видел впервые: Арни схлопотал по-взрослому.

— Целы, — вяло ответил он. — Мне повезло.

— Причем крупно.

Больше Арни ничего про драку не рассказывал, но свидетелем того побоища стал парень по имени Рэнди Тернер: он-то и посвятил меня во все подробности, когда начался учебный год. По его словам, Арни досталось бы куда больше, если б не его внезапная вспышка ярости: Реппертон такого не ожидал.

Арни накинулся на Бадди с таким рвением, точно дьявол всыпал ему красного перца в задницу. Он размахивал кулаками, вопил, ругался и плевался. Я попробовал это представить и не смог. Зато у меня перед глазами встала другая сцена: Арни колотит по моей приборной доске, оставляя на ней вмятины, и орет во всю глотку, что заставит гадов жрать свое дерьмо.

Он загнал Реппертона в противоположный угол гаража, разбил ему нос в кровь (скорее по счастливой случайности, нежели благодаря своей силе и ловкости), а потом ударил его в горло так, что тот закашлялся, захрипел и вообще потерял всякий интерес к драке.

Бадди отвернулся, хватаясь за горло и чуть не блюя, и тогда Арни впечатал свой рабочий ботинок со стальным мыском ему под зад: Бадди растянулся на полу и все еще держался за горло, одновременно вытирая хлещущую из носа кровь (как утверждал Рэнди Тернер), когда в гараже объявился Уилл Дарнелл. Арни забил бы сукина сына до смерти, если бы Дарнелл не подбежал и не завизжал своим осипшим голосом: «А ну хорош, хорош, *я сказал*!»

— Арни думал, что драка подстроена, — сказал я Рэнди. — Что Бадди нарочно разбил ему фару, а Уилл нарочно удрал из гаража.

Рэнди пожал плечами:

— Может быть. Запросто. Дарнелл и впрямь вернулся ровно в тот момент, когда Бадди начал проигрывать.

Семеро мужиков схватили Арни и оттащили в сторону. Сначала он бился как ненормальный, орал, чтобы его отпустили и чтобы Реппертон заплатил за разбитую фару, иначе он его убьет. Наконец он утих и сам не мог понять, как это вышло, что он до сих пор на ногах, а Реппертон валяется на полу.

Тот в итоге встал: футболка залапана грязью и маслом, в носу все еще пузырилась кровь. Он бросился было на Арни, но Рэнди сказал, что выглядело это неубедительно и было сделано скорее для виду. Его тоже оттащили и увели подальше. Дарнелл подошел к Арни, велел ему сдать инструменты и выметаться.

— Бог ты мой, Арни! Почему ты не позвонил?

Он вздохнул.

— Слишком был подавлен.

Мы доели пиццу, и я купил Арни третью пепси. Все-таки от этой дряни цветет не только лицо, но и душа.

— Я так и не понял, насовсем он меня выгнал или нет, — сказал Арни, когда мы ехали домой. — Как ты думаешь, Деннис? Меня вышвырнули?

— Он забрал у тебя ключ от ящика с инструментами, говоришь?

— Да. Меня еще никогда ниоткуда не выгоняли. — Он, казалось, вот-вот расплачется.

— Тебе же лучше. Уилл Дарнелл — сволочь еще та.

— И все равно оставаться там было бы глупо. Даже если Дарнелл разрешит мне вернуться, Реппертон-то никуда не денется. Снова подеремся...

Я начал напевать мелодию из фильма «Рокки».

— Нет, серьезно, я бы с ним подрался. Только боюсь, что в следующий раз Бадди придет, когда меня не будет, и пройдется монтировкой по Кристине. Дарнелл ему мешать не станет.

Я не ответил, и, наверное, Арни решил, что я с ним согласен. Но на самом деле я считал, что Бадди Реппертону нет никакого дела до ржавого «плимута-фьюри» 58-го года. Вовсе не машина была его главной мишенью. И если Бадди поймет, что не справится с уничтожением главной мишени сам, то он попросту позовет своих дружков — Дона Вандерберга, Попрошайку Уэлча и прочих. Надевайте свои говнодавы, ребята, сегодня будем давить говно из одного урода.

Мне пришло в голову, что они запросто могут его убить. В прямом смысле этого слова. Иногда хулиганье перегибает палку, такое случается. В газетах то и дело появляются заметки о подобных происшествиях.

— ...ее держать?

— А? — Я так глубоко задумался, что не расслышал последнего вопроса Арни.

— Я спрашиваю, не знаешь ли ты, где я могу ее держать?

Машина, машина, машина... У него только одно на уме! Мне уже хотелось сказать ему, чтобы сменил пластинку. Самое дурацкое, речь шла не просто о машине, а именно о Кристине, и только о ней. Арни ведь умный малый и должен понимать, что это становится похоже на одержимость... Но он не понимал. Ничего не понимал.

— Арни, — сказал я, — друг мой. Тебе сейчас надо подумать о более серьезных вещах. Где ты собираешься держать *себя*?

— В смысле?

— Что ты будешь делать, если Бадди Реппертон и его дружки захотят тебя отметелить?

У него вдруг стало очень мудрое выражение лица — эта перемена случилась столь внезапно, что я почти испугался. Не просто мудрое — хитрое и готовое на все. Такое лицо я видел в детстве по телевизору: оно было у ребят в черных пижамах, которые без труда надирали задницу самой хорошо оснащенной и самой подготовленной армии на свете.

— Деннис, — наконец ответил Арни, — я сделаю все, что в моих силах.

10. Смерть Лебэя

*Нет машины? Плохи дела!
Зато водителя уже я нашла!*

Джон Леннон и Пол Маккартни

В кино показывали «Бриолин», и я пошел на него со своей девушкой, болельщицей. Мне фильм показался дурацким, зато ей понравился. Я сидел, смотрел, как танцуют и поют ненастоящие киношные подростки (если захочу увидеть *настоящих* подростков — ну более или менее, — посмотрю как-нибудь повтор «Школьных джунглей»), и мысли мои витали неизвестно где. Внезапно меня посетило озарение, как часто бывает, когда не думаешь ни о чем конкретном.

Я извинился и вышел в фойе, где был телефон-автомат. Быстро и уверенно набрал номер Арни — я знал его наизусть лет с восьми. Конечно, я мог бы подождать до конца фильма, но уж очень мне понравилась собственная идея.

Трубку снял сам Арни.

— Алло.

— Арни, это Деннис.

— А, Деннис. Привет.

Голос у него был такой странный и безразличный, что мне стало немного страшно.

— Арни? Все нормально?

— Конечно. Я думал, вы с Розанной пошли в кино.

— Мы и пошли. Звоню из кинотеатра.

— Похоже, фильм так себе, — тем же безразличным голосом промолвил Арни.

— Розанне нравится.

Я думал, это его немного рассмешит, но он лишь терпеливо молчал и ждал, что я скажу.

— Слушай, я кое-что придумал!

— Придумал?

— Ну да! Лебэй! Лебэй тебе поможет!

— Ле... — странным высоким голосом начал Арни, а потом вдруг замолчал. Я испугался уже не на шутку. Таким я Арни не припоминал.

— Ну да, — затараторил я, — у него же есть гараж. Мне кажется, ради бабла он готов и дохлых крыс жрать. Если предложить ему шестнадцать или семнадцать баксов в неделю...

— Очень смешно, Деннис, — ледяным и злобным тоном проговорил Арни.

— Арни, да что...

Он повесил трубку.

Я ошарашенно смотрел на автомат и никак не мог взять в толк, что произошло. Опять его предки что-то учинили? Или он съездил к Дарнеллу и обнаружил, что машину разбили? Или...

Внезапно до меня дошло. Я положил трубку, подошел к торговому киоску и спросил, нет ли у них сегодняшней газеты. Девица, торговавшая леденцами и попкорном, наконец выудила откуда-то помятый номер и молча жевала жвачку, надувая пузыри, пока я открывал последнюю страницу, где печатали некрологи. Наверное, думала, что я сделаю с газетой что-нибудь неприличное — или даже съем ее.

Сначала я ничего не увидел. А потом перевернул страницу и прочитал один из заголовков: «УМЕР 71-ЛЕТНИЙ ВЕТЕРАН ВОЙНЫ». Под заметкой поместили фотографию Роланда Д. Лебэя в военной форме: он выглядел лет на двадцать моложе и куда бодрее, чем когда мы с ним общались. Некролог был короткий. Лебэй скончался внезапно, воскресным днем, у него остались брат Джордж и сестра Марша. Похороны пройдут в четверг, в два часа дня.

«Внезапно».

В этих некрологах всегда пишут либо «безвременно», либо «после долгой болезни», либо «внезапно». Последнее может означать что угодно, от эмболии кровеносного сосуда мозга до несчастного случая в горячей ванне, куда иногда падает работающий фен. Я вдруг вспомнил, как один раз подшутил над маленькой Элли — ей тогда было не больше трех. Показал ей игрушку «чертик из табакерки». Ох, ну и испугалась она! Сначала в руках у старшего брата Денниса была миленькая блестящая коробочка с музыкой, и вдруг — БАХ! — из нее выскочил какой-то урод с жуткой ухмылкой и носом-крючком, который чуть не выбил ей глаз. Элли с криками побежала к маме, а я сидел, угрюмо глядя на кивающего чертика в ожидании взбучки. Конечно, я ее заслужил: знал ведь, что Элли напугает мерзкий черт!

Выпрыгивающий так *внезапно*.

Я отдал газету девице за прилавком и тупо уставился на афиши с надписями «НОВЫЙ БЛОКБАСТЕР» и «СКОРО НА ЭКРАНАХ».

В воскресенье днем.

Так внезапно.

Удивительно, как иногда все складывается. Моя идея заключалась в том, чтобы Арни отвез Кристину туда, откуда взял: в гараж Лебэя. Может, тот бы согласился держать ее у себя за хорошие деньги. Но теперь выяснилось, что Лебэй умер. Он умер в тот же день, когда Бадди Реппертон подрался с Арни и разбил фару на его машине.

Я вдруг представил себе, как Бадди замахивается ручкой от домкрата, и *в этот самый миг* из глаза Лебэя вырывается фонтан крови, он заваливается набок и внезапно, без всякого предупреждения...

Прекрати, Деннис, сказал я себе. Хорош выдумы...

И тут у меня в голове, где-то глубоко-глубоко, зазвучал шепот: «Давай прокатимся, малыш, прокатимся с ветерком...» Потом все умолкло.

Девица за прилавком лопнула пузырь и сказала:

— Ты сейчас все самое интересное пропустишь. Конец клевый.

— Ага, спасибо.

Я двинулся было к входу в кинозал, но потом подошел к автомату с напитками. В горле все пересохло.

Не успел я допить, как двери кинозала распахнулись, и в фойе стали выходить люди. Над их головами я увидел завершающие титры. Вскоре вышла Розанна: она всюду искала меня. Ловя на себе восхищенные мужские взгляды, она в своей мечтательной и сдержанной манере их отражала.

— Ден-Ден! — воскликнула она, хватая меня за руку. Нет ничего хуже, чем слышать в свой адрес вот это «Ден-Ден» — ладно, может, есть вещи и похуже, когда тебе выкалывают глаз раскаленной кочергой или ампутируют ногу бензопилой, но это прозвище никогда мне не нравилось. — Где ты был? Пропустил конец! А в конце ведь все...

— ...самое интересное, — закончил я за нее. — Прости. Зов природы, ничего не поделаешь. Внезапно прихватило.

— Я тебе все расскажу, если отвезешь меня на набережную, — сказала она, прижимая мою руку к мягкой груди. — И если, конечно, ты еще хочешь немного поболтать.

— Счастливый был конец?

Она улыбнулась, и ее большие красивые глаза с поволокой засияли. Она еще крепче прижала мою руку к груди.

— Очень счастливый! Обожаю хеппи-энды, а ты?

— Жить без них не могу, — ответил я. Мне стоило бы думать о том, что обещает это прикосновение, но думал я только об Арни.

Ночью мне снова приснился кошмар о Кристине, только в этом сне она была старая — не просто старая, а древняя. Ужасная махина, какой самое место в колоде карт Таро: вместо Висельника — Машина Смерти. Я готов был поверить, что она ровесница пирамид. Двигатель ревел, чихал и выбрасывал клубы омерзительного голубого дыма.

Машина была не пуста. За рулем сидел, откинувшись на спинку сиденья, Роланд Д. Лебэй. Глаза у него были открыты, но мертвы. Всякий раз, когда двигатель машины взвизгивал и изъеденный ржавчиной кузов Кристины начинал дрожать, тело Лебэя тоже вскидывалось, как тряпичная кукла. Облезлая черепушка на тонкой шее болталась туда-сюда.

А потом шины страшно завизжали, и «плимут» бросился из гаража прямо на меня. В этот миг ржавчина растаяла, мутное лобовое стекло очистилось, хром засверкал свирепой новизной, а лысые покрышки вдруг превратились в пухлые «Уайд овалс» с протекторами глубиной с Большой Каньон.

Она кричала на меня, фары слепили ненавистью, а я, поднимая руки в бессмысленной и дурацкой попытке защититься, подумал: «Господи, какая неистощимая ярость...»

Тут я проснулся.
Без крика. На сей раз крик застрял у меня в горле.
Но еще секунда — и он бы точно вырвался.
Я резко сел. На моих коленях лежала сбитая в комок простыня и лужица холодного лунного света. Я подумал: «Скончался внезапно».
В ту ночь я уже не смог уснуть так быстро.

11. Похороны

> Плавники, как у акулы, и шины с белым кантом,
> Едет — что летит, и вся блестит бриллиантом.
> Когда умру, дружище, не дай подохнуть как собаке,
> А отвези на кладбище в любимом «кадиллаке».
>
> *Брюс Спрингстин*

Брэду Джеффрису, нашему прорабу, было за сорок, он почти облысел, зато мог похвастаться крепким телосложением и перманентным загаром. Он любил поорать — особенно когда мы выбивались из графика, — но в целом заслуживал уважения. Во время перерыва я подошел к нему и спросил, насколько отпросился Арни: на полдня или на весь день.

— На пару часов, только чтобы застать само погребение, — ответил Брэд. Он снял очки в стальной оправе и помассировал красные вмятины на переносице. — Только не говори мне, что тебе тоже надо. Вы оба в конце недели все равно увольняетесь, оставляете меня с этими придурками...

— Брэд, мне правда очень надо.

— Почему? Кем он вам приходится? Каннингем сказал, он просто продал ему машину. Неужели кто-то, кроме семьи, ходит на похороны к торговцам подержанными тачками?

— Он был не торговец, обычный старик. У Арни из-за всего этого могут быть проблемы, Брэд, я должен быть рядом.

Брэд вздохнул.

— Ладно, ладно, ладно... С часу до трех ты свободен, как и он. Но только если будете работать без обеда, а в четверг останетесь до шести вечера.

— Конечно. Спасибо, Брэд!

В час дня я поймал попутку и доехал до строительных бытовок. Арни был внутри: он уже повесил на крюк свою желтую каску и надевал чистую рубашку. Завидев меня, он чуть не подскочил от испуга.

— Деннис! Ты что тут делаешь?

— Собираюсь на похороны. Как и ты.

— Нет, — сразу отрезал он, и это слово проняло меня сильнее, чем все остальное — чем его отсутствие по субботам, чем холодность Майкла и Регины, чем его странный голос в тот вечер, когда я позвонил ему из кинотеатра. До меня дошло, что Арни полностью исключил меня из своей жизни, и случилось это так же внезапно, как смерть Лебэя.

— Да, — сказал я. — Арни, мне этот старикан уже снится. Слышишь, нет? Он мне снится! Я иду на похороны. Можем пойти врозь, если хочешь.

— Ты не шутил, верно?

— В смысле?

— Ну, когда позвонил мне из кино. Ты и впрямь не знал, что он помер.

— Господи! Ты что, думаешь, я стану шутить по такому поводу?

— Нет, — ответил он, но не сразу, а после тщательных размышлений. Я понял: Арни подозревает, что весь мир теперь настроен против него. Уилл Дарнелл, Бадди Реппертон, даже родители. Но дело было не в них. Дело было в машине.

— Он тебе снится?
— Да.

Арни обдумал мои слова, все еще держа в руках чистую рубашку.

— В газете написали, его хоронят на кладбище «Либертивилль Хайтс». Поедешь на автобусе или со мной?
— С тобой.
— Отлично.

Мы стояли на холме над кладбищем, не осмеливаясь и не очень-то желая спускаться к горстке скорбящих. Их было не больше пяти-шести, половина — старики в тщательно сохранявшейся военной форме, от которой буквально за милю несло нафталином. Гроб с телом Лебэя стоял над могилой, на нем лежал флаг. Жаркий августовский ветер доносил до нас слова священника: «Человек подобен траве, которую рано или поздно скашивают, человек подобен цветку, что расцветает весной и вянет летом, и оттого мы, люди, так любим все мимолетное и преходящее».

Когда служба закончилась, флаг сняли и какой-то человек лет шестидесяти бросил на гроб горсть земли, крошки которой соскользнули в могилу. В некрологе говорилось, что Лебэя пережили сестра и брат. Видимо, землю бросил брат: сходство было не поразительное, но все же было. Сестра на похороны не явилась; вокруг могилы собрались одни «мальчишки».

Двое из Американского легиона сложили флаг в треугольку и вручили его брату Лебэя. Священник попросил Господа благословить их, спасти и сохранить, возвысить и одарить своею благодатью. Скорбящие начали расходиться. Я оглянулся на Арни: его не было рядом. Он отошел в сторону, под дерево, и на его щеках блестели слезы.

— Все нормально, Арни? — спросил я, мысленно подмечая, что покойного никто, кроме Арни, не оплакивал. Знай Роланд Д. Лебэй, что Арни Каннингем окажется единственным человеком на свете, пролившим слезу на его скромных похоронах, он бы наверняка скостил ему пятьдесят баксов за свою дерьмовую тачку. Впрочем, она не стоила и ста пятидесяти.

В какой-то странной, почти безумной ярости он вытер щеки и прохрипел:

— Нормально. Пойдем.

— Ага.

Я подумал, что Арни решил уехать, но нет, он двинулся вовсе не к моему «дастеру», а вниз по склону холма. Я хотел было спросить, куда он, но осекся: дураку ясно, что он замыслил поговорить с братом Лебэя.

Брат тихо беседовал с двумя легионерами, зажав под мышкой флаг. На нем был костюм человека, не скопившего к пенсии больших денег: синий в тонкую полоску, со слегка замасленным задом. Галстук снизу помялся, а воротник белой рубашки пожелтел.

Он оглянулся на нас.

— Простите, — сказал Арни, — вы ведь брат Лебэя?

— Верно. — Он вопросительно и, как мне показалось, чуть настороженно уставился на моего друга.

Арни протянул ему руку.

— Меня зовут Арнольд Каннингем. Я был немного знаком с вашим братом. Недавно купил у него машину.

Сперва брат Лебэя машинально протянул руку навстречу — наверное, жест этот засел в подкорке американцев даже глубже, чем привычка проверять ширинку после посещения общественного туалета, — но, услышав про покупку машины, заметно смутился и чуть не отдернул руку.

Однако же не отдернул. И после быстрого рукопожатия сразу же спрятал ее за спину.

— Кристина... — сухо проговорил он. Да, семейное сходство определенно присутствовало: нависшие над глазами брови, выдвинутая челюсть, светло-голубые глаза. Но все же лицо этого человека было мягче, даже добрее; вряд ли оно когда-нибудь приобрело бы коварное лисье выражение, каким отличалось лицо Роланда Д. Лебэя. — Да-да. Последняя весточка, которую я получил от Ролли, была о продаже Кристины.

Святый боже, и этот величает ее по имени! А брата-то как назвал — Ролли! Трудно представить, что кто-то способен так называть злобного псориазного старикашку в замызганном корсаже. Впрочем, это прозвище он произнес без малейшей нежности или любви в голосе.

Лебэй продолжал:

— Мой брат редко пишет, но его хлебом не корми — дай над кем-нибудь поглумиться. Вы уж не взыщите, не могу подобрать другого слова. В своей записке Ролли назвал вас «глупой целкой» и сказал, что отменно вас поимел.

Я разинул рот и уставился на Арни, отчасти ожидая очередной вспышки гнева с его стороны. Однако тот даже бровью не повел.

— Отменно или нет, — спокойно проговорил Арни, — решать не ему, вы так не считаете, мистер Лебэй?

Лебэй рассмеялся, но не слишком весело.

— Это мой друг. Мы были вместе в день покупки.

Меня представили, и я пожал руку Джорджу Лебэю.

Солдаты ушли. Оставшись втроем, мы неловко посмотрели друг на друга, и Лебэй переложил флаг из одной руки в другую.

— Так чем могу помочь, мистер Каннингем? — наконец спросил Лебэй.

Арни откашлялся.

— Видите ли, меня интересует гараж, — сказал он. — Я сейчас чиню машину, привожу ее в нормальный вид, чтобы пройти техосмотр. Родители не разрешили мне держать ее дома, вот я и...

— Нет.

— ...может, вы согласитесь сдать гараж в аренду...

— Нет, ей-богу, даже не обсуждается.

— Я согласен платить двадцать долларов в неделю, — сказал Арни. И добавил: — Двадцать пять, если хотите. — Я поморщился. Он был как ребенок, угодивший в зыбучие пески и решивший напоследок вдоволь наесться пирожных с крысиным ядом.

— Не может быть и речи! — Лебэй начал выходить из себя.

— Мне нужен только гараж, — сказал Арни, тоже теряя присутствие духа. — Только гараж, в котором она изначально стояла.

— Невозможно, — ответил Лебэй. — Я подал объявления о продаже в «21 век», «Недвижимость Либертивилля» и «Жилье в Питсбурге». Они будут показывать дом...

— Да-да, конечно, в будущем, но до тех пор...

— И покупателям может не понравиться, что вы там что-то мастерите. Понимаете? — Он чуть наклонился к Арни. — Не обижайтесь, я ничего не имею против молодежи — если бы имел, меня бы уже давно упрятали в психушку, ведь я почти сорок лет проработал учителем в Парадайз-Фоллз, Огайо. Вы производите впечатление воспитанного и умного молодого человека. Но я намерен как можно быстрее продать дом брата и поделить деньги с сестрой, она живет в Денвере. Я хочу забыть об этом доме — и о брате.

— Понятно... А что, если я немного присмотрю за домом? Подстригу лужайку, покрашу забор, отремонтирую что-нибудь? Я могу быть очень полезен в этом смысле.

— Да, он на все руки мастер, — подхватил я. Пусть думает, что я на его стороне. Даже если это не совсем так.

— Я уже нанял человека для такого рода работ, — ответил Лебэй. Прозвучало вполне убедительно, но почему-то я сразу понял, что это ложь. И Арни тоже.

— Ладно. Примите мои соболезнования. Ваш брат показался мне очень... волевым человеком.

Когда он это сказал, я вдруг вспомнил, как старикан стоял на своей лужайке и плакал. «Что ж, вот я от нее и избавился, сынок».

— Волевым? — Джордж Лебэй цинично улыбнулся. — О да. Воли сукину сыну было не занимать. — Он сделал вид, что не заметил потрясенного взгляда Арни. — Что ж, простите, джентльмены, но мне нужно идти. От этой жары у меня прихватило живот.

Он зашагал прочь. Мы провожали его взглядом, стоя неподалеку от могилы. Вдруг Лебэй остановился — лицо Арни просияло, он решил, что тот передумал насчет гаража — и повернулся к нам.

— Мой вам совет, — сказал он Арни, — забудьте про эту машину. Продайте. Если никто не купит ее целиком, продайте на запчасти, а если и запчасти никому не нужны — отвезите ее на свалку. Избавьтесь от нее быстро и решительно, как от дурной привычки. Поверьте, так будет лучше.

Он стал ждать от Арни ответа, но тот молчал и лишь пристально смотрел Лебэю в глаза. Его собственные глаза приобрели особенный сланцевый оттенок, означавший, что он принял окончательное решение и пересмотру оно не подлежит. Лебэй это понял и кивнул. Вид у него был поникший и немного болезненный.

— Что ж, всего доброго, господа.

Арни вздохнул.

— Ничего не вышло.

Он смотрел в спину уходящему Лебэю с некоторой неприязнью.

— Да уж. — Я понадеялся, что в моем ответе он услышал больше печали, чем было на самом деле. Мысль о том, чтобы вернуть Кристину в тот гараж, не внушала мне радости. Ведь именно это мне и приснилось минувшей ночью. Кристина у себя дома.

Мы молча зашагали к моему «дастеру». Лебэй оставил в моей душе неприятный осадок. Оба Лебэя. Внезапно я принял решение — одному Богу известно, как все сложилось бы, не поддайся я этому внезапному импульсу.

— Слушай, мне надо отлить, — сказал я. — Подожди пару минут, о'кей?

— О'кей, — ответил Арни, не поднимая головы, и поплелся дальше.

Я свернул налево, куда указывала крошечная стрелка с обозначением туалета. Одолев первый холм и скрывшись с глаз Арни, я побежал к парковке. Джордж Лебэй как раз усаживался за руль крошечного «шевроле шеветта» с наклейкой службы проката автомобилей «Херц».

— Мистер Лебэй! — выдохнул я. — Мистер Лебэй?

Он поднял на меня удивленный взгляд.

— Простите за беспокойство...

— Ничего страшного. Но, боюсь, своего решения я не изменю. Гараж не сдается.

— Вот и славно, — ответил я.

Он приподнял густые брови.

— Эта машина... «фьюри»... она мне не нравится, — сказал я.

Джордж Лебэй молча и выжидательно смотрел на меня.

— От нее одни проблемы. Может, конечно, я просто...

— Ревнуете? — тихо спросил он. — Ваш друг теперь все свободное время проводит с ней?

— Ну да. Мы давно дружим. Только, сдается, не в одной ревности дело.

— А в чем же?

— Не знаю. — Я огляделся по сторонам в поисках Арни и нигде его увидел. Тем временем я наконец смог сформулировать свой вопрос. — Почему вы сказали ему забыть о машине? Почему посоветовали избавиться от нее, как от дурной привычки?

Он промолчал, и я успел испугаться, что ему нечего ответить — по крайней мере мне. Но через несколько секунд он тихо-тихо произнес:

— Сынок, а ты уверен, что хочешь лезть в это дело?

— Не уверен. — Я вдруг почувствовал, что надо посмотреть ему в глаза. — Но я волнуюсь за Арни. Не хочу, чтобы он вляпался в какую-нибудь историю. От этой машины одни неприятности. Боюсь, дальше будет только хуже.

— Приходи вечером в мой мотель. Он находится прямо у съезда с 376-й автомагистрали на Вестерн-авеню. Не заблудишься?

— Я на той дороге ямы заливал, — сказал я и с улыбкой продемонстрировал ему руки. — Вот, волдыри до сих пор.

Ответной улыбки не последовало.

— Мотель «Радуга». Там их два стоит, мой — дешевый.

— Спасибо, — неловко ответил я. — Слушайте, правда...

— Может, это не твое дело, да и не мое, — тихим учительским голосом (не похожим и вместе с тем до жути похожим на безумный хрип брата) произнес Лебэй.

(*...Нет на свете запаха приятней, чем запах новой машины. Ну, после женской киски...*)

— Но кое-что я могу сказать тебе прямо сейчас. Мой брат был скверный человек. Думаю, этот «плимут-фьюри» был единственной любовью его жизни. Так что это их дело, моего брата и твоего приятеля, и больше ничье, даже если мы считаем иначе.

Он улыбнулся. Улыбка была неприятная, и на миг мне показалось, что глазами Джорджа на меня смотрит сам Роланд Д. Лебэй. Меня передернуло.

— Сынок, ты, наверное, еще маловат для поисков истины, тем более когда ее пытаются донести до тебя другие. Но все же скажу: любовь — это зло. — Он медленно кивнул. — Да-да. Поэты во все времена и порой намеренно заблуждались на этот счет. Любовь — древний убийца. Любовь не слепа. Любовь — это каннибал с чрезвычайно острым зрением. Любовь плотоядна и всегда голодна.

— Чем же она питается? — спросил я неожиданно для себя. Речь этого человека показалась мне безумной от начала и до конца, но вопрос почему-то сам сорвался с губ.

— Дружбой, — ответил Джордж Лебэй. — На твоем месте, Деннис, я бы начал готовиться к худшему.

Он с мягким щелчком закрыл дверь «шеветты» и завел двигатель — такие, наверное, ставят в швейные машинки. А потом он уехал, оставив меня одного на краю заасфальтированной парковки. Я вдруг вспомнил, что Арни ждет меня с другой стороны, и быстро зашагал к туалетам.

По дороге мне пришло в голову, что могильщики, гробокопатели, вечные инженеры — или как там они теперь себя называют — сейчас опускают гроб Лебэя в могилу. Земля, которую в конце церемонии бросил Джордж Лебэй, лежит на крышке подобно лапе зверя. Я попытался выбросить из головы эту картину, но ей на смену пришла другая, еще хуже: Роланд Д. Лебэй лежал в выстланном шелком гробу, одетый в лучший костюм и лучшее белье — без вонючего корсажа, разумеется.

Лебэй лежал в земле, в гробу, скрестив на груди руки... и отчего-то я был уверен, что на лице у него сияла широченная торжествующая улыбка.

12. Семейная история

> Меня услышат даже в Нидэме,
> На трассе 128, где гудят высоковольтки,
> Здесь так холодно в ночи,
> Здесь так весело в ночи...
>
> *Джонатан Ричмэн и «Модерн ловерс»*

Мотель «Радуга» и впрямь был паршивый. Длинный одноэтажный барак, растрескавшаяся парковка, две буквы неоновой вывески разбиты и не горят. Именно в таком месте и останавливаются престарелые учителя английского. Знаю, звучит безрадостно, но это правда. А завтра Джордж Лебэй должен был доехать в арендованной машине до аэропорта и улететь в Парадайз-Фоллз, Огайо.

Мотель напоминал дом престарелых. В пластиковых креслах на длинной террасе сидели старики со скрещенными костлявыми ногами и в натянутых до колен белых носках. Мужчины походили на древних альпинистов, поджарых и иссохших. Большинство женщин безнадежно заплыли мягким стариковским жиром. С тех пор я видел немало подобных мотелей, заселенных исключительно людьми за пятьдесят: наверное, им рассказывают про эти заведения по какой-нибудь горячей линии «Старенький да удаленький». «Бальзам на вашу удаленную матку или воспаленную простату — отдых в мотеле «Радуга»!» «У нас нет кабельного, зато есть массажное кресло — всего четвертак за сеанс!» Ни одного молодого человека я там не увидел, а ржавые горки и качели пустовали, отбрасывая на землю длинные неподвижные тени. Над вывеской красовалась неоновая радуга, жужжавшая, как пойманный в бутылку рой мух.

Лебэй сидел возле двери с табличкой «№14», в руке у него был стакан. Я подошел и пожал ему руку.

— Лимонаду?

— Нет, спасибо.

Возле соседнего номера стоял пустой пластиковый стул: я принес его и сел рядом.

— Тогда я, с твоего позволения, начну рассказ, — тихо и вежливо проговорил он. — Я на одиннадцать лет младше Ролли и еще только привыкаю к старости.

Я поерзал на стуле и промолчал.

— Нас было четверо, Ролли — старший, я — младший. Средний Дрю умер во Франции в 1944-м. Они с Ролли оба были военные. Выросли мы здесь, в Либертивилле, только он тогда был гораздо меньше, почти деревня. Настолько мал, что все его жители делились на «своих» и «чужих». Мы были чужие. Неприкаянные. Не от мира сего. Выбирай любое клише.

Он тихо хохотнул и плеснул себе еще «севен-апа».

— Я почти ничего не помню о детстве Ролли. Все-таки он уже учился в пятом классе, когда я родился, — но одно я запомнил на всю жизнь.

— Что?

— Его злость, — ответил Лебэй. — Он злился на все и вся. Его бесило, что приходится ходить в школу в лохмотьях, что отец пьет и не может найти нормальную работу ни на одном сталелитейном заводе, что мать не в состоянии положить конец его пьянству. Он злился на младших — Дрю, Маршу и меня, — потому что из-за лишних ртов семья была обречена жить впроголодь.

Он протянул мне одну руку и закатал рукав рубашки: под блестящей натянутой кожей бугрились стариковские сухожилия. От локтя до запястья шел бледный шрам.

— Подарок от Ролли, — сказал Лебэй. — Мне было три, ему — четырнадцать. Я играл во дворе с распиленными и покрашенными деревяшками, заменявшими мне машины, когда он выскочил из дома, опаздывая в школу. Видимо, я сидел у него на пути. Он отпихнул меня на тротуар, а потом вернулся и швырнул в кусты. Моя рука угодила на заостренный колышек забора, которым мама окружила заросли сорняков и подсолнухов, упорно именуемые ею «палисадником». Крови было много, помню, все рыдали — кроме Ролли, который только вопил: «Это тебе за то, что вечно путаешься под ногами, сопля! Понял?!»

Я потрясенно смотрел на старый шрам. До меня дошло, что изначально он был маленьким, но с годами рос: ручка трехлетнего малыша вытягивалась и в конце концов превратилась в худощавую стариковскую руку. Рана, из которой в 1921-м била кровь, затянулась, а на ее месте возникла эта длинная серебристая полоска с поперечными отметинами, напоминающими ступени стремянки. Рана затянулась, но шрам... вырос.

Меня пробил жуткий озноб. Я вспомнил, как Арни молотил по приборной доске моего «дастера» и орал, что заставит сукиных детей жрать свое дерьмо.

Джордж Лебэй пристально поглядел на меня. Уж не знаю, что он увидел, но он медленно спустил рукав и застегнул его с таким видом, словно опустил занавес на почти невыносимое прошлое.

Затем глотнул еще лимонаду.

— В тот вечер отец пришел домой с очередной попойки — он называл их «поисками работы» — и, узнав, что натворил Ролли, вытряс из него всю душу. Но Ролли не раскаялся. Он плакал, но извиняться отказался наотрез. — Лебэй едва заметно улыбнулся. — В конце концов моя мать заорала, чтобы он прекратил, не то Ролли точно помрет. Слезы градом катились по лицу брата, но он не сдавался. «Мелкий путался у меня под ногами! — кричал он. — Если и дальше будет путаться, я снова его побью, и ты меня не остановишь, понял, мерзкая пьянь?!» Тогда отец ударил его по лицу и разбил ему нос, а Ролли рухнул на пол, и между пальцами у него брызгала кровь. Мама рыдала, Марша ревела, Дрю забился в угол, а я вопил во все горло, сжимая перевязанную руку. Но Ролли все твердил: «Я снова его побью, пьянь-пьянь-мерзкая-проклятая-пьянь!»

Над нашими головами замерцали первые звезды. Из соседнего номера вышла старушка, подошла к своему дряхлому «форду», достала из него чемодан и потащила в номер. Где-то играло радио. Разумеется, не рок.

— Его неистощимую ярость я запомнил на всю жизнь, — тихо повторил Лебэй. — В школе он дрался со всеми, кто смеялся над его одеждой или стрижкой, и даже с теми, кого только *подозревал* в этом. Его снова и снова оставляли на второй год.

В конце концов он бросил школу и ушел в армию. Времена были не самые хорошие для военной службы — двадцатые. Никакой славы и почета, никаких продвижений по службе, никаких тебе реющих флагов и знамен. Ролли просто переезжал с базы на базу, сперва на юге, потом на юго-западе. Каждые три месяца мы получали от него письмо. Он по-прежнему злился на всех и вся. Любимое словечко у него было «говнюки». Говнюки не повышали его в звании, говнюки оставили его без отпуска, говнюки не могли найти без фонарика собственный зад. Пару раз говнюки сажали его в военную тюрьму. Не вышвырнули его только потому, что он был прекрасным механиком: даже самые старые развалюхи, какими конгресс обеспечивал армию, в его руках преображались.

Я с тревогой заметил, что думаю об Арни — мастере на все руки.

— Но этот талант лишь питал его ярость. Ярость, которая не знала конца и края до тех пор, пока он не купил эту машину.

— То есть?

Лебэй сухо рассмеялся.

— Он чинил военные грузовики, штабные автомобили, транспорт, перевозящий боеприпасы. Даже бульдозеры. Все у него держалось на соплях и веревках, но работало исправно. Однажды форт «Арнольд» на западе Техаса посетил местный конгрессмен. У него что-то случилось с машиной, и вот командир, мечтая произвести на политика хорошее впечатление, приказал Ролли починить его бесценный «бентли». О, мы получили от Ролли длиннющее письмо: четыре страницы, полные чистой желчи и огня. Странно, что от этих строк не загорелись страницы. Словом, через его руки постоянно проходили чужие машины, но до Второй мировой у него не было собственной. Даже после войны он смог позволить себе лишь старинный, изъеденный ржавчиной «шевроле». В двадцатые и тридцатые ему не хватало денег, а в войну у него была одна забота — как бы не подохнуть. Все эти годы он работал механиком и починил тысячи машин, принадлежавших «говнюкам», но своей так и не обзавелся. Потом он приехал в

Либертивилль. Старый «шевроле» не смог утолить его ярость, как и «хадсон-хорнет», купленный спустя год после женитьбы.

— Женитьбы?

— Смотрю, он вам про жену не рассказывал? — спросил Лебэй. — Ролли часами напролет рассказывал о службе в армии — о войне и бесконечных стычках с говнюками, — пока собеседники не начинали клевать носом... тогда он мог и в карман к ним забраться, стянуть бумажник. Но про Веронику и Риту он никому никогда не рассказывал.

— Кто они?

— Вероника была женой. Они сыграли свадьбу в одна тысяча девятьсот пятьдесят первом, незадолго до того, как Ролли уехал в Корею. Он легко мог остаться в Штатах — жена забеременела, да и сам он был уже немолод. Но он решил ехать.

Лебэй задумчиво посмотрел на заброшенную детскую площадку.

— Получилось двоеженство. К пятьдесят первому Ролли стукнуло сорок четыре, он давно был женат — на армии. И на говнюках.

Он вновь замолчал. Тишина была мертвая.

— Вы как? — с опаской спросил я.

— Нормально. Просто задумался. О покойниках плохо не говорят, так я хоть подумаю. — Лицо у него было спокойное, но взгляд — мрачный и глубоко уязвленный. — Знаешь, мне больно все это вспоминать... Как тебя зовут? Не очень-то хочется ворошить былое с человеком, чье имя не помню. Дональд.

— Деннис. Слушайте, мистер Лебэй...

— Не ожидал, что будет так больно. Но раз уж начал — надо заканчивать, верно? Я видел Веронику всего два раза. Она была родом из Западной Виргинии. Городок неподалеку от Уилинга. Тогда таких называли «голозадыми южанами», и я бы не сказал, что она была очень уж умна. Ролли полностью подчинил себе бедную девушку и принимал ее любовь как должное. Но она любила мужа — по крайней мере до того страшного случая с Ритой. Мне кажется, Ролли видел в ней не женщину, а что-то вроде жилетки для слез. Письма, которые мы от него получали... Пойми, пожалуйста, он бросил школу очень рано, и эти письма, сколько бы ошибок в них ни было, давались ему непросто. Он вкладывал в них все свои силы, всю душу. Они были его творениями, романами, симфониями. Вряд ли он писал их с тем, чтобы избавиться от яда в сердце. Скорее, чтобы распространить его по миру.

После знакомства с Вероникой Ролли перестал писать. У него появился слушатель, и про нас он забыл. Наверное, в те два года, что он служил в Корее, он писал письма только жене. Я получил всего одно, Марша — два. Никакой радости по поводу рождения дочери в начале пятьдесят второго он не испытывал, только досаду, что в семье появился еще один рот, а говнюки не повышают ему жалованье.

— Неужели его ни разу не повысили в звании? — спросил я. В прошлом году я посмотрел длинный телевизионный фильм, снятый по роману Энтона Майрера «Однажды орел...». На следующий же день я наткнулся в магазине на саму книгу в обложке и купил ее в надежде прочитать хороший роман о войне. В итоге я получил роман не только о войне, но и о мире, да в придачу почерпнул немало знаний о военной службе. Одна из истин гласила: в войну ржавые колесики и шестеренки армейской машины приходят в движение. Как же Лебэю удалось оставаться рядовым спустя столько лет службы и две войны, к тому же при Эйзенхауэре?

Джордж Лебэй засмеялся.

— Он был вроде Пруита из «Отныне и во веки веков». Сначала его повышали, а потом понижали обратно за какую-нибудь провинность — нарушение субординации, грубость или пьянство. Я ведь говорил, что его сажали в военную тюрьму? Один раз за то, что нассал в чашу для пунша перед вечеринкой в форте «Дикс». За этот проступок он отсидел всего десять дней — наверное, руководство сжалилось и решило, что это лишь пьяная выходка, из тех, что они сами не раз отмачивали в юности, когда учились в университете. Они не понимали, не могли понять, сколько зла и смертельной ненависти крылось в поступке Ролли. Хотя, подозреваю, к тому времени Вероника уже могла бы им рассказать.

Я взглянул на часы. Было пятнадцать минут десятого. Лебэй рассказывал уже больше часа.

— Брат вернулся из Кореи в пятьдесят третьем и впервые увидел дочь. Насколько я знаю, минуту-другую он на нее смотрел, а потом вернул жене и на весь день уехал на своем древнем «шевроле» по барам... и бабам. Заскучал, Деннис?

— Нет, — честно ответил я.

— Все эти годы Ролли мечтал только об одном: о новенькой машине. «Кадиллаки» и «линкольны» ему были неинтересны, он не хотел принадлежать к высшему классу — офицерам и говнюкам. Ему хотелось новый «плимут», «форд» или «додж». Вероника иногда нам писала и рассказывала, что по воскресеньям они почти всегда ездили по местным автосалонам. Они с малышкой сидели в старом «хорнете» и читали книжки, пока Ролли обходил очередную пыльную стоянку с очередным продавцом, беседуя о мощности двигателя, расходе топлива и прочих лошадиных силах. Иногда я представляю себе маленькую девочку, растущую под треск пластиковых флажков на горячем ветру все новых гарнизонов... и не знаю, плакать мне или смеяться.

Я снова подумал об Арни.

— Думаете, он был одержим?

— Да. Можно и так сказать. Они с Вероникой начали копить деньги. Точнее, он отдавал их Веронике — боялся пропить. А когда уходил в запой, то мог и с ножом на нее наброситься, требуя на опохмел. Это я узнал уже от сестры, которая иногда разговаривала с Вероникой по телефону. Она, понятно, ни цента ему не давала, и к одна тысяча девятьсот пятьдесят пятому году они скопили около восьмисот долларов. «Помни о машине, милый, — говорила она ему, когда нож в очередной раз оказывался у ее горла, — если пропьешь деньги, мы не сможем купить машину».

— Видно, она и в самом деле его любила.

— Возможно. Только не подумай, что ее любовь благотворно повлияла на Ролли — это все романтическая чушь. Вода, может, и точит камень, но на это уходят сотни лет. А люди столько не живут.

Он как будто хотел сказать что-то еще, но потом передумал. Это показалось мне странным.

— И все же Ролли ни ее, ни дочку пальцем не тронул. При том что с ножом он к ней подходил вдрызг пьяный. Сейчас много шума поднимают из-за распространения наркотиков в школах, и я, разумеется, тоже против: нечего подросткам разгуливать по городу под кайфом. Только я считаю, что алкоголь — самый распространенный и опасный наркотик из всех существующих, при этом он разрешен законом. Когда мой брат наконец ушел из армии — в пятьдесят седьмом, — Вероника скопила чуть больше тысячи двухсот долларов, да еще прибавь к этому неплохую пенсию по инвалидности (помнишь, Ролли повредили спину? «Все-таки я выбил из говнюков немного деньжат», — сказал потом он). Словом, деньги у них появились. Они купили дом, куда вы с другом недавно наведывались, но первым делом, разумеется, Ролли купил себе машину. Машина была важнее всего. Поездки по автосалонам превратились для него в манию. И в конце концов он остановил выбор на Кристине. Я получил от него длинное, подробнейшее письмо об этой машине. Спортивное купе «плимутфьюри» пятьдесят восьмого года, и так далее, и тому подобное. Я, конечно, уже ничего не помню, а вот твой друг, ручаюсь, выучил главу о ее технических характеристиках наизусть.

— Скорее, о ее физических данных, — вставил я.

Лебэй печально улыбнулся.

— Да, ты прав. Помню, он писал, что на лобовом стекле была наклейка с ценой три тысячи долларов, но он «скостил» ее до двух тысяч ста, включая встречную продажу старого автомобиля. Ролли сделал заказ, оплатил первоначальный взнос в размере десяти процентов, а потом, когда машина пришла, выплатил остаток наличными — по десять и двадцать долларов. На следующий год Рита, которой исполнилось шесть лет, подавилась и умерла.

От неожиданности я так резко подскочил на стуле, что он едва из-под меня не вылетел. Мягкий учительский голос Джорджа Лебэя убаюкивал, да к тому же я очень устал. От всего этого я наполовину дремал, наполовину бодрствовал, но последние слова подействовали на меня как ведро холодной воды.

— Да-да, — ответил он на мой испуганный и вопросительный взгляд. — Вместо воскресных поездок по автосалонам Ролли теперь устраивал своим девочкам «покатушки», так он это называл. Словечко это он услышал по радио. Помню, в машине он часами слушал рок-н-ролл. Вот и в то воскресенье они всей семьей поехали кататься. И спереди, и сзади в салоне были мусорные мешки. Девчушке строго запрещали мусорить в машине и вообще что-либо пачкать. Она хорошо заучила этот урок. Она...

Он вновь погрузился в странную тишину, а затем немного сменил тему:

— Пепельницы в салоне всегда были идеально чистые. Всегда. Ролли много курил, но пепел стряхивал в окно, и потушенный бычок выбрасывал туда же. Если же кто-то из пассажиров успевал воспользоваться пепельницей, он вытряхивал ее и протирал бумажным полотенцем. Ролли мыл Кристину дважды в неделю и дважды в год покрывал ее воском. Все это он проделывал сам, снимая на время отсек в местной автомастерской самообслуживания.

Я подумал: уж не у Дарнелла ли?

— В то воскресенье они по дороге домой остановились купить гамбургеров в придорожном киоске — «Макдоналдсов» тогда еще не было, только придорожные киоски. А потом случилась беда... в сущности, обычное дело...

Опять эта тишина, словно бы Лебэй раздумывал, что стоит, а чего не стоит говорить — или как отделить правду от собственных домыслов.

— Она подавилась кусочком мяса, — наконец произнес он. — Когда она начала задыхаться, Ролли остановил машину, вытащил дочь на улицу и стал хлопать ее по спине. Конечно, сейчас для этого есть особый прием, прием Геймлиха, весьма действенный в подобных ситуациях. В прошлом году одна молодая учительница в нашей школе таким образом спасла мальчишку. Но раньше... Моя племянница умерла на обочине. Догадываюсь, что в страшных муках.

Голос у него был по-прежнему мягкий и навевающий дрему, только вот спать мне больше не хотелось. Совсем.

— Он пытался ее спасти. Я в этом убежден. И я хочу верить, что ее смерть была случайностью. Ролли в армии привык быть беспощадным, и вряд ли он очень уж любил свою дочь. Иногда, когда дело касается жизни и смерти, беспощадность и недостаток любви могут принести пользу. Они могут оказаться спасением.

— Но не в этот раз, — произнес я.

— В конце концов он перевернул ее вверх ногами и потряс. Даже ударил в живот, надеясь вызвать рвоту. Думаю, он бы и трахеотомию перочинным ножом сделал, если б имел хоть малейшее представление, как она делается. Но он не имел. Рита умерла. На похороны приехали Марша с семьей и я. Последний раз, когда мы собрались все вместе. Помню, я думал, что Ролли теперь продаст машину — в каком-то смысле меня это даже расстроило. Она занимала столько места в письмах Вероники и редких посланиях от Ролли, что стала почти членом семьи. Вот только он ее не продал. Подъехал на Кристине прямо к методистской церкви Либертивилля. Она сверкала новой полиролью и... ненавистью. Она источала *ненависть*. — Он повернулся ко мне. — Можешь в это поверить, Деннис?

Я с трудом сглотнул и выдавил:

— Да. Верю.

Лебэй мрачно кивнул.

— На пассажирском сиденье сидела Вероника, похожая на восковой манекен. Жизнь, которая прежде била из нее ключом, ушла. У Ролли была машина, у Вероники была дочь. Она не просто горевала по ней, она умерла.

Я попытался представить, что сделал бы на месте Ролли. Допустим, моя дочь подавилась гамбургером на заднем сиденье машины и умерла на обочине. Стал бы я продавать машину? Зачем? Это ведь не машина ее убила, а кусок мяса, застрявший в дыхательных путях. Так зачем же избавляться от машины? Вот только смотреть на нее я бы не смог, потому что от одного вида этого автомобиля меня бы переполняли ужас и горе. Ну, продал бы я ее или нет? Господи, конечно же, первым делом!

— Вы его об этом спрашивали?

— А то! Марша присутствовала при разговоре. После похорон мы вместе подошли к Ролли. Вероника сидела в дальней комнате с братом, приехавшим из Глори, Западная Виргиния. Впрочем, даже если бы она услышала наш разговор, вряд ли мы дождались бы от нее какой-то реакции.

— Что же вы сказали?

— Ну, спросил, не собирается ли он продавать машину. На его лице тут же появилось тупое бычье выражение, которое я отлично помнил с детства. У него было именно такое лицо, когда он швырнул меня на забор, а потом, истекая кровью, обозвал отца пьянью. Ролли сказал: «Это же безумие, Джордж, продавать годовалую машину с пробегом в одиннадцать тысяч миль. Ты прекрасно знаешь, что это невыгодно». Я ответил: «Ролли, если ты можешь сейчас думать о деньгах, то у тебя не сердце, а камень. Неужели ты хочешь, чтобы твоя жена каждый день смотрела на машину, в которой погибла ваша дочь? Да еще ездила в ней?! Господи, брат, опомнись!» Бычье выражение никуда не исчезло, пока он не взглянул на Кристину: тогда его лицо просветлело и разгладилось. На короткий миг. Помню, я еще задался вопросом, смотрел ли он так когда-нибудь на Риту. Вряд ли. В Ролли не было ни капли нежности.

Лебэй ненадолго замолчал, а потом продолжил:

— Марша тоже пыталась его вразумить. Она всегда боялась Ролли, но тут обида за Веронику пересилила страх: та ведь ей постоянно писала, и Марша знала, что она души не чаяла в своей девочке. Когда человек умирает, сказала сестра, родные сжигают его матрас, а все вещи отдают в Армию спасения или еще куда-нибудь, не важно, — главное, убрать с глаз долой все напоминания и как-то жить дальше. Вероника не сможет жить дальше, пока эта машина стоит в гараже. Ролли язвительно спросил ее, уж не хочет ли она облить Кристину бензином и поджечь — только потому, что в ней умерла его дочь. Марша заплакала и заявила, что с удовольствием бы это сделала. В конце концов я взял ее за руку и увел. Больше она с Ролли не разговаривала. Машина была его, и он мог до посинения болтать про пробег и про то, что первые три года ее продавать не стоит, но факт был попросту в том, что он не хотел продавать Кристину. Марша с семьей купили билеты на автобус и уехали, больше она Ролли не видела и даже ни разу ему не писала. На похороны Вероники она тоже не приехала.

Жена. Сначала умерла дочь, потом жена. Почему-то я сразу это понял. Бах-бах. По ногам к животу поползло какое-то холодное онемение.

— Она умерла полгода спустя. В январе пятьдесят девятого.
— Но машина ведь была ни при чем, правда?
— При чем, еще как при чем, — мягко произнес Лебэй.

Не хочу ничего знать, подумал я. Разумеется, я не мог уйти, не дослушав. Потому что эта машина теперь принадлежала моему лучшему другу и потому что она начинала играть в его жизни какую-то странную, прямо-таки первостепенную роль.

— После смерти Риты у Вероники началась депрессия, из которой она так и не вышла. Друзья пытались ей помочь... помочь ей вновь найти свой путь. Но она не смогла. А в остальном все было хорошо. Впервые в жизни у Ролли завелись деньги. Он получил пенсию по инвалидности, пенсию военнослужащего и еще устроился ночным сторожем на местный шинный завод. После похорон брата я туда съездил, но его больше нет.

— Да, они обанкротились двенадцать лет назад. Я тогда был еще ребенком. На месте завода теперь китайский ресторанчик.

— Они стали вдвое быстрее выплачивать ипотечный кредит, да и на ребенка деньги больше не уходили. Но Веронику все это нисколько не радовало, никаких просветов в ее депрессии не появлялось. Самоубийство она совершила весьма обдуманно и хладнокровно. Если бы для начинающих самоубийц написали учебник, ее случай непременно бы в него вошел. Она съездила в местный магазин «Вестерн ауто» — помню, там я когда-то купил свой первый велосипед — и приобрела двадцатифутовый резиновый шланг. Один его конец она закрепила на выхлопной трубе Кристины, а другой засунула в окно салона. Водить машину Вероника не умела, но завести могла. Этого навыка оказалось достаточно.

Я поджал губы, облизнул их и услышал собственный сдавленный хрип:

— Не отказался бы от лимонада, если предложение еще в силе.

— Будь так добр, принеси и мне бутылочку, — сказал Лебэй. — Я от шипучки плохо сплю, но здоровый сон мне сегодня и так не светит.

Я догадался, что мне тоже. Взяв две бутылки лимонада в автомате мотеля, я побрел назад, к номеру Лебэя, но на полпути остановился. С такого расстояния он казался лишь черной тенью на фоне темной стены, его белые носки сияли во мраке, как два маленьких привидения. Я вдруг подумал: «Машина проклята. Точно. Да, прямо как в дешевом фильме ужасов. Смотрите, впереди знак... «Следующая остановка — Сумеречная зона!»

Но это же бред, верно?

Конечно, бред. Я зашагал дальше. Машины не бывают проклятыми, это все выдумки киношников, развлекаловка для субботних вечеров, не имеющая ничего общего с реальностью.

Я отдал Лебэю лимонад и дослушал его историю. В двух словах ее можно пересказать так: «С тех пор жил он долго и несчастливо». Роланд Д. Лебэй остался в том же небольшом доме послевоенной постройки, а «плимут-фьюри» 58-го года поставил в гараж. В 1965-м он уволился с шинного завода. Примерно в то же время прекратил скрупулезно ухаживать за Кристиной и забросил ее, как старики забрасывают часы.

— Хотите сказать, она стояла там с тех самых пор? С шестидесят пятого года? Тринадцать лет?!

— Нет-нет. Она стояла в гараже. Соседи бы никогда не позволили держать на лужайке ржавую развалюху. Где-нибудь в деревне — пожалуйста, но у вас тут все-таки престижный пригород.

— Когда мы ее первый раз увидели, она стояла на лужайке.

— Да, знаю. Он выставил ее недавно, нацепив на лобовое стекло табличку «Продается». Мне стало любопытно, и я спросил про это у ребят из Легиона. Большинство из них давно потеряли связь с Ролли, но один мне рассказал, что машина появилась на лужайке только в этом мае.

Я хотел что-то сказать и осекся. Мне пришла в голову ужасная мысль: «Какое удобное совпадение». Даже чересчур. Кристина простояла в темном гараже много лет — четыре, восемь, дюжину... А потом в один прекрасный день Лебэй выставил ее на газон — за несколько месяцев до того, как мы с Арни ее увидели — и нацепил на стекло табличку «Продается».

Позже — много позже — я перелистал все газеты с частными объявлениями Питсбурга и Либертивилля за май. Ни одного объявления о продаже «плимута-фьюри» там не оказалось. Роланд Д. Лебэй просто выкатил машину на лужайку дома, стоявшего на не самой оживленной улице, и стал поджидать покупателя.

Тогда я еще не мог этого осознать — по крайней мере не мог осознать со всей ясностью, — однако внутри у меня все похолодело от страха. Лебэй словно бы знал, что рано или поздно покупатель появится. Не в мае — так в июне. Или в июле. Или в августе. Когда-нибудь.

Нет, эта мысль еще не оформилась у меня в голове. Но зато там возник примитивный образ: венерина мухоловка на краю болота, плотоядно распахнувшая зеленые створки в ожидании жертвы.

Правильной жертвы.

— Помню, я подумал, что он испугался проверки зрения, — наконец выговорил я. — После семидесяти их надо проходить раз в год или в два, иначе права не продлят.

Джордж Лебэй кивнул.

— Это было бы в духе Ролли. Вот только...

— Что?

— Я где-то прочитал — хоть убей, не вспомню, кто это сказал и по какому поводу, — что в жизни человечества всегда есть «идеальная пора» для чего-нибудь. Скажем, когда была пора паровых двигателей, сразу несколько ученых изобрели паровой двигатель. Да, патент и славу получил только один человек, но идея словно витала в воздухе. Чем это объяснишь? Только тем, что настала пора таких двигателей.

Лебэй глотнул лимонаду и посмотрел на небо.

— В Гражданскую войну наступила пора броненосцев. Затем — пора пулеметов. Не успели очухаться, а на дворе уже пора электричества, радио и, наконец, атомной бомбы. Эти идеи, казалось, приносило волной какого-то огромного разума... почти внеземного, внечеловеческого разума. — Он взглянул на меня. — Мне страшно об этом думать, Деннис. В этой мысли есть что-то... антихристианское, что ли.

— Хотите сказать, в жизни вашего брата настала пора продавать Кристину?

— Возможно. В книге Екклесиаста сказано, что в жизни человека всему свое время: время насаждать и время вырывать посаженное, время войне и время миру, время разбрасывать камни и время их собирать. Так что если в жизни Ролли было «время Кристины», то в какой-то момент могло настать и время ее продавать.

— Если так, то он это понял. Ваш брат, вы уж простите, был животное. А животные доверяют своим инстинктам.

— Или, может, она ему просто надоела, — подытожил Лебэй.

Я кивнул — в основном потому, что хотел поскорее уйти, а не потому, что мне понравилось такое объяснение. Джордж Лебэй не видел эту машину и не знал, в каком она состоянии. А я успел вдоволь насмотреться. Выглядела она так, словно в этом гараже ее похоронили. Грязная, помятая, лобовое стекло треснуло, бампер отваливается... Ну прямо труп, который выкопали из могилы и оставили разлагаться на солнышке.

Я подумал о Веронике Лебэй и содрогнулся.

Словно прочтя мои мысли, вернее, их часть, Лебэй сказал:

— Мне почти ничего не известно о том, как мой брат прожил последние годы своей жизни, но кое-что я знаю наверняка, Деннис. Когда в шестьдесят пятом он почувствовал, что машину надо убрать, он ее убрал. А когда почувствовал, что самое время ее продать, продал.

Он помолчал.

— Больше мне нечего тебе сообщить. Думаю, твоему другу действительно будет лучше, если он избавится от машины.

Я внимательно его рассмотрел, знаешь ли. Мне показалось, он не слишком счастлив, правда?

Я обдумал его вопрос. Про Арни действительно нельзя было сказать, что он абсолютно счастлив. Но до покупки этого «плимута» мне казалось, что он вполне доволен своим житьем-бытьем, что он выработал для себя некий удобный modus vivendi. Пусть не самый веселый, но вполне приемлемый.

— Да, правда, — сказал я.

— Так вот, машина Ролли его не осчастливит. Ровно наоборот. — И, словно прочтя мои недавние мысли, он добавил: — Я не верю в проклятия, привидений и вообще во все сверхъестественное. Но я убежден, что события и чувства людей имеют некий... резонанс. Если обстоятельства необычные, то эмоции, с ними связанные, могут распространяться на все вокруг... как открытое молоко в холодильнике может впитать запах особенно ядреной приправы. А может, и это тоже мои глупые домыслы. Может, я просто хочу спрессовать в бесформенный комок машину, в которой умерла моя племянница и жена брата. Может, я просто жажду справедливости.

— Мистер Лебэй, вы сказали, что наняли человека — присматривать за домом до продажи. Это правда?

Он поерзал.

— Нет. Я солгал машинально. Мне не понравилась мысль, что машина снова окажется в том гараже... найдет дорогу домой. Если там еще остались какие-то чувства и эмоции, то они наверняка сконцентрированы в гараже. И в самой Кристине. — Он тут же исправился: — В машине то есть.

Вскоре я уже ехал по дороге, пронзая фарами окружающий мрак и обдумывая рассказ Лебэя. Интересно, если я расскажу Арни про эти смерти, он избавится от машины? Нет, конечно. В каком-то смысле мой друг — такой же упрямец, как и сам Роланд Д. Лебэй. Очаровательная сцена, которую он закатил родителям после покупки машины, наглядно это доказала. И тот факт, что он, несмотря на побои и издевательства, продолжал ходить на школьный спецкурс по автомеханике.

Я вспомнил слова Лебэя: «Мне не понравилась мысль, что машина снова окажется в том гараже... найдет дорогу домой».

Еще он сказал, что его брат возил машину в какую-то мастерскую самообслуживания. Сейчас в Либертивилле есть только одна такая мастерская — гараж Дарнелла. Конечно, в 50-х их могло быть несколько, но мне слабо в это верилось. В глубине души я понимал: Арни чинил Кристину на старом месте.

Вот именно, *чинил*. В прошедшем времени. Потому что из-за драки с Бадди Реппертоном Арни боится оставлять Кристину у Дарнелла. Эта дорога в прошлое для Кристины тоже закрыта.

Конечно, никаких проклятий нет. Да и идея Лебэя про резонанс тоже довольно надуманная. Ручаюсь, он и сам в нее не верит. Показал мне старый шрам да еще все твердил про месть. Он просто хочет отомстить машине, только и всего. Ну разумеется!

Да, в семнадцать лет я действительно так думал. Мне предстояло поступать в университет, я не верил в проклятия и чувства, которые остаются и пропитывают собой все вокруг подобно ядреной приправе. Я не верил, что призраки прошлого могут тянуть к нам, живым, свои покойницкие лапы.

Но мне уже давно не семнадцать.

13. Тем же вечером

> Устроил покатушки я на днях
> И видел Мейбелин в чужих руках.
> Его «кадиллак» летел по дороге,
> А я катил в своем любимом «форде».
>
> *Чак Берри*

Мама и Элейна уже легли спать, а папа сидел в гостиной и смотрел одиннадцатичасовые новости.

— Ты где был, Деннис?

— В боулинг играл, — машинально солгал я. Не хотелось рассказывать папе про то, что я узнал. Может, история и любопытная, но ему все равно показалась бы бредом. По крайней мере так я тогда рассудил.

— Арни звонил. Просил тебя перезвонить, если вернешься до половины двенадцатого.

Я взглянул на часы. Было только двадцать минут двенадцатого. Но я сегодня и так весь день хлопочу об Арни, может, хватит уже?

— Ну?
— Что?
— Будешь ему звонить?

Я вздохнул:

— Да, пожалуй.

Я сходил на кухню, сделал себе сэндвич с холодной курятиной, налил стакан «Гавайского пунша» — редкостная дрянь, но я почему-то люблю, — и набрал номер Арни. Трубку взял он сам. У него был радостный и взбудораженный голос.

— Деннис! Ты где был?
— В боулинг играл.
— Слушай, я сегодня ездил к Дарнеллу, и угадай что? Он вышвырнул Бадди! А мне разрешил остаться!

Мой живот снова сжался от страха. Я отложил сэндвич — аппетит пропал...

— Арни, может, не стоит туда возвращаться?
— В смысле? Реппертона там больше нет, что мне мешает?

Я вспомнил, как Дарнелл приказал ему вырубить двигатель, пока они все не задохнулись, и заявил, что не потерпит никаких фокусов от сопляков вроде него. Я вспомнил, как Арни стыдливо опустил взгляд, когда я спросил про таинственные «поручения», за которые ему разрешили воспользоваться подъемником без очереди. Дарнелл мог сделать из Арни мальчика на побегушках — потешать своих завсегдатаев и друзей. Арни, принеси кофе, Арни, сбегай за пончиками, Арни, в туалете кончилась бумага и бумажные полотенца... «Эй, Уилл, а что за очкарик отирается в твоем толчке?» — «А, этот?.. Каннингем звать. Предки у него преподают в университете, а он решил пока пройти курсы говновыметания». И все ржут как кони. Арни станет всеобщим посмешищем в гараже Дарнелла на Хэмптон-стрит.

Конечно, вслух я ничего этого не сказал. Решил, пусть сам разбирается, куда его затянуло — в бочку с медом или с дерьмом. Рано или поздно поймет, не дурак все-таки. Будем надеяться. Лицом он не вышел, но с головой-то у него все в порядке.

— Про Реппертона новость хорошая, кто бы спорил, — сказал я. — Но ты вроде не собирался оставаться у Дарнелла надолго? Двадцать баксов в неделю, не включая аренду инструментов, подъемника и прочих радостей... Ничего у Дарнелла не слипнется?

— Поэтому я и хотел снять гараж у мистера Лебэя. Даже за двадцать долларов в неделю. Это все равно было бы гораздо выгоднее...

— Вот именно! Просто подай объявление, что снимаешь гараж...

— Нет-нет, я еще не закончил! — радостно перебил меня Арни. — Когда я сегодня приехал к Дарнеллу, он сразу отвел меня в сторону, извинился за поведение Бадди и заявил, что ошибался во мне...

— Прямо так и сказал? — Арни-то я поверил, а вот Дарнеллу — нет.

— Ага. В общем, он предложил мне работу. Гибкий график, можно приходить после школы. Десять — двадцать часов в неделю, на мое усмотрение. Сортировать запчасти, смазывать подъемники, все такое. За это он сбавит мне арендную плату до десятки в неделю и сделает пятидесятипроцентную скидку на все прочие услуги.

Я не поверил своим ушам.

— Поосторожнее с ним, Арни.

— В смысле?

— Мой папа говорит, он бандит.

— Я ничего подозрительного пока не заметил. Мне кажется, это все злые сплетни. Да, ругается он как сапожник, но больше я никаких преступлений за ним не увидел.

— Я просто тебя предупреждаю, — сказал я, переложил трубку в другую руку и глотнул «Гавайского пунша». — Смотри в оба и делай ноги, как только увидишь что-нибудь подозрительное.

— А точнее?

Я вспомнил слухи про торговлю наркотиками и угнанными автомобилями.

— Я ничего не знаю, просто не доверяю этому говнюку.

— Ладно... — неуверенно протянул Арни, помолчал, а потом вернулся к изначальной теме: Кристине. Последнее время он только о ней и говорил. — И все-таки это отличная новость, Деннис! Настоящий прорыв. Кристина... она очень страдает. Кое-что я починил, но на каждую отремонтированную запчасть приходится четыре неисправных. К некоторым я даже не знаю как подступиться. Ничего, научусь...

— Ага, — сказал я и откусил сэндвич. После разговора с Джорджем Лебэем мой интерес к новой пассии Арни упал до нуля и устремился к отрицательным значениям.

— Надо заново выставить развал-схождение... да что там, надо полностью заменить передние колеса... тормозные колодки... я мог бы даже попробовать переточить поршни... но мой сорокадолларовый набор инструментов для этого не годится. Сечешь, Деннис?

Он как будто хотел добиться моего одобрения. Внутри у меня все оборвалось: я вдруг вспомнил нашего бывшего одноклассника, Фредди Дарлингтона. Он звезд с неба не хватал, но все же был свой парень, с хорошим чувством юмора. Однажды он познакомился с какой-то потаскухой из Пенн-Хиллз. Самой настоящей потаскухой, которую не раз пускали по кругу, шпокали, дрючили — выбирайте словечко на свой вкус — все, кому не лень. У нее было злое тупое лицо, которое почему-то напоминало мне зад грузовика, и она постоянно жевала жвачку. От нее за милю несло «Джуси фрутом». Примерно в то время, когда с ней связался Фредди, она залетела. Я всегда понимал, что он запал на эту дуру именно потому, что она первая позволила ему «дойти до конца». Что же будет, если он бросит школу, устроится работать на склад, принцесса родит ему ребенка, а потом он притащит ее на вечеринку после школьного выпускного, наивно считая, что все осталось по-прежнему? А ничего уже не по-прежнему, его баба смотрит на всех парней одинаковым мертвым и презрительным взглядом, а челюсти у нее так и ходят туда-сюда, как у коровы, и мы все уже давно слышали последние новости: ее видели на задворках кегельбана, пиццерии «Джино» и прочих заведений, она снова в деле, дает каждому встречному и поперечному. Говорят, у твердого члена совести нет, зато теперь я точно знаю, что у голодной сучки есть зубы. Когда я увидел постаревшего лет на десять Фредди, мне захотелось плакать. Он говорил о ней вот этим самым тоном, какой я теперь услышал в голосе Арни: «Ребят, она ведь вам нравится? Правда же? Я не слишком оплошал? Это ведь все страшный сон, и я скоро проснусь, правда? Правда? Правда?»

— Конечно, — ответил я в трубку. Эта дурацкая и мерзкая история про Фредди Дарлингтона промелькнула у меня в голове за две секунды. — Секу, дружище.

— Вот и хорошо, — с облегчением проговорил Арни.

— Только все равно будь начеку. Особенно когда начнется учеба. К Бадди Реппертону близко не подходи.

— Не буду.

— Арни...

— Что?

Я помолчал. Мне хотелось спросить, впервые Кристина оказалась у Дарнелла или прежний хозяин тоже привозил ее в гараж, может быть, Дарнелл ее даже узнал? Мне хотелось рассказать про миссис Лебэй и ее дочку Риту. Но я не мог этого сделать. Арни бы сразу просек, откуда у меня эта инфа, и решил бы, что я вынюхиваю компромат на Кристину за его спиной — в каком-то смысле этим я и занимался. Но если он узнает, нашей дружбе конец.

Кристина уже в печенках у меня сидела, однако за Арни я по-прежнему беспокоился. А значит, эту дверь надо закрыть раз и навсегда. Никаких больше тайных расспросов и расследований. Никаких лекций.

— Ничего. Просто хотел сказать, что у твоего ржавого ведра, похоже, и впрямь появился дом. Поздравляю.
— Деннис, ты ешь?
— Ага. Сэндвич с курятиной. А что?
— Чавкаешь мне прямо в ухо. Это омерзительно.

Я начал чавкать изо всех сил, а Арни изобразил, что блюет. Мы оба посмеялись, и я немного оттаял: ну прямо как в старые добрые времена. Когда между нами еще не было этой дрянной тачки.

— Ты придурок, Деннис.
— Ага. У тебя научился.
— Пошел в жопу! — весело сказал Арни и повесил трубку.

Я доел сэндвич, допил «Гавайский пунш», вымыл за собой посуду и вернулся в гостиную, намереваясь принять душ и лечь спать. Я был как выжатый лимон.

Во время разговора с Арни я слышал, как выключился телевизор, и решил, что папа тоже ушел к себе. Но нет, он сидел в кресле, расстегнув воротник рубашки. Я без особой радости заметил, как поседели волосы у него на груди и какой прозрачной в свете настольной лампы казалась шевелюра на его голове: под ней уже виднелась розовая кожа. Мой отец старел. С еще большей тревогой я подумал, что через пять лет — к тому времени, когда я окончу университет — он будет уже пятидесятилетний и лысый... типичный бухгалтер. И это при хорошем раскладе, если его не хватит второй сердечный приступ. Первый оказался не очень серьезным — «рубцов в миокарде не образовалось», как сказал мне тогда папа. Но это вовсе не означало, что повторный приступ маловероятен. Я знал, что это не так, мама знала и он сам это знал. Одна только Элли по-прежнему считала папу бессмертным и неуязвимым, но даже в ее взгляде я пару раз замечал беспокойство. Или мне померещилось?

«Скончался внезапно».

Волосы у меня на голове зашевелились. Я представил, как он вскакивает из-за стола и хватается за сердце. *Внезапно*. Роняет ракетку на теннисный корт. Подобных мыслей о родном отце никто не ждет, но они приходят сами. Господь свидетель.

— Ты уж извини, я случайно подслушал часть вашего разговора.

— И?.. — настороженно спросил я.

— Обсудим?

— Не сейчас, пап, ладно?

— Ладно. Только... если, как ты сам сказал, заварится какая-нибудь каша, ты мне все расскажешь, да ведь?

— Да.

— Хорошо.

Я почти дошел до лестницы, когда отец неожиданно заявил:

— Я ведь почти пятнадцать лет работал на Уилла Дарнелла, ты об этом знал?

— Нет, — удивленно ответил я. — Не знал.

Отец улыбнулся. Я еще никогда не видел, чтобы он так улыбался. Мама, может, и видела пару раз, а сестра уж точно нет. Сперва я подумал, что это сонная улыбка, но потом пригляделся: нет, никакая она не сонная, а циничная, холодная и осмысленная.

— Секреты хранить умеешь, Деннис?

— Да. Наверное.

— Если наверное, то я молчу.

— Умею!

— Так-то лучше. Я вел его бухгалтерию до 1975 года, а потом он нанял Билла Апшоу из Монровилля.

Отец пристально на меня посмотрел.

— Я не говорю, что Билл Апшоу — жулик, но моральные принципы у него отнюдь не твердые. Пальцем ткни — продырявишь. А в прошлом году он купил в Сеуикли особняк эпохи Тюдоров за триста тысяч долларов. Выплатил сразу всю сумму, никаких тебе ипотек.

Папа обвел рукой собственное жилище и снова положил ее на колено. Они с мамой купили дом за шестьдесят две тысячи долларов в год моего рождения — сейчас он стоил, может, около ста пятидесяти, — и совсем недавно получили из банка все бумаги. Прошлым летом мы по этому случаю устроили небольшой праздник на заднем дворе; папа разжег жаровню, насадил на длинную вилку квитанцию о погашении кредита, и мы по очереди держали ее над огнем, пока она не сгорела.

— Не особняк эпохи Тюдоров, прямо скажем, — молвил отец.

— Да нормальный у нас дом. — Я вернулся и сел на диван.

— Мы с Дарнеллом расстались по-хорошему, можно сказать, друзьями, — продолжал отец. — Не то чтобы я хотел с ним дружить, он всегда был паскудой.

Я еле заметно кивнул, потому что мне понравилось слово. Оно отлично передавало мое отношение к Уиллу Дарнеллу, лучше любого другого ругательства.

— Но одно дело дружба, а совсем другое — деловые отношения. Очень быстро ты понимаешь, что ссориться с важными людьми не стоит, иначе прощай, бизнес, здравствуй, работа курьером. Словом, мы с Дарнеллом были в нормальных отношениях... до поры до времени. Когда дело зашло слишком далеко, я выбыл.

— Не понимаю.

— Деньги потекли рекой. Наличные. Мешки наличных из неизвестных мне источников. По указанию Дарнелла я инвестировал все подобные доходы в две корпорации: «Солнечные отопительные системы Пенсильвании» и «Билеты Нью-Йорка» — даже дураку было ясно, что они фиктивные. Наконец я решил поговорить с Дарнеллом по душам и выложить все карты на стол. Я высказал ему свое профессиональное мнение: если к нам нагрянет с проверкой налоговая, у них возникнет очень много вопросов, а я, зная слишком много, уже не могу считаться ценным сотрудником.

— И что он сказал?

— Он начал танцевать, — с той же сонной циничной улыбкой ответил папа. — Бухгалтер годам к тридцати восьми или сорока различает эти па издалека... хороший бухгалтер, разумеется. А я не самый плохой. Танец начинается с невинного вопроса о том, доволен ли ты своей жизнью, заработком. Если ответить, что в целом доволен, но нет предела совершенству, начальник станет склонять тебя к разговору о жизненных трудностях: ипотеке, автокредите, образовании детей... а может, жена у тебя любит наряды и порой покупает баснословно дорогие тряпки... сечешь?

— Зондирует почву?

— Скорее, прощупывает, — ответил папа и хохотнул. — Но ты прав. Танец этот по жеманности и изысканности не уступает менуэту. Паузы, крошечные шажки, повороты... Разузнав все о финансовых трудностях, босс начинает расспрашивать тебя о мечтах и желаниях. Чего бы тебе хотелось? «Кадиллак»? Летний домик в Катскиллских или Поконских горах, а может, яхту?

На последнем слове я слегка подпрыгнул, потому что знал, как сильно мой папа мечтает о яхте; летом мы иногда ездили с ним на ближайшие озера и гуляли по набережным. Каким мечтательным взглядом он смотрел даже на самые маленькие суденышки... Но и такую нашей семье было не потянуть. Сложись его жизнь иначе — например, если б не пришлось давать образование двум детям, — возможно, он смог бы позволить себе яхту.

— И ты отказался?

Отец пожал плечами.

— Я сразу дал понять, что танцевать не хочу. Во-первых, это неминуемо сблизило бы нас и на уровне личных отношений, а как человек мне Дарнелл не нравился. Во-вторых, такие ребята непрошибаемо тупы и не умеют обращаться с цифрами, поэтому-то столько жуликов и сидит за неуплату налогов. Они думают, что можно спрятать незаконные доходы. Прямо-таки уверены в этом. — Отец рассмеялся. — Мне иногда кажется, что отмывание денег для них сродни обыкновенной стирке: бумажки достаточно сполоснуть, отжать и повесить сушиться на веревочке, думают они.

— Поэтому ты и отказался?

— Это две причины из трех. — Он посмотрел мне в глаза. — Я не преступник, Деннис.

Между нами в буквальном смысле слова проскочила какая-то искра — даже сегодня, четыре года спустя, у меня мурашки бегут по коже от этих воспоминаний. Вот только объяснить или описать это по-хорошему у меня не получится. Дело не в том, что он впервые разговаривал со мной на равных; и даже не в том, что я увидел в отце — маленьком человеке, пытающемся как-то прокормить семью в нашем грязном и жестоком мире — благородного рыцаря в блестящих доспехах. Нет, мне кажется, в тот миг я увидел его *настоящим* — человеком, у которого была своя жизнь задолго до моего появления на свет и который успел всякого насмотреться. При желании я теперь смог бы даже представить, как они с мамой, потея и отдуваясь, старательно занимаются любовью.

Он опустил взгляд, выдавил широкую оборонительную улыбку и хриплым «никсоновским» голосом проговорил:

— Вы, ребятки, имеете право знать, жулик ваш отец или нет. Так вот, я не жулик! Мне предложили денег, но я не взял, потому что... та-да! — это было бы неправильно!

Я громко расхохотался — видно, от облегчения — и почувствовал, что момент истины уходит. Отчасти мне было жаль, отчасти нет — слишком уж сильное оказалось переживание.

— Ш-ш, не то маму разбудишь. Она будет ругаться, что мы до сих пор не спим.

— Извини. Пап, так ты знаешь, что он творил? Дарнелл?

— Тогда не знал, не хотел знать: получалось ведь, что я тоже в этом замешан. Разумеется, у меня были свои подозрения и догадки. Наверное, он торговал угнанными автомобилями — не у себя на Хэмптон-стрит, конечно. Только дурак гадит там, где ест. Грабежом он тоже наверняка не гнушался.

— Думаешь, он крал оружие и все такое? — чуть охрипшим голосом спросил я.

— Какой ты романтик. Да нет, скорее курево и алкоголь, два любимых продукта контрабандистов. Пиротехника еще. Может, иногда угонял грузовик с микроволновками и цветными ТВ, если риск казался невеликим. Словом, без дела не сидел. — Отец серьезно посмотрел на меня. — Конечно, он умел заметать следы, но и удача была на его стороне. Допустим, здесь, в Либертивилле, удача ему не нужна, он может вечно обстряпывать свои делишки, пока не помрет от сердечного приступа. Но если налоговая штата — это песчаные акулы, то Федеральная налоговая служба — большие белые. Дома Дарнеллу везет, но однажды его прихлопнут, вот увидишь.

— Ты... что-то про это слышал?

— Ни звука. И прислушиваться не собираюсь. Но мне нравится Арни Каннингем, и я знаю, как ты за него волнуешься.

— Да... он как-то странно себя ведет, пап. Все время без умолку твердит про эту машину.

— Обделенные чем-нибудь люди порой склонны к такому поведению. Они могут увлечься машиной, девушкой, карьерой, музыкой или какой-нибудь знаменитостью. У меня был однокурсник, высоченный парень, которого мы прозвали Каланчой. Так вот Каланча свихнулся на моделях поездов. Он начал коллекционировать их еще в третьем классе, и к университету его коллекция вполне могла бы претендовать на звание восьмого чуда света. Во втором семестре его вышвырнули из Университета Брауна за плохую успеваемость. В конечном счете ему пришлось выбирать между поездами и учебой. Каланча выбрал поезда.

— И что с ним сталось?

— В одна тысяча девятьсот шестьдесят первом он покончил с собой. — Папа встал. — Я только хочу сказать, что даже хорошие люди иногда слепнут, и это не всегда их вина. Может, Дарнелл скоро про него забудет, оставит его в покое. Мало ли таких парней приезжает к нему чинить машины? Но если Дарнелл попытается взять Арни в оборот, будь начеку, Деннис. Смотри в оба. Не позволь другу принять приглашение на танец.

— Ладно, попытаюсь. Но я тоже не всесилен.

— Понимаю. Ну что, спать?

— Ага.

Мы разошлись по своим комнатам, и я, несмотря на усталость, еще долго не мог уснуть. Денек выдался насыщенный. Снаружи гулял ветер, и деревья тихо постукивали ветками по стенам дома. Вдалеке кто-то упражнялся в экстремальном вождении: визг шин напоминал истерический женский хохот.

14. Кристина и Дарнелл

> Вот тебе рассказ об одной семье:
> Променяли дочь свою они на «шевроле».
> Но мы забыли о прошлом
> И смотрим только вперед...
>
> Элвис Костелло

Днем Арни работал на дороге, вечером — в гараже. Родители его почти не видели, но обстановка в доме накалялась день ото дня. Раньше у них всегда царила спокойная и умиротворенная атмосфера, но теперь дом Каннингемов превратился в военный лагерь. Впрочем, смею предположить, такое положение вещей царит во многих современных домах — уж очень многих. Дети еще слишком эгоцентричны и думают, что первыми в мире что-то открыли (часто это бывает любовь, но не всегда), а родители слишком напуганы, глупы и ревнивы, чтобы дать ребенку свободу. Словом, обе стороны хороши. Порой конфликт становится ожесточенным и болезненным: как известно, самые жестокие и несправедливые войны — всегда гражданские. В случае с Арни дело усугублялось тем, что гнойник вскрылся очень поздно; его родители привыкли, что сын во всем их слушается. Они, в сущности, успели заранее расписать наперед всю его жизнь.

Когда Майкл и Регина решили последние четыре дня перед началом учебного года провести на озере в северной части штата Нью-Йорк, Арни со скрипом согласился, хотя и мечтал посвятить это время Кристине. На работе он чаще и чаще говорил, как «всем покажет»: сделает из Кристины конфетку и «покажет этим сволочам». Он уже решил, что после работы над ходовой и кузовом вернет машине первоначальную расцветку — сочетание ярко-красного и слоновой кости.

Однако Арни поехал с родителями на озеро, намереваясь все четыре дня во всем с ними соглашаться, улыбаться, невинно теребить челку и вообще «славно проводить время в семейном кругу» — или хотя бы делать вид. Перед их отъездом я зашел в гости и с облегчением обнаружил, что Майкл и Регина перестали винить меня в том, что их сын купил машину (которую, кстати, они еще ни разу не видели). Решили, наверное, что у сына в самом деле сорвало башню. Меня это вполне устраивало.

Регина собирала чемоданы. Арни и Майкл приматывали каноэ к крыше «скаута». Когда с этим было покончено, отец спросил сына — тоном могущественного короля, решившего оказать невероятную почесть двум своим любимым подданным, — не хотим ли мы выпить пива.

Арни, изобразив на лице восторг и глубокую признательность, ответил, что это было бы супер, и, прежде чем скрыться в доме, хитро мне подмигнул.

Майкл облокотился на «скаут» и закурил сигарету.

— Ему когда-нибудь надоест эта машина, Денни?

— Не знаю, — честно ответил я.

— Окажешь мне одну услугу?

— Конечно. Если смогу, — осторожно ответил я, зная наперед, о чем он меня попросит: поговорить с Арни по душам и «образумить» его.

Но вместо этого Майкл сказал:

— Пока нас не будет, съезди к Дарнеллу и посмотри, в каком состоянии сейчас машина. Мне интересно.

— Почему это? — спросил я и тут же упрекнул себя за грубость. Но слово не воробей.

— Я хочу, чтобы у него все получилось, — просто ответил Майкл. — Да, Регина все еще брыкается. Раз Арни обзавелся машиной, значит, он вырос. А когда дети вырастают, то... ну, сам понимаешь, — смешался он. — Лично я не против, чтобы у него была машина. По крайней мере не настолько против. Сначала Арни и меня застал врасплох... Мне даже мерещились какие-то мертвые собаки у нас на крыльце, потом я стал видеть страшные сны. В них Арни то давился в машине, то задыхался выхлопными газами...

У меня в голове вспыхнула непрошеная мысль о Веронике Лебэй.

— Но теперь... — Он пожал плечами, взглянул на дверь между гаражом и кухней, затушил сигарету. — Я вижу, что он всерьез взялся за это дело. В нем даже проснулось самоуважение. Конвейер запущен, и я очень хочу увидеть, что с него сойдет. Надеюсь, что-то стоящее.

Видимо, мое удивление задело его за живое, и он тут же начал оправдываться:

— Деннис, я ведь тоже был молодым. Я знаю, как много значит машина для молодого парня. Регине этого не понять. Ее саму всегда подвозили, поэтому проблемы «подвозильщиков» никогда ее не касались. Машина очень важна... без нее никакая девушка на тебя даже внимания не обратит.

Так вот, значит, что он думал. Кристина в его понимании была лишь способом положить конец детству, а не самим концом. Я стал гадать, как он отнесся бы к моему подозрению, что Арни хочет только починить и зарегистрировать свой «плимут», а до остального, особенно до девушек, ему дела нет. Полегчало бы Майклу? Или наоборот?

Хлопнула кухонная дверь.

— Так ты съездишь в гараж?

— Ну да. Если хотите.

— Спасибо.

Арни принес всем пива.

— Спасибо за что? — спросил он Майкла непринужденным и веселым голосом, однако взгляд у него был внимательный, даже пытливый. Я снова подметил, какое чистое у него стало лицо... и взрослое, почти волевое. Впервые понятия «Арни» и «девушки» не казались мне взаимоисключающими. Я подумал, что он даже по-своему привлекателен — до спасателя на пляже или короля выпускного ему, разумеется, далеко, а вот загадочно-задумчивый интеллектуал из него получится неплохой. Розанна никогда на такого не западет, но...

— За помощь с каноэ, — нашелся Майкл.

— А...

Мы выпили пива, и я уехал домой. На следующий день веселая семейка Каннингемов укатила в штат Нью-Йорк — на поиски утраченного за лето семейного счастья.

Накануне их возвращения я отправился в гараж Дарнелла — чтобы утолить и свое любопытство, и Майкла.

При свете дня здание гаража, стоявшего перед огромной автомобильной свалкой, выглядело столь же привлекательно, как и тем злополучным вечером, когда мы с Арни привезли сюда Кристину, и обладало очарованием дохлого суслика.

Я занял свободное место перед магазином запчастей, также принадлежавшим Дарнеллу. В нем было все: хёрстовские коробки передач, головки «фьюли» и системы динамического наддува (несомненно, все эти богатства предназначались для бедных работяг, которым надо было как-то кормить семью и поддерживать на ходу единственную развалюху), и я уж молчу про огромные мутантские шины и навороченные спицевые диски. Магазин Дарнелла напоминал Диснейленд для безумных автолюбителей.

Я вышел из машины и под лязганье инструментов, пулеметные очереди пневмоключей и крики механиков двинулся к гаражу. В одном из ближайших отсеков какой-то отморозок в потертой кожанке возился со старым мотоциклом «Би-Эс-Эй», то ли снимая, то ли устанавливая выхлопную трубу. На левой щеке у него была огромная ссадина — явно от тесного контакта с асфальтом, — а на спине кожанки красовался череп в зеленом берете и очаровательный девиз: «МОЧИ ВСЕХ ПОДРЯД, ГОСПОДЬ РАЗБЕРЕТСЯ».

Отморозок посмотрел на меня налитыми кровью распутинскими глазами, затем снова взглянул на дело своих рук. Перед ним лежал почти хирургический набор инструментов, на каждом — штамп «АВТОМАСТЕРСКАЯ ДАРНЕЛЛА».

Мир внутри полнился призывным эхом лязгающих инструментов и грязной бранью мужиков, ругающих свои корыта на чем свет стоит. К машине и ее частям неизменно обращались как к бабе: «А ну иди сюда, сучка!», «Раскручивайся уже, шалава!», «Рик, помоги мне снять эту стерву!»

Я поискал взглядом Дарнелла и не нашел. На меня никто внимания не обращал, поэтому я просто подошел к двадцатому отсеку, где стояла Кристина, словно бы имел полное право тут находиться. В отсеке справа два толстяка в футболках для боулинга устанавливали на старенький пикап прицеп-кемпер. Отсек слева пустовал.

Подходя к Кристине, я вновь ощутил знакомый беспричинный холодок. Не в состоянии от него избавиться и боясь оказаться прямо перед машиной, я подошел к ней слева.

У меня в голове тут же возникла мысль, что внешность Арни стала улучшаться вместе с Кристининой. И еще я подумал, что перемены в ее облике носили случайный характер, а ведь Арни всегда был так методичен...

В свете флуоресцентных ламп поблескивала новенькая антенна. Одна половина передней решетки радиатора сверкала, а другая была до сих пор изъедена ржавчиной. И еще одна странность...

Я прошел вдоль ее правого бока до заднего бампера и нахмурился.

«Да просто она была с другой стороны», — подумал я.

Тогда я прошелся вдоль левого бока и тоже ничего не нашел.

Я встал у дальней стены отсека и, по-прежнему хмурясь, стал вспоминать. Нет, ошибки быть не могло: когда я увидел «плимут-фьюри» на лужайке перед домом Лебэя с табличкой «Продается» на треснутом лобовом стекле, у нее на боку была здоровенная ржавая вмятина. Про такие мой дедушка говорил «лошадь лягнула». Всякий раз, когда мы обгоняли на шоссе автомобиль с такой вмятиной, он кричал: «Эй, Денни, глянь сюда! Этого лошадь лягнула!» Мой дед был из тех людей, у которых на каждый случай найдется какая-нибудь присказка.

Я уже начал думать, что вмятина мне померещилась, но потом одумался. Нет, я четко помню этот след от лошадиного копыта! Он исчез, это еще не значит, что его не было. Просто Арни хорошенько отрихтовал и покрасил дверь. Надо сказать, с работой он справился на «отлично».

Вот только...

От его работы не осталось *ни следа*. Никаких тебе остатков основной краски, ни серой мастики, ни хлопьев старого облупившегося покрытия. Только оригинальная потускневшая краска.

Но ведь вмятина *была*, черт возьми! Глубокая яма, а внутри — спутанный клубок ржавчины.

Была — и нет.

Вокруг лязгали и гремели инструменты, а я вдруг испытал всепоглощающее одиночество... и страх. Неправильно все это, какое-то безумие, ей-богу! Арни зачем-то поменял антенну, когда у него выхлопная труба только что по земле не волочится. Заменил одну половину решетки. Все болтал о развале-схождении, а сам зачем-то обтянул разорванное заднее сиденье новенькой красной кожей, оставив переднее в прежнем виде: из прорехи в пыльной обивке все еще торчала пружина.

Не нравилось мне это. Бред какой-то, да и на Арни не похоже.

Меня посетило одно смутное воспоминание... Сам не понимая, что делаю, я отошел на шаг и окинул взглядом Кристину, не обращая внимания на мелкие подробности. Тогда все встало на свои места, и я опять похолодел.

Вечер, когда мы привезли ее сюда. Спущенная шина. Мы ее заменили. Глядя на новую резину, я, помню, подумал, на что это похоже: будто верхний старый слой с автомобиля соскребли, и снизу уже проглядывает новенькая, блестящая, только-только сошедшая с конвейера машина. Эйзенхауэр еще президент, а Кубой правит Батиста.

Вот и теперь я видел нечто подобное... правда, одной шиной дело не обошлось, перемен на сей раз множество: антенна, решетка радиатора, одна фара, новая обивка на заднем сиденье.

Вслед за этим воспоминанием пришло еще одно, из детства. Мы с Арни каждое лето на две недели ездили в христианский лагерь. По утрам мы слушали разные библейские притчи, но конец учитель никогда не рассказывал. Вместо этого он выдавал нам листки «волшебной бумаги»: если поскрести ее монеткой или обратным концом карандаша, постепенно на белом фоне начнет проступать картинка: голубка несет Ною оливковую ветвь, рушатся стены Иерихона, в общем, старые добрые чудеса. Мы оба были в восторге от этого фокуса. Сначала в пустоте повисало несколько случайных линий... потом они объединялись с другими линиями и образовывали рисунок... приобретали *смысл*.

Я смотрел на Кристину с растущим ужасом, пытаясь избавиться от ощущения, что она похожа на те волшебные картинки.

Мне захотелось заглянуть под капот.

Неудержимо захотелось. Во что бы то ни стало.

Я обошел ее спереди (не знаю почему, но встать прямо перед ней я не решился), встал сбоку и стал нащупывать рычаг открывания капота, однако не нашел. Видимо, он был в салоне.

Я снова начал обходить Кристину и тут увидел нечто такое, отчего меня насквозь продрал озноб. Допустим, вмятина мне действительно померещилась, но это...

Это совсем другое дело.

Паутина трещин на лобовом стекле стала меньше.

Ошибки быть не могло.

Я стал лихорадочно вспоминать день, когда вошел в гараж Лебэя, пока Арни со стариком заключали сделку в доме. Вся левая сторона лобовухи была затянута паутиной трещин, расходящихся от центральной зигзагообразной пробоины, куда, по-видимому, угодил камень.

Теперь же паутина стала гораздо меньше и уже не выглядела так страшно: сквозь нее даже было видно пассажирское сиденье. А раньше было не видно, точно вам говорю («Да просто обман зрения, дружок», — шепнул мне внутренний голос).

Все-таки я *должен был* ошибаться. Потому что так не бывает. Заменить лобовое стекло при наличии денег — плевое дело. Но *уменьшить* количество и длину трещин...

Я сдавленно хохотнул. Звук получился жутковатый, и один из толстяков из соседнего отсека с удивлением посмотрел на меня, а потом что-то сказал приятелю. Конечно, это обман зрения, только и всего. Первый раз я видел машину в свете заходящего солнца, прямые лучи которого падали на стекло, а второй раз — в сумраке гаража. Теперь же у меня над головой висят флуоресцентные трубки. Три разных источника света... вот вам и результат.

И все же мне очень хотелось заглянуть под капот. Как никогда.

Я подошел к водительской двери и рванул ручку на себя. Она не открылась. Заперта? Конечно, заперта, все четыре кнопки блокировки дверей вдавлены. Арни не оставил бы машину открытой: чего доброго, кто-нибудь залезет и пошарится в салоне. Пусть Реппертона здесь больше нет, но разве мало на свете других представителей *гомо придуркус?* Я опять рассмеялся — старый глупый Деннис! — и на сей раз смешок получился еще более пронзительным и нервным. В голове у меня стоял какой-то дурман, как бывает наутро после обкурки.

Хорошо, Арни закрыл Кристину, это понятно и естественно. Вот только... Когда я обходил машину первый раз, все кнопки блокировки дверей торчали наружу. Или мне опять показалось?

Я вновь сделал шаг назад и осмотрел машину. Она неподвижно стояла на месте, похожая на груду ржавого железа. Ни о чем конкретном я не думал — в этом я почти уверен, — разве что в глубине души подозревал, что Кристина догадалась о моих намерениях.

Ей не хотелось, чтобы я заглядывал под капот, и она заперлась изнутри. Так, что ли?

Вот умора! Мне стало настолько смешно, что я опять хохотнул (на меня уже косились несколько человек — как на умалишенного, хохочущего над собственными мыслями).

Тут на мое плечо опустилась тяжелая рука. Это был Дарнелл собственной персоной, из уголка рта у него торчала потухшая сигара с противным мокрым кончиком. На носу висели узенькие очки от дальнозоркости, а за ними сверкали холодные пытливые глаза.

— Ты что тут делаешь, малый? Машина не твоя.

Толстяки из соседнего отсека с любопытством следили за происходящим. Один пихнул другого и что-то прошептал.

— Машина принадлежит моему другу. Мы ее вместе сюда привезли. Неужели вы меня не помните? У меня была огромная опухоль на кончике носа и...

— Да мне плевать, хоть ты ее на своем скейтборде прикатил, — оборвал меня Дарнелл. — Машина не твоя — и точка. Шуточки твои мне тоже не нравятся, так что вали отсюда, малый, пока...

Мой отец оказался прав — Дарнелл был тот еще паскуда. И я бы с удовольствием свалил из его заведения: я мог придумать минимум шесть тысяч мест, где предпочел бы оказаться в предпоследний день школьных каникул. Да хоть в Калькуттской черной яме, ей-богу! Может, не самое приятное место для отдыха, но все лучше Дарнелловой помойки. Однако машина не давала мне покоя. Внутри все так и зудело от любопытства. «Смотри в оба, Деннис», — сказал мне отец. Я и смотрел, только не очень-то верил своим глазам.

— Меня зовут Деннис Гилдер, — сказал я. — Мой отец раньше работал у вас бухгалтером, помните?

Он долго смотрел на меня безразличными свинячьими глазками, и я уже ждал услышать что-нибудь в духе «Плевать мне на твоего отца и на тебя, вали отсюда, дай честным работягам спокойно чинить свои машины, чтобы кормить семью...» И так далее, и тому подобное.

Но тут Дарнелл улыбнулся — одними губами.

— А, так ты сынок Кенни Гилдера?

— Ага.

Он погладил капот Кристины бледной жирной рукой, и я заметил на ней два кольца, одно явно бриллиантовое. Но что может знать глупый подросток?

— Тогда ты должен быть наш парень. Раз ты сын Кенни.

Я подумал, что сейчас он попросит меня предъявить права или еще какое-нибудь удостоверение личности.

Толстяки из соседнего отсека снова принялись за работу, решив, что ничего интересного уже не произойдет.

— Тогда пойдем в мой кабинет, потолкуем, — сказал Дарнелл и пошел прочь, даже не оглянувшись. Ему и в голову не пришло, что я могу не послушаться. Он плыл вперед, как корабль на всех парусах, белая рубашка вздымалась волнами, а огромные бедра и зад казались неправдоподобно, сверхъестественно, невероятно широкими. При виде очень толстых людей мне всегда кажется, что передо мной — искусная оптическая иллюзия. В моей семье толстяков никогда не бывало, даже я среди них выгляжу тяжеловесом.

Дарнелл то и дело останавливался по пути к своему кабинету, одна стена которого была полностью стеклянная. Это навело меня на мысль о Молохе. Мы читали об этом божестве на спецкурсе по истории литературы: у него было всевидящее красное око. Дарнелл рявкнул на какого-то незадачливого подростка, чтобы тот живо раздобыл шланг для отвода выхлопных газов, а другому прооорал что-то про Никки, который опять просит «приключений на свою задницу» (оба разразились диким хохотом). Третьему парню он приказал убрать пустые банки из-под пепси («Ты что, на помойке родился?!»). По всей видимости, «человеческим голосом» (выражение моей мамы) Дарнелл говорить вообще не умел.

Помедлив секунду, я пошел за ним. Любопытство кошку сгубило.

Кабинет Дарнелла был оформлен в стиле раннего американского карбюретто и представлял собой типичную замызганную контору автомастерской в нашей огромной стране, которая не представляет жизни без резины и жидкого янтаря. На стене висел потрепанный календарь: обворожительная блондинка в коротеньких шортах и расстегнутой блузке перелезала через деревенский забор. Другую стену украшали штук шесть или семь полустертых табличек компаний, торговавших автозапчастями. На столах и подоконниках — груды гроссбухов. Древние бухгалтерские счеты. Фотография — боже милостивый! — Уилла Дарнелла в феске братства шрайнеров и верхом на крошечном мотоцикле, который грозил обрушиться под его огромной тушей. И разумеется, вонь сигаретных бычков и пота.

Дарнелл сел в вертящееся офисное кресло с деревянными подлокотниками. Мягкая набивка под ним заскрипела — устало, но безропотно. Он откинулся в кресле и достал спичку из головы керамического чернокожего жокея. Чиркнул ею о полоску наждачки, прибитой по краю письменного стола, и раскурил обслюнявленный окурок. Потом долго и надсадно кашлял, а его широкая желеобразная грудь колыхалась под футболкой. Прямо за его спиной висел постер с изображением кота Гарфилда, вскинувшего одну лапу и вопрошающего: «Давненько не бывал в Стране Выбитых Зубов?» Словом, обстановка прекрасно характеризовала хозяина этой резиденции, паскуду Уилла Дарнелла.

— Пепси будешь, малый?

— Нет, спасибо. — Я сел на обычный стул с прямой спинкой, стоявший напротив стола.

Он окинул меня уже знакомым оценивающим взглядом и кивнул.

— Как папаша, Деннис? Сердечко больше не шалит?

— Нет. Когда я рассказал ему, что Арни чинит свою машину в вашем гараже, он сразу вас вспомнил. Говорит, вместо него здесь теперь работает Билл Апшоу.

— Верно. Хороший человек, хороший... но твоему отцу в подметки не годится.

Я кивнул. Между нами повисла неловкая тишина. Впрочем, Уиллу Дарнеллу вовсе не было неловко, он смотрел на меня тем же невозмутимым и оценивающим взглядом.

— Ты пришел по просьбе своего приятеля? Проверить, в самом ли деле я выгнал Бадди Реппертона? — неожиданно спросил он меня.

Я аж подпрыгнул.

— Нет... Вовсе нет.

— Ну так передай ему, что это правда, — пропустив мои слова мимо ушей, сказал Дарнелл. — Маленький гаденыш. Я всем говорю одно и то же: начнете выкидывать фокусы — мигом отсюда вылетите. Он на меня работал... выполнял всякие мелкие поручения. И видно, решил, что у него теперь есть золотой ключик от сортира. Ну-ну. Маленький подонок.

Он снова закашлялся. Звук был отвратительный, и вообще у меня потихоньку начиналась клаустрофобия — несмотря на гигантское окно во всю стену.

— Арни — славный малый, — сказал Дарнелл, все еще внимательно меня разглядывая. Взгляд у него не изменился, даже когда он кашлял. — Быстро навострился.

«В чем?» — хотел спросить я, но струсил.

Дарнелл сказал сам:

— Подметает полы, выбрасывает мусор из отсеков в конце дня, вместе с Джимми Сайксом проводит инвентаризацию. За инструментами глаз да глаз — вечером, если не быть начеку, у них отрастают ноги. — Он рассмеялся и засипел. — На днях показал твоему другу, как разбирать машины на запчасти. Руки у него золотые. Руки золотые, а в машинах ни черта не смыслит... Я такой развалюхи, как у него, отродясь не видал!

— Для него это вроде хобби, — возразил я.

— Ну да, ну да, — снисходительно протянул Дарнелл. — Главное, чтоб не начал гонять, как этот гаденыш Реппертон. Но ей до этого еще далеко, верно?

— Пожалуй. Выглядит она не очень.

— Что он творит? — спросил Дарнелл и вдруг подался вперед, подняв жирные плечи. Он нахмурился, и его глаза превратились в две крошечные щелки. — Что он задумал? Я всю жизнь работаю с автомобилями и никогда не видел, чтобы кто-то чинил машину, как он. Ну бред же! Что это — шутка? Игра?

— Не вполне вас понимаю, — выдавил я, хотя прекрасно его понимал.

— Ладно, обрисую ситуацию. Вот он пригнал сюда свое ведро и начал с того, с чего все начинают. Деньги у него из задницы не прут, как я понял? Если бы перли, его бы тут не было. В общем, он меняет масло, фильтр, смазывает дверные петли... Однажды поставил два «файерстоуна» в придачу к двум новым сзади.

«К двум сзади»? Странно. Мы меняли резину только на одном колесе. Видимо, Арни купил сразу три шины, а Дарнелл просто что-то напутал.

— Потом он зачем-то установил новые дворники, — продолжал Дарнелл. — Ладно, не так уж и странно... Только вот этот драндулет еще до-олго никуда не поедет, дождя ему бояться не надо. Дальше — новая антенна. Я подумал: «Неужто он решил слушать радио за работой и окончательно посадить аккумулятор?» Теперь он поменял обивку на заднем сиденье и половину решетки радиатора. Ну, и как это понимать?

— Не знаю, — ответил я. — А запчасти он у вас покупал?

— Нет, — проворчал Дарнелл. — Не знаю, где он их берет. Эта решетка... на ней ни единой ржавой точки. Наверное, заказал где-то. В Нью-Джерси, знаю, есть магазин аксессуаров для тюнинга... Но где тогда вторая половина? В жопе у себя спрятал? *Никогда* не слышал, чтоб решетки продавали по частям.

— Я не знаю. Честно.

Дарнелл сердито затушил сигару.

— Только не говори, что тебе не любопытно. Я видел, как ты смотрел на эту машину.

Я пожал плечами.

— Арни про нее почти не говорит.

— Да уж наверное. Болтать этот сукин сын не любит. Зато дерется будь здоров, Реппертон на него зря бочку покатил. Если хорошо себя проявит осенью, весной дам ему постоянную работу. Джимми Сайкс славный малый, но извилина у него в башке всего одна, да и та прямая. — Он снова меня осмотрел. — Думаешь, работать он умеет, Деннис?

— Умеет.

— У меня полно работы, знаешь ли. Сдаю в аренду эвакуаторы — есть ребята, которым надо переправлять сток-кары в Филадельфию. После гонок увожу с трека разбитые тачки. Помощники мне всегда нужны. Хорошие, благонадежные помощники.

Мне в голову закралось страшное подозрение: Дарнелл приглашает меня на танец. Я резко вскочил, едва не опрокинув стул, и подошел к двери.

— Ой, слушайте, мне пора. И... мистер Дарнелл... я буду вам очень признателен, если вы не расскажете Арни про мой визит. Он... он за эту машину убить готов. Я ведь пришел по просьбе его отца. Ему стало любопытно, как у Арни идут дела.

— Дома он, чую, огреб по полной? — Один глаз Дарнелла пытливо прищурился. — Предки небось слопали по фунту слабительного и обложили его дерьмом со всех сторон?

— Типа того. Ну, вы сами знаете.

— Знаю, мне можешь не рассказывать. — Он молниеносно и ловко встал со стула и хлопнул меня по спине с такой силой, что я чуть не полетел. Кашель кашлем, а сил Дарнеллу хватало.

— Я — могила, — сказал он и проводил меня до двери, не убирая руки с плеча. От этого мне было немного не по себе —

да и противно, чего уж там. — Еще кое-что не дает мне покоя, — продолжил Дарнелл. — Я на своем веку повидал тысяч сто машин — ладно, не сто, но очень много. И память у меня на них отличная. Клянусь, эту развалюху я уже видел, но вот когда и где? У кого он ее купил?

— У старика по имени Роланд Лебэй, — ответил я, вспомнив, что всю работу над машиной он делал своими руками, в некой автомастерской самообслуживания. — Он недавно умер.

Дарнелл остановился как вкопанный.

— У *Ролли* Лебэя?!

— Ага.

— Военный в отставке?

— Ну да.

— Святый боже, ну конечно! По нему можно было календарь проверять, он сюда каждую неделю свою тачку привозил! Лет шесть или восемь подряд. А потом куда-то пропал. Ну и говнюк же был. Такому залей в глотку кипяток — будет ссать льдом. Ни с кем не дружил, да и разве живой человек захочет с таким иметь дело? — Он еще крепче схватил меня за плечо. — Твой друг Каннингем хоть знает, что жена Лебэя покончила с собой в этой машине?

— Что?! — с наигранным удивлением переспросил я. Не хотелось, чтобы он знал о моем интересе к машине и разговоре с младшим братом Лебэя после похорон. Дарнелл мог и проболтаться.

Он пересказал мне всю историю. Сначала про дочь, потом про жену.

— Нет, — сказал я в конце, — Арни этого точно не знает. Вы ему скажете?

Снова оценивающий взгляд.

— А ты?

— Я не стану. Незачем ему это знать.

— Тогда и я не скажу. — Дарнелл открыл дверь, и в затхлый, провонявший сигарами кабинет из гаража хлынул почти свежий воздух. — Ну и козлина был этот Лебэй. Надеюсь, его теперь черти в аду муштруют. — Он скривил губы и бросил злобный взгляд на Кристину — блеклую и ржавую, но с новенькой антенной и блестящей решеткой радиатора. — Значит, эта сучка вернулась. Недаром говорят, что говно не тонет, а?

— Точно. Не тонет.

— Ну пока, малый, — сказал Дарнелл, засовывая в рот новую сигару. — Передавай привет папаше.

— Передам.

— И вели Каннингему держаться от Реппертона подальше. Есть у меня чувство, что тот затаил обиду.

— У меня тоже.

Я вышел из гаража, лишь раз оглянувшись на Кристину — отсюда она выглядела серой тенью среди прочих теней. «Говно не тонет», — сказал Дарнелл. Эти слова крутились у меня в голове всю дорогу домой.

15. Футбольные страсти

> Научусь играть на саксофоне,
> Буду играть, что хочу.
> Напьюсь виски, забью на законы
> И за рулем умру.
>
> *«Стили Дэн»*

Началась учеба, и пару недель ничего особенного не происходило. Арни не узнал о моем визите в гараж, и я был этому рад. Вряд ли он хорошо бы принял новость. Дарнелл, как и обещал, не проболтался (вероятно, у него имелись на то свои причины). Однажды, пока Арни был в гараже, я позвонил Майклу и рассказал, что его сын всерьез занялся машиной, но до техосмотра ей еще далеко. Я признался, что Арни, на мой взгляд, просто балуется. Майкл принял эту новость со смесью облегчения и удивления, и на некоторое время я про все это забыл.

Самого Арни я видел редко, казалось, я лишь иногда замечал его краем глаза. На три предмета мы с ним ходили вместе, да еще пару раз он забегал в гости после школы и на выходных. Порой мне даже казалось, что все по-прежнему. Но теперь он куда больше времени проводил в гараже Дарнелла, чем со мной, а по пятницам ездил на гоночный трек «Филли-плейнс» с туповатым подручным Дарнелла Джимми Сайксом. Там они выбирали разбитые спортстеры и сток-кары, у которых вместо стекол были железные решетки, грузили их на эвакуатор и возвращались домой со свежим автохламом для свалки.

Примерно в это время Арни повредил спину. Травма была несерьезная — так он утверждал, — но моя мама почти сразу заметила, что с ним что-то стряслось. Однажды он заехал посмотреть бейсбол — «Филлис» пробивали себе дорогу к более-менее громкой славе, — и во время третьего иннинга встал, чтобы принести всем апельсинового сока. Когда он возвращался, моя мама подняла взгляд и заметила: «Ты хромаешь, Арни».

Арни чуть не подпрыгнул от неожиданности и первые доли секунды смотрел на мою маму почти виновато, словно его застали за чем-то постыдным. Может, мне почудилось. Как бы то ни было, в следующий миг от удивленно-виноватого выражения не осталось и следа.

— Да, вчера вечером потянул спину на треке, — ответил он, подавая мне стакан сока. — Одна из машин начала скатываться с эвакуатора. Я представил, как мы с Джимми Сайксом будем еще два часа пытаться ее завести, ну и подтолкнул. Зря, наверное.

Мне показалось, что он чересчур вдается в подробности — подумаешь, легкая хромота! — но и тут я мог ошибаться.

— Поосторожнее со спиной, — строго проговорила моя мама. — Она тебе еще...

— Можно мы посмотрим игру? — перебил ее я.

— ...пригодится.

— Точно, миссис Гилдер, — вежливо ответил Арни.

В гостиную заглянула Элейна.

— Сок еще остался или вы, придурки, все выдули?

— Да что это такое! — завопил я, пропустив важный момент в игре.

— Не кричи на сестру, Деннис, — пробормотал отец, не отрываясь от журнала «Ваше хобби».

— Там еще полно сока, Элли, — ответил Арни.

— Знаешь, иногда ты кажешься мне почти человеком, — с улыбкой проговорила сестра и упорхнула на кухню.

— Я кажусь ей почти человеком, Деннис! — зашептал Арни со слезами благодарности на глазах. — Ты это слышал? Я почти челове-е-ек!

Не знаю, может, я только теперь это вижу — или вообще нафантазировал, — но Арни шутил как-то натужно, словно бы для виду. Так или иначе, о его спине и хромоте я благополучно забыл и не вспоминал всю осень.

У меня и своих хлопот было полно. С болельщицей мы разошлись, но по воскресеньям мне всегда было с кем погулять или сходить в киношку... если, конечно, после футбольных тренировок еще оставались силы.

Тренер Паффер, может, и не был паскудой, как Уилл Дарнелл, но большой любви к нему никто не испытывал; как и половина тренеров провинциальной Америки, он придерживался педагогических принципов Винса Ломбарди, главная заповедь которого гласила: победа — это не главное, это *все*. Вы удивитесь, если узнаете, сколько людей верит этому конскому дерьму на постном масле.

После трех месяцев дорожных работ я был в отменной форме и мог бы прохлаждаться весь сезон — если бы он был удачный. Но к тому времени, когда Бадди Реппертон подстерег нас с Арни возле курилки, — кажется, это произошло на третьей неделе после начала года, — всем уже было ясно, что удача нам не светит. По этой причине ужиться с тренером Паффером стало практически невозможно, ибо за десять лет тренерской карьеры у него *ни разу* не было плохого сезона. В этом году он впервые познал горечь унизительного поражения. Для него это был тяжелый урок... но и нам пришлось несладко.

Первая игра — с «Лунбергскими тиграми» — состоялась 9 сентября. Лунберг — обыкновенный заштатный городишко с обыкновенной сельской школой, находится он в самом дальнем западном углу нашего округа. Сколько себя помню, победный клич «Лунбергских тигров» после случайного тачдауна всегда звучал одинаково: «РАССКАЖИТЕ-КАКО-ВО-БУТСАМИ-МЕСИТЬ-ГОВНО». А следом раздавалось оглушительно-саркастическое: «ЛУУУУУНБЕРГ ВПЕ-РЕЕЕЕД!!!»

Прошло уже больше двадцати лет с тех пор, как «Тигры» побили команду Либертивилля, но в этом году они вдруг собрались с силами и надрали нам зад. Я играл на левом фланге и к середине игры морально подготовился к тому, что у меня на спине до конца жизни останутся шрамы от вражеских бутсов. Счет к тому времени был 17:3. Закончили мы со счетом 30:10. Фанаты Лунберга визжали от счастья: они выдрали с корнем штанги ворот, словно их команда одержала победу в региональном чемпионате, и на плечах вынесли игроков с поля.

Наши фанаты, прибывшие в заказных автобусах, сидели на трибунах под палящим сентябрьским солнцем и тупо смотрели перед собой. В раздевалке тренер Паффер, бледный и потрясенный, предложил всем встать на колени и попросить Господа о помощи. Я понял, что мои невзгоды на этом не закончатся: они только начались.

Мы встали на колени, побитые и измученные, мечтая только об одном: принять душ и смыть с себя запах поражения. Тренер Паффер тем временем в подробностях описывал Господу ситуацию, а подытожил свою тираду клятвенным обещанием, что с его помощью мы свернем горы.

Всю следующую неделю мы тренировались по три часа в день (вместо обычных полутора-двух) под палящим солнцем. Вечером я падал в постель и тут же вырубался. Но и во сне мне снился крик тренера Паффера: «Вали этого козла! Вали! ВАЛИ!»

Я пробежал столько миль, что, казалось, в моих ногах вот-вот начнется процесс необратимого распада (а легкие вспыхнут синим пламенем). Ленни Баронг, один из наших тейлбеков, слег с солнечным ударом и получил освобождение от тренировок до конца недели — везло же некоторым!

Словом, я встречал Арни в коридорах, и он иногда заходил поужинать по четвергам или пятницам, посмотреть бейсбол по воскресеньям, но в остальное время я его не видел и не слышал. У меня хватало своих забот: надо было как-то дотащить ноющую задницу до школы, потом до стадиона, а потом домой.

Самое ужасное в этих футбольных страстях было то, как на нас теперь смотрели остальные ребята. Сегодня «командный дух школы» — абстрактное, ничего не значащее понятие, придуманное директорами, которые еще помнят, как весело им было на воскресных футбольных матчах, но весьма кстати забыли, что большая часть веселья приходилась на вечер, когда можно было напиться и пообжиматься с девчонками. На митинге в поддержку легализации марихуаны — вот где можно увидеть настоящий командный дух. А футбол, баскетбол и бег большинству школьников по барабану. Им бы поступить в университет или затащить в койку симпатичную девчонку. В общем, обычные дела.

И все же, что ни говори, к победам привыкаешь — начинаешь принимать их как должное. Либертивилль уже забыл, что такое футбольное поражение: последний раз мы проигрывали двенадцать лет назад, в 1966-м. Так что вы представляете, какая обстановка стояла в школьных коридорах всю следующую неделю. Слез и скрежета зубов, конечно, не было, но зато были вопросительно-озадаченные взгляды и даже несколько неодобрительных свистов на традиционном пятничном собрании после седьмого урока. От свиста тренер Паффер побагровел и пригласил «всех предателей и крыс» на воскресный матч, где команда Либертивилля вернет себе былую славу.

Не знаю, пришли на игру предатели и крысы или нет, но я там был. Мы играли дома против «Медведей из Ридж-Рока». Ридж-Рок — это шахтерский городок, и хотя тамошние ребята — деревенщины, это очень злые, подлые и хитрые деревенщины. В прошлом году команда Либертивилля с трудом выиграла у них на региональном чемпионате, и один из местных спортивных комментаторов сказал, что мы победили не потому, что у нас команда сильнее, а потому, что у нас больше пушечного мяса. Тренер Паффер еще долго исходил дерьмом по этому поводу.

В этом году «Медведям» везло. Они от нас мокрого места не оставили. Фред Данн выбыл из игры в первом же периоде с сотрясением мозга. Во втором периоде Норман Алеппо отправился в больницу Либертивилля с переломом руки. В последнем периоде «Медведи» заработали три тачдауна подряд, причем два последних — на возврате. Игра завершилась со счетом 40:6. Отбросив ложную скромность, скажу: все шесть очков заработал я. Но если уж быть совсем честным, то мне просто повезло.

Итак... наступила очередная неделя адских тренировок. Тренер без конца орал: «Вали этого козла! ВАЛИ!» Один раз мы занимались четыре часа подряд, а когда Ленни сказал, что нам еще уроки делать, я подумал, что тренер Паффер его ударит. Он постоянно теребил свои ключи, напоминая мне капитана Квига из «Бунта на «Кейне». Я до сих пор убежден, что человек познается в проигрышах, а не в победах. Паффер, которому ни разу в жизни не приходилось проигрывать, ответил на поражение бессмысленной и беспощадной яростью, как тигр, которого раздразнила жестокая детвора.

Следующее пятничное собрание — 22 сентября — отменили. Никто из игроков не возражал: выходить к сцене под танцы и прыжки двенадцати болельщиц всем изрядно надоело. Однако это был дурной знак. Вечером тренер Паффер установил в спортивном зале кинопроектор, и мы два часа подряд смотрели видео с двух последних игр, в подробностях вспоминая все свои промашки и унижения. Видимо, предполагалось, что это нас встряхнет, но я только упал духом.

Ночью перед второй игрой на домашнем поле мне приснился странный сон. Не кошмар в прямом смысле слова — весь дом я своими криками не перебудил, — но все равно... осадок остался. Мы играли с «Драконами Филадельфия-Сити», дул сильный ветер. Крики толпы, искаженный голос Чабби Маккарти из громкоговорителя, объявляющий ярды и тачдауны... Я даже слышал, как ударяются друг о друга тела игроков. Из-за постоянного ветра все звуки казались какими-то странными, потусторонними.

Лица на трибунах были желтоватые, с резкими тенями в складках, точно китайские маски. Болельщицы двигались рывками, как куклы. Небо затянуло серыми тучами. «Драконы» имели нас по полной программе. Тренер Паффер орал как оголтелый, но никто его не слышал. Мяч все время был у противника; лицо Ленни Баронга то и дело искажала мучительная гримаса, словно он играл через страшную боль — уголки его рта, дрожа, оттягивались вниз, как у театральной маски трагедии.

Меня сшибали с ног и топтали. Я лежал на игровом поле, корчась от боли и пытаясь перевести дух. Подняв взгляд, я увидел посреди легкоатлетического стадиона за зрительскими трибунами Кристину. Она опять была новенькая и блестящая, словно только час назад покинула автосалон.

На крыше, скрестив ноги, как Будда, сидел Арни. Он смотрел на меня без всякого выражения и что-то кричал, но сквозь ветер слов было почти не различить. Кажется, он меня утешал: «Не волнуйся, Деннис. Мы все устроим. Не волнуйся, все хорошо!»

«Устроим что? — гадал я, лежа на поле (во сне оно было покрыто искусственной травой «Астро-турф») и чувствуя, как растекаются мои яйца. — Что устроим-то? Что?!»

Нет ответа. Только зловещий блеск желтых фар Кристины и безмятежно сидящий на ее крыше Арни. И ветер, ни на секунду не стихающий сильный ветер.

На следующий день мы вышли на поле и снова бились за честь средней школы Либертивилля. Получилось не так плохо, как в моем сне, — в ту субботу никто не пострадал, и на короткий миг в третьей четверти мы даже подумали, что у нас есть шанс на победу, — но потом филадельфийским «Драконам» удалось провести две длинные передачи (когда удача от тебя отворачивается, *все* идет наперекосяк), и мы снова проиграли.

После игры тренер Паффер молча сидел на скамейке, ни на кого не глядя. Нам предстояло еще одиннадцать игр, но его это уже не волновало.

16. Входит Ли, выходит Бадди

> Я не хвалюсь, красотка, но открою секрет:
> Такой тачки, как моя, ни у кого больше нет.
> На светофорах мне восторженно сигналят друзья:
> Будь у нее две пары крыльев, полетела б она.
> Она моя малышка,
> Другой такой нет.
>
> *«Бич Бойз»*

Точно помню, что все завертелось на следующей неделе после нашего поражения «Драконам», в четверг, 26 сентября.

У нас с Арни было три занятия вместе, одно из них — «Темы в американской истории», спецкурс, четвертый урок. Первые девять недель его вел мистер Томпсон, завуч. Все это время мы проходили тему «Двухсотлетний экономический бум». Арни называл эти уроки «буль-буль-уроками», потому что после четвертого урока у нас обеденный перерыв и желудки у всех булькают и ворчат от голода.

В тот день, когда урок закончился, к Арни подошла девушка. Она спросила, есть ли у него домашка по английскому. Он кивнул и осторожно выудил листок из тетради. Все это время девушка не сводила с него серьезного взгляда синих глаз. Волосы у нее были темно-русые, цвета свежего меда — не того очищенного, что продается в банках, а настоящего, только-только из сот, — стянутые синей лентой под цвет глаз. От такой красоты желудок у меня радостно затрепыхался. Пока она переписывала домашнее задание, Арни внимательно за ней наблюдал.

Конечно, я не впервые видел Ли Кэбот: ее семья переехала в Либертивилль из Массачусетса три недели назад. Кто-то мне рассказывал, что отец у нее работает в «3-М», компании, производящей липкую ленту.

И я далеко не в первый раз обратил на нее внимание, потому что Ли Кэбот была, откровенно говоря, очень красивой девушкой. Я заметил, что писатели всегда стараются придумать своим героиням какой-нибудь мелкий изъян — наверное, думают, что безупречная красота слишком банальна или неправдоподобна. У красивой девушки в книге обязательно будет или чересчур длинная нижняя губа, или острый нос, или маленькая грудь. Всегда что-нибудь да не так.

Ли Кэбот была подлинной красавицей, без изъянов. Светлая чистая кожа с легким здоровым румянцем, рост пять футов восемь дюймов — то есть довольно высокая, но не слишком. И отличная фигура: упругая высокая грудь, тонкая осиная талия, которую, казалось, при желании можно было обхватить ладонями (а желание это не отпускало ни на минуту), красивые бедра и ноги. Лицо тоже безупречное... словом, художнику, наверное, скучно было бы ее описывать, никаких тебе горбинок и горбов, длинного или острого носа, даже зубы у нее были идеально ровные — видно, ортодонт попался хороший. Вот только смотреть на эту красоту было отнюдь не скучно.

Несколько парней уже приглашали ее на свидание, но все получили вежливый отказ. Видимо, решили они, Ли по-прежнему любит какого-нибудь красавчика из Андовера, Брейнтри или откуда она там приехала — ничего, скоро разлюбит. У нас с ней было два совместных урока, и я лишь дожидался подходящего момента, чтобы попытать удачу.

Теперь, наблюдая за заинтересованными взглядами Арни и Ли друг на друга, я начал подозревать, что удача мне не светит. Тут я невольно улыбнулся. Арни Каннингем по прозвищу Мордопицца и Ли Кэбот... ну-ну, не смешите!

Тут моя внутренняя улыбка померкла. Я уже в третий раз заметил, что лицо Арни очищалось с поразительной скоростью. От угревой сыпи почти не осталось следа. На месте самых крупных прыщей были маленькие ямочки, но когда лицо у парня в целом привлекательное и интересное, на такие ямочки никто не смотрит: они — подумать только! — даже делают его еще интереснее и характернее.

Ли и Арни внимательно изучали друг друга, а я внимательно изучал Арни, гадая, когда и почему случилось эдакое чудо. Косые лучи солнца в кабинете мистера Томпсона падали прямо на его лицо, подчеркивая все линии. Он выглядел... старше. Словно вывел прыщи не умываниями и лосьонами, а каким-то чудом перевел часы на три года вперед. У него была новая стрижка — короче прежней, — и баки, которые он начал отращивать, как только смог (примерно полтора года назад), исчезли.

Я вспомнил пасмурный день, когда мы с ним пошли в кино на фильм с Чаком Норрисом. Тогда я впервые заметил эти перемены. И примерно тогда же Арни купил машину. Может, дело было в этом? Подростки всех стран, возрадуйтесь! Найдено верное средство от прыщей. Купите старую машину, и уже спустя неделю...

Моя внутренняя улыбка, вновь пробившаяся на поверхность, в очередной раз померкла.

Купите старую машину, и она... что? Изменит ваш образ мышления, а с ним изменится и метаболизм? Вы обретете свое истинное «я»? Я прямо-таки услышал голос Стьюки Джеймса, школьного учителя математики, шепчущий мне на ухо: «Если мы доведем эту логическую цепочку до конца, леди и джентльмены, куда она нас приведет?»

В самом деле, куда?

— Спасибо, Арни, — тихо и ясно проговорила Ли, убирая задание в тетрадь.

— Не за что, — ответил он.

Их взгляды снова встретились — они посмотрели друг на друга открыто, уже без утайки, — и даже я почувствовал проскочившую между ними искру.

— Увидимся на шестом уроке, — сказала она и ушла, слегка покачивая бедрами под зеленой трикотажной юбкой. Длинный хвост весело прыгал у нее за спиной.

— А что у тебя на шестом уроке? — спросил я. У меня самого был свободный урок — можно сделать домашку или порыться в справочниках, — во время которого за нами приглядывала великая и ужасная мисс Криссел (все называли ее мисс Крыссли, но только за спиной).

— Матанализ, — сладким мечтательным голосом ответил Арни, и я захихикал. Он оглянулся на меня и нахмурился: — Что тут смешного, Деннис?

— «Матана-а-ализ», — передразнил его я, закатывая глаза и радостно хлопая в ладоши.

Арни в шутку замахнулся.

— А ну хватит, Гилдер! Схлопочешь у меня!

— Ой-ой-ой, смотрите, кто рассердился!

— Тебе давно пора надрать задницу за говнястую игру. Это не футбол, Гилдер!

Мимо проходил мистер Ходдер, который ведет для новеньких спецкурс по английской грамматике (и по дрочке, как говорили некоторые острословы). Он нахмурился и пожурил Арни:

— Следите за языком, молодой человек!

Арни стал красный как рак; он всегда заливается краской, когда с ним заговаривают учителя (это у него с детства, причем реакция настолько непроизвольная, что в младших классах беднягу даже наказывали за чужие проступки — просто потому, что у него был виноватый вид). Наверное, отчасти дело было в воспитании. «Я хороший, и ты хороший, я — личность, и ты — личность, мы все уважаем друг друга до чертиков, а когда кто-нибудь напортачит, пусть тебе будет за него стыдно». Вот что значит расти в либеральной американской семье, ага.

— Следи за языком, Каннингем, — сказал я. — Ты труп!

Тут он тоже засмеялся, и мы пошли вместе по шумному, людному и лязгающему дверцами коридору. Одни куда-то бежали, другие стояли возле шкафчиков и жевали сэндвичи. Вообще-то в коридоре есть запрещено, но многие едят.

— Ты принес обед? — спросил я.

— Ага, в бумажном пакете.

— Возьми его, и пойдем перекусим на трибунах.

— А тебя еще не тошнит от футбольного поля? — спросил Арни. — В субботу ты так извалялся в грязи, что полей тебя водичкой — того и гляди, зазеленеешь.

— Ничего, мы на этой неделе играем в гостях. Не хочу торчать в коридоре.

— Ладно, выходи, я тебя догоню.

Он ушел, и я тоже отправился к своему шкафчику за обедом. Для затравки у меня с собой было четыре сэндвича. После тренировок, которые теперь устраивал нам тренер Паффер, я хотел есть почти всегда.

Я шел по коридору и думал о Ли Кэбот. Вот будет потеха, если она станет встречаться с Арни! Народ просто на уши встанет. Школьное общество очень консервативно, доложу я вам. Девчонки всегда одеты по последней сумасбродной моде, парни иногда отпускают волосы до жопы, все покуривают травку или балуются кокаином, — но все это мишура, защитный механизм, под которым ты лихорадочно пытаешься понять, что происходит с твоей жизнью. Что-то вроде зеркальца, которым ты светишь в глаза учителям и родителям, чтобы сбить их с толку, пока они не сбили с толку тебя. В глубине души почти все школьники столь же старомодны и допотопны в своих взглядах, как сборище банкиров-республиканцев на выступлении церковного хора. Пусть у девушки есть все альбомы «Блэк Саббат», стоит Оззи Озборну прийти в школу и пригласить ее на свидание, как эта девушка (и все ее подруги) будут смеяться над его затеей, пока животики не надорвут.

Да, прыщей у Арни больше не было, и выглядел он неплохо — даже очень неплохо. Но ни одна девушка из нашей школы, видевшая его истекающее гноем лицо, никогда бы не согласилась с ним встречаться. У них перед глазами все еще стоял его прежний образ. С Ли вышло по-другому. Она перевелась в нашу школу недавно и не знала, какой видок был у Арни пару месяцев назад. Она могла бы получить об этом представление, если бы взяла прошлогодний номер «Книгочея» и нашла там фотографию шахматного клуба, но и здесь республиканская консервативность сыграла бы свою роль. «Живи сегодняшним днем» — спроси любого банкира, и он ответит, что именно так устроен наш мир.

В детстве мы принимаем как должное тот факт, что все вокруг постоянно меняется. Взрослые сознают, что мир будет меняться независимо от их усилий и попыток сохранить статус-кво (это знают даже банкиры-республиканцы — может, им это не нравится, но они знают). Лишь в юности человек может без конца твердить о переменах, мечтать о них, а в душе верить, что ничего никогда не изменится.

Я вышел на улицу с огромным пакетом еды и двинулся по парковке в сторону мастерской. Это длинный сарай из листового железа, выкрашенного в синий цвет, — очень похожий на гараж Дарнелла, только гораздо опрятнее. Внутри здания находятся деревообрабатывающая, полиграфическая и автомастерская. Курилка расположена у дальнего конца, но в ясные деньки наши работяги с сигаретами в зубах стоят вдоль обеих стен здания, упираясь в них мотоциклетными ботинками или кубинскими остроносыми говнодавами. Они курят и болтают со своими подружками. Или лапают их.

Сегодня справа от мастерской не было ни единой живой души, и это должно было меня насторожить — но не насторожило. Я слишком увлекся размышлениями об Арни, Ли и психологии современных американских подростков.

Сама курилка — специально отведенное для курения место — это небольшой тупик за автомастерской. Если пройти от нее еще пятьдесят-шестьдесят ярдов, окажешься на футбольном поле, над которым висит электронное табло, сверху украшенное надписью: «ВПЕРЕД, ТЕРЬЕРЫ!»

Неподалеку от курилки я заметил большую компанию — двадцать или тридцать человек стояли, образовав плотное кольцо. Обычно это означает, что внутри затевается драка. Арни называет такие драки «потолкашками»: два парня просто пихают друг друга в грудь, быкуют и пытаются таким образом отстоять свою репутацию настоящего мачо.

Я без особого интереса стал вглядываться в толпу. Мне не хотелось смотреть на драку, мне хотелось пообедать и узнать, что происходит между Арни и Ли Кэбот. Может, влюбившись, он даже забудет про Кристину? У Ли, по крайней мере, двери не проржавели.

Тут раздался девчачий визг, и кто-то закричал: «Эй, чувак, а ну-ка убери эту штуковину!» Значит, дело плохо. Я резко свернул с намеченного курса.

Я пробрался сквозь толпу и увидел в кругу Арни: он стоял, держа кулаки на уровне груди, бледный и встревоженный, но я бы не сказал, что перепуганный насмерть. Рядом лежал раздавленный пакет с обедом, посередине которого красовался отпечаток кеда. Напротив Арни, в джинсах и белой футболке, плотно облегающей каждый бугор на широкой груди, стоял

Бадди Реппертон. В правой руке у него сверкал выкидной ножик, которым он медленно водил туда-сюда перед лицом, точно фокусник, делающий магические пассы.

Он был высокий и широкоплечий. Длинные черные волосы, стянутые куском сыромятной кожи. Лицо мощное, тупое и злобное. На губах — едва заметная улыбка. Я мгновенно испытал вселяющую ужас смесь растерянности и ледяного страха. Нет, Бадди был не просто глуп и злобен; у него явно *поехала крыша*.

— Я же обещал, что отомщу, чувак, — тихо сказал он и неторопливо пырнул ножом воздух.

Арни слегка попятился. У ножика была ручка из слоновой кости с маленькой хромированной кнопкой. И длинное лезвие, дюймов восемь... не нож, а чертов штык.

— Давай, Бадди, оставь ему свой автограф! — радостно завопил Дон Вандерберг, и во рту у меня пересохло.

Я оглянулся на стоявшего поблизости парня — какой-то ботаник, которого я знать не знал. Видимо, новенький. Как завороженный он наблюдал за действом.

— Эй, — сказал я ему, но он даже не посмотрел на меня, и тогда я врезал ему локтем в бок. — Эй!

Ботаник подскочил и в ужасе уставился на меня.

— Сбегай за мистером Кейси. Он сейчас обедает в деревообрабатывающей мастерской. Живо!

Реппертон перевел взгляд на меня, затем снова посмотрел на Арни.

— Ну что, Каннингем? Попытаешь удачу?

— Если уберешь нож, говнюк! — спокойно и невозмутимо ответил ему Арни. Говнюк... где же я недавно слышал это ругательство? От Джорджа Лебэя, конечно же. Любимое словечко его брата.

Реппертон словечко явно не оценил. Он вспыхнул и пошел на Арни; тот стал пятиться. Я подумал, что вот-вот случится непоправимое — из разряда событий, которые оставляют шрамы на всю жизнь.

— Беги за Кейси! — зашипел я на ботаника, и он ушел.

Впрочем, все должно было решиться еще до прихода мистера Кейси... Я решил немного замедлить ход событий.

— Убери нож, Реппертон, — сказал я.

Он снова посмотрел на меня.

— Ой, кто это здесь? Никак, дружбан Шлюхингема! Хочешь, чтобы я убрал нож?

— Ты вооружен, а он нет, — заметил я. — Это не по понятиям.

Щеки у Реппертона вспыхнули еще ярче. От улыбки не осталось и следа. Он стал переводить взгляд с меня на Арни и обратно. Тот бросил на меня благодарный взгляд — и шагнул навстречу Реппертону. Мне это не понравилось.

— Брось нож! — крикнул кто-то Реппертону.

Тут вся толпа подхватила:

— Брось нож! Брось нож! Брось нож!

Реппертон смутился. Он любил быть в центре внимания, но такое внимание его не устраивало. Маленькие глазки нервно забегали, он поспешно убрал со лба упавшие волосы.

Я сделал вид, что хочу его ударить. Нож дернулся в мою сторону, и тут Арни сделал свой ход — столь молниеносный, что я не поверил своим глазам. Он резко рубанул ребром ладони по запястью Реппертона и вышиб нож: тот упал на усыпанную окурками землю. Реппертон сразу потянулся за ним, но мой друг и тут не оплошал: стоило руке Бадди оказаться у самого асфальта, Арни с размаху на нее наступил. Очень сильно. Реппертон завопил от боли.

В драку вмешался Дон Вандерберг: он быстро подбежал к Арни, схватил его и отшвырнул в сторону. Ни о чем не думая, я подошел к Вандербергу сзади и дал ему мощного пинка под зад, как если бы поддавал ногой футбольный мяч.

Вандерберг — высокий и худой парень, лет девятнадцати или уже двадцати — начал орать и прыгать на месте, держась за ушибленный зад. Он забыл, что хотел помочь Бадди, и ушел со сцены. Честно говоря, я немного удивился, что его не парализовало; никогда и никого я не пинал с такой силой, ей-богу.

В этот миг чья-то рука схватила меня за горло, а другая стиснула пах. Я слишком поздно понял, что сейчас произойдет, и не успел этому помешать. Кто-то хорошенько стиснул мои яйца: тошнотворная боль мгновенно пробила меня насквозь и сделала ноги ватными. Когда рука противника отпустила горло, я тут же стек на землю.

— Понравилось, козел? — спросил меня квадратный верзила с гнилыми зубами. На носу у него были маленькие, почти изящные очки в тонкой оправе. То был Попрошайка Уэлч, еще один приятель Бадди Реппертона.

Внезапно толпа зевак начала рассасываться, и я услышал чей-то голос:

— А ну разошлись! Быстро! Все вон отсюда! Пошли, пошли!

Мистер Кейси. Наконец-то мистер Кейси!

Бадди Реппертон одним стремительным движением схватил с земли нож, спрятал лезвие и сунул его в боковой карман джинсов. Рука у него была разодрана и явно скоро распухнет. Мерзкий подонок. Надеюсь, она у него станет, как перчатка Дональда Дака в комиксах.

Попрошайка Уэлч отпрянул от меня, посмотрел в сторону мистера Кейси, прикоснулся к уголку рта большим пальцем и сказал:

— Позже, придурок.

Дон Вандерберг пританцовывал уже не так активно, однако все еще потирал ушибленное место. По его лицу текли слезы.

Арни подскочил ко мне и помог подняться на ноги. Рубашка у него была вся в пыли, а к коленям джинсов пристали окурки.

— Ты цел, Деннис? Что он тебе сделал?

— Стиснул яйца. Ничего, скоро пройдет.

Мне очень хотелось в это верить. Если вы мужчина и хоть раз в жизни получали по яйцам (а кто не получал?), вы меня понимаете. Если вы женщина — даже не пытайтесь понять. Первая резкая боль — это еще цветочки, она быстро стихает, а ей на смену приходит тупое неприятное распирание внизу живота. И говорит оно вот что: «Приветик! Очень рад снова здесь оказаться и подарить тебе незабываемые ощущения: словно ты вот-вот одновременно сблюешь и обосрешься. Я тут немного побуду, хорошо? Полчасика или около того? Ну вот и чудненько!» В общем, это не сахар.

Мистер Кейси протолкался к нам сквозь редеющую толпу зевак и осмотрелся. Он был отнюдь не здоровяк, как тренер Паффер, и вообще выглядел довольно забито: средний рост, средний возраст, лысина на макушке... Большие квадратные очки в роговой оправе. Обычно он носил простые белые рубашки — без галстука, — и сегодня был как раз в такой. Но все же мистера Кейси уважали. С ним старались не ссориться, потому что он не боялся детей — в отличие от большинства училок. Старшеклассники тоже это знали. Бадди, Дон и Попрошайка это знали; они хмуро потупили глаза и зашаркали ногами.

— Вон отсюда! — приказал мистер Кейси немногочисленным оставшимся зевакам. Они начали расходиться, и Попрошайка Уэлч попытался незаметно уйти вместе с ними.

— Останься, Питер, — сказал мистер Кейси.

— Но, мистер Кейси, я тут ни при чем!

— Я тоже, — вставил Дон. — Вечно вы к нам цепляетесь!

Мистер Кейси подошел ко мне: я все еще опирался на Арни.

— Все нормально, Деннис?

Я наконец-то начал приходить в себя: все было бы гораздо хуже, если б я не успел частично отразить атаку Уэлча. Я кивнул.

Мистер Кейси подошел к шаркающей и злобно отдувающейся компашке: Бадди Реппертону, Попрошайке Уэлчу и Дону Вандербергу. Дон не шутил, он говорил от имени всей братии. Они действительно считали, что к ним «цепляются».

— Какая прелесть. Трое на двоих. Так вот как ты предпочитаешь решать проблемы, Бадди? Не захотел испытывать удачу?

Бадди поднял голову, бросил на Кейси испепеляющий взгляд и снова потупился.

— Они первые начали. Эти двое.

— Неправда... — начал было Арни.

— Заткни варежку, Шлюхингем... — завелся Бадди, но мистер Кейси не дал ему договорить: он схватил его за шкирку и пригвоздил к стене. На ней висела табличка с надписью «МЕСТО ДЛЯ КУРЕНИЯ», и директор стал с силой прижимать Бадди к этой табличке: та всякий раз лязгала, словно ставя восклицательный знак в конце каждого предложения. Он обращался с Реппертоном как с большой тряпичной куклой. Видимо, где-то под белой рубашкой все же были крепкие мускулы.

— Сейчас ты заткнешь свой рот, — сказал мистер Кейси. — Заткнешь и прополощешь, ясно? Потому что мне надоело слушать мерзость, которая летит из твоего рта, Реппертон!

Он отпустил его футболку: та выбилась из джинсов, обнажив белый, незагорелый живот. Мистер Кейси вновь обратился к Арни:

— Продолжай.

— Я шел мимо курилки к трибунам, чтобы перекусить, — сказал Арни. — Реппертон с дружками тут курили. Он подошел и выбил пакет с едой у меня из рук, а потом наступил на него. Раздавил. — Он хотел что-то добавить, но передумал. — Так и началась драка.

Я не стукач, ей-богу, но оставлять это так я не хотел. Обстоятельства не позволяли. Реппертон решил, что просто отметелить Арни недостаточно, он явно намеревался продырявить ему кишки, может, даже убить.

— Мистер Кейси, — сказал я.

Он перевел взгляд на меня, и тут зеленые глаза Бадди Реппертона предостерегающе вспыхнули. «Молчи, козел, это должно остаться между нами». Год назад, возможно, какие-то извращенные понятия и заставили бы меня подыграть Реппертону, но не теперь.

— Что такое, Деннис?

— Он на Арни с лета зуб имеет. Сегодня он взял с собой нож и явно собирался пустить его в дело.

Арни посмотрел на меня мутным непонятным взглядом. Я вспомнил, как он назвал Реппертона говнюком — любимым словечком Лебэя, — и невольно вздрогнул.

— Да ты врешь! — с наигранным возмущением вскричал Реппертон. — Нет у меня никакого ножа!

Кейси молча перевел взгляд на него. Вандербергу и Уэлчу стало совсем не по себе — они готовы были наложить в штаны при мысли о том, что им теперь светит. Одно дело — задержат после уроков за обычную драку, подумаешь, не впервой! Но из школы их еще ни разу не выгоняли.

Мне достаточно было произнести одно слово. Я все обмозговал и едва не передумал, но на кону была жизнь Арни, а я точно знал, что Реппертон не просто так взял с собой нож. Он бы им воспользовался. Я произнес нужное слово:

— Это выкидуха.

Глаза Реппертона не просто загорелись; они полыхали адским пламенем, суля мне долгую и мучительную смерть.

— Он врет, мистер Кейси. Брехня это все. Клянусь Богом.

Мистер Кейси ничего не сказал, только посмотрел на Арни.

— Каннингем, отвечай: Реппертон в самом деле угрожал тебе ножом?

Тот сначала помедлил, а потом тихим, едва слышным голосом произнес:

— Да.

Теперь глаза Реппертона сулили мучительную смерть нам обоим.

Кейси повернулся к Попрошайке Уэлчу и Вандербергу. Я вдруг заметил, что его тактика изменилась: он начал действовать медленно и осторожно, словно бы прощупывая почву перед каждым шагом. Мистер Кейси уже понял, какие могут быть последствия у этого инцидента.

— Нож был? — спросил он у дружков Реппертона.

Те смутились и молча потупились. Лучшего ответа и пожелать нельзя.

— Выворачивай карманы, Бадди, — приказал мистер Кейси.

— Хрен вам! — заверещал Бадди. — Вы меня не заставите!

— Если ты имеешь в виду, что у меня нет на это права, ты ошибаешься, — проговорил мистер Кейси. — Если же ты хочешь сказать, что у меня кишка тонка или сил не хватит, это тоже неверно. Однако...

— Только попробуй, старый козел! Я тебе мозги вышибу!

В животе у меня началась настоящая революция. Я вообще терпеть не могу такие сцены, открытые стычки, а эта была худшей из всех, что мне доводилось видеть.

Впрочем, у мистера Кейси все было под контролем, и он ни на йоту не отклонился от взятого курса.

— Однако делать я этого не буду, потому что ты вывернешь карманы сам.

— Ага, размечтался! — Бадди стоял спиной к стене, так что бугор в кармане джинсов был не заметен. Измятые полы рубашки прикрывали ему пах, а взгляд бегал туда-сюда, как у загнанного зверя.

Мистер Кейси посмотрел на Попрошайку и Вандерберга.

— Идите в мой кабинет и не выходите оттуда, понятно? По дороге никуда не заворачивайте, у вас и так теперь много проблем.

Они медленно ушли, держась поближе друг к другу, словно в поисках защиты. Попрошайка один раз оглянулся. Зазвенел школьный звонок. Люди начали стекаться к входу, многие бросали на нас любопытные взгляды. Обед мы пропустили. Ну и ладно, аппетит все равно пропал.

Мистер Кейси вновь переключил внимание на Бадди.

— Ты находишься на школьной территории, и благодари за это Бога, Реппертон, потому что нож у тебя в самом деле есть и ты чуть не совершил вооруженное нападение. За такое сажают в тюрьму.

— Попробуй доказать, попробуй! — заорал Бадди. Его щеки пылали, дыхание было частым и неровным.

— Если ты сейчас же не вывернешь карманы, я выпишу тебе запрет на посещение дальнейших уроков и вызову полицию. Как только ты выйдешь за ворота школы, они тебя схватят. Понимаешь, во что ты вляпался? — Он зловеще посмотрел на Бадди. — Тут у нас свои порядки и законы, но за воротами школы твоя задница принадлежит им. Конечно, если ножа у тебя нет, то бояться нечего. А вот если они все-таки найдут нож...

Он выждал паузу. Немая сцена. Я подумал, что Реппертон не вывернет карманы: возьмет в кабинете директора бумажку с запретом, а потом быстренько избавится от ножа, не выходя за территорию школы. Но видно, до него дошло, что копы все равно найдут оружие: Реппертон вытащил нож из заднего кармана и бросил на асфальт. Тот упал кнопкой вниз, лезвие выскочило, и восемь дюймов хромированной стали зловеще блеснули в солнечном свете.

Арни посмотрел на нож и вытер рот тыльной стороной ладони.

— Поднимайся в мой кабинет, Бадди, — тихо произнес мистер Кейси, — и жди меня там.

— Да пошли вы! — завопил Реппертон тонким истерическим голосом. Ему на лоб снова упали волосы, и он откинул их назад. — Больше я в этом свинарнике торчать не собираюсь!

— Хорошо, прекрасно, — ответил мистер Кейси спокойным и непринужденным тоном, словно ему предложили выпить чашечку кофе. Я понял, что в нашей школе Бадди больше учиться не будет. Никаких временных запретов на посещение занятий; скоро его родители получат по почте твердую голубую карточку — свидетельство об исключении из школы, где будут перечислены причины случившегося, права родителей и возможные дальнейшие действия.

Бадди посмотрел на нас с Арни... и улыбнулся.

— Я вас достану, — пригрозил он. — Вы у меня еще попляшете. Проклянете тот день, когда родились на свет. — Он пнул нож (тот замер на краю асфальта) и ушел, звякая шипами мотоциклетных ботинок.

Мистер Кейси печально и устало посмотрел на нас.

— Бедняги!..

— Да ладно вам, — возразил Арни.

— Если хотите, можете пойти домой. Я вам выпишу разрешение.

Арни отряхнул рубашку и помотал головой.

— Нет, все нормально, — заверил я.

— Ладно. Тогда только дам записку, что вы опоздали по уважительной причине.

Мы сходили к нему в кабинет и получили записку. Следующий урок у нас тоже был вместе — дополнительное занятие по физике. Когда мы вошли в кабинет, нас встретили любопытными взглядами и перешептываниями.

После шестого урока внизу вывесили список отсутствующих на занятиях. Там были фамилии Реппертона, Уэлча и Вандерберга, все с припиской «отправлен домой». Я подумал, что нас с Арни, вероятно, вызовут к мисс Лотроп, ответственной за дисциплинарную работу со школьниками, однако этого не случилось.

После школы я хотел найти Арни и подвезти его до дома, чтобы по дороге обсудить произошедшее... Но, как выяснилось, он уже уехал в гараж чинить Кристину.

17. Кристина опять на ходу

Купил себе недавно я авто — вишневый «форд-мустанг»
Почти четыреста лошадок, и прет вперед как танк.

Чак Берри

С Арни мне удалось пересечься только после следующего футбольного матча, в субботу. Именно в тот день он впервые вывез Кристину из гаража.

Наша команда играла в Хидден-Хиллз, городке в шестнадцати милях от Либертивилля. Мы ехали туда в гробовой тишине — не припомню, чтобы в школьном автобусе когда-нибудь было так тихо. Нас словно везли на расстрел. Тот факт, что по очкам наши соперники ненамного выбились вперед, слабо нас утешал. Тренер Паффер сидел сразу за водителем, бледный и молчаливый, как будто с жуткого бодуна.

Обычно наша процессия напоминала нечто среднее между караваном и цирком. Во втором автобусе ехали девчонки из группы поддержки, оркестр и «фирма» — то есть наши фанаты. («Фирма», силы небесные! Ну и слово! Я бы не поверил своим ушам, если бы сам не учился в старших классах...) За вторым автобусом плелся хвост из пятнадцати-двадцати автомобилей, до отказа забитых подростками и украшенных наклейками «ВПЕРЕД, ТЕРЬЕРЫ!» Ревели клаксоны, сверкали фары... ну да вы и сами наверняка все это помните.

На сей раз за вторым автобусом с болельщицами и оркестром (в нем даже остались свободные места, хотя обычно записываться на автобус надо за неделю, а если уж к четвергу не удосужился — все, ничего не выйдет) катило только два или три автомобиля. Крысы сбежали с тонущего корабля. А я сидел в автобусе рядом с Ленни Баронгом и мрачно гадал, отшибут мне сегодня яйца или нет. Конечно, я понятия не имел, что одна из машин в хвосте — Кристина.

Я увидел ее, когда мы выходили из автобуса на парковке средней школы Хидден-Хиллз. Их оркестр уже был на поле, и под низким серым небом четко, до жути громко ухала бочка барабанной установки. На самом деле для футбола день был хороший — прохладный, пасмурный, первый по-настоящему осенний день.

От одного вида Кристины на парковке у меня отвисла челюсть, но когда из нее вышел сперва Арни, а потом — Ли, меня как обухом по голове ударили. Конечно, я обзавидовался. Коричневые шерстяные брюки обтягивали безупречные бедра Ли Кэбот, по белому свитеру рассыпались шикарные медовые волосы...

— Арни! Здорово, дружище!

— Привет, Деннис,— немного оробев, сказал он.

Я точно знал, что остальные члены команды тоже пытаются захлопнуть рты: Мордопицца явился на матч в компании обворожительной новенькой из Массачусетса! Разве так бывает?!

— Как дела?

— Хорошо. Ты ведь знаком с Ли Кэбот?

— Да, мы на пару уроков ходим вместе. Привет, Ли.

— Привет, Деннис. Надеюсь, уж сегодня-то вы победите?

Я сипло зашептал:

— Все решено заранее. Можешь делать ставки!

Арни слегка покраснел, а Ли прикрыла рот ладонью и захихикала.

— Мы попытаемся, но ничего не обещаю, — нормальным голосом закончил я.

— Поддержка вам обеспечена, будь спок, — сказал Арни. — Так и вижу завтрашние заголовки: «Гилдер отращивает крылья и бьет все рекорды».

— Скорее, «Гилдер попадает в больницу с проломленным черепом». Сколько фанатов приехало? Десять? Пятнадцать?

— Ничего, зато на трибунах будет просторнее, — сказала Ли и взяла Арни за руку. Он, не сомневаюсь, был приятно удивлен. Мне уже нравилась эта девушка: многие красавицы либо стервы, либо не вылезают из бронепоезда, но Ли была не такая.

— Как ведро поживает? — спросил я, подходя к машине.

— Неплохо. — Арни двинулся за мной, пряча гордую улыбку.

Кристина уже не походила на дело рук сумасшедшего механика: решетка радиатора сверкала как новенькая, паутина трещин на лобовом стекле полностью исчезла.

— Заменил лобовуху?

Арни кивнул.

— И капот.

Капот сверкал новизной и чистотой — чего нельзя было сказать о проржавленных насквозь крыльях. Ярко-красный, цвета пожарной машины. Эффектно, ничего не скажешь! Арни гордо положил на капот руку и ласково погладил.

— Ага, я сам его установил.

Эти слова меня покоробили. Разве он не *все* делал сам?

— Ты обещал превратить ее в конфетку. Кажется, я начинаю в это верить.

Я заглянул в салон. Покрытие пола и дверей изнутри все еще было замызганное, зато Арни поменял обивку на переднем сиденье.

— Получится очень красиво, — сказала Ли. Без особого энтузиазма. Об игре она говорила куда более жизнерадостным и бодрым тоном. Мне хватило одного взгляда, чтобы прочесть ее мысли и все понять: Ли тоже невзлюбила Кристину. Это было ясно как день. Конечно, она попытается ее полюбить, ведь ей нравится Арни. Но все же...

— Выходит, ты прошел техосмотр?

— Ну... — Арни замялся. — Не совсем.

— В смысле?

— Клаксон еще не работает, и задние фары иногда гаснут, когда я нажимаю на тормоз. Что-то там замкнуло, но я пока не нашел что именно.

Я еще раз посмотрел на лобовое стекло, украшенное новенькой наклейкой о пройденном техосмотре. Арни проследил за моим взглядом, и вид у него стал пристыженный и обиженный одновременно.

— Наклейку мне Уилл подарил. Он знает, что я почти закончил работу.

«Да еще у тебя такая сексапильная подружка появилась, а?» — подумал я.

— Это ведь не опасно? — спросила Ли нас обоих. Она чуть нахмурилась — видно, почувствовала холодок между мной и Арни.

— Нет, — ответил я. — Арни за рулем — паинька и святоша.

Это слегка разрядило обстановку, которая начинала потихоньку накаляться. С игрового поля доносилось нестройное гудение духовых инструментов, а потом мы услышали тонкий и четкий голосок дирижера: «Еще раз, пожалуйста! Это вам не рок-н-рооо-ул, это Роджерс и Хаммерстайн! Еще раз!»

Мы переглянулись. Сначала захохотали мы с Арни, потом к нам присоединилась Ли. Поглядев на нее, я вновь почувствовал укол зависти. Конечно, я хотел своему другу только добра, но что поделать, она была нечто! Семнадцатилетняя, обворожительная, красивая, живо реагирующая на все происходящее вокруг нее. Розанна, конечно, тоже была хороша, но по сравнению с Ли она казалась спящим ленивцем.

Наверное, в тот день я и понял, что влюбился в нее по уши. Влюбился в девушку своего лучшего друга. Но клянусь вам, если бы все сложилось иначе, о моих чувствах она бы никогда не узнала. Только вот «иначе» никогда не получается, судьба есть судьба. Ну или я просто хочу в это верить.

— Пойдем, Арни, а то все места займут, — с сарказмом, на который способны только женщины, проговорила Ли.

Арни улыбнулся. Она все еще придерживала его за руку, и он был, мягко говоря, на седьмом небе. Еще бы! Возьми меня за руку моя первая настоящая подруга — да еще такая красавица, как Ли, — я бы за один этот жест на руках ее носил. Честное слово, я хотел им обоим только добра. Пожалуйста, поверьте хотя бы в это, если всему остальному поверить не сможете. Если кто и заслуживал счастья, так это Арни.

Остальные игроки давно ушли в раздевалку, располагавшуюся в задней части спортивного крыла. Из-за двери высунулась голова тренера Паффера.

— Может, вы уже почтите нас своим присутствием, мистер Гилдер?! — крикнул он. — Я знаю, у вас много важных дел, и надеюсь, вы меня простите за столь наглую просьбу, но все же не могли бы вы притащить свой зад в раздевалку?

Я напоследок шепнул Ли и Арни: «Это не рок-н-роооул, а Роджерс и Хаммерстайн!» — и двинулся в сторону раздевалок. Арни и Ли пошли к трибунам. На полдороге я передумал и вернулся к Кристине. Я никак не мог избавиться от нелепого предрассудка, что подходить к ней спереди не стоит, и поэтому зашел слева.

В глаза сразу бросился дилерский номерной знак, примотанный проволокой. Я приподнял его и увидел на обратной стороне наклейку: «ЭТОТ НОМЕРНОЙ ЗНАК — СОБСТВЕННОСТЬ «АВТОМАСТЕРСКОЙ ДАРНЕЛЛА», ЛИБЕРТИВИЛЛЬ, ПЕНСИЛЬВАНИЯ».

Я отпустил знак, встал и нахмурился. Дарнелл подарил Арни наклейку о пройденном техосмотре, хотя Кристине было еще очень далеко до этого. Дарнелл дал ему временный номер, чтобы он смог свозить Ли на игру. В придачу ко всему Дарнелл перестал быть Дарнеллом, а стал «Уиллом». Любопытно... но не утешительно.

Я начал гадать, неужели Арни и впрямь такой дурак, что готов доверять уиллам дарнеллам этого мира. Надеюсь, что нет. Но я вообще перестал понимать и узнавать Арни, за последние несколько недель он здорово изменился.

Мы удивили сами себя и выиграли матч — как потом выяснилось, это была первая из двух побед за весь сезон... Впрочем, к концу сезона я уже не играл в команде.

Мы не имели никакого права на победу; мы вышли на поле, чувствуя себя полными неудачниками, и проиграли жеребьевку. «Горцы» (идиотское название для команды, но если уж быть совсем честным, «Терьеры» ненамного лучше) одолели сорок ярдов за первые два розыгрыша, почти беспрепятственно пройдя через нашу линию обороны. Потом, в третьем розыгрыше, на их третьем первом дауне подряд, квотербек потерял мяч. Гари Тардиф подхватил его и, пробежав с широкой ухмылкой шестьдесят ярдов, занес в зачетную зону.

«Горцы» и их тренер принялись с пеной у рта доказывать, что мяч после потери уже был «мертвым», но судьи с ними не согласились, и счет стал 6:0 в нашу пользу. С моего места на скамейке были видны трибуны, и я заметил, что немногочисленные либертивилльские фанаты пляшут от радости. Наверное, они имели на это право — все-таки мы лидировали впервые за сезон. Арни и Ли размахивали флажками с логотипом нашей команды. Я помахал им рукой. Ли это заметила, помахала в ответ, затем пихнула Арни, и он тоже помахал. Ну прямо два голубка... Я невольно заулыбался.

После первой сомнительной победы мы рванули вперед — видимо, по инерции. В том году это чудо случилось с нами единственный раз; конечно, я не побил всех рекордов, как предсказывал Арни, но все-таки занес три тачдауна, один из них — на девяностоярдовом возврате, самом длинном в моей жизни. К перерыву счет был уже 17:0, и наш тренер расцвел. Он рисовал в воображении триумфальное возвращение «Терьеров» в ряды победителей, самое эффектное за всю историю Конференции. Конечно, мечта его не сбылась, но в тот день он был очень доволен, и меня это радовало, как радовала и внезапная дружба Арни и Ли.

Во второй половине матча все было уже не так радужно; мы стали чаще принимать позу, к которой привыкли за первые три игры, — то есть лицом в землю, — однако противник не успел нас догнать, и мы победили со счетом 27:18.

В середине четвертой четверти тренер заменил меня Брайаном Макнэлли, которому предстояло играть вместо меня в следующем году — и даже раньше, как потом выяснилось. Я принял душ, переоделся и вышел на улицу за две минуты до финального свистка.

На парковке было много машин и совсем не было людей. С поля доносились дикие крики: фанаты «Горцев» призывали команду совершить невозможное. Отсюда все действо казалось бессмысленным и никому не нужным — впрочем, так оно и было.

Я направился к Кристине.

Она стояла на месте: проржавленные крылья, новенький капот и длиннющие плавники — эдакий динозавр родом из 50-х, когда все нефтяные миллионеры были из Техаса, а доллар разделывал японскую иену под орех. В те дни Карл Перкинс пел про розовые бриджи, Джонни Хортон — про танцы до утра на дощатом полу кабака, а кумиром американской молодежи был Эд «Куки» Бирнс.

Я прикоснулся к Кристине, хотел погладить ее, как Арни, полюбить эту машину ради него — последовать примеру Ли. Уж мне-то это должно быть под силу: Ли знакома с Арни месяц, а мы дружим всю жизнь.

Я провел рукой по ржавому металлу и подумал о Джордже Лебэе, о Веронике и Рите Лебэй... Вдруг моя рука непроизвольно сжалась в кулак, и я со всей силы ударил Кристину — так что костяшки нестерпимо заболели, а сам я сдавленно хохотнул, как бы дивясь своему поступку.

На асфальт посыпались хлопья ржавчины.

На поле забухала бочка — точно забилось сердце великана.

Мое собственное сердце колотилось в груди как ненормальное.

Я дернул ручку передней двери.

Закрыто.

Я облизнул губы и понял, что не на шутку напуган.

Мне показалось, словно... нет, это умора, послушайте только этого идиота!.. словно я не нравлюсь машине, словно я для нее — досадная помеха, и поэтому мне так не хочется подходить к ней спереди, ведь чего доброго...

Я выбросил из головы эту мысль. Хватит с меня всякой бредятины. Пора — и давно пора — обуздать свое разыгравшееся воображение. Передо мной обыкновенная машина, автомобиль, пусть и какой-то идиот придумал ей имя, ржавый «плимут» 58-го года, сошедший с конвейера в Детройте вместе с четырьмя тысячами точно таких же машин...

Сработало. Хотя бы на время. В попытке доказать себе, что я совсем ее не боюсь, я опустился на колени и заглянул под машину. Открывшееся моему взору было бредовее, чем все, что я видел прежде. В гараже Дарнелла у меня было ощущение, что так машину нормальный человек чинить не будет — но *так* ее чинить не стал бы даже безумец. Три новенькие рессоры «Плэжерайзер», а четвертая — черная, полуразвалившаяся, столетняя железяка. Выхлопная труба блестела новизной, но глушитель явно знавал лучшие дни, а приемная труба вообще была в ужасном состоянии. С такой трубой выхлопные газы запросто могли проникать в салон... Я опять вспомнил про Веронику Лебэй. Потому что выхлопные газы могут убить. Они...

— Деннис, ты что делаешь?

Видимо, мне по-прежнему было не по себе, потому что я подскочил как ошпаренный, и сердце бешено забилось в груди. Это был Арни. Недовольный, даже злой.

«С какой стати ему злиться? — подумал я. — Мне что, уже и на его тачку посмотреть нельзя?» Хороший вопрос.

— Да вот, любуюсь твоим конем, — непринужденно ответил я. — А где Ли?

— В туалете, — коротко отрезал Арни, сверля меня серым взглядом. — Деннис, ты мой лучший друг, лучше у меня никогда не было и не будет. Если бы не ты, я бы уже валялся в больнице с проколотыми кишками. Но никогда не делай ничего у меня за спиной, Деннис. Никогда.

С поля донесся дикий рев: «Горцы» все-таки получили очко за тридцать секунд до окончания матча.

— Арни, ты что несешь? Я тебя не понимаю.

И все же я чувствовал себя виноватым. Мне было совестно за то, каким оценивающим взглядом я смотрел на Ли... как мечтал о ней, хотя прекрасно знал, что он и сам в нее втрескался. Но разве я что-то делал у него за спиной? Разве это так называется?

Впрочем, Арни и впрямь мог так подумать. Я уже знал, что его иррациональные чувства — страсть, одержимость, называйте как угодно — к машине были потайной комнатой в доме нашей дружбы. Ключа от двери у меня не было. Арни застал меня врасплох: да, я не пытался взломать замок, но в замочную скважину-то я заглядывал?

— Уверен, ты *прекрасно* меня понимаешь, — сказал он, и я с ужасом осознал: он не просто злится, он в ярости. — Вы с предками сговорились и шпионите за мной, «ради моего же блага», верно? Они велели тебе съездить в гараж и разведать обстановку, так?

— Стоп, Арни...

— Господи, неужели ты и впрямь думал, что я не узнаю? Я ничего не сказал сразу, потому что мы друзья. Но теперь, Деннис... Пора подвести черту, и я ее подвожу. Оставь мою машину в покое и не лезь, куда не просят!

— Во-первых, — сказал я, — в гараж меня попросил съездить твой отец, а не предки. Он хотел узнать, как у тебя идут дела. Мне самому было любопытно, да и твой старик всегда хорошо ко мне относился. Что я должен был ответить?

— Отказать.

— Нет, ты не понимаешь, он на твоей стороне! Регина — она в самом деле надеется, что у тебя ничего не выйдет, но Майкл хочет другого! Он желает тебе только успеха, сам так сказал.

— Это он тебе так сказал. Разумеется. — Арни насмешливо улыбнулся. — На самом деле они оба хотят, чтобы я без них шагу ступить не мог. Не дай бог, сын повзрослеет — это ведь значит, что старость не за горами!

— Ты слишком плохо о них думаешь.

— Может, тебе действительно так кажется. Ты из нормальной семьи, Деннис, вот и не понимаешь, какие они на самом деле. Знаешь, что они мне предложили? Новую машину за пристойный аттестат! Мне надо только избавиться от Кристины, получить одни пятерки за экзамены и поступить в Хорликс... где они будут пасти меня еще четыре года.

Я не знал, что сказать. Это и впрямь было чересчур.

— Так что не лезь в эти дела, Деннис. Нам обоим лучше будет.

— Я все равно ничего ему не сказал. «Так, — говорю, — ковыряется по мелочам». Он вроде обрадовался.

— Еще бы.

— Я и не знал, что ты так много сделал. Но все же техосмотр она в таком виде не пройдет. Я заглянул вниз: приемная труба вообще никакая. Надеюсь, ты с открытыми окнами ездишь?

— Не учи ученого! Я прекрасно разбираюсь в машинах, уж получше, чем ты!

Тут-то я и начал злиться. Что за дела? Я не хотел ссориться с Арни, особенно сейчас, когда к нам вот-вот должна была вернуться Ли, но я прямо почувствовал, как в моем мозгу одна за другой срабатывают пожарные сирены.

— Может быть, — сказал я, пытаясь не подать виду, — зато я разбираюсь в людях. Дарнелл дал тебе наклейку о прохождении техосмотра — за такое, между прочим, сажают, — а потом еще и дилерский номерной знак. Зачем он все это делает, Арни?

Впервые Арни осекся.

— Говорю же... не лезь, Деннис!

— Чувак, — я шагнул к нему, — мне насрать на твою машину. Ей-богу. Но я не хочу, чтобы ты вляпался в неприятности.

Он недоверчиво посмотрел на меня.

— И вообще, из-за чего мы ссоримся? Ну захотел я на выхлопную трубу посмотреть — что тут такого?

Только вот интересовало меня нечто другое. И мы оба, сдается, это понимали.

С поля долетел глухой хлопок сигнального пистолета: игра закончилась. Заморосил дождь, и сразу похолодало. Мы повернулись на звук хлопка и увидели идущую к нам Ли. Она держала в руках флажки — свой и Арни. Ли помахала нам, а мы ей.

— Деннис, я в состоянии о себе позаботиться, — заверил он.

— Хорошо, — просто ответил я. — Надеюсь, это так. — Мне вдруг захотелось спросить, насколько глубоко он залез в дела Дарнелла, но это вызвало бы очередную волну гнева, и... возможно, после этой ссоры наша дружба уже никогда не стала бы прежней.

— Не сомневайся. — Арни погладил машину, и его холодный взгляд смягчился.

Я ощутил смесь облегчения и растерянности: слава богу, ссоры удалось избежать, и мы не наговорили друг другу гадостей, но что-то в нашей дружбе все-таки изменилось... теперь в ней была не одна закрытая комната, а целое крыло. Арни наотрез отказался от моих советов и ясно обрисовал дальнейшую картину наших отношений: «Все будет хорошо, пока все будет по-моему».

Именно так относились к нему родители, только он не понимал, что повторяет их модель поведения. Впрочем, рано или поздно поймет, решил я.

В волосах Ли сверкали капли дождя. Щеки у нее были румяные, а глаза лучились здоровьем и жизнелюбием. От нее исходила такая наивная, неискушенная сексуальность, что у меня немного закружилась голова, хотя все ее внимание было сосредоточено не на мне, а на Арни.

— Какой счет? — спросил он ее.

— Двадцать семь — восемнадцать в нашу пользу, — ответила Ли и радостно добавила: — Мы просто размазали их по стенке! А вы-то где были?

— Так, о машинах болтали, — сказал я, и Арни бросил на меня удивленно-веселый взгляд. Пусть здравомыслие его подвело, но чувство юмора никуда не делось. И в том, как Арни смотрел на свою подругу, я тоже видел повод для надежды. Он терял от нее голову, это точно. Пока еще не совсем потерял, но очень скоро это случится, если все пойдет нормально. Интересно, когда и как они успели сблизиться? Лицо у него было чистое, и вообще выглядел он неплохо, но очки и высокий лоб все равно выдавали в нем ботаника. Девушки вроде Ли Кэбот с такими не встречаются, они обычно ходят за ручку с местными аполлонами.

На поле высыпали люди: наши игроки и «Горцы», наши фанаты и их.

— «О машинах болтали»! — передразнила меня Ли, а потом взглянула на Арни и улыбнулась. Он тоже улыбнулся — мечтательно и обалдело, отчего мое сердце радостно запрыгало в груди. Сейчас — и всякий раз, когда Ли глядела на него вот так — меньше всего он думал о Кристине. В такие минуты она занимала в его душе положенное место — место обыкновенного транспортного средства.

Меня это полностью устраивало.

18. На трибунах

> Ох, Боже, подари мне «мерседес-бенц»,
> Друзья все на «поршах»,
> А мне никак не встать с колен.
>
> Дженис Джоплин

В октябре я то и дело видел Ли и Арни вместе: сначала они просто болтали возле его или ее шкафчика, потом стали держаться за руки, а вскоре уже выходили из школы, обняв друг друга за плечи или за талию. Это случилось. На школьном жаргоне они теперь «гуляли». А по мне, так они по-настоящему, искренне влюбились друг в друга.

С того дня, как мы победили «Горцев», Кристину я больше не видел. Очевидно, она снова поселилась в гараже Дарнелла и там ждала техосмотра — не удивлюсь, если это было частью уговора: Дарнелл дает Арни наклейку и номер, а тот продолжает держать машину в его гараже. Итак, Кристину я не видел, зато голубков встречал на каждом углу. А сколько о них ходило сплетен! Девчонки пытались понять, что она в нем увидела, «в таком уродце, господи ты боже мой», парни, будучи проще и практичнее, хотели знать только одно: залез мой друг ей под юбку или нет. Все это меня не интересовало, но время от времени даже я принимался гадать, как Майкл и Регина отнеслись к первой любви сына.

Однажды в середине октября мы с Арни обедали на трибунах возле футбольного поля — как собирались сделать в тот день, когда Реппертон напал на моего друга с ножом (кстати, его действительно исключили из школы). Попрошайка и Дон получили по три дня «отпуска» и сейчас изо всех сил изображали из себя пай-мальчиков. Все бы хорошо, да вот только наша команда снова начала терпеть поражения и проиграла уже два матча. Итого за сезон у нас была одна победа и пять поражений; тренер Паффер окончательно погрузился в скорбное молчание.

На сей раз еды в моем пакете оказалось поменьше, чем в тот роковой день. Был один плюс в том, что мы без конца проигрывали: мы настолько отстали от «Медведей Ридж-Рока», на счету которых было пять побед, ни одной ничьей и одно поражение, что в этом сезоне нам уже ничего не светило (конечно, если бы их автобус вместе с командой не сорвался бы с обрыва).

Итак, мы с Арни сидели под вялым октябрьским солнцем — не за горами было время привидений в белых простынях, резиновых масок на кассах супермаркетов и костюмов Дарта Вейдера в «Вулворте» — и молча пережевывали пищу. У Арни было с собой фаршированное яйцо, которое он с удовольствием поменял на мой сэндвич с мясным рулетом. Ручаюсь, предки почти ничего не знают о тайной жизни своих детей. С первого класса школы Регина каждый понедельник давала сыну на обед фаршированное яйцо, а я приносил из дома сэндвич с холодным мясным рулетом (по воскресеньям мама обычно пекла на ужин такой рулет). Я терпеть не могу холодное мясо, а Арни всегда ненавидел фаршированные яйца, хотя я ни разу не видел, чтобы он от них отказывался. Интересно, что бы подумали наши мамы, узнай они, сколько сотен яиц и сэндвичей так и не попали в желудки тем, кому предназначались.

Я взялся за печенье, а Арни — за инжирные батончики. Он глянул на меня, убедился, что я смотрю, и разом запихнул в рот все шесть батончиков. Щеки у него раздулись, как у хомяка.

— Господи, ну и мерзость! — воскликнул я.

— А фто, офень фкуфно...

Я начал тыкать его пальцем под ребра — Арни всегда до смерти боялся щекотки.

— Ой-ой, щекотушки-щекотушки! Берегись, Арни!

Он начал хохотать, изрыгая пережеванный инжир. Знаю, звучит противно, но нам было очень смешно.

— Хороф, Денниф! — прокричал Арни.

— Чего? Я тебя не понимаю, невежа! Кто же говорит с набитым ртом! — Я продолжал тыкать его под ребра, а он все извивался и хохотал.

Наконец он проглотил свой инжир и громко рыгнул.

— Ты мне противен, Каннингем, — сказал я.

— Знаю. — Похоже, он был очень доволен собой. Насколько мне известно, Арни никому больше не демонстрировал трюк с шестью батончиками. Покажи он такое родителям, Регину бы хватил удар, а Майкл, вполне возможно, умер бы от кровоизлияния в мозг.

— Какой у тебя рекорд? — спросил я.

— Один раз я запихнул в рот двенадцать батончиков. Думал, точно задохнусь.

Я хохотнул.

— Ли уже показывал?

— Нет, приберег для выпускного, — ответил он. — Щекотушки ей тоже достанутся.

Мы посмеялись и над этим. Я вдруг осознал, как соскучился по другу. Я не сидел без дела: у меня был футбол, заседания школьного совета, новая подружка (которую я уже давно уговаривал хотя бы поработать рукой — большего ждать от нее не приходилось). Несмотря на все это, мне страшно не хватало Арни. Сначала он променял нашу дружбу на Кристину, теперь вот — на Ли и Кристину. Надеюсь, именно в такой последовательности.

— А где Ли? — спросил я.

— Дома осталась. У нее месячные. Боль, судя по всему, адская.

Я мысленно приподнял брови. Если она уже доверяет ему свои женские проблемы, у них все и впрямь на мази.

— Скажи мне, как ты умудрился пригласить ее на футбольный матч? В тот день, когда мы играли с «Горцами Хидден-Хиллз»?

Арни засмеялся.

— Единственный футбольный матч, на котором я был за последние два года. Мы принесли вам удачу, Деннис.

— Ты просто ей позвонил и пригласил посмотреть игру?

— Угу. В последний момент чуть не струсил. Это ведь было мое первое настоящее свидание. Вообще-то она уже и сама ко мне не раз подходила: спрашивала домашку и все такое. Записалась в шахматный клуб, хотя играет не очень хорошо... Но уже гораздо лучше! Я ее учу.

«Ну-ну, кобель», — подумал я, но вслух не сказал — воспоминания о его внезапной вспышке гнева в Хидден-Хиллз были еще живы. К тому же мне и вправду было любопытно. Завоевать девушку вроде Ли Кэбот — это ж как надо постараться?

— В общем, я начал догадываться, что нравлюсь ей, — продолжал Арни. — Чтобы это понять, мне потребовалось куда больше времени, чем... ну, ребятам вроде тебя.

— Ага, нашел секс-машину...

— Нет, ты не секс-машина, но в девушках разбираешься... Ты их понимаешь, знаешь, как они устроены. А я раньше их только боялся. Не знал, о чем с ними разговаривать. Да и до сих пор не знаю, просто Ли — она другая. Мне было очень страшно звать ее на свидание. — Он задумался. — Все-таки она красивая девушка, просто сногсшибательно красивая. Ты согласен, Деннис?

— Да. На мой взгляд, первая красавица школы.

Он довольно улыбнулся.

— Я тоже так считаю, правда... я думал, что это во мне любовь говорит.

Я взглянул на своего друга и понадеялся, что ему хватит ума не вляпаться в очередную историю. Впрочем, тогда я понятия не имел, что такое настоящие неприятности...

— Однажды я подслушал на химии разговор двух ребят — Ленни Баронга и Неда Стромана. Нед рассказывал Ленни, что позвал Ли погулять, но она ему отказала — очень вежливо и мило, как бы намекая, что, если он будет понастойчивее, она вполне может согласиться. Тут я представил себе, как Ли будет всюду ходить за ручку с Недом, и жутко заревновал. Глупости, конечно... Она ведь ему отказала, а я все равно заревновал! Сечешь?

Я с улыбкой кивнул. Болельщицы на поле репетировали новые номера. Вряд ли это помогло бы нам победить, но смотреть на них было приятно. В ярком полуденном солнце черные тени лужицами темнели прямо у них под ногами.

— Второе, что меня задело, это реакция Неда на отказ — он не расстроился, ему не было стыдно или обидно... Ничего такого. Девушка не пошла с ним на свидание, а ему хоть бы хны! Я решил, что раз Нед так может, то и я смогу. Но ты бы видел меня, когда я снял трубку и собрался ей звонить... Пот с меня ручьями тек. Жуть. Я представлял, как она рассмеется и скажет что-нибудь вроде: «Что? Ты думал, я пойду на свидание с таким уродцем? Ну нет! Я еще не настолько отчаялась!»

— Угу. Я вот никак в толк не возьму, почему она так не сказала.

Арни хохотнул и ударил меня локтем под дых.

— Сейчас тут кто-то блеванет!

— Ладно, хорош придуриваться, выкладывай остальное.

Он пожал плечами:

— Да больше нечего рассказывать. К телефону подошла ее мама. Когда она положила трубку на стол и пошла искать Ли, я чуть было не сдрейфил. — Арни сомкнул указательный и большой пальцы. — Вот настолько был от того, чтобы бросить трубку. Честно.

— Я знаю это чувство, — сказал я. (И не соврал: даже футболист боится насмешек и презрения сверстников, не то что какой-нибудь прыщавый ботаник. Впрочем, всю глубину его страха я прочувствовать не мог. Арни совершил по-настоящему героический поступок. Вы скажете, подумаешь, ерунда какая — позвать девушку на свидание! Но в нашем обществе даже такой пустяк имеет огромное значение. Есть ребята, которые за все старшие классы — за *четыре года*! — ни разу не были на свидании. Так и не отважились кого-нибудь позвать. Таких не единицы, сотни. А уж сколько ходит по свету печальных девушек, которых никто никуда не приглашает. Тихий ужас, если задуматься. Уйма людей страдает из-за такого пустяка. Я мог лишь смутно представить первобытный ужас, с каким Арни ждал ответа Ли: рехнуться можно, сейчас он должен позвать на свидание первую красавицу школы!)

— Она взяла трубку, сказала «Алло», и я... замялся. Не мог выдавить из себя ни звука, только тихий свист. Тогда Ли повторила: «Алло, кто это?» — подумала, наверное, что ее кто-нибудь разыгрывает. Тогда я мысленно выругал себя: ну что за идиот, в школе же ты с ней болтаешь, так что ж по телефону не можешь? Даже если она откажет, господи, ничего смертельного в этом нет, не пристрелят же меня за это! В общем, я выдавил из себя приветствие, мы заговорили — бла-бла-бла, тра-ля-ля, — и тут я понял, что не знаю, куда ее позвать! А темы для разговора у нас уже на исходе, она вот-вот попрощается... Ну я и ляпнул про субботний футбольный матч. Она тут же согласилась, как будто все это время ждала приглашения, представляешь?

— Наверное, так и было.

— Может быть... — Арни задумался.

Прозвенел звонок: пять минут до начала пятого урока. Мы с Арни встали. Болельщицы двинулись к раздевалкам, соблазнительно покачивая бедрами в коротких юбках.

Мы спустились с трибун, выбросили пакеты из-под еды в мусорный бак, выкрашенный в цвета школы — оранжевый и черный, — и направились ко входу.

Арни все еще улыбался, вспоминая первое свидание с Ли.

— Я позвал ее на футбол от отчаяния, просто мне больше ничего не шло в голову.

— Спасибо на добром слове. Я, понимаешь, тружусь каждую субботу, вкладываю в игру всю душу...

— Да ладно, ты меня понял. После нашего с Ли телефонного разговора мне в голову пришла ужасная мысль. Я сразу тебе позвонил, помнишь?

Я вдруг вспомнил. Арни спросил, домашний у нас будет матч или гостевой, а когда узнал, что мы играем с «Горцами» на их стадионе, чуть не разрыдался.

— Только представь: я позвал на футбол первую красавицу школы, она согласилась, а матч оказался гостевой! И машина моя все еще стоит в гараже!

— Вы могли поехать на фанатском автобусе.

— Сейчас я это знаю, а тогда не знал. Места в автобусе всегда надо было резервировать за неделю. Я же не думал, что ваши фанаты разбегутся после первых же поражений...

— Не береди рану.

— В общем, я пошел к Уиллу. Кристина доехала бы до Хидден-Хиллз, я это знал, но техосмотра-то у меня не было! Представь, в каком я был отчаянии.

«В каком?» — неожиданно подумалось мне.

— И Уилл меня понял. Сказал, что понимает, как это важно, и если... — Арни замолк, что-то обдумывая. — Вот и вся история моего первого свидания, — неуклюже закончил он.

«И если...» Что?

А ничего. Не суйся куда не просят.

«Смотри в оба», — вспомнил я напутствие отца.

Но и эту мысль я прогнал.

Мы шли мимо почти пустой курилки: три парня и две девушки торопливо докуривали косяк, держа его с помощью самодельного зажима. В ноздри ударил манящий аромат марихуаны, так похожий на запах горелых осенних листьев.

— Бадди Реппертона давно видел? — спросил я.

— Давно. И очень этому рад. А ты?

Я видел его только один раз, в автосервисе Вандерберга, принадлежавшем отцу Дона. Заведение это было на грани банкротства с тех пор, как в 73-м грянул нефтяной кризис. Меня Бадди не видел, я просто проезжал мимо.

— Видел мельком, но не разговаривал.

— А он разве умеет говорить? — с несвойственной ему презрительной насмешкой в голосе спросил Арни. — Ну и говнюк!

Я вздрогнул. Опять это ругательство. Я подумал немного, плюнул на все и прямо спросил у Арни, где это он набрался таких словечек.

Арни озадаченно взглянул на меня. В школе прогремел второй звонок: мы опаздывали, но сейчас меня волновало другое.

— Помнишь тот день, когда я купил машину? Не задаток внес, а купил?

— Еще бы не помнить.

— Я тогда вошел с Лебэем в дом, а ты остался на улице. У него была крохотная кухня, на столе лежала скатерть в красную клетку. Мы сели, и он предложил мне пива. Я подумал, что лучше не отказываться: это могло его обидеть, а мне очень хотелось купить машину. В общем, мы стали пить, и он завел эту... шарманку про то, как на него ополчились все говнюки нашего мира. Это его словечко, Деннис. Говнюки. Он все твердил, что из-за говнюков вынужден продать машину.

— Это как?

— Наверное, он имел в виду, что из-за старости уже не может водить. Только виноваты в этом были говнюки. Говнюки заставляют его каждый год проверять глаза и сдавать экзамен на вождение. Экзамена он не боялся, а вот к глазнику не пошел. Говорил, что врачи не хотят видеть его за рулем — и никто не хочет. Вот почему кто-то бросил в машину камень. Все это я понимаю, одного только не пойму... — Арни замер в дверях, ничуть не торопясь на урок. Он стоял, сунув руки в карманы, и озадаченно хмурился. — Почему Лебэй забросил Кристину, Деннис? Почему довел до такого состояния? Он говорил о ней с такой любовью, с такой нежностью... И не потому, что хотел ее продать, это точно. А потом, в самом конце, пересчитывая деньги, он прорычал что-то вроде: «На кой хрен тебе эта машина, парень? Развалюха ржавая...» Я ответил, мол, хочу ее починить и привести в порядок, а он рявкнул: «Ага, этим дело не ограничится. Если говнюки не вмешаются, конечно».

Мы вошли в школу. Мимо торопливо прошел мистер Леро, учитель французского: его лысина ярко блестела под лампами дневного света. Суетливым голоском, напомнившим мне голос кролика из «Алисы в Стране чудес», он сказал нам: «Опаздываете, мальчики!» — и помчался дальше. Мы тоже заторопились, но, как только учитель скрылся из виду, опять сбавили шаг.

— Когда Бадди Реппертон напал на меня с ножом, — продолжал Арни, — я до жути перепугался, чуть штаны не обмочил, если по правде. И тогда это слово пришло как-то само собой. Реппертону оно подходит, согласен?

— Угу.

— Ну все, мне пора. Сейчас у меня матанализ, а потом спецкурс по автомеханике. Правда, мне с Кристиной никакие курсы не нужны, я уже всему обучился...

Он убежал, а я минуту просто стоял на месте, растерянно глядя ему в спину. По понедельникам в это время у меня был свободный урок с мисс Крыссли, и я надеялся незаметно проскочить в библиотеку, как делал уже не раз. Да и вообще старшеклассникам многое сходит с рук, тем более опоздания.

Я стоял, пытаясь избавиться от охватившего меня аморфного и неопределенного страха. Что-то неладно, что-то не так... Меня пробрал холод. Даже октябрьское солнце, лившееся в коридор сквозь множество окон, не смогло его рассеять. Мир был прежний, но вот-вот собирался измениться, я это чувствовал.

Пытаясь собраться с мыслями и убедить себя, что этот холод в груди — лишь страх перед грядущими выпускными и вступительными экзаменами, перед взрослой жизнью, я вдруг услышал в голове слова Лебэя: «На кой хрен тебе эта машина, парень? Развалюха ржавая...» В конце коридора опять замаячил мистер Леро, и я пошел вперед.

Мне кажется, что у каждого человека в голове есть эдакий мощный экскаватор: в моменты наибольшего стресса ты просто его заводишь и спихиваешь весь накопившийся хлам в траншею, а потом засыпаешь землей. Словом, избавляешься от всего ненужного и лишнего, предаешь забвению. Вот только траншея эта, вырытая в полу сознания, ведет в подсознание, и в ночных кошмарах трупы оживают.

В ту ночь мне вновь приснилась Кристина: на сей раз за рулем был Арни, рядом на пассажирском сиденье болтался труп Роланда Д. Лебэя, а сама машина стояла в гараже, ревя мотором и пронзая меня безумным светом круглых фар.

Я проснулся и обнаружил, что рот зажат подушкой: даже во сне я пытался сдержать крик.

19. Несчастный случай

> Заводи, заводи,
> Все равно тебе не уйти.
>
> *«Бич Бойз»*

Больше мы с Арни до Дня благодарения толком не разговаривали, потому что в следующую субботу я получил травму. Мы снова играли с «Медведями Ридж-Рока», и на сей раз проиграли им с треском: счет был почти фантастический — 46:3. Впрочем, до конца игры я недотянул. Примерно на седьмой минуте третьей четверти я принял пас и собрался бежать, когда в меня врезались одновременно три защитника «Медведей». Помню только миг ужасной боли — яркую вспышку, словно я очутился в эпицентре ядерного взрыва, — а потом наступила темнота.

Свет я увидел еще не скоро, хотя сам-то, конечно, хода времени не замечал. Очнулся я спустя пятьдесят часов, в понедельник, 31 октября, в городской больнице Либертивилля. Рядом были мама, папа и Элли, все бледные и измотанные. Под глазами сестры темнели круги, и я чуть не прослезился от благодарности. Она все же нашла в своем сердце немного сострадания и поплакала обо мне, хотя я вечно тырил ее заначки, разыгрывал ее, дразнился, а однажды, когда Элли было лет двенадцать, подарил ей упаковку ваты — после того как она неделю провела перед зеркалом в обтягивающей футболке, пытаясь понять, растет у нее грудь или нет (от моего подарка сестра разрыдалась, а мама почти две недели со мной не разговаривала).

Арни в палате не было, но он пришел почти сразу: они с Ли сидели в вестибюле на первом этаже. Вечером приехали даже мои тетя с дядей из Олбани, и вообще всю неделю я общался со всевозможными родными и близкими. Футбольная команда явилась в полном составе, включая постаревшего лет на двадцать тренера Паффера. Видимо, он понял, что есть на свете вещи и похуже, чем проигранный с треском сезон. Именно тренер сообщил мне весть о том, что моя футбольная карьера закончена. Не знаю, какой реакции он от меня ждал — наверное, что я разрыдаюсь или закачу истерику, потому что лицо у него было осунувшееся и напряженное. Как ни странно, никакой реакции у меня не было: ни внутренней, ни внешней. Я только радовался, что выжил и рано или поздно смогу ходить.

Если бы меня сшибли один раз, я бы, скорее всего, тут же встал на ноги и потребовал добавки. Но человеческое тело не рассчитано на то, чтобы выдерживать мощные удары с трех сторон одновременно. Мне переломало обе ноги (левую — в двух местах), правая рука в падении закинулась за спину и тоже почти сломалась (врачи называют это «переломом по типу зеленой ветки»). Но все это ерунда. Главное — проломленный череп и травма нижнего отдела позвоночника: еще чуть-чуть, и меня бы парализовало ниже пояса.

В ту неделю меня буквально завалили цветами и открытками. Было даже приятно: все равно что оказаться живым на собственных похоронах.

Но боли, бессонных ночей и всевозможных неприятных впечатлений тоже хватало. Загипсованные руки и ноги висели на растяжках и адски чесались. Вокруг поясницы — временный гипс. Мне грозило несколько недель провести в больнице и ежедневно посещать камеру пыток под названием «Кабинет ЛФК».

Ах да, еще у меня появилась масса свободного времени.

Я читал газеты, расспрашивал посетителей и не раз, когда подозрения становились чересчур навязчивыми, всерьез гадал, не схожу ли я с ума.

Я пролежал в больнице до Рождества, и к моменту выписки мои подозрения окончательно оформились. Мне было все труднее и труднее отрицать очевидное, и я твердо знал, что не лишился рассудка. В каком-то смысле мне хотелось его лишиться: все стало бы проще. К тому времени я был уже изрядно напуган... и бесповоротно влюблен в девушку лучшего друга.

Да, у меня было много времени, слишком много.

За это время я успел назвать себя всеми последними словами за то, что влюбился в Ли. Бессчетное число раз я смотрел в больничный потолок и горько жалел о своем знакомстве с Арни Каннингемом... Ли Кэбот... и Кристиной.

Часть вторая
АРНИ — ПЕСЕНКИ О ЛЮБВИ

20. Вторая ссора

> Продавец мне сказал:
> «Твой «форд» идет в счет,
> Получишь машину —
> Не авто, самолет!»
> Просто скажи, чего хочешь,
> И подпиши вот здесь,
> Через какой-нибудь час
> Машина будет на месте.
> Я куплю себе тачку
> И рвану вперед по дороге,
> Чтоб больше не думать
> О старичке «форде».
>
> *Чак Берри*

«Плимут» Арни Каннингема прошел техосмотр и был зарегистрирован 1 ноября 1978 года: так завершилось то, что они с Деннисом Гилдером начали несколько месяцев назад. Арни уплатил 8,5 доллара федерального налога на розничную продажу, 2 доллара муниципального дорожного налога (что позволило ему бесплатно парковаться в центре города) и 15 долларов за номерной знак. Городская автоинспекция Монровилля присвоила «плимуту» номер HY-6241-J.

Оттуда он приехал в гараж на машине, которую ему выдал Уилл Дарнелл, а гараж покинул уже за рулем Кристины. Он повез ее домой.

Отец и мать приехали вместе, немного задержавшись на работе. Почти сразу разгорелась ссора.

— Ну что, видели? — с порога спросил их Арни. — Я ее зарегистрировал! Сегодня днем!

Он очень гордился собой и имел на то все основания. Кристина, отмытая до блеска и только что отполированная, сверкала в лучах заходящего осеннего солнца. На ней все еще было много ржавчины, но выглядела она в тысячу раз лучше, чем в день покупки. Пороги, капот, заднее сиденье — все это было новенькое, салон — безукоризненно чистый, все стекла и хромированные детали ярко сверкали.

— Да, я... — начал было Майкл.

— Конечно, видели! Чуть не врезались в нее! — рявкнула Регина. Она делала себе коктейль и яростно размешивала его палочкой против часовой стрелки. — Не желаю, чтобы она стояла у дома. У нас тут не парковка для подержанных авто.

— Мам! — потрясенно и обиженно выдохнул Арни. Он глянул было на Майкла, но тот вдруг решил, что тоже хочет выпить, и отправился готовить себе коктейль.

— А ты как думал? — Лицо у Регины Каннингем было чуть бледнее обычного, и румяна на щеках пылали почти как клоунский грим. Она глотнула свой джин-тоник и поморщилась, будто от горького лекарства. — Отвези ее обратно. Не желаю видеть ее перед домом, и точка.

— Отвези обратно?! — Арни был уже не просто обижен, а по-настоящему зол. — Отлично ты придумала! Ничего, что гараж стоит мне двадцать баксов в неделю?

— Он стоит гораздо больше, — отрезала Регина, осушила стакан и брякнула его на стол. — Я вчера полистала твою сберегательную книжку, и...

— *Что* ты сделала?! — У Арни расширились глаза.

Она немного покраснела, но взгляд не опустила. Майкл стоял в дверях и испуганно смотрел то на жену, то на сына.

— Я хотела узнать, сколько ты тратишь на эту проклятую машину, — сказала Регина. — Разве это странно? Ты поступаешь в университет, и, насколько я знаю, в Пенсильвании бюджетных мест не так много.

— Поэтому ты просто вошла в мою комнату и рылась там, пока не нашла сберегательную книжку? — Его серые глаза горели яростью. — А может, ты и травку поискала? Журнальчиков с голыми бабами не нашла? А пятен спермы на простыне?

Регина разинула рот. Она понимала, что сын обидится и расстроится, но такого приступа безудержной, свирепой ярости от него не ожидала.

— Арни! — взревел Майкл.

— А что?! Вы мне сами говорили, что машина — мое дело! «Разбирайся с ней сам, Арни, мы тебе не помощники» — не ваши слова?

— Мне очень досадно, что ты так все воспринял, Арни. Досадно и больно. Ты ведешь себя как...

— Не надо мне говорить, как я себя веду! Да и какой реакции ты ждала? Я целыми вечерами гнул спину над этой машиной, два с половиной месяца на нее убил, а когда привез показать вам, вы с порога велели мне ее убрать! Радоваться прикажете?

— Нет нужды разговаривать с мамой таким тоном, — сказал Майкл, только голос у него был не злой, а натянуто-примирительный. — И такими словами.

Регина протянула мужу пустой стакан.

— Сделай мне еще. В кладовке есть бутылка джина.

— Пап, стой тут. Давайте вместе все обсудим.

Майкл Каннингем посмотрел на жену, на сына, потом снова на жену. Оба готовы были взорваться, как бочки с порохом. Он ретировался на кухню, сжимая в руке пустой стакан.

Регина зловеще посмотрела на Арни. Кость сидела у нее в горле с конца лета, и теперь, похоже, она решила ее выдернуть.

— В июле на твоем счете было почти четыре тысячи долларов. Примерно три четверти от тех денег, которые ты заработал с девятого класса, плюс проценты...

— О, так ты и впрямь пристально следишь за моими финансами. — Арни вдруг выпрямился и посмотрел на нее с удивлением и отвращением. — Мам... а что ж ты просто не перевела все деньги на свой счет?

— Потому что до недавней поры я считала тебя здравомыслящим человеком. Ты понимал, на что эти деньги. Но в последние два месяца ты только и твердишь про машину-машину-машину, недавно вот про девушку заговорил. Ты прямо помешался на обеих!

— Что ж, спасибо большое, я всегда рад выслушать беспристрастное мнение о том, как я распоряжаюсь своей жизнью.

— В июле у тебя было почти четыре тысячи долларов. На *образование*, Арни. На образование. Теперь у тебя осталось две восемьсот. Можешь сколько угодно обижаться на меня за то, что нашла твою книжку — признаю, это обидно, — но факт остается фактом. Ты потратил больше тысячи долларов за два месяца. Поэтому я и не хочу видеть твою машину! Ты должен меня понять, для меня это...

— Послушай...

— ...это все равно что выбросить деньги на ветер!

— Могу я вставить слово?

— Нет, Арни, не можешь, — решительно проговорила Регина. — Не можешь.

Майкл вернулся с бокалом джина, подлил к нему тоника и передал стакан жене. Та выпила и опять скривилась. Арни сел в кресло возле телевизора и задумчиво поглядел на нее.

— Ты ведь преподаватель. Ты преподаватель — и так относишься к людям! «Я все сказала, остальные закройте рты!» Отлично. Мне жаль твоих студентов.

— Осторожнее, Арни. — Она погрозила ему пальцем. — Не зли меня.

— Могу я сказать или нет?

— Валяй. Только это ничего не изменит.

Майкл откашлялся.

— Рег, в самом деле, где твой конструктив...

Она вскинулась и зашипела на него, как кошка:

— Молчать!

Майкл вздрогнул и замолчал.

— Прежде всего, — начал Арни, — если ты внимательно изучила мои финансы — а я уверен, что ты так и сделала, — ты должна была заметить, что мои сбережения резко уменьшились в первой неделе сентября. На счете стало две тысячи двести долларов: я купил Кристине ремнабор для передней подвески.

— Ты как будто гордишься этим.

— Горжусь. — Он спокойно посмотрел ей в глаза. — Я заменил подвеску сам, мне никто не помогал. И у меня отлично получилось. Никто... — Голос его на миг дрогнул, но потом вновь окреп: — Никто не отличит ее от оригинальной. Но штука в том, что я уже положил на счет шестьсот долларов. Потому что Уиллу Дарнеллу понравилась моя работа, и он теперь постоянно дает мне задания. Если я буду откладывать по шестьсот баксов каждые два месяца (а это не предел: Уилл обещал иногда отправлять меня в Олбани на закупку подержанных авто), к концу школы на моем счете будет уже четыре тысячи шестьсот долларов. А если я еще и все лето проработаю, то скоплю к поступлению почти семь тысяч. Спасибо машине, которую ты так ненавидишь.

— Все это будет впустую, если ты не поступишь в хороший университет, — парировала Регина, легко меняя тему, как нередко делала на заседаниях университетского совета, когда кто-то ставил под вопрос ее мнение... что случалось крайне редко. Она не признавала чужой правоты, а просто переходила к следующему вопросу. — Оценки у тебя стали хуже.

— Не настолько, чтобы на что-то повлиять.

— Да неужели? А что у тебя с матанализом? Мы на прошлой неделе красную карточку получили!

Красные карточки (школьники их называли «провальными карточками») высылались родителям в середине каждого семестра и означали, что за первые пять недель четверти успеваемость их ребенка значительно снизилась — до 75 баллов и ниже.

— Это из-за одной-единственной контрольной. Всем известно, что мистер Фендерсон в начале четверти устраивает так мало проверочных, что ты рискуешь схлопотать красную карточку за один незначительный провал, а потом получить пятерку за семестр. Все это я бы спокойно тебе объяснил, если бы ты удосужилась спросить. Но ты не спросила. Кроме того, это всего лишь моя третья красная карточка за все старшие классы. Мой средний балл — по-прежнему 93, и ты прекрасно знаешь, как это много...

— Еще не вечер! — пронзительно закричала Регина и шагнула к Арни. — Во всем виновата эта проклятая машина! Ты познакомился с девушкой — замечательно, чудесно, просто супер! Но машина... это просто безумие! Даже Деннис считает...

Арни молниеносно вскочил и подлетел к матери — та на секунду забыла о своем гневе и испугалась.

— Не впутывай сюда Денниса, — дьявольски спокойным голосом молвил он. — Это наше семейное дело.

— Хорошо. — Регина снова ушла от темы: — Но факт остается фактом: учиться ты стал хуже. Я это знаю, твой отец это знает, а красная карточка по математике это доказывает.

Арни уверенно улыбнулся, и Регина насторожилась.

— Хорошо. Вот что я придумал. Пусть машина постоит здесь до конца четверти. Если я получу хоть одну оценку ниже тройки, я продам ее Дарнеллу. Он купит, это точно, за нее не меньше штуки дадут. Теперь она будет только расти в цене. — Арни обдумал что-то еще. — Нет, давай даже так: я продам Кристину, если не попаду в почетный список лучших учеников за семестр. Это означает, что я должен буду получить четверку по матанализу даже не за четверть, а за весь семестр. Что скажешь?

— Нет, — мгновенно отрезала Регина и бросила предостерегающий взгляд на мужа: мол, не лезь. Майкл, открывший было рот, мигом его закрыл.

— Почему? — с обманчивым спокойствием поинтересовался Арни.

— Потому что это все уловки, ты сам знаешь, что это уловки! — заорала Регина со всей яростью. — Я не собираюсь стоять тут и спорить и выслушивать оскорбления... Я... да я тебе подгузники меняла! Убери эту машину от дома, езди на ней сколько влезет, но чтоб я ее в глаза не видела! Все! Точка!

— А ты что думаешь, пап? — спросил Арни, переведя взгляд на отца.

Майкл открыл рот, но Регина его перебила:

— Он полностью со мной согласен.

Арни вновь посмотрел на мать. Взгляды их одинаковых серых глаз пересеклись.

— Мои слова не имеют никакого значения, верно?

— Все это зашло слишком дале... — Она начала разворачиваться к двери: губы решительно поджаты, в глазах — смятение. Арни поймал ее за локоть.

— Признай: не имеют. Если ты что-то решила, никто тебя не переубедит. Ты никого не слушаешь, даже *думать* не пытаешься.

— Арни, прекрати! — крикнул Майкл.

Взгляды Регины и Арни вновь схлестнулись: не на жизнь, а на смерть.

— Я скажу, почему ты не хочешь смотреть на мою машину. Дело не в деньгах, нет, ведь машина позволила бы мне заниматься тем, что я хорошо умею, и неплохо зарабатывать. Ты это знаешь. Дело и не в плохих оценках, потому что оценки мои почти не изменились. Это ты тоже знаешь. Просто ты боишься, что я вырвусь из твоей стальной хватки — чего никто и никогда себе не позволял, ни в университете, ни дома. — Он ткнул пальцем в Майкла, который каким-то чудом умудрялся выглядеть виноватым, рассерженным и несчастным одновременно.

Лицо Арни пылало, руки были стиснуты в кулаки.

— Вся эта либеральная чушь про совместное принятие решений никому не нужна. В действительности *ты* всегда выбирала, что мне носить, с кем играть, куда поехать на каникулы, когда и за сколько продавать машины... И вдруг у меня появилось увлечение, которое ты не можешь контролировать!

Регина размахнулась и влепила ему пощечину, прогремевшую в гостиной подобно выстрелу. На улице уже смеркалось, и мимо дома проезжали машины с желтыми глазами-фарами. Кристина мирно стояла на асфальтированной дорожке перед домом Каннингемов, как стояла когда-то на лужайке у дома Лебэя (только выглядела она теперь гораздо лучше): казалось, все эти семейные склоки ей совершенно безразличны. Она, что называется, хорошо устроилась.

Вдруг, неожиданно для всех и для самой себя, Регина Каннингем разрыдалась. Этот феномен был сродни проливному дождю в пустыне: за всю жизнь Арни наблюдал его лишь четыре или пять раз и сам причиной маминых слез никогда не был.

Это было жуть как страшно, позже рассказывал он Деннису, просто слезы сами по себе. Но слезами дело не ограничилось: мать словно бы мгновенно постарела на пятнадцать лет, словно в считаные секунды совершила путешествие во времени. Яркий блеск серых глаз померк, и по щекам, размазывая косметику, катились ручьи слез.

Она неловко пошарила рукой по каминной полке, пытаясь найти стакан, но в результате уронила его: он разлетелся вдребезги. Воцарилась потрясенная тишина: казалось, никто не может поверить, что все зашло столь далеко.

И вдруг, сквозь слезы отчаяния и бессилия, Регина проговорила:

— Я запрещаю ставить машину в наш гараж или возле дома, Арнольд.

Он холодно ответил:

— Я и сам уже не хочу, мама. — Подойдя к входной двери, он обернулся и посмотрел на обоих родителей: — Спасибо за понимание. Вам обоим спасибо.

С этими словами он ушел.

21. Арни и Майкл

> С тех самых пор, как ты ушла,
> Жизнь мне стала совсем не мила.
> Но знаю я, все будет хорошо,
> Пока отполировано мое авто.
>
> *«Мун Мартин»*

Майкл догнал Арни возле самой машины. Он положил руку сыну на плечо: тот ее стряхнул и принялся искать по карманам ключи.

— Арни. Прошу тебя.

Арни резко развернулся и, казалось, хотел ударить отца — чем превратил бы семейную ссору в окончательный раскол. Но в последний момент его тело обмякло, он прислонился спиной к Кристине и ласково ее погладил, будто подпитываясь ее энергией.

— Ладно, — сказал он. — Что ты хотел?

Майкл открыл рот, но замер с беспомощным выражением на лице: это было бы смешно, не будь так страшно. Он как будто состарился, поседел и одряхлел.

— Арни, — проговорил Майкл с огромным трудом, — Арни, это ужасно.

— Угу, — ответил тот, снова отвернулся к машине и открыл дверь. Изнутри пахнуло новьем и чистотой. — Здорово ты за меня заступился.

— Пожалуйста, перестань, мне и так тяжело. Тяжелее, чем ты думаешь.

Что-то в его голосе заставило Арни обернуться. Во взгляде отца он прочел отчаяние и боль.

— Я не говорю, что хотел за тебя заступиться. Я понимаю Регину и вижу, как ей больно: ты несешься вперед, сметая все на своем пути, ни перед чем не остановишься...

— Прямо как она, — сдавленно хохотнул Арни.

— В жизни твоей матери сейчас происходят большие перемены, — тихо проговорил Майкл. — Ей очень и очень трудно.

Арни заморгал, не вполне понимая, что говорит отец. Он произнес это обычным тоном, словно они обсуждали бейсбольный матч.

— Ч-что?..

— Да, перемены. Она напугана, слишком много пьет и иногда испытывает боли. Не часто, — поспешно добавил он, увидев встревоженный взгляд сына. — Она уже была у врача, это всего лишь возрастные изменения. Однако у нее серьезный эмоциональный кризис. Ты — ее единственный ребенок, и ей сейчас необходимо, чтобы в твоей жизни все было хорошо и правильно, не важно, какой ценой.

— Ага, правильно — на ее взгляд. Ничего нового в этом нет. Она всегда этого хотела.

— Разумеется, собственный взгляд на твое благополучие кажется ей единственно верным. Но скажи мне: разве ты чем-то лучше? Ты ведь хотел ее довести, мы все это прекрасно поняли.

— Она первая начала...

— Нет, это ты начал. Привез сюда машину, хотя отлично знал, как мать к ней относится. И еще кое в чем она права. Ты изменился. В тот самый день, когда вы явились сюда с Деннисом и сообщили нам о покупке машины. Думаешь, ее это не расстраивает? А мне каково? Не узнавать родного сына, видеть в нем черты, о существовании которых даже не догадывался?

— Да брось, пап! Не перегибай...

— Мы почти тебя не видим, ты все время пропадаешь в гараже и с Ли.

— Ты говоришь как она.

Майкл вдруг ухмыльнулся.

— Не-ет, ошибаешься. Это ты говоришь как она, а я говорю как идиот-миротворец, которого вот-вот подстрелит в задницу одна из враждующих сторон.

Арни чуть расслабился; его рука вновь принялась гладить машину.

— Ладно, я понял. Но почему ты позволяешь Регине собой помыкать, объясни мне?

С лица Майкла не сходила грустная униженная улыбка, похожая на улыбку собаки, которая долго бегала за палкой жарким летним днем.

— Наверное, с какими-то вещами в жизни привыкаешь мириться... И они окупаются другими благами, которых тебе не понять, а мне — не объяснить. Ну например... я все-таки ее люблю.

Арни пожал плечами.

— Что теперь-то?

— Может, прокатимся?

Арни сперва удивился, потом обрадовался.

— Конечно! Залезай. Куда поедем?

— В аэропорт.

— Куда?! Зачем?

— По дороге объясню.

— А Регина?

— Твоя мама легла спать, — тихо ответил Майкл, и Арни немного покраснел.

Он вел машину легко и умело. Новые фары Кристины пронзали поздние сумерки чистым и глубоким туннелем света. Он проехал мимо дома Гилдеров, затем свернул на улицу Вязов и двинулся к улице Джона Кеннеди. Еще два поворота — и машина выехала на шоссе, ведущее к аэропорту. Дорога была почти пустая, двигатель мягко урчал. Приборная панель светилась таинственным зеленым.

Арни включил радио и нашел питсбургскую станцию WDIL, по которой крутили только старые шлягеры. Джин Чэндлер напевал «Герцога-графа».

— Не едет, а плывет! — восхищенно сказал Майкл Каннингем.

— Спасибо, — с улыбкой ответил Арни.

Майкл втянул носом воздух:

— Да и пахнет как новенькая.

— Еще бы, в салоне много нового: одна только обивка стоила мне восемьдесят баксов. Часть денег, из-за которых так взбеленилась Регина. Я пошел в библиотеку и переписал из книжек все, что только смог найти. Но не все так просто.

— В смысле?

— Ну, во-первых, «плимут-фьюри» пятьдесят восьмого года — не самая популярная модель, о ней мало писали даже в обзорах ретроавтомобилей типа «Американские автомобили», «Американская классика», «Машины одна тысяча девятьсот пятидесятых». Вот «понтиак» пятьдесят восьмого года — это да, это классика. Они только второй год выпускали модель «бонневиль». У фордовского «тандерберда» пятьдесят восьмого года были острые наклонные плавники, последний стоящий «тандерберд», на мой взгляд...

— Я и не знал, что ты так хорошо разбираешься в ретроавтомобилях. Давно у тебя появился этот интерес?

Арни только пожал плечами:

— Вторая проблема заключалась в том, что Кристину изготовили по индивидуальному заказу: завод «Плимут» не делал эту модель в красном и белом. Поэтому я не столько пытался вернуть машине первоначальный облик, сколько заново воплощал в жизнь задумку Лебэя.

— А зачем тебе это понадобилось?

Арни вновь пожал плечами:

— Не знаю. Просто показалось, что так будет правильно.

— Что ж, ты отлично поработал.

— Спасибо.

Его отец пригляделся к приборной панели.

— На что ты смотришь? — резко спросил Арни.

— Будь я проклят, если хоть раз такое видел!

— Что? — Арни бросил взгляд на панель. — А, счетчик!

— Он же крутит в обратную сторону!

Одометр в самом деле крутился в обратную сторону; в тот вечер, 1 ноября, на нем было 79 500 с небольшим миль. На глазах Майкла последняя цифра 2 превратилась в 1, затем в 0, и одометр отнял от пробега целую милю.

Майкл засмеялся.

— Похоже, кое-что ты все-таки пропустил!

Арни едва заметно улыбнулся.

— Нет, я видел. Уилл говорит, провода перепутались. Я, наверное, ничего не буду с этим делать: это же здорово, когда одометр не прибавляет, а отнимает мили!

— А он точный?

— В смысле?

— Ну, если ты доедешь от нашего дома до Стэнтон-сквер, он отнимет от общего пробега ровно пять миль?

— А-а, нет, он за каждую милю отнимает две или три. Иногда больше. Рано или поздно гибкий вал привода спидометра сломается, я его заменю — и проблема исчезнет сама собой.

Майкл, на памяти которого такая поломка случалась раз или два, взглянул на стрелку спидометра: не дрожит ли? Нет, она неподвижно застыла над цифрой «40». Выходит, со спидометром все прекрасно, неисправен только одометр. И неужели

Арни действительно считал, что у спидометра и одометра один гибкий вал? Нет, конечно.

Майкл снова рассмеялся и сказал:

— Очень странно!

— Так зачем мы едем в аэропорт? — спросил Арни.

— Куплю тебе парковочный талон на тридцать дней. Стоит пять долларов. Куда дешевле, чем ставить машину в гараж Дарнелла, правда? И забирать ее можно в любой момент. От нас туда ходит автобус. Аэропорт — конечная.

— Силы небесные, ну и бред! — закричал Арни и тут же съехал к химчистке, чтобы развернуться. — По-твоему, я должен каждый день на автобусе за двадцать миль от дома кататься? Вот еще! Прямо «Уловка-22» какая-то! Нет уж!

Он хотел сказать что-то еще, но в следующий миг его схватили за шиворот.

— Слушай сюда, — проговорил Майкл. — Я твой отец, поэтому ты обязан меня выслушать. Твоя мать права, Арни. В последние месяцы ты просто потерял голову... если не сказать рассудок.

— Отпусти меня!

Майкл не отпустил, но хватку немного ослабил.

— Я тебе обрисую картину. Да, до аэропорта путь неблизкий, но проезд тебе будет стоить ровно столько же, сколько и проезд до гаража Дарнелла: четвертак. Есть гаражи и поближе, но в черте города нередки угоны и случаи вандализма. Аэропорт в этом смысле гораздо безопаснее.

— Ни одна открытая стоянка не безопасна!

— Может быть. Но ты кое о чем забываешь. О самом главном.

— Неужели? Так просвети же меня!

— Хорошо. — Майкл умолк на секунду, уверенно глядя в глаза сыну, а затем тихо и мелодично, почти как его музыкальный проигрыватель, заговорил: — Ты потерял не только голову, но и способность адекватно оценивать свои шансы. Тебе почти восемнадцать, ты оканчиваешь школу. Видимо, ты решил не поступать в Хорликс — я видел дома брошюры других университетов...

— Конечно, я не поступлю в Хорликс, — уже чуть спокойнее ответил Арни. — После всего этого я мечтаю только о том, чтобы убраться подальше от дома. Наверное, ты меня даже понимаешь.

— Да. Понимаю. Может, оно и к лучшему: ничего хорошего в вашей с матерью постоянной грызне нет. Я только прошу тебя пока не говорить ей об этом, дождись того момента, когда надо будет подавать документы.

Арни пожал плечами, ничего не обещая.

— Станешь ездить в университет на машине, если она к тому времени еще будет на ходу...

— Будет.

— ...и если университет позволит первокурсникам оставлять машины на территории кампуса.

Арни повернулся к отцу, удивленный и встревоженный, несмотря на тлеющий в груди гнев. Об этом он раньше не задумывался.

— А я не стану поступать в такой универ, где не разрешают иметь собственные колеса, — снисходительно и терпеливо произнес он, как говорят с умственно отсталыми детьми.

— Вот видишь? Регина права. Разве можно выбирать университет исходя из его политики предоставления парковочных мест студентам? Ты в самом деле одержим.

— Я и не ждал, что ты поймешь.

Майкл на секунду поджал губы.

— В конце концов, что плохого в том, чтобы перед свиданием с Ли съездить за машиной в аэропорт? Да, это не очень удобно... но не смертельно же! Будешь пользоваться машиной только в случае необходимости, сэкономишь на бензине. Пусть мама порадуется своей маленькой победе. — Майкл замолк и печально улыбнулся. — Мы оба понимаем, что не в деньгах дело. Она не хочет видеть машину, потому что это твой первый решительный шаг прочь от нее... от нас. Может, она... а, черт, поди разберись!

Он снова умолк. Арни о чем-то размышлял.

— Возьмешь машину с собой в университет. Даже если на территории кампуса ее держать будет нельзя, всегда есть выход...

— Типа как держать ее на стоянке аэропорта?

— Да. Вроде этого. Когда ты будешь приезжать на выходные, Регина и не вспомнит о машине. Да она, ручаюсь, сама будет помогать тебе ее мыть и полировать, лишь бы побыть с тобой. Десять месяцев, разве это так много? Зато в семье снова воцарится мир. Давай, поехали, Арни.

Арни выехал с парковки перед прачечной и вернулся на шоссе.

— Она хоть застрахована? — спросил Майкл.

— Шутишь? — засмеялся Арни. — Если в этой стране у тебя нет страхования ответственности и ты попадешь в аварию, копы тебя живьем съедят! Без страховки виноват в любом случае будешь ты, даже если вторая машина свалилась на тебя с неба. Так в Пенсильвании говнюки мешают подросткам садиться за руль.

Майкл хотел было заметить, что в Пенсильвании очень высок процент аварий с участием несовершеннолетних водителей (он узнал об этом от Регины, которая вскоре после покупки Кристины вслух зачитала мужу статью из воскресной газеты. *«Сорок один* процент», — медленно и зловеще, точно предрекая конец света, проговорила она). Но потом он решил, что вряд ли Арни это будет интересно... по крайней мере сейчас.

— Только страхование ответственности?

Они проехали под отражающим знаком с надписью: «К аэропорту — левая полоса». Арни включил поворотник и поменял полосу. У Майкла немного отлегло с души.

— Страхование на случай столкновения может получить только совершеннолетний. Ей-богу, эти говноеды-страховщики богаты, как Крёз, но застрахуют тебя лишь в том случае, если им это на руку.

В его голосе прозвучали отвратительные злобные нотки, которых Майкл раньше не слышал, да и выбранные сыном бранные слова напугали его и смутили. Наверное, так он разговаривал со своими сверстниками (позже он поделится этим соображением с Гилдером, не сознавая, что Гилдер был единственным сверстником в окружении сына), но при Майкле и Регине он никогда себе подобного не позволял.

— Водительский опыт и репутация не имеют для них никакого значения, — все бухтел Арни. — Тебя не застрахуют от столкновения по одной-единственной причине: из-за долбаных актуарных таблиц. В двадцать один — пожалуйста, только платить ежегодно придется целое состояние. До двадцати трех или около того (если не женишься). Да уж, у говнюков все продумано...

Впереди замерцали огни аэропорта: таинственные голубые точки отмечали взлетные полосы.

— Если кто-нибудь меня спросит, кто на свете всех подлее, я не задумываясь отвечу: страховщики.

— Неплохо ты подготовился, — заметил Майкл, не осмеливаясь сказать что-либо еще; Арни, казалось, готов был завестись с полоборота.

— Я обошел пять страховых компаний! Мама пусть говорит что хочет, но я денег на ветер не бросаю.

— И лучшее, что ты смог придумать, — страхование ответственности?

— Угу. Шестьсот пятьдесят долларов в год.

Майкл присвистнул.

— Вот-вот!

Блеснул еще один знак: две левых полосы предназначались для тех, кто заезжал на парковку, а правые — для тех, кто улетал. У въезда на стоянку — еще одна развилка: справа автоматизированные ворота для покупки билетов на краткосрочную парковку, слева стеклянная будка, в которой сидел сторож-кассир. Он смотрел в маленький черно-белый телевизор и курил сигарету.

Арни вздохнул.

— Наверное, ты прав. Так будет лучше для всех.

— Конечно! — облегченно выдохнул Майкл. Арни снова был прежний, и в глазах — никакого ледяного блеска. — Всего-то на десять месяцев.

— Угу.

Он подъехал к будке, и кассир — молодой парень в черно-оранжевом свитере с логотипом Либертивилльской средней школы на кармане, — отодвинул стеклянную перегородку и спросил:

— Помочь чем?

— Я хотел приобрести талон на тридцать дней, — ответил Арни, роясь в карманах.

Майкл его остановил:

— Я куплю.

Арни мягко, но решительно оттолкнул его руку и достал бумажник.

— Нет, это моя машина, я сам буду за все платить.

— Но я только хотел...

— Знаю. Не надо.

Майкл вздохнул.

— Конечно. Вы с мамой одинаковые. Все будет хорошо, если будет по-моему.

Арни на секунду поджал губы, а потом улыбнулся.

— Ну... да.

Они переглянулись и расхохотались.

В этот самый миг Кристина заглохла. До сих пор двигатель работал без малейших сбоев, а тут вдруг просто вырубился. Загорелись лампы масла и аккумулятора.

Майкл приподнял брови.

— Чего-чего?

— Не знаю. Раньше такого не случалось.

Он повернул ключ зажигания, и мотор сразу же завелся.

— Наверное, ерунда какая-нибудь.

— Надо будет проверить момент зажигания, — пробормотал Арни. Он стал газовать и внимательно прислушиваться к двигателю. В эту секунду Майклу почудилось, что перед ним вовсе не родной сын, а чужой человек: кто-то гораздо старше и суровее. В груди больно закололо от страха.

— Эй, вы талон будете покупать или всю ночь о машине проболтаете? — спросил их кассир. Его лицо показалось Арни смутно знакомым: видимо, они не раз видели друг друга в школьных коридорах, но никогда не общались.

— Ах да. Простите. — Арни вручил ему пятидолларовую банкноту, а кассир отдал талон.

— Ваше место в дальнем конце стоянки. За пять дней до конца срока надо повторно валидировать талон, если хотите сохранить за собой то же место.

— Понял.

Арни тронулся с места: черная тень от Кристины то росла, то съеживалась, когда они проезжали под фонарями. Он нашел нужное место и занял его. Вытаскивая ключ зажигания, Арни вдруг поморщился и положил руку на поясницу.

— Что, до сих пор болит? — спросил Майкл.

— Немного. Я уже и забыл про это, но вчера боль вернулась. Наверное, опять тяжестей натаскался. Не забудь запереть свою дверь.

Они вышли из машины и закрыли ее. Майклу сразу полегчало: он чувствовал, что сын стал ближе и уже не казался себе бесполезным шутом с бубенцами на шапке, каким выставил себя полчаса назад во время семейного скандала. Казалось, этим вечером он сумел спасти нечто очень важное.

— Ну, проверим, за сколько мы доберемся до дома, — сказал Арни, и они дружно зашагали по парковке к автобусной остановке.

Майкл к этому времени составил свое мнение о Кристине. Он был в восторге от того, какую работу проделал над ней Арни, но сама машина ему не нравилась. Очень. Глупо, наверное, испытывать такие чувства к неодушевленному предмету, однако эта неприязнь прочно засела комом у него в горле.

Причину неприязни Майкл установить так и не смог. Да, из-за машины в их семье начался разлад... но дело было как будто не в этом. Ему не нравилось, каким Арни становится за рулем: надменным и обидчивым, точно безвольный король. Эта беспомощная злобная тирада о страховщиках... постоянно звучавшее слово «говнюки»... Вдобавок машина заглохла, когда они рассмеялись.

И еще в салоне странно пахло. Майкл не сразу это заметил, но через некоторое время за приятным запахом новой обивки он ощутил горький, словно бы тщательно скрываемый душок... старости? «Ну и что, машина-то старая, — сказал себе Майкл, — с какой стати ей пахнуть новьем?» Да, в самом деле,

Арни отлично потрудился и сделал из развалюхи настоящую конфетку, но ей, как ни крути, уже двадцать лет. Горький плесневый запах мог идти от старого покрытия в багажнике или от старых ковриков, оставшихся под новыми, или от заново обтянутых сидений. Обычный запах старой машины.

И все же этот неуловимый душок не давал ему покоя. Он то подступал к горлу, то полностью исчезал. Источник определить было невозможно. Порой Майклу казалось, что воняет падалью: если подумать, то какая-нибудь кошка, сурок или белка вполне могли забраться в багажник и там издохнуть. Правда ведь?..

Майкл очень гордился достижениями сына... и с огромным облегчением выбрался из его автомобиля.

22. Сэнди

> Сперва прошел я мимо магазина,
> Потом проехал мимо магазина.
> Куда приятней ехать мимо магазина
> И слушать музыку.
>
> *Джонатан Ричмэн и «Модерн ловерс»*

Кассиром и сторожем на стоянке аэропорта в тот вечер — а точнее, каждый вечер с шести до десяти — был юноша по имени Сэнди Гэлтон, единственный хулиган из шайки Бадди Реппертона, кого не было в курилке в день исключения Бадди Реппертона из школы. Арни его не узнал, зато Гэлтон узнал Арни.

Бадди Реппертон вылетел из школы и не стал даже думать о том, как снова поступить в следующем году: он сразу устроился работать в автосервис к отцу Дона Вандерберга. За несколько недель он умудрился провернуть несколько афер: обсчитывал особо торопливых покупателей, которые не стали бы проверять сдачу, ставил подержанную резину вместо новой, прикарманивая разницу в пятнадцать — шестьдесят долларов, ставил подержанные запчасти и вдобавок продавал поддельные наклейки о прохождении техосмотра школьникам и студентам Хорликса, которым было невтерпеж испытать свои колымаги в деле.

Автосервис работал круглосуточно, и Бадди взял ночные смены: с девяти вечера до пяти утра. Примерно в одиннадцать к нему заезжали Попрошайка Уэлч и Сэнди Гэлтон (на старом «мустанге» последнего), Ричи Трилони прикатывал на своем «файерберде», а сам Дон, разумеется, и так постоянно ошивался на станции. К полуночи возле автосервиса собиралось шесть-восемь парней: они пили пиво из грязных чашек, пускали по кругу бутылку дешевого пойла под названием «Техасская отвертка», курили травку и гашиш, пердели, травили анекдоты, врали друг другу о сексуальных подвигах и иногда помогали Бадди с какой-нибудь работой.

Во время одной из таких сходок в начале ноября Сэнди случайно упомянул, что Арни Каннингем купил талон на тридцать дней и держит свою машину на стоянке аэропорта.

Бадди, который во время этих посиделок обычно с отсутствующим видом покачивался на пластиковом стуле, резко поставил его на все четыре ножки и с грохотом опустил бутылку «Техасской отвертки» на ящик для инструментов.

— Что ты сказал? Шлюхингем? Старина Мордопицца?
— Ну да, — с легкой тревогой ответил Сэнди. — Он самый.
— Уверен? Тот ботаник, из-за которого меня вытурили?
Сэнди смотрел на него с растущим беспокойством.
— Да. А что?
— И он купил талон на тридцать дней? То есть держит машину на стоянке длительного хранения?
— Ага. Ему небось предки запретили держать ее дома...
Сэнди умолк. Бадди Реппертон расплылся в улыбке. Зрелище было не из приятных, и не только потому, что зубы у Бадди уже начали гнить. Казалось, внутри его с воем заработала какая-то адская бензопила, с каждой секундой набирающая обороты.

Бадди окинул взглядом Сэнди, Дона, Попрошайку Уэлча и Ричи Трилони. Они с интересом и легким испугом смотрели на него.

— Мордопицца, — восхищенно проговорил он, — Мордопицца зарегистрировал машину, а сволочные предки запретили ставить ее возле дома.

Он засмеялся.

Попрошайка и Дон обменялись встревоженными и одновременно нетерпеливыми взглядами.

Бадди подался вперед и поставил локти на колени.

— Короче, расклад такой, — начал он.

23. Арни и Ли

> Позвал ее кататься на машине,
> Теперь мы катим по равнине.
> Еще одну бы милю одолеть
> И поцелуй украсть суметь.
> Мы едем, радио орет,
> Никто нигде нас с ней не ждет.
>
> *Чак Берри*

По радио Дион голосом искушенного городской жизнью романтика пел «Изменницу Сюзи», но никто его не слушал.

Рука Арни скользнула под ее футболку и нашла божественные груди с затвердевшими от возбуждения сосками. Она громко и отрывисто дышала. Впервые ее рука оказалась там, где ему хотелось, *нестерпимо* хотелось: пальцы Ли гладили и сжимали сквозь джинсы его член, неловко и неумело, зато страстно.

Он поцеловал ее, запустил в рот язык: это было похоже на глоток чистого воздуха в джунглях. От нее исходил теплый свет влечения и возбуждения.

Он подался к ней — *потянулся* к ней, всем телом, всей душой, и почувствовал ее ответную чистую страсть.

А в следующий миг Ли исчезла.

Арни сидел, ошалелый и обескураженный, во внезапно осветившемся салоне Кристины. Когда дверь захлопнулась, свет вновь погас.

Он посидел еще секунду, ничего не соображая, — в какой-то миг он даже перестал понимать, где находится. Его тело распирало от нескольких противоречивых чувств и физических реакций, наполовину чудесных, наполовину ужасных. Яйца пульсировали, член налился свинцом, в крови бушевал адреналин.

Арни стиснул кулак и резко опустил его на колено. Затем открыл дверь и пошел за Ли.

Она стояла на самом краю Вала, глядя в темноту. Посреди этой темноты на ярком прямоугольнике киноэкрана стоял Сильвестр Сталлоне в образе юного профсоюзного лидера. И вновь Арни показалось, что он видит какой-то странный сон, грозящий с минуты на минуту превратиться в кошмар... быть может, превращение уже началось.

Ли стояла слишком близко к обрыву. Арни осторожно взял ее за руку и потянул к себе. Земля здесь была сухая и запросто могла осыпаться под ее весом, а никаких заграждений и перил на Валу не было. Одно неверное движение — и Ли кувырком полетит в жилой квартал, раскинувшийся внизу вокруг либертивилльского кинотеатра для автомобилистов.

Вал с незапамятных времен был местом встречи влюбленных и представлял собой длинный отрезок извилистой асфальтированной двухполоски, которая сперва выходила из города, делала крюк и снова возвращалась в него. Заканчивалась дорога тупиком в районе Либертивилль-Хайтс, где когда-то была ферма.

Днем 4 ноября прошел дождь, к вечеру перешедший в дождь со снегом. По случаю плохой погоды на Валу никого не было. Арни довольно быстро уговорил Ли вернуться в машину. Ему казалось, что на щеках у нее капли растаявшего снега, но в таинственном зеленоватом свете приборной панели он разглядел, что Ли плачет.

— Что случилось? — спросил он.

Она мотнула головой и заплакала еще сильнее.

— Я... я что-то не так сделал? Ты не хотела... — он сглотнул и заставил себя договорить: — ...ну, трогать меня?

Ли снова помотала головой, но Арни не понял, что это значит. Он неуклюже ее обнял. Ему было тревожно, однако где-то на заднем плане все равно крутилась мысль о снеге и зимней резине.

— Я никого так не трогала, — проговорила она ему в плечо. — Ты первый. Я сделала это, потому что сама захотела. Сама, понятно?!

— Тогда в чем дело?

— Я не могу... здесь. — Признание далось ей медленно и ужасно мучительно.

— На Валу? — Арни огляделся по сторонам. Не могла же Ли подумать, что он привез ее сюда бесплатно смотреть «Кулак»...

— В этой машине! — вдруг закричала она. — Я не могу заниматься с тобой любовью в этой машине!

— А? — потрясенно выдохнул он. — Что ты такое говоришь? Почему?

— Потому что... потому что... да не знаю я! — Она хотела что-то сказать, но только расплакалась еще горше. Арни обнимал ее, пока она не затихла.

— Просто я не понимаю, кого ты любишь больше, — наконец выдавила из себя Ли.

— Э-э... — Арни умолк, покачал головой и улыбнулся. — Ли, ну это же бред.

— Правда? — пытливо спросила она. — А с кем ты больше времени проводишь? Со мной... или с ней?

— Ты же Кристину имеешь в виду? — Арни осмотрелся по сторонам. На его лице играла эта загадочная улыбка... иногда она казалась Ли притягательной, иногда омерзительной, а порой и той, и другой одновременно.

— Да, — проговорила Ли. — Именно. — Она посмотрела на свои руки, безжизненно лежавшие на синих шерстяных слаксах. — Наверное, я просто дура.

— Разве я мало времени с тобой провожу? — спросил Арни и помотал головой. — Нет, ну бред же! Или это только мне кажется бредом, потому что у меня никогда раньше не было девушки? — Он протянул руку и потрогал ее волосы, рассыпавшиеся по плечу расстегнутого пальто. На тонкой хлопчатобумажной футболке была надпись: «БЕЗ ЛИБЕРТИВИЛЛЯ ЖИЗНЬ НЕ МИЛА», а из-под футболки выпирали соски. От этого зрелища у Арни голова пошла кругом.

— Я всегда думал, что девушки ревнуют своих парней к другим девушкам, а не к машинам.

Ли хохотнула.

— Ты прав. Наверное, это потому, что у тебя никогда не было девушки. Машины — это тоже девушки. Ты разве не знал?

— Ой, да брось...

— Тогда что же ты не назовешь ее Кристофером? — Ли вдруг с размаху шлепнула сиденье. Арни поморщился.

— Ну хватит тебе, Ли.

— Не нравится, что я бью твою любимую? — с неожиданным ехидством спросила Ли, а потом увидела, что ему по-настоящему больно. — Прости, Арни.

— Не извиняйся, — равнодушно проговорил он. — Похоже, моя машина всех бесит — родителей, тебя, даже Денниса. Я в нее всю душу вложил, а вам по барабану.

— Мне не по барабану. Ты молодец, это такой труд...

— Да уж, — угрюмо протянул он. От вожделения ничего не осталось, в животе сидели холод и легкая тошнота. — Слушай, нам пора ехать. Я на летней резине. Вряд ли твоим предкам понравится, что мы поехали играть в боулинг, а сами слетели в кювет на Валу.

Ли хихикнула.

— Они не знают, что такое Вал.

Он приподнял бровь: к нему возвращалось чувство юмора.

— Ага, это ты так думаешь.

Обратно ехали медленно; Кристина, даром что на летней резине, без всякого труда преодолела скользкий, извилистый и крутой спуск. Россыпь звезд впереди — Либертивилль и Монровилль — постепенно приближалась и вскоре вообще потеряла сходство со звездным узором. Ли наблюдала за этим с грустью, понимая, что чудесный вечер окончательно испорчен. Ей было досадно и обидно — видимо, сказывалась сексуальная неудовлетворенность. В груди засела тупая боль. Ли не знала, позволила бы она дойти Арни «до самого конца», но чувство безвозвратно упущенной возможности ее не покидало... вот дура-то, не сумела вовремя заткнуться!..

В теле и голове царила полная сумятица. Снова и снова она открывала рот, чтобы объяснить Арни свои чувства... но тут же закрывала, боясь остаться непонятой, потому что она и сама толком ничего не понимала.

Это была не ревность к Кристине... и в то же время ревность. Ли прекрасно знала, сколько времени он проводит в гараже, но разве это так уж плохо? Руки у него золотые, он трудолюбив и настойчив, машина работает как часы... если не считать неисправного одометра.

«Машины — тоже девушки», — сказала она, сама не до конца понимая, что говорит. Конечно, это не всегда так, их семейный автомобиль вообще не имел ни пола, ни имени, обычный «форд»...

Но...

Все, довольно этого вранья и туманных рассуждений. Правда куда бредовее и жестче, не так ли? Она не может заниматься с Арни любовью, не может его ласкать и уж тем более не сможет довести его до оргазма (ни рукой, ни по-настоящему — Ли прокручивала это в голове снова и снова, ворочаясь на своей узкой кровати и чувствуя подступающее возбуждение) в машине.

Только не в этой машине.

Потому что — называйте это хоть безумием, хоть бредом — Кристина за ними наблюдала. Ревновала, не одобряла, может, даже люто ненавидела избранницу Арни. Иногда Ли казалось (как, например, сегодня, когда Арни мягко и нежно вел автомобиль по обледенелой дороге), что они — Арни и Кристина — слились воедино в любовном экстазе, вернее, в какой-то отвратительной пародии на него. Ли не *ехала* в Кристине, Кристина ее *проглатывала*. Живьем. И когда они с Арни целовались, ласкали друг друга, это было хуже любого извращения, хуже вуайеризма и эксгибиционизма, вместе взятых. Это было как заниматься любовью в теле соперницы.

Ли ненавидела Кристину.

Ненавидела и боялась. Она почему-то не любила обходить машину спереди и приближаться к багажнику. Ей виделись страшные картины: внезапно отказывает ручной тормоз, или рычаг переключения передач сам переходит из положения «Р» на нейтраль, или... Почему-то семейный седан никогда не будил в ней таких опасений.

Ли вообще ничего не хотела делать в машине... и даже ездить в ней старалась как можно реже. Арни за рулем становился какой-то другой. Она любила чувствовать его руки на своем теле — на бедрах, на груди (до самого главного она его пока не допустила, но очень хотела: ей казалось, от такого прикосновения она мгновенно растает). В такие минуты во рту у нее появлялся медный привкус возбуждения, а в груди — чувство, что каждая клеточка ее тела живет, дрожит и звенит. Но в машине все эти ощущения притуплялись... а чистая страсть ее любимого словно бы сменялась обыкновенной похотью.

Когда они повернули на ее улицу, Ли вновь открыла рот в попытке объяснить свои чувства, но не смогла выдавить ни слова. Да и что тут скажешь? Все это — лишь смутные фантазии и домыслы, больше ничего.

Хотя... кое-что было вполне реально. Ли не хотела говорить об этом Арни, не хотела так его расстраивать, потому что, кажется, начинала его любить.

Но от этого было не легче.

Запах — отвратительная вонь разложения, пробивающаяся сквозь запах новой обивки и моющего средства, которым он обработал коврики. Едва уловимая, но мерзкая, почти тошнотворная.

Как будто кто-то пробрался в машину и сдох в ней.

Арни подвел ее к крыльцу и чмокнул на прощание. Мокрый снег на ступеньках сиял серебром в свете фонаря, висевшего у подножия лестницы. В русых волосах Ли он сверкал как бриллианты. Ему хотелось поцеловать ее по-настоящему, но за ними могли наблюдать родители — почти наверняка наблюдали, — поэтому он распрощался с ней чопорно и сухо, как с дальней родственницей.

— Прости, — вымолвила она, — я дура.

— Нет, — ответил Арни, хотя явно имел в виду «да».

— Просто...— В голове у нее вдруг родилось нечто среднее между правдой и ложью: — Неправильно это делать в машине. В *любой* машине. Я хочу, чтобы мы были по-настоящему вместе, а не прятались по темным закоулкам и не сидели с выключенным светом в салоне. Понимаешь?

— Да. — На Валу, в машине, Арни немного рассердился на Ли... да что там, он был просто взбешен. Но теперь, стоя перед ней на крыльце, он прекрасно ее понимал — и не мог взять в толк, как этой девушке можно в чем-то отказать. — Ты совершенно права.

Она обвила руками его шею и прижала к себе. Ее пальто по-прежнему было расстегнуто, и Арни почувствовал мягкую, сводящую с ума тяжесть ее грудей.

— Я люблю тебя, — впервые сказала она и тут же скрылась за дверью, оставив его, ошалелого, на крыльце. Ему было куда теплее и уютнее, чем полагалось под мокрым осенним снегом.

Потихоньку в голову проникла мысль о том, что Кэботы могут заподозрить неладное, если он проторчит на их крыльце еще дольше. Сквозь падающий снег Арни двинулся к машине, щелкая пальцами и широко улыбаясь. Он чувствовал, что ему наконец позволили прокатиться на заветном аттракционе, на самых крутых горках, куда пускают один-единственный раз.

Рядом с тем местом, где залитая цементом дорожка соединялась с тротуаром, он остановился. Улыбка сползла с его лица. Кристина стояла у бордюра: талый снег жемчужинами скатывался по лобовому стеклу, размывая красные огоньки. Арни оставил двигатель работать, и он заглох. Уже второй раз.

— Провода отсырели, — пробормотал он себе под нос. — Подумаешь. — В свечах дело быть не могло, он только позавчера заменил их на новенькие. Восемь «чемпионов» и...

«С кем ты больше времени проводишь? Со мной... или с ней?»

Улыбка вернулась, но на сей раз она была тревожная. Да, больше времени он проводит с машинами, потому что работает на Уилла. Но ведь глупо же...

«Ты ей солгал, так ведь?»

«Нет, — ответил он сам себе. — Нет, это не вполне ложь...»
«Да? А как это теперь называется?»
Впервые с того футбольного матча в Хигден-Хиллз Арни по-настоящему соврал Ли. А правда заключалась в том, что он проводил с Кристиной гораздо больше времени и страшно переживал, что она стоит одна на парковке перед аэропортом, под дождем и снегом...

Он соврал Ли.
Он проводил с Кристиной намного больше времени.
И это...
Это...

— Неправильно, — просипел он, и это слово почти потонуло в таинственном постуке мокрого снега о крышу и стекло.

Арни стоял на дорожке, глядя на свою заглохшую машину — чудесную гостью из прошлого, из эпохи Бадди Холли, Хрущева и собак-космонавтов. Внезапно его обуяла ненависть к Кристине. Она творит с ним что-то странное... Непонятно что, но это неправильно.

Огоньки на приборной панели, размытые водой и похожие на красные футбольные мячи, словно бы смеялись над ним и одновременно укоряли.

Арни скользнул за руль и закрыл за собой дверь. Закрыл глаза. В душе вновь царили тишь и покой. Да, он соврал Ли, но это пустяковая ложь, она практически ничего не значит... Нет, *совсем* ничего не значит.

Не открывая глаз, он потянулся к ключам и прикоснулся к кожаному брелоку, на котором были выжжены инициалы «Р.Д.Л.». Почему-то Арни не испытывал никакого желания сменить брелок или обзавестись кусочком кожи с собственными инициалами.

Но что-то было странное в этом кусочке, не так ли? О да. Очень странное.

Когда Арни отсчитал деньги за Кристину, Лебэй бросил ему ключи: они покатились по кухонному столу, накрытому клетчатой скатертью. Кожаный брелок был потертый и засаленный, потемневший от времени, а буквы почти стерлись от постоянного контакта с подкладкой штанов и мелкими монетами в кармане старика.

Сейчас же они казались четкими и выжженными совсем недавно. Кто-то обновил гравировку.

Но это, как и пустяковое вранье, совершенно ничего не значит. Сидя в железном теле Кристины, Арни нисколько в этом не сомневался.

Конечно. Все это полная ерунда.

Он повернул ключ зажигания. Стартер заревел, но двигатель долгое время не заводился. Провода отсырели, ну естественно.

— Пожалуйста, — прошептал Арни. — Все хорошо, не бойся, все по-прежнему.

Двигатель не заводился. Стартер выл и выл. Мокрый снег зябко стучал по стеклу. В машине безопасно, сухо и тепло. Если, конечно, она заведется.

— Давай, — прошептал он. — Прошу тебя, Кристина. Ну же, милая.

Наконец это случилось. Огоньки на приборной панели задрожали и потухли; когда мотор на мгновение запнулся, слабо запульсировал индикатор зажигания, но вскоре погас — биение двигателя сменилось ровным и чистым гулом.

Теплый воздух из печки мягко окутал его ноги: прощай, зима!

Арни казалось, что кое-чего Ли не в состоянии понять — и никогда не сможет. Она ведь новенькая и ничего не знает. Про прыщи. Про крики: «Эй, Мордопицца!» Про его желание высказаться, желание найти что-то общее со сверстниками — и полную неспособность это сделать. Про его бессилие. Она не могла понять, что лишь благодаря Кристине он набрался храбрости ей позвонить: он никогда бы на это не решился, даже если бы она стала разгуливать по школе с татуировкой «ХОЧУ ГУЛЯТЬ С АРНИ КАННИНГЕМОМ» на лбу. Она не понимала, что иногда он чувствует себя лет на тридцать старше... да что там, на все пятьдесят! В такие минуты он вовсе не школьник, а ветеран какой-то ужасной необъявленной войны.

Арни ласково погладил рулевое колесо. Успокаивающе вспыхнули зеленые кошачьи глаза приборов.
— Ладно, — почти вздохнул он.

Он перевел коробку передач в положение «D» и включил радио. Ди-Ди Шарп пела «Время картофельного пюре»: из темноты на него неслись волны загадочной белиберды.

Арни выехал на дорогу, собираясь ехать в аэропорт, чтобы оставить там машину и вернуться домой на автобусе. Так он и сделал, вот только на одиннадцатичасовой автобус не успел: пришлось ждать полуночи. Лишь в постели, вспоминая теплые поцелуи Ли (а вовсе не заглохшую Кристину), Арни вдруг осознал, что где-то между отъездом от дома Кэботов и приездом в аэропорт он потерял целый час. Это было столь очевидно, что он почувствовал себя человеком, который перерыл весь дом в поисках важного письма и внезапно обнаружил его в собственной руке. Глупо... и немного страшно.

Где же он был все это время?

У него осталось смутное воспоминание о том, как он отъезжает от дома Ли, а потом...

Просто катается.

Ну да. Он катался на машине, только и всего.

Катался под мокрым снегом, по обледенелым улицам, без зимней резины!.. (Однако же Кристина уверенно держалась на колесах, ее ни разу не занесло: она словно по волшебству находила безопасный и надежный способ передвижения, как если бы двигалась по трамвайным путям.) Радио без конца играло старый рок-н-ролл, и все песни почему-то были о девушках: «Пегги Сью», «Кэрол», «Барбара-Энн», «Милая Сюзи».

Кажется, в какой-то момент он слегка испугался и принялся лихорадочно жать на одну из хромированных кнопок новенькой магнитолы, но вместо FM-104 или «Блока рока» вновь и вновь натыкался на WDIL. Голос диск-жокея до странности напоминал голос Алана Фрида, а потом Кричащий Джей Хокинс затянул свое хриплое «Я тебя заколдова-а-ал, потому что ты моя-я-я-я».

Наконец он приехал в аэропорт: огни взлетных полос пульсировали подобно видимому сердцебиению. По радио пошли сплошные помехи, и Арни его выключил. Выбравшись из машины, он ощутил странное облегчение — его даже прошиб пот.

А теперь он лежал в кровати и не мог уснуть. За окнами валил уже настоящий снег, падавший жирными белыми хлопьями.

Все это неправильно.

Что-то неладное творится. Арни не мог больше лгать даже себе и говорить, что ничего не происходит. Машина... Кристина... уже несколько человек хвалили его за проделанный труд. Недавно Арни приехал на ней в школу, и ее облепили ребята из автомастерской. Они оценили и новую выхлопную систему, и амортизаторы, и кузовную работу. Чуть не с головой залезли под капот и тщательно осмотрели радиатор, который оказался совершенно чистым: ни следа коррозии или зеленой гадости, которая обычно остается от антифриза. Генератор, свечи, даже воздушный фильтр был новенький — сверху красовались цифры 318.

Да, среди ребят в автомастерской Арни теперь слыл героем. Все комментарии и комплименты он принимал с одинаковой скромной улыбкой. Но даже тогда... разве не закрадывались в его душу сомнения? Конечно, закрадывались.

Потому что он не помнил, какую работу над Кристиной делал сам, а какую — нет.

Время, проведенное в гараже Дарнелла, превратилось в череду размытых картинок, как сегодняшнее катание. Он помнил, что начал работу над задней частью кузова... но когда он ее закончил? Помнил, как красил капот — оклеил малярным скотчем лобовое стекло и брызговики, стрельнул в покрасочном цехе респиратор, — но когда именно он заменил рессоры? И где их взял? Одно Арни помнил хорошо: как подолгу сидел за рулем, ошалев от счастья... чувствуя себя ровно так же, как сегодня вечером, когда Ли прошептала «Я люблю тебя» и скрылась за дверью. Просто сидел в салоне, даже когда большинство ребят уходили домой. Сидел и слушал всякое старье на волне WDIL.

Наверное, хуже всего обстояло дело с лобовым стеклом.

Он совершенно точно его не покупал. Если бы купил — а такие панорамные стекла стоили немалых денег, — его сберегательный счет пострадал бы куда серьезнее. И потом, должна была остаться квитанция, верно? Он перерыл всю папку, специально заведенную для таких бумажек, но ничего не нашел. Впрочем, искал не слишком тщательно...

Помнится, Деннис что-то говорил про уменьшившуюся паутину трещин. А потом, когда настало время ехать в Хигден-Хиллз, она и вовсе исчезла. Стекло было безукоризненно чистое и прозрачное.

Как же это могло произойти?

Арни не знал.

Он наконец-то уснул и видел страшный сон. Простыня под ним сбилась в комок, а за окном прояснилось: ветер разогнал тучи, и на осеннем ночном небе светили холодные звезды.

24. Увиденное в ночи

> Прокачу тебя я на машине,
> Прокачу тебя я на машине,
> Прокачу, да,
> Прокачу, да,
> Прокачу тебя я на машине.
>
> *Вуди Гатри*

Это был сон — она не сомневалась в этом почти до самого конца.

Сначала они с Арни занимались любовью в прохладной голубой комнате, абсолютно пустой, если не считать синего коврика на полу и нескольких шелковых подушек... Потом она очнулась, но тут же оказалась в другом сне: было раннее воскресное утро.

Она услышала, как к дому подъехала машина. Подошла к окну и выглянула на улицу.

Возле тротуара стояла Кристина. Двигатель работал — Ли видела, как из выхлопной трубы вылетает дым, — но в салоне никого не было. Во сне Ли подумала, что Арни уже подошел к двери, просто не успел постучать. Скорее вниз! Если папа проснется в такую рань и увидит на пороге Арни, он будет в бешенстве.

Но Ли не сдвинулась с места. Она смотрела на машину и думала о том, как сильно ее ненавидит — и боится.

А машина ненавидит ее.

«Соперницы», — в отчаянии и страхе подумала она. Ни свет ни заря Кристина подъехала к ее дому и ждала. Ждала Ли. «Ну же, спускайся, милашка. Покатаемся. Обсудим, кому он нужен больше, кто любит его больше и с кем ему будет лучше. Давай иди ко мне. Ты же не боишься?»

Она была в ужасе.

«Так нечестно, она старше, она знает всякие фокусы, она его соблазнит...»

— Убирайся! — яростно прошипела Ли и тихо стукнула в окно. Стекло было холодное, и костяшки ее пальцев оставили на обледенелой поверхности маленькие следы в форме полумесяцев. Какими же правдоподобными бывают сны!..

Потому что это сон, верно? Будь это явь, машина не могла услышать Ли. Как только слово слетело с ее губ, дворники внезапно заметались по лобовому стеклу, презрительными взмахами счищая с него наледь. А в следующий миг она — Кристина — медленно отъехала от тротуара и двинулась по улице...

За рулем никого не было.

Ли знала это наверняка, как всегда бывает во сне. Окно со стороны пассажира запорошил снег, но не плотно: Ли прекрасно видела, что в салоне никого нет. Разумеется, это был сон.

Она вернулась в свою постель, которую никогда не делила с любимым (у нее вообще никогда не было любимого), и вспомнила одно Рождество — ей тогда было года четыре, не больше. Они с мамой приехали в огромный бостонский универмаг, может, «Файлинс»...

Ли положила голову на подушку и задремала (во сне) с открытыми глазами, глядя на слабый отсвет рассвета в обледенелых окнах, а через мгновение — во сне и не такое бывает — за этими окнами точно по волшебству вырос магазин игрушек из «Файлинс»: всюду мишура, блестки, гирлянды...

Они искали подарок для Брюса, единственного племянника мамы и папы. Из динамиков неслось «Хо-хо-хо!» Санта-Клауса, и звук этот почему-то был не радостный, а зловещий — смех маньяка, пришедшего в ночи с ножом для разделки мяса.

Ли протянула руку к витрине, показала на игрушку и сказала маме, что попросит Санта-Клауса подарить ей именно это.

«Нет, милая, Санта не может тебе это подарить, в такие игрушки играют только мальчики».

«Но я хочу!»

«Санта подарит тебе славную куколку, может, даже Барби...»

«Хочу это!»

«Такие игрушки делают только эльфы-мальчики для мальчиков, а эльфы-девочки делают куко...»

«Не хочу я КУКЛУ! Не хочу БАРБИ! Я хочу ЭТО!»

«Так, если ты решила закатить истерику, Ли, мы едем домой. Я серьезно».

Ли сдалась и получила на Рождество не только Барби, но и Кена. Конечно, она была им рада, но до сих пор иногда вспоминала ту красную гоночную машину фирмы «Ремко», что неслась меж нарисованных холмов по нарисованной дороге, воссозданной в мельчайших деталях: по бокам были даже крошечные защитные ограждения, и игрушку в ней выдавало лишь то, что дорога представляла собой бессмысленный замкнутый круг. Ах, как же быстро неслась та машина! И разве не волшебство светилось в ее красных глазах? Оно самое. Двигалась она тоже по волшебству. Почему-то именно эта иллюзия поразила Ли в самое сердце. Она знала, что машинкой управляет сотрудник магазина, который сидит в будке справа и нажимает кнопки на специальном пульте. Мама объяснила Ли, как это происходит, но глаза подсказывали иначе.

И сердце тоже.

Ли долго стояла, положив руки на перила, и наблюдала за тем, как гоночная машина вновь и вновь несется по кругу — сама, по волшебству, — пока мама не увела ее в сторону.

Над всем этим, заставляя трепетать даже мишуру под потолком, разносился зловещий хохот Санты.

Ли все глубже погружалась в дрему и уже не видела никаких снов, а снаружи холодным молоком разливался утренний свет. Улицы были по-воскресному пусты и по-воскресному тихи. Ничто не нарушало снежного покрова, кроме единственного следа автомобильных шин: две черных полосы сворачивали к дому Кэботов, а затем плавно уходили в сторону перекрестка на другом конце жилого квартала.

Ли проснулась около десяти (ее мама, никогда не одобрявшая желания дочери поспать подольше в выходные, в конце концов разбудила ее к завтраку), и к тому времени воздух на улице уже прогрелся до пятнадцати градусов — на западе Пенсильвании погода в начале ноября бывает столь же непредсказуема, как и в начале апреля. Снег уже растаял. И следа от шин никто не увидел.

25. Бадди в аэропорту

> Мы рвали всех и гнали дальше.
>
> Брюс Спрингстин

Десять дней спустя, когда в школьных окнах уже стали появляться картонные индюшки и роги изобилия, на стоянку возле аэропорта въехал синий «камаро» — зад у него был поднят настолько высоко, что носом автомобиль практически рыл землю.

В окошко стеклянной сторожевой будки с тревогой выглянул Сэнди Гэлтон. Из-за руля «форда» ему радостно улыбался Бадди Реппертон. Лицо у него заросло недельной щетиной, а глаза безумно блестели — скорее от кокаина, нежели по случаю великого праздника. Вечером они с ребятами вынюхали не меньше грамма. Словом, Бадди был похож на эдакого развращенного Клинта Иствуда.

— Как яйца, Сэнди? — спросил Бадди.

Этот вопрос был встречен прилежным хохотом с заднего сиденья. В салоне «камаро» вместе с Бадди были Дон Вандерберг, Попрошайка Уэлч и Ричи Трилони. После грамма кокаина и шести бутылок «Техасской отвертки», раздобытых специально для этого случая, они были в полном неадеквате. На стоянку они приехали с одной целью: станцевать грязное буги на «плимуте» Арни Каннингема.

— Ребят, если вас поймают, я потеряю работу, — сказал Сэнди. Он один был совершенно трезв и уже начинал жалеть, что когда-то обмолвился Бадди о машине Каннингема. Мысль о тюрьме ему в голову пока не приходила.

— Миссия невыполнима, сука! Если хоть одного оперативника засекут, министр вам шеи свернет! — крикнул Мучи с заднего сиденья, и снова все засмеялись.

Сэнди осмотрелся по сторонам: нет ли свидетелей. Никого не было — до прибытия следующего рейса оставалось больше часа. Стоянка пустовала, как горы на Луне. Холодина была жуткая, и ледяной ветер свистел в проездах между рядами автомобилей. Наверху слева мотался на ветру знак «Эпко».

— Смейтесь-смейтесь, идиоты. Я вас не видел, ясно? Если вас поймают, скажу, что уходил в туалет.

— Господи, ну ты и ссыкло. — Бадди опечалился. — Никогда не думал, что ты такое ссыкло, Сэнди. Вот честно.

— Аф-аф! — залаял Ричи, и снова все захохотали. — Потанцуй, потанцуй для папочки Уорбакса, Сэнди!

Сэнди покраснел.

— Плевать мне на ваши идиотские шутки. Осторожнее, ясно?

— Хорошо-хорошо, — искренне проговорил Бадди. Он привез с собой седьмую бутылку «Техасской отвертки» и изрядную порцию «снежка». Все это он вручил Сэнди.

— Вот, ни в чем себе не отказывай.

Сэнди заулыбался.

— Ага, — сказал он и добавил, чтобы не показаться совсем уж мямлей: — Задайте ей перцу!

Улыбка Бадди ожесточилась, глаза потухли и стали мертвыми, пугающими.

— О, мы ей зададим... Еще как.

«Камаро» въехал на стоянку. Какое-то время Сэнди видел удаляющиеся огни задних фар, но потом Бадди их погасил. Несколько секунд оттуда доносился звук работающего мотора, клокочущего сквозь двойной прямоточный глушитель, но вскоре стих и он.

Сэнди высыпал кокаин на столик рядом с телевизором и втянул его с помощью долларовой банкноты. Настал черед «Техасской отвертки». Конечно, за распитие спиртных напитков на работе ему тоже светит увольнение... ну и пусть. Лучше быть пьяным, чем дергаться от каждого шороха и озираться по сторонам в поисках машин аэропортовской службы безопасности.

Ветер дул в его сторону, поэтому Сэнди слышал почти все. Бьющееся стекло, приглушенный смех, громкое металлическое «бумц».

Снова бьющееся стекло.

Тишина.

Приглушенные голоса. Слов было не разобрать, их искажал ветер.

Внезапно прогремела целая череда ударов; Сэнди поморщился. И вновь звук бьющегося стекла, звон железа об асфальт — отвалилась решетка радиатора? Сэнди пожалел, что Бадди принес так мало кокса. От него хоть ненадолго настроение поднималось... Сэнди совсем упал духом, сообразив, что в дальнем углу стоянки творится что-то очень скверное.

Тут раздался громкий властный голос, разумеется, он принадлежал Бадди:

— Вот сюда!

Кто-то тихо возразил.

— Пофигу! Прямо на приборную панель, я сказал!

Снова бормотание.

— Да мне насрать!

Почему-то эта фраза вызвала приглушенный хохот.

Потный и при этом промерзший до мозга костей, Сэнди резко закрыл стеклянное окошко и врубил телик. Он сделал большой глоток «отвертки» и поморщился от вкуса фруктового сока и дешевого алкоголя. Вообще-то Сэнди терпеть не мог «Техасскую отвертку», но его дружки ничего кроме нее и пива не пили. Что ему оставалось? Откажись он от этого пойла, Бадди решил бы, что он выпендривается. А выпендрежников Бадди никогда не любил.

Так что Сэнди стал пить дальше, и вскоре его немного отпустило — или просто накрыло. Когда мимо действительно проехала машина службы безопасности, Сэнди и бровью не повел, помахал охраннику как ни в чем не бывало.

Примерно через пятнадцать минут синий «камаро» появился вновь. За рулем сидел спокойный и довольный Бадди, между ног — почти допитая бутылка «Техасской отвертки». Он улыбался, и Сэнди с тревогой заметил его налитые кровью, странные глаза. Дело было не в бухле и не в кокаине, о нет. С Бадди Реппертоном шутки плохи, и Арни Каннингем скоро это узнает.

— Дело в шляпе, дружище! — сказал ему Бадди.

— Отлично. — Сэнди попытался улыбнуться, но не смог. Ему было не по себе. Никакой симпатии к Каннингему он не питал и богатым воображением не отличался, но все равно он догадывался, как Арни отреагирует на случившееся с его драгоценной тачкой, в которую он вложил столько бабла и сил. Ну и плевать, это дело Бадди, а не его. — Отлично, — повторил Сэнди.

— Держи член пистолетом, чувак! — сказал Ричи и захихикал.

— Ага. — Сэнди радовался, что они уже уезжают. После всего ему уже не хотелось тусоваться на заправке Вандерберга. Не по душе ему такие выходки. Слишком круто. Лучше записаться на какие-нибудь вечерние курсы... конечно, тогда придется отказаться от этой работы. Ну и ладно, подумаешь, все равно тут тоска смертная...

Бадди по-прежнему глядел на него, улыбаясь борзой и страшной улыбкой. Сэнди хлебнул «отвертки» и чуть не сблевал. Он представил, как его стошнит прямо на лицо Бадди, и тревога переросла в ужас.

— Если копы станут спрашивать, ты ничего не знаешь и ничего не видел. Скажешь, что около половины девятого пошел посрать.

— Не вопрос, Бадди.

— Мы все были в теплых пушистеньких рукавичках, так что никаких следов не оставили.

— Ага.

— Не парься, Сэнди, — тихо произнес Бадди.

— Лады.

«Камаро» тронулся с места. Сэнди поднял шлагбаум, и машина неторопливо двинулась к выезду с территории аэропорта.

Из салона донеслось чье-то издевательское: «Гав-гав!»

Сэнди стал смотреть телевизор.

Незадолго до прилета рейса из Кливленда он вылил остатки «отвертки» в окно. Пить эту дрянь больше не хотелось.

26. Кристина затаилась

Теряю кровь, теряю кровь,
Нет-нет-нет-нет, я больше никогда не нарушу,
Плесни мне кровушки, вдовушка.

«Нервус Норвус»

На следующее утро Арни и Ли вместе поехали на автобусе в аэропорт. Они хотели отправиться в Питсбург за рождественскими подарками и предвкушали чудесный день вдвоем — почему-то они казались себе ужасно важными и взрослыми, раз поехали вместе по магазинам.

Арни был в хорошем настроении и придумывал уморительные истории про пассажиров: несмотря на месячные, которые всегда были очень болезненные и вгоняли ее в депрессию, Ли то и дело смеялась. Толстуха в мужских ботинках была падшая монахиня, решил Арни. Парень в ковбойской шляпе — наркодилер. И так далее, и тому подобное. Ли быстро сообразила, как это делается, и тоже стала валять дурака, но у нее получалось не так хорошо. Поразительно, насколько Арни изменился за последнее время, вышел из скорлупы... прямо-таки расцвел. Наверное, это единственное подходящее слово. Ли была очень горда собой, как бывает горд золотоискатель, нашедший золотую жилу по определенным, только ему известным признакам. Она полюбила Арни — и не прогадала.

Они вместе вышли из автобуса и, взявшись за руки, двинулись к стоянке аэропорта.

— Неплохо, — сказала Ли. Она впервые приехала с ним за Кристиной. — От школы всего двадцать пять минут.

— Ага, годик потерпеть можно, — кивнул Арни. — Зато в семье мир. Честное слово, когда мама в тот вечер пришла домой и увидела Кристину, она чуть не рехнулась от злости.

Ли засмеялась. Ветер подхватил ее волосы и перекинул за спину. Воздух по сравнению со вчерашним потеплел, но все-таки было прохладно. Ну и хорошо: какое же Рождество без холодов? Жаль только, в Питсбурге еще не вывесили рождественские украшения и гирлянды... Хотя нет, это тоже неплохо. Ли вдруг поняла, что ее все радует, все восхищает и вообще жизнь прекрасна. Жизнь прекрасна, когда ты влюблен.

Она стала размышлять о своей любви к Арни. Конечно, она и раньше влюблялась в парней и даже вроде бы *почти* полюбила одного, в Массачусетсе. Но с Арни никаких сомнений у нее не было. Иногда он ее расстраивал — скажем, его интерес к машине граничил с одержимостью, — но эти редкие приступы тревоги даже добавляли остроты ее чувствам. Была в них, призналась себе Ли, и доля эгоизма, самолюбования — ведь за эти несколько недель она полностью преобразила Арни, благодаря ей он стал личностью.

Они протиснулись между машинами, срезали угол и направились к зоне длительного хранения. Прямо у них над головой взлетел самолет «Американских авиалиний»: рев двигателей шел от него огромными плоскими волнами. Арни начал говорить что-то про праздничный ужин на День благодарения, но звук взлетающего самолета полностью заглушил его слова. Ли завороженно смотрела на то, как двигаются его губы...

А потом они вдруг перестали двигаться. Арни остановился как вкопанный. Его глаза распахнулись... и почти вылезли из орбит. Рот начал кривиться, а рука с силой стиснула руку Ли...

— Ой! Арни...

Грохот уже почти стих, но он ее не услышал, только стиснул руку еще сильнее. Губы Арни были крепко зажаты и искажены страшной гримасой потрясения и ужаса. Ли подумала: «У него сердечный приступ... удар...»

— Арни, что стряслось?! — закричала она. — Арни... о-о-ой, *больно*!!!

На один невыносимый миг его рука, только что сжимавшая ее пальцы с любовью и нежностью, вдруг сдавила их с такой силой, что Ли испугалась: еще немного, и кости затрещат. Щеки его побелели, а лицо стало серым, как могильная плита.

Арни вымолвил единственное слово: «Кристина!» — и внезапно отпустил Ли. Он бросился вперед, врезался ногой в бампер стоявшего рядом «кадиллака», едва не упал и побежал дальше.

Наконец до Ли дошло, что дело в машине — машина, машина, вечно эта треклятая машина, — и в груди начал подниматься острый, безнадежный гнев. Впервые она стала гадать, сможет ли по-настоящему любить Арни, позволит ли он ей...

В следующий миг от ее гнева не осталось и следа. Она увидела, что произошло.

Арни подбежал к тому, что осталось от его машины, с распростертыми руками и резко остановился перед ней в классической киношной позе жертвы, которая выбрасывает перед собой руки в попытке защититься от мчащегося прямо на нее автомобиля.

Так он стоял секунду или две, словно хотел остановить машину — или весь мир. Потом опустил руки. Его кадык дважды дернулся вверх и вниз, будто Арни пытался подавить стон или крик, и мышцы шеи напряглись до упора: видны были все жилки, сухожилия и вены. Так выглядит шея человека, в одиночку поднимающего рояль.

Ли медленно подошла к нему. Рука у нее до сих пор пульсировала от боли: завтра она распухнет и перестанет слушаться, но сейчас Ли об этом не думала. Ее сердце обливалось кровью; казалось, она в полной мере разделяет боль и потрясение любимого. Лишь много позже она осознала, что в тот день Арни полностью от нее отгородился и предпочел вынести все страдания в одиночку, глубоко запрятав внутрь львиную долю ненависти и злобы.

— Арни, кто же это сделал?! — дрожащим от горя голосом проговорила она. Нет, Ли не любила его машину, но прекрасно знала, сколько душевных и физических сил Арни в нее вложил. Увидев Кристину в таком состоянии, она больше не могла ее ненавидеть — по крайней мере так она тогда думала.

Арни не ответил. Он просто смотрел на Кристину, глаза его пылали, голова была слегка опущена.

В лобовом стекле зияли две огромных дыры, всюду сверкали горстки разбитого стекла, похожие на бутафорские бриллианты. Половина переднего бампера лежала на асфальте, рядом со спутанным клубком черных проводов, похожих на щупальца осьминога. Три из четырех окон были разбиты вдребезги, а в кузове кто-то проделал длинные дыры с рваными краями. Здесь поработали острым и тяжелым инструментом — может, монтировкой или лопаткой для надевания покрышек. Передняя дверь со стороны пассажира висела на одной петле, и сквозь открытый проем Ли увидела, что приборная панель тоже разбита. Всюду валялись клочки набивки, стрелка спидометра лежала на коврике под рулевым колесом.

Арни медленно обошел машину, отмечая все это. Ли дважды пыталась с ним заговорить — бесполезно, он не отвечал. На свинцовой маске его лица теперь пылал чахоточный румянец. Он поднял с земли черного осьминога, и Ли увидела, что это провода распределителя зажигания — папа, возясь с машиной, однажды ей их показывал.

Арни несколько секунд смотрел на провода, словно бы изучая экзотическую живность, а потом бросил обратно на землю. Под ногами хрустнуло разбитое стекло. Ли вновь обратилась к Арни и вновь не получила ответа. И тут, помимо безграничного сострадания, она вдруг почувствовала страх. Позже Ли рассказывала Деннису Гилдеру, что в тот миг — на короткий миг — она решила, что Арни полностью лишился рассудка.

Он пинком отшвырнул кусок хромированного молдинга, и тот негромко звякнул о забор из сетки-рабицы. Задние фары тоже были разбиты вдребезги: вновь повсюду россыпи бутафорских драгоценных камней, только теперь рубинов.

— Арни...

Вдруг он замер на месте, глядя в салон сквозь дыру в лобовом стекле. Страшный утробный рык донесся из его груди — звериный, а не человеческий. Ли тоже посмотрела в салон и увидела... от того, что она увидела, захотелось рассмеяться, закричать и упасть в обморок одновременно. На приборной панели... сперва она не заметила, что лежало на приборной панели. Чувствуя подступающую к горлу тошноту, Ли гадала, какой же тварью надо быть, чтобы опуститься до такого...

— Говнюки! — заорал Арни не своим голосом. Это был пронзительный и злобный визг.

Ли развернулась, наугад схватилась за стоявшую рядом машину, и ее вырвало на асфальт. Перед глазами закружились белые точки, которые стремительно разбухали, точно зерна воздушного риса. Ей смутно припомнилась окружная ярмарка: каждый год на платформу затаскивали какую-нибудь старую развалюху, и за четвертак можно было трижды ударить ее кувалдой. Цель — полностью раскурочить машину. Но не... не...

— Сраные говнюки! — орал Арни. — Я до вас доберусь! Слышите? Даже если это будет стоить мне жизни! Даже если мне придется *сдохнуть!*

Ли опять вырвало, и на короткий ужасный миг она пожалела, что судьба свела ее с Арни Каннингемом.

27. Арни и Регина

> Давай прокатимся
> На моем «бьюике» 59-го года.
> Слышишь, давай покатаемся
> На моем «бьюике» 59-го года.
> У него два карбюратора
> И двигатель с наддувом.
>
> *«Медальонс»*

В ту ночь он вернулся домой без четверти двенадцать. Одежда, которую он надел утром, чтобы ехать в Питсбург за подарками, вся была в пятнах машинного масла и пота. Руки покрывал слой черной смазки, а на тыльной стороне левой руки алела рана, похожая на клеймо. Лицо у него было осунувшееся и потрясенное, под глазами — темные круги.

Мать сидела за столом и раскладывала пасьянс. Она ждала возвращения сына и одновременно очень боялась. Несколько часов назад ей позвонила Ли и рассказала, что произошло. Голос у девушки (милой и воспитанной девушки, хотя, может, и немного простоватой для ее сына) был заплаканный.

Регина, встревожившись, как можно скорее попрощалась с ней и набрала номер гаража Дарнелла. Ли рассказала, что Арни вызвал оттуда эвакуатор, а ее саму посадил в такси и велел отправляться домой. После двух гудков на другом конце сняли трубку.

— Алле, гараж Дарнелла, — проговорил сиплый голос.

Регина тут же положила трубку, сообразив, что говорить с Арни по телефону будет ошибкой — а они с Майклом и так допустили немало ошибок в том, что касалось сына и его машины. Нет, она должна сказать ему все в лицо.

И она сказала.

— Прости меня, Арни.

Конечно, лучше бы Майкл тоже был с ними. Но он уехал в Канзас-Сити на симпозиум, посвященный зарождению свободного предпринимательства и торговли в Средневековье. Вернуться должен был в воскресенье — или раньше, если сочтет нужным. Регина с тревогой предположила, что сочтет: только сейчас до нее начало доходить, насколько все серьезно.

— «Прости»?.. — равнодушно повторил за ней Арни.

— Да, прости, что мы... — Она не смогла продолжить. Было что-то ужасное и пугающее в его пустом лице и глазах. Регина нашла в себе силы только покачать головой. В горле и носу уже стоял отвратительный соленый привкус слез. Она ненавидела плакать. Сильная и своевольная, одна из двух дочерей в католической семье, состоявшей из отца-строителя, блеклой измождённой матери и семи сыновей, Регина добилась своего и поступила в университет, хотя ее отец был убежден, что девушку там могут только обесчестить и отвратить от церкви. Словом, горя и слез она в детстве и юности хлебнула сполна. Даже родителям она теперь казалась чересчур жестокосердной: они не понимали, что человек, пройдя ад, выходит из него в твердой огнеупорной броне. И всегда добивается своего.

— Знаешь что? — спросил Арни.

Она помотала головой, все еще чувствуя под веками тлеющие угли слез.

— Я бы рассмеялся, если бы не так устал. Ты просишь прощения? Ну надо же. Я думал, ты этим гадам помогать будешь, первая за монтировку схватишься... Да ты небось от счастья тут до потолка прыгала, когда узнала.

— Арни, так нечестно!

— Нечестно?! — взревел он, опалив ее страшным взглядом. Впервые в жизни она испугалась собственного сына. — Это ты велела убрать машину от дома! А отец придумал поставить ее на стоянку аэропорта! Кого я должен винить? А?! Объясни мне! Думаешь, у дома ее бы тоже разбили? А?!

Арни стиснул кулаки и шагнул к матери. Ей потребовалось собрать в кулак всю волю, чтобы не попятиться.

— Арни, давай поговорим спокойно! — взмолилась она. — Как взрослые разумные люди!

— Кто-то насрал на приборную панель моей машины, — холодно проговорил он. — Как тебе такое, мам?

Регина была абсолютно уверена, что обуздала слезы, но эта весть — о столь глупом и жестоком поступке — заставила ее разрыдаться. Она плакала от ужаса: каково же пришлось ее сыну! Она опустила голову и выла — от растерянности, боли и страха.

С момента рождения Арни Регина всегда чувствовала тайное превосходство над остальными родителями. Когда ему исполнился годик, они качали головами и говорили: подожди до пяти, тогда-то и начнутся неприятности. В пять лет дети уже могут грязно ругаться и играть со спичками, если их оставить без присмотра. Но Арнольд, примерный и любящий сын, остался таким и в пять. Тогда остальные матери стали закатывать глаза и говорить: подожди, вот исполнится ему десять! А уж в пятнадцать начнется сущий ад — рок-концерты, наркотики, легкомысленные девки и эти... ну, всякие там заболевания.

Регина только спокойно улыбалась их угрозам, потому что в ее семье все шло по плану, ведь они с Майклом подарили сыну ровно такое детство, о котором она мечтала сама. У него были любящие участливые родители, готовые выполнить любое его желание (в пределах разумного), отправить сына в любой университет по его выбору (но только хороший) и таким образом блестяще завершить родительскую карьеру. Когда кто-нибудь говорил, что у Арни нет друзей, а сверстники над ним смеются и издеваются, Регина чопорно отвечала, что в ее деревенской школе с девушек ради шутки срывали трусики и подпаливали их зажигалками с выгравированным на боку распятием. Если же кому-то хватало наглости предположить, что ее подход к воспитанию отличается от подхода ее ненавистного отца лишь поставленными целями, Регина в ярости приводила последний — железный — довод: о таком сыне, как у нее, можно только мечтать.

А теперь ее идеальный сын стоял перед ней бледный, изможденный, покрытый машинным маслом, нашпигованный тем же едва обуздываемым гневом, каким раньше славился его дед, и даже *внешне* был очень на него похож. Мечты Регины пошли прахом.

— Арни, утром мы все обсудим и решим, что делать, — сказала она, пытаясь собраться с силами и унять слезы. — Утром мы все-все обсудим.

— Только если ты встанешь до зари, — ответил Арни, вдруг потеряв всякий интерес к беседе. — Я иду к себе, посплю часа четыре и снова поеду в гараж.

— Зачем?

Он хохотнул как сумасшедший и в свете кухонных флуоресцентных ламп замахал руками, словно собирался взлететь.

— А ты как думаешь? У меня дел невпроворот! Ты даже представить себе не можешь, сколько там работы!

— Но у тебя завтра занятия... Я... я запрещаю, Арни, категорически запре...

Он повернулся к матери и внимательно ее осмотрел; она невольно вздрогнула. Когда же кончится этот кошмар...

— Я не стану прогуливать занятия. Возьму с собой сменную одежду и даже приму душ, чтобы не расстраивать одноклассников. А после школы опять поеду к Дарнеллу. Работы очень много, но я справлюсь... я точно знаю... конечно, на это уйдет львиная доля моих сбережений, и мне придется еще больше вкалывать на Уилла...

— Но надо же делать уроки, учиться...

— А, уроки... — Арни улыбнулся неживой механической улыбкой манекена. — На уроки придется забить, что правда, то правда. Какой там у меня был средний балл? Девяносто три? Забудь о нем. Но не переживай, на второй год я не останусь. Уж на троячки-то я могу рассчитывать, даже на несколько четверок.

— Нет! Тебе же поступать!

Арни вернулся к столу, довольно сильно хромая. Уперся в него руками и медленно наклонился к матери. Она подумала: «Это не мой сын... это чужак... Неужели я сама во всем виновата? Как такое может быть? Я ведь хотела как лучше... я все для него делала... Прошу, Господи, дай мне проснуться от этого кошмара, и пусть щеки у меня будут мокрые от слез...»

— В данный момент, — тихо проговорил он, глядя ей прямо в глаза, — я могу думать только о Кристине, Ли и Дарнелле, перед которыми я теперь должен выслуживаться и плясать на задних лапках, если не хочу раньше времени вылететь из гаража. Плевать мне на универ! А если ты не оставишь меня в покое, я и школу не окончу, поняла? Надеюсь, теперь ты заткнешься?

— Так нельзя, — не отводя взгляда, проговорила Регина. — Ты это прекрасно понимаешь, Арнольд. Возможно, я заслужила твою жестокость... но я никогда не позволю тебе гробить свою жизнь! Поэтому даже не думай о том, чтобы бросить школу.

— А я возьму и брошу, — ответил Арни. — Не тешь себя надеждами, что я этого не сделаю. В феврале мне исполнится восемнадцать, и я без труда уйду из школы, если ты от меня не отвяжешься. Поняла?

— Ступай к себе! — в слезах прокричала Регина. — Ложись спать, ты разбиваешь мне сердце!

— Да что ты?! — К ужасу Регины, он расхохотался. — Больно, правда? Уж я-то знаю!

И он вышел из кухни, хромая и едва передвигая ногами. Вскоре она услышала его тяжелые шаги на лестнице — кошмарный звук из ее детства, когда она думала: «Чудовище залегло в свою берлогу».

Она вновь разрыдалась, потом неуклюже встала из-за стола и вышла на улицу, чтобы поплакать в одиночестве. Взяв себя в руки — слабое утешение, но хоть какое-то, — она сквозь пелену слез взглянула на рогатый месяц. Ее жизнь полностью изменилась, и перемены были стремительными, как торнадо. Сын ее ненавидел; она разглядела это в его глазах — о нет, то был не переходный возраст, не короткая вспышка юношеского гнева. Он *ненавидел* ее всей душой. Разве таким она хотела воспитать своего золотого мальчика? Не таким.

Не таким.

Она стояла на крыльце и плакала, пока рыдания не сменились редкими всхлипами и вздохами. Ледяной ветер грыз ее голые лодыжки и забирался под халат. Регина вошла в дом и поднялась на второй этаж. Несколько секунд она медлила у двери в комнату сына, а потом вошла.

Арни уснул на кровати, не сняв покрывала и даже не скинув брюки. Казалось, он не спит, а потерял сознание. У него было лицо старика. Обман зрения, разумеется... Свет из коридора преломлялся о ее плечо, и в этом свете Регине показалось, что волосы у него поредели, а во рту нет зубов... Сквозь ладонь, которой она зажала рот, прорвался тоненький вскрик ужаса, и она бросилась к сыну.

Ее тень сдвинулась в сторону, и тогда Регина увидела, что это по-прежнему ее Арни. Игра света и воображения, только и всего...

Регина перевела взгляд на радио и увидела, что будильник заведен на 4.30 утра. Она хотела было его выключить, даже протянула руку, но потом осознала, что не может.

Вместо этого она отправилась к себе в спальню и села рядом с телефоном. Подержала в руках трубку, размышляя, стоит ли пугать мужа ночным звонком. Еще подумает, что...

Что-то случилось?

Она захихикала. А разве нет? Конечно, случилось! И самое плохое еще впереди.

Она набрала номер гостиницы «Рамада-инн» в Канзас-Сити, где остановился ее муж, смутно сознавая, что впервые — с тех пор как двадцать семь лет назад она покинула трехэтажный родительский дом в Роксбурге — звонит, чтобы просить о помощи.

28. Ли наносит визит

> Шеф, устроим «баш на баш»,
> И ты автобус мне продашь.
> Крутить баранку мне не лень,
> Чтоб к милой ездить каждый день.
> Хочу... Хочу... Хочу...
> (А не получишь!..)
>
> *«Ху»*

С основной частью рассказа она справилась на ура, скромно сидя на одном из стульев для посетителей — колени крепко сжаты, ноги скрещены в лодыжках. На ней был аккуратный вязаный свитер и коричневая вельветовая юбка. Лишь в самом конце она расплакалась — и не нашла платка. Деннис Гилдер передал ей коробку с салфетками, стоявшую на прикроватной тумбочке.

— Не надо, Ли, — сказал он.

— Я... я не могу остановиться! По вечерам мы с ним больше не видимся, а в школе он всегда такой уставший, измотанный... И к тебе он тоже не приходит, говоришь?..

— Придет, когда приспичит, — отозвался Деннис.

— Хватит! Достал уже со своими шуточками в духе «я крутой мачо»! — Ли ошалело уставилась перед собой — до нее только теперь дошло, что она сказала, — а потом переглянулась с Деннисом, и они оба захохотали. Но смеялись они всего несколько секунд и не слишком-то радостно.

— А Говорун с ним уже общался? — спросил Деннис.

— Кто?

— Говорун. Так Ли Баронг называет мистера Викерса. Школьного психолога.

— А! Да, кажется... Позавчера Арни вызывали в его кабинет. Но он мне ничего не рассказал. А я не отважилась спросить. Он вообще почти не говорит, такой странный стал...

Деннис кивнул. Ли этого не видела — слишком была озабочена собственными чувствами и тревогами, — но он тоже чувствовал безотчетный и беспомощный страх за судьбу своего лучшего друга. Судя по слухам, просочившимся в его палату в последние дни, Арни был на грани нервного срыва; отчет Ли просто был самым свежим и самым подробным. Деннису как никогда захотелось выписаться из больницы. Конечно, можно было позвонить мистеру Викерсу и спросить, чем он может помочь. Да и Арни можно бы позвонить... вот только он теперь все свободное от школы время проводит в гараже или спит. Его отец примчался домой с какой-то конференции, и они опять поссорились — так сказала Ли. Хотя сам Арни ничего такого ей не говорил, она боялась, что он вот-вот уйдет из дома.

Деннис не хотел беседовать с Арни по телефону в гараже Дарнелла.

— Что мне предпринять? — спросила она. — Что бы ты сделал на моем месте?

— Наберись терпения и жди. Больше тут ничего не сделаешь.

— Но это самое трудное, — едва слышно проговорила Ли, вновь и вновь стискивая и разжимая салфетку. На коричневой юбке лежали белые хлопья бумаги. — Мои родители настаивают, чтобы я перестала с ним видеться... чтобы бросила его. Они боятся... как бы Реппертон с дружками не устроили еще что-нибудь.

— Так ты уверена, что это шайка Бадди постаралась?

— Да. Все так считают. Мистер Каннингем звонил в полицию, хотя Арни и запретил ему это делать. Он сказал, что найдет способ поквитаться с Бадди... Конечно, и Майкл, и Регина перепугались. Я и сама боюсь! Полиция арестовала Реппертона и одного из его дружков по кличке Попрошайка... Знаешь такого?

— Да.

— И еще парня, который работал на стоянке аэропорта. Его тоже арестовали. Фамилия Гэлтон, а зовут...

— Сэнди.

— В полиции думают, что он был с ними заодно и впустил друзей на стоянку.

— Ну да, он часто с ними ошивался, — кивнул Деннис, — но мне всегда казалось, что он не такой дегенерат, как остальные. Ты меня прости, Ли, но откуда ты все знаешь? Если Арни с тобой не разговаривает, то кто-то явно поговорил...

— Сперва миссис, а потом и мистер Каннингем. По отдельности. Они...

— ...очень расстроены? — предположил Деннис.

Ли помотала головой.

— Хуже. Они выглядят так, будто их только что... не знаю, ограбили! Ее мне не жалко — она всегда все делает по-своему, — а вот мистер Каннингем... Плакать хочется, когда на него смотришь. Он так... так... — Ли умолкла и начала заново: — В общем, когда я приехала к ним вчера после школы, миссис Каннингем — она все просит называть ее Региной, но я не могу себя пересилить... — Деннис улыбнулся. — А ты?

— Я-то смог, но у меня больше опыта.

Ли улыбнулась — впервые от всей души.

— Может, теперь и я смогу. Словом, когда я приехала, мистер Каннингем был еще на работе... в университете, в смысле.

— Так.

— Она взяла неделю отпуска, говорит, не может выйти на работу, даже на три дня перед Днем благодарения.

— Как она выглядела?

— Раздавленной и убитой. — Ли взяла новую салфетку и принялась теребить ее края. — Лет на десять постарела.

— А он? Майкл?

— Тоже постарел, но и стал... решительнее, что ли? Словно эта беда его встряхнула. Он в семье теперь у руля.

Деннис помолчал. Он знал Майкла Каннингема тринадцать лет и никогда не видел, чтобы тот был «у руля». В семье всем управляла Регина, а Майкл лишь таскался за ней следом и готовил коктейли на вечеринках (для университетских преподов), которые иногда устраивали Каннингемы у себя дома. Он слушал пластинки, глядел меланхолично... но никогда и ни при каких обстоятельствах Деннис не видел, чтобы этот человек был «у руля».

«Триумф матриархата, — как-то сказал отец Денниса, стоя у окна и глядя, как Регина ведет Арни за ручку к машине, где их ждал Майкл. Арни и Деннису тогда было лет по семь. — Тоталитарный мамизм. Не удивлюсь, если она и на свадьбе Арни заставит бедного неудачника сидеть в машине. Или вовсе...»

Мать Денниса нахмурилась и скосила глаза на Денниса — мол, и у стен есть уши. Он навсегда запомнил этот жест и слова отца. Может, до конца он их понять не мог, но даже в семь лет Деннис отлично понял, кого папа назвал «бедным неудачником» и почему. Ему стало жаль Майкла Каннингема... и это чувство не покидало его до сего дня.

— Он вернулся домой примерно к тому моменту, когда Регина заканчивала свой рассказ, — продолжала Ли. — Они предложили мне остаться на ужин (Арни ужинал в гараже), но я сослалась на уроки. Мистер Каннингем подвез меня до дома, и по дороге я выслушала его версию событий.

— А у них разные версии?

— Не совсем уж разные, но... Например, именно мистер Каннингем обратился в полицию. Арни не хотел, а Регина... никак не могла заставить себя сделать это.

Деннис осторожно спросил:

— Он до сих пор пытается собрать Шалтая-Болтая, верно?

— Да, — прошептала Ли, а затем почти завизжала: — Но это еще не все! Я знаю, что Дарнелл впутал его в свои делишки! Вчера на третьей переменке Арни мне сказал, что сегодня и завтра будет перебирать переднюю часть. Я ему говорю, мол, это ведь ужасно дорого, Арни, а он: «Не волнуйся, я на хорошем счету...»

— Успокойся, Ли. Помедленнее.

Она снова рыдала.

— Он на хорошем счету, потому что в пятницу и субботу они с каким-то парнем по имени Джимми Сайкс собираются выполнить для Дарнелла несколько поручений. Так он мне сказал. И я чувствую, что этот сукин сын втягивает Арни в какую-то скверную аферу!

— А что он сказал полицейским?

— Что нашел Кристину... в таком виде. Они спросили, есть ли у него какие-нибудь предположения касательно виновника, и Арни ответил «нет». Тогда они спросили, что за стычка произошла недавно между ним и Бадди Реппертоном. Разве хулиган не угрожал ему ножом, в результате чего вылетел из школы? Арни ответил, что Реппертон раздавил его пакет с обедом, а потом из мастерской вышел мистер Кейси и разнял их. Тогда полицейские напомнили ему про обещание мести, на что Арни сказал, что да, кажется, что-то такое он припоминает, но Бадди своих угроз никогда не исполнял.

Деннис молчал, глядя в окно на хмурое ноябрьское небо. Не нравилось ему все это. Если Ли правильно пересказала разговор Арни с полицией, то Арни не солгал им... просто кое-что подкорректировал, в результате чего та драка в курилке превратилась в обычные «потолкашки».

Деннису это очень не нравилось.

— Ты не знаешь, что за поручения дает ему Дарнелл? — спросила Ли.

— Нет, — ответил Деннис, хотя догадки у него были. Внутри заиграл маленький диктофон, и он услышал слова отца: «У меня были свои подозрения... Угнанные автомобили... Курево и алкоголь... Пиротехника еще».

Он взглянул на лицо Ли, бледное, со следами-прорезями потекшей туши на щеках. Она изо всех сил держалась за Арни, не хотела его терять. Училась быть сильной, чего девушке с такой внешностью не пришлось бы делать еще лет десять. Но от этого было не легче. Деннису вдруг — почти случайно — пришло в голову, что лицо Арни очистилось примерно за месяц до знакомства с Ли... но уже после знакомства с Кристиной.

— Я с ним поговорю, — пообещал он.

— Хорошо. — Ли встала. — Я... я не хочу, чтобы все снова стало как прежде, Деннис. Знаю, так и не бывает... Но я по-прежнему его люблю, и... просто скажи ему это, ладно?

— Обязательно.

Оба смутились и несколько секунд ничего не могли из себя выдавить. Деннис подумал, что в какой-нибудь кантри-песенке сейчас настал бы как раз тот миг, когда бедную девушку «утешает» Лучший Друг. Его тайному «я» — распутному, коварному и подлому — такой вариант развития событий пришелся бы очень даже по душе. О да, его по-прежнему сильно влекло к Ли, как уже давно не влекло ни к одной девушке. Или никогда не влекло? Пусть Арни возит в Берлингтон петарды и фейерверки да копается в своей раздолбанной тачке. А они с Ли тем временем познакомятся поближе. Ей ведь так нужна поддержка... Ну, вы поняли.

И на один короткий миг, сразу после ее откровенного признания в любви к Арни, Деннис всерьез подумал, что это возможно. Ли сейчас так уязвима; даже если она учится быть сильной, разве кто-нибудь берет такие уроки по своей воле? Достаточно нескольких *правильных* слов — «Иди ко мне», например, — и она придет, сядет к нему на кровать, они еще поболтают, может, о чем-нибудь более приятном и радостном, а потом, глядишь, и поцелуются... У нее такие красивые губы, пухлые и чувственные, прямо созданные для поцелуев... Первый поцелуй — для утешения. Второй — дружеский. А третий самый главный, самый желанный. Да, Деннис чувствовал, что все это вполне возможно, ведь до сих пор он показывал себя надежным и честным человеком...

Однако никаких «правильных» слов он не сказал, и Ли тоже ничего не сказала. Между ними стоял Арни — и всегда будет стоять. Арни и его железная леди. Не будь это так ужасно, он бы расхохотался.

— Когда тебя выпустят?

— В ничего не подозревающий мир? — хохотнул он.

В следующий миг Ли тоже захихикала, а потом добавила:

— Ага, типа того. — У нее снова вырвался смешок. — Ой, извини.

— Не извиняйся. Люди всю жизнь надо мной смеются, я привык. Говорят, я здесь застрял до января, но у меня в планах вернуться домой к Рождеству. Видела бы ты, как я надрываюсь в камере пыток.

— В камере пыток?!

— Да, кабинет ЛФК. Спина уже почти в норме, остальные кости тоже срастаются быстро — чешется все до жути! Жру шиповник центнерами. Доктор Эрроуэй говорит, это обычное народное средство и никакого эффекта от него быть не может, но тренер Паффер клянется, что оно помогает. Когда приходит, каждый раз проверяет, сколько я отпил из бутылки.

— А часто приходит?

— Да. Я даже наполовину уверовал, что шиповник помогает залечивать переломы. — Деннис помолчал. — Разумеется, теперь ни о каком футболе не может быть и речи. Какое-то время похожу с костылями, а потом, если повезет, перейду на трость. Добрый доктор Эрроуэй считает, что хромать я буду еще пару лет — или всю жизнь.

— Кошмар, — тихо проговорила Ли. — Почему такие ужасы всегда происходят с хорошими людьми, Деннис? Не думай, что я только о тебе беспокоюсь. Мне иногда кажется, что, если бы ты был рядом, с Арни бы ничего не случилось...

— Ну-ну, давай свалим всю вину на меня. — Деннис театрально закатил глаза.

Ли даже не улыбнулась.

— Знаешь, я начинаю переживать за его душевное здоровье. Ни его, ни своим родителям я об этом не сказала. Но его мать, мне кажется, она могла... не знаю, что они наговорили друг другу той ночью, когда он вернулся домой, но... боюсь, они тогда чуть горло друг другу не перегрызли.

Деннис кивнул.

— Это... это же безумие! Родители предложили купить ему хороший подержанный автомобиль вместо Кристины — он отказался. Мистер Каннингем даже новую машину ему предлагал — у него в запасе есть акции, которые он готов продать. Арни и тут сказал «нет». Конечно, разве он мог принять такой подарок?! Тогда мистер Каннингем сказал, что понимает его, и пусть это будет не подарок — пусть Арни постепенно выплачивает ему долг, даже с процентами, если хочет... Деннис, ты понимаешь, о чем я говорю?

— Да. Ему не нужна другая машина. Только эта. Только Кристина.

— Разве это не одержимость? Весь свет сошелся клином на одной машине! Иногда мне бывает страшно, а иногда я чувствую такую ненависть... но не к Арни, а к этой сво... нет, к этой *сучке* Кристине!

На щеках у Ли горел румянец, глаза были прищурены, уголки губ опущены. Ее лицо вдруг перестало быть красивым, даже симпатичным; в резком свете больничных ламп оно превратилось в безобразную и одновременно притягательную маску. Деннис впервые понял, почему ревность называют чудищем, зеленоглазым чудищем.

— У меня теперь есть мечта, — продолжала Ли. — Я мечтаю, чтобы однажды кто-то по ошибке вывез Кристину на свалку за гаражом, куда привозят всякий хлам с гоночных трасс. — Ее глаза яростно горели. — А наутро приехал бы подъемный кран с огромным круглым магнитом, поднял бы ее и бросил под пресс. Чтобы она превратилась в маленький кубик спрессованного железа. Тогда все это закончится, верно?

Деннис не ответил, а спустя секунду увидел, как чудище обвилось собственным чешуйчатым хвостом и медленно уползло с лица Ли. Она поникла.

— Это очень плохо, да ведь? Получается, я жалею, что те негодяи не довели начатое до конца.

— Я понимаю твои чувства.

— Правда? — с вызовом спросила она.

Деннис вспомнил взгляд своего лучшего друга, когда тот колотил кулаками по приборной панели. Всякий раз, когда Арни оказывался рядом с Кристиной, в его глазах появлялся какой-то маниакальный блеск. Вспомнил Деннис и видение, посетившее его в гараже Лебэя.

А в самом конце он вспомнил свой ночной кошмар: женский визг резины по асфальту и пронзающий насквозь свет фар.

— Да. Правда.

Они переглянулись.

29. День благодарения

> Два-три часа прошло с тех пор,
> Лечу я вниз, как топор.
> Бензину бы чуток подлить,
> Домой давно пора рулить.
> Нет, меня не поймать!
> Нет, детка, меня не поймать!
> Только нервы всем пощекочу,
> Крылья выпущу и улечу.
>
> *Чак Берри*

В больнице праздничный обед подавали с одиннадцати утра до часу дня. Деннис получил свое угощение в четверть первого: три аккуратных ломтика индейки, один половник подливы, порция картофельного пюре быстрого приготовления (размером и формой — точь-в-точь бейсбольный мяч, только красных швов не хватает, саркастически подумал он), маленькая ложка замороженного тыквенного пюре ядовито-оранжевого цвета и маленький контейнер с клюквенным джемом. На десерт было мороженое. На краю подноса лежала синяя карточка.

Уже хорошо изучив больничные порядки — после того как заживут первые пролежни на заднице, начинаешь разбираться в больничных порядках куда лучше, чем хотелось бы, — Деннис спросил санитарку-волонтерку, что получили на праздничный обед пациенты с желтыми и красными карточками на подносе. Выяснилось, что первым досталось по два ломтика индейки и картошка, а на десерт — желе. Счастливых обладателей красных карточек накормили смесью картофельного и мясного пюре. С ложечки.

Конечно, все это не могло радовать. Деннис представлял, как мама вносит в столовую большого зажаристого каплуна, отец точит специальный нож, а сестра, румяная от волнения и чувства собственной важности, с красной лентой в волосах, разливает красное вино. Нетрудно было представить и витавшие в доме ароматы, смех рассаживающихся гостей...

Напрасно он растравил себе душу.

Это был самый грустный День благодарения в его жизни. Деннис сразу после обеда уснул (ЛФК по случаю праздника отменили) и видел неприятный сон, в котором санитарки шли по коридору и плюхали пюре из индейки прямо на аппаратуру жизнеобеспечения и капельницы.

Утром к нему приходили мама, папа и сестра, и он заметил, что Элли успокоилась. На обед их пригласили к Кэллисонам, и Лу Кэллисон, один из трех братьев, был «очень даже ничего». А брат... ну что брат? Ну да, лежит в больнице, но все же не умирает от какой-нибудь редкой разновидности рака, да и парализованным не останется. Скучно. На сюжет для фильма не тянет.

Около половины первого они позвонили Деннису от Кэллисонов, и голос у отца был немножко пьяный — наверное, он уже допивал вторую «Кровавую Мэри», а мама то и дело бросала на него укоризненные взгляды. Сам Деннис как раз доедал свое диетическое синекарточное угощение — впервые он разделался с праздничным обедом за пятнадцать минут — и изо всех сил изображал по телефону веселье, чтобы не портить родным настроение. Элли тоже ненадолго подошла к телефону, голос у нее был радостный и слегка визгливый. После утомительного разговора с сестрой Деннису захотелось спать.

Он уснул (и видел неприятный сон про санитарок) около двух часов дня. В больнице стояла необычная тишина: почти весь персонал разошелся по домам, остались только дежурные врачи и сестры. Стих даже постоянный гул телевизоров и радио из соседних палат. Санитарка-волонтерка, пришедшая за пустым подносом, широко улыбнулась и выразила надежду, что праздничный обед ему понравился. Деннис заверил ее, что так и есть. В конце концов, у нее тоже праздник.

Потом он уснул, видел сон, а после погрузился в глубокое забытье, от которого очнулся лишь в пять часов. На пластиковом стуле, который только позавчера занимала его подружка, сидел Арни Каннингем.

Деннис ничуть не удивился; он просто подумал, что опять видит сон.

— Привет, Арни. Как оно?

— Неплохо. А вот ты как будто еще не проснулся, Деннис. Может, тебе дать щелбан?

На коленях у него лежал коричневый бумажный пакет, и Деннис сквозь сон подумал: «Надо же, обед уцелел. А мы думали, его растоптал Бадди Реппертон». Он попытался сесть, но спина тут же заболела. Повозившись с кнопками на пульте управления кроватью, он приподнял изголовье и удивленно воскликнул:

— Надо же, это и впрямь ты!

— А ты ожидал увидеть трехголовую гидру? — дружелюбно спросил Арни.

— Я спал. Подумал, ты мне приснился. — Деннис сильно потер лоб, чтобы прогнать сон. — С Днем благодарения, Арни!

— Ага, тебя тоже. Ну что, уже отведал стерильной индейки?

Деннис рассмеялся.

— Еда была похожа на игрушечную. Помнишь, когда Элли было лет семь, ей подарили такой набор? «Веселая столовая», что ли...

Арни зажал рот ладонью и сделал вид, что с трудом сдерживает рвотный позыв.

— Помню. Ну и гадость!

— Здорово, что ты пришел. — Деннис был на грани слез. Только сейчас он понял, в какую тоску его вогнали эти праздники. Нет, к Рождеству надо обязательно попасть домой. На Рождество он тут повесится.

— Родные не приходили?

— Приходили, конечно. И вечером еще придут — по крайней мере мама с папой. Но это не то, сам понимаешь.

— Ага. Я тут кое-что пронес. Сказал вахтерше, что несу тебе банный халат. — Арни хохотнул.

— Это еще что такое? — спросил Деннис. Он только теперь заметил, что на коленях у Арни не маленький пакетик для школьного обеда, а здоровенный, в какие складывают покупки.

— Да так, порылся в холодильнике после того, как семья разделалась с бедной птицей. Мама с папой уехали к друзьям из универа — они каждый День благодарения так делают. Вернутся около восьми.

Под изумленный возглас Денниса Арни вытащил из пакета два подсвечника, вставил в них свечи, поджег фитили спичкой из коробка с логотипом Дарнелла и выключил верхний свет. После чего вручил Деннису два сэндвича, наспех завернутых в вощеную бумагу, а два оставил себе.

— Насколько я помню, — сказал Арни, — ты всегда считал, что умять пару сэндвичей с индейкой поздно вечером, когда праздник уже позади и все успокоились, даже приятнее, чем пировать за праздничным столом.

— Ага. В идеале — есть сэндвичи и смотреть по телику «Сегодня вечером» с Карсоном или какой-нибудь старый фильм. И все же, ей-богу, Арни, ты мог бы и не...

— Черт, да я тебя не навещал уже три недели! Хорошо хоть ты спал, когда я пришел, а то сразу бы пустил мне пулю в лоб. — Он похлопал по сэндвичам, которые Деннис держал в руках. — Твои любимые вроде. Белое мясо и майонез на «Чудо-хлебе».

Деннис сперва хохотнул, потом засмеялся, а потом и загоготал. Арни видел, что от смеха у него болит спина, но остановиться Деннис не мог. «Чудо-хлеб» всегда был для них запретным и оттого излюбленным лакомством. Их матери очень серьезно относились к выбору хлеба; Регина предпочитала диетический, лишь иногда отдавая дань уважения ржаному, а мама Денниса любила «римский» хлеб и из ржаного шрота. Арни и Деннис никогда не привередничали, но оба души не чаяли в «Чудо-хлебе» и порой тратили на него карманные деньги. Взяв буханку «Чудо-хлеба» и банку горчицы «Френчес», они прятались в гараже Арни (или на дереве возле дома Денниса, где они построили шалаш, девять лет назад уничтоженный ураганом), жевали сэндвичи с горчицей и читали комиксы про «Богатенького Ричи».

Арни тоже захохотал, и для Денниса эти минуты остались самым приятным воспоминанием о Дне благодарения.

У Денниса уже почти десять дней не было соседа. Арни закрыл дверь в палату и достал из пакета шесть банок пива.

— Чудо за чудом, — сказал Деннис и рассмеялся над собственным случайным каламбуром.

— Да уж! — Арни поднял банку над свечами. — Твое здоровье!

— За нас, — ответил Деннис. Оба выпили.

Когда они разделались с толстенными сэндвичами, Арни вытащил из своего бездонного пакета два пластиковых контейнера и снял с них крышки. Внутри оказался яблочный пирог.

— Ну нет, старик, я больше не могу. Лопну!

— Ешь, — приказал Арни.

— Честно, я не могу! — взмолился Деннис, вооружаясь пластиковой вилкой. Он умял свою порцию пирога за четыре укуса и громко рыгнул. Затем допил пиво и рыгнул снова. — В Португалии это считается лучшей похвалой повару, — сказал он. В голове приятно гудело от пива.

— Как скажешь, — с улыбкой ответил Арни. Он встал, включил свет и задул свечи. На улице пошел сильный дождь; он яростно хлестал в окна и явно был ледяной. Деннису показалось, что вместе с пламенем свечей погас теплый дух их дружбы и праздника.

— Завтра я буду тебя проклинать, — сказал Деннис. — Я же час просижу на толчке, а у меня от этого спина болит.

— Помнишь, как у Элейны однажды раздуло живот и она весь вечер пукала? А мы ее задразнили, пока твоя мама не устроила нам взбучку.

— Как не помнить! Запаха не было, но звук...

— Как будто стреляли из пистолета, — кивнул Арни, и оба посмеялись — смех получился какой-то грустный. Сколько воды с тех пор утекло... Воспоминания о приступе Элейны семилетней давности отчего-то скорее тревожили, чем веселили. От мысли, что семь лет прошли так быстро и незаметно, немного веяло смертью.

Оба замолкли, погрузившись в мысли.

Наконец Деннис сказал:

— Вчера ко мне приходила Ли. Рассказала про Кристину. Это ужасно, старик, я тебе сочувствую.

Арни поднял голову, и задумчивое выражение на его лице сменилось фальшивой улыбкой.

— Угу. Кристине, конечно, досталось. Но я принял это слишком близко к сердцу.

— Любой бы принял, — кивнул Деннис, осознав, что настороженно приглядывается к другу. Все, веселье позади, от дружеского тепла не осталось и следа: неуловимое и эфемерное, оно окончательно испарилось. Начался танец. Веселые глаза Арни затуманились и — Деннис мог в этом поклясться — тоже смотрели настороженно.

— Понятное дело. Но маме я задал перцу... Да и Ли тоже. У меня был шок: столько труда... столько труда псу под хвост! — Он покачал головой. — Да уж, плохая новость.

— Ты сможешь ее восстановить?

Арни тут же просиял — искренне, заметил Деннис.

— А то! Я уже львиную часть работы сделал. Ты бы глазам не поверил, Деннис, если бы видел ее тогда на стоянке. Но раньше машины делали на совесть, не то что теперь... смотришь — вроде железо, а на самом деле блестящий пластик. Моя машина — настоящий танк, ей-богу. Больше всего досталось лобовому стеклу. И шинам, конечно. Они исполосовали всю резину.

— А двигатель не пострадал?

— Нет, до него, слава богу, не добрались, — поспешно ответил Арни.

Первая ложь. Когда Арни и Ли пришли в тот день на стоянку, оба увидели на асфальте провода распределителя зажигания. Ли знала, что это такое, и рассказала про них Деннису. Выходит, под капот хулиганы все-таки забрались. Интересно, что стало с радиатором? Если преступники пробили монтировкой кузов, что им мешало поработать сходным образом и над радиатором? Что они сделали со свечами? С карбюратором? Со стабилизатором?

«Арни, почему ты врешь?»

— И чем ты теперь занимаешься? — спросил Деннис.

— Транжирю на нее деньги, чем же еще? — Арни почти искренне засмеялся. Деннис бы принял этот смех за чистую монету, если бы только что, за ужином при свечах, не слышал искренний хохот друга. — Новая лобовуха, новая резина... Вот еще над кузовом поработаю — и будет как новенькая.

«Как новенькая». Только вот Ли говорила, что Кристина разбита вдребезги, как те машины, что потехи ради молотят кувалдами на ярмарках.

«Почему же ты врешь?»

На короткий миг Денниса прошибло страшное подозрение: может, Арни и в самом деле немного спятил? Но нет, от общения с ним такого впечатления не создавалось... Скорее, он что-то скрывал. Хитрил. Лукавил. Тогда Деннису впервые пришла безумная мысль, что Арни врет лишь наполовину, пытаясь придать правдоподобия... чему? Чуду? Старая развалюха сама регенерировала? Ну бред же... да?

Да?..

Конечно, бред, вот только Деннис готов был поклясться, что паутина трещин на лобовом стекле действительно уменьшилась между его первым и вторым осмотром Кристины.

«Просто игра света... Обман зрения. Ты ведь сразу так подумал — и был прав!»

Одним обманом зрения не объяснишь случайный характер ремонтных работ, которые Арни вел над Кристиной. Не объяснишь этим и то странное чувство, что посетило Денниса за рулем Кристины, или то ощущение после замены первого колеса: как будто под старой фотографией лежит новая, и кто-то вырезал на месте одной из шин дырку.

Ничем нельзя было объяснить теперешнее вранье Арни... и его настороженный прищур.

Итак, Деннис улыбнулся... широко и радостно.

— Отличная новость!

Прищур еще секунду держался на лице Арни, а затем сменился скромной улыбкой.

— Мне просто повезло. Эти уроды могли такого натворить... насыпать сахару в бензобак, налить патоки в карбюратор... Мне повезло, что они оказались идиотами.

— Они — это кто? Бадди и его шайка?

Вновь на лице Арни показалось столь несвойственное ему злобное и подозрительное выражение — показалось и тут же ушло на дно. Арни помрачнел. И погрустнел. Он хотел что-то сказать, но потом только вздохнул и выдавил:

— Ага. Кто же еще?
— Но в полицию ты не обратился.
— Нет, это сделал отец.
— Ли говорила.
— Что еще она тебе сказала? — резко спросил Арни.
— Ничего, да я и не спрашивал. — Деннис выставил перед собой открытую ладонь. — Это твое дело, Арни, я помню. Мир!
— Конечно. — Арни хихикнул и отер ладонью лицо. — Кажется, я до сих пор не пришел в себя. Черт, да я никогда не приду в себя, Деннис! Представь, ты на седьмом небе от счастья, приезжаешь на стоянку с любимой девушкой... и тут такое.
— Ты не боишься, что они решат закрепить успех?

Лицо Арни окаменело.

— Ничего они не сделают. — Его серые глаза напомнили Деннису мартовский лед, и он испугался за Бадди Реппертона.
— В каком смысле?
— Я буду держать ее дома, в гараже, разумеется! — Вновь на лице Арни просияла широкая притворная улыбка. — А ты что подумал?
— Ничего, — ответил Деннис. У него перед глазами по-прежнему стоял мартовский лед, только теперь он начал опасно трещать под ногами. А внизу — черный ледяной омут. — И все-таки... почему ты так уверен, что Бадди готов все забыть?
— Надеюсь, он решит, что поставил меня на место, — тихо ответил Арни. — Мы вышвырнули его из школы, он отомстил.
— Он *сам* себя вышвырнул! — с жаром воскликнул Деннис. — Он угрожал тебе ножом... даже не ножом, а шпагой, черт подери!
— Я просто говорю, как он это видит. — Арни тоже выставил перед собой руку. — Мир, брат!
— Ладно, ладно.
— Мы вышвырнули его из школы — вернее, я, — а он за это разбил Кристину. Мы квиты.
— Будем надеяться, он тоже так считает.

— А почему нет? Копы его дружков уже допросили, припугнули. Сэнди Гэлтон, насколько я понял, вообще чуть не сознался во всем. — Арни скривил губы. — Сопля вонючая.

Это было настолько не похоже на Арни — на прежнего Арни, — что Деннис невольно выпрямился в кровати, но от резкой боли тут же лег обратно.

— Можно подумать, это плохо!

— Да мне плевать, что он скажет. И что скажут остальные говнюки. — А потом странным отрешенным голосом Арни добавил: — Теперь это все не важно.

Деннис встревожился:

— Арни, ты как?

На секунду в глазах Арни мелькнуло отчаяние — отчаяние и безысходность. Взгляд затравленного зверя. Или человека, окончательно запутавшегося в происходящем, потерянного и уже не понимающего, что творит.

А потом это странное выражение — и другое, злобно-подозрительное — исчезло с его лица.

— Отлично! Все отлично. Только вот спина... Помнишь, я ее потянул на гоночной трассе?

Деннис кивнул.

— Зацени. — Арни встал и выправил рубашку из брюк. В его глазах что-то заплясало. Что-то прыгало и кувыркалось в черном омуте.

Арни поднял рубашку. Под ней был... современный, новый и чистый, вовсе не как у Лебэя, аккуратный пояс из лайкры шириной примерно двенадцать дюймов. Но корсаж есть корсаж, подумал Деннис. Арни становился все больше похож на прежнего хозяина Кристины.

— Пока отвозил Кристину к Дарнеллу, опять что-то повредил, — сказал он. — Даже не помню когда и как, настолько я был не в себе. Наверное, когда грузил ее на эвакуатор, хотя точно сказать не могу. Сперва не очень-то болело, а потом стало хуже. Доктор Маскиа прописала... Деннис, ты чего?

Фантастическим усилием воли Деннис заставил себя ответить, что все нормально, и изобразить на лице хотя бы подобие заинтересованности... В глазах Арни по-прежнему что-то плясало... плясало и плясало.

— Ничего, до свадьбы заживет, — сказал Деннис.
— Ну да. — Арни заправил рубашку в штаны. — Только с тяжестями мне теперь надо поосторожнее. — Он улыбнулся. — Если бы воинскую повинность не отменили, я бы запросто откосил от армии.

И вновь Деннис с великим трудом скрыл свое удивление. Пришлось спрятать руки под простыню: при виде корсажа Деннис весь покрылся мурашками.

Эти глаза... как черная вода под тонким мартовским льдом. Черный омут, на дне которого бултыхается странное ликование... разложившийся труп утопленника.

— Слушай, — резко проговорил Арни, — мне пора. Надеюсь, ты не думал, что я весь вечер проторчу в этой дырище.
— Конечно-конечно. Не смею отвлекать тебя от важных дел. А если серьезно, то спасибо, друг. Без тебя я бы тут совсем расклеился.

На мгновение ему показалось, что Арни вот-вот заплачет. Танцующий огонек в его глазах пропал, и Арни снова стал прежним. Он искренне улыбнулся.

— Ты, главное, помни: никто по тебе не скучает. Ни одна живая душа.
— Пошел в задницу, — равнодушно проговорил Деннис.

Арни показал ему средний палец.

Формальности были позади — можно расставаться. Арни взял с кровати бумажный пакет — заметно похудевший, — убрал в него подсвечники, свечи и пустые бутылки.

Денниса вдруг осенило. Он постучал по гипсу на ноге.
— Распишись, а?
— Я разве не расписывался?
— Да, но все уже стерлось. Подпишешь еще разок?

Арни пожал плечами.
— Если у тебя есть ручка.

Деннис достал ручку из ящика прикроватной тумбочки и протянул Арни. Тот с ухмылкой склонился над его загипсованной и подвешенной над кроватью ногой, нашел свободное местечко среди паутины пожеланий и нацарапал: «Деннис Гилдер — самый гадский гад на свете. Арни Каннингем».

> *For Dennis Guilder, The*
> *Worlds Biggest Dork*
> *Arnie Cunningham*

Закончив, он похлопал гипс и отдал ручку Деннису.
— Сойдет?
— Ага. Спасибо. Не кисни, Арни.
— Не буду. С Днем благодарения!
— И тебя.

Арни ушел. Чуть позже пришли родители; Элли, видно, так нахихикалась за день, что до больницы уже не добралась. По дороге домой Гилдеры с тревогой отметили, что Деннис сегодня был какой-то отрешенный.
— Конечно, ему грустно, — сказал мистер Гилдер. — Кому понравится проводить праздники в больнице?

Весь оставшийся вечер Деннис долго и внимательно изучал две подписи. Арни действительно уже оставлял ему автограф, но тогда обе ноги Денниса были полностью покрыты гипсом. В первый раз Арни расписался на правой ноге: ее как раз подвесили над кроватью. Сегодня он расписался на левой.

Деннис нажал кнопку, вызвал санитарку и, призвав на помощь все свое обаяние, уговорил ее опустить левую ногу на кровать, чтобы сравнить две подписи. Гипс на правой ноге уже частично сняли, а через недельку-другую должны были снять полностью. Подпись Арни, к счастью, уцелела. И даже не думала стираться, как солгал Деннис другу.

На правой ноге Арни оставил только свою роспись, без каких-либо пожеланий и комментариев. Деннис и санитарка кое-как умудрились положить обе его ноги рядом, чтобы сличить две росписи. Сухим и дрожащим голосом — почти неузнаваемым, — Деннис спросил санитарку, похожи ли они.

— Нет, — ответила она. — Я слышала, росписи подделывают на чеках. Но чтобы на гипсах... это какая-то шутка?

— Ну да, — ответил Деннис, чувствуя, как от живота к груди поднимается ледяной холод. — Шутка. — Он еще раз взглянул на росписи. Холод охватил все его тело, даже снизив температуру. Волосы на голове встали дыбом.

Arnie Cunningham

arnie Cunnington

Росписи были совершенно разные.

Ближе к ночи поднялся ледяной ветер: сперва он дул порывами, затем выровнялся. С черного неба на землю смотрел ясный глаз луны. Ветер сорвал с ветвей последние коричневые листья и теперь играл ими в сточных канавах. Они гремели, как кости.

В Либертивилль пришла зима.

30. Попрошайка Уэлч

> Ночь темна, в небе звезда,
> Мимо пролетел развозчик льда.
> Хлопнула дверь,
> Раздался крик.
> Ты это слышал, а я видел, старик.
>
> *Бо Диддли*

В следующий четверг, последний день ноября, в Питсбургском доме культуры выступал Джексон Браун. В зале был аншлаг. Попрошайка приехал вместе с Ричи Трилони и

Никки Билтингемом, но еще до начала концерта ушел от них «стрелять на бухло». То ли поклонники Брауна были особенно щедры в тот вечер, то ли он, Попрошайка, уже превратился в местную достопримечательность (в душе романтик, он считал именно так), но улов был невероятно богатый. В карманах лежало уже почти тридцать долларов мелкими монетами. При ходьбе Попрошайка звенел, как копилка. Добраться на попутках до дома тоже оказалось невероятно просто: после концерта в сторону Либертивилля ехало множество машин. Концерт закончился в одиннадцать тридцать, а в Либертивилль Уэлч вернулся примерно в четверть второго.

Последним его подвозил молодой парень, возвращавшийся по трассе номер 63 в Престонвилль. Он высадил его у съезда с 376-й на улицу Джона Кеннеди. Попрошайка решил пройтись пешком до станции техобслуживания Вандерберга и поболтать с Бадди. У Бадди была машина, а значит, ему не придется идти пешком домой — черт знает куда, в Кингсфилд-Пайк. После полуночи в такую даль никто не повезет. Конечно, если он зайдет к Бадди, то вернется домой в лучшем случае на рассвете, но лучше уж так, чем тащиться пешком по морозу. К тому же у Бадди наверняка найдется бутылочка чего-нибудь горячительного.

Он одолел примерно четверть мили по безлюдной холодной улице: шипованные сапоги бряцали по асфальту, тень то съеживалась, то вырастала в жутковатом оранжевом свете фонарей, и впереди оставалось еще около мили, когда Попрошайка вдруг увидел впереди припаркованную машину. Из двойной выхлопной трубы вился дымок: в абсолютно спокойном воздухе он неподвижно зависал, собирался слоями, а затем неспешно улетал прочь. Хромированная решетка, на которой сверкали оранжевые блики, казалась разинутой пастью. Попрошайка сразу узнал красно-белый «плимут». В свете фонарей ему показалось, что автомобиль выкрашен в цвета слоновой кости и запекшейся крови. Это была Кристина.

Попрошайка остолбенело замер на месте. Страха не было — по крайней мере пока, — только удивление. Нет, это невозможно, Кристина вышла из строя минимум на полгода — они изрешетили радиатор, вылили почти целую бутылку «Техасской отвертки» в карбюратор, а Бадди достал шестифунтовый мешок сахара «Домино» и высыпал его в бензобак через сложенные воронкой ладони Попрошайки. И это еще цветочки. Бадди продемонстрировал такую изобретательность в деле уничтожения шлюхингемовской тачки, что Попрошайке стало не по себе. Значит, это не Кристина. Какой-то другой «плимут-фьюри» 58-го года.

Однако это была Кристина. Попрошайка ее узнал.

Он стоял один посреди безлюдной ночной улицы: занемевшие от холода уши торчали из-под длинных волос, дыхание клубилось в морозном воздухе.

Машина стояла передом к нему, под капотом тихо урчал мотор. Разглядеть, кто в салоне, было нельзя: Кристина стояла прямо под уличным фонарем, и отражение оранжевого шара светилось на новеньком лобовом стекле, точно водонепроницаемый фонарь на дне озера.

Попрошайка испугался.

Он облизнул сухие губы и огляделся по сторонам. Слева была шестиполосная улица Джона Кеннеди, в этот поздний час похожая на пересохшее речное русло. Справа стояло здание фотомастерской с красной неоновой вывеской «КОДАК» на витрине.

Попрошайка снова посмотрел на машину. Она по-прежнему неподвижно стояла у тротуара.

Он открыл рот и не смог выдавить ни звука. Попытался еще раз и прохрипел:

— Эй, Каннингем!

Машина как будто о чем-то размышляла. Клубились выхлопные газы. Урчал двигатель, работавший на высокооктановом бензине.

— Это ты, Каннингем?

Он сделал шаг вперед. Шип на подошве скребнул по асфальту. Сердце колотилось прямо в глотке. Попрошайка вновь осмотрелся — ну должна же мимо проехать хотя бы одна машина, улица Джона Кеннеди никогда не пустует, даже в двацать пять минут второго! Но никаких машин Попрошайка не увидел, только бездушное оранжевое сияние уличных фонарей.

Он откашлялся.

— Ты злишься, да?

Фары Кристины внезапно вспыхнули, пронзив его белыми лучами света. «Фьюри» с визгом рванула к нему, оставляя черные резиновые следы на асфальте. Она тронулась с места так внезапно, что задняя часть словно бы припала к земле — как задние лапы собаки, что готовится к прыжку. Собаки или волчицы. Колеса с одного бока запрыгнули на бордюр, и в таком виде — одна пара колес на бордюре, другая на дороге — машина покатила прямо на Попрошайку, скребя днищем по асфальту, визжа и рассыпая искры.

Попрошайка закричал и попытался отскочить в сторону. Кристина лишь слегка задела бампером его левую икру — и вырвала кусок мяса. Теплая влага заструилась по ноге, стекая в ботинок. От этого тепла он только сейчас понял, какой на улице стоит холод.

Попрошайка врезался в косяк двери фотомастерской. Шаг влево — и разбил бы стекло, очутившись среди груды «Никонов» и «Полароидов».

Оглушительно взревел двигатель Кристины. И снова этот ужасный, потусторонний визг днища по бордюру. Попрошайка, тяжело дыша, обернулся. Кристина возвращалась, и, когда она проезжала мимо, он увидел.

Увидел.

За рулем никого не было.

Паника мгновенно затуманила рассудок. Попрошайка со всех ног рванул прочь. Он выскочил на улицу Джона Кеннеди: между рынком и прачечной был узкий проулок, куда не смогла бы протиснуться никакая машина. Успеть бы туда нырнуть...

Мелкие монеты яростно звенели в обоих карманах его брюк и шести карманах армейского бушлата. Четвертаки, десятицентовики, пятицентовики... Ну прямо перезвон рождественских колокольцев. Попрошайка бежал что было сил, поднимая колени почти до подбородка. Сапоги-говнодавы барабанили по асфальту. Тень неотступно мчалась следом.

Где-то сзади вновь взревела машина, затихла, опять взревела, затихла... а потом завизжала. Кристина бросилась вслед за бегущим Попрошайкой поперек дороги. Он заорал и не услышал собственного крика — так громко скрипели шины по асфальту. То был пронзительный крик свирепой полоумной бабы, у которой на уме только одно — убийство. И этот крик заполнил собой весь мир.

Тень уже не преследовала его, она неслась впереди и заметно удлинилась. В витрине прачечной Попрошайка увидел отражение больших желтых глаз. До проулка еще бежать и бежать...

В последний момент Попрошайка попытался вильнуть влево, но Кристина словно бы прочла его отчаянную мысль и тоже вильнула. Все еще набирая скорость, «плимут» сшиб Попрошайку Уэлча с ног и мгновенно сломал ему позвоночник. Говнодавы отшвырнуло в сторону. Сам он пролетел сорок футов и врезался в кирпичную стену маленького крытого рынка — и вновь до окна оставались считаные дюймы.

Удар был такой силы, что его тело отскочило от стены и снова вылетело на улицу, оставив на кирпичах, как на промокашке, кровавый отпечаток. Фотография этого отпечатка на следующий день появится на первой странице либертивилльского «Джоурнал стандарт».

Кристина дала задний ход, остановилась и опять рванула вперед. Попрошайка лежал у тротуара, пытаясь подняться на ноги. Бесполезно. Руки и ноги его не слушались.

Все вокруг захлестнул белый свет.

— Нет, — прошептал он сквозь выбитые зубы. — Н...

Машина переехала его тело. Во все стороны брызнули мелкие монеты. Попрошайку протащило вперед, а потом назад, когда Кристина дала задний ход. Там она замерла, урча двигателем, как будто о чем-то думала.

Затем она снова наехала на труп, вскочила на тротуар и опять дала задний ход.

Рванула вперед.

И назад.

И снова вперед.

Фары сверкали. Из труб валил синий дым.

Масса, валявшаяся на дороге, уже не походила на человека. Это был бесформенный узел со старым тряпьем.

Машина вновь сдала назад, съехала на дорогу, развернулась и, в последний раз переехав то, что осталось от Попрошайки Уэлча, полетела вниз по улице. Рев двигателя эхом отдавался в стенах спящих домов — впрочем, спали уже не все, тут и там в окнах над лавками и магазинами загорался свет и люди выглядывали на улицу: уж не авария ли?

Одна из фар Кристины была разбита, другая, заляпанная кровью Попрошайки, то и дело мигала. Решетка погнулась, и вмятины на ней с пугающей точностью посмертной маски повторяли контуры туловища Попрошайки. Ручейки крови веером расходились по капоту, и веер этот рос по мере того, как Кристина набирала скорость. Громкий рев рвался из выхлопной трубы: один из двух глушителей вышел из строя.

Внутри, на панели приборов, одометр по-прежнему крутился в обратную сторону, словно Кристина ускользала в другое время, не только покидая место преступления, но и отменяя сам *факт* преступления.

Вдруг рев из выхлопной трубы стих.

Веер крови начал уменьшаться, несмотря на сильный ветер — словно кинопленку прокручивали в обратную сторону.

Мигающая фара перестала мигать, а через одну десятую мили на месте разбитой фары уже была новенькая. С едва слышным хрустом — словно треснула тонкая корка льда на луже — осколки сами собой сложились в целое стекло.

Впереди раздалось глухое «чпок-чпок-чпок»: звук гнущегося металла, звук, с каким сминается пивная банка. Только решетка радиатора не гнулась, а, наоборот, выпрямлялась — даже механик с пятидесятилетним опытом рихтовки не смог бы сделать это лучше.

Кристина свернула на Хэмптон-стрит еще до того, как первый из разбуженных визгом ее шин добрался до изувеченного трупа Попрошайки Уэлча. На ней не было ни капли крови: ручейки доползли до бампера и исчезли. Царапины тоже. Когда она тихо подъехала к воротам гаража с табличкой «ПОСИГНАЛЬ — ОТКРОЕМ», раздался последний «чпок!» — выпрямилась самая первая вмятинка, оставшаяся после того, как Кристина вырвала у Попрошайки кусок мяса из икры.

«Плимут-фьюри» стал как новый.

Машина остановилась перед воротами. На водительском козырьке от солнца висела пластиковая штуковина, которую Уилл Дарнелл вручил Арни, когда тот начал возить для него контрабандные сигареты и спиртное, — версия Дарнелла «золотого ключика от сортира».

В неподвижном холодном воздухе коротко прожужжал механизм открывания дверей, и ворота послушно поползли вверх. Внутри загорелся тусклый свет.

Переключатель управления светом сдвинулся в крайнее положение, и спаренные фары Кристины погасли. Она въехала в гараж и тихо покатилась по заляпанному маслом бетонному полу к двадцатому отсеку. Ворота, настроенные так, чтобы закрываться через тридцать секунд после открытия, медленно опустились. Цепь освещения вновь прервалась, и гараж погрузился во мрак.

Ключ, висевший в замке зажигания Кристины, сам собой повернулся влево. Двигатель заглох. Кожаный брелок с инициалами Р.Д.Л. качался все медленнее, пока не остановился.

Кристина неподвижно стояла в темноте. Тишину в гараже Дарнелла нарушал единственный звук: тиканье ее остывающего двигателя.

31. На следующий день

> Мой «шевроле-камаро» — просто зверь, –
> Коробка «херст», четыре сотни лошадей.
> Сейчас стоит она
> На парковке
> У магазина запчастей.
>
> *Брюс Спрингстин*

Арни Каннингем не пошел в школу на следующий день. Сказал, что у него, похоже, начинается грипп. Однако вечером ему внезапно полегчало, и он заявил родителям, что поедет в гараж.

Регина мягко возразила: вид у сына был скверный. Конечно, она не стала говорить, что он похож на ходячий труп. Лицо Арни полностью очистилось от прыщей и шрамов, но зато оно стало очень бледным, а под глазами темнели круги, как будто он не спал ночами. Да еще эта хромота... Регина начала опасаться, как бы ее сын не подсел на какой-нибудь препарат: может, начал принимать болеутоляющее от спины, чтобы продолжать работу над проклятой машиной, и пристрастился? Но нет, нет, такого не может быть. Пусть Арни и одержим своим автомобилем, он не настолько глуп.

— Да все хорошо, мам! — сказал Арни.
— Выглядишь ты плохо. И к ужину не притронулся.
— Попозже перекушу.
— Как твоя спина? Ты больше не поднимаешь тяжестей?
— Нет, мам. — Это была ложь. И в последние дни спина ужасно болела, почти как в самый первый день, когда он повредил ее на гоночной трассе «Филли-Плейнс» («А ты уверен, что повредил ее именно там? Абсолютно уверен?» — прошептал внутренний голос.) Арни снял корсаж всего на пятнадцать минут — и чуть не умер от боли. Пришлось снова надеть и затянуть еще туже. Впрочем, сейчас боль немного отпустила, и он даже знал почему: он ведь едет к Кристине.

В глазах Регины читалась тревога и растерянность. Впервые в жизни она не знала, что делать дальше. Арни стал неуправляем. Мысль об этом повергала ее в отчаяние и наполняла разум ужасным могильным холодом. Порой депрессия подкатывала почти незаметно, и она лишь снова и снова задавалась вопросами: ради чего же она прожила жизнь? Чтобы однажды увидеть, как сын в один день полюбит девушку и машину, а ее, родную мать, возненавидит? Чтобы прочесть злобу и ненависть в его серых глазах? Неужели все ради этого? Да и девчонка тут ни при чем... В мыслях Регина то и дело возвращалась к машине. У нее нарушился сон, и впервые за двадцать лет (тогда, больше двадцати лет назад, у нее случился выкидыш) она подумывала обратиться к врачу — пусть выпишет ей лекарство от депрессии и сопутствующей бессонницы. Долгими бессонными ночами она думала об Арни и собственных ошибках, которые надо было как-то исправлять; она думала о том, что со временем баланс сил в любой семье неизбежно меняется и как ужасно выглядит в зеркале туалетного столика ее собственная старость: словно разложившийся труп пробил рукой землю.

— Ты ведь не допоздна? — спросила она, прекрасно зная, что такие вопросы задают лишь полностью отчаявшиеся родители, которые не в силах ничего изменить.

— Нет, — ответил Арни.

Регина ему не поверила.

— Лучше бы остался дома. Выглядишь ты неважно.

— Все будет нормально, — ответил Арни. — Мне нельзя болеть. Завтра надо везти запчасти в Джеймсбург.

— Если разболеешься, никуда не поедешь, — сказала Регина. — Это же сто пятьдесят миль!

— Не волнуйся. — Он поцеловал ее в щеку — равнодушно, как целуются на коктейльных вечеринках не самые близкие знакомые.

Арни уже открывал дверь, когда Регина спросила:

— Ты знал мальчика, которого вчера сбили на улице Кеннеди?

Он с невозмутимым лицом переспросил:

— Чего?

— В газете писали, что он из твоей школы.

— А, ты про несчастный случай!

— Да.

— Считай, не знал. Три года назад мы вместе ходили на математику.

— Хорошо, — успокоилась Регина. — В газете написали, что у него в крови обнаружены следы наркотиков. Ты ведь не стал бы употреблять наркотики, верно, Арни?

Арни ласково посмотрел на ее бледное, настороженное лицо.

— Нет, мам.

— И если спина разболится — по-настоящему разболится, ты сходишь к нашему врачу, правда? Не станешь покупать сомнительные болеутоляющие с рук?

— Нет, мам, — повторил Арни и вышел.

Снег пошел сильнее. После очередной оттепели почти все, что выпало, растаяло, но не до конца: снег спрятался в тенистых местах и лежал белой каймой под заборами, деревьями и за гаражом. Несмотря на эту белую кайму — или благодаря ей, — трава на лужайке выглядела на удивление зеленой, а сгребающий листья Майкл показался Арни беженцем из лета.

Арни помахал ему рукой и собирался пройти мимо, но отец его подозвал. Арни неохотно подошел — он боялся опоздать на автобус.

Бури и ураганы, разразившиеся в их семье из-за Кристины, состарили и Майкла. Впрочем, у него хватало своих неприятностей. В конце лета он хотел баллотироваться на должность декана исторического факультета Хорликса — и получил довольно резкий отказ. А последний ежегодный медосмотр показал, что у него начинается флебит. Флебит, едва не погубивший Никсона. Флебит — болезнь стариков. Словом, в эту пору, когда поздняя осень уступала место серой западнопенсильванской зиме, Майкл Каннингем выглядел как никогда мрачно.

— Привет, пап. Слушай, я уже опаздываю...

Майкл поднял взгляд от мерзлых листьев, которые ему удалось сгрести в одну кучу; косые лучи закатного солнца упали на его лицо, и в этом свете Арни показалось, что у него идет кровь. Он невольно попятился, слегка напуганный. Лицо Майкла осунулось и здорово постарело.

— Арнольд, где ты был этой ночью?

— Что?.. — Арни разинул рот, потом медленно его закрыл. — Здесь, пап. Я был дома. Ты же знаешь.

— Всю ночь?

— Разумеется. Я вырубился в десять часов. А что?

— Мне сегодня звонили из полиции. Насчет того мальчика, которого сбили на улице Кеннеди минувшей ночью.

— Попрошайка Уэлч, — сказал Арни и спокойно посмотрел на отца — под его глубоко запавшими, пусть и спокойными, глазами лежали темные круги. Как несколько секунд назад сын был потрясен видом отца, так отец теперь был потрясен видом сына: его глаза напоминали пустые глазницы черепа.

— Фамилия была Уэлч, да.
— Ясно, почему они тебе позвонили. Мама не узнала... что он из шайки Реппертона?
— Я ей не говорил.
— Я тоже. Так лучше.
— Рано или поздно она узнает, — заверил его Майкл. — Твоя мать — поразительно умная женщина, если ты еще не заметил. Но я ей ничего не скажу.

Арни кивнул и печально улыбнулся.
— «Где ты был этой ночью?» Как ты мне доверяешь, а!

Майкл покраснел, но взгляда не отвел.
— Если бы в последние два месяца ты ради разнообразия думал о других, мой вопрос бы тебя не удивил.
— Это еще как понимать?
— Ты прекрасно знаешь, как это понимать. Мне уже надоело обсуждать одно и то же. Сколько можно ходить вокруг да около? Ты своими руками гробишь собственную жизнь и еще спрашиваешь, что это значит?

Арни рассмеялся — громко и презрительно. Майкл невольно съежился от этого смеха.
— Мама уже спрашивала, не подсел ли я на наркотики. Может, ты тоже хочешь проверить? — Арни сделал вид, что собирается закатать рукава. — Поищем «дорожки» на венах?
— Мне вовсе не обязательно спрашивать, сидишь ты на наркотиках или нет. К одному ты точно пристрастился, и этого уже достаточно. Проклятая машина!

Арни хотел уйти, но Майкл его остановил.
— Отпусти руку!

Майкл отпустил.
— Я просто хотел тебя предупредить, — сказал он. — Я не верю, что ты мог убить человека... не больше, чем в твою способность ходить по воде. Но полицейские будут тебя допрашивать, Арни, а люди часто удивляются неожиданным вопросам. И некоторым удивление может показаться признаком вины.
— Вся эта шумиха из-за того, что какой-то идиот спьяну задавил говнюка Уэлча?

— О нет, все было не так. Следователь Джанкинс мне кое-что рассказал. Этот негодяй сперва переехал Уэлча, потом дал задний ход, снова проехал по нему и опять сдал назад...

— Прекрати! — оборвал его Арни. Ему вдруг стало дурно и тошно. Майкл испытал то же чувство, что посетило Денниса в День благодарения: он будто бы увидел настоящего Арни, отчаявшегося, затравленного и смертельно уставшего.

— Словом, это было очень... жестокое преступление. Так сказал Джанкинс. Несчастным случаем не назовешь. Скорее убийство.

— Убийство... — ошалело пробормотал Арни. — Нет, я никогда...

— Что?! — резко переспросил Майкл и схватил сына за куртку. — Что ты сказал?

Арни посмотрел на отца, его лицо вновь напоминало маску.

— Я бы никогда не подумал, что это убийство, вот и все.

— Понятно. В общем, имей в виду, что копы ищут виновника, — предупредил Майкл. — Человека, у которого есть мотив, хотя бы самый крошечный. Они знают, что случилось с твоей машиной и что Уэлч мог приложить к этому руку, — что *ты* так думаешь. Джанкинс скоро захочет с тобой поболтать.

— Мне скрывать нечего.

— Разумеется. Беги, а то автобус уйдет.

— Угу, побежал.

Арни на миг задержался и посмотрел на отца.

Майкл почему-то вспомнил девятый день рождения сына. Они вместе поехали в зоопарк, пообедали в кафе, а вечером играли в мини-гольф на Бейзин-драйв. Это заведение сгорело в 1975-м. Регина пойти не смогла, валялась дома с жутким бронхитом. Они отлично провели время вдвоем, и для Майкла это был лучший день рождения Арни — символ безмятежного и счастливого американского детства. Они съездили в зоопарк и вернулись домой: никаких происшествий, только веселье и радость сына, которого Майкл так любил тогда — и любил сейчас.

Он облизнул губы.

— Арни, может, ты все же продашь эту машину? Когда полностью ее починишь. Денег за нее дадут много — не меньше двух, а то и трех тысяч...

— Нет, я не могу, пап, — ласково ответил Арни, словно пытаясь вразумить ребенка. — Теперь уже не могу. Слишком много в нее вложено. Слишком много.

И с этими словами он ушел: срезал угол по газону и скрылся в потемках. Слышны были лишь его удаляющиеся шаги, да и они вскоре стихли.

«Слишком много вложено? Неужели? И что же ты в нее вложил, Арни? Что именно?»

Майкл окинул взглядом опавшую листву и двор. Под забором и у самого гаража в наступающих сумерках мерцал холодный снег, злой и упрямо ждущий подкрепления. Ждущий зимы.

32. Регина и Майкл

Она королева,
моя «Шеви-409».
Два карбюратора, восемь цилиндров, четыре двери —
моя «Шеви-409».

«Бич Бойз»

Регина очень устала — в последние дни она быстро уставала, — и они с Майклом легли около девяти вечера, не дожидаясь возвращения сына. После прилежного и безрадостного секса (они теперь часто занимались любовью, всегда прилежно и безрадостно — Майкл начинал подозревать, что жена использует его член вместо снотворного), пока они лежали в своих отдельно стоящих кроватях, Майкл как ни в чем не бывало спросил:

— Как спала ночью?

— Хорошо, — радостно ответила Регина, и Майкл понял, что она врет. Вот и славно.

— Я встал около одиннадцати и заметил, что Арни чем-то встревожен, — тем же непринужденным тоном продолжал

Майкл. Ему было не по себе: что-то в лице Арни его обеспокоило, но что? В сумерках было не разглядеть. Наверное, это пустяки, но в голове у Майкла словно врубили зловещую неоновую вывеску, которая никак не выключалась. Неужели его сын выглядел напуганным и виноватым? Или дело было в свете? Надо разобраться, иначе заснуть не получится.

— Я встала около часу, — сказала Регина и поспешно добавила: — В туалет. И на всякий случай заглянула к нему в комнату. — Она печально засмеялась. — От привычек не так-то просто избавиться, правда?

— Правда, — согласился Майкл.

— Он спал, давно и крепко. Не знаю, как уговорить его надевать пижаму на ночь? Сейчас так холодно.

— Он был в одних трусах?

— Ну да.

Майкл с облегчением улегся на подушку: ему было совестно за свои подозрения. Но все же лучше знать, чем гадать. Ладно хоть он сказал Арни, что не верит в его причастность. Однако разум человека столь изощрен и извращен, что подобно шаловливой обезьянке с восторгом выдумывает все новые и новые гадости. Наверное, подумал Майкл, скрестив руки за головой и глядя в темный потолок, наверное, это проклятие всех, кто наделен сознанием и подсознанием. В подсознании жена может трахаться с лучшим другом, лучший друг плести против тебя козни, а сын — задавить человека.

Лучше уложить эту обезьянку спать.

В час ночи Арни был дома. Вряд ли Регина ошиблась со временем: электронные часы на их письменном столе показывают время крупными голубыми цифрами. Итак, сын был дома в час ночи, а Уэлча задавили в 1.25, в трех милях отсюда. Арни никак не мог одеться, выйти из дома (причем Регина наверняка не спала и прислушивалась), доехать до Дарнелла, взять Кристину и добраться до того места, где убили Попрошайку Уэлча. Нет, это физически невозможно.

Вредная обезьянка угомонилась. Майкл перевернулся на правый бок, уснул и видел сон: они с девятилетним Арни играют в мини-гольф на бесконечных зеленых полях, застеленных искусственным газоном, неспешно крутятся мельницы, водные ловушки поджидают ничего не подозревающих игроков... и они с сыном совершенно одни, одни в целом мире, потому что его мать умерла в родах — очень грустно, люди до сих пор вспоминают безутешное горе Майкла, — но зато весь дом в их распоряжении, и вечером они будут есть спагетти прямо из кастрюли, как два холостяка, а потом перемоют посуду, накроют кухонный стол газетами и станут собирать модели машин с безобидными пластиковыми двигателями.

Во сне Майкл Каннингем улыбался. Рядом, на соседней кровати, лежала мрачная Регина. Она не спала и ждала, когда ее сын вернется домой из опасного внешнего мира.

Он придет... хлопнет дверь... на лестнице раздадутся его шаги... и тогда она уснет.

Может быть.

33. Джанкинс

> Постой, красотка, прокатись со мной...
> Что ты сказала?
> Тебе нет дела до меня?
> Но, детка, зато мне есть дело до тебя!
> Большоооое дело!
> Что у меня за тачка, спросишь?
> Моя машина — «кадиллак»
> Сорок восьмого года.
> Говорю тебе, крошка,
> Она не едет, а летит.
> Едем, Джозефина, едем!
>
> *Эллас Макдэниэл*

В тот вечер Джанкинс заехал к Дарнеллу примерно без четверти пять. Арни как раз закончил работу — заменил антенну, которую хулиганы вырвали с корнем, — и последние пятнадцать минут сидел за рулем, слушая пятничную подборку золотых шлягеров на станции WDIL.

Он хотел просто включить радио и проверить, работает ли оно, нет ли помех, но ему тут же попалась WDIL — прием был отличный, — и он не удержался, решил послушать музыку. Теперь он сидел с отсутствующим взглядом и смотрел прямо перед собой; Бобби Фуллер пел «Я не в ладах с законом», Фрэнки Лаймон и «Подростки» исполняли «Почему дураки влюбляются?», Эдди Кокран — «А ну-ка все вместе», а Бадди Холли — «Брежу». В пятницу вечером по WDIL крутили только музыку, никакой рекламы. Одни песни. Ушедшие с вершин хит-парадов, «но не из наших сердец». Время от времени ласковый женский голос сообщал ему и без того известный факт: он слушает «WDIL-Питсбург» «Радио синих замшевых туфель».

Арни сидел за рулем и легонько барабанил пальцами по приборной панели, на которой горели красные огни. Антенна работала прекрасно. Да, он отлично потрудился, Уилл не зря говорит, что у него легкая рука. Посмотрите на Кристину — она говорит сама за себя. Из кучи металлолома, ржавеющего на лужайке возле дома Лебэя, она превратилась в конфетку. Потом — снова в кучу металлолома на стоянке аэропорта, и опять Арни вернул ей жизнь. Он...

«Брежу... снова брежу...
Тобою
В объятиях
Твоих таких нежных...»

Он... что? Что он сделал?
Заменил антенну, да. И выпрямил несколько вмятин, это Арни помнил. Но лобовое стекло он не заказывал (однако же вот оно, совершенно новое), чехлов на сиденья тоже (однако же вот они), а под капот он вообще заглядывал всего раз, на пару секунд — и тотчас в ужасе его захлопнул.

Радиатор снова был целехонек, двигатель сверкал, поршни ходили четко и быстро. Кристина мурлыкала, как довольная кошка.

И еще Арни снились кошмары.

В них за рулем Кристины сидел Лебэй — плоть его сочилась трупными соками, местами торчали белые блестящие кости, а военную форму покрыла могильная плесень. Глазницы были пусты и черны (но что-то там внутри шевелилось, да, определенно). Внезапно вспыхнули фары, и Арни увидел впереди пригвожденного к стене человека — точно насекомое, приколотое к белому картону. Лицо его было очень знакомо.

Попрошайка Уэлч?

Может быть. Однако, когда Кристина с визгом рванула вперед, Арни почудилось, что лицо пригвожденной к стене жертвы постоянно меняется: сначала это был Реппертон, потом Сэнди Гэлтон, потом жирная морда Уилла Дарнелла...

В последний миг жертва отскочила в сторону, но Лебэй дал задний ход, рванув рукоятку переключения передач черными гнилыми пальцами, на одном из которых сверкало обручальное кольцо (оно болталось, как обруч на засохшей ветке мертвого дерева), а затем снова помчался вперед. Человек впереди побежал через дорогу, бросая назад испуганные взгляды, и Арни увидел лицо своей матери... потом Денниса Гилдера... лицо Ли, ее огромные распахнутые глаза под облаком русых волос... наконец собственное лицо и губы, с которых рвался безмолвный крик: «Нет! Нет! Нет!»

Громче всего, даже громче тяжелого рева глушителя (там, внизу, явно что-то повредилось), звучал ликующий голос Лебэя... Он рвался из его истлевшей глотки, рвался с губ, которые почти полностью сгнили и покрылись тонкой паутиной зеленой плесени. Лебэй радостно визжал:

— Вот тебе, говнюк! Получи! Нравится?!

Раздался глухой и зловещий стук: бампер Кристины врезался в человека, в ночном воздухе блеснули очки, а потом Арни проснулся — он лежал в своей кровати, свернувшись калачиком и сжимая подушку. Время — четверть второго утра. Он почувствовал огромное и страшное облегчение, радость, что он все еще жив. Он жив, а Лебэй умер, и Кристина в безопасности. Все остальное — не важно.

«Хорошо, Арни, но как же ты повредил спину?»

Тот же внутренний голос, хитрый и коварный, задал ему вопрос, на который он боялся отвечать.

«Я повредил ее на гоночном треке, так я всем говорю. Одна из разбитых тачек начала соскальзывать с эвакуатора, и я сдуру втолкнул ее обратно, вот и все. Сильно потянул какую-то мышцу». Да, так он всем говорил. Действительно, одна из машин начала сползать вниз, и он в самом деле затолкал ее обратно, вот только спину он повредил не так, правда? Нет. Нет.

Ночью после того, как он обнаружил Кристину вдребезги разбитой, со спущенными колесами... ночью в гараже Дарнелла, когда все уже ушли... он включил радио в кабинете Уилла и поймал WDIL. Уилл ему доверял, так почему бы и нет? Он возил для него сигареты в штат Нью-Йорк, а пиротехнику — аж в Берлингтон. Дважды он отвез в Уилинг какой-то груз, расфасованный в бумажные пакеты, и парень на старом «додже-челленджере» дал ему за это другой бумажный пакет, чуть побольше. Арни предположил, что обменял кокаин на деньги, но думать об этом не хотелось.

По этим «поручениям» он мотался на личном автомобиле Уилла, черном, как персидская ночь, «империале» 66-го года. Ездил «империал» почти бесшумно, а в багажнике имелось двойное дно. Если не превышать скорость — проблем не будет никаких. С чего бы? Главное, теперь у Арни есть брелок от ворот, и он может приезжать в любое время, даже когда никого нет. Как сегодня... Он включил WDIL и... и...

Каким-то образом повредил спину.

Что же он такое вытворял?

Странная фраза всплыла из глубин его сознания: «Пустячная неисправность».

Разве ему хотелось знать, в чем дело? Нет. Временами он даже жалел, что купил машину. А порой ловил себя на желании избавиться от нее, отвезти на свалку и забыть. Конечно, он никогда бы так не поступил. Просто иногда (например, после того сна, когда он дрожал и потел в своей кровати) ему казалось, что без нее... ему жилось бы куда лучше.

Радио внезапно зашипело, как кошка.

— Не волнуйся, — сказал Арни и медленно, с удовольствием провел рукой по приборной доске. Да, порой машина его пугала. И отец, наверное, был прав: она действительно изменила его жизнь. Но отправить ее на свалку для Арни было равноценно самоубийству.

Помехи исчезли. «Марвелеттс» пели «Прошу вас, мистер Почтальон».

А потом в салоне его машины раздался голос:

— Арнольд Каннингем?

Он подскочил и вырубил радио. Посмотрел по сторонам. В окно Кристины заглядывал невысокий щеголеватый человечек с карими глазами и румяными щеками — они разрумянились от морозного воздуха, догадался Арни.

— Да?

— Рудольф Джанкинс, уголовная полиция штата. — Джанкинс сунул в открытое окно свою руку.

Секунду Арни просто смотрел на нее. Выходит, отец был прав.

А потом он очаровательно улыбнулся, крепко пожал руку следователю и сказал:

— Не стреляйте, мистер, я выложу все пушки!

Джанкинс тоже широко улыбнулся, но одними губами: глаза внимательно и тщательно изучали машину, что Арни не понравилось. Совсем.

— Ух! По словам местных полицейских хулиганы прямо-таки искалечили твоего коня. Но сейчас она как новенькая.

Арни пожал плечами и вышел из машины. По пятницам в гараже почти никого не было, даже Уилл приходил редко. Сегодня он тоже остался дома. В десятом отсеке ковырялся парень по имени Гэббс: устанавливал новый глушитель на свой старенький «плимут-валиант», а в дальнем конце гаража время от времени грохотал пневматический гайковерт — кто-то менял летнюю резину на зимнюю. В этой части гаража они с Джанкинсом были одни.

— Просто выглядело все хуже, чем оказалось на самом деле, — ответил Арни. Он подумал, что улыбчивый сыщик может оказаться весьма неглупым человеком. Сразу захотелось погладить Кристину: он положил руку на крышу, и ему тут же полегчало. Ничего, он справится с этим умником. В конце концов, поводов для волнений у него нет. — Все повреждения были внешние.

— Неужели? Мне сказали, что кузов продырявили каким-то острым предметом. — Он пригляделся к бокам Кристины. — Но ни одной заплатки я не вижу. Ты просто гений рихтовки, Арни! Моя жена за рулем — как обезьяна с гранатой. Может, нам взять тебя на постоянку? — Он обезоруживающе улыбнулся, но взгляд его продолжал бегать по машине, иногда возвращался к Арни, а потом снова переключался на Кристину. Арни нравилось это все меньше и меньше.

— И все же я не бог, — сказал Арни. — Кое-какие следы остались, если хорошо поискать. — Он указал на крошечную неровность на заднем крыле Кристины. — И вон там еще. Мне повезло: я нашел в Рагглсе несколько оригинальных запчастей, а с этой стороны целиком заменил заднюю дверь. Если присмотреться, видно, что цвет немного отличается. — Арни постучал костяшками по двери.

— Не-а, — сказал Джанкинс. — Может, с микроскопом я бы и увидел разницу, а так — нет.

Он тоже стукнул костяшками по двери. Арни нахмурился.

— Ты отлично поработал. — Джанкинс стал медленно обходить машину. — Просто класс. Прими мои поздравления, Арни.

— Спасибо. — Он смотрел, как Джанкинс, прикидываясь восхищенным зевакой, внимательно разглядывает Кристину на предмет подозрительных вмятин, облупившейся краски, а может — капли крови или клока спутанных волос. Словом, ищет Попрошайку Уэлча. Конечно, именно этим говнюк и занимается! — Чем я могу вам помочь, детектив Джанкинс?

Джанкинс рассмеялся.

— О, к чему эти формальности! Зови меня Руди, ладно?
— Ладно. Чем я могу помочь, Руди?
— Знаешь, что странно? — сказал Джанкинс, присаживаясь на корточки рядом с передними фарами. Он задумчиво постучал по ним и с наигранной растерянностью провел пальцем по железному козырьку над фарой. Его плащ скользнул по грязному полу, затем он встал. — Когда мы получаем подобные заявления... ну, о разбитых в хлам машинах...

— Ее не в хлам разбили, — поправил Арни. Он вдруг почувствовал себя канатоходцем и еще раз прикоснулся к Кристине — твердость и прохлада ее кузова вновь принесли облегчение. — Пытались, но не смогли.

— Хорошо. Я, наверное, не спец в этой терминологии. — Джанкинс засмеялся. — В общем, когда мне принесли твое дело, знаешь, что я спросил первым делом? «Где фотографии?» Вот что я спросил. Подумал, кто-то забыл прикрепить их к делу. Позвонил в полицию Либертивилля, и те мне сказали, что никаких фотографий не было.

— Не было, — кивнул Арни. — Подростки могут получить только страхование ответственности, вы сами знаете. И то — нестрахуемый минимум составит семьсот долларов. Будь у меня страхование от убытков, я бы сфотографировал каждую вмятинку. Но у меня его нет, так зачем делать снимки? Не на память же.

— Ну да, ну да. — Джанкинс неспешно прошел к багажнику, выискивая хоть какой-нибудь намек на трещину в стекле или царапину — словом, на причастность Арни к убийству. — А знаешь, что еще мне показалось странным? Ты даже не заявил в полицию! — Он удивленно приподнял брови, внимательно посмотрел на Арни и фальшиво улыбнулся. — Не заявил, надо же! «Хм, — сказал я. — Черт подери! А кто же тогда заявил?» «Отец парня», — ответили мне. — Джанкинс помотал головой. — Не понимаю я этого, Арни, ты уж меня прости. Человек сутками корпел над машиной, сделал из нее конфетку, которая теперь стоит две-три тысячи долларов, а потом какие-то ребята пришли и разбили ее...

— Я же говорю...

Руди Джанкинс поднял руку и виновато улыбнулся. Арни даже подумал, что он сейчас скажет «Мир», как иногда говорил Деннис, если обстановка накалялась.

— Не разбили, повредили. Извини.

— Ничего, — улыбнулся Арни.

— Если верить словам твоей подружки, один из злоумышленников даже... испражнился на приборную панель. Я бы на твоем месте разозлился. И уж точно заявил бы на негодяев в полицию.

Улыбка полностью сошла с лица Джанкинса, и взгляд у него стал серьезный, даже строгий.

Спокойные серые глаза Арни встретились с карими глазами детектива.

— Дерьмо можно отмыть, — наконец проговорил он. — Знаете что, мистер... Руди? Хотите, расскажу вам историю?

— Ага, давай, сынок.

— Когда мне было полтора года, я раздобыл где-то вилку и расцарапал антикварный письменный стол, на который моя мать пять лет копила деньги. Откладывала каждый цент, рассказывала потом она. А я взял и расцарапал его, причем сильно. Сам-то я, конечно, этого не помню, но мама говорит, что просто села на пол и заревела. — Арни едва заметно улыбнулся. — До недавнего времени я не мог себе этого представить. Зато теперь могу. Наверное, повзрослел немножко, как думаете?

Джанкинс прикурил сигарету.

— Я что-то пропустил, Арни? Не пойму, к чему ты мне это рассказываешь.

— Мама сказала, что предпочла бы до трех лет менять мне подгузники, чем столкнуться с таким. Потому что дерьмо можно отмыть. — Арни улыбнулся. — Спускаешь воду — и все, его нет.

— Как нет Попрошайки Уэлча?

— Про это я ничего не знаю.

— Правда?

— Правда.

— Честно-пречестно? — Вопрос был шутливый, но глаза Джанкинса сверлили Арни насквозь, дожидаясь малейшего подозрительного движения или жеста.

В дальнем конце гаража человек, менявший летнюю резину на зимнюю, уронил на пол какой-то тяжелый инструмент. Тот мелодично звякнул, и мужик почти нараспев проговорил: «Ах ты, шлюха!»

Джанкинс и Арни одновременно посмотрели в ту сторону, и момент был упущен.

— Конечно! Слушайте, я понимаю, это ваша работа...

— Да, это моя работа, — тихо согласился Джанкинс. — В общей сложности по парню проехали шесть раз. Три раза туда-сюда. В мясо измочалили. От асфальта пришлось лопатой отскребать.

— Да бросьте, — проговорил Арни. Его чуть не стошнило: все нутро сжалось в узел.

— А что? Разве не так положено поступать с дерьмом? Отскребать и смывать?

— Я тут ни при чем! — заорал Арни, и человек в десятом отсеке испуганно поднял голову.

Арни заговорил тише:

— Простите. Оставьте меня в покое, пожалуйста. Вы только что осмотрели мою машину и прекрасно знаете, что я тут ни при чем. Если бы Кристина сбила Уэлча и несколько раз по нему проехалась, на ней были бы следы. Даже я это знаю — просто потому что иногда смотрю телевизор. А на курсах по автомеханике мистер Смольнак нам рассказывал, что лучший способ раскурочить машине перед — это сбить оленя или человека. Он, конечно, шутил, но в каждой шутке есть доля шутки... Если вы меня понимаете.

Арни сглотнул и услышал щелчок в собственном пересохшем горле.

— Ага. Твоя тачка целая, к ней никаких претензий. А вот к тебе есть. Ты похож на лунатика. Когда ты последний раз высыпался, а? Тебя как будто поимели, уж прости мой французский. — Джанкинс щелчком выбросил окурок. — Знаешь что, Арни?

— Что?

— По-моему, ты врешь как сивый мерин.

Арни молча посмотрел на него. Его рука лежала на зеркале со стороны пассажира.

— Не насчет убийства. Уэлча ты не трогал. Но вот насчет хулиганской выходки Реппертона ты точно завираешься. Твоя подружка сказала, что машину просто уничтожили, и говорила она куда убедительнее, чем ты. Даже всплакнула. Говорит, всюду валялись груды битого стекла. Где ты, кстати, купил новую лобовуху?

— В магазине Макконелла. В Берге, — тут же ответил Арни.
— Чек сохранил?
— Выбросил.
— Но они ведь наверняка тебя запомнили. Все-таки крупный заказ.
— Может быть, но рассчитывать на это я бы не стал, Руди. Все-таки это самый крупный магазин, специализирующийся на стеклах, от Нью-Йорка до Чикаго. Заказов у них до черта, и все любители старины тоже у них отовариваются.
— Но документы-то у них должны быть.
— Я платил наличными, не знаю.
— И твоего имени на накладной не осталось?
— Нет. — Арни холодно улыбнулся. — «Автомастерская самообслуживания Дарнелла». Так я получил десятипроцентную скидку.
— Да у тебя все продумано, а?
— Лейтенант Джанкинс...
— Насчет стекла ты тоже врешь, хотя будь я проклят, если я знаю причину.
— Может, Иисус на Голгофе тоже врал? — злобно вопросил Арни. — С каких пор менять стекло на разбитой машине — преступление? Или расплачиваться наличными? Или получать скидку?
— Ни с каких.
— Тогда оставьте меня в покое!
— Больше того, я абсолютно уверен, что ты врешь насчет случившегося с Попрошайкой. Ты что-то знаешь, но не говоришь.
— Бред.
— А как насчет...
— Мне больше нечего вам сказать.
— Ладно. — Джанкинс сдался так быстро, что Арни сразу заподозрил неладное. Полицейский порылся в кармане пиджака, который носил под плащом, и достал оттуда бумажник.

Мелькнула наплечная кобура с пистолетом — почти наверняка он показал оружие нарочно. Джанкинс протянул ему визитку.

— Звони по любому из этих номеров, если захочешь поговорить. О чем угодно.

Арни убрал визитку в нагрудный карман.

Джанкинс еще раз неторопливо прошелся вокруг Кристины.

— Работа мастера, — вновь восхитился он. И пристально посмотрел на Арни. — Почему ты не заявил в полицию?

Арни мучительно вздохнул.

— Я решил, что на этом все закончится. Что теперь они оставят меня в покое.

— Угу. Я так и подумал. Спокойной ночи, сынок.

— Спокойной ночи.

Джанкинс пошел прочь, но почти сразу развернулся.

— Ты все же хорошенько подумай, ладно? Выглядишь хуже некуда. Подруга у тебя славная, волнуется за тебя и очень переживает из-за машины. Отец тоже волнуется, это и по телефону слышно. Обдумай все и позвони мне, сынок. Спать будешь лучше.

Арни ощутил какую-то дрожь в губах, мелкую и болезненную дрожь. Глаза у Джанкинса были такие добрые. Арни открыл рот — одному Богу известно, что он хотел сказать — и вдруг ощутил такой чудовищный укол боли в спине, что сразу выпрямился. В голове прояснилось, как будто ему в разгар истерики влепили пощечину. Он успокоился.

— Спокойной ночи, Руди, — повторил он.

Джанкинс еще секунду встревоженно смотрел на него, а потом ушел.

Арни затрясло. Дрожь появилась сначала в руках, потом перешла на предплечья, локти... и вдруг задрожало все тело. Он стал наугад искать дверную ручку, наконец нашел ее, сел в салон и вдохнул успокаивающие ароматы машины и свежей обивки. Повернул ключ зажигания и потянулся к магнитоле.

Тут его взгляд упал на кожаный брелок с инициалами Лебэя, и он с поразительной ясностью увидел труп старика: тот сидел на его месте, за рулем, пустые глазницы смотрели в лобовое стекло, пальцы-кости сжимали баранку, а зубастая пасть ухмылялась. Когда Кристина наехала на Попрошайку Уэлча, по радио, настроенному на волну WDIL, крутили «Последний поцелуй» Дж. Фрэнка Уилсона и «Кавалеров».

Арни вдруг замутило — по-настоящему. Рвотный позыв затрепетал сначала в животе, потом в глотке. Арни выскочил из машины и бросился к туалету — в ушах отдавался безумный грохот собственных шагов. Успел! Его вывернуло наизнанку, рвало и рвало, пока он не выблевал все содержимое желудка. Перед глазами рябило. В ушах звенело, мышцы шеи устало пульсировали.

Он посмотрел на свое бледное измученное лицо, на темные круги под глазами и сальные волосы на лбу. Джанкинс был прав. Выглядел он хуже некуда.

Зато прыщи исчезли.

Арни истерически захохотал. Он не откажется от Кристины, нет уж, ни за что на свете. Он...

Тут его опять вывернуло, только вот блевать было уже нечем: тело лишь содрогнулось в приступе рвоты, и рот наполнился кислой слюной.

Надо поговорить с Ли. Срочно, срочно!

Он вошел в кабинет Уилла, где тишину нарушало лишь тиканье прикрученных к стене табельных часов. Номер Кэботов Арни знал наизусть, но дрожащие пальцы дважды попадали по соседним цифрам.

Ответила сама Ли, голос у нее был сонный.

— Арни?

— Мне нужно поговорить с тобой, Ли. Я должен тебя увидеть.

— Арни, уже почти десять вечера. Я только что вылезла из душа и легла в постель... почти уснула.

— Прошу тебя, — сказал он и закрыл глаза.

— Завтра. Сегодня уже не получится, родители не выпустят из дома так поздно.

— Да время-то еще детское! И сегодня пятница.

— Они не хотят, чтобы мы с тобой виделись, Арни. Ты им обоим нравился, а папе до сих пор нравишься... Но они считают, что в последнее время ты стал очень странно себя вести. — На другом конце трубки воцарилась долгая-долгая тишина. — Я тоже так считаю.

— Значит, ты не хочешь со мной видеться? — выдавил он. У него ныло в животе, ныла спина... все болело.

— Хочу. — В ее голосе прозвучал легкий намек на укоризну. — Я подумала, что это ты не хочешь меня видеть. Ни в школе, ни потом... все вечера ты проводишь в гараже. Чинишь свою машину.

— С этим покончено, — ответил Арни, а потом нечеловеческим усилием воли заставил себя проговорить: — Как раз о машине... Ах ты, черт!

Он схватился за спину: ее опять пронзила острая боль.
— Арни? — встревожилась Ли. — Что с тобой?
— Все нормально. Спину прихватило.
— Что ты хотел сказать?
— Завтра. Заедем в «Баскин-Роббинс», съедим по мороженому, купим каких-нибудь подарков к Рождеству, поужинаем... А к семи я верну тебя домой. И вести себя буду хорошо, ни капельки не странно, обещаю.

Она хихикнула, и Арни захлестнуло невероятное облегчение.
— Дурачина ты!
— Это значит «хорошо»?
— Да, это значит «хорошо». — Ли помолчала и добавила: — Я сказала, что родители против наших встреч. Родители, а не я.
— Спасибо. — Он с трудом унял дрожь в голосе. — Спасибо тебе за это.
— А о чем ты хочешь поговорить?

«О Кристине. Я хочу поговорить с тобой о Кристине — и о своих снах. И о том, почему я так плохо выгляжу. И почему все время слушаю долбаную WDIL. И что я сделал тем вечером, когда все ушли... как я повредил спину. О, Ли, я так хочу...»

Очередной резкий укол в позвоночник: словно кошка когтями продрала.

— Кажется, мы только что об этом поговорили, — сказал он.
— А-а... — Короткая пауза. — Хорошо.
— Ли?
— Да?

— Мы теперь будем часто видеться. Обещаю. Сколько захочешь. — А сам подумал: «Потому что Деннис лежит в больнице, и ты единственная можешь помешать... помешать...»

— Здорово, — сказала Ли.
— Я люблю тебя.
— До завтра, Арни.

«Скажи, что тоже меня любишь! — чуть не заорал Арни в трубку. — Скажи!»

Но трубка лишь щелкнула ему в ухо.

Он долго сидел за столом Уилла, свесив голову и пытаясь собраться с силами. Ли вовсе не обязана каждый раз отвечать на его «люблю», правда же? Ему не нужны ее заверения, да ведь? Да?

Арни встал и подошел к двери. Завтра она пойдет с ним на свидание, это главное. Они пройдутся по магазинам, как планировали в тот страшный день; они будут гулять и болтать, отлично проведут время. И она скажет, что любит его.

— Скажет! — прошептал Арни. Кристина тихо стояла в своем отсеке — как безмолвный и глупый укор. Решетка радиатора выпирала вперед, и казалось, машина изготовилась к прыжку.

А в глубине подсознания жуткий вопрошающий голос все не унимался: «Как ты повредил спину? Как ты повредил спину? Как ты повредил спину, Арни?»

Он весь съежился. Ответ вселял ему страх.

34. Ли и Кристина

Моя красотка оседлала новый «кадиллак»,
Подъехала ко мне и говорит: «Прощай, дурак!»
Детка, детка, не бросай меня в беде,
Ну же, малышка, вернись ко мне!
Она сказала: «Катись к чертям,
Я не вернусь, дурак!»

«Клэш»

День был пасмурный, вот-вот мог пойти снег, но Арни оказался прав по обоим пунктам: они отлично провели время, и он вел себя хорошо. Когда он заехал за Ли, миссис Кэбот была дома. Встретила она его не слишком радушно. Но Ли собиралась очень долго, наверное, минут двадцать (а потом спустилась в гостиную в свитере цвета карамели, чудесно облегавшем ее грудь, и новых клюквенно-красных брюках, чудесно облегавших бедра). Как могла девушка, всегда и всюду приходившая вовремя, настолько задержаться? Уж не нарочно ли она это сделала? Когда позже Арни задал ей этот вопрос, она помотала головой, но при этом раскрыла глаза чуть шире обычного. Так или иначе, ее опоздание дало Арни шанс.

Арни умел быть обаятельным и вежливым, когда хотел, и на сей раз включил обаяние на полную катушку. За двадцать минут миссис Кэбот полностью оттаяла. Когда Ли наконец радостно сбежала по ступенькам, на ходу убирая волосы в хвост, Арни уже попивал пепси и рассказывал завороженной миссис Кэбот байки из жизни шахматного клуба.

— Единственный *цивилизованный* досуг для ребят вашего возраста, — сказала она Ли и одобрительно улыбнулась Арни.

— Скукотищ-щ-ща! — воскликнула Ли, обхватила Арни за талию и громко чмокнула его в щеку.

— Ли *Кэбот*!

— Прости, мам, но ему так идет губная помада, не правда ли? Подожди, Арни, дам тебе салфетку. Не размазывай руками! — Ли стала рыться в сумочке. Арни посмотрел на миссис Кэбот и закатил глаза. Натали Кэбот зажала рот рукой и хихикнула. Добрые отношения между двумя государствами были окончательно восстановлены.

Арни и Ли сначала заехали в «Баскин-Роббинс», где от первоначальной неловкости между ними из-за вчерашнего телефонного разговора не осталось и следа. Арни опасался, что Кристина начнет барахлить или что Ли скажет о ней какую-нибудь гадость — все-таки она никогда не любила ездить в его машине. Но все опасения были напрасны. Кристина работала как часы, а Ли без конца восторгалась проделанной Арни работой.

— Я бы не поверила, если б не увидела собственными глазами, — сказала она, когда они выехали с небольшой парковки кафе-мороженого и присоединились к потоку машин, ведущему к торговому центру Монровилля. — Ты, наверное, сутками торчал в гараже.

— На самом деле повреждения оказались не такими уж и серьезными. Выглядело все куда хуже. Послушаем музыку?

— Ага, давай.

Арни включил радио — «Силуэттс» несли какую-то забавную чепуху, исполняя свой хит «Найди работу». Ли скривилась.

— Фу, WDIL! Можно, я поймаю что-нибудь другое?
— Конечно.

Ли нашла Питсбургскую рок-волну. Билли Джоэл весело пел: «Ты, наверное, права, я сошел с ума». А потом сообщил своей подруге Вирджинии, что девушки-католички начинают слишком поздно — да-да, это был воскресный «Блок рока». «Все, теперь Кристина точно взбрыкнет... заглохнет... или еще что-нибудь», — подумал Арни. Но ничего не случилось.

Торговый центр оказался переполнен безумными, но по большей части добродушными покупателями; последние денечки рождественской лихорадки были лучше, чем время перед самим праздником — в воздухе еще стоял настоящий дух Рождества, а вид мишуры в огромных витринах центра не успел надоесть. Громкий перезвон колокольчиков в руках санта-клаусов из Армии спасения не вызывал раздражения; он пока символизировал добрую весть и благоволение на земле, а не повторял монотонное и металлическое: «У нищих не бывает Рождества, у нищих не бывает Рождества...», которое Арни всегда начинал слышать с приближением праздника, когда взгляды продавцов и санта-клаусов становились унылыми и изможденными.

Первое время они держались за руки, а потом покупок стало слишком много, и Арни добродушно ворчал, что из него сделали вьючное животное. Они стали спускаться этажом ниже, где Арни хотел зайти в книжный магазин «Би Далтон» и купить пособие для отца Денниса («Игрушки своими руками»). И тут Ли заметила, что на улице пошел снег. Несколько минут они стояли у большого окна на лестнице и, как дети, смотрели на улицу. Арни взял Ли за руку, и она ласково ему улыбнулась. Он ощутил запах ее кожи — чистый и немножко мыльный, аромат ее волос. Он чуть заметно наклонил голову, а она чуть заметно подалась к нему; они поцеловались, и она стиснула его ладонь. После захода в книжный магазин они стояли над катком в середине торгового центра и наблюдали за катающимися: те скользили, вертелись и прыгали под звуки рождественских песнопений.

Словом, день выдался замечательный. А вечером Ли едва не умерла.

Собственно, она бы и умерла, если бы не подоспел тот случайный автостопщик.

Они ехали домой, и ранние декабрьские сумерки уже давно сменились заснеженной темнотой. Кристина легко и уверенно катила по четырехдюймовому слою свежего снега.

Арни забронировал столик в стейк-хаусе «Бритиш лайон», единственном хорошем ресторане Либертивилля, но время в торговом центре пролетело незаметно, и они оба решили, что лучше перекусят по дороге бургерами из «Макдоналдса». Ли обещала матери вернуться к половине девятого, потому что Кэботы пригласили гостей, а из торгового центра они выехали уже без пятнадцати восемь. «Ну и хорошо. Я как раз на мели», — сказал Арни.

На пересечении трассы номер 17 и улицы Джона Кеннеди фары выхватили из темноты автостопщика. До Либертивилля оставалось еще пять миль. У него были черные волосы до плеч, запорошенные снегом.

Когда они подъехали ближе, автостопщик поднял табличку с надписью, сделанной светоотражающей краской: «ЕДУ В ЛИБЕРТИВИЛЛЬ». Затем он перевернул табличку, и они прочли: «НЕ ПСИХ. БЕДНЫЙ СТУДЕНТ».

Ли рассмеялась.

— Давай его подберем, Арни!

— Когда человек начинает всячески подчеркивать, что он не псих, это настораживает. Но так и быть. — Арни нажал на тормоз. В тот вечер ради Ли он готов был поймать луну в бутылку, не то что подобрать бедного студента.

Кристина легко подкатила к обочине: колеса почти не скользили. Но потом радио вдруг забарахлило, и сквозь помехи Биг Боппер запел «Французское кружево».

— Куда делся «Блок рока»? — удивилась Ли.
— Не знаю.

Но Арни знал. Иногда радио в Кристине само по себе ловило WDIL, какие бы кнопки ты ни жал и сколько бы ни ковырялся в FM-конвертере под приборной панелью. WDIL — или ничего.

Он вдруг почувствовал, что зря решил помочь автостопщику.

Поздно: парень уже открыл заднюю дверь Кристины, забросил на сиденье сумку и уселся сам. Вместе с ним в салон влетел порыв ледяного ветра, принесший горсть снежных хлопьев.

— Ух, спасибо, дружище! — Он вздохнул. — Пальцы на руках и ногах примерно двадцать минут назад со мной попрощались. Небось рванули в Майами-Бич, потому что я их больше не чувствую.

— Скажи спасибо моей леди, — коротко ответил Арни.
— Спасибо, мэм! — воскликнул автостопщик, галантно приподняв воображаемую шляпу.
— Не за что, — улыбнулась Ли. — С Рождеством!
— И вас тоже. Хотя, если честно, постояли бы вы сегодня на дороге полчасика, ни за что бы не поверили, что скоро праздники. Народ мчится мимо, никто не останавливается! — Он восхищенно осмотрелся. — Отличная тачка, дружище! Шикарная!
— Спасибо.
— Сам ее восстанавливал?
— Ага.

Ли с удивлением посмотрела на Арни. Только что он был весел и сыпал остротами, а тут вдруг притих и помрачнел. Биг Боппер допел, его сменил Ричи Валенс со своей «Ла бамбой».

Автостопщик покачал головой и засмеялся.

— Ну надо же, сначала Биг Боппер, теперь вот Ричи Валенс. Прямо ночь мертвецов! Ох уж мне эта WDIL.

— В смысле? — не поняла Ли.

Арни вырубил радио.

— Они все умерли в авиакатастрофе. Вместе с Бадди Холли.

— А... — выдавила Ли.

Видимо, автостопщик тоже почувствовал перемену в настроении водителя: он умолк и о чем-то задумался. Снег за окном повалил сильнее: это был первый настоящий снегопад новой зимы.

Наконец сквозь падающие хлопья показались золотые дуги логотипа «Макдоналдс».

— Хочешь, я сбегаю? — спросила Ли.

Арни к тому моменту превратился в камень и на все ее попытки заговорить отвечал одним хмыканьем.

— Я сам. — Арни въехал на парковку. — Что будешь?

— Только гамбургер и картошку, пожалуйста. — Вообще-то Ли собиралась оторваться на полную: взять бигмак, молочный коктейль, даже печенье, — но аппетит пропал.

Арни припарковался. В желтом свете, лившемся из окон закусочной, его лицо казалось больным и желтушным. Он повернулся к автостопщику:

— Вам что-нибудь взять?

— Не, спасибо. Меня предки ждут к ужину. Не хочу расстраивать маму. Она к моему возвращению всегда устраивает пир го...

Хлопнула дверь машины, и он умолк. Арни заторопился к входу в закусочную — из-под его сапог взлетали маленькие снежные облачка.

— Он всегда такой веселый? — спросил автостопщик. — Часто на него накатывает, а?

— Он прелесть, — решительно ответила Ли. Ей вдруг стало не по себе. Арни заглушил двигатель и взял с собой ключи, а она осталась в машине одна с незнакомцем. Ли посмотрела на него в зеркало заднего вида и сразу увидела в длинных спутанных волосах, щетине и темных полубезумных глазах сходство с Мэнсоном.

— Где вы учитесь? — спросила она, с трудом уняв дрожащие пальцы, которые без конца теребили ткань брюк.

— В Питсбурге, — коротко ответил автостопщик. Они переглянулись через зеркало заднего вида, и Ли поспешно опустила взгляд на свои обтягивающие клюквенные слаксы. Она надела их для Арни, потому что они ему нравились. Это были самые узкие брюки в ее гардеробе, даже «левайсы» не так обтягивали бедра. Она вдруг пожалела, что не выбрала наряд поскромнее... что-нибудь такое, что даже обладатель богатого воображения не счел бы вызывающим, — мешок, например. Ли попыталась улыбнуться — мешок, ха-ха, это ведь смешно, просто умора! — но не смогла. Приходилось признать: Арни оставил ее наедине с незнакомцем (как наказание? это ведь она захотела его подобрать), и теперь она жутко напугана.

— Скверный дух, — внезапно проговорил автостопщик. Ли затаила дыхание от ужаса. Голос у него был какой-то безжизненный. Она видела Арни сквозь большие окна закусочной: он стоял в очереди и еще не скоро добрался бы до кассы. Перед глазами возникла картина: автостопщик стискивает ей горло руками в кожаных перчатках. Конечно, она всегда может нажать на клаксон... но сработает ли он? По какой-то неведомой причине Ли в этом сомневалась. Да, девяносто девять раз из ста клаксон загудит — но в сотый раз, когда ее будет душить маньяк-убийца, он непременно заартачится. Как пить дать. Потому что... потому что Кристина ее ненавидит. Вот так все просто. Бредово, но просто.

— П-простите? — Она украдкой посмотрела в зеркало заднего вида и с облегчением заметила, что автостопщик смотрит вовсе не на нее, а с тревогой оглядывает салон машины. Он потрогал сиденье, затем провел кончиками пальцев по потолочной обивке.

— Скверный дух в этой машине, — сказал он, качая головой. — Мне здесь не по себе.

— Да вы что? — как можно спокойнее проговорила Ли.

— Угу. Я в детстве однажды застрял в лифте и с тех пор иногда страдаю клаустрофобией. В машине со мной такого еще не случалось, но сейчас... Ужас какой-то. В горле пересохло. Чиркни об язык спичкой — она загорится. — Автостопщик сдавленно хохотнул. — Если б не опаздывал, вышел бы и потопал пешком, ей-богу. Без обид, — поспешно добавил он.

Ли снова глянула в зеркало заднего вида и заметила, что взгляд у него не безумный, а встревоженный. Насчет клаустрофобии он явно не шутил, да и на Чарльза Мэнсона вовсе не был похож. Ли мысленно спросила себя, как это она могла так сглупить. Впрочем, ответ ей был прекрасно известен. О да! Все дело в машине. Днем она ничего особенного в салоне не почувствовала, но теперь тревога и неприязнь вернулись. Ли попросту перенесла свои чувства к Кристине на бедного автостопщика, потому что... ну, потому что бояться незнакомца естественно, а вот бояться машину, неодушевленную груду металла, стекла, пластика и хрома... Это даже не противоестественно. Это безумие!

— А вы никакого запаха не чуете? — спросил автостопщик.
— Запаха?
— Ну да... воняет чем-то.
— Нет, я ничего не чувствую. — Она стала теребить свитер, отщипывая от него катушки. Сердце неприятно колотилось в груди. — Это ваша клаустрофобия, наверное, разыгралась.
— Может быть.

Но на самом деле она все чувствовала. Сквозь приятные ароматы новой обивки и кожи пробивался отвратительный запашок, тухлых яиц или чего-то такого... Едва уловимый, но стойкий.

— Можно, я приоткрою окно? — попросил автостопщик.
— Пожалуйста, — ответила Ли, вдруг заметив, что ей стоит большого труда говорить спокойно. Перед глазами вдруг встала фотография Попрошайки Уэлча из вчерашнего номера газеты, вырезанная из школьного журнала. Под ней была подпись: «Питер Уэлч, минувшей ночью насмерть сбитый машиной. Полицейские считают, это могло быть убийство».

Автостопщик опустил стекло на три дюйма, и в салон ворвался свежий холодный воздух. Запах тут же исчез. Арни к тому времени подошел к кассе и диктовал свой заказ. Глядя на него, Ли вдруг ощутила такой приступ нежности и страха, что от этого ее затошнило — уже во второй или третий раз за последнее время она пожалела, что не стала встречаться с Деннисом. Таким надежным и благоразумным...

Она прогнала эти мысли.

— Скажете, если замерзнете, — виновато пробормотал автостопщик. — Знаю, я странный. Иногда мне кажется, что пора бы и полечиться...

Ли улыбнулась.

Арни вышел из закусочной с бумажным пакетом. Слегка поскальзываясь на снегу, он подбежал к машине и сел за руль.

— Бр-р, да у вас тут прямо холодильник, — проворчал он.

— Прости, дружище, — сказал автостопщик и закрыл окно. Ли подождала: появится ли запах? Но нет, сейчас она чувствовала только запах кожи, обивки и легкий аромат бальзама после бритья.

— Держи, Ли. — Арни протянул ей бургер, картошку и маленькую колу. Себе он взял бигмак.

— Еще раз спасибо, что подобрал, — сказал автостопщик. — Если удобно, выбрось меня на пересечении Кеннеди и Центральной.

— Ладно, — коротко ответил Арни и выехал с парковки.

Снег валил уже сильнее, поднялся ветер. Впервые Ли почувствовала, что колеса Кристины немного скользят по мерзлому асфальту широкой пустынной улицы. До дома оставалось меньше пятнадцати минут езды.

Неприятный запах исчез, и к Ли вернулся аппетит. Она жадно откусила кусок от своего бургера, запила его колой и прикрыла рот тыльной стороной ладони, чтобы заглушить отрыжку. Слева показался военный мемориал, стоявший как раз на пересечении Центральной и Кеннеди. Арни начал сворачивать на обочину, медленно давя на тормоз, чтобы Кристину не занесло.

— Хороших вам выходных, — сказал Арни уже почти своим голосом.

Может, он просто был голоден?

— И вам тоже. Счастливого Рождества!

— И вам, — ответила Ли. Она откусила еще кусочек от бургера, прожевала, проглотила... нет, не проглотила. Он застрял у нее в горле. Она не могла ни вдохнуть, ни выдохнуть.

Автостопщик выбирался из машины. Почему-то звук открывающейся двери был очень громкий, как звук защелкивающихся замков банковского хранилища. А завывание ветра напоминало вой сирены на фабрике...

(Арни, знаешь, это так глупо, но я не могу дышать)

«Я задыхаюсь!» — хотела произнести Ли, но с губ сорвался лишь едва слышный хрип, сразу потонувший в вое ветра. Она схватилась за горло и почувствовала, как оно пульсирует под пальцами. Закричать бы... но для этого нужен воздух...

(Арни, я не могу)

Ничего не выходит, а в горле засел этот кусок, теплый мокрый комок булки и мяса. Надо попытаться его выкашлять... нет, не получается... И эти огни, огни на приборной панели, ярко-зеленые, круглые

(Кошачьи глаза Господи это кошачьи глаза я не могу ДЫШАТЬ)

смотрят на нее.

(Господи я не могу ДЫШАТЬ я не могу ДЫШАТЬ)

В груди защемило. Ли снова попыталась откашлять полупрожеванное мясо с булкой, но безрезультатно. В ушах оглушительно выл ветер, этот звук перекрывал все остальные звуки, весь мир... Арни наконец-то отвернулся от автостопщика и посмотрел на нее. Он поворачивался словно бы в замедленной съемке, карикатурно распахивая глаза. И голос у него тоже был неестественно громкий, словно голос Зевса, вещающий из-за черных грозовых туч:

— ЛИ... ЧТО ТАКОЕ... О ЧЕРТ... ОНА ПОДАВИЛАСЬ! ГОСПОДИ, ОНА...

В той же замедленной съемке он потянулся к ней, а потом вдруг отпрянул, парализованный паническим ужасом...

(О Господи помоги помоги мне Господи прошу я умираю сделай что-нибудь Господи меня убьет бургер из «Макдоналдса» Арни почему ты ничего не делаешь??!)

Конечно, она знала почему, это Кристина не дает ему ничего сделать, она хочет избавиться от Ли, избавиться от соперницы. Огни на приборной панели превратились в самые настоящие глаза, большие глаза, равнодушно наблюдающие за ее предсмертными муками. Ли видела их сквозь сияющую россыпь черных точек, точек, которые взрывались и заливали...

(Мама о Господи я умираю а она смотрит она смотрит она ЖИВАЯ ЖИВАЯ мамочка о Господи КРИСТИНА ЖИВАЯ)

Арни снова потянулся к ней. Ли уже металась на сиденье, стискивая горло. Ее грудь судорожно вздымалась и опускалась, глаза вылезали из орбит, губы начали синеть. Арни молотил ее по спине и что-то орал. Потом он взял Ли за руку — видимо, чтобы вытащить из машины, — но вдруг зажмурился и невольно схватился за поясницу.

Ли дергалась и металась. Ком в горле казался огромным раскаленным куском металла. Она снова попробовала его откашлять, но силы уже покидали ее. Ничего не вышло. Завывание ветра в ушах начало стихать, все остальные звуки и краски тоже блекли, да и потребность в воздухе уже не казалась такой уж страшной. Да, она, видимо, умирает, но ничего плохого в этом нет. Только эти зеленые глаза, глаза на приборной панели... Они смотрят не равнодушно, нет, они горят ненавистью и ликованием...

(О Господи беззакония мои я осознаю и грех мой всегда предо мною)

Арни опять потянулся к Ли, но вдруг дверь с ее стороны распахнулась, и она выпала наружу, на жуткий, пробирающий до костей холод. Снова захотелось сделать вдох, но застрявший в горле комок не выходил... Не выходил — и все.

Где-то далеко вещал голосом Зевса Арни:

— ЧТО ТЫ ДЕЛАЕШЬ? УБЕРИ ОТ НЕЕ СВОИ ЛАПЫ!!!

Чьи-то руки. Ее обхватывают чьи-то руки. Сильные. Ветер дует в лицо. Снег летит в глаза.

(Господи, гнушаюсь всеми грехами и отвращаю лицо мое от них... ОЙ! А-А-А! что ты ДЕЛАЕШЬ как больно ты сломаешь мне ребра)

Чужие руки стискивают ее, ломают, давят куда-то под дых, во впадинку под грудью. Чей-то большой палец — палец автостопщика — больно упирается ей в грудину, и хватка усиливается...

(АААА ты ломаешь мне РЕБРА)

Ли показалось, что ее облапил гигантский медведь. Диафрагма чуть не лопнула, и вдруг что-то с силой вылетело у нее изо рта. Мокрый комок хлеба и мяса упал в снег.

— Пусти ее! — заорал Арни, обегая Кристину и скользя по снегу.

Автостопщик сжимал тело Ли, обмякшее и безжизненное, точно огромная марионетка.

— Пусти! Ты ее убьешь!

Ли начала делать вдохи: резкие, судорожные, разрывающие ее изнутри. Вместе с каждым глотком чудесного холодного воздуха по ее горлу и легким, казалось, текли огненные реки. Она сама не замечала, что рыдает.

Медвежья хватка ослабла, руки исчезли.

— Ты цела, детка? Все норма...

А в следующий миг Арни схватил автостопщика за куртку: тот обернулся, в воздухе мелькнули его длинные черные волосы, и Арни с размаху врезал ему в зубы. Автостопщик качнулся назад, поскользнулся и упал на землю. Вокруг него сразу завертелся снег, мелкий и сухой, как сахарная пудра.

Арни пошел на него: кулаки подняты, глаза прищурены.

Ли сделала еще один судорожный вдох — ох, как больно, в грудь словно вонзились десять ножей, — и заорала:

— Что ты творишь, Арни?! Стой!

Он ошалело обернулся:

— А? Ли?

— Он спас мне жизнь! За что ты его бьешь?

На это ушли все ее силы, и перед глазами вновь замельтешили черные точки. Она могла бы опереться на машину, но даже подходить к ней не хотела, не то что трогать. Огни на панели. Что-то было неладно с огнями... Что-то...

(Глаза они превратились в глаза)

...о чем она не хотела даже думать.

Она схватилась за фонарный столб и часто задышала. Рука Арни ласково обхватила ее талию...

— Ли... ты как?

Она немного подняла голову и увидела его несчастное, перепуганное лицо. Тотчас из ее глаз хлынули слезы.

Автостопщик с опаской подошел к ним, вытирая окровавленный рот рукавом куртки.

— Спасибо, — выдавила Ли между быстрыми резкими вдохами.

Боль начала стихать, и ветер приятно холодил разгоряченное лицо.

— Я задыхалась... я... я бы умерла, если бы вы не...

Нет, слишком тяжело. Черные точки вернулись, звуки вновь пропали в жутком туннеле, где завывал один ветер. Она опустила голову и стала ждать, когда это пройдет.

— Прием Геймлиха, — пояснил автостопщик. — Я подрабатывал в школьной столовой... Там всех заставляют его выучить. Тренируешься на резиновой кукле. Ее все зовут Дейзи Мэй. Но все эти тренировки — ерунда, пока на настоящем человеке не попробуешь... — Голос у него дрожал и то и дело ломался от волнения, как у подростка. Он словно хотел заплакать или засмеяться, и даже в тусклом свете, сквозь снегопад, Ли заметила, какой он бледный. — Никогда не думал, что пригодится. А ведь работает! Видели, как вылетел кусок?! — Автостопщик отер губы и тупо уставился на кровавую пену, которая осталась у него на руке.

— Простите, что ударил вас, — сказал Арни. Он тоже, казалось, вот-вот заплачет. — Я просто... я...

— Ничего, я понял. — Он хлопнул Арни по плечу. — Без обид. Детка, ты-то как? Цела?

— Ну да, — ответила Ли. Ее дыхание и сердцебиение уже почти восстановились. Только вот ноги дрожали и подгибались как ватные.

Господи, думала она, *ведь я могла умереть. Если бы мы не подобрали этого парня... а мы чуть не проехали мимо.*

Ли вдруг поняла, что висела на волоске от смерти. Это клише настолько потрясло ее своей первобытной, неоспоримой мощью, что она едва не потеряла сознание. Слезы потекли рекой. Арни повел ее к машине, и она пошла, опустив голову ему на плечо.

— Ну пока!.. — неуверенно проговорил автостопщик.

— Стойте... как вас зовут? Вы спасли мне жизнь, я хочу знать ваше имя.

— Барри Готтфрид, — ответил он. — К вашим услугам. — И вновь он приподнял воображаемую шляпу.

— Ли Кэбот, — представилась она. — А это Арни Каннингем. Спасибо вам еще раз.

— Да, спасибо, — эхом повторил Арни, но что-то Ли не услышала особой признательности в его голосе — только нервную дрожь.

Он усадил ее в машину, и в нос Ли тотчас ударила знакомая вонь: на сей раз сильная и крепкая. Запах гнили и разложения, мощный и тошнотворный. Безумный страх охватил все ее существо, и она подумала: «Так пахнет ее ярость...»

А потом мир качнулся в сторону. Ли едва успела высунуть голову на улицу, как ее вырвало.

И на несколько секунд все вокруг посерело.

— Ты точно нормально себя чувствуешь? — спросил Арни, кажется, в сотый раз. И теперь уж точно в последний, с некоторым облегчением подумала Ли. Она была выжата как лимон; грудь и виски болезненно пульсировали.

— Теперь — да.

— Хорошо. Хорошо.

Он нерешительно двинулся вперед, словно бы хотел пойти, но не знал, стоит ли... а может, опять решил задать набивший ей оскомину вопрос. Они стояли перед домом Кэботов. Из окон на свежий нетронутый снег падали продолговатые пятна желтого света. Кристина стояла у тротуара, на холостых оборотах и с горящими стояночными фонарями.

— Ты меня жутко напугала, когда потеряла сознание.

— Я не потеряла сознание! Просто мне стало дурно.

— Все равно ты меня напугала. Я тебя люблю, ты знаешь.

Ли испытующе посмотрела на него:

— Любишь?

— Конечно! Ты же знаешь!

Ли сделала глубокий вдох. Она очень устала, но должна была это сказать. Прямо сейчас. Потому что если она не скажет это сейчас, к утру все случившееся уже будет казаться смешным, а переживания потеряют остроту. Эта неотступная и тревожная мысль завтра покажется ей безумной. Запах, то появляющийся, то исчезающий, как «могильная вонь» в готическом ужастике? Огни-глаза на приборной панели? И самое главное — абсолютная уверенность, что машина пыталась ее убить...

К завтрашнему утру даже сам факт, что она чуть не умерла, будет напоминать о себе лишь слабой болью в груди. Ли решит, что ничего страшного не случилось — и не могло случиться.

На самом же деле все это правда, и Арни — где-то в глубине души — сам это понимает. Нужно только произнести все вслух.

— Да, ты меня любишь, — медленно проговорила она и пристально посмотрела на него. — Но в эту машину я больше не сяду. Никогда. Если ты действительно меня любишь, ты от нее избавишься.

На лице Арни отразилось такое потрясение, словно ему влепили пощечину.

— Что... что ты такое говоришь, Ли?

От чего же у него такое лицо? От шока? Или от чувства вины?

— Ты меня слышал. Вряд ли ты от нее избавишься... скорее всего, ты уже не можешь. Но если мы когда-нибудь встретимся, Арни, то поедем на автобусе. Или поймаем попутку. Или отрастим крылья. В твою машину я больше никогда не сяду. Это ловушка.

Вот, наконец-то она сказала это вслух.

Шок на его лице сменился гневом — слепым упрямым гневом, который в последнее время охватывал Арни все чаще, даже по пустякам (женщина за рулем проезжала на желтый сигнал светофора, полицейский останавливал движение на дороге прямо у него под носом). На Ли вдруг снизошло озарение: этот гнев, деструктивный и столь несвойственный прежнему Арни, всегда связан с машиной. С Кристиной.

— «Если ты действительно меня любишь, ты от нее избавишься», — повторил он. — Знаешь, кто так говорит?

— Нет, Арни.
— Моя мать. Ты сейчас похожа на мою мать.
— Плохо.

Нет, она не позволит Арни сменить тему, не станет защищаться, не уйдет, обиженная, домой. Ушла бы, если бы не любила. Ее первое впечатление от общения с Арни — что за робостью скрывается доброта и порядочность (а может, и чувственность) — до сих пор не изменилось. Все испортила машина. Из-за нее он стал другим. Ли словно наблюдала за тем, как некий разрушительный наркотик исподволь губит здоровый и блестящий ум.

Арни провел рукой по запорошенным снегом волосам — характерный жест смятения и гнева.

— Да, ты подавилась и чуть не умерла в моей машине, я понимаю твои чувства. Но виной всему *гамбургер*, Ли. А может, даже не он. Может, ты просто попыталась заговорить и некстати вдохнула. Чего уж там, давай засудим Рональда Макдоналда? Люди каждый день давятся его бургерами. Иногда даже умирают. Ты не умерла — и слава богу! Но винить мою машину...

Да, все это звучало весьма убедительно. Но что-то странное копошилось на дне серых глаз Арни... не совсем ложь, а... попытка придумать разумное объяснение? Сознательный отказ принимать правду?

— Арни, — сказала Ли, — я устала, у меня болит грудь, раскалывается голова, и сил почти не осталось. Я могу сказать это лишь один раз. Ты выслушаешь?

— Если это насчет Кристины, можешь не утруждаться. Зря потратишь силы. — Опять на его лице эта упрямая бычья злость. — Винить ее в случившемся — безумие, и ты это знаешь.

— Да, безумие, и силы я, наверное, потрачу зря. Но я прошу выслушать.

— Слушаю.

Она сделала глубокий вдох, не обращая внимания на тянущую боль в груди. Посмотрела на Кристину, из трубы которой клубами струились белые выхлопные газы, и тут же поспешно отвернулась. Теперь глазами ей показались стояночные фонари — желтыми глазами рыси.

— Когда я подавилась... и уже умирала... приборная панель... огни на ней изменились. Изменились, понимаешь? Они превратились в... нет, это прозвучит совсем уж бредово... в общем, они стали похожи на глаза.

Арни засмеялся — короткий лающий смешок в ледяном воздухе. В доме кто-то отодвинул штору, выглянул на улицу и снова задернул штору.

— Если бы этот автостопщик... Готтфрид... если бы его не оказалось рядом, я бы умерла, Арни. Я бы *умерла*. — Она поймала его взгляд и решила, что скажет это только один раз. — Ты говорил, что тоже подрабатывал в школьной столовой. Я видела плакат с описанием приема Геймлиха на кухонной двери. И ты наверняка его видел. Но даже не стал пробовать! Зачем-то хлопал меня по спине, хотя сам прекрасно знаешь, что это бесполезно. Я в Массачусетсе подрабатывала в кафе, и там нас первым делом научили, что хлопать по спине не нужно. Помогает только прием Геймлиха.

— Куда ты клонишь? — выдавил Арни.

Ли не ответила, только внимательно на него посмотрела. Арни секунду смотрел ей в глаза — взгляд у него был злой, растерянный, затравленный, — а потом отвернулся.

— Люди часто забывают такие вещи. Ты права, я должен был вспомнить про прием Геймлиха, но раз уж на то пошло, почему ты не попыталась применить его на себе? Ты ведь тоже проходила практику, а там этому учат. — Арни сцепил руки, выставил большой палец и надавил себе на диафрагму. — Просто в панике многие забывают...

— Да, забывают. И в этой машине ты забываешь слишком много. Например, кто такой Арни Каннингем.

Арни помотал головой.

— Тебе нужно время, чтобы все обдумать, Ли. Просто...

— Вот что мне не нужно, так это думать! — с неожиданной для себя яростью воскликнула Ли. Откуда только силы взялись? — Я в жизни еще никогда не сталкивалась со сверхъестественным и не верила, что такое бывает, но теперь я не знаю, что происходит... Что эта машина делает с тобой? Огни были похожи на глаза, Арни. А потом... когда ты меня усадил обратно в салон... там стояла жуткая вонь. Могильная.

Арни вздрогнул.

— Ты знаешь, о чем я говорю.

— Нет. Понятия не имею.

— Ты только что подскочил, словно тебя пнули под зад.

— Это у тебя фантазия разыгралась! — с жаром ответил Арни.

— *Запах* я не выдумала. Да и других странностей хватает. Например, радио иногда ловит только одну волну со старыми шлягерами...

Снова в его глазах что-то вспыхнуло, рот едва заметно дернулся.

— Иногда, когда мы целуемся, машина глохнет сама по себе. Как будто ей это не нравится. *Как будто машине это не нравится, Арни!*

— Ты перенервничала, — зловеще и монотонно проговорил он.

— Да, перенервничала! Еще бы! — воскликнула она, начиная плакать. — А ты разве нет? — Слезы медленно потекли по ее щекам. «Мне кажется, все кончено, Арни. Прости, я так тебя любила, но теперь все кончено. Мне очень грустно». — Во что превратились твои отношения с родителями? У вас дома — военный лагерь, иначе не скажешь! Ты выполняешь бог знает какие поручения для этого жирного борова Дарнелла, мотаешься в Нью-Йорк и Вермонт, а эта машина... эта машина...

Больше Ли не сумела вымолвить ни слова. Голос пропал. Она выронила пакеты с покупками и слепо потянулась за ними, но поднять не смогла. Арни хотел помочь, и Ли сердито его оттолкнула.

— Оставь! *Я сама!*

Он выпрямился. Его бледное лицо походило на маску — маску ярости, — но в глазах стояла печаль и растерянность.

— Хорошо, — сказал он дрожащим от подступающих слез голосом. — Прекрасно. Вы все заодно. Что ж, валяй, катись к черту с остальными говнюками. Мне насрать. — Арни судорожно втянул воздух, и из его рта успел вырваться единственный всхлип. Он тут же зажал рот рукой.

Арни попятился к машине. Наугад протянул руку — и нащупал за спиной Кристину.

— Только знай, что ты окончательно рехнулась. Слетела с катушек, ясно?! Так что иди к черту! Мне *никто* не нужен!

Его голос стал тонким и пронзительным, дьявольски созвучным ветру.

— *Ты мне не нужна, пошла на хрен!*

Он побежал к своему месту, поскользнулся, но успел схватиться за Кристину. Она не подвела. Наконец он сел за руль, врубил двигатель — фары вспыхнули ослепительно-белым, — и «фьюри» рванула вперед по дороге, взметая задними колесами снег.

На сей раз слезы полились ручьем. Ли стояла и смотрела, как красные задние фары удаляются, превращаются в красные точки, а потом исчезают из виду — машина повернула за угол. Пакеты так и лежали у ее ног.

А потом на пороге появилась ее мать — во фланелевой ночной сорочке, распахнутом на груди дождевике и зеленых резиновых сапогах.

— Доченька, что случилось?

— Ничего, — всхлипывая, ответила Ли.

«Я чуть не умерла, нанюхалась могильной вони и... мне кажется... да, мне кажется, эта машина живая... причем с каждым днем все живее. Это какой-то ужасный вампир, питающийся разумом Арни. Его разумом и душой».

— Ничего, ничего не случилось, просто поругалась с Арни. Помоги мне собрать вещи, ладно?

Они собрали все покупки и ушли в дом. Дверь закрылась, и ночь осталась в полном распоряжении ледяного ветра и снегопада. К утру слой снега местами превышал восемь дюймов.

Арни катался допоздна и потом ничего не помнил об этих своих «покатушках». Снег заполнил все улицы, пустынные и жутковатые, — не лучшая ночь для катания на ретроавтомобиле. Тем не менее Кристина без труда рассекала усиливающийся снегопад, хотя резину Арни так и не поменял. Время от времени впереди показывался и тут же исчезал мамонтоподобный силуэт снегоуборочной машины.

Играло радио. Сколько Арни ни крутил ручку, всюду ловилась только WDIL. Начались новости: Эйзенхауэр посетил Конгресс производственных профсоюзов и предсказал счастливое будущее союзу рабочей и управляющей сил. Дейв Бек заявил: слухи о том, что профсоюз водителей грузовиков — крупнейшее профсоюзное объединение страны — прикрывает рэкетиров, — наглая клевета. Рок-певец Эдди Кокран погиб в автокатастрофе по дороге в лондонский аэропорт Хитроу: сложная трехчасовая операция не спасла ему жизнь. Русские хвастаются своими межконтинентальными баллистическими ракетами. Да, на WDIL крутили только старье, но в эти выходные диск-жокеи превзошли сами себя — даже новостной выпуск нашли из 50-х. Это...

(первый раз такое слышу)

...отличная идея! Прямо...

(сущее безумие)

...молодцы!

Метеорологи пообещали затяжные снегопады.

Снова пошла музыка: Бобби Дарин исполнил песню под названием «Сплиш-сплэш», Эрни Ки-Доу «Тещу», а близнецы Кэлины свой хит «Когда?». Дворники метались по лобовому стеклу в такт музыке.

Арни глянул вправо — на пассажирском месте сидел Роланд Д. Лебэй с заряженным дробовиком.

Роланд Д. Лебэй в зеленых штанах и выцветшей рубашке из армейской саржи. Он смотрел на Арни пустыми глазницами. В одной из них сидел жук.

«Отомсти им, Арни Каннингем. Это приказ Роланда Д. Лебэя. Пусть говнюки поплатятся. Все до единого».

— Да, — прошептал Арни. Кристина уверенно катила сквозь снег, оставляя на дороге свежие четкие следы. — Да, так точно.

Дворники радостно кивнули.

35. А теперь короткий антракт

Кати на своем «крайслере» в Мексику, мальчик.

«Зи-Зи Топ»

В средней школе Либертивилля тренера Паффера сменил тренер Джонс, а баскетбольные матчи стали популярнее футбольных. Но в целом ничего не изменилось: школьные баскетболисты выступали немногим лучше школьных футболистов. Единственной надеждой команды был Ленни Баронг, занимавшийся тремя видами спорта, из которых баскетбол давался ему лучше всего. Ленни без устали твердил о том, как ему нужен выигрышный сезон: тогда бюджетное место в Университете Маркетта будет обеспечено.

Сэнди Гэлтон сбежал из города. Внезапно, никого не предупредив. Впрочем, его мать — сорокапятилетняя пропойца — не слишком расстроилась. Да и младший брат, успешно толкавший наркотики в средней школе Горника, тоже. По школам ходил романтичный слух о том, что Сэнди рванул в Мексику. Была и другая, куда менее романтичная догадка: Бадди Реппертон за что-то взъелся на Гэлтона, и поэтому он удрал.

Приближались рождественские каникулы; атмосфера в школе стояла беспокойная и предгрозовая, как всегда бывает перед каникулами. Средние баллы у большинства учеников традиционно поползли вниз. Сочинения по прочитанным книгам сдавались с большим опозданием и подозрительно напоминали аннотацию с обложки (в конце концов, сколько учеников может назвать «Над пропастью во ржи» «непревзойденным шедевром послевоенной подростковой прозы»?). Начатые проекты никто не заканчивал, и все больше подростков оставались после уроков — в наказание за поцелуи и откровенные ласки в коридорах. Каждый день каких-нибудь старшеклассников застукивали за курением марихуаны в туалете. Словом, школьники веселились до упаду, как всегда бывает перед Рождеством, а учителя под любым предлогом старались не выйти на работу. В коридорах и кабинетах уже висели рождественские украшения.

Ли Кэбот не веселилась. Она впервые в жизни провалила экзамен и получила двойку на занятиях по стенографии. Учеба давалась с трудом: в мыслях Ли то и дело возвращалась к Кристине, к зеленым кошачьим глазам на приборной панели, полным ненависти и ликования.

Но в целом последняя учебная неделя перед Рождеством отличалась расслабленной и праздничной атмосферой: проступки, за которые раньше оставляли после уроков, прощались; если весь класс плохо писал контрольную, учителя снижали проходной балл; заклятые врагини мирились, да и юноши, регулярно дравшиеся по любому существенному и несущественному поводу, брали с них пример. Впрочем, самым наглядным свидетельством «оттепели» было другое чудо: на лице мисс Крыссли, горгоны из кабинета номер 23, видели улыбку... и не один, а несколько раз подряд!

Деннис Гилдер все еще лежал в больнице, однако шел на поправку. Он уже не был прикован к постели, а занятия ЛФК перестали доставлять адскую боль. Деннис ковылял по больничным коридорам, увешанным мишурой и детскими рождественскими рисунками, стуча костылями в такт веселым гимнам из динамиков.

Словом, то была пауза, антракт, затишье перед бурей. Бродя по бесконечным коридорам, Деннис думал, что все могло быть и хуже — намного, намного хуже.

И вскоре стало хуже.

36. Бадди и Кристина

> Оно там, вдалеке,
> Но крадется все ближе.
> У меня не осталось сил,
> Я падаю все ниже.
> Это поймет любой:
> Что-то плохое случится со мной.
>
> «Инмейтс»

В четверг, 12 декабря, «Терьеры» проиграли «Буканьерам» со счетом 54:48. Игра проходила в спортивном зале средней школы Либертивилля. Большинство зрителей, вышедших после окончания игры в черную ледяную ночь, были не слишком огорчены: все спортивные обозреватели Питсбурга и окрестностей предсказывали «Терьерам» еще одно поражение. Так что исход матча никого не удивил. К тому же поклонникам «Терьеров» было чем гордиться: 34 очка из 48 в одиночку заработал Ленни Баронг, установив тем самым новый школьный рекорд.

Однако Бадди Реппертон был очень расстроен.

Чтобы поддержать друга, Ричи Трилони тоже изо всех сил скрежетал зубами. И Бобби Стэнтон на заднем сиденье тоже.

За прошедшие несколько месяцев Бадди как будто повзрослел, если не сказать постарел. Отчасти виной тому была борода: с ней он больше смахивал не на Клинта Иствуда, а на молодого спившегося актера, играющего капитана Ахава. Он много пил. Очень много. Ему снились ужасные сны — настолько ужасные, что он их не запоминал. Просыпался Бадди в холодном поту, с ощущением, что чудом избежал страшной смерти, тихо и незаметно подкравшейся из темноты.

После пьянки кошмары не снились. Никаких проклятых снов после бутылки «Техасской отвертки». Так им! Ничего, это просто от недосыпа. Ночами работаешь, днями спишь — и не такое начнет сниться.

Бадди опустил стекло своего помятого «камаро», впустив в салон холодный воздух, и выбросил на улицу пустую бутылку. Затем, не глядя, протянул руку назад:

— Еще один коктейль Молотова, гос-спода!

— Держи, Бадди! — с почтением произнес Бобби Стэнтон и сунул ему в руку непочатую бутылку «Техасской отвертки». После игры Бадди купил целый ящик этого пойла — хватит, чтобы полностью парализовать военно-морские силы Египта, сказал он.

Придерживая руль локтями, Бадди открутил крышку и за один раз заглотил полбутылки. Отдав ее Ричи, он громко и смачно рыгнул. Фары «камаро» пронзали темноту на прямой как стрела трассе номер 46 — а та, в свою очередь, пронзала насквозь сельскую Пенсильванию. Укрытые снегом поля лежали по обе стороны дороги, мерцая мириадами огней — в подражание звездам на ночном зимнем небе. Бадди решил съездить в парк Скуонтик-Хиллз. Не то чтобы твердо решил — спьяну ему могло приглянуться любое другое место, но сейчас его манили тишина и уединенность.

— Чертовы клоуны, — мрачно проговорил Бадди. — Ну и цирк устроили! Это называется «баскетбол»?!

— Сборище недоумков, — подхватил Ричи. — Ну, кроме Баронга, конечно. 34 очка в одиночку, каково, а?! Молодец!

— Ненавижу ниггера, — ответил Бадди, бросая на Ричи долгий, оценивающий пьяный взгляд. — Ты что, в эту гориллу влюбился?

— Да не, Бадди! Брось!

— Хорошо. А то я тебя отбароню.

— Есть новости, — вдруг сказал Бобби на заднем сиденье. — Какую сначала — хорошую или плохую?

— Сначала плохую, — ответил Бадди. Он допивал уже третью бутылку «отвертки» и не чувствовал боли, только гнев и обиду. Он забыл, что его давно исключили из школы, и искренне злился на баскетбольную команду — сборище ушлепков и даунов. — Плохие новости — всегда сначала.

«Камаро» со скоростью 65 м/ч катил по двухполоске, сверху похожей на черную ленту, брошенную на бугристый белый пол. По мере приближения к Скуонтик-Хиллз дорога пошла в гору.

— Плохая новость такая: в Нью-Йорке высадились марсиане, — сказал Бобби. — А теперь хорошая.

— Хороших новостей не бывает, — мрачно и скорбно выдавил Бадди.

Ричи захотелось остановить Стэнтона и объяснить ему, что Бадди нельзя веселить, когда он в таком настроении. Только хуже будет. Надо терпеть и ждать.

Бадди был не в духе с тех пор, как Попрошайку Уэлча — этого очкарика-нищеброда — сбил на улице Кеннеди какой-то псих.

— Хорошая новость: они едят ниггеров и ссут бензином! — выдал Бобби и расхохотался. Смеялся он довольно долго, а потом наконец сообразил, что смеется один, и тут же умолк.

В зеркале заднего вида он заметил налитые кровью глаза Бадди, пристально смотрящие на него. Этот взгляд — красный, как у хорька — нагнал на него жути. Бобби Стэнтону пришло в голову, что он вовремя спохватился. Еще минута — и было бы слишком поздно.

Сзади, милях в трех, на дороге вспыхнули крошечные желтые фары.

— По-твоему, это смешно? — спросил Бадди. — Тебе нравятся расистские шуточки, а? Фашист гребаный!

Бобби разинул рот.

— Но ты же сам сказал...

— Я сказал, что ненавижу Баронга. А в целом черные ничем не хуже белых.

Бобби обдумал его слова.

— Ну да, почти ничем не хуже. Но...

— Следи за базаром, не то домой пешком пойдешь! — рявкнул Бадди. — Со сломанной ногой. Потом можешь написать на гипсе «НЕНАВИЖУ НИГГЕРОВ».

— Ой, извини, — выдавил Бобби. Вид у него был такой, словно он потянулся к выключателю и получил удар током. — Без обид.

— Давай сюда бутылку и заткнись.

Бобби живо передал ему бутылку «отвертки». Руки у него дрожали.

Бадди допил остатки. Они проехали мимо знака «НАЦИОНАЛЬНЫЙ ПАРК СКУОНТИК-ХИЛЛЗ, 3 мили». Летом на озеро в центре парка съезжались толпы туристов, но с ноября по апрель парк был закрыт. Дорогу, что вела через лес к озеру, всегда чистили — здесь проходили учения Национальной гвардии да иногда разбивали палатку какие-нибудь ненормальные скауты. Бадди не так давно обнаружил неподалеку от ворот другой въезд. Ему нравилось приезжать в пустынный зимний лес, кататься по нему и пить.

Сзади, примерно в миле от них, вновь вспыхнули фары — точки уже превратились в небольшие круги.

— Дай сюда Молотова, расист вонючий.

Бобби, предусмотрительно храня молчание, протянул ему свежую бутылку.

Бадди сделал большой глоток, рыгнул и отдал бутылку Ричи.

— Пей.

— Не, чувак, спасибо.

— Пей, не то в зад через шланг залью.

— Ладно-ладно, не кипятись. — Ричи горько пожалел, что не остался сегодня дома, и отпил из бутылки.

«Камаро» мчался вперед, рассекая фарами мрак. Бадди глянул в зеркало и заметил сзади машину. Она быстро приближалась. Бадди увидел, что стрелка его спидометра держится на отметке «шестьдесят пять». Значит, вторая машина делала не меньше семидесяти миль в час. Бадди испытал странное ощущение — вроде как он вновь очутился во сне, который толком не помнил. Ледяной палец ткнул его в сердце.

Впереди показалась развилка: трасса номер 46 уходила к Нью-Стэнтону, а вторая дорога сворачивала на север к парку Скуонтик-Хиллз. Надпись на большом оранжевом щите гласила: «ЗИМОЙ ПАРК ЗАКРЫТ».

Почти не тормозя, Бадди повернул к парку и устремился вверх по склону. Дорогу расчистили не очень-то хорошо, а склонившиеся над ней ветви деревьев не пускали сюда солнце. «Камаро» немного повело, но потом автомобиль вновь нашел сцепление с дорогой. Бобби Стэнтон на заднем сиденье испуганно охнул.

Бадди глянул в зеркало — убедиться, что вторая машина поехала дальше по трассе. Ловить тут, в конце концов, нечего — большинство людей считает, что въезд зимой закрыт. Но вместо этого машина вошла в поворот даже быстрее, чем Бадди, и понеслась следом. Их разделяло не больше четверти мили. Белый свет фар осветил салон «камаро» изнутри.

Бобби и Ричи обернулись.

— Это еще кто? — пробормотал Ричи.

Но Бадди уже все понял. Он вдруг понял, что именно эта машина сбила Попрошайку. О да. Псих за рулем убил Уэлча, а теперь явился за Бадди.

Бадди выжал газ, и «камаро» полетел. Стрелка спидометра дошла до отметки «семьдесят» и поползла дальше. Деревья за окном превратились в сплошные темные пятна. Огни фар сзади не отставали и теперь казались большими белыми глазами.

— Чувак, давай помедленнее! — закричал Ричи, хватаясь за ремень безопасности. Ему было очень страшно. — На такой скорости можно и...

Бадди не ответил. Он крепко вцепился в руль и бросал взгляды то вперед, на дорогу, то в зеркало заднего вида, где белые фары становились все больше и больше.

— Скоро поворот, — прохрипел Бобби.

Вот показались отбойники на повороте: вспыхнули отражатели. Бобби заорал:

— Бадди! Тормози! *Поворот! Поворот!*

Бадди перешел на вторую передачу, и «камаро» протестующе заревел. Стрелка тахометра показала сначала 6000 оборотов в минуту, потанцевала секунду на красной отметке — 7000 оборотов, а потом вернулась к нормальным значениям. Из выхлопных труб «камаро» прогремела пулеметная очередь выхлопов. Бадди выкрутил руль, и машина влетела в поворот. Задние колеса завизжали по снегу. В самый последний миг Бадди переключился обратно и выжал газ: задняя часть левого борта «камаро» врезалась в снежный занос, проделав в нем вмятину размером с гроб. Автомобиль отскочил в обратную сторону. Бадди позволил ему немного пролететь, затем снова выжал газ. Он уже решил, что ничего не выйдет, «камаро» полетит дальше со скоростью семьдесят пять миль в час, а в один прекрасный миг просто перевернется.

Но в последний миг «камаро» «вцепился» в дорогу.

— Господи, Бадди, тормози! — взвыл Ричи.

Реппертон сгорбился над рулевым колесом и широко улыбался себе в бороду. Налитые кровью глаза вылезали из орбит. Между ног — бутылка «Техасской отвертки». «Вот тебе! Вот тебе, убийца хренов. Посмотрим, как ты войдешь в поворот и не перевернешься». Через секунду белые фары вновь появились в зеркале заднего вида — еще ближе, чем раньше. Улыбка на лице Бадди померкла. Впервые в жизни он ощутил тошнотворное щекотание, ползущее по ногам к паху, — страх. Настоящий страх.

Бобби все это время смотрел назад и теперь повернулся к ним: лицо у него было белое и мокрое.

— Ее даже не занесло! Но так не бывает! Это...

— Бадди, кто это? — спросил Ричи.

Он хотел схватить Бадди за локоть, но тот отшвырнул его руку с такой силой, что костяшки пальцев больно ударились о боковое стекло.

— Не трогай меня, — прошипел Бадди. Дорога впереди была уже не черная, а белая — утрамбованный снег. «Камаро» несся по его скользкой поверхности на скорости больше девяноста миль в час: над снежными заносами по бокам дороги виднелись только крыша и оранжевый мячик для пинг-понга, прикрепленный к верхушке антенны. — Лучше не трогай меня, Ричи. Мы едем слишком быстро.

— Это?.. — Голос у Ричи сорвался, и он не смог закончить вопрос.

Бадди мельком покосился на него. Увидев страх в маленьких красных глазах вожака, Ричи почувствовал подступающий к горлу ужас: горячий, как раскаленное масло.

— Да. Он самый, — ответил Бадди.

Никаких домов и зданий вдоль дороги не было, эта земля принадлежала государству. Вокруг — лишь высокие сугробы и темное кружево деревьев.

— Он же нас долбанет! — завизжал Бобби старушечьим голосом. Под ногами у него был ящик с бутылками «Техасской отвертки», и они звенели как оголтелые. — Бадди! Он нас долбанет!

«Камаро» и вторую машину теперь разделяло не больше пяти футов; противотуманные фары затопили салон таким ярким белым светом, что при желании можно было прочесть надпись мелким шрифтом. Ближе, еще ближе... Глухой удар.

«Камаро» слегка вильнул на дороге, а машина сзади чуть отстала. Бадди показалось, что они уже в свободном полете. Еще немного — и они бы бешено завертелись на скользком снегу, а потом врезались во что-нибудь и перевернулись.

В глаз закатилась капля пота, теплая и жгучая, как слеза. Постепенно «камаро» вышел из заноса.

Вновь почувствовав контроль над автомобилем, Бадди начал плавно вдавливать педаль газа в пол. Если за рулем этого ржавого ведра 58-го года едет Каннингем — ну да, ведь именно это снилось ему в кошмарах, — «камаро» без труда сделает его тачку.

Двигатель визжал. Стрелка тахометра вновь танцевала вокруг красной отметки 7000 оборотов в минуту. Стрелка спидометра преодолела отметку в сто миль, и снежные заносы по бокам дороги превратились в жуткие белые полосы. Дорога впереди выглядела так, словно они смотрели кино — и пленку крутили с безумной скоростью.

— О Боже, — не затыкался Бобби, — прошу, не дай мне умереть, не дай мне умереть, Боже, ох черт...

«А его ведь не было с нами в ту ночь, когда мы разбили тачку Шлюхингема, — подумал Бадди. — Он даже не знает, в чем дело. Не повезло сукину сыну». Ему было не очень-то жалко Бобби, но если он вообще мог бы кому-то посочувствовать, то выбрал бы этого тупоголового новичка. Справа от Бадди сидел прямо, как штык, Ричи Трилони. Его широко распахнутые глаза занимали почти все лицо. Он-то все понял, конечно.

Машина сзади набирала скорость, зеркало заднего вида заливал свет ее фар.

«Ему меня не догнать! — вопил рассудок Бадди. — Не догнать!» Но чертова машина в самом деле их догоняла, и Бадди нутром чуял, что водитель замыслил недоброе. Его разум метался, как крыса в клетке, пытаясь найти путь к отступлению. Но его не было. Незаметный поворот, который вел в обход главных ворот, уже давно пролетел мимо. У Бадди не оставалось ни времени, ни места, ни выбора.

Снова глухой удар, и опять «камаро» вильнул — на сей раз на скорости больше ста миль в час. «Без шансов, чувак», — пришла Бадди роковая мысль. Он отпустил руль, схватился за ремень безопасности... и впервые в жизни пристегнулся.

В тот же миг Бобби Стэнтон на заднем сиденье истошно завопил:

— Ворота! О боже, Бадди, впереди вороооооо...

«Камаро» одолел последний крутой склон. Они были на вершине, а в конце спуска виднелась еще одна развилка: въезд и выезд из парка. Между ними на бетонном островке стояла небольшая будка — летом в ней сидела кассирша и брала по доллару с каждой въезжающей машины.

Теперь будку заливал страшный белый свет фар двух несущихся автомобилей.

«Камаро» продолжал вилять и вот-вот сорвался бы в свободное вращение.

— Иди в жопу, Шлюхингем! — заорал Бадди. — Вместе со своим конем! Идите в жопу!

Он схватился за поворотную ручку (в прозрачном шаре болталась красная игральная кость) и резко выкрутил руль.

Бобби снова завизжал. Ричи Трилони закрыл глаза руками, и его последней мыслью было настойчивое: *«Берегись осколков берегись осколков берегись осколков...»*

«Камаро» развернулся, и свет фар преследующей машины ударил им прямо в глаза. Бадди закричал. Не потому, что это в самом деле была машина Шлюхингема — о да, эту здоровенную решетку радиатора ни с чем не перепутаешь, — а потому, что *за рулем никого не было. В салоне было пусто.*

В последние две секунды перед столкновением фары Кристины ушли влево от Бадди. «Фьюри» попала на въездную дорогу — точно и ровно, как пуля, скользящая по дулу винтовки. Деревянный шлагбаум отлетел в черноту ночи, вспыхнув желтыми отражателями.

«Камаро» Бадди Реппертона врезался задом в бетонный островок, на котором стояла будка. Высотой около восьми дюймов, он начисто снес все, что было прикручено к днищу машины. Смятые выхлопные трубы и глушитель лежали на снегу, точно какая-то причудливая скульптура. Задняя часть автомобиля сложилась сперва в гармошку, затем — в лепешку. Вместе с ней размазало в лепешку Бобби Стэнтона. Бадди почувствовал, как что-то мягко ударило его в спину — точно на спинку его сиденья выплеснули ведро теплой воды. То была кровь Стэнтона.

«Камаро» взлетел в воздух — покореженный снаряд в вихре щепок и осколков. Одна фара все еще горела. Автомобиль кувыркнулся в воздухе и звонко упал на землю. Двигатель пробил термоизоляционную перегородку и съехал назад, раздавив Ричи Трилони. Из поврежденного бензобака полыхнул огонь, и «камаро» неподвижно замер на месте.

Бадди Реппертон уцелел. Если не считать нескольких порезов, окровавленной дыры вместо отхваченного левого уха (его отрезало начисто, словно скальпелем) и сломанной ноги, он почти не пострадал. Его спас ремень безопасности. Он нажал на кнопку и отстегнул его. Треск огня напоминал звук мнущейся бумаги. Откуда-то пыхнуло жаром.

Бадди попытался открыть дверь, но ее заклинило.

Сипло отдуваясь, он прыгнул в дыру на месте лобового стекла...

...и увидел Кристину.

Она стояла в сорока ярдах от него, в конце длинного тормозного следа. Рокот ее двигателя напоминал размеренное дыхание огромного зверя.

Бадди облизнул губы. В левом боку что-то тянуло и саднило от каждого вдоха. Ну точно, ребра переломаны.

Двигатель Кристины ревел и затихал, ревел и затихал. Из салона едва слышно, как в кошмарном сне, доносилась музыка: Элвис Пресли пел «Тюремный рок».

Оранжевые кружки света на снегу. Рев огня. Сейчас рванет. Сейчас...

И тут рвануло. Бензобак «камаро» оглушительно грохнул. Кто-то словно бы грубо пихнул Бадди в спину, он взлетел и упал на больной бок. Куртка горела сзади. Он хмыкнул и стал кататься по снегу, чтобы затушить огонь. Затем попытался встать. «Камаро» превратился в столп пламени.

Двигатель Кристины по-прежнему ревел и затихал, ревел и затихал — теперь чаще и настойчивее, чем прежде.

Бадди наконец смог встать на четвереньки. Он смотрел на «плимут» Каннингема сквозь упавшие на лоб потные волосы. Капот смялся от встречи со шлагбаумом, а из радиатора капала вода с антифризом. От капель в снегу шёл пар, точно от свежих звериных следов.

Бадди вновь облизнул губы. Они были сухие, как кожа ящерицы. Спина горела, словно после солнечного ожога. Он чуял запах тлеющей ткани, но от шока не мог понять, что и куртка, и обе рубашки под ней сгорели.

— Слушай, — проговорил он, сам того не замечая. — Слушай, погоди...

Двигатель Кристины взревел, и она помчалась на него, виляя задом по сахаристому снегу. Смятый капот напоминал оскаленную пасть.

Бадди ждал, стоя на четвереньках и из последних сил сопротивляясь желанию вскочить и побежать прочь, борясь с безумной паникой, рвущей на части его самоконтроль. В машине никого нет. Человек с более богатым воображением уже сошел бы с ума.

В самый последний миг он перекатился налево, закричав от острой боли — осколки сломанной кости терлись друг о друга. Что-то пролетело мимо него как пуля; в лицо пахнули теплые выхлопные газы, а потом снег полыхнул красным — загорелись задние фары Кристины.

Она развернулась и опять покатила на него.

— Нет! — закричал Бадди. Невыносимая боль пронзила грудь. — Нет! Нет! Н...

Инстинкты возобладали: он прыгнул. На сей раз красная пуля пронеслась еще ближе, сорвав кусок кожи с сапога. Левая нога мгновенно онемела. Бадди развернулся, по-прежнему стоя на четвереньках. Мешаясь со слизью из носа, с губ текла кровь — одно из сломанных ребер проткнуло легкое. Из дыры на месте уха тоже тек красный ручеек. Из ноздрей вырывались клубы пара. Вдохи и выдохи мешались с сиплыми рыданиями.

Кристина замерла.

Белый дым вылетал из выхлопной трубы; двигатель пульсировал и мурлыкал. За лобовым стеклом — черная пустота.

От обломков «камаро» за спиной Бадди в небо то и дело вырывались языки пламени. Их трепал острый как лезвие бритвы ветер. В преисподней на заднем сиденье сидел Бобби Стэнтон: голова свернута набок, на обугленном лице застыла улыбка.

«Играет со мной, — подумал Бадди. — Как кошка с мышкой».

— Прошу, — прохрипел он. В слепящем свете фар кровь на его щеке и в уголках губ казалась черной, как у насекомых. — Пощади... Я извинюсь... я приползу к нему на коленях, если хочешь... только пощади... по...

Визг двигателя. Кристина набросилась на него, точно проклятие из глубины веков. Бадди взвыл и снова отскочил в сторону. На сей раз от удара сломалась вторая нога, а его самого отбросило на снежную насыпь сбоку от дороги. Он рухнул и распластался, точно мешок с зерном.

Кристина вновь помчалась на него, однако у Бадди появился шанс — крохотный шанс. Он полез на насыпь, ожесточенно впиваясь в снег голыми руками, которые давно уже ничего не чувствовали, и переломанными ногами. Боль была адская, но Бадди не обращал на нее внимания. Дыхание рвалось из груди тихими вскриками. Фары сзади увеличивались, двигатель ревел все громче; каждое облако снега, который взметала машина, отбрасывало зазубренную черную тень, и Бадди чувствовал приближение зверя... страшного тигра-людоеда...

Раздался хруст и лязг металла; Бадди заорал — бампер Кристины впечатал его ногу в снежную насыпь. Он вырвал ее, оставив сапог в сугробе.

Ползком, что-то бормоча и рыдая, Бадди добрался до вершины снежного вала, оставленного несколько дней назад снегоуборочной машиной Национальной гвардии. Там он чуть было не сорвался вниз, взмахнул руками... и сумел удержаться.

Бадди обернулся. Кристина дала задний ход и теперь снова рванула вперед; задние колеса бешено вращались, вгрызаясь в снег. Она боднула насыпь в футе от того места, где укрылся Бадди. Вниз обрушилась лавина снега, а сам он покачнулся. Капот Кристины смялся еще больше, но Бадди остался цел. Сквозь туман бурлящего снега она дала задний ход; двигатель, казалось, ревел теперь яростно и обозленно.

Бадди ликующе закричал и показал машине средний палец.

— Пошла в жопу! Пошла в жопу! — Из его рта вырвался фонтан крови и слюны. С каждым рваным вдохом боль в левом боку становилась все сильнее и глубже; грудь немела.

Кристина с ревом полетела вперед и врезалась в насыпь.

На сей раз от насыпи отвалился большой кусок: он упал на оскаленную пасть Кристины, и Бадди едва не съехал вниз вместе с ним. Сидя на заднице, он стал быстро-быстро перебирать руками — они впивались в снег, точно окровавленные гарпуны. Ноги пробивала жуткая боль, они начали отказывать. Бадди завалился на бок, жадно, по-рыбьи глотая воздух.

Кристина опять дала задний ход.

— Вали отсюда! — заорал Бадди. — Вали отсюда, СУЧКА ненормальная!

Она вновь протаранила насыпь, и снег полностью завалил лобовое стекло. Бешено заметались туда-сюда дворники.

Кристина еще раз дала задний ход, и Бадди понял, что после следующего удара он свалится вниз, прямо ей на капот. Он откинулся назад и кубарем полетел вниз по насыпи, истошно крича всякий раз, когда сломанные ребра ударялись о землю.

Бадди замер в снежной пыли, глядя на черное небо, усыпанное ледяными звездами. Застучали зубы. Тело вновь и вновь содрогалось от боли и холода.

Кристина больше не стала таранить насыпь, но Бадди слышал мурлыканье ее двигателя. Она ждала.

Бадди взглянул на вершину снежной насыпи. Сияние полыхающего «камаро» начало убывать. Сколько времени прошло после столкновения? Неизвестно. Может, кто-нибудь увидит горящую машину и придет на помощь? Неизвестно.

Бадди одновременно осознал две вещи: что изо рта у него хлещет кровь и что ему очень холодно. Если никто не явится в ближайшее время, он попросту замерзнет.

Испугавшись, Бадди напрягся и кое-как сел. Он хотел забраться на насыпь и посмотреть, где Кристина, — не видеть ее было хуже, чем видеть. Но когда он вновь взглянул на вершину насыпи, от ужаса у него перехватило дыхание.

Там стоял человек.

Нет, не человек... труп. Разложившийся труп в зеленых штанах. Рубашки на нем не было, но почерневшую грудь стягивал корсаж, покрытый пятнами плесени. Сквозь туго натянутую кожу на лице блестела белая кость.

— Тебе конец, говнюк, — прошептал призрак.

Рассудок Бадди окончательно помутился, и он истерически завопил. Его волосы — все до единого — встали дыбом и образовали нелепый ореол вокруг перемазанного сажей лица; глаза вылезали из орбит. Кровь хлестала изо рта, заливая воротник куртки. Он вновь попытался отползти назад, хватаясь за снег руками. Покойник сделал шаг вперед. У него не было глаз. Их выели бог знает какие твари, и эти твари копошились теперь в пустых глазницах. *И запах... Боже, это вонь тухлых помидоров, это вонь смерти.*

Труп Роланда Д. Лебэя протянул руки к Бадди и ухмыльнулся.

Бадди закричал. Бадди завыл. А в следующий миг его губы застыли навсегда — застыли в крике, но теперь казалось, что он хочет поцеловать ковыляющего к нему покойника. Пальцы теребили и царапали куртку в том месте, где осколок ребра пробил сердце. Он упал на спину, молотя ногами и взбивая снег; последний вздох длинной белой струей вырвался из его разинутого рта... как выхлопные газы из трубы автомобиля.

Призрак, стоявший на насыпи, замерцал и исчез. Бесследно.

Кристина, стоявшая по другую сторону насыпи, издала ликующий вой. Он пронесся по заснеженным холмам парка Скуонтик-Хиллз и эхом вернулся обратно.

На дальнем берегу озера, милях в десяти от того места, где все случилось, этот звук услышал любитель ночного катания на лыжах. Он замер на месте и прислушался.

Кожа на его спине мгновенно покрылась мурашками, и хотя он знал, что это всего лишь рев автомобильного двигателя (зимними ночами любые звуки в этих местах преодолевали большие расстояния), сначала ему примерещился какой-то доисторический зверь, выслеживающий жертву, — огромный волк или, быть может, саблезубый тигр.

Звук не повторился, и лыжник поехал дальше.

37. Дарнелл соображает

> Эй, малышка, пусти меня за руль!
> Ну, малышка, ну пусти меня за руль!
> Скажи мне, малышка,
> Скажи: как оно тебе?
>
> *Честер Бернетт*

В ночь, когда Бадди Реппертон и его друзья повстречали Кристину, Уилл Дарнелл до полуночи просидел в гараже — эмфизема давала о себе знать. Когда дышать было совсем невмоготу, он боялся ложиться, хотя со сном у него никогда никаких проблем не было.

Врач сказал, что вероятность задохнуться во сне крайне мала, но по мере того как Уилл старел, а эмфизема усиливала хватку, он боялся такой смерти все больше и больше. Тот факт, что страх был иррациональный, ничего не менял. Хотя в церковь он давно не ходил (последний раз это случилось сорок девять лет назад, когда ему было двенадцать), его крайне интересовали обстоятельства недавней смерти Иоанна Павла I. Папа римский умер в своей постели, и его труп нашли только утром. Вероятно, уже окоченевший. Эта часть неотступно преследовала Уилла: «Вероятно, уже окоченевший».

В гараж он приехал в половине десятого на своем «крайслере-империале» 1966 года — его последнем автомобиле, так он когда-то решил. Примерно в это время Бадди Реппертон впервые заметил в зеркале заднего вида мерцание далеких фар Кристины.

У Уилла было больше двух миллионов долларов, но деньги уже не приносили ему радости — если вообще когда-то приносили. Они словно перестали иметь значение. Как и все остальное, кроме эмфиземы. Эмфизема была настоящая, мысли о ней не покидали Уилла ни на минуту, и он радовался всему, что могло хоть ненадолго их прогнать.

Загадка Арни Каннингема отлично помогала забыть об эмфиземе. Наверное, поэтому он до сих пор и не выгнал парня из гаража — хотя все инстинкты подсказывали, как можно скорее от него избавиться. В Каннингеме таилась какая-то опасность... Но какая? Что-то странное творилось с ним и его драндулетом 58-го года. Что-то очень странное.

Тем вечером парня в гараже не оказалось — шахматный клуб на три дня уехал в Филадельфию на Большой осенний турнир северных штатов. Турнир этот стал предметом постоянных насмешек и издевок Каннингема; да уж, малыш здорово изменился — ничего не осталось от того прыщавого заучки, на которого напал Бадди Реппертон и которого Уилл мгновенно (ошибочно) принял за плаксу, рохлю и гомика.

Прежде всего в нем откуда-то взялся едкий цинизм.

Вчера днем, когда они с Уиллом курили сигары в его кабинете (еще одна новая привычка Каннингема, о которой вряд ли знали любящие родители), Арни признался, что за прогулы давным-давно должен был вылететь из клуба. Слоусон, тренер по шахматам, нарочно закрывал глаза на его прогулы — ждал турнира.

— Да, я прогульщик, но играю круче всех, и говнюк это знает... — Арни поморщился и прижал руки к пояснице.

— Тебе врач нужен, — заметил Уилл.

Арни опять скривился и сразу как-то постарел.

— Никто мне не нужен. Разве что нормальный костоправ — который бы выпрямил позвоночник и не содрал за это три шкуры, мать его.

— Так ты едешь в Филадельфию?

Уилл расстроился, хотя Арни давно предупреждал его о турнире. Значит, придется несколько вечеров подряд ставить за главного Джимми Сайкса, а Сайкс — дубина стоеросовая. Дай ему волю, собственную задницу с мороженым перепутает.

— А то. Наконец-то выберусь в большой город, — ответил Арни. И тут же улыбнулся, увидев кислую мину Дарнелла. — Не парься, босс! Скоро Рождество, и все нормальные мужики тратят деньги на детские игрушки, а не на новые свечи и карбюраторы. До следующего года здесь будет тухло, и ты это знаешь.

Так-то оно так, но еще не хватало, чтобы его учила какая-то сопля зеленая.

— После возвращения сгоняешь в Олбани?

Арни настороженно посмотрел на него.

— Когда?

— На выходных.

— В субботу?

— Ну да.

— Что от меня требуется?

— Поедешь туда на моем «крайслере». Генри Бак приготовил для меня четырнадцать подержанных тачек. Говорит, они чистые. Ну пусть говорит — а ты все равно проверь. Я тебе дам пустой чек, если все нормально — заключай сделку. Если заподозришь неладное — шли его на три веселых буквы.

— Но я ведь не порожняком поеду?

Уилл долго смотрел на него.

— У тебя очко взыграло, Каннингем?

— Нет. — Арни затушил недокуренную сигару и с вызовом посмотрел на Уилла. — Просто мне нутро подсказывает, что с каждым разом ставки растут. Какой груз на сей раз? Кокс?

— Ладно, забудь. Попрошу Джимми, — отрезал Уилл.

— Просто ответь.

— Двести блоков «Уинстона».

— Лады, по рукам.

— Вот так запросто?

Арни рассмеялся.

— Приятно будет забыть о шахматах!

Уилл поставил свой «крайслер» в ближайший к кабинету отсек, у въезда в который на полу была надпись: «МИСТЕР ДАРНЕЛЛ, МАШИНЫ НЕ СТАВИТЬ!» Он вышел, захлопнул дверь и тяжело отдышался. Эмфизема уселась ему на грудь и, похоже, сегодня привела с собой брата. Нет уж, спать он не ляжет, мало ли что там говорят врачи.

Джимми Сайкс равнодушно возил по бетонному полу большую швабру. Джимми был высокий и нескладный парень двадцати пяти лет от роду. Из-за легкой умственной отсталости он выглядел лет на восемь моложе. Недавно, подражая

Каннингему, которого он боготворил, Джимми стал зачесывать волосы назад на манер Элвиса.

Тишину нарушал только тихий шорох швабры. Кроме Джимми, в гараже никого не было.

— Смотрю, жизнь тут бьет ключом, а? — просипел Уилл.

Джимми обернулся.

— Нет, сэр, мистер Дарнелл, после мистера Хэтча никого не было. Он полчаса назад забрал свой «файерлейн».

— Да я пошутил, — буркнул Уилл, вновь пожалев, что отпустил Каннингема. С Джимми никакие шутки не прокатывали — разговаривать с ним приходилось как с ребенком. И все же чуть позже он, возможно, пригласит этого недоумка на чашку кофе с капелькой «Курвуазье». Хороша троица: Уилл, Джимми и эмфизема. Или даже четверка, если эмфизема пригласила своего братца.

— Не хочешь загля...

Уилл резко замолк, заметив, что в двадцатом отсеке пусто. Кристины не было.

— Арни, что ли, заходил? — спросил он Джимми.

— Арни? — переспросил недоумок, растерянно хлопая ресницами.

— Арни, Арни Каннингем! — нетерпеливо пояснил Уилл. — Много ты парней по имени Арни знаешь? Его машины нет.

Джимми обернулся на пустой отсек и нахмурился.

— А. Ну да.

Уилл ухмыльнулся.

— Наш шахматный гений вылетел с турнира, а?

— Да вы что? Какая жалость.

Уилл с трудом взял себя в руки: очень хотелось взять Сайкса за грудки и влепить ему подзатыльник. Нет, злиться сейчас никак нельзя, дышать станет еще тяжелее и придется накачивать легкие этой адской дрянью из ингалятора.

— Что он сказал, Джимми? Что он сказал, когда заехал в гараж?

До Уилла вдруг дошло, что недоумок не видел Арни.

Тем временем Джимми наконец сообразил, чего от него хочет начальник.

— А, так я его не видел! Только успел заметить, как Кристина выезжает. Ну и тачка, а?! Красавица! А он — настоящий волшебник.

— Да уж, волшебник, — кивнул Уилл. Мысли о колдовстве уже не раз приходили ему в голову в связи с Кристиной. Он вдруг передумал звать Джимми на кофе и бренди. Не отрывая глаз от двадцатого отсека, он сказал: — Можешь идти домой, Джимми.

— Ой, мистер Дарнелл, мне шесть рабочих часов не помешают... А они заканчиваются в десять.

— Я отмечу в журнале, что ты ушел в десять.

Мутные глаза Джимми просияли от этой неожиданной — и прямо-таки неслыханной — щедрости босса.

— Правда?

— Да-да, честное слово. Будь умницей и вали уже, ладно?

— Ага! — Джимми подумалось, что впервые за пять или шесть лет, что он работает в гараже (ему никак не удавалось запомнить, сколько лет он работает, хорошо хоть мама за всем следила и заполняла налоговые декларации), старый ворчун проникся рождественским духом. Прямо как в фильме про Скруджа и трех привидений. Сразу почувствовав праздник, Джимми воскликнул: — Будет исполнено, сэр!

Уилл скривился и пошел в свой кабинет. Он включил кофеварку «Мистер Кофе» и сел за стол, откуда стал наблюдать, как Джимми убирает швабру, выключает свет и надевает пуховик.

Уилл откинулся в кресле и начал думать.

В конце концов, все эти годы именно его мозги не давали ему оступиться, именно благодаря им он был еще жив и всегда на шаг впереди. Всю сознательную жизнь он был толст и некрасив, да и здоровье регулярно подводило. В детстве перенес скарлатину и легкую форму полиомиелита, после чего правая рука частично атрофировалась. В юности Уилла одолели фурункулы. В сорок три врачи обнаружили у него под мышкой большой, похожий на губку нарост — опухоль была доброкачественной, но после ее удаления Уилл почти все лето провалялся в постели и заработал несколько пролежней. Спустя год он едва не умер от двусторонней пневмонии. Теперь вот болел диабетом и эмфиземой. Но мозги у него всегда работали как часы, и благодаря мозгам он был на шаг впереди.

Уилл задумался об Арни. Наверное, после той стычки с Бадди Реппертоном Каннингем отчасти приглянулся ему тем, что походил на него самого в юности. Да, со здоровьем у малого все в порядке, но он прыщав, нелюбим сверстниками и одинок. Совсем как молодой Уилл Дарнелл.

И еще у него есть мозги.

Мозги и эта машина. Странная машина.

— Хорошего вечера, мистер Дарнелл! — крикнул Джимми. Он немного постоял у двери и робко добавил: — Счастливого Рождества!

Уилл поднял руку и помахал. Джимми отбыл. Уилл встал с кресла, добыл из шкафа бутылку «Курвуазье» и поставил ее рядом с кофеваркой. Снова сел. В голове у него тем временем выстраивалась приблизительная хроника событий.

Август: Каннингем привозит в гараж свою развалюху и ставит ее в двадцатый отсек. Машина кажется Уиллу знакомой — и недаром. В незапамятные времена Ролли Лебэй по его поручению несколько раз сгонял на этой тачке в Олбани, Берлингтон и Портсмут... только тогда у самого Уилла был «кадиллак» 54-го года. Машина другая, но с таким же двойным дном в багажнике — для контрабандных сигарет, пиротехники, алкоголя и марихуаны. В те дни Уилл еще не слышал про кокаин. Да и никто не слышал, кроме, пожалуй, нью-йоркских джазменов.

Конец августа: Реппертон и Каннингем дерутся. Уилл выгоняет Реппертона из гаража: надоела вечная дерзость и бесшабашность этого придурка. Пусть он никогда не отказывался от работы и в любое время мог сорваться в Нью-Йорк и Новую Англию, Реппертон был слишком неосторожен — а неосторожность в таких делах опасна. Еще один штраф за превышение скорости, и какой-нибудь любопытный коп запросто упечет их всех в тюрягу. Дарнелл не боялся тюрьмы — в Либертивилле его авторитет непререкаем, — но это бы плохо выглядело со стороны. Раньше ему было плевать на мнение окружающих, однако теперь он постарел и поумнел.

Уилл встал, налил себе кофе и плеснул в него полную крышку бренди. Подумал — и плеснул вторую. Затем сел, достал из нагрудного кармана сигару, осмотрел ее и раскурил. Пошла в жопу, эмфизема! Получи!

Вдыхая ароматы сигары и хорошего кофе с бренди, Дарнелл уперся взглядом в темную пустоту гаража и стал думать дальше.

Сентябрь: Арни просит у него липовый талон о прохождении техосмотра и дилерский номер, чтобы свозить девчонку на футбол. Дарнелл соглашается — черт, да в былые времена он *продавал* эти талоны налево и направо, по семь долларов штука! К тому же тачка у парня выглядит неплохо. Работы, конечно, еще навалом, но она на ходу и уже почти как новенькая. У парня золотые руки.

И все это очень странно, правда? Потому что *никто никогда не видел этого гения за работой*.

Ну да, какие-то мелочи он делал — менял лампочки в фарах, резину. Руки у Арни и впрямь росли из нужного места: Уилл однажды наблюдал, как он меняет обивку заднего сиденья. Но никто никогда не видел, чтобы он ковырялся в выхлопной системе, которая в конце лета разваливалась на куски. И за кузовными работами его не видели, однако же «фьюри» — которая, казалось, умирала от рака «кожи» четвертой стадии — за считаные дни превратилась в конфетку.

Мнение Джимми Сайкса по этому поводу Уилл знал. Джимми думал, что Арни делает всю работу ночью, когда в гараже никого нет.

— Когда ж он тогда спит! — вслух сказал Дарнелл, и его вдруг пробил озноб — да такой, что никакой пьяный кофе не помог бы. Работа по ночам, говорите? Ну да, наверное. Потому что в остальное время парень только и делал, что слушал всякое старье по WDIL. И валял дурака.

— Мне кажется, он всю основную работу делает ночью, — сказал Джимми с убежденностью ребенка, рассказывающего про Санта-Клауса или зубную фею. Уилл не верил ни в Санту, ни в фей, да и в ночные трудовые подвиги Арни Каннингема тоже не верил.

Еще два факта катались у него в голове подобно бильярдным шарам, не желающим залетать в лузу.

Он знал, что Каннингем подолгу колесил на своей машине по свалке за гаражом — еще до того, как прошел техосмотр. Просто медленно полз по узким проездам между разбитыми автомобилями. Свалка была длиной в квартал. Ночами, когда все расходились по домам, он вновь и вновь нарезал круги по этому кварталу — на скорости пять миль в час катался вокруг большого крана с круглым электромагнитом и здоровенной коробкой автопресса. Катался — и все. Однажды Уилл спросил его об этих покатушках, и Арни ответил, что проверял шины на передних колесах. Только вот врать парень не умел. Кто ж проверяет шины на таких скоростях?

Вот чем занимался Каннингем по ночам, когда все уходили. Ни черта он не работал! Катался по свалке, мимо убитых в хлам машин, мигая фарами, что сидели в изъеденных ржавчиной гнездах.

И второй момент — одометр «плимута». Он крутился в обратную сторону. Каннингем рассказывал об этом с маленькой хитрой улыбочкой. Причем крутил счетчик очень быстро — по пять миль за каждую преодоленную милю. Уилл был очень удивлен. Конечно, он слышал о фокусах с одометрами — продавцы подержанных авто нередко «сбрасывали» счетчик, да и сам он не раз это делал (а еще — насыпал в трансмиссию опилок, чтобы заглушить предсмертный вой, и заливал в радиаторы овсянку, чтобы временно заткнуть неподдающуюся ремонту течь). Но *сам* счетчик крутиться в обратную сторону не может! Арни лишь улыбался и называл это «пустячной неисправностью».

Да уж, пустячок. Спятить недолго от таких пустячков.

Две мысли столкнулись и раскатились в разные стороны.

«Ну и тачка, а?! Красавица! А он — настоящий волшебник».

Уилл не верил в Санту и зубную фею, но готов был признать, что в мире есть место сверхъестественному. Человек практичный всегда об этом знает и по мере сил обращает себе на пользу. Один лос-анджелесский приятель Уилла утверждал, что перед землетрясением 67-го года видел призрак своей жены. И Уилл ему верил (не поверил бы, если бы приятель мог поиметь с этого хоть какую-то выгоду). Квент Янгерман, другой его приятель, видел у изножья больничной койки призрак давно почившего отца (литейщик Квент лежал в больнице с кучей переломов — упал с четвертого строящегося дома на Вуд-стрит).

Подобные истории Уилл, как и большинство людей, слышал в своей жизни не раз. Как и большинство *думающих* людей, он мысленно складывал их в открытый ящик — не верил, но и не отрицал, если, конечно, рассказчик был не явный сумасшедший. А делал он так потому, что до сих пор никто не выяснил, откуда появляется человек на свет и куда уходит после смерти. Никакие унитарии, папы римские, проповедники и сайентологи мира не смогли бы переубедить в этом Уилла. То, что у человека поехала крыша на какой-то теме, еще не значит, что он хоть сколько-нибудь в ней разобрался.

Уилл складывал такие истории в открытый ящик, потому что сам никогда не сталкивался с необъяснимым.

А теперь вот, похоже, столкнулся.

Ноябрь: Реппертон и его шайка вдребезги разбивают машину Каннингема. Когда ее привозят на эвакуаторе в гараж, она выглядит так, словно на нее сел Зеленый Великан. Дарнелл думает: «Эта бедняга уже никогда не сдвинется с места. Иного не дано; она больше не проедет ни фута».

А в конце месяца на улице Кеннеди сбивают Уэлча.

Декабрь: в гараж наведывается полиция штата. Детектив Джанкинс. Один раз он приходит поболтать с Каннингемом, а в другой раз — уже просто так, когда парня нет в гараже. Ему надо знать, почему Арни врет о причиненном ущербе. Реппертон и его дружки (к которым относился и недоброй памяти Питер «Попрошайка» Уэлч) раскурочили его «плимут» в говно, так ведь? «А меня-то вы зачем спрашиваете? — отвечает вопросом на вопрос Уилл Дарнелл, кашляя сквозь облако сигарного дыма. — Разговаривайте с ним, это его «плимут», не мой. Я только приглядываю за этой конторой, чтобы простые работяги могли чинить свои машины и приносить домой хлеб».

Джанкинс терпеливо выслушивает его болтовню. Ему прекрасно известно, чем занимается Уилл Дарнелл, — но Уилл *знает*, что он знает, поэтому все в порядке.

Джанкинс прикуривает сигарету и отвечает: «Я разговариваю с вами, потому что с парнем уже поговорил — он молчит. В какой-то момент мне показалось, что он хочет все рассказать, но страшно чем-то напуган. А потом он опять зажался — и все. Молчок».

Дарнелл говорит: «Если Арни, по-вашему, убил этого Уэлча, так и скажите».

Джанкинс отвечает: «Нет, я так не думаю. Родители говорят, он был дома — и явно не врут. Но Уэлч тоже приложил руку к машине Каннингема, полиция в этом не сомневается. А я уверен, что Каннингем врет о причиненном ущербе — только вот не знаю почему, и это сводит меня с ума».

«Сочувствую», — говорит Дарнелл.

«Ну так что скажете, сильно машина пострадала? А, мистер Дарнелл?»

И тут Дарнелл произносит единственную за весь допрос ложь: «Честное слово, я не обратил внимания».

О нет, он обратил внимание, еще как обратил. И он знает, почему Каннингем врет, пытается скрыть истинный масштаб бедствия. Этот коп тоже бы догадался, да только не видит леса за деревьями. Каннингем врет, потому что ущерб был *колоссальный*, куда страшнее, чем этот легавый может вообразить. Негодяи не просто разбили тачку, они ее *уничтожили*. А Каннингем врет, потому что после происшествия никто не видел его за работой. Однако уже спустя неделю с небольшим *машина была как новенькая, даже лучше*.

Каннингем врет копу, потому что правде невозможно поверить.

— Невозможно, — вслух проговорил Дарнелл и допил кофе. Он взглянул на телефон, потянулся к трубке — и тут же отдернул руку. Надо было сделать один звонок, но сначала Уилл решил все обдумать и расставить по полочкам.

Он один (кроме самого Каннингема) мог по достоинству оценить невероятность происходящего: машина полностью регенерировала. Джимми был глуп, как пробка, а клиенты не торчали в гараже сутками и не видели всего. Однако многие замечали, какую фантастическую работу проделал Каннингем; несколько человек из тех, что чинили своих коней в ноябре, употребили слово «невероятно». И у парочки вид был не на шутку встревоженный. Как раз в ту пору Джонни Помбертон, торговец подержанными грузовиками, не раз приезжал в гараж поковыряться в очередной старой кляче, которую он пытался поставить на ноги. В машинах и грузовиках Джонни разбирался лучше всех в Либертивилле, а то и в Пенсильвании. Он сразу сказал Уиллу, что не может поверить своим глазам. «Колдовство какое-то», — проговорил Помбертон и сдавленно хохотнул. Ему явно было не смешно. Уилл лишь сделал вежливо-заинтересованное лицо, и через пару минут старик, покачав головой, ушел.

Сидя в кабинете и глядя на гараж, погрузившийся в мертвую тишину — так всегда бывало перед Рождеством, — Уилл подумал (не впервые), что большинство людей готовы принять все, что угодно, если это случится у них на глазах. В каком-то смысле на свете нет ничего сверхъестественного и паранормального; просто что-то происходит, и все.

Джимми Сайкс: «Прямо волшебство какое-то!»

Джанкинс: «Он врет — только вот не знаю почему, и это сводит меня с ума».

Уилл открыл ящик стола — тот врезался ему в брюхо — и достал свой ежедневник на 1978 год. Пролистал его и нашел собственные каракули: «Каннингем. Шахматный турнир. 11–14 декабря, Филадельфия, "Шератон"».

Он позвонил в справочную, получил телефонный номер отеля и набрал его. Сердце забилось чуть быстрее, когда раздались гудки и трубку снял администратор.

— Алло, отель «Шератон Филадельфия».

— Здравствуйте. Подскажите, у вас там проходит шахматный турнир...

— Да-да, Большой турнир северных штатов, сэр! — перебил его администратор. Голос у него был бойкий и почти невыносимо молодой.

— Я звоню из Либертивилля, Пенсильвания, — сказал Уилл. — У вас там должен быть парень по имени Арнольд Каннингем, один из шахматистов. Мне бы хотелось с ним поговорить, если это возможно.

— Минутку, сэр, я посмотрю.

Звонок Уилла поставили на удержание. Он откинулся на спинку кресла и сидел так, казалось, очень долго, хотя красная стрелка настенных часов успела сделать лишь один оборот вокруг оси. Нет, Арни там быть не может, а если он там, я сожру собст...

— Алло.

Голос был молодой, настороженный и принадлежал несомненно Каннингему. В животе у Уилла Дарнелла что-то перевернулось, но виду он не подал — слишком был стар и опытен.

— Здорово, Каннингем, — просипел он. — Дарнелл.

— Ага. Что случилось, Уилл?

— Как дела?

— Вчера победил, сегодня — ничья. Отстойно сыграл. Никак не мог сосредоточиться. А что такое?

Да, это был точно Каннингем.

Уилл никогда бы не позвонил человеку без достойного повода — скорее вышел бы на улицу без трусов. Он тут же выдавил:

— Запишешь?

— Ага.

— На Норт-Броад-стрит есть магазинчик, «Юнайтед ауто партс». Можешь заскочить туда и посмотреть резину?

— Подержанную?

— Новую.

— Ладно, заскочу. Завтра у меня будет пара свободных часов — с полудня до трех.

— Вот и отлично. Тебе нужен Рой Мустангерра, скажи ему, что ты от меня.

— По буквам, пожалуйста.

Уилл произнес фамилию продавца по буквам.
— Это все?
— Да... Надеюсь, тебе надерут задницу на этом турнире.
— Скорее всего, — рассмеялся Арни.
Уилл попрощался и повесил трубку.
Да, это был Каннингем, точно он. В трехстах милях отсюда. Кому он мог дать запасные ключи от Кристины?
Своему дружку Гилдеру.
Ну конечно! Только вот Гилдер лежит в больнице.
Своей девушке.
Но у нее нет прав — даже ученических, Арни сам говорил.
Кому еще?
Больше никому. Каннингем ни с кем не общался — разве что с самим Уиллом, но ему он точно ключей не давал.
«Колдовство какое-то».
Черт!
Уилл опять откинулся на спинку и закурил вторую сигару. Когда один кончик хорошенько разгорелся, а второй, аккуратно отрезанный, лежал в пепельнице, Уилл уставился на вьющийся дымок и задумался. Никаких догадок. Каннингем в Филадельфии, поехал на школьном автобусе, а его машины в гараже нет. Джимми Сайкс видел, как она выезжает из гаража, но водителя не видел. И как это все понимать? Что это значит?

Постепенно его мысли устремились в другую сторону. Он вспомнил свои старшие классы, когда ему отвели главную роль в школьном спектакле. Роль священника, который кончает жизнь самоубийством из-за безумной страсти к Сэдди Томпсон, девушке, чью душу он хотел спасти. Зал рукоплескал... То была единственная минута славы в его школьной жизни, не отмеченной никакими спортивными достижениями или учебными заслугами. Отец у него был пьяница, мать круглыми сутками работала, старший брат без дела валялся на диване — его минута славы пришлась на военную службу, где единственными аплодисментами было настойчивое буханье немецких 88-миллиметровых пушек.

Уилл вспомнил свою единственную девушку, бледную блондинку по имени Ванда Хаскинс. Ее белые щеки покрывала россыпь веснушек, которые становились болезненно-яркими под августовским солнцем. Они бы точно поженились... всего четыре девушки в его жизни, не считая проституток, спали с ним по собственной воле, и Ванда была одной из них. Любовницей — и единственной любовью (Уилл никогда не отрицал существование любви, равно как и существование сверхъестественного). Однако отец Ванды был военный, и, когда ей исполнилось пятнадцать — за год до обязательного и таинственного перехода власти из рук старшего поколения в руки младшего, — они с семьей переехали в Уичито. На этом все и закончилось.

Она красила губы помадой, вкус которой тогда, в далеком 1934-м, казался ему вкусом свежей малины. Уилл Дарнелл был еще довольно строен, честолюбив и молод. От этого вкуса левая рука среди ночи невольно тянулась к твердому и разгоряченному члену... Еще до того, как Ванда Хаскинс ему отдалась, в его сновидениях они танцевали особый танец. Уилл лежал на узкой детской кровати, в которую уже толком не помещался, и они танцевали.

Теперь, вспоминая этот танец, Уилл перестал думать и погрузился в сон, а во сне снова начал танцевать.

Примерно через три часа он проснулся: большие ворота с грохотом поползли наверх, и в гараже загорелся свет — не лампы дневного света, а единственная 200-ваттная лампочка.

Уилл резко опустил ноги на пол — вернее, на коврик под письменным столом с надписью «БАРДАЛ» выпуклыми резиновыми буквами, — и тысячи крошечных иголок впились ему в ступни. От этого он окончательно пришел в себя.

По гаражу к двадцатому отсеку медленно ползла Кристина.

Уилл, все еще не вполне понимая, явь это или сон, наблюдал за ней равнодушным и отрешенным взглядом человека, которого только что вырвали из приятного сновидения. Он сидел прямо, водрузив руки-окорока на грязную, исписанную промокательную бумагу, и наблюдал.

Двигатель взревел один раз, потом еще. Из блестящей выхлопной трубы вырвался голубой дым.

И мотор утих.

Уилл неподвижно сидел на месте.

Дверь в кабинет была закрыта, но между кабинетом и гаражом всегда работала внутренняя связь. Та самая, по которой в августе он услышал начало драки между Реппертоном и Каннингемом. Теперь из динамика доносилось лишь размеренное тиканье остывающего металла. Больше ничего.

Никто не вышел из Кристины, потому что за рулем никого не было.

«Он складывал такие истории в открытый ящик, потому что сам никогда не сталкивался с необъяснимым.

А теперь вот, похоже, столкнулся».

Он своими глазами видел, как машина проехала по бетонному полу к двадцатому отсеку, и ворота с грохотом опустились, отсекая декабрьский холод. Эксперты, которые бы изучали это дело позже, могли написать: «Свидетель признает, что задремал и видел сны... скорее всего, увиденное им той ночью было лишь продолжением этих сновидений, вызванным неким внешним стимулом...»

Да, конечно, все это могло присниться — снились же ему танцы с пятнадцатилетней Вандой Хаскинс. Только вот Уилл Дарнелл был расчетливым и практичным человеком, давно выбросившим из головы всякие романтические бредни.

И он своими глазами *видел* «плимут» 58-го года Каннингема: рулевое колесо выкрутилось само по себе, и машина заняла привычный отсек. Он *видел*, как фары погасли, и слышал, как замолк восьмицилиндровый двигатель.

Уилл Дарнелл встал — ноги и руки были как ватные, — помедлил немного, затем подошел к двери, снова помедлил и наконец ее открыл. Двинулся вдоль машин к двадцатому отсеку. Звук шагов эхом отдавался в стенах гаража и умирал где-то в таинственной темноте.

Он встал рядом с блестящей красно-белой машиной. Кузов был окрашен безукоризненно — чистое, ровное и глубокое покрытие, без малейших царапин или ржавых пятнышек. Лобовое стекло — целехонькое, ни единого следа от камней, часто вылетающих из-под колес впереди едущих автомобилей.

Теперь тишину нарушало лишь капанье воды: таял снег на переднем и заднем бамперах.

Уилл потрогал капот. Теплый.

Он дернул ручку двери со стороны водителя, и она открылась. Из салона пахнуло теплым запахом новой кожи, нового пластика, нового хрома... и чем-то еще. Неприятный, землистый запах. Уилл глубоко втянул носом воздух, но не смог определить его источник. Почему-то вспомнилась гнилая репа в подвале родительского дома, и Уилл невольно поморщился.

Он нагнулся к рулю. В замке зажигания не было ключей. На счетчике — 52,107.8.

Внезапно пустое гнездо замка зажигания повернулось, и черная зарубка поехала вправо — мимо положения «АСС» в положение «START». Горячий двигатель мгновенно завелся и уверенно загудел — довольным голосом, полным высокооктановой мощи.

Сердце Уилла на секунду замерло. Дыхание остановилось. Он охнул, жадно втянул воздух и помчался обратно в кабинет — искать запасной ингалятор. Его дыхание, поверхностное и беспомощное, по звуку напоминало вой зимнего ветра под входной дверью. Лицо было цвета старого свечного воска. Пальцы вцепились в дряблую шею и стали испуганно ее теребить.

Двигатель Кристины вновь заглох.

В полной тишине — тиканье остывающего металла.

«Никогда не сталкивался с необъяснимым... а теперь вот столкнулся».

Он все *видел*.

В машине никого не было. Она приехала сама, и от нее пахло гнилой репой.

Несмотря на охвативший его ужас, Уилл уже лихорадочно соображал, какую пользу можно извлечь из новых обстоятельств.

38. Сжигание мостов

> Что ж, мистер, я хочу кабриолет,
> Четырехдверный «де вилль»,
> Запаска снаружи, спицевые колеса,
> Усилитель руля, тормоза без вопросов,
> Мощный мотор и хороший кондей.
> Нормальное радио, чтоб рулить веселей.
> Цветной телевизор, в салоне телефон —
> Чтоб за рулем болтать с любимой,
> Он должен быть всегда включен.
>
> *Чак Берри*

Сгоревший и раскуроченный «камаро» Бадди Реппертона нашли в среду днем — обнаружил его смотритель парка. Смотрителю позвонила старушка, что жила вместе с мужем в крошечном городке Аппер-Скуонтик неподалеку от озера. Ее мучил артрит, и иногда от боли она не могла спать. Минувшей ночью ей показалось, что у южных ворот парка что-то горит. Во сколько? Примерно в четверть одиннадцатого, потому что она как раз смотрела «Кино по четвергам» на «Си-би-эс», и фильм начался совсем недавно.

В четверг на первой странице либертивилльского «Кистоуна» появилась фотография обугленной машины под заголовком: «ТРОЕ ПОГИБЛИ В АВТОКАТАСТРОФЕ РЯДОМ С ПАРКОМ СКУОНТИК-ХИЛЛЗ». В полиции считали, что «авария, скорее всего, произошла по вине нетрезвого водителя» — так полицейские туманно преподнесли факт, что на месте происшествия были найдены осколки полудюжины бутылок фруктово-алкогольного напитка «Техасская отвертка».

Хуже всего восприняли новость в средней школе Либертивилля. Молодым всегда неприятно сталкиваться со свидетельствами бренности своего бытия, а из-за грядущих праздников удар оказался особенно болезненным.

Арни Каннингем был страшно подавлен новостью. Подавлен и напуган. Сначала Попрошайка, а теперь Бадди, Ричи Трилони и Бобби Стэнтон. Стэнтон... новичок-недоумок, о котором Арни никогда даже не слышал, — зачем он уселся в одну машину с ребятами вроде Реппертона и Трилони? Разве он не знал, что это все равно что войти в клетку к тиграм, вооружившись одним водяным пистолетом? Версия, гулявшая по сарафанному радио, Арни не устраивала: Бадди и его приятели якобы порядком упились на баскетбольном матче, а потом катались на машине и бухали. Вот и добухались.

Он не мог отделаться от ощущения, что каким-то образом причастен к их смерти.

Ли после той ссоры больше с ним не разговаривала. Арни ей не звонил — отчасти из гордости, отчасти из стыда, отчасти потому, что надеялся на ее звонок. Она позвонит и скажет: «Арни, пусть все будет как... раньше».

«Раньше? — прошептал его внутренний голос. — Это когда? До того, как она чуть не задохнулась в твоей машине? До того, как ты избил человека, спасшего ей жизнь?»

Но нет, Ли хочет, чтобы Арни продал машину. А это попросту невозможно... да ведь? Как он может продать ее — столько сил вложено, столько пота и крови и... да, слез.

Заезженная пластинка. Арни больше не хотелось об этом думать. Наконец прозвенел последний звонок — день тянулся бесконечно, — и он вышел на парковку. Нет, не вышел — выбежал, чтобы с облегчением запрыгнуть в Кристину.

Сев за руль, Арни протяжно и с содроганием вздохнул. Первые хлопья надвигающейся пурги уже скользили по яркокрасному капоту. Арни порылся в карманах, достал ключи и завел Кристину. Мотор уверенно заурчал, и машина выехала с парковки, скрипя резиной по утрамбованному снегу. Рано или поздно придется поставить зимние шины, но Кристине они как будто не нужны. Такого сцепления с дорогой на памяти Арни не было еще ни у одного автомобиля.

Он нащупал ручку радио и включил WDIL. Шеб Вули пел «Фиолетового людоеда». Наконец-то лицо Арни расплылось в улыбке.

Стоило ему сесть за руль и врубить двигатель — все вставало на свои места. С Кристиной ему море по колено. Конечно, его потрясла новость о гибели Реппертона, Трилони и этого мелкого говнюка — и после случившегося осенью, наверное, он имел всякое основание чувствовать за собой легкую вину.

Но он тут ни при чем, и точка. Он играл в шахматы на турнире северных штатов. В Филадельфии.

Просто он немного не в своей тарелке из-за происходящего. Деннис лежит в больнице, Ли ведет себя как полная дура — решила, что машина отрастила руки и запихнула кусок мяса ей в горло. К тому же сегодня он ушел из шахматного клуба.

Больше всего его задела реакция мистера Слоусона, тренера по шахматам, — вернее, ее полное отсутствие. Он даже не попытался его отговорить. Арни долго ныл, как у него мало времени, как много дел — придется жертвовать любимым хобби... А мистер Слоусон просто взял и кивнул. «Ладно, Арни, если передумаешь — мы в кабинете номер 30». В его мутных голубых глазах за толстыми линзами очков, отвратительно похожих на сваренные вкрутую яйца, что-то мелькнуло... неужто упрек?

Возможно. Только вот он даже пальцем не пошевелил, чтобы его переубедить. Мог бы хоть попытаться, все-таки Арни играл в шахматы лучше всех в школе, и Слоусон это знал. Может, он бы даже передумал... Времени у него теперь больше, Кристина-то... Кристина... что?

...ну, в полном порядке. Скажи мистер Слоусон что-нибудь вроде: «Брось, Арни, не принимай поспешных решений, ты нам так нужен...» Скажи он что-нибудь в этом духе, Арни, наверное, передумал бы. Но нет, Слоусон не захотел унижаться. «Если передумаешь — мы в кабинете номер 30», бла-бла-бла, говнюк хренов. Такой же говнюк, как все остальные. Арни не виноват, что сборная школы вылетела в полуфинале; он перед этим выиграл четыре игры подряд, и в финале бы тоже победил, если б ему дали шанс. Во всем виноваты говнюки Барри Куолсон и Майк Хикс. Они так играли, будто не слышали про дебют Руи Лопеса — назови им это имя, они бы небось решили, что это новая газировка.

Арни развернул пластинку жевательной резинки, смял фантик в комок и щелчком отправил ее в мусорный пакет, аккуратно свисавший с пепельницы Кристины.

— Прямо в бродяжкин пердак, — пробормотал он и ухмыльнулся. То была жестокая, мрачная ухмылка. Глаза Арни бегали из стороны в сторону, недоверчиво глядя на мир, полный водителей-идиотов, сумасшедших пешеходов и прочего мрака.

Арни бесцельно колесил по Либертивиллю, мысли шли привычным чередом — слегка параноидальные, но почему-то успокаивающие. По радио крутили золотые хиты. Сегодня это был один инструментал: «Бунтовщик» Эдди Дуэйна, «Безумные выходные» Билла Андерсона, «Телстар» группы «Торнадос», первобытный «Подростковый бит» Сэнди Нельсона и «Стенка на стенку» Линка Рея, великий шедевр 50-х. Слегка ныла спина. Метель усилилась, и город накрыло темно-серое облако снега. Арни включил дальний свет, и почти сразу же тучи разошлись: выглянуло далекое и холодное зимнее солнце.

Он катался и катался.

Его мысли вернулись к Реппертону: все-таки, что ни говори, он заслужил такой смерти. И вдруг Арни с ужасом осознал, что на часах уже четверть седьмого, а за окном — темно. Слева показалась пиццерия «Джино»: в темноте светился зеленый листок клевера. Арни свернул на обочину и вышел. Вдруг вспомнил, что забыл ключи в замке зажигания.

Он наклонился, чтобы их достать... и в нос ударила жуткая вонь, та самая, про которую говорила Ли, и существование которой он так яростно отрицал.

Машина словно бы выпустила этот запах, как только Арни вышел на улицу, — отвратительный запах гниения, от которого слезились глаза и сжималось горло. Арни схватил ключи и попятился, в ужасе глядя на Кристину.

«А потом... когда ты меня усадил обратно в салон... там стояла жуткая вонь. Могильная. Ты знаешь, о чем я говорю». — *«Нет. Понятия не имею. Это у тебя фантазия разыгралась!»*

Что же, и у него теперь фантазия разыгралась?

Арни развернулся и побежал к пиццерии — со всех ног, словно за ним гнался сам дьявол.

Он заказал пиццу, которую уже не хотел, разменял несколько четвертаков на десятицентовики и вошел в телефонную будку возле музыкального автомата. Из автомата неслась какая-то современная песня, которую Арни слышал впервые.

Сначала он позвонил домой. Трубку поднял отец, голос у него был какой-то бездушный — такого Арни еще не слышал. Тревога росла. Голос отца напомнил ему голос мистера Слоусона. День и вечер Арни начали приобретать багровые оттенки ночного кошмара. За стеклянной стеной будки проплывали чьи-то странные размытые лица, похожие на воздушные шары с намалеванными на них глазами и ртом: словно бы Господь вооружился «Волшебным маркером».

Говнюки, почему-то подумал он. *Сраные говнюки*.

— Привет, пап, — неуверенно проговорил он. — Слушай, я тут увлекся и забыл, что уже поздно. Прости.

— Ничего, — монотонно протянул Майкл, и тревога Арни переросла в некое подобие страха. — Ты в гараже?

— Нет, в пиццерии «Джино». Пап, у тебя все нормально? Голос какой-то странный.

— Все нормально. Я только что стряхнул в мусорный бак твой ужин, мама рыдает у себя в спальне, а ты ешь пиццу. Все отлично. Как твоя машина, Арни? Радует тебя?

Арни открыл рот, но не смог выдавить ни звука.

— Пап, — наконец промолвил он, — это несправедливо.

— Меня больше не волнует, что тебе кажется справедливым, а что нет. Поначалу я находил оправдание твоим поступкам. Но за последний месяц ты превратился в совершенно чужого мне человека, и я не понимаю, что происходит. Твоя мать тоже не понимает, но чувствует неладное и очень страдает. Конечно, отчасти она сама виновата, но вряд ли ей от этого легче.

— Пап, да я просто забылся, не посмотрел на часы! — закричал Арни. — Хватит делать из мухи слона!

— Катался на машине?

— Да, но...

— Я так и думал. Ты всегда забываешь о времени в этой машине. Тебя сегодня ждать?

— Да! Я скоро буду! — Арни облизнул губы. — Только заскочу в гараж переговорить с Уиллом. Он просил меня кое-что разузнать в Филадельфии.

— Это меня тоже не волнует, ты уж извини, — тем же вежливым и отрешенным голосом проговорил Майкл.

— Ясно, — еле слышно произнес Арни. Ему было очень жутко, почти до дрожи.

— Арни?

— Да? — едва ли не шепотом отозвался он.

— Что происходит?

— Не понимаю, о чем ты.

— Ответь, пожалуйста. Ко мне сегодня опять приходил тот детектив. С Региной тоже поговорил. Она жутко расстроилась. Вряд ли он хотел ее расстраивать, но...

— Что случилось на сей раз? — выпалил Арни. — Что опять понадобилось этому подонку? Да я его самого...

— Что?

— Ничего. — Он проглотил застрявший в горле ком, по вкусу напоминающий клубок пыли. — Зачем он приходил?

— Расспрашивал про Реппертона. И про его дружков. А ты думал, он хочет узнать о геополитической ситуации в Бразилии?

— С Реппертоном произошел *несчастный случай*, — сказал Арни. — При чем тут вы с мамой, господи?!

— Не знаю. — Майкл Каннингем помолчал. — Может, ты знаешь?

— Откуда?! — завопил Арни. — Я был в Филадельфии, откуда мне знать?! Я играл в шахматы, а не... не... — Он запнулся и с трудом закончил: — Я играл в шахматы!

— Еще раз спрашиваю, Арни, что происходит?

Он подумал о запахе — резкой вони разложения. Перед глазами снова встал образ задыхающейся Ли: она синела и цеплялась за горло. Он хлопал ее по спине, потому что так раньше помогали людям, которые подавились, прием Геймлиха еще не изобрели, и к тому же... разве не так все должно было закончиться? Только не в машине, а на обочине... в его объятиях...

Он закрыл глаза, и мир сперва качнулся, а потом завертелся вокруг него.

— Арни?

— Ничего не происходит, — процедил он сквозь зубы. — Если не считать, что на меня взъелись все друзья и родные без исключения. Стоило мне один-единственный раз добиться своего.

— Ладно. — Тусклый голос отца вновь напомнил Арни голос мистера Слоусона. — Если захочешь поговорить, не стесняйся, я готов. Я всегда был готов, только не давал тебе это понять. А зря. Когда вернешься домой, поцелуй мать, хорошо?

— Поцелую. Слушай...

Клац.

Арни стоял как дурак, слушая абсолютную тишину. Голос отца исчез. На том конце провода не было даже гудков, потому что Арни звонил из сраной, вонючей... телефонной будки.

Он засунул руку в карман и выгреб оттуда всю мелочь. Разложил на железной полочке под телефоном, выбрал десятицентовик и чуть не уронил. Наконец вставил его в прорезь. Ему было тошно и жарко. Его только что весьма недвусмысленно послали на все четыре стороны.

Он по памяти набрал номер Ли.

Трубку взяла миссис Кэбот — Арни тут же ее узнал. Приятный томный голос, словно бы говорящий: «Иди ко мне, морячок», резко стал ледяным. Она давала Арни еще один шанс, но он все испортил.

— Ли не хочет с тобой говорить и видеть тебя не желает, — сказала миссис Кэбот.

— Прошу вас, я только...

— Ты уже и так натворил дел, — отрезала мама Ли. — Тем вечером она пришла домой вся в слезах и теперь без конца плачет. Не знаю, что между вами произошло, но надеюсь, что не... Я...

Арни с трудом сдержал истерический хохот. Ли подавилась гамбургером в его машине, а ее мать решила, что он хотел ее изнасиловать!

— Миссис Кэбот, я должен с ней поговорить.

— Ни в коем случае.

Арни стал лихорадочно соображать, как пробраться мимо дракона у ворот. Он почувствовал себя продавцом компании

«Фуллер браш», который пытается проникнуть в дом и побеседовать с хозяйкой, чтобы впарить ей бытовые приборы. Язык онемел. Да уж, продавец из него получился бы никудышный. Сейчас опять раздастся щелчок, и на другом конце повиснет бархатная тишина...

А потом кто-то забрал трубку у миссис Кэбот, и Арни услышал приглушенный голос Ли. Ее мать пыталась возразить, но в трубке уже раздалось:

— Арни?

— Привет! Ли, я только хотел извиниться и сказать, что мне очень стыдно...

— Да. Я знаю и принимаю твои извинения. Но... Арни, я больше не могу с тобой видеться. Если ты не согласен на перемены.

— Попроси что-нибудь попроще, — прошептал он.

— Я хочу только одного... — Ли отвернулась от трубки и прикрикнула на мать: — Мам, да хватит висеть над душой! Миссис Кэбот что-то проворчала, потом повисла тишина, и через некоторое время Ли тихо заговорила в трубку: — Мне больше нечего сказать, Арни. Я знаю, это безумие, но я по-прежнему уверена, что твоя машина пыталась меня убить. Не знаю, как это возможно, но никаких других версий у меня нет. Я *знаю*, что это правда. Ты у нее в плену, так ведь?

— Ли, прости мой французский, но ты несешь какую-то чушь! Это *машина*! Произнести по буквам? М-А-Ш-И-Н-А!!! Нет в ней ничего...

— Точно. Ты у нее в плену, она тебя захватила, и на свободу ты можешь вырваться только сам. Никто тебе не поможет.

У Арни вдруг снова заболела спина: от пульсирующей точки на пояснице боль лучами расходилась по всему телу, отдаваясь в голове.

— Разве я не права, Арни?

Он не ответил — не смог.

— Избавься от нее, пожалуйста. Утром я прочитала про аварию, в которой погибли Реппертон и его...

— А этот тут вообще при чем? — прохрипел Арни. И повторил то, что говорил отцу: — Это был *несчастный случай*.

— Не знаю, что это было, и не очень-то хочу знать. Но волнуюсь я теперь не за нас, не за наши отношения. Я волнуюсь за тебя. Мне *страшно* за тебя. Ты должен, нет, ты просто обязан от нее избавиться!

Арни прошептал:

— Только не бросай меня, Ли, хорошо?

Ей нестерпимо захотелось плакать — а может, слезы уже текли по ее щекам.

— Пообещай мне, Арни. Пообещай, что избавишься от нее, и сделай это! А потом посмотрим. Больше мне ничего от тебя не надо.

Он закрыл глаза и представил, как Ли возвращается домой из школы. А неподалеку, на обочине, стоит Кристина. И ждет.

Арни распахнул глаза, словно увидел хорошего друга.

— Я не могу.

— Тогда нам больше не о чем говорить, правда?

— Нет! Нам *надо* поговорить! Я...

— Пока, Арни. Увидимся в школе.

— Ли, постой!..

Клац. Мертвая бархатная тишина.

Все его существо охватила чистая, абсолютная ярость. Ему захотелось схватить трубку за провод, раскрутить ее над головой, как бразильский болас, и вдребезги расколотить стены этой чертовой камеры пыток, телефонной будки. Они все сговорились. Крысы бегут с тонущего корабля.

Ты должен помочь себе сам, не дожидаясь помощи со стороны. К черту! Крысы они, вонючие крысы и предатели. Все, начиная с очкарика Слоусона с глазами-яйцами и заканчивая моим сраным папашей, которому Регина своим каблуком отдавила не только мозги, но и яйца. А эта дешевая шлюшка-недотрога из «хорошей» семьи... небось у нее были месячные, вот она и подавилась сраным бургером... говнюки в дорогих тачках набитых клюшками для гольфа чертовы говнюки офицеры вонючие я бы их всех поимел я бы сыграл с ними в гольф черт подери эти шарики у них бы полезли изо всех дыр... когда я выберусь отсюда, никто больше не посмеет говорить мне, что делать, никто никто НИКТО НИКТО НИКТО....

Арни вдруг очнулся и испуганно вытаращил глаза. Что же с ним творится?! Он на секунду превратился в другого человека, обозлившегося на все человечество разом. Не в кого-нибудь. А в Роланда Д. Лебэя.

Нет! Это неправда!

Голос Ли: *Разве я не права, Арни?*

Внезапно в его изможденном, смятенном разуме возникла картинка. Он слышал голос священника: «Арнольд, берешь ли ты эту женщину в свои законные жены...»

Только он был не в церкви, а на стоянке подержанных машин. На ледяном ветру трепыхались разноцветные пластиковые флажки. Под ними — полукруг из пластиковых стульев. Это была стоянка Уилла Дарнелла, и сам Дарнелл стоял рядом в позе шафера. А вместо невесты — Кристина, сверкающая новой полиролью в лучах весеннего солнца. Белые бока ее шин так и светились.

Голос отца: *Что происходит, Арни?*

Голос священника: *Кто выдает эту женщину замуж?*

С одного из пластиковых стульев поднялся Роланд Д. Лебэй. Он был похож на носовую фигуру корабля-скелета из старых преданий. Старик улыбался — и только тут Арни заметил, кто сидит рядом с ним: Бадди Реппертон, Ричи Трилони, Попрошайка Уэлч. Ричи Трилони был весь черный и обуглившийся, с выжженными волосами. По подбородку Реппертона текла кровь: она запеклась на груди, как пятно мерзкой рвоты. Но хуже всех выглядел Попрошайка: его тело было вспорото, точно мешок с грязным бельем. Они улыбались. Все они улыбались.

— Я, — прохрипел Лебэй. Он ухмыльнулся, и из дыры на его щеке вывалился склизкий заплесневелый язык. — Я ее выдаю, даже расписку парню написал. Она теперь принадлежит ему. Эта сука ржавая принадлежит ему».

Арни услышал собственный сдавленный стон. Он все еще стоял в будке, прижимая телефонную трубку к груди. Невероятным усилием воли он заставил себя вырваться из забытья — видения или что это было — и собраться с мыслями.

На сей раз, потянувшись к мелочи на железной полочке, половину он просыпал на пол. Засунул десять центов в прорезь, нашел в справочнике телефон больницы и набрал его. Деннис. Деннис ему поможет, всегда помогал. Деннис не предаст. Деннис поможет.

Ответила девушка из регистратуры. Арни попросил соединить его с палатой номер 42.

В трубке пошли гудки. Один... второй... третий... Когда Арни уже хотел бросить трубку, бойкий женский голос спросил:

— Второй этаж, третье крыло, с кем вы хотели поговорить?
— С Гилдером, — ответил Арни. — С Деннисом Гилдером.
— Мистер Гилдер сейчас на ЛФК. Перезвоните в восемь.

Арни хотел было сказать, что это важно — очень важно, — но вдруг испытал непреодолимое желание вырваться из телефонной будки. Гигантский кулак клаустрофобии стиснул ему грудь. Он учуял запах собственного пота. Застарелый, горький.

— Сэр?
— Да, хорошо, я перезвоню, — сказал Арни, нажал «отбой» и едва не вывалился из будки. На полке и полу осталась рассыпанная мелочь. Двое или трое человек за столиками обернулись, посмотрели на него и снова вернулись к еде.

— Ваша пицца готова, — сказал официант.

Арни взглянул на часы и обнаружил, что проторчал в будке почти двадцать минут. Лицо его покрылось потом. В подмышках были жаркие джунгли. Ноги дрожали, мышцы казались слабыми и дряблыми: вот-вот колени подогнутся, и он упадет на пол.

Арни расплатился, чуть не обронив бумажник, и с трудом запихнул в него три доллара сдачи.

— Все нормально? — спросил его официант. — Вы позеленели.

— Нормально, — ответил Арни и сразу почувствовал, что вот-вот сблюет. Он схватил белую коробку с логотипом «Джино» и выбежал в холодную ясную ночь. Последние тучи растаяли, и звезды сверкали на черном бархате неба, как осколки бриллиантов. Арни пару секунд постоял на тротуаре, глядя то на звезды, то на Кристину, преданно ждущую его на другой стороне дороги.

Она никогда не жалуется и не ноет, подумал Арни. *Ничего не требует. Можно в любой момент залезть в нее и ощутить мягкий плюш обивки, отдохнуть в тепле и уюте. Она никогда не откажет. Она... она...*

Она его любит.

Да, он чувствовал, что это правда.

Как и то, что Лебэй никогда не продал бы ее случайному человеку, ни за двести пятьдесят долларов, ни за две тысячи. Кристина ждала своего покупателя. Того, кто...

Полюбит ее всей душой, прошептал внутренний голос.

Да, вот именно. Все так.

Арни стоял на улице, держа в руках забытую пиццу — от белой коробки в жирных пятнах лениво поднимался белый пар. Он посмотрел на Кристину, и вдруг на него обрушился шквал эмоций: словно бы в его теле поднялся тайфун, который уничтожал все на своем пути — а то, что не уничтожал, переносил на новое место. О да, он любит ее и ненавидит, обожает и презирает, нуждается в ней и хочет сбежать... Она принадлежит ему, а он принадлежит ей...

(Объявляю вас мужем и женой, отныне и во веки веков, пока смерть не разлучит вас)

Но хуже всего был ужас, всеобъемлющий, леденящий кровь ужас осознания...

(Как ты повредил спину, Арни? После того как Реппертон — покойный Кларенс «Бадди» Реппертон — с дружками разбил ее в говно? Как ты повредил спину — да так, что теперь не можешь вылезти из этого вонючего корсета? Как ты повредил спину?)

Ответ пришел сам собой, и Арни побежал — чтобы не слышать его, чтобы добраться до Кристины прежде, чем окончательно все поймет и сойдет с ума.

Он побежал к Кристине — наперегонки со спутанными эмоциями и снисходящим на него ужасным озарением, — побежал, как героиновый наркоман к шприцу, когда озноб и ломка становятся непереносимыми; побежал, как проклятые бегут навстречу предопределенному; побежал, как жених к ожидающей невесте.

Арни побежал, потому что в салоне Кристины ничего не имело значения — мать, отец, Ли, Деннис, ничего больше не имело значения. Даже то, как он повредил спину... ночью, когда он привез свой уничтоженный «плимут» к Дарнеллу и все остальные клиенты разъехались, он поставил Кристину на нейтральную передачу и стал толкать. Он толкал и толкал, пока она не покатилась на проколотых шинах — на улицу, где ноябрьский ветер выл среди заброшенных автомобильных туш с разбитыми стеклами; он толкал, а пот тек с него ручьями, сердце билось в груди как обезумевший мерин, спина молила о пощаде; он толкал, и мышцы всего тела работали словно в некоем дьявольском половом акте; он толкал, а одометр внутри медленно крутился в обратную сторону; в пятидесяти футах от гаражных ворот его спина начала болеть по-настоящему, но он все толкал и толкал; мышцы поясницы кричали от боли, а он толкал, катил ее вперед на исполосованной резине; руки немели, спина кричала, кричала, кричала... А потом...

Арни добежал до Кристины и ввалился в салон, дрожа и задыхаясь. Пицца упала на пол. Он подобрал ее и положил на сиденье; по телу, словно согревающий бальзам, медленно разливался покой. Арни дотронулся до руля, скользнул вниз, ощущая восхитительный изгиб... снял одну перчатку и достал из кармана ключи. Ключи Лебэя.

Он все еще помнил, что произошло той ночью, но это больше не внушало ему ужаса; наоборот, теперь, когда он сидел за рулем Кристины, случившееся казалось прекрасным чудом.

Да это и было чудо.

Арни вспомнил, как толкать стало проще, потому что шины волшебным образом вновь стали целыми: сначала переплелись нити корда, потом затянулась резина, потом шины наполнились воздухом. Ни единого шрама. Разбитое стекло тоже восстановилось — осколки склеивались с тонким хрустальным звяканьем. Вмятины начали выпрямляться.

Арни просто толкал Кристину, пока она не поехала сама, а затем сел за руль и стал кататься между рядами. Одометр повернул время вспять, и Кристина вернулась в прошлое:

туда, где Реппертон и его дружки еще не успели ничего натворить.

Что в этом ужасного?

— Ничего, — сказал голос.

Арни огляделся. На пассажирском сиденье сидел Роланд Д. Лебэй в черном костюме и белой рубашке с синим галстуком. На лацкане пиджака — несколько медалей. В этом наряде его похоронили, вдруг понял Арни, хотя сам покойника не видел. Однако сейчас Лебэй выглядел моложе и крепче. С таким человеком шутки плохи.

— Заводи, — приказал Лебэй. — Включи печку, устроим покатушки.

— Ага, — ответил Арни и повернул ключ зажигания. Кристина тронулась с места, скрипя резиной по снегу. В ту ночь он толкал ее до тех пор, пока не устранил весь ущерб. Нет, не устранил — отменил. Да-да, вот именно. А потом он снова поставил ее в двадцатый отсек, чтобы доделать остальное своими руками.

— Вруби-ка музыку, — сказал голос.

Арни включил радио. Дион пела «Донну Примадонну».

— Пиццу-то будешь? — Голос начал странно меняться.

— Конечно. А ты?

Насмешливое:

— Никогда не отказываюсь от угощения.

Арни открыл коробку с пиццей, достал оттуда кусок.

— Вот, дер...

Он вытаращил глаза. Кусок пиццы в его руках задрожал, длинные нити сыра закачались, словно клочья паутины на ветру.

На пассажирском сиденье был не Лебэй.

Это был он сам.

Постаревший Арни Каннингем, лет пятидесяти, еще не такой старый, как Лебэй в день их знакомства, еще не старик, но... уже и не молодой мужчина. О нет, совсем не молодой. На постаревшем Арни была застиранная белая футболка и грязные, заляпанные машинным маслом джинсы. На носу — очки в роговой оправе, одна дужка перемотана липкой лентой.

Волосы короткие и редкие. Серые глаза — мутные и налитые кровью. Вокруг рта — морщины, признак угрюмого одиночества. Потому что этот че... это видение, призрак или кто это? — оно было одиноко. Арни это почувствовал.

Ни единой родной души. Кроме Кристины.

Роланд Д. Лебэй вполне мог приходиться этому человеку отцом. Сходство было налицо.

— Хорош на меня пялиться, смотри на дорогу!

На изумленных глазах Арни видение начало стареть. Темные, с проседью, волосы побелели, футболка растянулась и выцвела, тело под ней усохло. Морщины сначала испещрили лицо, а затем пролегли глубокими складками, словно их полили кислотой. Глаза ввалились, белки пожелтели. Нос выдался вперед, отчего лицо стало напоминать голову какого-то древнего стервятника, но все же это было его лицо, о да, по-прежнему его.

— Что это там зеленое виднеется? — прохрипел этот призр... нет, прохрипел постаревший Арни Каннингем. Его тело извивалось, скрючивалось и усыхало на красном сиденье Кристины. — Что это там зеленое виднеется? Что это там зеленое? Что это там... — Голос дрогнул, а потом превратился в высокий пронзительный стариковский хрип. Кожа покрылась язвами и опухолями, глаза за очками побелели от катаракты, словно их затянуло шторками. Тварь разлагалась прямо на глазах у Арни и воняла... Знакомая вонь, та самая, которую ощутила Ли, только в тысячу раз хуже: резкий удушающий запах быстрого разложения, запах его собственной смерти. Арни завыл, а по радио Литтл Ричард пел «Тутти-Фрутти». Волосы твари стали выпадать белыми клочками паутины, а ключицы проткнули блестящую натянутую кожу над воротником футболки и торчали наружу, как белые карандаши. Губы усыхали, обнажая последние уцелевшие зубы — редкие и кривые, как покосившиеся могильные камни. Это был он, Арни, мертвый и живой одновременно. Как Кристина.

— Что это там зеленое? — невнятно бормотал он. — Что это там зеленое?

Арни закричал.

39. И снова Джанкинс

> Крылом я лихо задел отбойник,
> Дружок стал белый, как покойник.
> Кричит мне: «Сбавляй скорость, детка!»
> В белую линию превратилась разметка.
>
> *Чарли Райан*

Примерно через час Арни приехал в гараж Дарнелла. Его попутчик давно исчез, да и вонь тоже. Все это явно ему померещилось. Когда долго общаешься с говнюками, рассудил Арни, *все* вокруг начинает вонять говном. Эта мысль подняла ему настроение.

Уилл сидел за столом в кабинете и ел здоровенный сэндвич с мясом и овощами. Он приветственно махнул Арни, капая на стол соусом, но навстречу не вышел. Арни коротко посигналил и стал парковаться.

Разумеется, это был сон, какое-то умопомрачение, только и всего. После трех звонков самым близким людям, которые фактически послали его на хрен, в голове у него немного помутилось. Он вышел из себя. Любой бы вышел на его месте — начиная с августа на Арни без конца валилось дерьмо. В сущности, это вопрос разрушения стереотипов, верно? Всю жизнь он был для близких одним человеком, а тут вышел из скорлупы и стал другим, нормальным человеком с нормальными потребностями. Неудивительно, что людям это не нравится, ведь резкие перемены всегда...

(в горе и радости, богатстве и бедности...)

...всегда действуют на нервы. Потому что рушат устоявшуюся картину мира.

Ли решила, что он сошел с ума, но это же бред сивой кобылы! Да, в его жизни сейчас много стрессов, однако стрессы — часть любой жизни любого человека. Если «Мисс Совершенство» Ли Кэбот думает иначе, то судьба, этот чемпион по физическому и умственному насилию, скоро устроит ей адское порево. Да такое, что день у нее будет начинаться с больших красных пилюль, а заканчиваться нембуталоном или сопором.

И все же Арни хотел быть с ней — даже сейчас, когда он о ней думал, его прохватывал ледяной озноб огромного, безотчетного, безымянного, животного влечения. Оно было слишком огромное, слишком первобытное, не поддающееся описанию. Отдельная стихия.

Ничего, все уже прошло. Он чувствовал, что... сжег последний мост или что-то в этом роде.

Арни пришел в себя посреди узкой дорожки за самой дальней парковкой торгового центра Монровилля — то есть чуть ли не на полпути в Калифорнию. Выбравшись из машины и осмотревшись, он увидел большую дыру в снежной насыпи и ошметки тающего снега на капоте Кристины. Стало быть, он не справился с управлением и, как по катку, пронесся по пустой (слава богу!) парковке и протаранил снежную насыпь. Хорошо хоть жив остался. Повезло. *Чертовски* повезло.

Арни немного посидел в машине, слушая радио и глядя на белый полумесяц в черном небе. Бобби Хелмс запел «Рок на бубенцах» — хит сезона, как сказали диджеи, — и Арни улыбнулся. Ему полегчало. Он не помнил, что ему привиделось в машине, и не хотел вспоминать. Как бы то ни было, это случилось в первый и в последний раз. Почему-то Арни был в этом уверен. Все вокруг держат его за сумасшедшего... Узнай они, что произошло, обоссались бы от радости. Но он не доставит им такого удовольствия.

Скоро все станет как прежде. Предков ничего не стоит подмаслить — сегодня, например, можно посмотреть с ними телик. И Ли тоже вернется. Раз ей не нравится машина — пусть по самым нелепым причинам, — так и быть. Может, скоро ему удастся купить вторую тачку, а Кристину держать в гараже и иногда на ней кататься. Ли не обязательно об этом знать. Меньше знаешь — лучше спишь. И да, Уилл. Больше он не станет на него работать. Слишком далеко зашло это дерьмо. Пусть Уилл считает его трусом и сопляком — пусть! Обвинение в незаконной перевозке спиртного и табака будет не очень хорошо смотреться в его заявке на поступление в университет. *Федеральное* преступление. Нет уж, спасибо, нам такого не надо.

Арни засмеялся. Ему в самом деле полегчало. Он чувствовал себя... обновленным, свободным. По дороге к гаражу он даже доел пиццу — страшно хотелось есть. Правда, он с некоторым недоумением отметил, что одного куска в коробке недостает, но сразу отмел все мысли. Подумаешь! Может, он его съел, когда был не в себе. Или попросту выбросил в окно. У-у-у, страшно! Все, хватит с него всякого сверхъестественного дерьма. Арни опять засмеялся — на сей раз уже более уверенно, почти без дрожи в голосе.

Он выбрался из машины, захлопнул дверь и пошел к Уиллу — узнать, какую работу ему надо выполнить сегодня вечером. Вдруг он вспомнил, что завтра — последний день учебы перед рождественскими каникулами, и от этой мысли окончательно повеселел.

В этот самый миг небольшая калитка рядом с гаражными воротами открылась, и внутрь вошел человек. Джанкинс. Опять!

Он увидел Арни и помахал ему рукой:

— Привет!

Арни вопросительно взглянул на Уилла сквозь стекло: тот лишь пожал плечами и откусил сэндвич.

— Здравствуйте. Чем могу помочь?

— Не знаю, — ответил Джанкинс, улыбнулся и тут же перевел взгляд с Арни на Кристину: внимательный взгляд, выискивающий малейшие царапины и вмятины. — А ты хочешь помочь?

— Ага, размечтался! — рявкнул Арни и вновь почувствовал в голове настойчивый пульс ярости.

Руди Джанкинс ничуть не обиделся, даже просиял.

— Да я просто мимо ехал, решил заскочить. Как поживаешь?

Он протянул Арни руку. Тот лишь посмотрел на нее. Джанкинс опустил руку, подошел к Кристине и снова начал осмотр. Арни наблюдал за ним с плотно поджатыми, побелевшими от злости губами. Всякий раз, когда Джанкинс проводил ладонью по Кристине, у него в груди вскипала ярость.

— Слушайте, может, вам абонемент купить? Как на футбол. Будете ходить, любоваться.

Джанкинс обернулся и недоуменно посмотрел на него.
— А, забейте, — буркнул Арни.
Джанкинс продолжил осмотр.
— Знаешь, — наконец проговорил он, — странная штука приключилась с этим Реппертоном и его приятелями, правда?
«К черту, — подумал Арни. — Не собираюсь я слушать бред этого говнюка!»
— Я был в Филадельфии. На шахматном турнире.
— Знаю.
— Господи! Да вы прямо следите за мной!
Джанкинс подошел к Арни. На его лице не осталось ни намека на улыбку.
— Ага, — сказал он. — Слежу. Уже трое парней из той банды, что разбила твою тачку, умерли. Четвертый к делу отношения не имел, видно, случайно затесался. Какое-то странное совпадение, не находишь? Для меня — прямо-таки чудесное. Поэтому я за тобой наблюдаю, еще как наблюдаю.
Несмотря на бушующий в груди гнев, Арни удивился и растерялся.
— Я думал, это несчастный случай... Они напились, превысили скорость и...
— Там была вторая машина, — сказал Джанкинс.
— Откуда вы знаете?
— Во-первых, на снегу остались следы шин. Ветер и снег их попортили, так что рисунок разобрать не удалось. Но кто-то протаранил одну из снежных насыпей рядом с парком Скуонтик-Хиллз, и мы нашли следы красной автомобильной краски. «Камаро» Реппертона был синий.
Он пытливо уставился на Арни.
— Ту же красную краску мы нашли на коже Попрошайки Уэлча. Представляешь? Это какой силы должен был быть удар, чтобы краска *впечаталась* в кожу?
— Мало ли на свете красных машин, — ледяным тоном ответил Арни. — Пройдитесь по улице и посчитайте: еще до Бейзин-драйв штук двадцать наберется.
— Ага, — сказал Джанкинс. — Но мы отправили эту краску в вашингтонскую лабораторию ФБР. Там есть образцы всех

автомобильных красок, когда-либо использовавшихся в Детройте. Сегодня получили ответ. Догадаешься, какой?

Сердце гулко стучало в груди Арни, и в такт ему что-то стучало в висках.

— Раз вы приперлись сюда, видно, это был «Осенний красный». Цвет Кристины.

— Молодец, возьми с полки пирожок! — сказал Джанкинс, прикуривая сигарету и глядя на Арни сквозь дым. Он больше не строил из себя добряка; взгляд у него был холодный и стальной.

Арни театрально хлопнул себя по голове.

— «Осенний красный», черт возьми! Да, это цвет Кристины, а еще — кучи «фордов», выпускавшихся с 1959 по 1963-й, и «тандербердов», и еще «шевроле» с 1962 по 1964-й. В середине 50-х и «рамблеры» такие продавались. Я уже полгода восстанавливаю свою старушку, много всякой литературы по ретроавтомобилям прочитал. Без журналов никак. «Осенний красный» раньше был очень популярным цветом. Я это знаю, — он пристально посмотрел в глаза Джанкинсу, — и вы это знаете, правда?

Джанкинс ничего не сказал, только продолжал сверлить Арни неприятным стальным взглядом. Никто и никогда еще не смотрел так на Арни, однако он сразу понял, что это значит. Любой бы понял на его месте. Во взгляде Джанкинса было недвусмысленное, искреннее и открытое подозрение. Это напугало Арни. Но не только. Несколько месяцев назад — даже несколько недель — он бы лишь перепугался. Сегодня он вышел из себя.

— Да вы, смотрю, никак не уйметесь! Что вам от меня надо, мистер Джанкинс? Какого хрена вы ко мне прицепились? Что я сделал?

Джанкинс засмеялся и обошел Арни по кругу. В гараже никого не было, кроме них и Уилла, который доедал сэндвич в своем кабинете, слизывая оливковое масло с пальцев и внимательно наблюдая за происходящим.

— Что ты сделал? «Предумышленное убийство» — как тебе такая формулировочка? До костей пробирает, а?

Арни не шевельнулся.

— Да ладно, ерунда какая, — все еще расхаживая вокруг Арни, продолжал Джанкинс. — Права тебе еще не зачитали, копов не нагнали, даже проехаться в участок не предложили. Жизнь нашего героя, Арнольда Каннингема, пока безоблачна и прекрасна.

— Что за чушь вы несе...

— Ты отлично меня ПОНЯЛ! — вдруг заревел Джанкинс. Он остановился рядом с огромным желтым грузовиком — очередным детищем Джонни Помбертона — и посмотрел Арни в глаза. — Трое из ребят, что выбили дерьмо из твоей тачки, убиты. Следы краски «Осенний красный» были найдены на обоих местах преступления, а значит, машина преступника в обоих случаях была хотя бы частично окрашена в этот цвет. И вдруг выясняется — вот это да! — что убитые ребята недавно раскурочили как раз такую тачку. После этого ты еще смеешь презрительно поправлять очки и говорить, что я несу бред?

— Я был в Филадельфии, когда это случилось, — тихо проговорил Арни. — Слышите? Вы меня вообще слушаете?

— Мальчик, — сказал Джанкинс, щелчком выбросив окурок, — в этом-то и вся беда. *Твоя* беда.

— Валите отсюда или арестуйте меня! А если не можете, то я займусь делами.

— Пока я могу только трепать языком, на арест дело не тянет, — сказал Джанкинс. — В первый раз — когда убили Уэлча — ты спал дома.

— Угу, не слишком правдоподобно. Поверьте, если б я знал, в какое дерьмо вляпаюсь, то нанял бы сиделку, чтобы она могла подтвердить мое алиби.

— Да нет, алиби как раз неплохое. У твоих родителей нет причин сомневаться в том, что ты им плетешь. Это сразу видно. Но вот в чем штука... настоящие алиби редко бывают железными. Они скорее похожи на дырявую форму Армии спасения. А вот когда они начинают смахивать на бронежилет... это уже подозрительно.

— *Силы небесные!* — Голос Арни едва не сорвался на крик. — Я был на шахматном турнире, мать вашу! Я уже четыре года состою в шахматном клубе!

— Ага, до сегодняшнего дня состоял.

Арни опять замер. Детектив кивнул.

— Да, я побеседовал с твоим тренером. Герберт Слоусон, верно? Он говорит, что за первые три года ты не пропустил ни единого занятия, даже легкий грипп тебе не мешал. Лучший игрок клуба! А в этом году ты с самого начала стал прогуливать...

— У меня появилась машина... и девушка...

— Первые три турнира ты пропустил, и тренер очень удивился, когда на сей раз увидел твое имя в списках участников. Он-то думал, ты окончательно потерял интерес к шахматам.

— Я же говорю...

— Да-да, ты был страшно занят. Машины, девушки... все как у всех. Однако же на турнир в Филадельфии время у тебя нашлось. А после него ты сразу ушел из клуба. Мне это кажется очень странным.

— Ничего странного, — проговорил Арни. Собственный голос показался ему далеким, едва слышным: все перебивал рев бушующей в ушах крови.

— Ну-ну! А я вот думаю, что ты заранее позаботился об алиби.

Рев в голове принял характер морского прилива: волны накатывали на берег, и с каждым ударом голову пронзала боль. Господи, почему этот человек с пытливыми карими глазами просто не уйдет? Все это чушь, неправда, он ничего не подстраивал и не придумывал. Он удивился не меньше остальных, когда прочел в газете о случившемся. Но ничего странного не произошло, если не считать этих безумных видений...

(Как ты повредил спину, Арни? И кстати, что это там зеленое виднеется? Что это там зеле...)

Он закрыл глаза. На секунду планета словно бы сорвалась с орбиты, и он увидел перед собой зеленое ухмыляющееся лицо. *«Заводи... Включи печку, устроим покатушки. Да заодно разберемся с говнюками, что разбили машину. Покончим с этими говноедами, что скажешь, а? Ударим по ним так, что потрошители трупов в городском морге будут пинцетом отдирать от туши хлопья краски. Что скажешь? Врубы какой-нибудь блюзок, и поехали, прокатимся с ве...»*

Арни ощупью нашел за спиной Кристину, твердый, гладкий и прохладный металл ее кузова. Все сразу встало на места. Он открыл глаза.

— На самом деле меня беспокоит только одно, — сказал Джанкинс. — И это очень субъективно. Начальнику о таком не доложишь. Ты изменился, Арни. Стал суровее и жестче. Как будто постарел лет на двадцать.

Арни засмеялся и с облегчением отметил, что смех получился весьма искренний.

— Мистер Джанкинс, у вас не все дома.

Джанкинс смеяться не стал.

— Ага. Знаю. Мне самому все происходящее кажется безумием. За десять лет службы я с таким не сталкивался. В прошлый раз я мог до тебя достучаться, Арни. Ты был... не знаю, несчастным? Потерянным? Словно хотел вырваться из чьей-то хватки. А теперь этого нет. Я как будто разговариваю с другим человеком. И не самым приятным.

— Больше нам не о чем говорить, — оборвал его Арни и пошел к кабинету Уилла.

— Я хочу докопаться до правды! — крикнул Джанкинс ему вслед. — И я непременно докопаюсь! Ты уж мне поверь.

— Сделайте доброе дело, не приходите больше сюда, — сказал Арни. — Вы спятили.

Он вошел в кабинет, закрыл за собой дверь и заметил, что руки у него нисколько не дрожат. В душной комнате пахло оливковым маслом, чесноком и сигарами. Не говоря ни слова, он прошел к стеллажу, взял свою карточку табельного учета и выбил на ней время прихода на работу: *ба-бац*. Затем посмотрел в окно и увидел, что Джанкинс стоит возле Кристины. Уилл молчал. Арни слышал шумную работу его легких. Через пару минут детектив ушел.

— Коп, — сказал Уилл и протяжно рыгнул. Звук был такой, словно включили бензопилу.

— Ага.

— Насчет Реппертона?

— Да. Думает, я причастен.
— Но ты же был в Филадельфии!
Арни покачал головой:
— А ему плевать.

«Выходит, коп-то не дурак, — подумал Уилл. — Чует, что факты не сходятся... Он уже копнул глубже, чем любая ищейка на его месте, да вот только до правды ему пока как до звезды». Уилл вспомнил, как пустая машина ехала по гаражу, точно огромная заводная игрушка. Замок зажигания сам повернулся вокруг оси, двигатель предостерегающе взревел и тут же умолк.

Уилл не осмелился посмотреть Арни в глаза, хотя врать он был мастак.

— Не стоит тебе ехать в Олбани, раз за тобой наблюдают копы.

— Могу и не ехать, мне все равно. Но насчет копов не парься, он единственный, кому есть до меня дело. Остальным плевать. А этому ненормальному неймется раскрыть два убийства, больше его ничего не интересует.

На сей раз их взгляды встретились: серый и отрешенный взгляд Арни и выцветший, тусклый взгляд Уилла — то были глаза бывалого котяры, вывернувшего наизнанку не одну мышь.

— Его интересуешь ты. Отправлю-ка я лучше Джимми.
— А, все же тебе нравится, как он водит машину?

Уилл секунду-две смотрел на Арни, а потом вздохнул.

— Ладно, так и быть. Но если увидишь этого копа — возвращайся, понял? А если он поймает тебя с пакетом, это твой пакет, Каннингем. Ясно?

— Да. Работа на сегодня есть?
— В сорок девятом отсеке — «бьюик» семьдесят седьмого года. Заведи его вручную, проверь соленоид.

Арни кивнул и вышел. Задумчивый взгляд Уилла переметнулся с его удаляющейся спины на Кристину. Не стоило отправлять Арни в Олбани на эти выходные, и парень тоже это понимал. Но теперь это было дело принципа — мужик сказал, мужик сделал. А если что случится, Арни не подведет, не сдаст босса, Уилл был в этом уверен на все сто процентов. Раньше сдал бы, но те времена в прошлом.

Уилл слышал их разговор с детективом по внутренней связи. Джанкинс прав.

Арни в самом деле изменился.

Уилл вновь посмотрел на его «плимут» 58-го года. Арни поедет в Нью-Йорк на «крайслере», а Уилл тем временем понаблюдает за Кристиной. И посмотрит, что будет.

40. Арни в беде

> Спортивные сиденья спереди и сзади,
> Всюду хром, дружище! Взял не глядя.
> Жму на газ — бьет копытом, как конь.
> Смотреть разрешаю,
> Но руками не тронь.
>
> *«Бич Бойз»*

Рудольф Джанкинс и Рик Мерсер из уголовной полиции штата Пенсильвания сидели в унылом кабинете с облупившимися стенами и пили кофе. На улице шел отвратительный дождь со снегом.

— Спорим, все случится на этих выходных? — сказал Джанкинс. — Последние восемь месяцев «крайслер» выезжал в Нью-Йорк через каждые четыре-пять недель.

— Только имей в виду, мы хотим накрыть Дарнелла. Что ты там навыдумывал про Каннингема и его причастность к убийствам — совсем другое дело.

— А мне все одно, — ответил Джанкинс. — Парень что-то знает. Может, он расколется, если прижать его как следует.

— Думаешь, у него был сообщник? Кто-то взял тачку и грохнул тех ребят, пока Каннингем играл в шахматы?

Джанкинс помотал головой:

— Нет, черт подери! У этого заучки всего один друг, да и тот в больнице. Я сам не знаю, что происходит, но машина в этом точно замешана. И Каннингем тоже.

Джанкинс поставил свой пенопластовый стаканчик на стол и ткнул пальцем в коллегу.

— Как только накроем гараж Дарнелла, вышлешь туда команду экспертов: пусть вывернут эту тачку наизнанку, ясно? Пусть закатят на подъемник и изучат каждый винтик: мне нужны следы вмятин, рихтовки и... крови. Это самое главное, Рик. Пусть найдут хоть каплю крови!

— Смотрю, ты этого парня живьем съесть готов, — заметил Рик.

Джанкинс рассмеялся.

— Знаешь, после первой встречи он мне даже понравился. Мне его было жаль. Я подумал, что он прикрывает чью-то задницу, потому что по-другому просто не может. Но теперь он изменился. Здорово изменился. — Секунду или две он молчал, о чем-то размышляя. — Машина мне тоже не по душе. Он без конца ее трогал... прямо оторваться не мог. Как марионетка на веревочках. Жуть!

Рик сказал:

— Ладно, ты, главное, помни, что нам нужен Дарнелл. Никому в Гаррисберге нет дела до твоего парня.

— Запомню, — ответил Джанкинс, взял стаканчик и мрачно поглядел на Рика. — Но учти, Каннингем — ключ к разгадке. Я узнаю, кто убил тех ребят, даже если это будет стоить мне жизни.

— Не факт, что это случится на ближайших выходных, — предупредил Рик.

Однако же случилось.

В субботу утром, 16 декабря, неподалеку от ворот гаража припарковался четырехлетний пикап «датсун». В нем сидели два копа в штатском. На их глазах ворота поднялись, и на улицу выехал черный «крайслер» Уилла Дарнелла. Моросил дождь, на сей раз без снега. День был теплый и туманный, из тех, когда невозможно найти границу между туманом и низкими тучами. У «крайслера» загорелись противотуманные фары. Арни Каннингем никогда не нарушал правил дорожного движения.

Один из копов поднес к губам рацию и произнес:

— Он только что выехал из гаража на тачке Дарнелла. Будьте начеку.

«Датсун» двинулся следом за «крайслером» и выехал на магистраль I-76. Увидев, что Арни поехал на восток, к Гаррисбергу, они доложили об этом начальству, а сами повернули на запад, в сторону Огайо. Затем они съехали с трассы в город и вернулись к гаражу Дарнелла.

— О'кей, парни, приготовим омлет, — сказал Джанкинс.

Двадцать минут спустя, когда добропорядочный водитель Арни Каннингем со скоростью 50 м/ч ехал на восток, трое копов постучали в дверь дома Уильяма Апшоу, жившего в престижном пригороде — Севикли. Апшоу открыл дверь. Он был в банном халате, а из гостиной слышался писк мультяшных персонажей по телевизору — воскресное утро все-таки.

— Кто там, милый? — донесся голос его жены из кухни.

Апшоу просмотрел бумаги — ордера на обыск его дома — и побелел. Один из ордеров предписывал изъять все налоговые документы, связанные с коммерческой деятельностью Уилла Дарнелла. Под ордером стояли подписи главного прокурора штата Пенсильвания и судьи Верховного суда.

— Кто там? — снова спросила жена, и в дверях гостиной показался мальчишка с распахнутыми от любопытства глазами.

Апшоу попытался ответить, но выдавил лишь сдавленный хрип. Итак, это случилось. Ему часто снились сны об этом дне, и вот он наступил. Особняк в Севикли не спасет, да и любовница, которую он поселил на безопасном расстоянии от дома — в городке Кинг-оф-Пруссия, — тоже. Апшоу все понял по гладким лицам этих копов в недорогих готовых костюмах «Андерсон Литтл». Что хуже всего, один из копов был федерал — из Бюро по контролю за оборотом алкоголя, табака, оружия и взрывчатых веществ. Он продемонстрировал и второе удостоверение, из которого следовало, что он — член оперативной группы Управления по борьбе с наркотиками.

— У нас есть информация, что все документы и бумаги вы храните дома, у вас домашний офис, — сказал этот самый федерал. Ему было — сколько? Двадцать шесть лет? Тридцать? Приходилось ли этому юноше волноваться за троих детей и жену, которая любит дорогие тряпки и камешки? Билл Апшоу подумал, что нет. От подобных мыслей морщины появляются сами собой, а лицо у копа было гладкое, как яичко. Такое гладкое лицо бывает лишь у людей, думающих о высоком — законе и порядке, добре и зле...

Он открыл рот, но опять не смог выдавить ни слова.

— Эта информация верна? — терпеливо спросил федерал.

— Да, — прохрипел Билл Апшоу.

— Второй офис находится в Монровилле, по адресу Фрэнкстаун-роуд, 100?

— Да.

— Милый, да кто там? — спросила Эмбер, выходя в переднюю. Она увидела на пороге дома трех мужчин и запахнула халат. Из телевизора по-прежнему доносились мультяшные голоса.

Апшоу с неожиданным облегчением подумал: «Вот и конец».

Мальчик, вышедший посмотреть, кто это явился к ним в гости воскресным утром, вдруг разревелся и убежал в гостиную, где по четвертому каналу шли «Супердрузья».

Когда Руди Джанкинсу доложили, что Апшоу готов, а все необходимые документы из обоих офисов — в Сьюикли и Монровилле — изъяты, детектив взял с собой полдюжины копов и устроил то, что в прошлом называли облавой. Даже в праздники гараж не пустовал (хотя по сравнению с летними выходными деньками здесь, можно сказать, было безлюдно), и когда он поднес к губам громкоговоритель и сказал первые слова, на его голос испуганно вскинули головы человек двадцать. Да, теперь им будет о чем посплетничать за праздничным столом.

— Полиция штата Пенсильвания! — вещал Джанкинс. Слова эхом отдавались в стенах гаража. Глаза детектива тут же метнулись к красно-белому «плимуту», мирно стоявшему в двадцатом отсеке. За свою карьеру он осмотрел немало орудий убийства — иногда на месте преступления, но чаще их приносили в коробке с уликами, — однако от одного взгляда на эту машину ему стало не по себе.

Джитни, сотрудник налоговой, специально приглашенная звезда, хмурился и ждал развития событий. «Никто из вас не знает, зачем это все, — подумал Джанкинс. — Никто». Он снова поднес к губам громкоговоритель:

— Просим всех покинуть помещение! Повторяю, просим всех покинуть помещение. Можно на машине, если ваши автомобили на ходу, если же нет — пожалуйста, как можно скорее собирайтесь и уходите! Покиньте помещение!

Громкоговоритель щелкнул, выключаясь.

Джанкинс посмотрел на застекленный кабинет и увидел, что Дарнелл разговаривает по телефону. Изо рта у него торчала сигара. Джимми Сайкс стоял возле автомата с напитками, на лице — искреннее недоумение. Совсем как у сына Билла Апшоу за секунду до того, как он разревелся.

— Вы поняли ваши права?

Арестом руководил Рик Мерсер. Гараж за его спиной полностью опустел, только четыре копа в штатском заполняли необходимые бумаги на капотах машин, опечатанных после закрытия автомастерской.

— Ага, — спокойно ответил Уилл. Лицо его было невозмутимо, только голос стал еще более сиплым, а грудь под белой рубашкой часто вздымалась. В руке он стискивал ингалятор.

— Вам есть что сказать представителям закона? — спросил Мерсер.

— Только в присутствии моего адвоката.

— С адвокатом вы встретитесь уже в Гаррисберге, — сказал Джанкинс.

Уилл бросил на него презрительный взгляд и промолчал. Снаружи полицейские в форме опечатывали все двери и окна — кроме одной калитки рядом с воротами. До окончания следствия все приходящие и уходящие будут пользоваться только этой калиткой.

— Безумие какое-то, — наконец пробормотал Уилл Дарнелл.

— Дальше — хуже, — с улыбкой ответил Рик Мерсер. — Тебя ждет до-олгий срок, Уилл. Если повезет, когда-нибудь станешь начальником тюремного автопарка.

— А я тебя знаю. — Уилл прищурился. — Твоя фамилия Мерсер. Мы с твоим отцом были хорошо знакомы. Такого грязного копа округ Вашингтон еще не знал.

Краска сошла с лица Рика Мерсера. Он замахнулся...

— Угомонись, Рик, — остановил его Джанкинс.

— Да вы не стесняйтесь, ребята, — сказал Дарнелл. — Шутите, глумитесь. Через две недели я сюда вернусь, а если вы думаете иначе, значит, вы еще глупее, чем кажетесь.

Он окинул их взглядом — умным, язвительным и... затравленным, — а потом резко поднес ко рту ингалятор и вдохнул лекарство.

— Уберите отсюда этот мешок с дерьмом, — приказал Мерсер. Лицо у него все еще было белое.

— Ты как? — спросил Джанкинс. Они сидели в обычном «форде» без опознавательных знаков. Откуда ни возьмись вышло солнце: его ослепительные лучи падали на тающий снег и мокрые улицы. Гараж Дарнелла погрузился в тишину. Все бумаги — и «плимут» Каннингема — были надежно заперты внутри.

— Эта его шуточка про отца... — с трудом выговорил Мерсер. — Мой папаша ведь застрелился, Руди. Вышиб себе мозги. И я всегда думал... в универе я читал... — Он пожал плечами. — Короче, многие копы так кончают. Мелвин Первис, например, тоже пустил себе пулю в лоб. Тот самый, который посадил Диллинджера. Конечно, мысли у меня всякие водились... — Мерсер прикурил сигарету и с содроганием выдохнул дым.

— Да ничего этот козел не знает, — возразил Джанкинс.

— Ну-ну! — Мерсер опустил стекло и выбросил окурок на улицу. Затем снял с приборной панели микрофон. — База, это мобильная группа два.

— Слушаю.

— Что там с нашим почтовым голубком?

— Едет по автомагистрали номер 84, приближается к Порт-Джервису.

Порт-Джервис находился на границе между штатом Пенсильвания и штатом Нью-Йорк.

— Нью-йоркские готовы?

— Так точно.

— Скажите им еще раз, чтобы брали его за Миддлтауном и обязательно нашли чек об оплате проезда по магистрали.

— Будет сделано.

Мерсер вернул микрофон на место и криво улыбнулся.

— Как только он пересечет границу, дело автоматически станет федеральным. Но право первой ночи все равно за нами. Красота!

Джанкинс не ответил. Никакой красоты в происходящем он не видел — ни в ингаляторе Дарнелла, ни в самоубийстве отца Мерсера не было красоты, хоть убей. Джанкинса охватило предчувствие неотвратимого конца. Казалось, что плохое вовсе не закончилось, а только началось. Ему словно предстояло раскрыть жуткое дело, которое было страшно раскрывать. Только вот теперь не отвертишься, верно? Верно.

Его не покидало ужасное чувство: первый раз, когда он беседовал с Арни Каннингемом, тот показался ему утопающим, а во второй раз — утопленником. И разговаривал он с трупом.

Тучи над западным Нью-Йорком разошлись, и Арни немного повеселел. Ему всегда нравилось уезжать из Либертивилля, подальше от... от всего. Даже мысль о контрабанде в багажнике «крайслера» не портила настроение. Ладно хоть на сей раз это не кокаин. В глубине его сознания билась отчаянная мысль — едва слышная, но все же ощутимая — о том, как все стало бы замечательно, если бы сейчас он выбросил из машины контрабандные сигареты и поехал дальше, куда глаза глядят. Оставить бы позади всю эту дурацкую хрень...

Но разумеется, он так не сделает. Бросить Кристину после всего, что с ними случилось, невозможно.

Арни включил радио и стал подпевать какой-то песне. Солнце — слабое, но храбрящееся зимнее солнце — окончательно вышло из-за туч, и Арни улыбнулся.

Он все еще улыбался, когда рядом пристроилась полицейская машина и голос из громкоговорителя провещал: «Водитель черного «крайслера», тормозите! На обочину, «крайслер»! На обочину!»

Арни посмотрел в боковое окно, и улыбка сползла с его лица. На копе были черные непроницаемые очки. Полицейские очки. Его охватил ужас — первобытный и невероятно мощный, он даже не знал, что чувства бывают такими сильными, — и боялся он вовсе не за себя. Во рту моментально пересохло. В голове зашкалило, и мысли превратились в вязкую кашу. Арни представил, как вдавит в пол педаль газа и помчится прочь... будь он за рулем Кристины, так бы и сделал... но он сидел в «крайслере» Уилла Дарнелла. Затем Арни вспомнил, как босс в случае чего велел сказать копам, что пакет принадлежит ему. Но ярче всего перед глазами стоял другой образ: лицо Джанкинса, его проницательные глаза... Это детектив постарался, не иначе.

Чтоб он сдох!

— Тормозите, «крайслер»! Я сам с собой, что ли, разговариваю? На обочину, сказал!

«Ничего не говорить», — бессвязно подумал Арни, съезжая на соседнюю полосу. Яйца сжались, живот бурчал, а глаза... он посмотрел в зеркало и увидел в своих глазах чистый ужас. Не за себя. За Кристину. Он боялся за Кристину. Что с ней будет? Что они с ней сделают?

В мозгу закрутился калейдоскоп беспорядочных образов. Бумаги для поступления в университет с печатью «ОТКАЗАНО ПО ПРИЧИНЕ СУДИМОСТИ». Прутья тюремной камеры — вороненая сталь. Нависший над трибуной судья с белым и укоризненным лицом. Здоровенные педики на тюремном дворе, жаждущие свежего мяса. Кристина на платформе автомобильного пресса за гаражом Дарнелла...

А в следующее мгновение, когда он уже остановился и со всех сторон как по волшебству возникли полицейские машины, в голове застучала холодная успокаивающая мысль: «Кристина сможет постоять за себя».

Вторая мысль пришла, когда копы выбрались из машин и начали стягивать вокруг него кольцо. У одного в руках был ордер на обыск. Мысль пришла ниоткуда, ее произносил сиплый стариковский голос Роланда Д. Лебэя: «За тебя она тоже постоит, малыш. Только верь — и она тебя выручит».

Арни сам открыл дверь и вышел на улицу.

— Арнольд Ричард Каннингем? — спросил один из полицейских.

— Да, это я, — спокойно ответил Арни. — Разве я превысил скорость?

— Нет, сынок. Но все равно у тебя впереди — одни страдания.

Первый коп по-военному четко шагнул вперед и протянул ему ордер.

— Это разрешение установленного образца на обыск автомобиля «крайслер-империал» одна тысяча девятьсот шестьдесят шестого года. Именем штата Нью-Йорк, Содружества Пенсильвании и Соединенных Штатов Америки приказываю...

— Да вы, смотрю, все побережье охватили, а? Ничего не пропустили! — встрял Арни. В пояснице вспыхнула боль, и он прижал к ней ладони.

Глаза копа едва заметно расширились — вроде молодой парень, а голос как у старика! — но он продолжал:

— ...приказываю изъять весь найденный при обыске контрабандный груз.

— Ладно, — отозвался Арни. Все происходящее казалось дурным сном. Синие мигалки кружили голову, люди в проезжавших мимо автомобилях выкручивали шеи от любопытства, но отворачиваться и прятаться от них почему-то не хотелось. И на том спасибо.

— Дай-ка мне ключи, парень, — приказал один из копов.

— Возьми сам, говнюк!

— Тебе же хуже, — сказал полицейский, но лицо у него сделалось удивленное и слегка напуганное. Голос Арни стал еще более низким, хриплым, старческим и злобным... Ну не может хилый сопляк разговаривать таким голосом!

Он наклонился, достал ключи, и трое его коллег тотчас направились к багажнику.

«Они все знают», — покорно подумал Арни. Ладно хоть арест не имеет никакого отношения к безумным идеям Джанкинса о его причастности к убийству Реппертона, Попрошайки Уэлча и остальных; все указывает на то, что это спланированная и безупречно организованная операция против Дарнелла. Кому-то очень захотелось прекратить его контрабандные перевозки из Либертивилля в Нью-Йорк и Новую Англию.

— Вопросы есть, парень? Может, хочешь что-нибудь сказать? Если да, то я зачитаю тебе права.

— Нет, — спокойно ответил Арни. — Мне нечего сказать.

— Ты мог бы здорово облегчить себе жизнь.

— А вот это уже оказание давления. Как бы ты не усложнил *свою* жизнь.

Коп вспыхнул.

— Хочешь быть придурком — пожалуйста, это твое дело.

Багажник «крайслера» открыли. Из него достали запаску, домкрат и несколько коробок со всякой мелочью — гайками, болтами и прочим. Один из копов почти целиком залез в багажник — наружу торчали только ноги в серо-синих форменных брюках. Арни поначалу даже надеялся, что они попросту не найдут потайного отсека, но потом быстро выбросил из головы глупые мысли — это в нем говорил ребенок, а от ребенка он хотел как можно скорее избавиться, потому что в последнее время он только и делал, что страдал. Конечно, копы все найдут. И поскорее бы — пусть уже этот мерзкий спектакль на обочине закончится!

Какой-то бог, видно, услышал его просьбу и решил незамедлительно выполнить. Коп ликующе воскликнул:

— Сигареты!

— Ясно, — ответил полицейский с ордером. — Закругляемся. — Он повернулся к Арни и зачитал ему права. — Ты все понял?

— Да.

— Хочешь дать показания?
— Нет.
— Тогда полезай в машину, сынок. Ты арестован.

«Я арестован», — подумал Арни и едва не расхохотался, таким глупым ему показалось все происходящее. Какой-то дурной сон, но ничего, скоро он закончится. «Я арестован. Меня запихивают в полицейскую машину... Люди смотрят...»

К горлу подкатили отчаянные, детские слезы.

В груди что-то дрогнуло — один раз, второй...

Коп, зачитавший ему права, дотронулся до него, но Арни резко дернул плечом. Он чувствовал, что если сумеет быстро уйти в себя, все будет нормально. А вот чужое сочувствие может свести его с ума...

— Руки прочь!
— Как скажешь, сынок, — сказал коп, убирая руку. Он открыл заднюю дверь полицейской машины и усадил Арни в салон.

«А во сне разве плачут?» — подумалось Арни. Конечно, плачут, в книжках вечно пишут, что герои просыпаются со слезами на щеках. Не важно... сон это или не сон, плакать он не будет.

Вместо того чтобы расплакаться, Арни стал думать о Кристине. Не об отце или матери, не о Ли, не о Дарнелле или Слоусоне... пусть эти говнюки катятся ко всем чертям.

Лучше думать о Кристине.

Арни закрыл глаза, спрятал худощавое лицо в ладонях и стал думать о ней. Как всегда, ему сразу полегчало. Через некоторое время он нашел в себе силы выпрямиться, посмотреть в окно и обдумать свое положение.

Майкл Каннингем медленно — с безмерной осторожностью — положил трубку, словно от любого неверного движения она могла взорваться и засыпать кабинет черной шрапнелью.

Он откинулся на спинку крутящегося офисного кресла. На столе перед ним стояли пишущая машинка «Ай-би-эм Корректинг Селектрик II», пепельница с золотисто-голубой надписью «УНИВЕРСИТЕТ ХОРЛИКСА», едва различимой на грязном дне, и рукопись его третьей книги, научного труда о битве «Мерримака» с «Монитором». Майкл был на середине страницы, когда раздался телефонный звонок. Теперь он нажал рычаг с правой стороны машинки, ватными пальцами вытащил листок и невидящими глазами уставился на его легкий изгиб. Затем положил листок поверх рукописи, которая на данном этапе работы больше напоминала карандашные джунгли — столько он вносил исправлений.

За стенами дома выл ледяной ветер. Пасмурное и теплое утро сменилось морозным и ясным декабрьским вечером. Растаявший снег замерз, превратившись в гололед, а его сына, обвиняемого в контрабанде, сейчас держали в полицейском участке Олбани. «Нет, мистер Каннингем, это была не марихуана. Он перевозил сигареты — двести пачек "Уинстона" без акцизных марок».

Снизу доносился стрекот швейной машинки Регины. Майклу предстояло встать, подойти к двери, открыть ее, спуститься по лестнице, войти в столовую и пройти через нее в маленькую комнату, заставленную горшками с комнатными растениями. Раньше это была прачечная, а потом Регина сделала из нее комнату для шитья. Майкл встанет перед женой, она поднимет взгляд — за узенькими линзами очков для чтения, — и он скажет: «Нашего Арни арестовали».

Майкл попытался хотя бы начать — встать с кресла, — но оно словно почуяло его растерянность: поехало назад и одновременно крутнулось вокруг своей оси, так что Майклу пришлось ухватиться за край стола, чтобы не упасть. Он тяжело опустился обратно в кресло, чувствуя в груди частое и болезненное сердцебиение.

Внезапно его охватило отчаяние и горе, и он вслух застонал и стиснул голову. Вернулись старые мысли, предсказуемые, как появление летом комаров, и столь же ненавистные. Полгода назад все было хорошо. А теперь его сын сидит в тюремном изоляторе черт знает где. Когда произошел переломный момент? И мог ли он, Майкл, все исправить? Каковы были предпосылки случившегося? Когда появились первые тревожные симптомы?..

— Господи...

Он сжал голову сильнее, прислушиваясь к вою ветра на улице. Еще в прошлом месяце они с Арни крепили на окна зимние ставни... хороший был денек. Сначала Арни держал лестницу, а Майкл орудовал наверху, потом они поменялись... Майкл орал, чтобы сын был осторожен, волосы ему трепал сильный ветер, а под ногами метались уже поблекшие, коричневые листья. Да, день был хороший. Пусть чертова машина уже давно появилась в жизни Арни — и затмила собой все остальное, — хорошие дни иногда случались. Правда?

— Господи, — выдавил он слабым слезливым голосом, который ненавидел.

Непрошеные картины одна за другой вставали перед глазами. Коллеги косо смотрят ему вслед, может, даже перешептываются в коридорах. Обсуждения на вечеринках, где его имя то и дело всплывает на поверхность, точно тело утопленника. Арни еще нет восемнадцати, а значит, его имя не станут печатать в газетах, но что толку? Рано или поздно все узнают.

Вдруг его посетило странное воспоминание. Он увидел четырехлетнего Арни верхом на красном трехколесном велосипеде, который они с Региной купили у соседей на гаражной распродаже (маленький Арни называл их «багажными распродажами»). Краска на велосипеде облупилась и проржавела, колеса были лысые, но Арни души не чаял в обновке. Он бы взял этот велосипед в постель, если б ему разрешили. Майкл закрыл глаза и увидел, как сын катается туда-сюда по тротуару возле дома — волосы лезут в глаза, синий вельветовый комбинезончик перепачкался, — а потом в голове вдруг что-то щелкнуло или дрогнуло... и вместо красного велосипеда он увидел Кристину, изъеденную ржавчиной, с белесыми от ярости окнами.

Майкл стиснул зубы. Если бы кто-нибудь заглянул в кабинет, он бы подумал, что он улыбается. Наконец ему удалось собраться с силами, встать и пойти вниз. Он расскажет Регине все как на духу, и она обязательно придумает, что делать. Как всегда. Встанет у руля, начнет действовать — и обретет в этом хоть какое-то жалкое утешение. А Майклу останется лишь плакать и сознавать, что Арни — больше не его сын, а чужой человек.

41. Предвестники бури

> Она стащила ключи от моего «кадиллака»
> И укатила прочь, не сказав «пока».
>
> *Боб Сегер*

Самый первый ураган той зимы грянул в сочельник: он промчался по всей верхней трети страны по широкой и легко предсказуемой траектории. Утром сияло солнце, но диджеи уже весело предсказывали конец света, призывая всех гуляющих и отдыхающих вернуться домой к середине дня. Тем же, кто собирался встретить Рождество за городом, советовали придумать другой план или рвануть к месту назначения как можно быстрее, чтобы успеть добраться за четыре-шесть часов.

— Если не хотите провести все Рождество на обочине трассы между Бедфордом и Карлайлом, советую выезжать из дома как можно раньше или не выезжать вовсе, — вещал диджей радиостанции FM-104 своей аудитории (большая часть которой все равно была обдолбана и никуда не собиралась). Рождественский «Блок рока» завершился хитом «В город едет Санта-Клаус» в исполнении Брюса Спрингстина.

К одиннадцати утра, когда Денниса Гилдера наконец-то выпустили из городской больницы Либертивилля (правила запрещали ему вставать на ноги на территории больницы, поэтому до дверей его везла на инвалидной коляске Элейна), небо уже начало затягивать тучами, и вокруг солнечного диска образовался зловещий ореол. Деннис, орудуя костылями, осторожно пересек парковку в окружении родителей и сестры — впрочем, поскользнуться он не мог при всем желании: дворники щедро посыпали асфальт солью, несмотря на полное отсутствие снега или льда. Перед тем как сесть в машину, Деннис на секунду замер и подставил лицо свежему ветру. Очутившись на улице, он словно бы родился заново. Будь его воля, он бы стоял тут часами.

В час дня семейный универсал Каннингемов подъезжал к Лигоньеру, что в девяноста милях к востоку от Либертивилля. Небо к этому времени стало равномерно серым, и температура воздуха упала на шесть градусов.

Арни предложил родителям не отменять традиционный визит к тете Викки и дяде Стиву — сестре Регины и ее мужу. В последние годы две эти семейные пары непременно встречались на Рождество: то Викки со Стивом приезжали в гости к Каннингемам, то, наоборот, Каннингемы ехали к ним. Родители запланировали поездку еще в начале декабря, затем отменили — когда у Арни начались «проблемы», — но в начале минувшей недели Арни стал настойчиво уговаривать их поехать.

Наконец, после долгого телефонного разговора с сестрой, Регина сдалась. Главным образом потому, что Викки говорила спокойным понимающим тоном и не совала свой нос куда не просят. Это оказалось самым весомым аргументом в пользу поездки — куда более весомым, чем Регина готова была признать. Последние восемь дней (с тех пор как Арни арестовали в Нью-Йорке) она только и делала, что отражала бесконечный поток злорадных расспросов, замаскированных под сочувственные. Во время разговора с Викки Регина наконец не выдержала и разрыдалась. Впервые за восемь дней она позволила себе такую роскошь. Арни спал в своей комнате. Майкл (в эти дни он слишком много пил — «Праздники же!») отправился пропустить бутылочку пива с Полом Стриклендом, еще одним университетским изгоем. Вряд ли дело ограничилось бы одной или двумя бутылками — скорее шестью, а то и десятью. Если бы позже Регина поднялась в кабинет мужа, то застала бы его за письменным столом: он сидел бы прямо, как штык, и смотрел перед собой сухими, но налитыми кровью глазами. В таком состоянии не стоило даже пытаться с ним разговаривать — начал бы бормотать что-то бессвязное о далеком прошлом. Регина подозревала, что у Майкла случился тихий нервный срыв. Себе она такую роскошь позволить не могла (в своем разгневанном и глубоко уязвленном состоянии она считала это именно роскошью), и каждую ночь в голове у нее вихрем крутились всевозможные планы и варианты развития событий — до трех-четырех утра. Все ради одного — «помочь семье пережить случившееся». Только так, туманно и без подробностей, она позволяла себе говорить об аресте сына. «Проблемы Арни», «случившееся».

Однако во время телефонного разговора с Викки Регина почувствовала, как ее железные нервы дали слабину. Она долго плакалась ей в жилетку — на расстоянии, — а Викки спокойно и ласково ее утешала. Регина возненавидела себя за колкие замечания, которые отпускала в адрес сестры все эти годы. Дочь Викки бросила университет, вышла замуж и стала домохозяйкой, а сын довольствовался учебой в техникуме («Ну уж нет, *моего* сына ждет большое будущее», — злорадствовала про себя Регина); муж Викки занимался — подумать только! — страхованием жизни, а сама она (все страньше и страньше)[*] ходила по домам и торговала пластиковой посудой «Тапервер». Но только сестре-простушке она и смогла выплакаться, именно ей открыла свою измученную, разочарованную, напуганную душу. Ах да, и еще *сгорающую от стыда* — ведь все вокруг теперь судачили о ее золотом мальчике, все, кто долгие годы ждал ее падения, наконец могли вдоволь позлорадствовать. Викки протянула ей руку помощи. Наверное, кроме сестры, у нее никого никогда и не было... Что ж, тогда им с Майклом действительно стоило уехать и отпраздновать-таки Рождество — в заурядном домике Викки и Стива, расположенном в самом заурядном городишке, большинство жителей которого до сих пор ездили на американских машинах и считали посещение «Макдоналдса» выходом в свет.

Майкл, разумеется, согласился; другого Регина от мужа не ждала — да и не потерпела бы.

Три дня после ареста Арни оказались жестоким испытанием для ее стальных нервов и самообладания, отчаянной битвой за выживание — за судьбу семьи и судьбу сына. Чувства Майкла попросту не учитывались; мысль о том, что они с мужем могли бы найти утешение друг в друге, никогда не приходила

---

[*] Цитата из книги Л. Кэрролла «Алиса в Стране чудес».

ей в голову. После того как Майкл сообщил ей новость, Регина спокойно накрыла швейную машинку чехлом, села к телефону и начала решать проблемы. Ни намека на слезы — она прольет их лишь тысячу лет спустя, разговаривая с сестрой. Регина обошла Майкла, как обходят стул или стол, а он робко поплелся за ней, как делал всю жизнь.

Сначала она позвонила Тому Спрэгу, их адвокату. Тот, услышав, что их сына обвиняют в уголовном преступлении, поспешно дал ей номер коллеги, Джима Варберга. Она позвонила Варбергу, но ей ответил автоответчик. Посидев минуту возле телефона, легонько постукивая пальцами по губам, она снова набрала Спрэга. Тот сначала не хотел давать домашний номер Варберга, однако вскоре сдался. Когда Регина добилась своего, голос у Спрэга стал ошалелый, почти нервозный. Люди часто реагировали на нее подобным образом.

Наконец Регина позвонила домой Варбергу, и тот наотрез отказался брать дело. Регина вновь завела свой внутренний бульдозер; в конечном счете Варберг не только взял дело, но и согласился лично поехать с ней в Олбани и все уладить. Голос у него стал слабый и недоуменный, как у человека, которого сперва накачали новокаином, а потом переехали трактором. Сначала он предложил ей встретиться с его знакомым из Олбани, прекрасным адвокатом, но Регина была непреклонна. Варберг вылетел личным самолетом и через четыре часа уже доложил обстановку.

Никаких конкретных обвинений Арни еще не предъявили, рассказал он. Наутро его перевезут в Пенсильванию. Совместно с Пенсильванией в этом деле работали три федеральных агентства: налоговая, федеральная служба по контролю за оборотом наркотиков, а также федеральное бюро по контролю за оборотом алкоголя, табака, оружия и взрывчатых веществ. Разумеется, им был нужен не Арни (он — мелкая рыбешка), а Уилл Дарнелл и его пособники. Вот эти-то ребята, сказал Варберг, с кучей связей в преступном мире, и есть крупная рыба.

— Они не имеют права его задерживать без предъявления обвинений! — тут же заявила Регина, покопавшись в глубоких залежах сведений, почерпнутых из криминальных сериалов.

Варберг, который рассчитывал провести вечер дома с хорошей книгой и потому не слишком обрадовался внезапной поездке в Олбани, сухо ответил:

— Молите Бога, чтобы обвинение ему так и не предъявили. В багажнике его машины нашли двести пачек сигарет без акцизных марок. Если я начну качать права, они с удовольствием предъявят обвинения, миссис Каннингем. Советую вам с мужем приехать в Олбани. И побыстрее.

— Вы же сказали, что завтра его передадут в Пен...

— Да-да, это уже решено. Если мы хотим занять жесткую позицию, делать это лучше на домашнем стадионе. Но дело-то в другом.

— В чем же?

— Эти ребята очень хотят докопаться до Дарнелла. И Арни — их ключ к успеху. Но он пока молчит. Вы должны приехать и уговорить его расколоться. Это в его же интересах.

— Правда?

— Конечно! — воскликнул Варберг, оживая. — Никто не хочет сажать вашего сына в тюрьму. Он — подросток из хорошей семьи, без судимостей, даже без школьных выговоров за плохое поведение. Любой судья пойдет ему навстречу. Если он расколется.

Итак, они приехали в Олбани, и Регину повели по короткому узкому коридору, облицованному белым кафелем. В небольших углублениях на потолке, забранных решетками, ярко светили лампочки, всюду воняло дезинфектантами и мочой, и Регина никак не могла убедить себя, что это *ее* сына держат в тюрьме, *ее сына*. Нет, невозможно, не может быть! Все это какая-то галлюцинация или ночной кошмар.

Увидев Арни, она окончательно убедилась, что не спит. Защитную оболочку шока будто сорвали, и Регина почувствовала холодный, всепоглощающий страх. Тогда-то ей впервые пришла в голову мысль о том, что они все должны как можно скорее «пережить случившееся» — она ухватилась за эту мысль, как утопающий хватается за спасательный круг. Да, это был Арни, ее ненаглядный сын. Ладно хоть не в тюремной камере, спасибо и на том. Он сидел в маленькой квадратной комнатушке, единственными предметами мебели в которой были два стула и стол в сигаретных подпалинах.

Арни спокойно посмотрел на мать. Лицо у него было осунувшееся, похожее на череп. Неделю назад он постригся — причем на удивление коротко (раньше он, подражая Деннису, носил удлиненную прическу), — и теперь в жестоком свете флуоресцентных ламп на секунду показался Регине лысым. Как будто ее сына обрили, пытаясь развязать ему язык.

— Арни...

Регина сделала шаг навстречу. Он отвернулся, поджав губы, и она замерла на месте. Женщина послабее на ее месте бы расплакалась, но Регина никогда не была слабой. Она вновь впустила в сердце холод. Холодное сердце и трезвый ум — лучшие помощники.

Она не стала обнимать сына — он явно этого не хотел, — а села напротив и спокойно объяснила, что нужно сделать. Арни помотал головой. Она приказала ему поговорить с полицией. Опять «нет». Она попыталась его образумить. Отказ. Она умоляла, урезонивала — все бесполезно. Наконец Регина умолкла. В голове ее пульсировала тупая боль.

— Почему? — спросила она.

Арни не ответил.

— Я думала, ты умный! — закричала она. Ее переполняли ярость и разочарование — больше всего на свете она ненавидела, когда ей перечили, не давали получить желаемое. Впрочем, с тех пор как она покинула отчий дом, такого с ней еще не случалось. И вот случилось. Невозможно было терпеть, как этот мальчик, еще недавно сосавший молоко из ее груди, спокойно и невозмутимо игнорировал все ее доводы. — Я думала, ты умный, а ты дурак! Просто болван! Тебя же посадят в тюрьму! Хочешь сесть ради ублюдка Дарнелла? Этого ты хочешь? Да он же первый поднимет тебя на смех! Он поднимет тебя на смех! — Для Регины это было смерти подобно, однако ее сына, похоже, вообще не волновало, будут над ним смеяться или нет.

Регина встала и откинула волосы со лба и глаз — бессознательный жест человека, готового ринуться в бой. Она тяжело и часто дышала, щеки побагровели. Арни подумал, что она одновременно помолодела и очень, очень состарилась.

— Я делаю это не для Дарнелла, — тихо произнес он. — И в тюрьму меня не посадят, не волнуйся.

Гнев Регины на секунду затмило облегчение. Ну хоть что-то сказал, слава тебе господи!

— В багажнике твоей машины нашли сигареты. Без марок! Арни спокойно ответил:

— Не в самом багажнике, а в потайном отсеке. Машина принадлежит Уиллу. Уилл велел мне поехать на этой машине.

Она посмотрела на сына.

— Хочешь сказать, ты не знал про сигареты?

Арни бросил на нее такой взгляд... непростительно насмешливый, даже *презрительный*. «Мой золотой мальчик, мой золотой мальчик», — почему-то застучало у нее в голове.

— Знал, и Уилл знал. Но пусть они попробуют это доказать. Регина, пораженная, уставилась на Арни.

— Даже если меня обвинят, максимум, что мне светит, — условный срок.

— Арни, ты не соображаешь. Может, отец попробует...

— Еще как соображаю, — перебил ее сын. — Не знаю, что делаешь ты, а я как раз соображаю.

Его серые глаза были настолько пусты и равнодушны, что Регина не выдержала и ушла.

В маленьком зеленом вестибюле она, ничего не видя, прошла мимо мужа, сидевшего на скамейке рядом с Варбергом.

— Иди ты, — сказала она. — Образумь этого болвана.

Не оглядываясь и не дожидаясь ответа, Регина пошла дальше и остановилась только на улице, где холодный декабрьский воздух тут же впился в ее пылающие щеки.

Майкл пошел к сыну — и тоже ничего не добился. Вышел он с пересохшим горлом и постаревшим на десять лет лицом.

В мотеле Регина передала Варбергу слова сына и спросила, что он об этом думает.

Варберг задумался.

— В общем-то можно пойти и таким путем. Но не знаю... все оказалось бы куда проще, будь Арни первой доминошкой в длинной веренице. Но он — не первый. Здесь, в Олбани, есть один торговец подержанными авто. Некий Генри Бак. Он должен был забрать груз. И его тоже арестовали.

— Что же он сказал?

— Понятия не имею. Но его адвокат со мной разговаривать отказался. По мне, так это дурной знак. Если Бак заговорит, он и Арни сдаст. Готов поспорить на свой дом: если Бака прижать, он расскажет следствию, что Арни знал про потайное отделение в багажнике. А это плохо. — Варберг внимательно посмотрел на Майкла и Регину. — Мальчик у вас смышленый, но с этими ребятами шутки плохи, понимаете? Завтра, перед выездом в Пенсильванию, я с ним поговорю. Надеюсь, он поймет, что ему светит.

Первые хлопья снега, кружа, посыпались с тяжелого неба, когда Каннингемы повернули на улицу Викки и Стива. «Интересно, в Либертивилле тоже пошел снег?» — подумал Арни и потрогал кожаный брелок на ключах. Скорее всего.

Кристина все еще стояла в гараже Дарнелла. Хорошо. По крайней мере снег и дождь ей там не страшны. Скоро он ее заберет, очень скоро.

Минувшие выходные прошли как во сне. У родителей, что читали ему нотации в маленькой белой каморке, были лица незнакомцев; даже говорили они на каком-то чужом языке. Нанятый ими адвокат, Варли, или Вормли, или как там его, без конца твердил про какой-то эффект домино — мол, падение единственной доминошки поможет обрушить целый небоскреб, — и надо как можно скорее делать ноги, пока он не рухнул тебе на голову. Власти двух штатов и три федеральных агентства уже готовы вдарить по небоскребу изо всех сил.

Но Арни больше беспокоился за Кристину.

Ему становилось все яснее и яснее, что дух Роланда Д. Лебэя витает где-то рядом или даже вселился в него. Мысль эта не пугала Арни, наоборот, — утешала. Но надо быть осторожнее. Джанкинса можно не бояться — у него за душой только голые подозрения, да и те скорее расходятся лучами от Кристины, нежели сходятся к ней.

Но Дарнелл... вот кого надо остерегаться.

После того как родители уехали в мотель, Арни отвели в камеру, где он на удивление быстро и крепко заснул. Ему приснился сон — не то чтобы кошмар, но все же увиденное выбило его из колеи. Он проснулся среди ночи в холодном поту.

Он видел Кристину, уменьшенную до размеров игрушечной машинки. Она стояла на игрушечной гоночной трассе, вокруг которой раскинулся искусно выполненный макет Либертивилля. Вот эта пластмассовая улица — несомненно, Бейзин-драйв, эта — улица Кеннеди, где был убит Попрошайка Уэлч... Постройка из конструктора «Лего» поразительно напоминала здание средней школы. Пластмассовые дома, бумажные деревья... А рядом с макетом, за пультом управления, сидел огромный Уилл Дарнелл. Именно от него зависело, как скоро крошечный «плимут-фьюри» выберется из города. Он тяжело дышал, и в легких у него, казалось, выл ураган.

— Держи рот на замке, малыш, — сказал Уилл, возвышаясь над городом подобно Колоссу. — Все в моих руках, поэтому не советую меня злить. Стоит мне шевельнуть пальцем...

Уилл начал медленно поворачивать ручку на пульте.

— Нет! — попытался закричать Арни. — Прошу, не надо! Я люблю ее! Ты ее погубишь!

Крошечная Кристина понеслась вперед по игрушечному Либертивиллю. На каждом повороте центробежная сила пыталась вытолкнуть автомобиль на обочину дороги, и его заднюю часть изрядно заносило. Кристина превратилась в размытую красно-белую стрелу, жужжавшую, как разъяренная оса.

— Нет! — кричал Арни. — Не-е-е-ет!!!

Наконец Уилл, зловеще улыбаясь, стал понемногу сбавлять скорость. Машинка начала тормозить.

— Просто помни, где стоит твоя тачка, парень. Держи рот на замке — и тогда мы оба еще поборемся. Я и не в таких передрягах бывал...

Арни потянулся к игрушечной Кристине, но Уилл тут же шлепнул его по руке.

— Ну, чей пакет был в багажнике, малыш?

— Уилл, прошу...

— Отвечай.
— Мой пакет.
— Вот и славно. Запомни это, малыш.

Арни проснулся. В ушах стояли эти слова. Больше он заснуть не смог.

Может ли Уилл... может ли он что-то знать про Кристину? Запросто. Из его застекленного кабинета много что видно, просто он умеет держать язык за зубами — когда нужно. Ему может быть известно то, что неизвестно Джанкинсу: например, что полное восстановление Кристины после той ноябрьской ночи было самым настоящим чудом. И что Арни почти не работал над машиной.

А что еще?

Похолодев от кончиков пальцев до самого нутра, Арни понял: Уилл мог быть в гараже той ночью, когда убили Реппертона и компанию. Не просто мог быть, а скорее всего, и был. Джимми Сайкс ведь недоразвитый, и Уилл не оставил бы его в гараже одного.

«Держи рот на замке, малыш. Все в моих руках, поэтому не советую меня злить...»

Хорошо, допустим, Уилл все знает. Но кто ж ему поверит? Арни отбросил все туманные формулировки и начал говорить с собой откровенно. Кто поверит Уиллу, если он начнет рассказывать полицейским про волшебную машину, которая ездит сама по себе? Что эта машина самостоятельно выезжала из гаража и убивала людей? Поверит ему полиция? Да они лопнут от смеха. Джанкинс? Тут все не так однозначно. Хотя вряд ли детектив способен принять такое, даже если очень захочет. Арни видел его глаза. Словом, даже если Уилл все знает, какой ему прок от этого знания?

С растущим ужасом Арни осознал, что это все ерунда. Завтра или послезавтра Уилла отпустят под залог, и Кристина станет его заложницей. Он запросто может ее спалить — если верить его байкам, он не раз проделывал это с развалюхами. А потом засунуть под пресс. В камеру пресса на конвейерной ленте въезжает обугленная Кристина, а выезжает небольшой металлический куб.

Копы запечатали гараж.
Только вряд ли это поможет делу. У старого лиса Дарнелла наверняка заготовлен план «Б». Если он захочет спалить Кристину, он это сделает... хотя скорее попросит этим заняться какого-нибудь знатока. Тот закинет в машину пару пригоршен прессованного угля в кубиках, затем бросит спичку — и готово дело.

Арни прямо-таки видел полыхающую Кристину. Чувствовал запах тлеющей обивки.

Он лежал на тюремной койке: во рту пересохло, сердце бешено колотилось в груди...

«Держи рот на замке, малыш. Все в моих руках, поэтому не советую меня злить...»

Конечно, если Уилл зазевается и упустит какую-нибудь мелочь, Кристина до него доберется. Вот только вряд ли Уилл мог что-то упустить.

На следующий день Арни перевезли в Пенсильванию, где ему выставили обвинение и отпустили под залог. Предварительное слушание было назначено на январь, и уже ходили слухи о расширенной коллегии присяжных. Газеты всего штата пестрели заголовками об облаве, впрочем, имя Арни нигде не упоминалось, его называли «подростком, чье имя не может быть обнародовано в согласии с законами о защите прав молодежи».

В Либертивилле, однако, имя Арни было у всех на устах. Несмотря на то что у местечка недавно появился собственный пригород с кинотеатрами для автомобилистов, закусочными и кегельбанами, Либертивилль по-прежнему оставался городом, где все знают все про всех. Местные жители, большинство которых так или иначе были связаны с Университетом Хорликса, знали, кто ездил в Нью-Йорк по поручениям Уилла Дарнелла и кого недавно поймали на границе двух штатов с полным багажником контрабандных сигарет. Такое не могло присниться Регине в самом страшном сне.

Недолго просидев в тюрьме, Арни вернулся домой, к родителям, — его отпустили под залог в тысячу долларов. Все происходящее напоминало ему игру «Монополия» — и родители только что вытянули карту «Выйти из тюрьмы». Как и ожидалось.

— Почему ты улыбаешься, Арни? — спросила Регина. Их автомобиль полз по дороге практически со скоростью пешехода. Сквозь метель они пытались разглядеть дом Стива и Викки.
— Я разве улыбался?
— Да. — Регина стала поправлять волосы.
— Не помню, — отрешенно сказал он, и Регина опустила руку на колени.

Они вернулись домой в воскресенье; родители оставили Арни в покое — то ли потому, что не знали, как с ним разговаривать, то ли потому, что не могли побороть отвращение... а может, и то и другое. Ему было плевать. Он чувствовал себя изможденным, выжатым как лимон, ходячим трупом. Мать вырубила телефон и проспала весь день. Отец бесцельно слонялся по мастерской, то и дело включая и выключая электрический строгальный станок.

Арни сидел в гостиной и смотрел футбол, понятия не имея, кто играет. Ему было все равно, он просто наблюдал за бегающими по полю игроками — сперва они носились под теплым и ярким калифорнийским солнцем, затем — под снегом с дождем, от которого поле превратилось в грязную лужу.

Примерно в шесть вечера он задремал.

И видел сон.

И этой ночью, и следующей, лежа в кровати, на которой спал с самого детства, под тенью вяза за окном (зимой вяз превращался в скелет, а к весне вновь чудесным образом обрастал плотью), он видел сны. Они были совсем не похожи на сон про гигантского Уилла, нависшего над гоночной трассой. Арни помнил их всего несколько секунд после пробуждения, а потом полностью забывал. Может, это было и к лучшему. Одинокий силуэт на обочине дороги; костлявый палец издевательски постукивает по истлевшей ладони; странное чувство свободы и... избавления? Да, избавления, счастливого бегства. Больше Арни ничего не помнил.

Из всех этих снов у него в голове оставался один повторяющийся образ: он сидит за рулем Кристины и медленно едет сквозь воющую метель, практически ничего не видя впереди. Ветер не свистит, а зловеще, низко и гулко ревет. Потом картинка менялась: снега больше нет, отовсюду летит серпантин и конфетти, а ревет уже толпа, собравшаяся по обеим сторонам Пятой авеню. Люди приветствуют его. Люди приветствуют Кристину. Они ликуют, потому что Арни и Кристина...

Сбежали.

Всякий раз, когда этот непонятный сон отступал, Арни думал: «Когда это закончится, я отсюда свалю. Точно. Уеду в Мексику». И Мексика с ее палящим зноем и деревенской тишиной казалась еще реальнее во снах.

Когда он окончательно проснулся, ему пришла в голову идея встретить Рождество с тетей Викки и дядей Стивом, как в старые добрые времена. Он очнулся с этой мыслью в голове, и потом она весь день неотступно его преследовала. Уехать прочь, уехать из Либертивилля до того как... Ну до Рождества.

И сегодня, в сочельник, Арни почувствовал, что скоро все будет хорошо.

— Вот их дом, Майк, — сказала Регина. — Ты сейчас проедешь мимо, как всегда.

Майкл хмыкнул и свернул на подъездную дорожку.

— Я тоже его увидел, — отозвался он вечным оборонительным тоном, которым разговаривал с женой.

«Вот осел, — подумал Арни. — Она с ним разговаривает, как с ослом, ездит на нем, как на осле, а он ревет, как осел».

— Опять улыбаешься! — заметила Регина.

— Я просто подумал о том, как сильно люблю своих родителей.

Отец взглянул на него, удивленный и растроганный, а глаза матери влажно заблестели.

Ей-богу, они ему поверили!

Вот говнюки.

К трем часам дня снег по-прежнему кружил одиночными вихрями, но эти вихри потихоньку начали сливаться. То, что ураган задерживается, не сулит ничего хорошего, говорили метеорологи. Значит, он стал мощнее. Если утром по радио обещали осадки высотой в один фут, то теперь меньше чем восемнадцатью дюймами дело, скорее всего, не обойдется, да и заносов не избежать.

Ли Кэбот сидела в гостиной напротив маленькой натуральной елочки, которая уже начала сбрасывать иголки. В семье именно она, Ли, чтила рождественские традиции и настаивала на настоящей елке, четвертый год подряд успешно откладывая «на следующий раз» покупку искусственной ели (папина идея) и замену индейки на гуся или каплуна (мамина идея). Ли была дома одна: мама с папой ненадолго ушли в гости к Стюартам; мистер Стюарт был новым боссом отца, и они с папой друг другу понравились. Миссис Кэбот всячески поддерживала их дружбу. За последние десять лет их семья объехала все Восточное побережье и шесть раз меняла города. Либертивилль понравился маме больше всего, она хотела здесь остаться, а дружба отца с мистером Стюартом могла этому поспособствовать.

«В полном одиночестве и все еще девственница», — подумала Ли. Глупая мысль, она и сама это знала, но почему-то подскочила как ужаленная и пошла на кухню. Отовсюду доносились звуки работающих приборов и устройств: тиканье электрических часов, таймера на печке, в которой пеклась буженина («Выключи духовку в пять, если мы еще не вернемся»), прохладный стук из холодильника, где фриджидэйровский льдогенератор сделал еще один кубик льда.

Ли открыла холодильник, увидела упаковку кока-колы из шести банок и подумала: «Прочь, сатана!» Но потом все равно схватила банку. Ну и пусть кожа портится, все равно у нее нет парня. Подумаешь, прыщи!

В пустом доме сегодня ей было тревожно — впервые за всю жизнь. Вообще-то Ли обожала оставаться дома одна и чувствовать себя «взрослой» — пережиток детства, разумеется. Родной дом обычно настраивал ее на мирный лад. Но сегодня звуки кухни, вой ветра за окном и даже шарканье собственных тапочек по линолеуму казались зловещими, пугающими. Если бы все сложилось иначе, сейчас рядом был бы Арни. Родителям, особенно маме, он понравился. Сначала. Теперь-то мать промоет ей рот мылом, если узнает, что Ли снова думает о нем. Но она все равно думала. Слишком часто. Почему он так изменился? Каково ему сейчас, после их расставания? Все ли у него хорошо?

Ветер резко завизжал, а потом немного утих, напомнив Ли — без всяких на то причин, конечно же — рев автомобильного двигателя.

«Берегись, впереди опасный поворот», — прошептал странный голос у нее в голове. Без всяких на то причин (конечно же) Ли подошла к раковине, вылила в нее колу и стала ждать, что теперь будет: заплачет она, или сблюет, или...

Она неожиданно поняла, что с трудом сдерживает крик ужаса.

Без всякой на то причины.

Конечно же.

Слава богу, родители пошли пешком и оставили машину в гараже (на уме у Ли были одни машины). Она бы очень волновалась, если бы знала, что отец сядет за руль после трех или четырех мартини (которые он с типичной взрослой шаловливостью называл «марту-уни»). Дом Стюартов находился в трех кварталах от их дома, и родители весело вылетели за дверь, хихикая и держась за ручки — ну прямо дети, отправившиеся лепить снеговика. Ничего, прогулка обратно их протрезвит. Пешком ходить полезно. Полезно, если не...

Опять пронзительный вой ветра — вой на высоких оборотах и затихание, — и тут Ли представила маму с папой, смеющихся и идущих по улице сквозь метель — в обнимку, чтобы спьяну не поскользнуться и не сесть на задницу. Папа то и дело щупает мамину попу сквозь зимние рейтузы (вообще-то Ли бесили его мальчишеские ужимки, но, конечно же, она всем сердцем любила обоих родителей и отчасти поэтому бесилась).

Они идут вместе сквозь непроглядную метель, как вдруг в белой снежной стене за их спинами загораются огромные зеленые глаза, словно бы парящие в воздухе... глаза, похожие на те, что Ли увидела на приборной панели Кристины, когда умирала... и вот эти глаза теперь преследуют ее пьяных, хихикающих, беспомощных родителей.

Ли резко втянула воздух ртом и вернулась в гостиную. Она подошла к телефону, уже почти взяла трубку, но потом отпрянула и встала у окна, крепко обхватив себя руками.

Что это она надумала? Позвонить родителям? Сказать, что ей страшно одной дома, что она почему-то вспомнила про старую машину Арни, похожую на свирепого зверя, и вдруг испугалась — за себя и за них? Так, что ли?

Молодец, Ли, молодец.

Черный асфальт улицы медленно скрывался под снегом; по-настоящему снег повалил только сейчас, и ветру иногда удавалось расчистить дорогу — его порывы то и дело поднимали к серому небу крученые мембраны белой пудры, похожие на дымных привидений...

Однако ужас не отступал. Что-то вот-вот случится, Ли это знала. Новость об аресте Арни ее потрясла, но те чувства даже не сравнить с тошнотворным страхом, который ее охватил, когда она открыла утром газету и прочитала о смерти Бадди Реппертона и других двух парней. В голове заколотилась бредовая, пугающая и настойчивая мысль: это Кристина. Кристина. *Кристина*.

Теперь же над Ли нависло предчувствие очередной беды, и она не могла от него избавиться, сколько ни старалась. Безумие какое-то. Арни тогда был на шахматном турнире в Филадельфии, о чем еще можно говорить, хватит думать о всякой ерунде, надо включить погромче радио и телевизоры, и, господи, хватит думать об этой проклятой машине-убийце...

— Черт, — прошептала Ли. — Хватит!

Ее руки покрылись мурашками.

Она снова подскочила к телефону, нашла справочник и, как сделал Арни две недели назад, позвонила в городскую больницу Либертивилля. Приятный женский голос сообщил ей, что мистера Гилдера выписали сегодня утром. Ли поблагодарила девушку и повесила трубку.

Несколько секунд она неподвижно стояла посреди гостиной, глядя на елочку, подарки, на ясли в углу... Затем она нашла в справочнике номер Гилдеров и позвонила им домой.

— Ли! — обрадованно воскликнул Деннис.

Телефонная трубка в руке показалась ей ледяной.

— Деннис, можно, я приеду? Надо поговорить.

— Сегодня? — удивился он.

В голове закрутился вихрь смятенных мыслей. Буженина в печке. Надо выключить в пять. Родители ушли в гости. Сегодня же Рождество! Снег валит. И... вряд ли стоит сегодня выходить из дома. Мало ли кто поджидает ее за углом. Что угодно может случиться. Нет, никуда идти нельзя.

— Ли?

— Нет-нет, не сегодня. Я дома сижу, жду родителей. Они ушли в гости.

— Ага, мои тоже, — весело сказал Деннис. — Мы с сестрой играем в «Парчиси». Она жульничает!

Голос Элайны в трубке:

— А вот и нет!

Будь все нормально, Ли бы рассмеялась. Но сейчас ей было не смешно.

— После Рождества. Может, в четверг. Двадцать шестого. Годится?

— Да, конечно. Ли, ты насчет Арни хочешь поговорить?

— Нет, — ответила Ли, стискивая трубку с такой силой, что пальцы онемели. — Нет, не насчет Арни. Я хочу поговорить о Кристине.

42. Ураган

> Она — горячая штучка с рычагом в полу,
> Она — мой «форд» 32-го, и в ней все по уму.
> Темными ночами завожу ее мотор,
> Вспоминаю тебя и лечу во весь опор.
> Посмотри туда, видишь городские огни?
> Поехали, милая, мы будем с тобой одни.
>
> *Брюс Спрингстин*

К пяти часам вечера ураган накрыл Пенсильванию; его истошный, полный снега вой оглашал весь штат от границы до границы. В магазинах не было почти ни одного покупателя, и большинство уставших, полумертвых продавцов благодарили матушку-природу за такой подарок. Подумаешь, остались без сверхурочных! «В четверг, — говорили они друг другу, потягивая коктейли у каминов, — еще наверстаем упущенное».

Матушка-природа была не по-матерински сурова в тот вечер. Она обернулась старой и злобной ведьмой, которой глубоко плевать на Рождество. Она срывала мишуру с домов и швыряла ее высоко в черное небо, она превратила большой вертеп возле полицейского участка в высокий сугроб (Богородицу с младенцем, овец и коз найдут только после оттепели в конце января). В качестве последней злобной проделки она свалила огромную сорокафутовую ель, что стояла перед муниципалитетом: ее кончик пробил большое окно и очутился прямо в кабинете налогового инспектора. Подходящее место выбрала, говорили потом многие.

К семи часам снегоуборочные машины перестали справляться с нагрузкой. В четверть восьмого по Мэйн-стрит проехал большой автобус «Трейлвейс», за которым, как стайка щенят за матерью, плелся хвост из автомобилей, а затем улица окончательно опустела, если не считать припаркованных на ней машин, заваленных по бампер. К утру большая их часть полностью скроется под снегом. На пересечении Мэйн-стрит и Бейзин-драйв болтался на ветру никому не нужный светофор. Раздался электрический треск, и огни потухли. В этот момент дорогу переходили два или три человека, вышедшие из последнего автобуса. Они подняли головы, переглянулись и поспешили дальше.

К восьми часам, когда мистер и миссис Кэбот наконец пришли домой (к невыразимому облегчению Ли), по всем местным радиостанциям транслировали просьбу полиции штата не выходить из дома и держаться подальше от дорог.

К девяти часам, когда Майкл, Регина и Арни Каннингем, вооружившись бокалами с горячим ромовым пуншем (фирменным и всеми обожаемым коктейлем дяди Стива), собирались возле телевизора, чтобы смотреть «Скруджа» Аластера Сима, выпавший снег полностью перекрыл отрезок Пенсильванской скоростной автомагистрали длиной в сорок миль. К полуночи она будет перекрыта почти целиком.

К девяти тридцати, когда в пустом гараже Уилла Дарнелла вдруг вспыхнули фары Кристины, улицы Либертивилля были совершенно пусты, если не считать изредка проезжавших по ним снегоуборочных машин.

В безмолвном гараже взвыл и затих двигатель Кристины. Взвыл. Затих.

Рычаг переключения передач сам перешел в положение DRIVE.

Кристина тронулась с места.

Электронный брелок, прикрепленный к солнцезащитному козырьку, едва слышно загудел, и в следующий миг этот звук потонул в вое ветра. Однако ворота его услышали: они покорно поднялись к потолку. В гараж ворвался вихрь снега.

Кристина выехала наружу и плавно покатилась сквозь снег, похожая на привидение. Колеса четко и решительно резали снежный покров — никаких проскальзываний, заносов и промедлений.

Загорелся поворотник — один подмигивающий янтарный глаз. Кристина повернула налево, в сторону улицы Джона Кеннеди.

Дон Вандерберг сидел за письменным столом в кабинете отца на заправке — вверх торчали его ноги и член. Он читал одну из отцовских непристойных книжек — глубокую и заставляющую задуматься историю под названием «Давалка Пэмми». Главная героиня Пэмми дала уже почти всем в городе, кроме молочника и собственного пса, и вот молочник наконец принес ей молоко, а собака преданно лежала на коврике у дивана... в самый ответственный момент раздался звонок. Кого это нелегкая принесла?

Дон оторвался от книги. Он звонил отцу в шесть вечера — четыре часа назад — и спрашивал, нельзя ли сегодня закрыться пораньше. Мол, все равно клиентов не будет. Электрическая вывеска и то больше денег сожрет, чем они заработают. Отец, который сидел дома, в тепле и уюте, и с удовольствием бухал, не разрешил закрываться раньше полуночи. Если на свете и есть Скрудж, негодующе подумал Дон, бросая трубку, то это его отец.

На самом деле причина для гнева у него была всего одна и очень простая: с некоторых пор он боялся оставаться ночью один. Раньше у него всегда была компания. Приходил Бадди, а к нему, как мухи на мед, слетались все остальные. Он заманивал их бухлом и коксом, но людей тянуло к нему и так. А теперь никого не осталось. Ни единой души.

Только вот иногда Дону чудилось, что это неправда. Стоит поднять глаза — и вот они все: посередке сидит Бадди с бутылкой «Техасской отвертки» в руке и косячком за ухом, с одной стороны от него Ричи Трилони, с другой — Попрошайка Уэлч. Мертвенно-бледные, как вампиры, они смотрят на него блестящими глазами дохлых рыб. Бадди поднимает бутылку и шепчет: «Выпей-ка, ублюдок, скоро и твой час придет».

Эти видения бывали настолько правдоподобными, что у него тряслись руки и пересыхало во рту.

Дон отлично понимал, что происходит. Напрасно они тогда разбили тачку Мордопиццы. Всех, кто приложил к этому руку, уже настигла страшная смерть. Кроме него и Сэнди Гэлтона, который сел в свой старенький «мустанг» и укатил к черту на кулички. Дону часто хотелось последовать его примеру.

Клиент нетерпеливо просигналил.

Дон кинул книгу на стол, рядом с заросшим грязью терминалом, и неуклюже натянул куртку. Он выглянул в окно — какой ненормальный высунул нос из дома в такую погоду?! — но, конечно, ничего не разглядел. Сквозь метель пробивался лишь свет фар и слегка виднелся силуэт машины — явно старинной, сейчас таких громадин не делают.

Когда-нибудь, подумал Дон, надевая перчатки и прощаясь с эрекцией, отец поставит нормальные автоматы, и ему больше не придется каждый раз выскакивать на улицу. Если какому-то идиоту приспичит выехать из дома в такую ночь, пусть заправляется сам.

Ветер едва не вырвал дверь у него из рук — еще чуть-чуть, и она бы врезалась в стену. Может, и стекло бы треснуло —

только этого не хватало! От жалости к себе Дон едва не расплакался.

Несмотря на громкий вой ветра за окнами, Дон как-то не ожидал увидеть настоящую бурю. Снега намело уже больше восьми дюймов, это точно. Он провалился в сугроб и только благодаря этому устоял на ногах. «Эта чертова тачка на снегоступах, что ли?! — подумал он. — Пусть козел только попробует дать мне кредитку — я ему морду начищу».

Дон побрел по снегу к первому ряду колонок. Козлина нарочно остановился у дальнего ряда. Как же иначе! Дон опять попытался разглядеть машину, но ветер бросил ему в лицо колючую простыню снега, и он тут же опустил голову, надвинув на глаза капюшон куртки.

Он стал обходить машину спереди и на миг очутился в холодном сиянии ее белых фар. В свете флуоресцентных ламп на колонке Дону показалось, что машина выкрашена в бордововинный цвет. Щеки у него занемели от холода. «Если этот гад попросит бензина на один доллар и проверить масло, я его точно пошлю», — подумал Дон и подставил лицо режущему ветру. Стекло со стороны водителя поехало вниз.

— Чем могу помо.... — начал он, но не договорил, а натужно, пронзительно закричал: — О-о-о-о-о-о!

Из окна на него смотрел разложившийся труп. Вместо глаз — пустые глазницы, усохшие губы обнажили несколько кривых желтых зубов. Одна рука белела на руле, вторая, отвратительно пощелкивая костями, потянулась к нему.

Дон отшатнулся. Сердце в груди стучало, как работающий вразнос двигатель, ужас встал в горле раскаленным комом. Мертвец поманил его пальцем, и мотор Кристины внезапно завизжал, набирая обороты.

— Заливай, — прошептал труп и, несмотря на шок и ужас, Дон заметил на нем лохмотья военной формы. — Полный бак, говнюк! — Гнилые зубы обнажились в усмешке. В самом дальнем углу рта сверкнуло золото.

— На-ка выпей, ублюдок, — прохрипел другой голос, и с заднего сиденья к нему потянулся Бадди Реппертон. Он совал Дону бутылку «Техасской отвертки». В улыбающемся рту копошились черви, в свисающих клочьями волосах — жуки. — Полегчает.

Дон истошно заорал, развернулся и помчался по снегу большими, мультяшными прыжками. Когда за его спиной взревел восьмицилиндровый двигатель автомобиля, Дон закричал снова. И оглянулся. Только сейчас он увидел, что возле колонки стоит и месит снег задними колесами машина Арни Каннингема, его Кристина. В салоне больше не было трупов, и от этого Дону почему-то стало еще страшнее — в салоне не было вообще никого. Машина ехала сама по себе.

Дон припустил к дороге, вскарабкался на снежную насыпь, оставленную снегоуборочными машинами, и съехал вниз. Ветер здесь был такой сильный, что асфальт до сих пор не замело, только кое-где поблескивал лед. На одной из таких замерзших луж Дон поскользнулся. Земля ушла у него из-под ног, он с глухим звуком шлепнулся на задницу.

Мгновение спустя дорогу затопил белый свет. Дон перекатился на живот, поднял голову и, прищурившись, посмотрел вперед. Последнее, что он видел, были огромные белые фары Кристины. В следующий миг она наехала на него, как локомотив, и протаранила его телом снежную насыпь.

Весь Либертивилль-Хайтс, как Галлия, был поделен на три части. В центре его, на россыпи невысоких холмов, располагался район, который в начале XIX века носил название «Дозорная вышка» (о чем напоминала мемориальная табличка на пересечении Роджерс- и Тэклин-стрит). Сегодня он представлял собой единственный по-настоящему бедный район города: ветхий лабиринт из деревянных домишек и высоких блочных уродин. На запущенных задних дворах, в теплое время года кишащих детьми и игрушками «Фишер-прайс» — одинаково побитыми и грязными, — протянулись бельевые веревки. В этих кварталах раньше жили обычные семьи среднего класса, но с наступлением послевоенной безработицы в 1945-м уровень жизни здесь начал падать. Сначала постепенно, потом все быстрее, особенно в 60-х и начале 70-х. Впрочем, худшее было впереди, хотя никто не отваживался произнести это вслух.

В городе уже стали появляться черные. Об этом шептались во дворах лучших домов Либертивилля, за барбекю и коктейлями: черные захватывают Либертивилль! Район даже обзавелся новым леденящим кровь названием: «Нижний Хайтс». Казалось, так должно называться какое-нибудь гетто. Несколько крупнейших рекламодателей как бы между прочим сообщили главному редактору «Кистоуна», что использовать это название в печати категорически не рекомендуется. Редактор, мать которого вырастила только умных сыновей, никогда его и не использовал.

Хайтс-авеню отходила от Бейзин-драйв, пересекавшей вполне добропорядочные и благополучные кварталы города, а затем начинала взбираться на холмы. Она проходила аккурат посередине Нижнего Хайтса и тянулась дальше, дальше, через зеленую полосу, сразу за которой расположился респектабельный жилой район. Эту часть города называли просто Хайтс. Со стороны кажется, что во всех этих нижних хайтсах и просто хайтсах легко запутаться, но жители Либертивилля отлично знали, что к чему. «Нижний Хайтс» — это беднота, благородная, и не только. Если вы опускаете прилагательное «нижний», значит, вы имеете в виду прямую противоположность бедноты. Хайтс — это благородные старые особняки, расположенные подальше от дороги, в глубине дворов за густыми живыми изгородями из тисовых деревьев. Здесь жили сильные мира сего, лидеры общественного мнения: владелец местной газеты, четыре врача, богатая и сумасшедшая внучка человека, который изобрел систему скоростного выбрасывания стреляных гильз для самозарядных пистолетов, и несколько адвокатов.

После этого элитного района Хайтс-авеню вновь шла через лесистую местность, которую уже нельзя было назвать зеленой полосой — густая чаща расходилась от дороги на три мили с каждой стороны. В самой верхней точке Хайтса влево уходила Стэнсон-роуд, заканчивавшаяся пресловутым Валом, откуда открывался вид на город и кинотеатр для автомобилистов.

По другую сторону этой невысокой горы расположился довольно старый жилой район с уютными домами, построенными сорок-пятьдесят лет назад. Когда и они начинали редеть, Хайтс-авеню переходила в Окружную дорогу номер 2.

В 22.30 красно-белый «плимут» 58-го года выехал на Хайтс-авеню, пронзая светом фар свирепствующую снежную тьму. Коренные жители Хайтса сказали бы, что в тот вечер никакая машина — кроме, пожалуй, полноприводного вездехода — не смогла бы проехать по Хайтс-авеню. Однако Кристина уверенно ехала по ней со скоростью тридцать миль в час, ритмично покачивая дворниками, абсолютно пустая внутри. Кое-где ее шины оставляли след почти в фут глубиной, но ветер быстро заполнял их снегом. Время от времени ее передний бампер сшибал верхушки снежных заносов, легко разбрасывая по ветру белый порошок.

Кристина проехала мимо поворота на Стэнсон-роуд, в конце которой когда-то проводили вечера Арни и Ли. Она добралась до вершины горы и стала спускаться — сперва промчалась по черному лесу с белой лентой дороги посередине, затем поехала по жилым кварталам. В домах уютно горели окна гостиных, кое-где весело мерцали рождественские гирлянды. В одном из таких веселых домов молодой мужчина, который только что снял с себя костюм Санты и потягивал коктейль в компании жены, случайно выглянул в окно и увидел фары проезжавшей мимо машины. Он показал на нее пальцем.

— Ничего себе! Парень из Хайтса едет... На тракторе, что ли?

— Какая разница, — ответила жена. — Дети спят, и я очень хочу узнать, что Санта приготовил для *меня*.

Мужчина заулыбался.

— Сейчас посмотрим.

Дальше по дороге, практически на самом краю Хайтса, Уилл Дарнелл сидел в гостиной простого двухэтажного дома, которым владел уже больше тридцати лет. На Уилле был потертый махровый халат синего цвета и пижамные штаны. Огромное брюхо торчало наружу, будто распухшая луна. Уилл смотрел, как Эбенезер Скрудж окончательно переходит на сторону Добра и Света, но почти ничего не видел. В голове у него по-прежнему вертелись и никак не могли сложиться детали головоломки, которая постепенно становилась все более увлекательной: Арни, Уэлч, Реппертон, Кристина. За последнюю неделю Уилл постарел на десять лет. Тому копу, Мерсеру, он сказал, что уже через две недели снова вернется к работе, но в душе очень в этом сомневался. Казалось, в горле теперь вечно стоял отвратительный привкус лекарства из гребаного ингалятора...

Арни, Уэлч, Реппертон... Кристина.

— Эй, мальчик! — крикнул из окна Скрудж, сам похожий на привидение в халате и ночном колпаке. — Привет! Знаешь мясника с соседней улицы? Скажи, они уже продали тех огромных индюшек — не маленьких, а больших?

— С меня ростом? — переспросил мальчишка.

— Да, да, — ответил Скрудж, хихикая как ненормальный. Похоже, три добрых Духа не спасли его, а окончательно свели с ума. — С тебя ростом!

Порой Уиллу казалось, что вовсе не облава лишила его последних сил и воли к жизни. И даже не тот факт, что копы сцапали его бухгалтера и что к делу подключилось налоговое управление, на сей раз явно настроенное очень серьезно. Вовсе не из-за проблем с законом он теперь озирался по сторонам, выходя на улицу; вовсе не главного прокурора штата стоило благодарить за то, что, отправляясь вечером домой, он бросал настороженные взгляды в зеркало заднего вида.

Уилл вновь и вновь прокручивал в голове увиденное той ночью (или не увиденное, а выдуманное?). Сначала он пытался убедить себя, что такого просто не может быть, потом — что именно так все и было. Впервые в жизни он не верил собственным глазам. Без конца вспоминая ту ночь, Уилл уже готов был признать, что ему все приснилось.

Арни он ни разу не видел и даже не пытался с ним созвониться. Сперва он подумывал использовать свое знание в качестве рычага, чтобы закрыть Арни рот, если парень все же решит его открыть. Бог свидетель, он может посадить его в тюрьму, если согласится сотрудничать с копами. Лишь после того, как полиция взяла чуть ли не всех его подельников и близких знакомых, Уилл осознал, как много может быть известно Каннингему. В панике он даже пару раз предавался самобичеванию (что само по себе настораживало, поскольку было ему отнюдь не свойственно): неужели все его ребята знали так много? И Реппертон, и все прочие клоны Реппертона, что работали на Уилла в прошлом? Неужели он такой дурак?

Нет, решил Уилл. Не дурак. Один Каннингем умудрился втереться к нему в доверие. Потому что Каннингем был другой. У него отлично работала интуиция, да и мозги тоже. Никакого выпендрежа, никаких попоек и пьяных выходок. Уилл проникся к Каннингему почти отцовскими чувствами — что, впрочем, не помешало бы ему выкинуть парня за борт, начни тот раскачивать лодку. «И сейчас я медлить не буду», — заверил себя он.

Черно-белый Скрудж уже был в гостях у Крэтчитов. Фильм подходил к концу. Все его герои выглядели как придурки, но Скрудж — хуже всех. Его безумный радостный взгляд напоминал Уиллу взгляд человека по имени Эверетт Дингл, который двадцать лет назад вернулся домой из гаража и зарезал всю семью.

Уилл закурил сигару. Что угодно, лишь бы забить этот отвратительный лекарственный вкус... Последнее время он никак не мог отдышаться. Сигары не помогали, но бросать Уиллу было уже поздновато.

Итак, Каннингем пока не раскололся. Чего не скажешь о Генри Баке. По словам адвоката, Генри слил копам все, что знал. Неудивительно: ради оправдательного приговора шестидесятитрехлетний отец и дедушка отрекся бы от Христа. И даже ради условного срока. Хорошо хоть дедуля знал далеко не все, только про сигареты и пиротехнику. В былые времена круг интересов Уилла включал и контрабандное спиртное, и угнанные тачки, и оружие (несколько раз он даже продавал пулеметы спятившим знатокам и охотникам-любителям с маньячными наклонностями, которые якобы желали проверить, действительно ли «оленя порвет на куски, как рассказывают»), и краденый антиквариат. А в последние два года — кокаин. С наркотиками Уилл зря связался, теперь он это понимал. Колумбийцы из Майами были чокнутые, как сортирные крысы.

Хотя почему «как»? Они и есть сортирные крысы. *Слава богу*, Каннингема не поймали с мешком кокаина!

Так или иначе, на сей раз Уиллу точно достанется — а вот сильно или нет, во многом зависит от семнадцатилетнего парня и его странной машины. Ситуация напоминала многоярусный карточный домик, и Уилл боялся разрушить его неосторожным жестом или даже словом. К тому же Каннингем запросто мог рассмеяться ему в лицо и сказать, что он спятил.

Уилл встал, стиснув сигару в зубах, и выключил телевизор. Вообще-то надо ложиться спать, но сначала можно пропустить стаканчик бренди... Усталость теперь не покидала Уилла ни на минуту, однако уснуть все равно было непросто.

Он направился в кухню... и тут с улицы донесся зов автомобильного клаксона. Даже вой ветра не мог заглушить этот настойчивый, властный звук.

Уилл остановился как вкопанный на пороге кухни и завязал на животе пояс халата. Лицо его мгновенно переменилось, стало сосредоточенным и вместе с тем восторженным, оживленным — лицо молодого человека. Еще секунду он постоял на месте.

Три коротких пронзительных сигнала.

Уилл развернулся, достал изо рта сигару и медленно пошел через гостиную к окну. Удивительное чувство дежавю окатило его теплой волной. А вместе с ним — чувство неотвратимой предопределенности бытия. Уилл сразу догадался, что это Кристина — можно было даже не отдергивать штору. Она приехала за ним.

Машина стояла в начале кольцевой подъездной дорожки перед его домом — сквозь снег проступал лишь ее призрачный силуэт. Конусы света, расходившегося от фар, почти сразу исчезали в воющей темноте. На миг Уиллу показалось, что за рулем кто-то сидит, но, поморгав, он не увидел в салоне ни единой живой души. Совсем как в ту ночь, когда Кристина сама по себе вернулась в гараж.

Бип. Би-ип. Бип-бип.

Надо же, прямо разговаривает!

Сердце Уилла тяжело забилось в груди. Он резко повернулся к телефону. Вот теперь можно позвонить Каннингему. Позвонить и сказать, чтоб обуздал своего домашнего демона.

Он уже почти добрался до телефона, когда услышал визг двигателя Кристины — визг взбешенной бабы, почуявшей измену. Мгновение спустя раздался глухой удар.

Уилл вернулся к окну и увидел, что машина сдает назад, отползая от высокого сугроба в конце подъездной дорожки. Капот, запорошенный снегом, был слегка помят. Двигатель снова заревел, задние колеса бешено закрутились, а в следующий миг вновь нашли сцепление с дорогой. «Фьюри» рванула по снегу и опять врезалась в сугроб. По ветру полетели новые брызги снега, напоминающие клубы сигарного дыма, если выдохнуть его в сторону работающего вентилятора.

«Бесполезно, — подумал Уилл. — А даже если ты попадешь на подъездную дорожку, что с того? Думаешь, я выйду поиграть?»

Засипев громче, чем обычно, он вернулся к телефону, нашел домашний номер Каннингема и начал его набирать. Пальцы дрогнули, он случайно набрал не ту цифру, чертыхнулся, нажал отбой и принялся набирать заново.

Опять рев двигателя. Удар и скрип снега — Кристина вновь врезалась в сугроб. Ветер взвыл и засыпал большое панорамное стекло снегом, точно сухим песком. Уилл облизнул губы и попытался дышать чуть медленнее. Но горло уже потихоньку сжималось, он это чувствовал.

На другом конце провода раздался первый гудок. Три гудка. Четыре.

Визг двигателя. Тяжелый удар о сугроб, оставленный снегоуборочными машинами.

Шесть гудков. Семь. Никто не подходит.

— К черту! — прошептал Уилл и бросил трубку. Лицо его побелело, ноздри раздулись, как у зверя, почуявшего пожар. Сигара потухла. Он бросил ее на ковер и порылся в кармане халата. Рука нащупала прохладный металл ингалятора, пальцы стиснули баллончик.

Свет фар на секунду ударил прямо в окно, ослепив Уилла. Он прикрыл глаза рукой. Кристина вновь врезалась в сугроб. Мало-помалу она таранила себе путь к дому. Наблюдая, как она сдает назад, Уилл отчаянно пожелал, чтобы мимо прошла снегоуборочная машина и смела это исчадие ада с дороги.

Этого не случилось. Кристина опять бросилась вперед: двигатель взревел, белый свет фар осветил заснеженную лужайку перед домом. Она врезалась в сугроб и свирепо раскидала снег в разные стороны. Капот вскинулся, и на миг Уиллу показалось, что сейчас она переедет через сугроб. Но потом задние колеса потеряли сцепление с дорогой и бешено завертелись на месте.

Кристина дала задний ход.

Горло Уилла сжалось до размеров игольного ушка. Легкие требовали кислорода. Уилл достал ингалятор и вдохнул лекарство. Полиция. Надо звонить в полицию. Они приедут. Чертов «плимут» не сможет до него добраться. В доме ему ничто не угрожает, он в безопасности, он...

Кристина помчалась вперед, набирая скорость, и на сей раз легко переехала через сугроб: передний конец сперва дернулся вверх, залив потолок гостиной белым светом, а затем с грохотом опустился. Кристина попала на подъездную дорогу. Ладно, так и быть, но дальше-то ей никак не...

«Фьюри» даже не сбавила скорость. Газуя, она проехала подъездную дорожку по касательной, промчалась по боковому двору, где снег был не такой глубокий, и рванула прямиком к большому окну гостиной, из которого за ней наблюдал Уилл Дарнелл.

Он охнул, отшатнулся и споткнулся о собственное кресло.

Кристина врезалась в дом. Стекло взорвалось, впуская в гостиную воющий ветер. Осколки полетели в разные стороны смертоносными стрелами, в каждой — отражение фар Кристины. В дом ворвался снег: белые воронки беспорядочно затанцевали по ковру. Фары на секунду затопили комнату неестественным белым светом, похожим на резкий свет софитов в телевизионной студии. Затем Кристина дала задний ход: передний бампер волочился по земле, капот открылся, раздавленная решетка напоминала звериный оскал.

Уилл стоял на четвереньках, жадно глотая ртом воздух. Его грудь тяжело вздымалась и опадала. Где-то на заднем плане крутилась страшная мысль: не споткнись он о кресло, его бы уже зарезало осколками стекла. Банный халат распахнулся, и его полы теперь трепал ветер. Он же подхватил телепрограмму с маленького столика рядом с креслом, и журнал, шелестя страницами, полетел к подножию лестницы. Уилл обеими руками схватил телефонную трубку и набрал цифру 0.

Кристина сдала назад по собственным следам и доехала аж до самого сугроба в начале дорожки, точнее, до его остатков. Затем рванула вперед, стремительно набирая скорость, и прямо на ходу ее капот и решетка радиатора начали выпрямляться. В следующий миг она вновь врезалась в стену под окном. Опять полетели осколки, заскрипело и застонало дерево. Широкий подоконник треснул пополам, и на мгновение лобовое стекло Кристины, потрескавшееся и белесое, заглянуло в дом, точно огромный глаз инопланетянина.

— Полицию, — прохрипел Уилл телефонистке. Он почти полностью лишился голоса, из глотки рвались только хрипы и свист. Банный халат трепыхался на холодном ветру, влетающем в разбитое окно. Уилл заметил, что стена под окном почти разрушена. Обломки досок торчали из нее, как сломанные кости. Но Кристина же не может пробраться внутрь... *Ведь не может?*

— Простите, сэр, вас не слышно. Говорите громче. Связь очень плохая.

— Полицию, — повторил Уилл, только на сей раз это был даже не шепот — просто свист. Господи, он задыхается, он не может дышать... Его грудь — надежно запертое банковское хранилище. Где же ингалятор?!

— Сэр?

Вон он, на полу. Уилл бросил трубку и потянулся за ним.

Кристина вновь поехала по лужайке к дому и врезалась в стену. На сей раз вся стена взорвалась шрапнелью осколков и щепок. Как в страшном сне, оскаленная пасть «фьюри» оказалась в его гостиной, она все-таки попала внутрь, она до него добралась... Завоняло выхлопными газами и раскаленным двигателем.

Нижняя подвеска Кристины за что-то зацепилась, и она задом выехала из дыры в стене. Заскрипели доски. Передний конец машины превратился в отвратительное месиво хрома, снега и штукатурки. Но через несколько секунд она снова рванет вперед, и на сей раз она может... может...

Уилл схватил ингалятор и бросился к лестнице.

Он одолел только половину подъема, когда раздался жуткий рев двигателя. Уилл схватился за перила и обернулся.

Оттого, что Уилл смотрел с высоты, происходящее еще больше напоминало кошмарный сон. Он увидел, как Кристина поехала по заснеженной лужайке. Ее капот полностью поднялся — точно огромный красно-белый аллигатор разинул зубастую пасть. Затем она ворвалась в дом (на скорости больше сорока миль в час), и капот отлетел окончательно. Она смела остатки оконной рамы и в очередной раз засыпала гостиную градом щепок. Ослепительный свет фар... и вот она уже внутри, она у него *дома*, господи... Из стены на ковер, точно черная перерезанная артерия, выпал электрический кабель. Облачка утеплителя танцевали на холодном ветру, точно пушинки одуванчика.

Уилл закричал и не услышал собственного крика — так громко ревел двигатель Кристины. Глушитель «Сирз Маззлер», установленный Арни («Уж его-то он точно установил своими руками, сам видел», — пришла Уиллу идиотская мысль), повис на обломках стены вместе с основной частью выхлопной трубы.

«Фьюри» с ревом кинулась через гостиную к лестнице, опрокинув кресло Уилла: то завалилось на бок, как сдохший пони. Под машиной громко затрещали половые доски, и рассудок Уилла закричал: «Да! Да! Ломайся! Пусть эта тварь провалится в подвал! Посмотрим, как она оттуда выберется!» В голове возникла картинка: тигр мечется в яме, которую вырыли и прикрыли листьями хитрые аборигены.

Но пол выдержал.

Кристина понеслась прямо на Уилла. Ее шины оставляли на ковре снежные зигзаги. Она врезалась в лестницу, и Уилла отбросило к стене. Ингалятор выпал у него из рук и свалился вниз.

Кристина дала задний ход; половые доски под ней стонали и трещали. Задом она сшибла с тумбочки телевизор «Сони», и его кинескоп взорвался миллионом осколков. Машина с ревом бросилась вперед и протаранила лестницу: на пол посыпался град щепок и штукатурки. Уилл почувствовал, как лестница под ним заходила туда-сюда и начала крениться. Кристина стояла прямо под ним, он видел ее двигатель, ощущал жар ее восьми цилиндров. А потом она вновь дала задний ход, и Уилл полез вверх по лестнице, тяжело глотая воздух и цепляясь за горло, таращa глаза.

Он забрался на второй этаж за долю секунды до того, как Кристина в очередной раз ударила по лестнице и окончательно ее разрушила. Длинная щепка упала прямо в двигатель и выпорхнула оттуда уже облачком опилок. В воздухе стояла вонь бензина и выхлопных газов. В ушах Уилла стоял неумолимый рев двигателя.

Кристина вновь начала сдавать назад. Ее шины уже продрали ковер и оставляли на нем не черные зигзаги, а рваные раны. «Дальше, дальше, — подумал Уилл. — На чердак... Да, на чердаке я в безопасности. На черд... о... о боже... о ГОСПОДИ...»

Грудь пронзил последний, неожиданно мощный укол боли. Как будто сердце проткнули сосулькой. Левая рука отнялась. По-прежнему катастрофически не хватало воздуха; грудь тяжело вздымалась и опадала. Уилл качнулся назад. Одна нога зависла над пустотой... а в следующий миг он кубарем покатился по лестнице, ломая кости. Халат трепыхался на ветру.

Он рухнул у подножия лестницы, и Кристина тут же набросилась на жертву: ударила тушу, дала задний ход, снова ударила, без труда выломала тяжелую балясину в начале лестничного марша, ударила еще раз...

Пол под ней стонал все громче. Кристина замерла на секунду, словно бы прислушиваясь к треску и стенаниям дерева. У нее спустило две шины, третья наполовину сползла с колеса. В левом боку зияла огромная вмятина, и в нескольких местах с кузова пластами сходила краска.

Внезапно рычаг коробки передач перешел в положение «R». Двигатель завизжал, и Кристина стрелой вылетела из рваной дыры в доме. Задний конец погрузился в снег, колеса завертелись, нашли сцепление и вытащили Кристину на улицу. Она покатилась к дороге: двигатель то и дело глох, масло капало и брызгало во все стороны, вокруг стоял синий дым...

Очутившись на дороге, Кристина повернула к Либертивиллю. Рычаг перешел в положение «DRIVE», но поврежденная трансмиссия сработала не сразу. Наконец машина медленно покатила прочь от дома. Широкая полоса света вырывалась из дома Уилла и падала на изрытый колесами снег. Только это был уже не уютный желтый прямоугольник, а лужа света с неровными краями.

Кристина ехала медленно, вразвалку, как пьяная. Густо валил снег.

Одна из фар, разбитая в последней сокрушительной атаке на тело Уилла, замерцала и вспыхнула.

Сама собой надулась одна из шин, следом — вторая.

Облака вонючего дыма начали уменьшаться в размерах.

Рваный шум двигателя постепенно выровнялся.

Из воздуха сам собой соткался новый капот: сперва появился серый металл, на который затем легла красная краска — он будто наполнился свежей кровью.

Трещины на окнах поползли вверх, оставляя за собой гладкое нетронутое стекло.

Одна за другой загорелись и остальные фары; Кристина уверенно и быстро ехала сквозь снежную ночь, пронзая ее яркими круглыми огнями.

Одометр спокойно крутился в обратную сторону.

Сорок пять минут спустя она уже стояла в темноте гаража, принадлежавшего покойному Уиллу Дарнеллу, в родном двадцатом отсеке. Ветер выл и стенал среди развалюх на автомобильной свалке, ржавых туш, в каждой из которых наверняка жили собственные призраки и зловещие воспоминания. Снежные хлопья покрывали порванные сиденья и лысое напольное покрытие.

Двигатель Кристины медленно тикал, остывая.

Часть третья

КРИСТИНА — ПЕСЕНКИ О СМЕРТИ

43. Визит Ли

> Джеймс Дин на «меркурии» и Боннер на «гонце»,
> Даже Берт Рейнольдс на черном скакуне...
> Все соберутся на Ранчо «кадиллаков»!
>
> *Брюс Спрингстин*

Примерно за пятнадцать минут до прихода Ли я с помощью костылей доковылял до ближайшего к двери кресла, чтобы она точно услышала мой голос, когда постучит в дверь. Затем я снова взял номер «Эсквайра» и вернулся к статье под заголовком «Новый Вьетнам», которую нам задали прочесть в школе. Сосредоточиться никак не удавалось. Я был встревожен и напуган, а еще — в основном — сгорал от нетерпения. Мне очень хотелось увидеть Ли.

Дома я был один. Вскоре после разговора с Ли тем снежным рождественским днем я отвел отца в сторонку и попросил его 26 декабря сходить куда-нибудь с мамой и Элейной.

— Почему бы и нет? — Он добродушно улыбнулся.

— Спасибо, пап.

— Не за что. Только теперь ты у меня в долгу, Деннис.

— Папа!

Он подмигнул.

— Я — тебе, ты — мне.

— Какой ты бескорыстный, — заметил я.

— Само совершенство, — кивнул отец.

Он у меня не дурак, конечно. Сразу спросил, имеет ли это какое-то отношение к Арни.

— Она ведь его девушка, правда?

— Ну... — Я не знал, в каких они теперь отношениях, но замялся и по некоторым другим причинам. — Раньше они встречались, а сейчас — понятия не имею.

— Возникли проблемы?

— Помнишь, ты говорил мне быть начеку? Присматривать за Арни? Похоже, я недоглядел.

— Больничная койка — не самый лучший наблюдательный пункт, Деннис. В четверг я обязательно свожу куда-нибудь твою маму и Элейну. Но ты будь осторожен, ладно?

Я до сих пор не очень понимаю, что имел в виду отец; не мог же он всерьез опасаться, что мы с Ли устроим дома оргию — одна нога у меня до сих пор была в гипсе, да и на спине еще красовалась гипсовая повязка. Наверное, он просто боялся, что в один прекрасный момент что-то может пойти наперекосяк, причем по полной программе: неспроста же мой лучший друг превратился в незнакомца... незнакомца, которому теперь грозил тюремный срок.

Я-то знал, что дела уже пошли наперекосяк, и был страшно напуган. «Кистоун» в праздники не выходит, но по трем государственным телеканалам Питсбурга и двум независимым вовсю трезвонили о том, что случилось с Уиллом Дарнеллом. Показывали и его дом с проломленной стеной. Она выглядела так, словно какой-то спятивший фашист въехал в дом на танке. В утренней газете появилась статья под заголовком «ЗВЕРСКОЕ УБИЙСТВО КРИМИНАЛЬНОГО АВТОРИТЕТА». Все это было ужасно само по себе, но заметка на третьей странице окончательно меня добила. Небольшая заметка, разумеется, ведь Уилл Дарнелл был «крупным криминальным авторитетом», а Дон Вандерберг — обычным хулиганом, который вылетел из школы и работал на заправке отца.

«РАБОТНИКА СТО СБИЛИ НАСМЕРТЬ В СОЧЕЛЬНИК» — так выглядел заголовок второй заметки. Ей была посвящена всего одна колонка, в конце которой приводилась теория шефа полиции Либертивилля о том, что Вандерберга сбил водитель, находящийся в состоянии алкогольного или наркотического опьянения. Ни он, ни журналисты «Кистоуна» никак не связывали эти убийства, произошедшие на разных концах города: заправку и дом Дарнелла разделяло десять наглухо занесенных снегом миль. Но я, сам того не желая, соединил все точки. И увидел картинку. Недаром с утра отец то и дело бросал на меня странные взгляды. Раз или два даже открывал рот, но потом закрывал. Понятия не имею, что бы я ему сказал... Смерть Уилла Дарнелла, действительно очень странная, была ерундой по сравнению с моими догадками. Слава богу, отец так ничего и не спросил. Я испытал огромное облегчение.

В две минуты третьего раздался звонок в дверь.

— Входи! — прокричал я, но все равно взялся за костыли. Дверь приоткрылась, и в дом заглянула Ли.

— Деннис?

— Привет! Заходи!

Она вошла. На ней была очаровательная красная куртка и темно-синие джинсы. Она скинула отороченный мехом капюшон.

— Зачем ты встал, а ну-ка сядь! — сказала Ли, расстегивая куртку. — Давай садись. С этими подпорками ты похож на аиста, ей-богу.

— Говори-говори, умоляю, — ответил я, неуклюже плюхнувшись обратно в кресло. В реальной жизни загипсованные люди никогда не выглядят так, как это показывают в кино. Сесть легко и изящно, как это делает Кэри Грант, попивая коктейли в «Рице» с Ингрид Бергман, физически невозможно. Все происходит сразу, в одну секунду, и если кресло, в которое ты плюхаешься, не издает при этом оглушительный пук (как будто при внезапном падении ты обделался от страха), считай, тебе крупно повезло. В этот раз мне повезло. — Я так люблю комплименты, аж самому за себя стыдно.

— Как дела, Деннис?

— Ничего, иду на поправку. А у тебя?

— Бывало и лучше, — тихо ответила Ли и закусила нижнюю губу. Девушки иногда нарочно так делают, вроде как заигрывают, но на сей раз дело было не в этом.

— Повесь куртку и усаживайся.

— Хорошо.

Мы на секунду переглянулись, и мне тут же поплохело. Я отвел взгляд и подумал об Арни.

Ли повесила куртку и медленно вернулась в гостиную.

— А где твои...

— Я попросил папу сводить их в кино. — Я пожал плечами. — Подумал, что разговор нам предстоит... ну, личный?

Ли стояла у дивана и смотрела на меня. Я вновь поразился ее простой и чистой красоте: темно-синие джинсы и светло-голубой свитер (почему-то этот наряд напомнил мне о катании на лыжах) подчеркивали прекрасную фигуру. Волосы Ли заплела в свободную косу, которая лежала на левом плече. Глаза были почти цвета свитера, может, самую малость темнее. Заурядная американская красавица, скажете вы, но нет... скулы у нее были высокие, надменные, предполагающие куда более экзотические корни. Как будто в ветвях ее генеалогического древа когда-то затерялся викинг.

А может, я думал вовсе не о том.

Она увидела мой чересчур пристальный взгляд и покраснела. Я отвернулся.

— Деннис, ты за него волнуешься?

— Волнуюсь? Скорее, боюсь.

— Что ты знаешь о машине? Что он тебе рассказывал?

— Совсем мало. Слушай, пить хочешь? В холодильнике есть всякое... — Я взялся за костыли.

— Сиди, — сказала Ли. — Я что-нибудь выпью, но принесу все сама. Ты что хочешь?

— Имбирный эль, если там еще есть.

Ли ушла на кухню, и я стал наблюдать за ее тенью на стене... она двигалась легко и грациозно, словно в танце. Я тут же ощутил тошнотворную тяжесть в груди... У этого чувства даже есть название. «Влюбиться в девушку лучшего друга» — вот как это называется.

— О, у тебя есть льдогенератор! — донесся из кухни ее голос. — У нас тоже. Классная штука.

— Угу. Только иногда он сходит с ума и разбрасывает кубики льда по всей кухне. Прямо как Джимми Кэгни в «Белой горячке». Вот вам, получите, грязные крысы! Моя мама жутко бесится, — затараторил я.

Ли рассмеялась. Звякнул лед. Вскоре она вошла в гостиную с двумя пустыми стаканами и двумя банками имбирного эля «Канада драй».

— Спасибо.

— Нет, это тебе спасибо. — Ее голубые глаза потемнели. — Спасибо, что разрешил прийти. Одна я бы... ох, не знаю.

— Да брось, все не так ужасно.

— Разве? Ты про Дарнелла слышал?

Я кивнул.

— А про этого... Дона Вандерберга?

Значит, Ли тоже соединила точки.

Я опять кивнул:

— Да, читал. Ли, что конкретно тебя беспокоит в Кристине?

Она долго молчала, и я даже успел подумать, что она не хочет отвечать. Ли держала стакан обеими руками и явно боролась с собой, со своими мыслями.

Наконец очень тихим голосом она произнесла:

— Мне кажется, Кристина пыталась меня убить.

Не знаю, чего я ждал, но не этого.

— В смысле?

Ли заговорила — сперва медленно и нерешительно, потом все быстрее, пока слова не полились из нее неудержимым потоком. Историю эту вы уже слышали, так что не буду повторяться; достаточно сказать, что я попытался передать ее как можно точнее. Ли действительно была очень напугана: лицо ее побледнело, голос то и дело срывался, руками она без конца терла и сжимала плечи, словно жутко замерзла. И чем больше она рассказывала, тем страшнее становилось мне самому.

В самом конце она рассказала мне, как огни на приборной панели Кристины превратились в зеленые глаза. И рассмеялась, словно бы говоря: ну вот видишь, какая я дура. Но мне было не смешно. Я вспомнил сухой голос Джорджа Лебэя и его рассказ о Роланде, Веронике и Рите. Мой разум невольно соединял все точки. Сердце тяжело заколотилось в груди, и я не смог бы рассмеяться при всем желании, даже если от этого зависела бы моя жизнь.

Ли рассказала про ультиматум, который поставила Арни: она или машина. И про его безудержную ярость. С тех пор они больше не виделись.

— Потом его арестовали... и я начала думать... про то, что случилось с этими хулиганами, Бадди Реппертоном и его дружками...

— А теперь вот — с Дарнеллом и Доном Вандербергом.

— Да. Но это не все. — Она осушила стакан и налила себе еще имбирного эля. Край банки тихонько звякнул о стекло. — В сочельник, когда я тебе позвонила, мои родители ушли в гости. И меня охватил жуткий страх. Я думала... ох, сама не знаю, о чем я думала!

— Знаешь.

Она приложила ладонь ко лбу и потерла, как будто у нее разболелась голова.

— Верно, знаю... Я представляла, что Кристина на свободе. И что она убьет моих родителей. Впрочем, если в сочельник она действительно каталась по городу, то у нее явно были дела поваж... — Ли с грохотом опустила стакан на стол — я даже подпрыгнул от неожиданности. — Да что это такое?! Почему я говорю о ней как о человеке?! — закричала она. Из глаз ее брызнули слезы. — Почему?!

В тот миг я очень хорошо себе представил, к чему могут привести любые мои попытки ее утешить. Но между нами стоял Арни — и мои собственные принципы. Все-таки мы были хорошими друзьями. Очень хорошими.

Но то было раньше, а это — теперь.

Я взял костыли, встал с кресла, проковылял к дивану и плюхнулся рядом с Ли. Подушки вздохнули, но не стали издавать непристойные звуки.

Моя мама всегда держит коробку «Клинексов» в ящике приставного журнального столика. Я достал одну салфетку, посмотрел на Ли и вытащил еще несколько. Ли взяла их и сказала «спасибо». А затем, проклиная и ненавидя самого себя, я обнял ее за плечо и замер.

Ли напряглась... а затем приникла к моему плечу. Она вся дрожала. Так мы сидели несколько минут, боясь сделать даже малейшее движение. Боясь, что мы оба взорвемся. На каминной полке важно тикали часы. Яркий зимний свет падал в гостиную сквозь полукруглые окна, через которые просматривалась вся улица. К полудню ураган полностью стих, и теперь безоблачное голубое небо словно бы отрицало само существование такой штуки, как снег. Но огромные снежные заносы, выросшие на всех лужайках и вдоль дорог, похожие на спины захороненных под снегом зверей, доказывали обратное.

— Запах... — наконец выдавил я. — Ты уверена, что он был?
— *Да!* — Ли резко отстранилась и села прямо. Со смешанным чувством облегчения и разочарования я убрал свою руку. — Был, точно говорю! Ужасная вонь гнили, разложения. — Ли взглянула на меня. — Ты его тоже почувствовал?

Я мотнул головой. Нет, никогда не замечал ничего такого.

— Что ты знаешь о машине? — спросила тогда Ли. — Ты точно что-то знаешь. Я же вижу.

Пришел мой черед долго и мучительно думать. Почему-то в голове возникла картинка из учебника по физике — процесс деления атомного ядра. Самый настоящий комикс. В учебниках по физике обычно комиксов не встретишь, но, как однажды сказал кто-то, путь просвещения общественности тернист и извилист... кстати, сказал это Арни. На картинке изображалось два атома: они неслись друг на друга подобно гоночным автомобилям. Presto! Вместо груды металлолома (и травмированных нейронов, увозимых на «скорой») — критическая масса, цепная реакция и огромный взрыв.

Потом я понял, что недаром вспомнил этот комикс. Ли располагала информацией, которую я не знал. И наоборот. По отдельности все это казалось вымыслом, игрой воображения, но если сложить факты вместе... БАБАХ! Интересно, что бы сделали полицейские, знай они все это? Попробую угадать: ничего. Разве привидение можно засудить? А машину?

— Деннис?..
— Я думаю. Горелыми опилками запахло, чуешь?
— Что тебе известно? — повторила Ли свой вопрос.

Столкновение. Критическая масса. Цепная реакция. БАБАХ! Я подумал, что если собрать все известные факты вместе и кому-нибудь об этом рассказать, а не сидеть сложа руки, мы могли бы...

Тут я вспомнил свой сон: машина стоит в гараже Лебэя, мотор ревет и затихает, ревет и затихает, вспыхивают фары, визжат шины...

Я взял ее за руки.

— Ладно. Слушай. Арни купил машину у старика, который уже умер. Его звали Роланд Д. Лебэй. Как-то раз мы возвращались домой с работы и увидели Кристину на лужайке перед домом...

— Ты тоже это делаешь, — тихо произнесла Ли.

— Что?

— Называешь ее по имени. Как будто она — человек.

Я кивнул, не отпуская ее рук.

— Да. Знаю. С этим сложно бороться. В общем, Арни захотел ее купить, как только увидел. Любовь с первого взгляда. И сейчас мне кажется... тогда я так не думал, но теперь знаю... Лебэй очень хотел продать ее именно Арни. Если бы тот не раскошелился, он бы и бесплатно ее отдал. Понимаешь, Арни увидел Кристину и сразу все понял... Лебэй увидел Арни и тоже все понял.

Ли отняла у меня руки и снова начала растирать себе локти и плечи.

— Арни говорил, что заплатил...

— Заплатил, ага. И до сих пор расплачивается. Если, конечно, в нем еще что-нибудь осталось от Арни.

— Не понимаю.

— Скоро поймешь. Сначала немного предыстории, если не возражаешь.

— Давай.

— У Лебэя были жена и дочь. Давно, в пятидесятые. Дочь его умерла на обочине, подавившись гамбургером.

Ли побледнела, затем побелела. Ее лицо выглядело белесым и слегка прозрачным, как матовое стекло.

— Ли! — вскрикнул я. — Ты чего?!

— Все нормально, — пугающим монотонным голосом ответила она. Цвет лица у нее не улучшился, и все черты скривились в жуткой гримасе — успокаивающей улыбке, по всей видимости. — Все хорошо. — Она встала. — Где у тебя туалет?

— В конце коридора, — ответил я. — Ли, ты жутко выглядишь.

— Меня сейчас стошнит, — тем же монотонным голосом проговорила Ли и ушла. Двигалась она теперь рывками, как марионетка, — а ведь всего несколько минут назад я восхищался ее грацией. Из комнаты Ли вышла медленно, однако в коридоре ее шаги ускорились. Я услышал, как распахнулась и захлопнулась дверь, потом — те самые звуки. Я откинулся на спинку дивана и закрыл глаза руками.

Когда Ли вернулась, лицо у нее было по-прежнему бледное, но немного порозовевшее. Она умылась, и на щеках еще поблескивали капли воды.

— Прости, — сказал я.
— Ничего. Я просто... испугалась. — Кривая усмешка. — Мягко говоря. — Ли заглянула мне в глаза. — Ты только скажи, Деннис, это правда? Все так и было?
— Да, правда. Но это еще не все. Остальное хочешь услышать?
— Нет. Но ты рассказывай.
— Можем закрыть тему, — предложил я, сам понимая, что назад пути нет.

Ее серьезные, напуганные глаза по-прежнему сверлили меня взглядом.
— Не стоит... лучше все знать. Предупрежден — значит вооружен.
— Вскоре после смерти дочери его жена совершила самоубийство.
— В ма...
— В машине.
— Как?
— Слушай, Ли...
— Как?!

В общем, я все ей рассказал — про самоубийство и про самого Лебэя — бездонную бочку ярости, как называл его младший брат. Как дети смеялись над его одеждой и стрижкой «под горшок». Как он ушел в армию, где все одевались и стриглись одинаково. Как работал автомехаником. Ругал на чем свет стоит «говнюков», чьи дорогущие тачки он вынужден был чинить за счет государства. Потом началась Вторая мировая. Во Франции погиб их брат Дрю. Лебэй купил себе старый «шевроле», затем — подержанный «хадсон-хорнет». Но всегда и везде, где бы он ни жил и что бы ни делал, в нем горела ярость.

— Это словечко, — прошептала Ли.

— Какое?

— «Говнюки», — кое-как выдавила она, с омерзением морща нос. — Он тоже все время его использует. Арни.

— Знаю.

Мы переглянулись, и она вновь взяла меня за руки.

— Ты замерзла, — сказал я. Очередной блестящий комментарий от великого острослова и умника Денниса Гилдера. У меня таких миллион в запасе.

— Да. Такое чувство, что я уже никогда не отогреюсь.

Мне захотелось обнять ее — но я не стал. Испугался. По-прежнему думал об Арни. Но самое ужасное — *по-настоящему ужасное* — заключалось в том, что я все чаще и чаще думал о нем как о покойнике. Или о заколдованном принце.

— Что еще рассказал тебе брат Лебэя?

— Да вроде больше ничего.

Вдруг на поверхность всплыла фраза, оброненная Джорджем: «Да, он был зол и одержим машиной, но он не был чудовищем... По крайней мере, мне так казалось». Тогда я подумал, что Джордж хотел сказать что-то еще... а потом вдруг вспомнил, что беседует с незнакомцем, и передумал. О чем же он умолчал?

Мне пришла в голову чудовищная мысль. Я ее отогнал... и она ушла, но избавиться от нее оказалось непросто.

Все равно что затолкать в темный угол рояль. Я по-прежнему видел в темноте его очертания.

Заметив, что Ли пристально меня разглядывает, я испугался, как бы она не прочла на моем лице эту мысль.

— У тебя есть адрес мистера Лебэя? — спросила она.

— Нет. — Я задумался и вспомнил похороны: казалось, это было миллион лет назад. — Но в местном отделении Американского легиона он наверняка есть. Они связывались с Джорджем, чтобы пригласить его на похороны брата. А что?

Ли только помотала головой и отошла к окну, где стала молча смотреть на ослепительно-яркий день.

«Последние дни уходящего года», — подумал я.

Наконец она обернулась, и меня вновь сразила наповал ее красота, спокойная и ничего не требующая. Только вот эти скулы... высокие и надменные, скулы женщины, у которой за поясом спрятан кинжал.

— Ты вроде хотел мне что-то показать. Что?

Я кивнул. Отступать теперь было поздно. Цепная реакция запущена, остановить ее невозможно.

— Иди наверх. Дверь в мою комнату — вторая слева. Загляни в третий ящик комода. Придется немного порыться в нижнем белье, но оно не кусается.

Ли едва заметно улыбнулась — и на том спасибо.

— И что же я там найду? Пакетик с травкой?

— Не, курить я бросил еще в прошлом году. Перешел на таблетки. Да еще барыжу героином в школе.

— Я серьезно, что там?

— Автограф Арни, увековеченный на гипсе.

— Его подпись?

Я кивнул:

— Даже две.

Ли нашла их, и пять минут спустя мы оба снова сидели на диване, разглядывая два гипсовых квадратика. Они лежали рядышком на стеклянном журнальном столике, слегка потрепанные и замызганные. С краю красовалась чья-то другая подпись, которую я безжалостно обрезал. Гипс я сохранил нарочно, даже попросил медсестру снять его как можно аккуратнее и разрезать определенным образом, а позже сам вырезал два квадратика — один с повязки на правой ноге, другой — с повязки на левой.

Мы молча разглядывали подписи на гипсе:

Arnie Cunningham

— на одном квадратике, и

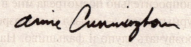

— на другом.

Наконец Ли озадаченно посмотрела на меня.
— Это куски твоего...
— Гипса, да.
— Но что это значит? Какой-то розыгрыш?
— Нет. Я своими глазами видел, как Арни делает подписи. — Я поделился давно мучившей меня тайной и сразу испытал облегчение.
— Но они же совершенно разные!
— Вот именно. Впрочем, Арни и сам здорово изменился. С тех пор как обзавелся этой чертовой тачкой... — Я ткнул пальцем в квадратик справа. — Он так не расписывается! Я знаю Арни почти всю жизнь, я видел его школьные тетради, всякие документы, и *это не его подпись*! Слева — да, его. А вот эта — нет. Ли, сделаешь для меня кое-что? Завтра?
— Что?
Я ответил. Ли медленно кивнула.
— Для нас.
— А?

— Не для тебя, а для нас. Потому что мы оба должны что-то предпринять, верно?

— Да. Может быть. Позволь задать тебе личный вопрос?

Она кивнула, не сводя с меня чудесных голубых глаз.

— Ты когда в последний раз высыпалась?

— Давно. Кошмары замучили. А ты?

— Я тоже давно.

И тут я сдался: притянул Ли к себе и поцеловал. Она сначала напряглась и почти отпрянула, но в последний миг подняла подбородок и поцеловала меня в ответ, решительно и страстно. Наверное, мне повезло, что я был практически обездвижен.

Потом она вопросительно посмотрела мне в глаза.

— Это от дурных снов, — сказал я, подозревая, что мои слова могут прозвучать глупо и фальшиво. На бумаге так и выглядит, но в жизни получилось искренне и честно.

— От дурных снов, — повторила Ли с жаром, словно настоящую молитву-оберег, а затем сама потянулась ко мне. Мы вновь поцеловались. Два гипсовых квадрата смотрели на нас как слепые белые глаза. Мы целовались просто ради тепла, ради физического утешения, которое неизменно приносит физический контакт. Но было в нашем поцелуе и нечто иное. Потом мы сидели в обнимку и молчали, прекрасно понимая, почему все случилось именно так. Да, мы искали утешения, но еще нас попросту влекло друг к другу. Обычное сексуальное влечение, полноценное, юное и мощное. В один прекрасный день оно имело все шансы превратиться в нечто большее.

В этих поцелуях было и кое-что еще: я это сознавал, она сознавала, и вы наверняка тоже сознаете. Предательское чувство вины. Я буквально слышал предсмертные вопли собственных детских воспоминаний — о муравьиной ферме, о шахматах, о бесчисленных киношках, обо всяких забавных штуках, которым меня научил Арни, и о том, как я множество раз спасал его от верной смерти. А теперь — не спас. Быть может, я даже был свидетелем его смерти — в День благодарения, когда он принес мне сэндвичи с индейкой и пиво.

Наверное, только сейчас нам с Ли пришло в голову, что прежде мы не делали ничего плохого по отношению к Арни, ничего, что могло бы по-настоящему прогневить Кристину.

Но теперь-то, конечно, сделали.

44. Наше расследование

> А когда прорвет трубопровод и я слечу с моста,
> Потеряю сознание, завалюсь в кустах,
> Врачи примчатся на «скорой»,
> Чтобы зашить меня ниткой с иглой.
> Но если я все равно умру,
> Она укроет меня одеялом, она присмотрит за мной.
>
> *Боб Дилан*

За следующие три недели мы с Ли Кэбот успели вдоволь наиграться в детективов — и влюбиться.

Наутро она отправилась в муниципальное управление и за пятьдесят центов сделала копии двух бумаг — вообще-то их отправили в Гаррисберг, но копии потом вернулись в город.

Когда Ли пришла в гости на следующий день, все мои родные были дома. Элли то и дело подсматривала, чем мы занимаемся. Ли произвела на нее неизгладимое впечатление. Неделю спустя, к моему тихому изумлению, она даже начала убирать волосы в хвост или косу, как Ли. Меня так и подмывало высмеять сестренку за это, но я не поддался соблазну. Наверное, повзрослел (впрочем, не настолько, чтобы не слопать ее заначку — рулет «Йодль», спрятанный за башней из пластиковых контейнеров в холодильнике).

Если не считать этих подглядываний, в тот день, 27 декабря, гостиная была полностью в нашем с Ли распоряжении. Сперва, конечно, надо было соблюсти все приличия: я познакомил Ли с родителями, мама сварила кофе, и мы немного поболтали. В основном болтала Элейна — рассказала все про свою школу и замучила Ли расспросами о нашей. Сначала я бесился, но потом, наоборот, проникся к сестре глубокой признательностью. Мои родители всегда стараются произвести хорошее впечатление (если бы мама по дороге на электрический стул случайно врезалась в капеллана, поверьте, она бы непременно рассыпалась в извинениях), и я чувствовал, что Ли им нравится, но всем было очевидно (мне-то уж точно), что они слегка озадачены и смущены. «А как же Арни?» — читалось на их лицах.

Мы с Ли, наверное, тоже задавали себе этот вопрос. Наконец предки сделали то, что и полагается делать озадаченным родителям в подобных ситуациях: не совать нос в дела детей. Первым ушел папа, сославшись на традиционный построждественский хаос в мастерской, который пора устранить. Затем мама сказала, что давно не бралась за перо, и тоже ушла.

Элейна серьезно посмотрела на меня и спросила:

— Деннис, скажи мне, ведь у Христа была собака?

Я прыснул со смеху, а Ли посмотрела на нас обоих с вежливой улыбкой человека, который услышал семейную шутку.

— А ну марш отсюда, Элли, — сказал я.

— Не то что? — для порядка спросила она, уже вставая.

— Не то заставлю тебя стирать мои трусы!

— Ага, щас! — царственно огрызнулась Элли и вышла из комнаты.

— Ох уж эти младшие сестры, — сказал я.

Ли улыбалась.

— Она чудо.

— Поживи с ней под одной крышей пару деньков, и твое мнение изменится. Ну, показывай улов.

Ли положила на журнальный столик, где вчера лежали гипсовые квадратики, копию первой бумаги — свидетельства о повторной регистрации подержанного автотранспортного средства, красно-белого «плимута» 1958 года выпуска (4 двери). Оно было датировано 1 ноября 1978 года и подписано Арни Каннингемом. Ниже стояла подпись его отца.

ПОДПИСЬ ВЛАДЕЛЬЦА:

ПОДПИСЬ РОДИТЕЛЯ ИЛИ ОПЕКУНА (ЕСЛИ ВЛАДЕЛЕЦ — НЕСОВЕРШЕННОЛЕТНИЙ)

Michael Cunningham

— На что похоже? — спросил я Ли.
— На одну из вчерашних подписей... только на которую?
— На ту, что Арни поставил в свой первый визит, когда меня только-только отделали в Ридж-Роке. Именно так он всегда и расписывался. Теперь давай вторую бумагу.

Ли положила ее рядом с первой. Это было свидетельство о регистрации нового автотранспортного средства, красно-белого «плимута» 1958 года выпуска (4 двери), датированное 1 ноября 1957 года... Меня передернуло: даже даты совпадали! Я покосился на Ли и увидел, что она тоже это заметила.

— Посмотри на подпись, — прошептала она.

Я посмотрел.

ПОДПИСЬ ВЛАДЕЛЬЦА:

Roland D. LeBay

ПОДПИСЬ РОДИТЕЛЯ ИЛИ ОПЕКУНА (ЕСЛИ ВЛАДЕЛЕЦ — НЕСОВЕРШЕННОЛЕТНИЙ)

О да, именно таким почерком Арни расписался на моем гипсе в День благодарения. Чтобы увидеть это, вовсе не нужно было быть гением или графологом. Имена разные, а почерк — один.

Ли потянулась ко мне, и я взял ее за руки.

В мастерской мой отец занимался не чем иным, как изготовлением игрушек. Да, звучит немного странно, но такое уж у него хобби. А может, даже больше чем хобби — подозреваю, в юности ему пришлось делать выбор между учебой в университете и освоением ремесел. Если так, то он выбрал надежный путь. Порой я видел в его глазах старый неупокоенный призрак той мечты — или это была лишь игра моего воображения, куда менее богатого, чем теперь.

Большая часть игрушек предназначалась нам с Элли, но Арни, конечно, тоже регулярно находил папины творения под елкой и рядом с именинным пирогом, как и ближайшая сестренкина подруга Эмми Каррутерс (она давно переехала в Неваду, так что теперь о ней заговаривали редко и исключительно скорбным тоном, каким говорят о безвременно погибших).

Мы выросли, основную часть поделок отец стал отдавать в Армию спасения, и перед Рождеством его подвальчик всегда напоминал мастерскую Санты. Накануне праздника он заполнялся аккуратными белыми коробочками, внутри которых лежали деревянные паровозики, наборы игрушечных инструментов, часы из деталей металлического конструктора, которые действительно показывали время, мягкие игрушки, наборы для кукольного театра и так далее, и тому подобное. Больше всего отец любил мастерить из дерева (до войны во Вьетнаме он изготавливал целые батальоны солдатиков, а после быстро к ним остыл — похоже, сам того не сознавая), но, как истинный мастер на все руки, освоил множество областей. После праздников в мастерской воцарялась жуткая пустота, лишь сладковатый запах опилок напоминал о том, что когда-то здесь жили игрушки.

В это время он подметал, чистил, драил, смазывал инструменты и всячески готовился к Новому году. В январе и феврале мастерская начинала потихоньку зарастать новыми игрушками и всяким хламом, которому предстояло стать частью игрушек: паровозики, деревянные балерины с красными щечками, коробки с набивкой от чьего-нибудь старого дивана (всех своих плюшевых медведей отец называл Оуэн или Оливия, в зависимости от пола; я в детстве успел заиграть до дыр шестерых таких оуэнов, а Элли — примерно столько же оливий), обрезки проволоки, пуговицы, глаза — все это ровным слоем покрывало рабочие поверхности, точно декорации к дешевому фильму ужасов. Самыми последними появлялись коробки из винной лавки, куда в конце укладывались готовые игрушки.

За последние три года отец получил три медали от Армии спасения, которые хранил в ящике стола, словно бы стеснялся их. Я не понимал этого тогда и не понимаю сейчас — он не делал ничего постыдного.

После ужина я спустился к нему в мастерскую: одной рукой цеплялся за перила как оголтелый, а второй орудовал костылем.

— Деннис... — Папа явно был рад, но не понимал, чего ради я полез в подвал. — Помочь?

— Не, сам справлюсь.

Он отставил в сторону швабру и внимательно наблюдал, как я «справляюсь».

— Тогда, может, подтолкнуть?

— Ха-ха, очень смешно.

Наконец я одолел лестничный марш и доковылял до большого кресла, которое отец поставил рядом с нашим стареньким черно-белым телевизором «Моторола». Сел. *Плюх.*

— Как дела? — спросил папа.

— Нормально.

Он сгреб в совок опилки, вытряхнул их в ведро, чихнул и стал подметать дальше.

— Ничего не болит?

— Нет. Ну... так, немного.

— Осторожнее с лестницами. Если бы твоя мама видела, что ты сейчас тут...

Я ухмыльнулся:

— Ой, крику было бы!

— А где, кстати, твоя мама?

— Они с Элли пошли в гости к Реннеки. Дине Реннеки на Рождество подарили полную дискографию Шона Кессиди. Элли обзавидовалась.

— Я думал, Кессиди уже не в моде.

— Элли подозревает, что мода просто хочет сбить ее с толку.

Папа рассмеялся. Мы немного помолчали: я сидел, он подметал. Рано или поздно он бы поднял нужную тему.

— А Ли разве... — наконец сказал он, — не с Арни дружила?

— С ним.

Он покосился на меня, потом вернулся к работе. Я думал, сейчас он скажет, что считает мое поведение неразумным или что от таких фокусов дружба крепче не становится. Но ничего подобного он не сказал.

— Арни давно к нам не заходил. Думаешь, ему стыдно за свои поступки?

Я чувствовал, что отец на самом деле так не думает, просто прощупывает почву.

— Не знаю.

— Ему теперь волноваться не о чем. Дарнелл умер... — Отец опрокинул совок, и опилки плюхнулись в ведро. — Вряд ли дело дойдет до суда.

— Почему?

— Ну, Арни-то точно судить не станут. Может, оштрафуют, судья сделает ему выговор, но никто не захочет оставлять невыводимое пятно на репутации хорошего мальчика из пригорода, который вот-вот поступит в университет и начнет работать на благо общества.

Отец бросил на меня проницательный взгляд, и я неловко поерзал на месте.

— Ну да... наверное.

— Только он теперь совсем другой, верно, Деннис?

— Да. Он изменился.

— Когда вы последний раз виделись?

— В День благодарения.

— Все было нормально?

Я медленно покачал головой и ощутил нестерпимое желание разреветься и все рассказать отцу. Однажды мне уже хотелось это сделать, но тогда я сдержался... и на сей раз тоже. Я вспомнил слова Ли о том, как она боится за родителей. Чем меньше людей будет знать об этом, тем лучше... для них.

— Что с ним стряслось?

— Не знаю!
— А Ли знает?
— Нет. Но у нас есть... подозрения.
— Хочешь об этом поговорить?
— Да, очень хочу. Но пока не стоит.
— Хорошо. Не будем.

Он снова стал мести пол. Звук швабры, скребущей по бетону, казался мне почти гипнотическим.

— Наверное, вам с Арни надо в ближайшее время побеседовать.
— Да. Я тоже так думаю. — Правда, у меня были на это свои резоны.

Снова воцарилась тишина. Отец закончил работу и осмотрелся:

— Неплохо, а?
— Красота!

Он печально улыбнулся и закурил сигарету. После сердечного приступа он практически не курил, но все же держал дома пачку и время от времени позволял себе эту маленькую слабость — особенно когда нервничал.

— Врешь. Тут стало пусто и голо.
— Ну... да.
— Помочь тебе подняться по лестнице?

Я взялся за костыли.

— Не откажусь от помощи.

Отец взглянул на меня и хохотнул.

— Долговязый Джон Сильвер! Только попугая не хватает.
— Будешь издеваться или все-таки поможешь?
— Ладно, давай помогу.

Я обхватил его за плечо и почему-то почувствовал себя ребенком — вспомнил, как он воскресными ночами относил меня в спальню, когда я засыпал на середине «Шоу Эда Салливана». Его лосьон после бритья пах точь-в-точь так же.

Наверху он сказал:

— Денни, я знаю, что лезу не в свое дело, но все-таки спрошу: Ли больше не встречается с Арни?
— Нет, пап.

— А с тобой?
— Я... не знаю. Пожалуй, нет.
— *Пока* нет?
— Ну... да. Наверное.

Мне стало неловко, и отец это заметил, но все равно гнул свое.

— Можно ли сказать, что она рассталась с Арни потому, что он изменился?
— Да. Можно так сказать.
— Он знает про вас с Ли?
— Пап, да нечего тут знать... пока.

Он откашлялся, подумал и промолчал. Я отпустил его и начал вставать на костыли — может, чуть быстрее, чем следовало.

— Дам тебе маленький бесплатный совет, — наконец произнес папа. — Не рассказывай ему про вас с Ли — и не пытайся убедить себя, что между вами ничего нет. Вы ведь пытаетесь ему помочь, так?
— Не знаю, сможем ли мы хоть чем-то помочь Арни, пап.
— Я его видел пару раз...
— Чего? — удивился я. — Когда?

Отец пожал плечами.

— На улице. В городе. Либертивилль — не самый большой город, ты же знаешь. Он...
— Что?
— Он меня как будто и не узнал, только сделал вид. Выглядит гораздо старше. Лицо у него очистилось и страшно постарело. Я сперва подумал, что он стал похож на отца, но теперь... — Папа вдруг сам себя перебил: — Деннис, а тебе не приходило в голову, что у Арни какое-то нервное расстройство?
— Приходило. — О, как мне хотелось рассказать ему о других возможных причинах его странного поведения! Куда более страшных. Но тогда папа решил бы, что нервное расстройство у меня.
— Будь осторожен, — сказал он, так и не решившись напомнить мне о судьбе Уилла Дарнелла. Но я чувствовал, что думает он именно о нем. — Будь осторожен, Деннис.

На следующий день Ли позвонила мне по телефону и сказала, что ее отца вызвали по работе в Лос-Анджелес, и он вдруг предложил поехать туда всей семьей, сбежать от снега и стужи.

— Мама страшно обрадовалась, а я просто не смогла придумать достойного повода, чтобы отказаться. Мы едем всего на десять дней, восьмого января ведь учеба начинается.

— Круто тебе! — сказал я. — Отдохни, развейся.

— Думаешь, стоит поехать?

— Если не поедешь, бегом к психиатру: пусть проверит, все ли у тебя в порядке с головой.

— Деннис...

— Что?

Она заговорила чуть тише:

— Будь осторожен, ладно? Я... ну, я много думаю о тебе в последнее время.

С этими словами она повесила трубку, а я остался стоять с трубкой в руке, удивленный и обрадованный. Но чувство вины никуда не делось — может, чуть-чуть потеряло остроту. Отец спросил, пытаюсь ли я помочь Арни. Пытаюсь? Или просто хочу тайком пролезть в ту часть его жизни, куда он запретил мне соваться, и заодно отбить его девчонку? Что, интересно, сказал бы на это сам Арни?

Голова раскалывалась от сотни вопросов, и я подумал, что отъезд Ли всем пойдет на пользу.

Как она сама недавно сказала о родителях, чем меньше людей в этом замешано, тем лучше для них.

В последний рабочий день старого года, 29 декабря, я позвонил в местное отделение Американского легиона и попросил к трубке секретаря. Его имя — Ричард Маккэндлс — я узнал у уборщика, который заодно дал мне и телефонный номер. Оказалось, это номер магазина Дэвида Эмерсона, нашего «правильного» мебельного магазина. Меня попросили подождать, и вскоре к трубке подошел Ричард Маккэндлс, человек с низким хриплым голосом эдакого крепкого и все в жизни повидавшего старика, который плечом к плечу с Паттоном шел через Германию в Берлин, на ходу ловя зубами пули.

— Маккэндлс слушает.

— Мистер Маккэндлс, меня зовут Деннис Гилдер. В августе вы устраивали похороны человека по имени Роланд Лебэй...

— Он был вашим другом?

— Нет, мы были едва знакомы, но...

— Тогда скажу как есть, — пророкотал Маккэндлс. Я все дивился его голосу: как будто Энди Девайна скрестили с Бродериком Кроуфордом. — Лебэй был самый натуральный сукин сын, и, будь моя воля, Американский легион оставил бы его труп гнить в канаве. Он ушел из организации в 1970-х, а если б не ушел, мы бы его взашей прогнали. Отродясь не видал такого вздорного подонка!

— Правда?

— Точно говорю. Его хлебом не корми, дай затеять ссору, а лучше драку. В покер с ним никто не играл, да и пить мало кто решался. Стоило ему пропустить рюмку — все, он зверел на глазах. Ну и скотина, прости мой французский! А ты кто такой, мальчик?

Мне даже захотелось процитировать в ответ Эмили Дикинсон: «Я — никто! И ты — никто?»

— Мой друг незадолго до смерти Лебэя купил у него машину...

— Черт! Уж не ту ли развалюху пятьдесят седьмого года?

— Пятьдесят восьмого...

— Да-да, пятьдесят седьмого или пятьдесят восьмого, красно-белая такая. Единственная его любовь. Он с ней как с бабой возился. И кстати, из Легиона ушел из-за нее, ты об этом знал?

— Нет. А что случилось?

— А, долгая история. Я и так тебе уже надоел, наверное. Но всякий раз, вспоминая этого подонка Лебэя, я вижу красный цвет. У меня на руках до сих пор шрамы есть. Я три года отдал Второй мировой, постоянно участвовал в боях, но даже «Пурпурного сердца» не заслужил. На половине этих крошечных островков в южной части Тихого океана побывал. На Гуадалканале я и еще пятьдесят ребят подавили банзай-атаку двух миллионов япошек, которые надрались саке и побежали на нас с мечами, сделанными из кофейных банок «Максвелл хаус». Так вот, у меня ни одного шрама не осталось, хотя пару раз пули свистели прямо возле моего уха. А когда мы стали гасить ту банзай-атаку, солдату рядом со мной выпустили кишки. Но за всю войну я видел свою кровь только раз, когда порезался бритвой. И представь себе...

Маккэндлс расхохотался.

— Вот проклятие, опять я завелся! Жена говорит, когда-нибудь я открою рот так широко, что сам же туда и провалюсь. Так как тебя зовут?

— Деннис Гилдер.

— Ладно, Гилдер, я тебя совсем заболтал. Что хотел-то?

— Видите ли, мой друг купил эту машину и сделал из нее... ну, что-то вроде стрит-рода. Хоть на выставку вези.

— Да, у Лебэя она тоже всегда выглядела как конфетка, — сказал Маккэндлс, и во рту у меня сразу пересохло. — Свою машину он любил, это точно. На жену ему было плевать... а ты, кстати, знаешь, что с ней случилось?

— Да.

— Это он ее довел! — мрачно заявил Маккэндлс. — После смерти ребенка он даже не пытался ее утешить. Впрочем, на дочь ему тоже было плевать, если уж на то пошло. Прости, Деннис, опять я болтаю. Без конца треплю языком, ничего не могу поделать! Матушка моя говорила: «Дикки, твоим языком впору муку молоть!» Так что ты хотел?

— В общем, мы с другом ходили на похороны Лебэя и познакомились там с его братом...

— Ага, вроде славный малый, — вставил Маккэндлс. — Школьный учитель из Огайо.

— Вот-вот. Мне он тоже понравился, мы разговорились, и я обмолвился, что буду писать реферат про Эзру Паунда...

— Эзру... Как?

— Паунда.

— Это еще кто? Он тоже был на похоронах?

— Нет, сэр. Это поэт.

— Поэт?!

— Ну да. Только он давно умер.

— И?.. — недоверчиво спросил Маккэндлс.

— Ну, в общем, этот самый Джордж Лебэй пообещал выслать мне несколько журналов про Эзру Паунда для реферата. Они бы мне очень пригодились, только вот я забыл взять у него адрес. Я подумал, что у вас он должен быть.

— Да, конечно, в архивах все это есть. Ненавижу быть секретарем! В июле мой срок истекает, а потом катись оно все к чертям. Чтоб я еще хоть раз согласился...

— Надеюсь, я не очень вас побеспокоил.

— Да нет... На кой черт тогда вообще нужен Американский легион? Продиктуй мне свой адрес, Деннис, и я вышлю тебе открытку с нужными сведениями.

Я продиктовал свое имя, адрес и еще раз извинился за то, что побеспокоил в рабочее время.

— Да брось, какая тут работа... И к тому же у меня перерыв. — Я на секунду задумался, кем он может работать в магазине Эмерсона, где покупала мебель вся местная элита. Неужели продавцом? Я представил, как он говорит какой-нибудь чопорной юной леди: «Посмотрите, что за славный диван, нелегкая его разбери, а какая кушетка, мать ее! На Гуадалканале нам такое даже не снилось, когда два миллиона бухих япошек неслись на нас с мечами из кофейных банок «Максвелл хаус».

Я улыбнулся, но в следующий миг улыбка уже сползла с моего лица.

— Лебэй меня пару раз подвозил на этой машине. Никогда она мне не нравилась. Черт знает почему... И после похорон его жены я бы ни за что в нее не сел, ни за какие коврижки. Жуть!

— Да уж... — Мой собственный голос звучал как будто издалека. — Слушайте, а что случилось после того, как Лебэй ушел из Легиона? Вы говорили, это произошло из-за машины?

Маккэндлс довольно хохотнул.

— Брось, тебе же это неинтересно.

— Очень даже интересно. Мой друг купил эту машину, помните?

— Ну тогда расскажу. Странное было дело. Наши до сих пор иногда вспоминают, после пары рюмок. Не только у меня шрамы остались. Если честно, довольно жутко это все было...

— Что именно?

— Мы решили разыграть Лебэя. Этот гаденыш никогда никому не нравился, он был одиночкой, изгоем...

«Прямо как Арни», — подумал я.

— И мы все тогда изрядно набрались, — договорил Маккэндлс. — Дело было после очередной встречи, за пару часов Лебэй всех успел достать. В общем, мы сидели в баре и заметили, что Лебэй собирается домой. Он надел куртку и спорил с Пучи Андерсоном о бейсболе. А уезжал он всегда одинаково: запрыгивал в этот свой «плимут», сдавал назад, а потом вжимал педаль газа в пол. Машина вылетала с парковки, как ракета, взметая гравий. В общем — это была идея Сонни Беллермана, — пока Лебэй спорил с Андерсоном, мы вчетвером выбрались тайком на парковку и спрятались за дальним углом бара, куда Лебэй обычно сдавал задом. Он всегда называл машину женским именем, как жену, ей-богу!

«Держите ухо востро и не поднимайте голов, не то он нас увидит, — сказал Сонни. — И не шевелитесь, пока я не дам добро». Мы все были навеселе, конечно.

Спустя десять минут этот хрен вышел из бара, пьяный вдрызг. Нашел в кармане ключи. Тут Сонни сказал: «Приготовьтесь, ребята!»

Лебэй сел в машину и сдал назад. Прикурил сигарету — прямо как нарочно, чтобы мы успели хорошенько схватиться за задний бампер и приподнять задние колеса. Суть в чем: когда Лебэй начал бы газовать, разбрасывая гравий, колеса должны были просто крутиться в воздухе, а машина — стоять на месте. Понимаешь — или растолковать?

— Понимаю. — Это был известный детский розыгрыш, мы и сами не раз устраивали нечто подобное на школьных танцах, а один раз даже подняли тачку тренера Паффера.

— Тут нас всех чуть не убило. Лебэй прикурил сигарету и включил радио. Еще одна штука в нем сводила нас с ума: он вечно слушал одну и ту же станцию, по которой крутили рок-н-ролл. Как дитя малое, ей-богу, хотя самому уже на пенсию пора. Затем Лебэй перевел рычаг переключения передач на «DRIVE» — мы этого не видели, потому что пригнули головы.

Помню, Сонни Беллерман тихонько хихикал, а перед самым ответственным моментом прошептал: «Ну что, готовы?» А я ему ответил: «Смотрю, твой хрен точно готов, Беллерман». Он единственный тогда пострадал, а все из-за обручального кольца. Но клянусь, колеса действительно висели в воздухе, мы этот клятый «плимут» на четыре дюйма от земли оторвали!

— Так что случилось? — Впрочем, я уже и сам догадался.

— Ну как что. Он просто газанул, и машина рванула вперед как ни в чем не бывало. Словно бы все ее четыре колеса были на земле. Нас обдало гравием, да еще кожу на руках всем содрало... Беллерману оторвало палец — он зацепился за бампер обручальным кольцом, и палец взлетел в воздух точно пробка из бутылки шампанского. Мы все слышали смех Лебэя — как будто он знал про нашу проделку. Он мог знать — если после ссоры с Пучи он зашел в туалет и выглянул в окно, то наверняка увидел, что мы его поджидаем.

Ну, тогда-то мы и попросили его уйти из Легиона. Отправили ему письмо с такой просьбой. Но жизнь все-таки странная штука: после смерти Лебэя именно Беллерман сказал, что мы должны организовать похороны. «Да, конечно, он был сукин сын и последний негодяй, но все же он прошел с нами войну. Давайте проводим его в последний путь как полагается». И мы проводили. Не знаю... наверное, мне никогда не светит стать таким же добрым христианином, как Сонни Беллерман.

— Вы небось не до конца подняли задние колеса, — сказал я, вспоминая, что произошло с ребятами, которые отважились шутить шутки с Кристиной. Им-то не просто кожу содрало.

— Быть такого не может! — ответил Маккэндлс. — Гравием нас обдало из-под *передних* колес. Я по сей день не знаю, как ему удалось провернуть такой номер. Жуть, говорю же. Мороз по коже. Джерри Барлоу — один из наших — утверждает, что Лебэй каким-то образом сделал машине полный привод, но я что-то сомневаюсь... по-моему, это невозможно.

— По-моему, тоже.

— Вот-вот, чушь это все. Уф, слушай, мой перерыв уж почти закончился, а я все болтаю. Пойду все-таки выпью чашечку кофе, а то потом долго не дождусь. Если адрес все еще есть в архивах, я тебе его вышлю. Думаю, что есть.

— Спасибо, мистер Маккэндлс.

— Бывай, Гилдер! Береги себя.

— На Бога надейся, да сам не плошай, так?

— Ага, точно. В нашем полку так и говорили. — Он нажал «отбой».

Я медленно положил трубку на место и задумался о машинах, которые умеют ездить с оторванными от земли задними колесами. «Жуть прямо. Мороз по коже». Да уж, жуть еще та. И в доказательство этих слов Маккэндлс может предъявить шрамы. Я вдруг вспомнил историю Джорджа Лебэя про след на руке, оставшийся после тесного общения со старшим братцем. Его шрам с годами *вырос*.

45. Канун Нового года

> Потому что этот милый
> Встретил смерть в своей машине,
> И никто не знает почему.
> Визг резины,
> Взрыв бензина,
> И погиб, погиб наш милый,
> Ах кому это было нужно, кому?
> Он сгорел, как свеча,
> Но легенда та жива,
> Потому что умер он без причины.
>
> *Бобби Труп*

Я позвонил Арни в канун Нового года. Пару дней раздумывал — не очень-то мне хотелось с ним беседовать, — но потом все же набрался духу и решил договориться о встрече. Сначала надо поговорить с ним по душам и обязательно еще раз увидеть Кристину, а уж потом принимать какие-то решения. За завтраком я непринужденно упомянул его «плимут», и отец сказал, что все автомобили, конфискованные в гараже

Дарнелла, уже наверняка сфотографированы и возвращены владельцам.

К телефону подошла Регина Каннингем, голос у нее был сухой и официальный.

— Дом Каннингемов.

— Здравствуйте, Регина, это Деннис.

— Ну надо же! — Она удивилась и обрадовалась. На секунду к ней вернулся былой голос, голос заботливой хозяйки, которая угощала нас с Арни сэндвичами с арахисовым маслом, посыпанными мелко порубленным жареным беконом (на ржаном хлебе, разумеется). — Как поживаешь? Мы слышали, тебя наконец выписали из больницы.

— У меня все хорошо. А у вас?

После короткого молчания Регина ответила:

— Ну, ты же знаешь, что у нас были кое-какие...

— Проблемы, да.

— Все то, что чудом миновало нас в «переходный возраст», — добавила Регина. — Похоже, эти проблемы просто копились и ждали своего часа.

Я откашлялся и промолчал.

— Ты хотел поговорить с Арни?

— Если он дома.

После очередной короткой паузы Регина сказала:

— Помню, в старые добрые времена вы с Арни всегда менялись: утром после праздника он приходил к вам, а ты — к нам. Чтобы впустить в дом Новый год. Ты насчет этого звонишь, Деннис? — спросила она, ну прямо кроткая овечка, а не прежняя, сметающая все на своем пути Регина.

— Э-э, ну да! Знаю, детство в одном месте заиграло, но...

— Ничего подобного! — резко и быстро оборвала меня она. — Сейчас ты нужен Арни как никогда. Он... он у себя в комнате спит. Последнее время он много спит. И еще... ох...

— Что такое, Регина?

— Он не подал документы ни в один университет! — выпалила она, а потом добавила уже тише, словно боясь, что Арни ее услышит: — Ни в один, понимаешь?! Мне позвонил мистер Викерс, школьный психолог, и рассказал, что Арни набрал в общей сложности почти 700 баллов и может поступить в любой университет страны... по крайней мере, мог до того, как... начались эти проблемы... — Регина была на грани слез и с трудом взяла себя в руки. — Деннис, поговори с ним! Если бы вы сегодня провели вечер вместе... попили бы пива... и просто поговорили...

Она умолкла, но я чувствовал, что ей хочется сказать что-то еще.

— Регина, да ладно вам, — выдавил я. Я не слишком-то любил прежнюю Регину, властную тираншу, которая подстраивала жизни мужа и сына под собственные нужды, но эта растерянная плаксивая тётка нравилась мне еще меньше. — Бросьте. Успокойтесь, ладно?

— Я боюсь с ним разговаривать, — наконец промолвила она. — И Майкл тоже. Арни... Арни прямо взрывается, когда мы поднимаем некоторые темы. Сначала это была только машина, теперь еще и университет. Поговори с ним, Деннис, я умоляю! — Снова воцарилось молчание, а потом Регина вытащила из глубин души самый затаенный страх: — Мне кажется, мы его теряем.

— Регина, ну что за...

— Сейчас я его позову! — оборвала она меня и бросила трубку на столик. Ждал я долго. Зажав трубку между ухом и плечом, я барабанил пальцами по гипсу на левом бедре, едва преодолевая желание смалодушничать, положить трубку и забыть обо всем.

А потом на другом конце трубки раздался настороженный голос:

— Алло?

У меня в мозгу ослепительно вспыхнула единственная мысль: «Это не Арни».

— Арни?!

— О, неужто это Деннис Гилдер, трепло и балагур, каких не видел свет! — Вот это уже было похоже на Арни — и в то же время не совсем. Голос у него стал не столько ниже, сколько *грубее*, как будто он много кричал и говорил. Это было жутко...

Я словно разговаривал с незнакомцем, который пародировал Арни.

— Следи за базаром, ушлепок, — сказал я с улыбкой. Но руки у меня похолодели.

— Знаешь, — доверительно проговорил он, — твое лицо подозрительно похоже на мою задницу.

— Я заметил сходство, но в последний раз мне показалось, что все наоборот, — парировал я, и тут мы оба ненадолго замолчали. Приличия соблюдены, можно переходить к делу. — Какие планы на вечер?

— Да особо никаких. Ни свиданий, ничего такого. У тебя?

— О, я в отличной форме! Собираюсь заехать за Розанной и сводить ее на танцульки в «Студио 2000». Если хочешь, пойдем с нами — будешь держать мои костыли, пока я пляшу.

Он хохотнул.

— Я думал заглянуть в гости, — сказал я. — Может, вспомним молодость? Я к вам зайду, ты к нам?

— Ага, давай! — Ему явно понравилась идея, но все же он был какой-то странный. — Посмотрим Гая Ломбардо или еще какую-нибудь праздничную чушь. Я — за.

Я помолчал, не зная, что сказать. Наконец осторожно произнес:

— Скорее Дика Кларка. Гай Ломбардо умер, Арни.

— Да? — удивленно и недоверчиво переспросил Арни. — А... ну да, точно. Но Дик Кларк-то еще жив?

— Жив, — ответил я.

— «Вы смотрите новогоднее шоу Дика Кларка, время зажигать звезды!» — сказал Арни, только вот голос у него был совсем чужой. В голове у меня вспыхнула внезапная и чудовищная догадка...

(Нет на свете запаха приятнее... Ну, после женской киски)

...и рука судорожно стиснула телефонную трубку. Я чуть не заорал. Конечно, я разговаривал не с Арни, а с Роландом Лебэем. Я разговаривал с покойником.

— Точно, это наш любимый Дик, — услышал я свой голос, доносящийся откуда-то издалека.

— Ты вообще как, Деннис? За руль сесть можешь?

— Нет, пока нет. Я думал попросить отца меня подбросить... — Секунду я медлил, но потом все же выпалил: — А обратно ты меня отвезешь, если машину уже вернули. Ладно?

— Ладно! — Он как будто искренне обрадовался. — Вот здорово будет, Деннис! Посмеемся. Прямо как в старые добрые времена.

— Ага... — И тут — клянусь Богом, само выскочило — я добавил: — Прямо как в армии.

— Точно! — засмеялся Арни. — Ну давай, до встречи!

— До встречи, — машинально ответил я. — Увидимся.

Я повесил трубку, поглядел на нее... и меня всего затрясло. Никогда в жизни я не испытывал такого страха. Время идет, человеческий мозг строит защитные укрепления, перекладывает воспоминания с полки на полку, раскладывает по ящикам... Такая уборка — лучше, чем безумие. Позже я стал сомневаться... может, я неправильно расслышал ответ Арни? Или он неправильно понял мои слова? Однако в те несколько секунд после окончания разговора я был уверен на все сто процентов: в него вселился Лебэй. Покойный или нет, но это Лебэй.

И он теперь у руля.

Погода стояла морозная и ясная. Отец забросил меня к Каннингемам примерно в четверть седьмого и помог дойти до крыльца: костыли не предусмотрены для прогулок по скользким дорожкам.

Семейного авто Каннингемов возле дома не оказалось, зато на подъездной дорожке стояла Кристина, чуть побелевшая от инея. На этой неделе ее, как и остальные машины, конфискованные в гараже Дарнелла, вернули владельцу. Один взгляд на нее заставил меня съежиться от ужаса. Мне вовсе не хотелось ехать домой в этой машине. Мне хотелось забраться в свой заурядный «дастер» с дерматиновыми сиденьями и дурацкой наклейкой на бампере «За рулем — мафиозо».

На крыльце загорелся свет, и сквозь дверное стекло мы увидели силуэт Арни. Плечи у него ссутулились, и вообще двигался он как пожилой человек. Я решил, что это у меня воображение разыгралось, накрутил себя — вот и мерещится всякое...

Арни открыл дверь и выглянул на улицу. На нем были джинсы и старая фланелевая рубашка.

— Деннис! Дружище!
— Привет, Арни.
— Здравствуйте, мистер Гилдер.
— Привет, — поздоровался отец и помахал рукой в перчатке. — Как жизнь?
— Ну, бывало и лучше, если честно. Ничего, скоро все пойдет на лад. Новый год, новая жизнь... Прощай старое дерьмо, здравствуй новое и все такое, верно?
— Э-э... — Отец слегка опешил. — Ну да, ну да. Деннис, может, тебя все-таки забрать?

Этого мне хотелось больше всего на свете, однако Арни внимательно и настороженно наблюдал за моей реакцией.

— Да нет, Арни меня подвезет... Если это ржавое корыто заведется, так?
— Эй-эй, следи за базаром, когда говоришь о моей машине. Она — девушка чувствительная.
— Неужели?
— А то! — с улыбкой закивал Арни.

Я повернулся к его машине и крикнул:
— Извини, Кристина!
— Так-то лучше.

Несколько секунд мы стояли молча: отец и я на нижней ступеньке крыльца, Арни — в дверном проеме. Никто толком не знал, что сказать. Я ощутил укол паники: кто-то *должен был* что-нибудь сказать, иначе вся моя нелепая бравада просто рухнула бы под собственным весом.

— Ну ладно, — опомнился папа, — не шалите тут, ребятки. Арни, если выпьешь больше двух бутылок пива, позвони мне, ладно?
— Не волнуйтесь, мистер Гилдер.
— Все будет хорошо. — Я одарил папу фальшивой пластмассовой улыбкой. — Езжай домой и ложись пораньше спать, сон красоты тебе не повредит.

— Эй-эй, следи за базаром, когда говоришь о моем лице. Оно у меня чувствительное.

Он пошел к машине, а я стоял на костылях и смотрел ему вслед. Наблюдал. Вот он поравнялся с Кристиной, обошел ее сзади... Когда отец выехал на дорогу и покатил домой, мне стало немного легче.

Я тщательно стряхнул весь снег с костылей, чтобы не натащить его в дом. На кухонном полу Каннингемов лежала плитка, а я уже пару раз узнал, во что превращается гладкий пол от пары снежных хлопьев — в настоящий каток.

— Ловко ты орудуешь этими штуковинами, — заметил Арни, наблюдая за моими движениями. Он достал из кармана пачку «Типарилло», вытряхнул одну сигару, сунул в зубы пластиковый мундштук и, склонив голову набок, прикурил. Пламя спички на секунду окрасило его щеки в желтый цвет.

— С удовольствием разучусь, — сказал я. — Когда это ты начал курить сигары?

— У Дарнелла. Перед матерью, конечно, не курю. Она от этого запаха прямо с ума сходит.

Только вот Арни втягивал дым не как подросток, недавно пристрастившийся к дурной привычке, а как заядлый курильщик.

— Я думал сделать попкорн. Что скажешь?

— Давай. А пиво есть?

— Само собой. В холодильнике шесть бутылок, и еще две внизу.

— Отлично. — Я осторожно сел за кухонный стол. — А где твои предки?

— Ушли на новогоднюю вечеринку к Фассенбахам. Когда тебе гипс-то снимут?

— Может, в конце января. Если повезет. — Я взмахнул костылями и радостно завопил: — Малютка Тим снова ходит! Благослови нас Бог!

Арни подошел к плите, вооружившись глубокой сковородой, бутылкой масла «Вессон» и пакетом попкорна.

— А ты все тот же, — засмеялся он. — Смотрю, душу они из тебя не вытрясли, говнюк ты эдакий.

— Прямо скажем, ты был не слишком частым гостем в моей палате, Арни.

— Я же принес тебе праздничный ужин, помнишь? Чего еще тебе надо, моей крови?

Я пожал плечами.

Арни вздохнул.

— Иногда мне кажется, что ты — мой ангел-хранитель, Деннис.

— Отвали, девчонка!

— Да нет, я серьезно. После того как тебе помяли кости, я угодил в котел. И до сих пор из него не выбрался. Наверное, уже похож на лобстера. — Он расхохотался. Только это был вовсе не смех подростка, попавшего в беду, а смех взрослого мужчины, который получает удовольствие от происходящего. Арни поставил сковородку на плиту и налил в нее масла. Волосы — они стали короче и были зачесаны назад — упали ему на лоб. Он быстрым движением откинул их со лба и насыпал в масло кукурузные зерна. С грохотом опустил крышку. Пошел к холодильнику, достал пиво. С грохотом поставил упаковку передо мной, выудил две банки, открыл. Дал одну мне. Поднял свою. Я последовал его примеру.

— Тост! — сказал Арни. — Чтобы в одна тысяча девятьсот семьдесят девятом все говнюки этого мира подохли!

Я медленно опустил банку.

— Нет, я за это пить не могу, друг.

— Да? А за что ты *можешь* пить, *друг*?

— Может, за поступление в универ? — тихо предложил я.

Он смерил меня мрачным взглядом: от хорошего настроения и следа не осталось.

— Так и знал, что она и тебя накормит этим дерьмом. Моя мать ничем не гнушается ради достижения целей. Ты ведь это знаешь, Деннис. Она и черта в зад поцелует, если понадобится.

Я отставил полную банку в сторону.

— Ну, мою задницу она не целовала. Только сказала, что ты не подал документы.

— Это моя жизнь, — отрезал Арни. Губы у него скривились, и лицо от этого стало безобразным. — Что хочу, то и делаю.

— А учиться не хочешь?

— Почему, хочу. Просто всему свое время. Так ей и скажи, если спросит: я пойду, когда сам решу. Но не в этом году точно. Если она думает, что после этой заварухи я поступлю в Питсбургский или Ратгерский универ, надену идиотскую кепульку первокурсника и буду орать дебильные речевки на футбольных матчах, то она спятила. Ни за что, друг.

— Хорошо, но что ты будешь делать?

— Свалю из этой дыры. Сяду в Кристину и поеду куда глаза глядят, подальше отсюда. Понял? — Голос у него стал высоким и пронзительным; меня вновь захлестнул ужас. Парализующий, деморализующий ужас. Потому что Арни теперь не только говорил голосом Лебэя, у него было *лицо* Лебэя: оно словно бы плавало под лицом Арни, как покойник в формалине. — Задолбала меня эта жизнь; Джанкинс небось до сих пор усраться готов, чтобы меня сцапать, и лично я бы на его месте немного поостыл, не то и до него очередь дойдет...

— Кто такой Джанкинс? — спросил я.

— А, не важно, — отмахнулся Арни. Масло начало шипеть, и одно из кукурузных зернышек звонко ударилось о крышку сковороды. — Мне надо отдохнуть, Деннис, проветрить башку. Короче, или давай тост, или я так пью.

— Ладно. Может, за нашу дружбу?

Он улыбнулся, и мою грудь, словно сдавленную железными тисками, слегка отпустило.

— Ага, отлично придумал, Деннис. За дружбу. Она-то никуда не денется, верно?

— Никуда, — кивнул я, и голос у меня слегка охрип: — Надеюсь, никуда.

Мы чокнулись банками «Будвайзера» и стали пить.

Арни подошел к плите и начал встряхивать сковородку, на которой уже вовсю летали кукурузные зерна. Я с трудом сделал пару глотков пива. Вообще-то я только недавно начал пить пиво и еще ни разу им не напивался, потому что любил его вкус. А друзья — главным образом Ленни Баронг — рассказывали, что если набухаться пивом до блева и отключки, потом долго не сможешь на него даже смотреть. Увы, впоследствии я убедился, что это не вполне соответствует истине.

Зато Арни пил так, словно с первого января в стране опять вводили «сухой закон». Первое пиво он прикончил еще до того, как приготовился попкорн. Смял пустую банку, подмигнул мне и сказал: «Глянь, как я загоню ее в бродяжкин пердак!» Юмора я не понял и просто тупо улыбнулся. Арни швырнул банку в стену, та отскочила и попала прямо в мусорное ведро.

— Два очка! — сказал я.
— Во-во. Брось-ка мне вторую, ладно?

Я бросил, решив, что ничего страшного не будет — если Арни вдруг нажрется и не сможет меня отвезти, я просто позвоню родителям, благо они отмечают Новый год дома. Спьяну Арни мог разговориться и рассказать что-нибудь интересное, а в Кристине я ехать домой все равно не хотел.

Однако пиво не оказывало на него никакого эффекта. Он вытряхнул попкорн в большую пластиковую миску, полил его растопленным маргарином, посолил и сказал:
— Пошли в гостиную, посмотрим ящик, ладно?
— О'кей.

Я взял костыли, сунул их под мышки — в последнее время я чувствовал, что скоро натру там мозоли — и схватил со стола три банки пива.

— Брось, оставь. Я сам за ними вернусь. А то заново все себе переломаешь. — Арни улыбнулся и на мгновение стал самим собой... у меня аж сердце защемило от боли.

Конечно, по телику шло какое-то идиотское новогоднее шоу. Пели Донни и Мари Осмонд, оба безудержно и немного плотоядно улыбались, демонстрируя крупные белоснежные зубы. Мы включили телевизор и снова стали разговаривать. Я рассказал Арни про ЛФК и силовые упражнения, а после двух банок пива признался в своем страхе: порой мне казалось, что я уже никогда не смогу ходить без костылей. То, что о футбольной карьере теперь можно забыть, не очень-то меня волновало. А вот ноги... Арни молча слушал и понимающе кивал.

Тут стоит сказать, что никогда в жизни я не проводил время так странно. Страшно — это да, с тех пор я успел натерпеться страху, но вот таких странных ощущений я больше никогда не испытывал. Как будто смотришь кино, а картинка на экране слегка расфокусирована. То я видел перед собой Арни, то — чужого человека. Он набрался каких-то новых слов и привычек — без конца теребил ключи от машины и кожаный брелок на них, щелкал суставами пальцев, иногда покусывал большой палец. Да еще эта шуточка про «бродяжкин пердак», когда он бросал пустую банку в мусорник. Я успел выпить только две банки, а он — целых пять, одну за другой, но пиво его нисколько не пьянило.

А другие привычки — старые, хорошо мне знакомые — как будто вовсе исчезли. Раньше Арни то и дело подергивал мочку уха, любил потянуться всем телом и в конце ненадолго скрестить ноги в лодыжках, прыскал со смеху, вместо того чтобы расхохотаться. Пару раз за весь вечер я наблюдал это прысканье, но чаще он заливался пронзительным хохотком, который напоминал мне о Лебэе.

Шоу закончилось в одиннадцать, и Арни переключал каналы, пока не нашел прямую трансляцию с Таймс-сквер, где уже собралась огромная толпа. Не Гай Ломбардо, но близко.

— Ты что, в самом деле не пойдешь учиться? — спросил я.

— Не в этом году. Мы с Кристиной сразу после выпускного уедем в Калифорнию. Погреться на солнышке.

— Предки знают?

— Сдурел? Нет, конечно! И не вздумай им рассказывать! Этого еще не хватало.

— Что ты будешь там делать?

— Чинить машины. Это я умею. — А потом он потряс меня до глубины души, непринужденно заявив: — Надеюсь, Ли согласится поехать со мной.

Я подавился пивом и закашлялся, облив штаны. Арни дважды хлопнул меня по спине — сильно.

— Ты как?

— Да нормально, просто пиво не в то горло пошло. Арни... ты спятил, если думаешь, что она поедет с тобой. Ли сейчас вовсю рассылает документы по универам. У нее для этого дела даже специальная папка. Короче говоря, настроена она серьезно.

Арни тут же прищурился, и я с ужасом осознал, что пиво чересчур развязало мне язык.

— Откуда ты столько знаешь про мою девчонку?

Я почувствовал, что оказался на минном поле.

— Да она только об этом и твердит, Арни. Стоит поднять эту тему — все, пиши пропало.

— Какая прелесть. Может, вы уже вместе живете, Деннис? — Он пристально и подозрительно смотрел на меня. — Ты ведь не поступил бы так с лучшим другом, а?

— Нет, — соврал я. — За кого ты меня принимаешь!

— Тогда откуда сведения?

— Да видел ее пару раз. Разговаривали о тебе.

— Она говорила обо мне?

— Ну да. Немного. Мол, вы поссорились из-за Кристины. Это я хорошо придумал. Арни тут же расслабился.

— А, ерунда! Немного повздорили, подумаешь. Ничего, скоро она одумается. И потом, в Калифорнии полно хороших университетов. Хочет учиться — пусть учится, я не против. Мы поженимся, Деннис. Родим детей, все такое.

Я с трудом сохранял невозмутимое выражение лица.

— А она об этом знает?

Арни расхохотался.

— Ты чего, нет, конечно! Но скоро узнает. Я ее люблю, а любви не страшны никакие преграды. — Он мигом посерьезнел. — И что она наплела про Кристину?

Очередная мина.

— Ну, сказала, что не любит твою тачку. Мне кажется... она просто ревнует.

И снова правильный ход! Арни опять успокоился.

— Ага, понятное дело, ревнует. Но мы помиримся, Деннис, вот увидишь. Настоящая любовь — дело тонкое, но рано или поздно Ли все поймет. Если еще раз ее увидишь, передай, что я скоро позвоню. Или в школе встретимся.

Сказать, что Ли уехала в Калифорнию, или нет? Лучше не надо, такая новость может пробудить новые подозрения.

Интересно, что бы сделал этот новый Арни, узнав, что я целовался с его девушкой, обнимал ее и... кажется, уже любил?

— Смотри, смотри! — Арни ткнул пальцем в телевизор.

Снова показывали Таймс-сквер. Толпа превратилась в огромный — и все еще растущий — организм. До полуночи оставалось меньше получаса. Еще немного — и старый год уйдет.

— Только глянь на этих говнюков! — Арни пронзительно захихикал, допил пиво и ушел в подвал за новой упаковкой. Я сидел в кресле и думал про Уэлча, Реппертона, Трилони, Стэнтона, Вандерберга и Дарнелла. Я думал о том, как Арни заблуждался насчет их размолвки с Ли, а заодно и насчет их безоблачного семейного будущего аккурат из слюнявых песенок о любви, какие крутили по радио в 50-е.

Господи, ну и мурашки меня продрали!

Мы встретили Новый год.

Арни вытащил откуда-то пару петард и хлопушек: они громко взорвались и осыпали нас серпантином. Мы выпили за 1979-й и еще немного поболтали на безобидные темы вроде поражения «Филлис» в плей-офф и шансах «Стилерсов» на попадание в Супер Боул.

В миске с попкорном остались одни подгоревшие и твердые зерна, когда я наконец взял себя в руки и задал давно мучивший меня вопрос:

— Арни... как думаешь, что случилось с Дарнеллом?

Он бросил на меня резкий взгляд, затем снова уставился в телевизор, где танцевали парочки с новогодними конфетти в волосах. Глотнул еще пива.

— Люди, с которыми он делал бизнес, заткнули ему рот. Вот и все.

— Люди, на которых он работал?

— Уилл говорил, что дикси-мафии палец в рот не клади, но колумбийцы — те еще хуже.

— Это кто?

— Колумбийцы? — Арни цинично засмеялся. — Торговцы коксом, вот кто. Уилл рассказывал, что колумбиец готов убить за один неосторожный взгляд на его женщину. А иногда — и за осторожный. Может, эти ребята его и грохнули. Нечего было с ними связываться.

— Ты возил для Дарнелла кокаин?

Он пожал плечами.

— Я много чего возил. Кокс — только раз или два. Слава богу, когда меня взяли, в багажнике оказались сигареты. Поймали меня с поличным. Короче, вляпался я по самое «не хочу». Но я не жалею. Уилл, конечно, был скользкий тип и вообще сукин сын, но все же неплохой человек. — Его глаза подернулись каким-то странным туманом. — Да, неплохой. Только слишком много знал. Поэтому его и кокнули. Слишком много знал и в один прекрасный момент обязательно бы проболтался. Ну да, наверняка колумбийцы постарались. Сумасшедшие говнюки.

— Я не очень-то тебя понимаю. Ну да ладно, не мое это дело.

Арни посмотрел на меня, ухмыльнулся и подмигнул.

— Это как во Вьетнаме. Ну по крайней мере копы так задумывали. Был один козел по имени Генри Бак — он должен был сдать меня, а я — Дарнелла. А потом — бинго! — Дарнелл сдал бы тех ребят, что продавали ему наркоту, пиротехнику, табак и спиртное. Эти-то ребята и были нужны Джа... короче, копам. Особенно колумбийцы.

— Думаешь, они его и убили?

— Они или дикси-мафия. Кто же еще?

Я покачал головой.

— Ладно, давай еще по пиву — и отвезу тебя домой. Отлично мы с тобой посидели, просто здорово. — Говорил он как будто искренне, вот только Арни никогда бы не опустился до такой идиотской фразы: «отлично посидели». Ну, прежний Арни.

— Ага, мне тоже понравилось.

Пива я больше не хотел, но все равно взял еще одну банку, чтобы как-то оттянуть встречу с Кристиной. Днем мне почему-то показалось необходимым еще раз оценить атмосферу в ее салоне... если там вообще была какая-то атмосфера. Теперь идея казалась мне пугающей и безумной. Наша с Ли тайна постепенно превратилась в огромное хрупкое яйцо, которое сидело у меня в голове и грозило в любой миг расколоться.

Скажи, Кристина, а умеешь ли ты читать мысли?

Я ощутил, как в горле собирается отвратительный ком, и залил его пивом.

— Слушай, если хочешь, я позвоню папе и попрошу его за мной заехать. Он еще не спит.

— Да не парься, я могу хоть две мили пройти по прямой и ни разу не оступиться.

— Я просто подумал...

— Небось тебе уж не терпится самому сесть за руль?

— Да-а...

— Нет на свете ничего лучше, чем сидеть за рулем собственной тачки, — сказал Арни и вдруг подмигнул, как старый развратник. — Ну, после женской киски.

Время пришло. Арни вырубил телик, я проковылял через кухню к черному ходу и натянул свою горнолыжную куртку, моля Бога, чтобы Майкл и Регина вернулись домой пораньше и немного оттянули неизбежное. Может, Майкл даже учует алкоголь и захочет подвезти меня сам. Память о том дне, когда я сел за руль Кристины, пока Арни торговался с Лебэем у него дома, была еще слишком свежа.

Арни взял из холодильника пару банок пива — «в дорогу», сказал он. Я думал было напомнить ему, что освобожденного под залог мигом отправят в тюрьму за вождение в нетрезвом виде, но потом решил держать рот на замке. Мы вышли из дома. Первая ночь 1979 года была ясная и морозная — настолько, что влага в носу замерзала за считаные секунды. Сугробы по обеим сторонам расчищенной подъездной дорожки сверкали миллиардами кристаллов. И тут я увидел Кристину: ее черные окна были скованы морозом. Я уставился на нее. «Мафия, — вспомнились мне слова Арни. — Дикси-мафия или колумбийцы, больше некому». Фраза из дешевого боевика, но звучала она вполне правдоподобно. Однако мафиози убивали людей вполне заурядными способами: застреливали, душили, выбрасывали из окон многоэтажек. Я слышал легенду, согласно которой Аль Капоне забил одного бедолагу бейсбольной битой со свинцовым стержнем внутри. Но пробить на машине снежные завалы, а затем и стену дома?

Да, Арни говорил, что колумбийцы — сумасшедшие звери. Но не настолько же!

Она стояла, сверкая в свете звезд и лампочки на крыльце... А что, если это действительно она убила Дарнелла? Что, если она знает про нас с Ли? И про наши подозрения на ее счет?

— Помочь тебе спуститься, Деннис? — спросил Арни, напугав меня до полусмерти.

— Нет, со ступеньками я справлюсь, а вот на дорожке от помощи не откажусь.

— Без проблем, дружище.

Я стал спускаться боком: одной рукой цеплялся за перила, второй держал костыли. И вдруг поскользнулся. Левая нога сразу отозвалась тупой болью. Арни едва успел меня схватить.

— Ух, спасибо! — Я обрадовался, что могу теперь позволить себе дрожь в голосе.

— Да брось.

Мы подошли к машине, и Арни спросил, смогу ли я сам в нее забраться. Я кивнул, и тогда он пошел к своему месту. Рукой в перчатке я схватился за ручку и... меня охватили такие ужас и омерзение, каких я в жизни не испытывал. Наверное, именно в тот момент я всей душой поверил в то, о чем прежде мог лишь подозревать. Потому что ручка показалась мне живой. Она показалась мне лапой страшного, но спящего зверя — если дотронуться до нее, зверь проснется и заревет.

Зверь? И что же это за зверь?

Кто это? Тварь вроде ифрита? Обыкновенная машина, в которую вдруг вселился демон? Воплощение покойного Лебэя или дом с привидениями на колесах? Я не знал. Я просто был напуган до смерти и боялся, что не выдержу.

— Эй, ты как там? Точно сам справишься?

— Справлюсь, — хрипло ответил я и нажал пальцем на кнопку под ручкой. Дверь распахнулась, я повернулся спиной к сиденью и, выставив вперед больную ногу, плюхнулся на него задом. Потом затащил в салон ногу, бесполезную и неповоротливую, как предмет мебели. Мое сердце работало на износ. Я захлопнул за собой дверь.

Арни завел двигатель, и он тут же взревел, словно изначально был разогрет. В нос мне сразу ударил запах, идущий со всех сторон, но сильнее всего — от сидений. Отвратительная вонь смерти и разложения.

Не знаю, как рассказать вам о той поездке длиной в жалкие три мили, чтобы вы не приняли меня за психа, сбежавшего из сумасшедшего дома. Мы добрались до моего дома за десять или двенадцать минут, но за это время я едва не лишился рассудка. Объективно описать происходящее в салоне машины я не могу; от одной только попытки вспомнить меня начинает колотить. Невозможно понять, что происходило на самом деле, а что мерещилось; невозможно найти грань между правдой и ужасными галлюцинациями. Но пьян я не был, это точно. Легкий хмель, который я начал ощущать к концу вечера, мгновенно и полностью улетучился. В здравом уме и трезвом рассудке я совершил путешествие в страну мертвых.

Но домой я вернулся вовремя.

Какое-то время за рулем сидел вообще не Арни, а наполовину разложившийся труп Лебэя, от которого несло могилой. Остатки его плоти напоминали губку, пуговицы на военной форме покрылись зеленью. За воротником рубашки копошились черви. Я слышал тихое жужжание, которое сперва принял за короткое замыкание одного из огней на приборной панели, но потом я понял: в гнилой плоти гнездились мухи. Да, за окном стояла зима, но...

Временами в машине появлялись и другие люди. Однажды в зеркале заднего вида я увидел восковой манекен: женщина с короткой стрижкой под пажа, какие носили в 50-х, смотрела на меня блестящими кукольными глазами. Щеки у нее были ярко-алые. Я вспомнил, что задохнувшиеся угарным газом так и выглядят: у них румяные щеки и блестящие глаза. Потом я увидел на заднем сиденье девочку с почерневшим лицом и вытаращенными глазами, как у чучела. Я зажмурился... в зеркале ухмылялись Бадди Реппертон и Ричи Трилони. На губах, подбородке, шее и груди первого запеклась кровь. Ричи весь почернел и обуглился, но глаза у него были живые и яркие.

Бадди медленно протянул ко мне руку: в почерневшей руке была бутылка «Техасской отвертки».

Я снова зажмурился. А потом просто перестал смотреть в зеркало.

Помню, по радио без конца играл рок-н-ролл: Дион и Бельмонты, Эрни Ки-До, «Роял тинс», Бобби Райделл («О, Бобби, о, мы все так рады, что тебя научат свинговать»).

Помню, под зеркалом сначала болтался красный игральный кубик, потом — пара детских сандаликов, потом — ничего.

Но лучше всего я помню мысль, которую я снова и снова твердил про себя: все это — вонь смерти и заплесневелые сиденья — галлюцинации, что-то вроде наваждения опиумного наркомана.

Я представлял, что обкурился до полного невменоза и пытаюсь вести нормальный разговор с нормальным человеком. Потому что все это время мы с Арни *разговаривали*; это я помню, а вот о чем — нет. Я держался молодцом. Поддерживал беседу. Отвечал на вопросы. И те десять минут показались мне вечностью.

Я уже сказал, что объективно описать нашу поездку невозможно; если и была какая-то логика в сменявших друг друга событиях, я ее не уловил или забыл. Та поездка сквозь черную морозную ночь в самом деле была похожа на путешествие в ад. Я не помню всего, но помню больше, чем хотел бы. Мы выехали с подъездной дорожки дома Каннингемов... и очутились в безумной комнате страха, где все трупы и чудища — настоящие.

Мы вернулись в прошлое... если так можно сказать. Современный Либертивилль никуда не делся, но напоминал рисунок на тонкой пищевой пленке, зато выступавший из-под нее прежний Либертивилль обрел краски и плотность. Время тянуло к нам свои мертвые руки, хотело затащить нас в прошлое навсегда. На перекрестках, где у нас была главная дорога, Арни почему-то пропускал другие машины, а некоторые светофоры пролетал, не сбавляя скорости. На Мэйн-стрит я увидел ювелирный магазин «Шипстед» и театр «Стрэнд», здания которых снесли еще в 1972-м, чтобы на их месте выстроить Пенсильванский торговый банк. Возле домов, где шли новогодние вечеринки, я видел скопления машин... все из 50-х или 60-х. Длинные «бьюики» с форточками... Универсал «ДеСото-файерлайт» с голубой декоративной вставкой во весь кузов... Четырехдверный «додж-лансер» 57-го года с жестким съемным верхом... «Форды-файрлайны» с фирменными фарами, похожими на завалившиеся набок двоеточия... «Понтиаки» с цельными решетками радиатора... «Рамблеры», «паккарды», несколько «студебекеров» с носами-пулями. Один раз я видел даже новенький «эдсел».

— Да, новый год будет лучше старого, — сказал Арни. Я покосился на него. Он поднес к губам банку пива, и тут его лицо вновь превратилось в лицо Лебэя из комикса-ужастика. Банку сжимали белые кости. Клянусь вам, это были голые кости, да и штаны его лежали на сиденье так, словно внутри были палки от швабры, а не ноги.

— Правда? — выдавил я, стараясь не блевануть и не вдыхать тошнотворные миазмы слишком глубоко.

— Точно говорю, — ответил Лебэй. Только теперь он вновь превратился в Арни. Мы остановились у знака остановки, и мимо промчался «камаро» 77-го года. — Ты, главное, будь на моей стороне, Деннис. Не давай моей матери ездить тебе по мозгам. Скоро все изменится к лучшему. — И опять за рулем сидел Лебэй. Мысль о скорых переменах вызвала у него улыбку. Мои мозги начали буксовать. Еще чуть-чуть — и я бы заорал.

Я отвел взгляд от ужасного, наполовину сгнившего лица и увидел то же, что видела Ли: на панели приборов горели вовсе не огни, а огромные зеленые глаза.

В какой-то момент кошмар закончился. Мы остановились в незнакомом районе города: всюду стояли дома типовой застройки, многие — только-только начатые. В полуквартале от нас возвышался рекламный щит, освещенный фарами Кристины, с надписью: «ЖИЛОЙ КВАРТАЛ МЕЙПЛВЕЙ. ОБРАЩАЙТЕСЬ В АГЕНТСТВО «НЕДВИЖИМОСТЬ ЛИБЕРТИВИЛЛЯ». Идеальное место для семейной жизни! Подумайте об этом!»

— Ну вот мы и на месте, — сказал Арни. — До крыльца сам дойдешь или помочь?

Я с сомнением окинул взглядом заброшенную стройку, а потом кивнул. Уж лучше оказаться одному на костылях посреди заснеженного пустыря, чем просидеть еще одну минуту в этой адской машине.

Мое лицо расплылось в пластмассовой улыбке.

— Да я сам, не парься! Спасибо, что подвез.

— Да мне это раз чихнуть. — Арни допил пиво, а на заднее сиденье банку швырнул уже Лебэй. — Еще один солдат готов!

— Ага. Ну, с Новым годом, Арни! — Я нащупал ручку и открыл дверь. Интересно, руки-то меня не подведут? Удержат костыли?

Лебэй с ухмылкой посмотрел на меня.

— Ты, главное, будь на моей стороне, Деннис. Знаешь ведь, что случается с моими врагами.

— Да, — прошептал я и подумал: «Отлично знаю».

Я выкинул на улицу костыли и, не глядя, есть ли под ними лед, начал выбираться сам. Костыли выдержали, не соскользнули. Как только я вышел, мир вокруг резко поплыл и изменился. Всюду засияли огни — впрочем, разумеется, они всегда горели. Родители переехали в квартал Мейплвей в 1959 году, за год до моего рождения.

Мы до сих пор в нем жили, правда, название у жилого квартала давно поменялось — году этак в 63-м или 64-м.

Прямо впереди стоял мой собственный дом, да и улица была родная, знакомая. Либертивилль никуда не делся. Я оглянулся на Арни, отчасти рассчитывая увидеть Лебэя — этого таксиста из ада, катающего покойников по ночному городу.

Но нет, за рулем сидел Арни в школьной форменной куртке с вышитым на груди именем. Бледный и одинокий Арни с банкой пива, зажатой между ног.

— Спокойной ночи, друг.

— Спокойной ночи, — ответил я. — Осторожнее на дороге. Не хватало, чтобы тебя остановили.

— Не остановят. Береги себя, Деннис.

— Ага.

Я захлопнул дверь. Ужас в груди сменился глубоким безысходным горем — как будто я похоронил лучшего друга. Похоронил заживо. Я провожал Кристину взглядом, пока она не свернула за угол, затем пошел к дому. Дорожка была чистая. К моему возвращению отец щедро посыпал ее солью.

Я одолел три четверти пути, когда на меня, подобно дымовой завесе, накатила какая-то мерзкая серость. Я остановился, опустил голову и с трудом удержался на ногах. А если потеряю сознание? Замерзну до смерти на собственной подъездной дорожке, где мы с Арни в детстве играли в классики, камешки и «море волнуется раз»?

Наконец серая мгла начала потихоньку рассеиваться. Я ощутил на своей талии чью-то руку. Папа выскочил мне навстречу в банном халате и тапочках.

— Деннис, ты как?

Как? Я не знал. Меня только что подвез домой оживший труп.

— Нормально. Просто голова немного закружилась. Пойдем домой, а то зад себе отморозишь.

Не отпуская меня, отец пошел к двери. Я был очень рад его помощи.

— Мама еще не спит?

— Нет, мы все вместе встретили Новый год, а потом они с Элли легли спать. Ты напился, что ли?

— Нет.

— Выглядишь скверно. — Отец закрыл за нами дверь.

Я выдавил какой-то истерический смешок... и все вокруг опять посерело, но на сей раз ненадолго. Когда я вынырнул, папа с тревогой смотрел на меня.

— Что у вас стряслось?

— Пап...

— Деннис, ответь!

— Не могу.

— Что с ним, Деннис? Что с ним творится?

Я только потряс головой, и не потому, что боялся за себя или думал, что отец примет меня за сумасшедшего. Теперь я боялся за всех — за папу, маму, Элли, родителей Ли. Боялся в трезвом уме и на полном серьезе.

«Ты, главное, будь на моей стороне, Деннис. Знаешь ведь, что случается с моими врагами».

Неужели он так и сказал?

Или мне просто примерещилось?

Отец все еще смотрел на меня.

— Не могу!

— Ладно. Пока я от тебя отстану. Но кое-что я должен знать, Деннис. Ответь мне, пожалуйста: Арни каким-то образом причастен к смерти Дарнелла и тех хулиганов?

Я вспомнил гниющее, ухмыляющееся лицо Лебэя, плоские штаны на сиденье машины...

— Нет, — ответил я. И это была почти что правда. — Арни — не причастен.

— Хорошо. Помочь тебе подняться в комнату?

— Я сам. Давай тоже ложись, пап.

— Да-да, я как раз собирался. С Новым годом, Деннис... Если захочешь все рассказать, я готов тебя выслушать.

— Да нечего рассказывать.

— Что-то я в этом сомневаюсь, — сказал папа.

Я поднялся к себе, лег в постель, не выключая свет... и так и не смог заснуть. Это была самая длинная ночь в моей жизни. Два или три раза я хотел встать и пойти к маме с папой, как в детстве. Один раз я даже поймал себя на попытке выбраться из кровати. Снова лег. Да, я очень боялся за родителей, но это было еще не самое страшное.

Больше всего я боялся спятить. Вот это — очень страшно.

Солнце показалось из-за горизонта, когда я наконец смог задремать. Три или четыре часа я спал, а когда проснулся, мозг уже начал исцеляться: вчерашние события казались дурным сном и галлюцинацией. Вот только я больше не мог позволить себе слушать эту убаюкивающую мелодию. Голову мне прочистило основательно.

46. Второй разговор с Джорджем Лебэем

> В ту роковую ночь застряли мы на железнодорожных путях.
> Я вытащил тебя из салона, и все было хорошо,
> Но ты зачем-то бросилась обратно...
>
> *Марк Диннинг*

Пятого января, в пятницу, я получил открытку от Ричарда Маккэндлса, секретаря местного отделения Американского легиона. Сзади толстым мягким карандашом был написан адрес Джорджа Лебэя в Парадайз-Фоллз, Огайо. Большую часть дня я проносил эту открытку в кармане джинсов, время от времени доставая ее и разглядывая адрес. Мне вовсе не хотелось звонить Джорджу, не хотелось вновь разговаривать о его безумном брате Роланде; я хотел просто все забыть.

Вечером мама с папой и Элли отправились в торговый центр: сестра хотела потратить часть подаренных на Рождество денег на горные лыжи. Через полчаса после их ухода я сел к телефону и положил перед собой открытку от мистера Маккэндлса. Позвонил в справочную Огайо и узнал телефонный код Парадайз-Фоллз: 513. Стало быть, это запад штата. Подумав немного, я снова позвонил в справочную и попросил номер Лебэя. Записал его, снова подумал — на сей раз думал долго — и поднял трубку в третий раз. Набрал половину цифр из номера Лебэя и нажал «отбой». «В жопу все! — подумал я в небывалом бешенстве. — Хватит с меня, не буду я никуда звонить! И лезть в это дело не буду! Я умываю руки! К черту все это дерьмо! Пусть Арни катится к чертям вместе со своей развалюхой!»

— В жопу, — прошептал я и быстро ушел от телефона, пока меня не успели одолеть угрызения совести. Я поднялся к себе, принял ванну и лег в постель. К тому времени, когда Элли и предки вернулись домой, я уже крепко спал. И проспал всю ночь. Что было очень кстати — потому что с тех пор нормального сна у меня не было еще долго. Очень долго.

Пока я спал, кто-то... *что-то* убило Рудольфа Джанкинса из полиции штата Пенсильвания. Утром эта новость уже появилась в газете. «ПОД БЛЭРСВИЛЛЕМ УБИТ ДЕТЕКТИВ, РАССЛЕДОВАВШИЙ ДЕЛО ДАРНЕЛЛА», — гласил заголовок.

Отец был наверху, принимал душ, а Элли с подружками играли в «Монополию» на крыльце; мама писала очередной рассказ в своем «кабинете». Я сидел за столом один. Меня как обухом по голове ударили. Завтра Ли с родителями должны были вернуться из Калифорнии, а послезавтра начиналась учеба... если Арни (или Лебэй) не передумал, то ее начнут активно преследовать.

Я медленно отодвинул от себя тарелку с яичницей. Есть больше не хотелось. Прошлой ночью я каким-то чудом умудрился вытряхнуть из головы зловещую и необъяснимую историю с Кристиной — столь же легко, как теперь вытряхнул в мусорное ведро свой завтрак. Как же я мог быть таким дураком?

Джанкинс... именно эту фамилию упомянул Арни, когда мы с ним пили пиво в Новый год. Да-да, именно эту, не стоит себя обманывать, я не ослышался. В газете написали, что он отвечал за следствие по делу Уилла Дарнелла, а также предположили, что в убийстве может быть замешана некая преступная группировка. Дикси-мафия, говорил Арни. Или безумные колумбийцы.

Я же думал иначе.

Машину Джанкинса вывезли на одинокую проселочную дорогу вдали от города и превратили в груду металлолома...

Лично я бы на его месте немного поостыл, не то и до него очередь дойдет... Ты, главное, будь на моей стороне, Деннис. Знаешь ведь, что случается с моими врагами.

...причем сам Джанкинс был внутри.

Когда убивали Реппертона и его приятелей, Арни играл в шахматы в Филадельфии. Когда убивали Дарнелла, он вместе с предками гостил у родственников, отмечал Рождество. Железное алиби, ничего не попишешь. Думаю, на прошлую ночь у него тоже нашлось безобидное занятие. Семь — семь! — смертей на сегодняшний день, и все так или иначе связаны с Арни и Кристиной. Полиция, конечно, не могла этого не видеть; даже слепой заметил бы логику в происходящем и явные мотивы. Однако в статье ничего не говорилось о «лицах, оказывающих помощь следствию», как деликатно говорят англичане о подозреваемых.

Конечно, полицейские не стали бы разбалтывать журналистам все, что знали о деле, но инстинкты подсказывали мне: Арни Каннингема нет и не будет в списках подозреваемых.

Ему ничего не грозит.

Интересно, что увидел Джанкинс в зеркале заднего вида, когда оказался на той безлюдной проселочной дороге? Красно-белую «фьюри», подумал я. А за рулем — либо никого, либо живой труп.

Мои руки покрылись мерзкой гусиной кожей.

Семь человек умерли.

Это должно закончиться. Хотя бы по той причине, что убивать людей может скоро стать дурной привычкой. Если Майкл и Регина не одобрят планов Арни на поездку в Калифорнию, следующими жертвами запросто могут стать они. А если в четверг Арни подойдет к Ли на переменке и сделает ей предложение? И Ли, понятное дело, откажет? Кто будет ждать ее у тротуара, когда после школы она вернется домой?

Господи, как мне стало страшно.

На кухню заглянула мама.

— Деннис, ты же не позавтракал!

— Да... зачитался вот. Аппетит пропал, мам.

— Чтобы поправить здоровье, ты должен есть. Сварить тебе овсяную кашу?

От этого слова мне тут же скрутило живот. Я улыбнулся и помотал головой:

— Нет, спасибо, мам. Обещаю плотно пообедать.

— Даешь слово?

— Даю слово.

— Денни, ты как себя чувствуешь? Вид у тебя какой-то изможденный.

— Все хорошо. — В доказательство своих слов я улыбнулся еще шире, а потом представил, как она выбирается из своего синего «рилайнта» на парковке у торгового центра, а в двух рядах от нее стоит красно-белая машина... Мама идет мимо, придерживая рукой сумочку на плече, и тут рычаг переключения передач сам переходит в положение «DRIVE»...

— Точно? Нога не беспокоит?
— Нет.
— Витамины принимаешь?
— Да.
— А шиповник?

Я расхохотался. Она сначала посмотрела на меня с досадой, потом тоже улыбнулась.

— Ну и олух ты! — сказала она с первоклассным ирландским акцентом (мама у нее была ирландка). — Не видать тебе сладкого! — С этими словами она ушла в свою каморку, и через некоторое время оттуда снова донесся отрывистый стрекот пишущей машинки.

Я взял газету и посмотрел на фото искореженной машины Джанкинса.

«МАШИНА СМЕРТИ» — гласила надпись под фотографией.

«А как вам такое, — подумал я. — Джанкинса интересовали не только грязные делишки Уилла Дарнелла. Джанкинс ведь из полиции штата, а они там могут расследовать несколько дел одновременно. Допустим, он пытался узнать, кто убил Попрошайку Уэлча. Или...»

Я доковылял до маминой каморки и постучал.
— Что?
— Прости за беспокойство, мам...
— Не глупи, Деннис.
— Ты сегодня поедешь в город?
— Собиралась. А что?
— Хочу заглянуть в библиотеку.

К трем часам в субботу снова пошел снег. После чтения микрофишей у меня немного болела голова, но зато я нашел искомое.

Итак, Джанкинс расследовал убийство Попрошайки Уэлча, а заодно и Реппертона, Трилони и Бобби Стэнтона. Имя Арни Каннингема мог не прочитать между строк только круглый болван.

Я откинулся на спинку стула, выключил устройство для чтения и закрыл глаза. Попытался на минуту представить себя Джанкинсом. Допустим, он подозревает, что Арни каким-то образом причастен к убийствам. Подозревает ли он Кристину? Может быть. В криминальных сериалах часто показывают, как полицейские ловко определяют владельцев оружия, пишущих машинок, на которых печатают требования о выкупе, и машин, на которых совершаются наезды. Хлопья и следы краски, все такое...

Потом копы берут Дарнелла. Для детектива это отличная возможность продвинуться в расследовании. Гараж будет закрыт, все машины конфискованы. Возможно, Джанкинс подозревает...

Что?

Я напряг мозги. Итак, я — коп. Мне нужны правильные, разумные, рациональные ответы, а не бред сумасшедшего... И тут меня осенило.

Джанкинс подозревает, что у Арни есть сообщник! Ну конечно! Никто в здравом уме не подумает, что людей убивает машина. Итак?..

После того как гараж опечатали, Джанкинс собирает команду лучших экспертов и техников. Они осматривают каждый винтик Кристины, пытаясь найти хоть какую-нибудь улику, ведь они должны быть, как справедливо предполагает Джанкинс. Сбить человека — это вам не в подушку врезаться. Да и шлагбаум в парке Скуонтик-Хиллз — тоже не подушка...

Итак, что же находят эксперты?

Да ничего.

Ни единой вмятинки, царапинки или пятнышка крови. Все чисто. Никаких фрагментов сломанного шлагбаума из парка. Словом, Джанкинс не находит ни одного доказательства тому, что Кристина была орудием убийства. Теперь переходим к делу Дарнелла. На следующее утро после смерти последнего

Джанкинс наверняка помчался в гараж — по крайней мере, я бы так и сделал. Стена дома — тоже не подушка, и машина, на которой убийца проломил стену, должна была серьезно пострадать. За одну ночь такой ущерб не устранишь. И что же он обнаруживает?

Кристина цела, на ней опять ни единой вмятины.

Это привело детектива к следующему выводу, из-за которого он и не стал устанавливать слежку за машиной (я поначалу никак не мог этого понять, ведь Джанкинс наверняка подозревал, что все убийства совершались на Кристине). В конечном счете победила логика — и она же его убила. Джанкинс не установил слежку за Кристиной, потому что ее алиби (если оно вообще может быть у машины) было такое же, как и алиби ее хозяина, — железобетонное. Даже если бы эксперты осмотрели Кристину сразу после убийства Дарнелла, они бы ничего не нашли, хотя все указывало на нее.

Ни царапинки. Но почему? Джанкинс не знал всего. Я вспомнил про счетчик, который крутил в обратную сторону, и слова Арни: «Пустячная неисправность». Я вспомнил паутину трещин, которая уменьшилась сама по себе. Вспомнил, как беспорядочно старые запчасти заменялись новыми. Наконец, я вспомнил свое кошмарное возвращение домой в новогоднюю ночь — старые машины на дорогах, невредимое здание театра «Стрэнд» из прочного желтого кирпича, недостроенные дома на окраине города...

«Пустячная неисправность».

Знай Рудольф Джанкинс про этот пустячок, быть может, он сейчас был бы жив.

Сами посудите: если ездить на машине несколько лет, многие запчасти начинают изнашиваться, как бы ты хорошо за ней ни ухаживал. Обычно — в случайном порядке. Машина сходит с конвейера, как новорожденный ребенок, — и, подобно человеку, неизбежно вступает в схватку со временем. В результате его ударов нет-нет да треснет аккумулятор, лопнет рулевая тяга и так далее, и тому подобное... Заест поплавок в карбюраторе, спустит шина, замкнет что-нибудь... Обивка сидений начнет протираться.

Это как в кино. И если пленку прокрутить назад...

— Вы закончили? — спросил подошедший сзади сотрудник архива, и я чуть не заорал от страха.

Мама ждала меня в холле. Большую часть пути до дома она болтала о своей писанине и новых курсах, на которые записалась, — современные танцы. Я только кивал и поддакивал — причем к месту. А сам думал о том, как все эти крутые эксперты и техники, приглашенные Джанкинсом, в поисках иголки не заметили бревна. Что ж, это неудивительно. Машины вообще-то не могут крутить мили в обратную сторону. А в машинном масле «Квакер стейт» не водится никаких привидений, демонов и прочей нечисти.

«Стоит поверить в одно — поверишь и во все остальное», — подумал я и содрогнулся.

— Печку включить? — радостно спросила мама.

— Да, пожалуйста.

Я подумал о Ли, которая должна была вернуться домой уже завтра. О ее прекрасном лице (с этими высокими, прямо-таки надменными скулами) и юных пышных формах, пока не познавших силу гравитации; в каком-то смысле она была как тот «плимут», сошедший с конвейера в 57-м — все еще на гарантии. А потом я подумал о Лебэе, мертвом и одновременно живом, о его похоти (да и похоть ли это? может, просто желание уничтожать все красивое?). Вспомнил спокойное заявление Арни о том, что скоро они с Ли поженятся. И представил себе их первую брачную ночь. Ли смотрит в темноту гостиничной комнаты, а над ней — гниющий ухмыляющийся труп. Она кричит, кричит... за дверью терпеливо и преданно ждет Кристина, до сих пор обвешанная конфетти и табличками с надписью «Молодожены». Кристина — или некая живущая в ней сила — поймет, что Ли недолго протянет... а когда она умрет, Кристина останется. Она всегда будет рядом.

Я закрыл глаза и попытался прогнать эти страшные картины, но они только стали ярче.

Все началось с того, что Ли сама захотела встречаться с Арни... а уж потом тот ответил ей взаимностью. Сейчас все гораздо хуже: Лебэй полностью завладел Арни... и Ли нужна *ему*.

Но он получит ее только через мой труп.

Вечером я позвонил Джорджу Лебэю.

— Да, мистер Гилдер, — сказал он. Голос у него был какой-то уставший и постаревший. — Я прекрасно вас помню. Вы терпеливо слушали мою околесицу, сидя на пластиковом стуле во дворе самого унылого мотеля во Вселенной. Чем могу помочь? — Он явно хотел услышать какую-нибудь пустячную просьбу.

Я помедлил. Сказать ему, что его старший брат вернулся с того света? Что даже могила не в силах вместить всю его злость на говнюков этого мира? Сказать, что его душа вселилась в моего друга, безошибочно выбрав его из сотен остальных? Поговорить о смерти, времени и смертоносной любви?

— Мистер Гилдер? Вы еще тут?

— У меня проблемы, мистер Лебэй. И я не знаю, как лучше о них рассказать. Они имеют отношение к вашему брату.

Тут Лебэй-младший заговорил каким-то новым тоном, стальным и холодным.

— Не знаю, какие у вас могут быть проблемы с моим братом. Ролли умер.

— В том-то и дело. — Мой голос предательски дрогнул, поднялся на одну октаву, потом вернулся на место: — Похоже, он жив.

— Что вы такое несете? — Голос у него был рассерженный, укоризненный и... напуганный. — Если вы вздумали шутить, это такая низость...

— Я не шучу. Просто позвольте рассказать вам, что происходило в Либертивилле после смерти вашего брата.

— Мистер Гилдер, у меня куча тетрадей на проверку, недописанный роман, и я не имею ни малейшего желания слушать...

— Прошу вас. Пожалуйста, мистер Лебэй, помогите мне! И помогите моему другу.

Повисла долгая-долгая тишина, а потом Лебэй вздохнул.

— Ладно, валяйте... — После короткой паузы он добавил: — Черт вас дери.

Я изложил ему всю историю, представляя, как мой голос течет по лежащим в земле телефонным кабелям, сквозь десятки коммутационных станций, под заснеженными пшеничными полями и наконец забирается ему в ухо.

Я рассказал Лебэю о проделках Реппертона и о том, как после исключения из школы он поклялся отомстить Арни. О смерти Попрошайки Уэлча, о несчастном случае в парке «Скуонтик-Хиллз», о загадочной смерти Уилла Дарнелла в сочельник. Я рассказал об уменьшившейся паутине трещин на лобовом стекле и об одометре, который крутился в обратную сторону. О радио, ловившем одну-единственную волну — WDIL, где крутили старый рок-н-ролл (в этом месте Джордж Лебэй удивленно хмыкнул). Я рассказал о разных подписях на моем гипсе и о том, что последняя подпись очень похожа на подпись Роланда на регистрационном талоне Кристины. Я рассказал про новое излюбленное словечко Арни — «говнюки». Про его новую прическу в духе Фабиана и прочих любителей бриолина из 50-х. Словом, я рассказал ему все, умолчав лишь о поездке домой в новогоднюю ночь. Вообще-то я собирался, но не смог. И никому потом не рассказывал — лишь четыре года спустя смог записать все на бумаге.

Когда я закончил, на другом конце провода повисла мертвая тишина.

— Мистер Лебэй? Вы тут?

— Тут, — наконец ответил он. — Мистер Гилдер... Деннис... не хочу обидеть, но ты должен отдавать себе отчет, что все рассказанное тобой не укладывается ни в какие рамки здравого смысла и граничит с...

— Безумием?

— Я бы выбрал другое слово. Все-таки ты пережил серьезную травму, два месяца пролежал в больнице, страдал от сильных болей... Вполне возможно, что твое воображение...

— Мистер Лебэй, у вашего брата была присказка про бродяжкин пердак?

— Что?

— Бродяжкин пердак. Когда куда-нибудь метко попадешь, мы обычно говорим: «Два очка!» А ваш брат наверняка говорил: «Глянь, как я загоню это в бродяжкин пердак». Верно?

— Откуда ты знаешь? — Потом, не дав мне ответить, он сказал: — А, да ты просто слышал, как он это говорил...

— Нет.

— Мистер Гилдер, вы лжец.

Я промолчал. Меня всего трясло, и колени подгибались. Ни один взрослый никогда еще так меня не называл.

— Деннис, прости. Мой брат умер! Он был неприятным человеком, может, даже злым, но теперь его нет на свете, и все эти жуткие фантазии не имеют...

— Кто был этот бродяжка? — дрожащим голосом спросил я.

Тишина.

— Чарли Чаплин?

Я думал, он не ответит. Но в конце концов он с трудом проговорил:

— Нет. Он имел в виду Гитлера. Гитлер и маленький бродяга Чаплина были немного похожи, и потом Чаплин снял фильм «Великий диктатор». Ты его вряд ли видел. В те годы многие так его называли. Но ты слишком молод и не можешь этого знать. Да и какая разница, все это ничего не значит!

Теперь замолчал я.

— Это ничего не значит! — завопил Джордж Лебэй. — Ничего! Пустые фантазии и догадки! Неужели сам не понимаешь?

— У нас тут семь человек убили, — сказал я. — Не похоже на пустые фантазии. На моем гипсе есть две подписи — их я тоже не выдумал. Я их даже сохранил, мистер Лебэй, если хотите, вышлю почтой. Посмотрите и убедитесь, что одну из них мог оставить только ваш брат.

— Подлог... Намеренный или нет.

— Тогда наймите эксперта по почеркам. Я заплачу.

— Вот сам и нанимай.

— Мистер Лебэй, мне никого не надо нанимать, я уже во всем убедился.

— А от меня тебе что надо? Я тоже должен поверить в твои фантазии? Не стану, даже не проси. Мой брат умер. Его машина — самая обыкновенная машина. — Он врал, я это чувствовал даже по телефону.

— Объясните мне, пожалуйста, кое-что. Вы это сказали в тот вечер, когда мы с вами разговаривали перед мотелем.

— Что же? — настороженно спросил Лебэй.

Я облизнул губы.

— Вы сказали, что ваш брат был одержим и зол, но он не был чудовищем. По крайней мере, вы его чудовищем не считали. А потом вы вдруг полностью сменили тему... Но чем больше я вспоминаю наш разговор, тем больше склоняюсь к мысли, что на самом деле вы не меняли тему. Сразу после этого вы сказали, что свою жену и дочь он пальцем не тронул.

— Деннис, перестань, я...

— Слушайте, если вы хотели тогда в чем-то признаться, сделайте это сейчас! — закричал я. Голос у меня сорвался. Я отер лоб — рука стала мокрая от пота. — Мне сейчас очень тяжело и страшно, Арни зациклился на одной девушке... Ли Кэбот... только теперь мне кажется, что это не он на ней зациклился, а ваш брат, ваш покойный брат, да *поговорите же вы со мной*!

Он вздохнул.

— Поговорить? Поговорить?! Вспоминать дела давно минувших дней... нет, даже не дела, пустые подозрения... не надо будить зверя, Деннис. Прошу тебя, оставь меня в покое. Я ничего не знаю.

Я мог бы сказать, что зверь уже давно проснулся, но он и так это понимал.

— Расскажите о ваших подозрениях.

— Я тебе перезвоню.

— Мистер Лебэй... пожалуйста!..

— Я тебе перезвоню. Мне надо поговорить с сестрой Маршей. Она живет в Колорадо.

— Если это поможет, я сам могу ей позво...

— Нет, с тобой она разговаривать не станет. Она и со мной-то всего раз или два об этом говорила. Надеюсь, ты хорошо понимаешь, что делаешь, Деннис. И совесть у тебя чиста. Потому что ты просишь заново вскрыть старые раны, которые неизбежно начнут кровоточить. В последний раз спрашиваю: ты уверен?

— Уверен, — прошептал я.

— Скоро перезвоню. — Джордж Лебэй повесил трубку.

Прошло пятнадцать минут, потом двадцать. Я слонялся по комнате на костылях, не в состоянии усидеть на месте. Смотрел в окно на заснеженную улицу — черно-белый этюд. Дважды подходил к телефону и не прикасался к трубке, боясь, что мы начнем звонить друг другу одновременно. Но больше всего я боялся, что Лебэй вообще не перезвонит. В третий раз, когда я уже положил ладонь на телефон, он зазвонил. Я отдернул руку, точно ужаленный, но потом собрался с силами и приложил трубку к уху.

— Алло? — Запыхавшийся голос Элли. — Донна, ты?

— Могу я поговорить с Деннисом Гилде... — раздался голос Джорджа Лебэя, дрожащий и постаревший еще лет на десять.

— Я уже подошел, Элли. Можешь положить трубку.

— Да пожалуйста! — задиристо ответила сестра и отключилась.

— Здравствуйте еще раз, мистер Лебэй. — Мое сердце бешено стучало в груди.

— Я поговорил с сестрой... Она сказала, чтобы я сам все решал. Но она напугана. Мы с тобой умудрились запугать бедную старушку, которая никогда никому не делала плохого и вообще не имеет отношения...

— Это для благого дела.

— Правда?

— Иначе я бы не стал вам звонить. Так вы со мной поговорите, мистер Лебэй?

— Да. С тобой — да, но больше ни с кем. Если ты кому-нибудь расскажешь, я все буду отрицать, понял?

— Да.

— Хорошо. — Он вздохнул. — Когда мы с тобой беседовали, Деннис, я сказал одну ложь о том, что случилось, и одну ложь о том, что мы с Маршей по этому поводу чувствовали.

Да мы, признаться, лгали самим себе. Если бы не ты, мы бы продолжали это делать до конца жизни.

— Это насчет девочки? Дочери Лебэя? — Я крепко стиснул телефонную трубку.

— Да. Ее звали Рита.

— Как она подавилась?

— Мама называла Ролли подменышем. Я тебе рассказывал?

— Нет.

— Ну да, конечно, и не мог... Я лишь предупредил, что на месте твоего друга избавился бы от машины. Потому что иррациональное, сверхъестественное... оно проникает в разум постепенно.

Лебэй умолк. Я не стал задавать вопросов — сам все расскажет. Или нет. Третьего не дано.

— Мама говорила, что до шестимесячного возраста он был прекрасным младенцем... А потом... потом пришли эльфы и забрали ее малыша, оставив вместо него злобного и вредного подменыша. Конечно, она шутила и смеялась... Но при Ролли она об этом не заговаривала, да и *глаза* у нее не смеялись, Деннис. Сдается... только так она и объясняла себе его злобный взрывной характер... его упертость в достижении единственной цели.

Был у нас в округе один мальчик... забыл его имя... он три или четыре раза поколачивал Ролли. Местный хулиган. Он всегда начинал первым: смеялся над обносками брата и спрашивал, сколько месяцев тот не меняет нижнее белье — один или уже два. Конечно, Ролли бросался на него с кулаками и проклятиями, а хулиган (он был старше и крупнее) только хохотал и без труда отмахивался, заодно расквашивая Ролли нос. Потом брат курил на крыльце и плакал, а на лице у него засыхали кровавые сопли. Подходить к нему было нельзя — забил бы до полусмерти.

Как-то ночью дом этого хулигана сгорел. Дотла. Сам хулиган, его отец и младший брат погибли, сестра уцелела, но ожоги у нее были страшные. По официальной версии, на кухне оказалась неисправна плита. Может, так оно и было. Но в ту ночь я проснулся от воя пожарных сирен, и как раз в этот момент Ролли влез по шпалерам в окно нашей комнаты. На лбу — сажа, и бензином от него разило как от автослесаря. Он увидел, что глаза у меня открыты, подошел и сказал: «Расскажешь кому-нибудь — убью». И по сей день я уверяю себя, что он просто ходил тайком смотреть на пожар, за что ему могло влететь от родителей. Кто знает, может, так оно и было.

У меня пересохло в горле, а в нутро словно запихнули свинцовый шар. Волосы на шее встали дыбом и кололись, как иглы дикобраза.

— Сколько лет было вашему брату? — просипел я.

— Еще тринадцати не исполнилось, — с ужасным наигранным спокойствием проговорил Лебэй. — В следующем году, зимой, он играл в хоккей с соседскими ребятами. Завязалась обычная драка, и парень по имени Рэнди Трогмортон раскроил Ролли голову клюшкой. Брат упал как подкошенный. Мы отвезли его к старому доктору Фарнеру, и тот наложил ему дюжину швов. Неделю спустя Рэнди Трогмортон провалился под лед на озере Палмера и утонул. Говорили, он катался по огороженному участку тонкого льда.

— Хотите сказать, ваш брат убил всех этих людей? А потом — и свою собственную дочь?

— Нет, ее он не убивал, даже не думай. Она в самом деле подавилась. Но он... он позволил ей задохнуться.

— Вы говорили, что он взял ее за ноги и тряс, чтобы вытряхнуть кусок мяса... бил по спине... пытался вызвать рвоту!

— Да, так он мне сказал на похоронах.

— Тогда почему...

— Позже мы с Маршей это обсудили. Один раз, больше возвращаться к этому никто не хотел. Вот слова Ролли: «Я взял ее за ноги и попытался вытрясти из нее треклятый кусок мяса, Джорджи. Но он засел слишком глубоко». А вот что рассказала Марше Вероника, его жена: «Ролли взял ее за ноги и попытался вытрясти из нее кусок мяса. Но он засел слишком глубоко». То же самое, слово в слово. Знаешь, о чем я подумал?

— Нет.

— Я вспомнил, как Ролли забрался в окно нашей спальни и прошептал: «Расскажешь кому-нибудь — убью».

— Но... почему? Зачем ему...

— Позже Вероника написала Марше письмо, в котором намекнула, что Ролли почти не пытался спасти их дочь. И в самом конце он положил ее обратно в машину. Подальше от солнца, как он сказал. Но в письме Вероника призналась, что Ролли хотел... хотел, чтобы их дочь умерла в машине.

— То есть... ваш брат... устроил своеобразное жертвоприношение?

Наступила долгая, ужасная тишина.

— Не нарочно, — наконец молвил Лебэй. — Не отдавая себе в этом отчета. Если бы ты знал моего брата, ты бы понял, насколько глупо подозревать его в каком-либо колдовстве или общении с демонами. Он верил только своим ушам и глазам... и своей интуиции, наверное. Может, ему захотелось это сделать... подсознательно... и он подчинился собственной воле. Мать говорила, он — подменыш...

— А самоубийство Вероники?

— Не знаю. Полиция решила, что это самоубийство, хотя записки Вероника не оставила. Может, так оно и было. Но бедняжка успела завести в городе несколько друзей... и я иногда думал, не могла ли она намекнуть им, как Марше, что их с Ролли версия событий несколько далека от истины. Может быть, Ролли об этом узнал. «Расскажешь кому-нибудь — убью». Никаких доказательств у меня, разумеется, нет, только собственные домыслы. Но я потом долго гадал, почему она выбрала такой способ... и как женщина, ничего не смыслящая в машинах, могла купить нужный шланг, подсоединить его к выхлопной трубе, просунуть в окно, включить двигатель... Впрочем, я стараюсь об этом не вспоминать. А то спится плохо.

Я подумал о том, что он сказал, а что оставил недосказанным, предоставив мне самостоятельно прочесть это между строк. «Интуиция... упертость в достижении единственной цели...» Быть может, Роланд Лебэй наделил машину сверхъестественной силой, так и не признавшись в этом самому себе? А потом стал ждать подходящего наследника... И вот...

— Я ответил на твои вопросы, Деннис?

— Похоже на то, — медленно проговорил я.

— Что будешь делать?
— Сдается, вы и сами знаете.
— Уничтожишь машину?
— Попытаюсь, — ответил я и взглянул на свои костыли, прислоненные к стенке. Чертовы костыли!
— Ты можешь уничтожить и своего друга.
— Или спасти.

Джордж Лебэй тихо проговорил:
— Если еще не поздно...

47. Предательство

> Всюду кровь и битое стекло,
> А вокруг — ни единой души.
> Под дождем холодным и слепым
> Я увидел парня и затормозил.
> Он сказал: «Умоляю, помоги!»
>
> *Брюс Спрингстин*

Я поцеловал ее.

Она обвила руками мою шею. Одна прохладная ладонь легла мне на затылок. У меня больше не оставалось сомнений в том, что происходит... И когда она слегка отстранилась, полуприкрыв глаза, я понял, что у нее тоже нет сомнений.

— Деннис, — прошептала она, и я снова ее поцеловал. Наши языки соприкоснулись. На миг я ощутил в ее поцелуе ту самую страсть, на которую намекали высокие скулы... Но потом она охнула и отпрянула. — Хватит! Нас арестуют за непристойное поведение...

Это было 18 января. Мы сидели в машине, припаркованной позади «Кентукки фрайд чикен», остатки нашего весьма плотного ужина были разбросаны по салону старенького «дастера», и уже одно это было для меня поводом для праздника — впервые после травмы я сел за руль. Только утром доктор снял с левой ноги огромный гипс, заменил его фиксирующим бандажом и настрого запретил определенные физические нагрузки. Однако я понял, что в целом он за меня рад — я быстро шел на поправку и на целый месяц опережал график. Врач списывал это на упорные тренировки и ЛФК, мать — на позитивный настрой и куриный бульон; тренер Паффер — на шиповник.

Я? Я считал, что во всем виновата Ли Кэбот.

— Надо поговорить, — сказала она.

— Нет, я хочу еще...

— Сначала разговор, потом все остальное.

— Он опять пристает?

Ли кивнула.

За две недели, прошедшие после телефонного разговора с Лебэем, Арни с завидным и пугающим упорством работал над «восстановлением отношений» с Ли. Я рассказал ей все, что узнал от Лебэя (но про новогодние ужасы опять-таки умолчал), и запретил откровенно динамить Арни. Это приведет его в бешенство, а времена сейчас такие... все, кто бесит Арни, плохо кончают.

— Получается, я ему как бы изменяю, — сказала она.

— Да уж, — ответил я чуть резче, чем намеревался. — Мне и самому стыдно, но с этой машиной шутки плохи.

— И?..

Я покачал головой.

По правде говоря, я уже начинал чувствовать себя Гамлетом — все тянул и тянул... Разумеется, я знал, что надо сделать: уничтожить Кристину. Но мы с Ли никак не могли придумать подходящий способ.

Первая идея принадлежала Ли: коктейли Молотова.

— Наполним несколько бутылок бензином, — сказала она, — ночью привезем их к дому Каннингемов, подожжем фитили...

— Фитили? — спросил я. — Из чего же мы сделаем фитили?

— Тампоны, думаю, сгодятся, — ответила Ли, заставив меня вновь вспомнить про ее скуластых предков. — А потом забросим коктейли в салон.

— Что, если окна будут закрыты, а сама машина — заперта? Скорее всего, так и будет.

Она посмотрела на меня как на круглого идиота.

— Хочешь сказать, сам по себе поджог тебя не смущает, но разбить стекло — это уже страшное преступление?

— Да нет... Просто мне страшновато подходить к машине. Кто разобьет стекло? Ты?

Она прикусила нижнюю губу и промолчала.

Следующая идея была моя. Динамит.

Ли ее обдумала и помотала головой.

— А что? Мне кажется, я смог бы раздобыть взрывчатку без особых проблем. — У меня был приятель, Брэд Джеффрис, который до сих пор работал в транспортном департаменте Пенсильвании, а уж у этих-то ребят динамита навалом — хватит, чтобы отправить на луну питсбургский бейсбольный стадион. Я мог незаметно стащить у Брэда ключ — он любил напиваться, когда по телику показывали хоккей, и особенно «Пингвинов». В третьем периоде одного матча возьму ключ от бытовки, где хранят динамит, а в третьем периоде следующего матча верну его на место. Вряд ли он вообще заметит пропажу одного-единственного ключа из связки, да и кому нужна взрывчатка в январе? Пусть это очередной обман, предательство, но что поделать?

— Нет, — решительно сказала Ли.

— Почему? — Мне казалось, что динамит — отличный способ раз и навсегда решить проблему.

— Потому что машина припаркована возле дома. Ничего, что шрапнель по всему кварталу разлетится? И какой-нибудь осколок запросто отрежет голову соседскому ребенку?

Я поморщился. Об этом я как-то не подумал, зато теперь увидел ужасную картину практически воочию. И это натолкнуло меня на другие мысли: поджечь несколько брусков динамита с помощью сигары и бросить в машину... может, в каком-нибудь дурацком вестерне, что показывают по 22-му каналу субботним днем, это выглядит нормально, но в реальной жизни со взрывчаткой надо уметь обращаться. И все же я не хотел отказываться от заманчивой идеи.

— Можно ночью это провернуть...

— Все равно опасно. И ты сам это понимаешь. По лицу вижу.

Долгая-долгая тишина.

— Как насчет автопресса в гараже Дарнелла? — наконец проговорила Ли.

— Опять-таки, кто привезет Кристину в гараж? Ты? Я? Арни?

На этом все застопорилось.

Итак, мы сидели в моем «дастере» и разговаривали.

— Что он сегодня придумал? — спросил я.

— Пригласил в кегельбан. На завтра.

В прошлые разы это было кино, ужин в ресторане, просмотр телевизора у него дома, совместная подготовка к контрольной... И всегда Арни говорил, что заедет за Ли на Кристине.

— У меня заканчиваются отговорки, Деннис! И он уже теряет терпение. Если мы хотим что-то предпринять, надо сделать это как можно скорее.

Я кивнул. Нас останавливал не только тот факт, что мы не могли придумать хороший способ покончить с Кристиной. Вторым сдерживающим моментом было мое здоровье. А теперь гипс сняли, и хотя доктор строго запретил мне передвигаться без костылей, сегодня я уже попробовал сделать несколько шагов самостоятельно. Да, было немного больно, но вполне терпимо.

Однако третьей, и самой главной, помехой решительным действиям были мы сами. Наша влюбленность. Это прозвучит ужасно, но я не могу промолчать (потому что в самом начале рассказа я поклялся себе, что остановлюсь, если не смогу передать все достоверно): элемент риска добавлял нашим отношениям остроты. Серьезно! Да, Арни был моим лучшим другом, но в самой мысли, что мы встречаемся за его спиной, было что-то грязное, отталкивающее и упоительное одновременно. Я чувствовал это всякий раз, когда привлекал Ли к себе, когда невзначай скользил рукой по ее упругой груди. Мы встречались тайком. Хоть кто-нибудь может мне объяснить, почему запретный плод сладок? Но это действительно так. Впервые в жизни я по уши влюбился. Конечно, что-то подобное теплилось у меня в груди и раньше, по отношению к другим девушкам, но теперь я искрил по полной программе. Да, это была любовь. С червоточиной. Что-то змеиное копошилось в душе, постыдная и безумная побудительная сила. К тому же друг другу и себе мы говорили, что держим наши отношения в секрете ради безопасности близких.

Это тоже было правдой.

Но лишь отчасти, так ведь, Ли? Лишь отчасти.

Да, с нами случилось самое страшное, что только могло случиться. Мы влюбились и обманывали сами себя, теряя драгоценное время. Любовь приглушает все остальные чувства, даже страх за собственную жизнь. С Джорджем Лебэем я разговаривал аж двенадцать дней назад, и теперь, когда я вспоминал нашу беседу, волосы у меня на затылке больше не вставали дыбом.

То же самое касалось и наших редких разговоров с Арни. Иногда мы встречались на переменах в школе и перекидывались парой слов — точно так, как в сентябре и октябре, когда он просто был слишком занят. В эти минуты Арни вел себя добродушно, однако глаза за линзами очков оставались холодными и внимательными. Я все ждал звонка от рыдающей Регины или убитого горем Майкла: Арни перестал морочить им голову и открыто заявил, что в этом году никуда поступать не будет.

Однако звонка я так и не дождался, а вскоре Говорун — школьный психолог, — сообщил мне, что Арни взял домой несколько буклетов: Пенсильванского университета, Университета Дрю и Университета штата Пенсильвания. Именно в эти учебные заведения планировала поступать Ли. Я это знал, и Арни тоже.

Через несколько дней я случайно подслушал разговор мамы и Элли на кухне.

— Почему Арни больше не ходит к нам в гости? Они с Деннисом поссорились? — спросила сестра.

— Нет, милая, — ответила мама. — Просто так бывает... люди взрослеют, и их пути расходятся.

— Со мной такого никогда не случится, — заявила Элли с потрясающей убежденностью пятнадцатилетнего подростка.

Я сидел в другой комнате и невольно стал гадать: а может, все это мои фантазии, возникшие из-за долгого пребывания в больнице. Может, Джордж Лебэй был прав: это обычное дело, когда между двумя друзьями детства вырастает пропасть, и они расходятся в разные стороны. В этом было определенное здравое зерно, но изначально между нами с Арни встала именно Кристина...

Да, не замечать этого было так удобно! Мы с Ли могли бы наконец жить нормальной жизнью, думать о поступлении в университет, зубрить уроки, сдавать экзамены... а при малейшем удобном случае тискаться в углах, как и положено двум влюбленным по уши подросткам.

Все это усыпило мою бдительность... и ее тоже. Конечно, мы были осторожны — прямо как тайные любовники, — но теперь мне сняли гипс, я впервые залез в свой «дастер» и сразу же позвонил Ли — пригласил к полковнику отведать его фирменных хрустящих крылышек. Ли с радостью согласилась.

В общем, вы сами видите, как мы потеряли бдительность. Совсем чуть-чуть — но этого хватило. Мы сидели в машине на парковке, не выключая двигатель, чтобы в салоне было тепло, и обсуждали, как уничтожить старую хитрую бестию. Ну прямо как дети малые, что заигрались в ковбоев.

Ни я, ни Ли не видели, как сзади нас припарковалась Кристина.

— Думаю, он готовится к долгой осаде, вот что, — сказал я.
— В смысле?
— Ну, он же все-таки решил поступать... и куда, по-твоему?
— Куда?
— Именно в те университеты, куда подашь документы ты, — терпеливо ответил я.

Она посмотрела на меня, а я попытался улыбнуться. Но не смог.

— Ладно, давай еще раз переберем варианты. Коктейли Молотова отпадают. Динамит — рискованная затея, но на худой конец...

Ли резко охнула — и ее лицо исказила гримаса ужаса. Она разинула рот и смотрела перед собой широко распахнутыми глазами. Я повернул голову... и на секунду меня тоже парализовало.

Прямо напротив моего «дастера» стоял Арни.

Он припарковался за нами и пошел в закусочную, даже не заметив нас. Да и с чего бы? Уже темнело, а таких грязных старебких «дастеров», как мой, в городе полным-полно. Арни купил еду, вышел... и сквозь лобовое стекло увидел нас с Ли. Мы сидели рядышком, взявшись за руки и любовно заглядывая друг другу в глаза. Простое совпадение — простое и страшное. Правда, в глубине души я подозревал, что именно Кристина привела Арни в закусочную «Кентукки фрайд чикен».

Повисла долгая тишина. Потом тихий стон сорвался с губ Ли. Арни стоял посреди парковки, одетый в школьную куртку, выцветшие джинсы и ботинки. На шее — красно-черный шарф в клеточку. Воротник черной рубашки был поднят, и его уголки обрамляли лицо... на котором потрясение уже сменялось злобой и ненавистью. Полосатый пакет с улыбающимся лицом полковника выскользнул из рук Арни и упал на заснеженный асфальт парковки.

— Деннис... — прошептала Ли. — Господи, Деннис...

Он побежал. Я думал, он бежит к моей машине, чтобы вытащить меня на улицу и отметелить. Я даже представил, как в свете только что зажегшихся фонарей неуклюже и беспомощно скачу на своей единственной «здоровой» ноге, пока Арни, жизнь которого я спасал столько раз, выбивает из меня душу. Он бежал, и лицо у него исказилось в жутком оскале... я видел этот оскал и раньше, только на другом лице. Это был уже не Арни, это был Лебэй.

Он не остановился возле моей машины, а побежал дальше. Я резко развернулся... и увидел Кристину.

Распахнув дверь и вцепившись пальцами в крышу, я начал выбираться наружу. Пальцы мгновенно онемели от холода.

— *Деннис, нет!* — завизжала Ли.

Я встал на ноги как раз в тот миг, когда Арни рванул на себя дверь Кристины.

— Арни! — проорал я. — Стой!

Он вскинул голову. Глаза у него были широко раскрыты и горели злостью. Из уголка рта стекал ручеек слюны. Кристина тоже как будто оскалилась: решетка ее радиатора неистово сверкала.

Арни вскинул кулаки и потряс ими.

— *Говнюк!* — пронзительно завизжал он. — *Получи ее! Мне плевать! Вы друг друга стоите! Она дерьмо, и ты дерьмо! Радуйтесь жизни, пока можете, — вам недолго осталось!*

В больших окнах «Кентукки фрайд чикен» и соседней китайской забегаловки уже появились любопытные лица.

— Арни! Давай поговорим, а...

Он прыгнул в машину и захлопнул за собой дверь. Двигатель Кристины взревел, загорелись фары — злобные белые глаза из ночного кошмара, пронзающие меня насквозь, как букашку. А за ними, за стеклом, было ужасное лицо Арни — лицо дьявола. С того дня это свирепое и одновременно измученное лицо преследует меня в кошмарах. В следующий миг оно исчезло. И я увидел череп, который будто ухмылялся.

Ли пронзительно закричала. Она тоже смотрела на Кристину и все видела... значит, мне не померещилось.

Кристина рванула вперед, задними колесами взметая клубы снега. Она мчалась не на «дастер», а прямо на меня. Думаю, Арни хотел стереть меня в порошок... но меня спасла больная нога. Она подогнулась, и я упал в салон «дастера», ударившись правым бедром о клаксон. Тот коротко просигналил.

В лицо ударил порыв ледяного ветра. В трех футах от меня пронесся красный бок Кристины. Она пересекла парковку и, ничуть не сбавляя скорости, вылетела на улицу Кеннеди. А потом скрылась из виду. Лишь слышен был рев ее двигателя, который набирал обороты.

Я посмотрел на снег и увидел свежие зигзаги, оставленные ее шинами. Всего три дюйма отделяло их от моей открытой двери.

Я руками затащил в салон левую ногу, закрыл дверь и обнял рыдающую Ли. Она в панике вцепилась в меня.

— Это... это был не...

— Ш-ш, Ли. Забудь. Не думай об этом.

— *Это был не Арни! За рулем сидел покойник! Живой труп!*

— Да, это был Лебэй, — ответил я. Вместо паники меня вдруг охватило жуткое спокойствие — и чувство вины. Меня ведь только что застукали с девушкой лучшего друга. — Это был он, Ли. Ты только что познакомилась с Роландом Д. Лебэем.

Она рыдала от страха и шока, крепко вцепившись в меня. Я был рад, что она рядом. В левой ноге слегка пульсировала боль. Я посмотрел в зеркало заднего вида на пустое место, где только что стояла Кристина. После случившегося никаких сомнений у меня больше не оставалось. Простые радости от встреч с Ли, душевный покой, который я обрел за последние две недели, — все это показалось чем-то противоестественным, лживым... как «странная война» между захватом Гитлером Польши и вторжением вермахта во Францию.

Я потихоньку начал понимать, чем все может закончиться. Ли посмотрела на меня, ее щеки были мокрыми от слез.

— Что теперь, Деннис? Что нам делать теперь?

— Теперь мы положим этому конец. — Я ответил, обращаясь скорее к самому себе, нежели к ней. — Арни нужно алиби. Надо иметь это в виду: если он куда-то поедет, значит, Кристина вышла на охоту. Гараж Дарнелла... я заманю туда эту тварь. Попытаюсь ее убить...

— Деннис, что ты такое несешь?

— Арни скоро уедет. Ты что, до сих пор не поняла? *Все жертвы Кристины... они образуют что-то вроде кольца вокруг Арни, только вот самого Арни в кольце нет! Он это знает. Он вытащит Арни из города.*

— Лебэй?

Я кивнул, и Ли содрогнулась.

— Нам придется убить ее. Ты же понимаешь.

— Но как? Деннис, объясни... как мы это сделаем?

И тут мне пришла в голову идея.

48. Подготовка

> Убийца на дороге,
> Его мозг корчится, как жаба.
>
> *«Дорз»*

Я отвез Ли домой и велел сразу позвонить, если она увидит за окном Кристину.

— И что ты сделаешь? Примчишься сюда с огнеметом?

— С базукой. — Мы оба истерически захихикали.

— Лучше сразу с ядерной бомбой! — прокричала Ли, и мы оба захохотали... напуганные до полусмерти. Или хуже. Все это время душа у меня болела за Арни: как ему было больно... Что я натворил?! Ли наверняка испытывала похожие ощущения. Но иногда ты просто должен посмеяться, иначе лопнешь или взорвешься. И когда повод для смеха появляется, сдержаться невозможно. Смех приходит и делает свое дело.

— Что мне сказать родителям? — спросила Ли, когда мы немного успокоились. — Что-то ведь надо сказать, Деннис! Нельзя им просто так разгуливать по улицам!

— Ничего. Ничего им не говори.

— Но...

— Во-первых, они тебе не поверят. Во-вторых, ничего не случится, пока Арни в Либертивилле. Я готов поставить на это свою жизнь.

— Ты уже поставил, дурак.

— Знаю. И не только свою — жизни всех своих близких.

— Как мы узнаем, что он уехал?

— Я все продумал, не волнуйся. Главное, завтра тебе станет плохо, и ты останешься дома.

— Да мне уже плохо, — тихо проговорила Ли. — Деннис, что ты задумал?

— Я позвоню тебе вечером и все расскажу, — ответил я и поцеловал ее в губы. Они были холодные.

Когда я вернулся домой, Элейна как раз надевала куртку и проклинала людей, которые заставляют других бежать за молоком и хлебом, когда по телевизору идет «Танцевальная лихорадка». Она уже готовилась наорать и на меня, когда я неожиданно предложил подбросить ее до магазина. Элейна недоверчиво уставилась на меня — словно приступ внезапной доброты мог быть симптомом какой-нибудь опасной и заразной хвори. Герпеса, например. Потом она спросила, как я себя чувствую. Я только улыбнулся и велел запрыгивать в машину, пока я не передумал. Да, я сказал Ли, что Кристина не выйдет на охоту, пока Арни в городе, и умом я понимал, что это правда... но живот у меня все равно скрутило, как только я представил Элли в ярко-желтой куртке, одиноко бредущую по темным переулкам. А в одном из этих переулков стоит в темноте Кристина — старая и коварная волчица.

Когда мы добрались до магазина, я дал сестре доллар.

— Купи нам по коле и шоколадному «Йодлю».

— Деннис, ты точно хорошо себя чувствуешь? Может, головой ударился?

— Нет. Но если ты на мою сдачу сыграешь в этот дебильный «Астероид», я сломаю тебе руку.

Это немного ее успокоило. Элейна пошла в магазин, а я развалился за рулем «дастера», думая о нашем с Ли ужасном положении. И самое страшное — поговорить ни с кем нельзя. В этом заключалось главное преимущество Кристины: никто в здравом уме не обвинит машину в убийствах. Не пойду же я, в самом деле, в мастерскую к отцу — рассказывать, как «блевотная развалюха Арни Каннингема» (по выражению Элейны) сама по себе катается по городу и убивает людей! Единственное наше преимущество (помимо того, что Кристина будет дожидаться отъезда Арни из города) заключалось в том, что она постарается все сделать без свидетелей. Никто не должен видеть ее за работой. Попрошайку Уэлча, Дона Вандерберга и Уилла Дарнелла убили поздно ночью, Бадди Реппертона с дружками — в лесной глуши.

Элейна вышла из магазина и села в машину. Прижимая к юной груди бумажный пакет, она протянула мне колу и «Йодль».

— Сдачу, — сказал я.

— Скотина ты все-таки, — заявила Элейна и нехотя ссыпала мне в ладонь двадцать с небольшим центов.

— Знаю, но все равно тебя люблю. — Я скинул капюшон с ее головы, взъерошил волосы на макушке и чмокнул сестру в ухо. Она сначала удивилась и заподозрила неладное, но потом все же одарила меня теплой улыбкой. Вообще-то сестренка у меня славная. Чтобы из-за моей интрижки с Ли Кэбот ее задавила машина... нет уж, этому не бывать.

Дома я поздоровался с мамой и сразу пошел к себе. Она только успела спросить, как моя нога, — я ответил, что прекрасно. А потом прошел в ванную и выпил две таблетки аспирина, поскольку ноги у меня уже пели «Радуйся, Мария». Лишь затем я сел у телефона в родительской спальне и перевел дух.

Поднял трубку. Набрал первый номер.

— О, Деннис Гилдер, гроза всех дорожных рабочих Либертивилля! — радушно воскликнул Брэд Джеффрис. — Рад тебя слышать, друг! Когда мы с тобой посмотрим «Пингвинов», а?

— Не знаю. Что-то мне надоело смотреть, как инвалиды гоняют шайбу. Вот если тебя интересует *настоящий* хоккей, скажем, «Флайерс»...

— Господи, неужели я обязан выслушивать такое от чужого ребенка?.. Куда катится наш мир?

Мы поболтали еще немного — обменялись парой острот, — а потом я объяснил, зачем звоню.

Он рассмеялся.

— На кой тебе это, Деннис? Открываешь бизнес?

— Можно и так сказать... — Я подумал о Кристине. — Хочу проверить одно дельце.

— Обсудим?

— Пока не стоит. Ну что, знаешь, кто может мне помочь?

— Знаю. Только один человек в нашем городе согласится с тобой связаться. Джонни Помбертон, живет на Ридж-роуд. У него такого добра навалом.

— Отлично. Спасибо, Брэд.

— Как Арни?

— Вроде ничего. Мы с ним теперь редко видимся.

— Чудной он парень, Деннис. Никогда б не подумал, что он протянет на дороге целое лето. Но, оказалось, упрямства ему не занимать.

— Да уж. Упрямства у него вагон и маленькая тележка.

— Передавай ему привет.

— Обязательно, Брэд. Ну, будь здоров!

— Ты тоже, Деннис. Приезжай как-нибудь, выпьем пивка...

— Обязательно. Спокойной ночи.

— Спокойной ночи.

Я повесил трубку и несколько минут медлил: не хотелось набирать следующий номер. Но дело есть дело; без этого ничего бы не вышло. Я снова поднял трубку и позвонил Каннингемам. Если бы ответил Арни, я просто повесил бы трубку... но мне повезло. К телефону подошел Майкл.

— Алло. — Язык у него слегка заплетался, словно он жутко устал.

— Майкл, это Деннис.

— О... привет! — Кажется, он искренне обрадовался моему звонку.

— Арни дома?

— Наверху. Недавно вернулся и сразу пошел к себе: настроение у него паршивое. Впрочем, теперь это не редкость. Позвать его?

— Нет-нет, я как раз хотел поговорить с вами. Попросить об одной услуге.

— Конечно, проси что хочешь. — До меня наконец дошло, что Майкл Каннингем уже изрядно поддал. — Ты молодчина, Деннис, мы так тебе благодарны! Арни образумился и решил поступать.

— Майкл, я тут совершенно ни при чем.

— Не знаю, не знаю... В этом месяце он подал документы сразу в три университета! Регина готова на руках тебя носить, Деннис. И между нами... ей очень стыдно за то, как она обращалась с тобой... ну, после того как Арни купил машину. Но ты знаешь Регину, она никогда не умела извиняться.

Да, я это знал. Интересно, что бы подумала Регина, узнай она истинную причину случившегося? Арни — вернее, тому, кто в него вселился, — было плевать на учебу с высокой колокольни. Он просто хотел любыми путями добраться до Ли. Ну и шведская семейка у них бы получилась... Лебэй, Ли и Кристина...

— Послушайте, Майкл, мне нужно вот что. Если в ближайшие дни Арни куда-нибудь соберется, я прошу вас сразу же мне сообщить. В любое время. Это очень важно: я должен знать, когда Арни покинет город.

— Зачем?

— Не могу пока объяснить. Это сложно и прозвучит... как сущее безумие.

Повисла долгая-долгая тишина, а потом в трубке раздался шепот Майкла:

— Скажи мне, это как-то связано с машиной, да?

Выходит, он тоже что-то подозревал. Но что? Наверное, как и у большинства моих знакомых, в пьяном состоянии его подозрения становились навязчивыми и неотступными... Я до сих пор не знаю, что он мог думать и знать. Но, догадываюсь, ему приходили в голову самые бредовые мысли... как и Уиллу Дарнеллу.

— Да, — ответил я.

— Так и знал, — мрачно произнес он. — Так и знал. Что происходит, Деннис? Как он это делает? Ты знаешь?

— Майкл, я пока ничего не могу сказать. Вы мне сообщите, если завтра или в ближайшее время он запланирует какую-нибудь поездку?

— Да. Да, непременно.

— Спасибо.

— Деннис... Скажи, я еще могу вернуть сына?

Майкл заслуживал правды. Этот бедный, измученный человек заслуживал правды.

— Не знаю. — Я до боли прикусил нижнюю губу. — Боюсь... уже слишком поздно.

— Деннис! — взмолился Майкл. — Что происходит? Он сидит на наркотиках? Что?..

— Скажу, когда смогу. Больше я ничего не стану обещать, простите. Скажу, как только смогу.

Разговор с Джонни Помбертоном дался мне куда легче.

Он был жизнерадостный и говорливый человек. Мои страхи касательно того, что он не захочет иметь дело с подростком, быстро развеялись. Чувствую, Джонни заключил бы сделку с самим сатаной, только-только вылезшим из ада, если бы тот заплатил старыми добрыми наличными.

— Ага-ага, конечно, — все твердил он. Я не успел и предложение толком сделать, а Помбертон уже согласился. Это слегка выбило меня из колеи. Не зря же я придумывал треклятую историю! Джонни, похоже, совсем меня не слушал, просто сразу объявил цену — весьма разумную, как выяснилось.

— По рукам, — сказал я.

— Ага-ага. Когда заедешь?

— Как насчет завтра, в половине деся...

— Ага-ага. Увидимся!

— У меня еще один вопрос, мистер Помбертон.

— Ага. И зови меня Джонни.

— Хорошо, Джонни. Мне бы коробку-автомат...

Помбертон от души засмеялся — да так громко, что я отвел от уха трубку. И сразу помрачнел: раз он хохочет, значит, об автомате можно и не мечтать.

— Такую громадину — с автоматом? Шутишь? Да и зачем, разве ты не умеешь с обычной коробкой управляться?

— Умею, я на такой и учился.

— Ага, вот-вот. Значит, проблем не будет, верно?

— Ну да... — Я представил себе, как буду жать на сцепление левой ногой... вернее, пытаться. Стоило мне слегка пошевелить ею, как боль становилась невыносимой. Вот бы Арни решил выждать несколько дней, прежде чем уехать в другой город! Но, признаться, в это верилось слабо. Уедет он завтра или в лучшем случае на выходные, а моя левая нога... что ж, как-нибудь прорвемся. — Ладно, спокойной ночи, мистер Помбертон. До завтра.

— Ага. Спасибо за звонок! Я уже придумал, что тебе дать — будешь от нее в восторге! А если нет, даже не пытайся звать меня «Джонни», я все равно удвою цену.

— Ага, — ответил я и повесил трубку, обрубив его хохот. «Будешь от *нее* в восторге».

Вот и Помбертон говорит про машину, как про женщину. Меня невольно передернуло.

Наконец пришло время последнего звонка. В телефонном справочнике нашлось четыре абонента по фамилии Сайкс. Я нашел нужного со второй попытки; к телефону подошел сам Джимми. Я представился другом Арни Каннингема, и голос у Джимми сразу повеселел. Ему нравился Арни, который почти не дразнился и никогда не давал ему «тумака» в отличие от Бадди Реппертона. Джимми спросил, как дела у Арни, и я снова соврал, что хорошо.

— Вот и славно. А то в такую историю влип... Уж я-то знал, что зря он сигареты и пиротехнику возит, не к добру это!

— Я звоню по его просьбе. Помнишь, когда Уилла арестовали, гараж запечатали и никого туда не пускали?

— Как не помнить... — Джимми вздохнул. — А теперь вот Уилл умер, и работы у меня нет... Ма говорит, надо поступить в техникум, но я-то знаю, что это без толку. Лучше пойду в дворники или уборщики. Мой дядя Фред — уборщик в универе. У них как раз сейчас есть вакансия, потому что второй уборщик куда-то уехал или вроде того...

— Арни сказал, что оставил в гараже свой набор торцевых ключей, — вставил я. — Он его прятал над старыми покрышками, в самом дальнем углу. Чтобы никто не нашел.

— И что, он там и остался?

— Похоже на то.

— Вот черт!

— Не говори. Эти хреновины стоили ему почти сто баксов!

— Ого! Так их небось уже и нет на месте. Какой-нибудь коп присвоил.

— Арни надеется, что нет. Только ему в гараж нельзя... после всего, что случилось. — Это была ложь, но Джимми вряд ли бы догадался. Впрочем, наглый обман умственно отсталых не добавил баллов к моей самооценке, прямо скажем.

— Точно-точно! Жалость какая! Слушай, так я схожу туда и поищу. Завтра же утром. Ключи-то у меня не забрали.

Я облегченно выдохнул. Мне, разумеется, нужен был не набор инструментов — я их вообще выдумал, — а ключи от гаража.

— В том-то и дело, Джимми, я сам хочу его найти. Сделать Арни сюрприз. И потом, я точно знаю, где спрятан ящик, а ты можешь полдня его проискать — и все равно не найдешь.

— Да уж... С этим у меня плохо, даже Уилл говорил: «Джимми, ты собственный зад с фонарем не найдешь!»

— Ну, это он зря. И все же я бы хотел сам поискать.

— Ага, понимаю.

— Я думал заскочить к тебе завтра и взять на время ключи. Найду ящик с инструментами — и сразу отдам.

— Ох, даже не знаю... Уилл не велел давать ключи чужим лю...

— Оно и понятно, но сейчас-то там пусто, ничего нет, кроме инструментов Арни и кучи металлолома на свалке. Скоро гараж выставят на продажу... и если я попытаюсь забрать инструменты тогда, это будет уже кража.

— А! Ну ладно. Только ты мне их верни. — И вдруг он сказал удивительно трогательную фразу: — Это единственное, что напоминает мне об Уилле.

— Верну, обещаю!

— Хорошо. Ради Арни я готов.

Перед тем как укладываться спать, я сделал еще один звонок — и услышал в трубке очень сонный голос Ли.

— В ближайшее время мы положим всему конец. Ты в игре?

— Да, — ответила она. — Наверное... Что ты придумал, Деннис?

Я в подробностях рассказал ей про свой план, отчасти рассчитывая, что она найдет в нем дюжину изъянов. Но, когда я умолк, она лишь спросила:

— А если не получится?

— Угадай сама. Думаю, без подсказок справишься.

— Да уж...

— Я бы не стал впутывать тебя в это дело, — сказал я. — Только Лебэй наверняка заподозрит неладное, поэтому приманка должна быть стоящей.

— Не стал бы он меня впутывать! Это ведь и мое дело, как я могу не поучаствовать? — уверенно проговорила Ли. — Я любила Арни. По-настоящему. А любовь... она никогда не уходит совсем. Правда, Деннис?

Я вспомнил нашу дружбу с Арни. Как каждое лето мы ездили купаться, читали и играли в настольные игры: «Монополию», скрэббл, китайские шашки. Как строили муравьиные фермы. Как я спасал его от всевозможных приставаний со стороны остальных ребят, которых хлебом не корми, дай подразнить заучку. Иногда меня это бесило, я даже представлял, насколько проще была бы моя жизнь без Арни. Пусть сам разбирается, пусть тонет!.. Да, так было бы проще, но не лучше. Арни сделал меня человеком. Мы отлично друг друга дополняли все эти годы, и... господи, как же скверно, как гадко все закончилось!

— Да. — Я закрыл глаза рукой. — Это правда. Я тоже его любил. И может, мы еще сумеем его вернуть. — Об этом не стыдно было и помолиться: «Господи, пожалуйста, помоги мне спасти Арни еще раз, последний раз!»

— Я ведь не его ненавижу, — тихо проговорила Ли. — А этого... Лебэя... Неужели мы действительно видели его, Деннис? В машине?

— Да, — ответил я.

— Его и эту сучку Кристину... Думаешь, все скоро случится?

— Скоро.

— Хорошо. Я люблю тебя, Деннис.

— И я тебя.

Все случилось уже на следующий день — в пятницу, 19 января.

49. Арни

> Я катил на «стингрее» по ночному шоссе,
> Когда спортивный «ягуар» подкатил ко мне.
> За рулем сидел лихач, он опустил окно
> И предложил слегка поплавить полотно.
>
> Я ответил: «Давай, сейчас мы съедем с шоссе
> И прокатимся так, как не катались нигде.
> Но вот идея для настоящих жеребцов:
> Кто первый домчит до Виража Мертвецов?»
>
> *«Джан энд Дин»*

Тот длинный ужасный день начался с визита к Джимми Сайксу. Я опасался, как бы его мамаша не устроила мне выволочку, но все обошлось. Соображала она даже медленнее сына. Предложила яичницу с беконом, я отказался (нутро скрутило тугим узлом), а потом долго цокала, глядя на мои костыли. Джимми тем временем искал в своей комнате ключи от гаража. Я вел светскую беседу с его огромной мамашей, чьи размеры наталкивали на мысль о горе Этна, а время все шло... в какой-то момент я решил, что Джимми потерял ключи и наше предприятие обречено на провал.

Он вернулся, качая головой:

— Не могу найти! Ох, неужели я их где-то обронил? Ну надо же так...

Миссис Сайкс — навскидку я бы сказал, что весит она не меньше трехсот фунтов — поправила розовые бигуди и изрекла (благослови Господь ее находчивость!):

— А в карманах посмотрел?

Джимми вытаращил глаза, сунул руку в карман зеленых рабочих штанов и пристыженно извлек оттуда связку ключей с брелоком, что продают в сувенирной лавке Монровилльского торгового центра — большая резиновая яичница. Само яйцо давно потемнело от машинной смазки и прочих гадостей.

— Вот вы где, сволочи! — сказал Джимми.

— Следи за языком, молодой человек. Покажи Деннису, какой ключ открывает ворота, и держи свой грязный язык за зубами.

Джимми в итоге отдал мне три ключа «Шлаге», потому что никаких отметок на них не было, а сам он запамятовал, который из них нужный. Один открывал главные ворота, второй — задние ворота, ведущие на свалку, третий — кабинет Уилла.

— Спасибо, — сказал я. — Верну их тебе, как только смогу, Джимми.

— Ага. Передавай привет Арни.

— Обязательно.

— Точно не хочешь яичницу с беконом, Деннис? — снова предложила миссис Сайкс. — Я много нажарила.

— Спасибо, но я правда спешу. — Было уже четверть девятого, уроки начинались в девять. Ли сказала, что Арни обычно подъезжает к школе без пятнадцати. Времени должно хватить...

Я взял костыли и встал на ноги.

— Помоги ему выйти, Джим, — распорядилась миссис Сайкс. — Не стой столбом!

Я хотел возразить, но она только отмахнулась.

— Еще не хватало, чтобы ты с лестницы свалился! Не дай бог, заново ноги переломаешь. — Тут она оглушительно расхохоталась, а послушный Джимми чуть ли не на руках донес меня до «дастера».

Небо в тот день было какое-то серое и грязное, по радио обещали снегопад. Я поехал в школу и припарковался в первом ряду, зная, что Арни обычно занимает последний. Да, я хотел сунуть приманку прямо ему под нос, но кроме того, мне нужно было поставить машину как можно дальше от Кристины. Вдали от нее Лебэй как будто слабел.

Я сидел, слушал радио и смотрел на футбольное поле. Не верилось, что когда-то мы с Арни менялись сэндвичами на этих заснеженных трибунах. Что я совсем недавно бегал по этому полю в полном обмундировании, убежденный в собственной неуязвимости... а то и в бессмертии.

От моей убежденности не осталось и следа.

На парковку прибывали все новые машины. Школьники, смеясь, болтая и шумя, шли к школе. Я сполз почти под самый руль: не хотел, чтобы меня увидели. Из подъехавшего автобуса высыпала толпа детей. Несколько подростков ежились и притопывали на пятачке возле мастерской, где осенью Бадди угрожал Арни ножом. Казалось, это было очень давно, в другой жизни.

Сердце бешено стучало в груди, все тело напряглось как струна. Трус во мне надеялся, что Арни попросту не приедет. Но вот со Школьной улицы на парковку завернул знакомый красно-белый автомобиль. Он двигался со скоростью двадцать миль в час, из выхлопной трубы летел белый дымок. За рулем сидел Арни в школьной куртке. На меня он даже не посмотрел, просто проехал к привычному месту на парковке и оставил там машину.

«Сиди, не высовывайся, он тебя не заметит, — шептал трусливый внутренний голос у меня в голове. — Пройдет мимо, как и все остальные».

Я открыл дверь и выкинул наружу костыли, потом взгромоздился на них и стал поджидать Арни, стоя на утрамбованном снегу и чувствуя себя Фредом Маклюррэйем из старинного фильма «Двойная страховка». Из школы донесся первый звонок, казавшийся слабым и незначительным с такого расстояния. Раньше Арни приезжал на уроки заранее. Помню, моя мама вечно удивлялась его пунктуальности. Лебэй, похоже, пунктуальностью не отличался.

Он шел навстречу, зажав под мышкой учебники, — голова то скрывалась за машинами, то снова появлялась. На секунду он полностью исчез из моего поля зрения, зайдя за фургон, потом вышел... и посмотрел мне прямо в глаза.

Я порядком струсил, а мой друг машинально развернулся к Кристине.

— Что, без нее чувствуешь себя голым? — спросил я.

Он обернулся. Уголки его губ слегка опустились, словно он учуял неприятный запах.

— Как дела у твоей шлюхи, Деннис?

Джордж Лебэй не сказал прямо, но дал понять, что его брат умеет достучаться до людей, особенно зная их слабости.

Я подковылял ближе, пока он стоял и улыбался, опустив уголки рта.

— Смотрю, тебе так понравилось быть Шлюхингемом все эти годы, что ты решил взять словечко на заметку.

Что-то в его лице — или только во взгляде — переменилось, но презрительная и настороженная улыбка никуда не исчезла. Я начинал мерзнуть. Руки без перчаток уже немели. С наших губ срывались облачка белого пара.

— Или взять пятый класс. Помнишь, Томми Декингер обзывал тебя Вонючкой? — уже громче вопросил я. Вообще-то я не собирался его злить, но в груди все бурлило, и унять это бурление я уже не мог. — Это тебе тоже нравилось? А помнишь, как Лэдд Смайт был дозорным и чуть не поколотил тебя в переулке, а я сорвал с него кепку и запихнул ему в трусы? Опомнись, Арни. Этот Лебэй недавно объявился, а я всю жизнь был рядом.

Опять его лицо дернулось. На сей раз улыбка померкла, он опять развернулся и стал лихорадочно искать взглядом Кристину, как ищут любимую на людном вокзале или автобусной остановке. Или как наркоман ищет в толпе барыгу.

— Неужели она настолько тебе нужна? Ты прямо свихнулся, как я погляжу.

— Хорош пороть всякую чушь, — прохрипел он. — Ты отбил у меня девчонку. Это факт. Ты подкатывал к ней за моей спиной... ты такой же говнюк, как и все остальные! — В его широко распахнутых глазах горели ярость, обида и боль. — Я доверял тебе, а ты оказался даже хуже Реппертона и его дружков! — Он сделал шаг вперед и проорал, совершенно потеряв над собой контроль: — Ты ее украл, говнюк хренов!

Я тоже шагнул к нему, и один из костылей заскользил по утрамбованному снегу. Мы были как два ковбоя посреди главной улицы города.

— Ты сам от нее отказался.

— Что ты несешь?!

— В тот вечер, когда Ли подавилась в салоне твоей машины... когда Кристина хотела ее убить, ты заявил, что она тебе не нужна. Ты послал ее куда подальше.

— Неправда! Ты врешь! Неправда!

— С кем я сейчас разговариваю?

— Это не важно, понял?! — Серые глаза за линзами очков были просто громадные. — Не важно, с кем ты разговариваешь, все это грязное вранье! Впрочем, я и не ждал другого от вонючей сучки.

Еще один шаг навстречу. На его бледном лице проступили красные пятна.

— У тебя даже почерк изменился, Арни.

— Заткнись, Деннис!

— Твой отец говорит, что живет под одной крышей с чужаком.

— Я предупреждаю...

— А зачем? — перебил я. — Что толку предупреждать? Мы все знаем, что произойдет. То же, что с Бадди Реппертоном, Уиллом Дарнеллом и остальными. Потому что ты больше не Арни. Отзовись, Лебэй! Выходи, не стесняйся! Я тебя уже видел. В новогоднюю ночь и вчера, возле закусочной. Я все знаю, так что нечего морочить мне мозги! Покажись!

И он показался. Лицо Лебэя проступило сквозь черты Арни, и зрелище это было пострашнее, чем показывают в ужастиках. Лицо Арни *изменилось*. На губах гнилой розой расцвела презрительная усмешка. И я увидел того Лебэя, что жил много лет назад, когда мир был молод, и парню достаточно было обзавестись машиной — остальное само приложится. Я увидел старшего брата Джорджа Лебэя.

«Я почти ничего не помню о детстве Ролли... но одно я запомнил на всю жизнь... Его злость. Он злился на все и вся».

Он пошел вперед, стремительно сокращая расстояние между нами. Его глаза как будто подернулись пленкой. Усмешка запечатлелась на лице точно клеймо.

Я успел вспомнить шрам на руке Джорджа Лебэя — белую полоску от локтя до запястья. «Он отпихнул меня на тротуар, а потом вернулся и швырнул в кусты». Я прямо-таки услышал вопль юного Роланда: «Это тебе за то, что вечно путаешься под ногами, сопля! Понял?!»

Да, я столкнулся с самим Роландом Лебэем, а этот человек не любил проигрывать. Нет, не так: он вообще никогда не проигрывал.

— Борись, Арни, — сказал я. — Он слишком долго тобой распоряжался. Убей его, Арни, пусть возвращается в моги...

Лебэй выбил из-под меня правый костыль. Я кое-как устоял на ногах... а потом он выбил и левый. Я упал в снег. Лебэй сделал еще один шаг и навис надо мной. Лицо у него было свирепое... и совершенно чужое.

— Сам напросился, — отрешенно произнес он.

— Ага, точно, — выдохнул я. — Помнишь наши муравьиные фермы, Арни? Ты еще там? Этот козел в жизни ни одной муравьиной фермы не построил. Потому что у него никогда не было друзей.

И тут свирепая маска словно раскололась пополам. Его лицо... забурлило. Не знаю, как еще это описать. На поверхность всплывал то яростный оскал Лебэя, то изнуренное, пристыженное, несчастное лицо Арни. Вновь появился Лебэй — и замахнулся ногой, чтобы ударить меня, лежачего и беспомощного, под дых. Но Арни ему не дал; мой старый добрый друг Арни знакомым растерянным жестом откинул волосы со лба и сказал:

— Ох, Деннис... Деннис... Прости меня... прости...

— Поздно извиняться, друг, — ответил я.

Я подобрал один костыль, потом второй и кое-как встал на ноги, дважды чуть не свалившись обратно на землю. Руки задеревенели от холода и почти не слушались. Арни не попытался мне помочь; он стоял, прислонившись спиной к фургону, и смотрел на меня потрясенными, широко распахнутыми глазами.

— Деннис, я ничего не могу поделать, — прошептал он. — Иногда меня здесь вообще нет! Помоги, Деннис... Помоги...

— Лебэй там? — спросил я.

— Он всегда здесь! — простонал Арни. — Господи... всегда! Только... только когда Кристина выходит на охоту, он едет с ней. А я остаюсь один...

Арни умолк. Его голова завалилась набок, словно ему сломали шею. Волосы свесились вниз. Слюна потекла у него изо рта прямо на ботинки. А потом он тонко завизжал, барабаня кулаками по фургону за спиной:

— Беги! Беги-и-и! Беги-и-и-и!

Несколько секунд его тело содрогалось, словно ему под одежду засыпали змей, а опущенная голова медленно вертелась из стороны в сторону.

Я даже подумал, что он побеждает, что старому сукину сыну задали трепку. Но в следующий миг он поднял голову, и это был уже не Арни. Это был Лебэй.

— Все будет по-моему, ясно? — сказал он. — Не мешай — и может, я даже оставлю тебя в живых.

— Приезжай сегодня к Дарнеллу, — сказал я. Не сказал, а прохрипел — в горло словно песка насыпали. — Поиграем. Я возьму Ли, ты возьмешь Кристину.

— Я сам выберу место и время, — ответил Лебэй и улыбнулся — губы Арни разошлись в улыбке и обнажили крепкие молодые зубы, которым еще не скоро грозили протезы. — Предупреждать тебя не буду, даже не надейся. Сам поймешь, когда настанет твой час.

— Повторяю для тупых: приезжай сегодня в гараж Дарнелла. Не приедешь — мы с Ли начнем трепать языком.

Он засмеялся — мерзкий презрительный хохот.

— И чего вы этим добьетесь? Загремите оба в психушку Рид-Сити?

— Ну да, сначала никто не будет принимать наши слова всерьез. Тут ты прав. Только в одном просчитался: если раньше в психушку сажали за одни разговоры о призраках и демонах, то теперь все изменилось. После историй про летающие тарелки и дом в Амитивилле, после «Изгоняющего дьявола» куча народу искренне *верит* в такие вещи.

Лебэй по-прежнему улыбался, но глаза его подозрительно прищурились. И... в них на секунду мелькнул страх.

— А еще ты не учел, сколько людей уже подозревает неладное.

Его улыбка померкла. Конечно, об этом он думал — и начинал беспокоиться. Но убивать вошло у него в привычку; возможно, в какой-то момент он уже просто не смог остановиться и спокойно все обмозговать.

— Твоя мерзкая душонка неразрывно связана с Кристиной, — сказал я. — Ты это знал и с самого начала собирался использовать Арни для своих целей... Хотя нет, «собирался» — не вполне верное слово, ты ведь никогда ничего не планируешь заранее, да? Просто следуешь своим инстинктам.

Он что-то прорычал и собрался уходить.

— Ты все-таки подумай о моем предложении, — крикнул я ему вдогонку. — Отец Арни уже давно подозревает неладное. Мой тоже. И копы с радостью выслушают *любую* историю о том, как погиб их коллега Джанкинс. Любую, понял? А потом дело дойдет до Кристины. Рано или поздно кто-нибудь загонит ее под пресс, просто от греха подальше.

Он развернулся и посмотрел на меня со злобой и страхом в глазах.

— Мы с Ли начнем болтать — и сначала над нами будут смеяться, это точно. Зато у меня есть одно доказательство. Два куска гипса, на которых Арни оставил свою подпись. Только вот одна из них — твоя. Я отнесу их копам и заставлю показать эксперту по почеркам. За Арни начнут наблюдать. И за Кристиной тоже. Ну что, как тебе такой расклад?

— Ты болтай, болтай, сынок, мне плевать, — ответил Лебэй, но я-то видел, что ему стало по-настоящему страшно.

— Все так и будет. Люди мыслят здраво только поначалу. Очень многие, просыпав соль, засыпают ее сверху сахаром, остерегаются черных кошек и верят в жизнь после смерти. Рано или поздно — скорее рано — кто-нибудь превратит твою тачку в консервную банку. А когда не станет ее, не станет и тебя. Почему-то я в этом уверен.

— Размечтался!

— Сегодня вечером мы будем в гараже Дарнелла. Если сможешь — прибьешь нас обоих разом. Конечно, это не решит твоих проблем, но время на передышку у тебя появится. Может, даже успеешь свалить из города. Вот только, сдается, ничего у тебя не выйдет. Прощайся с жизнью, козел, сегодня тебе конец!

Я доковылял до своего «дастера» и сел за руль, кое-как справляясь с костылями — это я сделал нарочно, чтобы показаться Лебэю обманчиво беспомощным и слабым. Он не на шутку встревожился из-за моей истории про разные подписи, и мне давно пора было валить... Но все же я не мог не сказать ему еще одну вещь, которая гарантированно бы его взбесила.

Я втащил в салон левую ногу, закрыл дверь, высунулся наружу.

Заглянул ему в глаза и улыбнулся.

— В постели она — просто улёт! Но ты никогда об этом не узнаешь.

Лебэй взревел и бросился на меня. Я закрыл окно и заблокировал дверь, после чего неторопливо завел двигатель. Он уже вовсю молотил по стеклу, скалясь и сверкая глазами. Это был не Арни — даже близко не Арни. Мой друг исчез. Внутри меня разливалась черная тоска, избыть которую нельзя было ни словами, ни слезами, зато на лице играла мерзкая похотливая усмешка. Я медленно поднес к стеклу средний палец.

— Пошел к черту, Лебэй, — сказал я и уехал, а он остался на парковке, переполняемый страшной, непоколебимой и неистощимой яростью, о которой рассказывал его старший брат. Именно на эту ярость я и сделал ставку.

А прогадал или нет — это мы скоро узнаем.

50. Петуния

> Теплая кровь заливала глаза,
> Но я нашел мою крошку, крепко обнял
> И в последний раз ее поцеловал...
>
> *Дж. Фрэнк Уилсон и «Кавалиерс»*

Я успел проехать четыре квартала, когда меня наконец настигло осознание случившегося. Я затрясся всем телом. Даже работавшая на износ печка не справилась с этой дрожью. Я часто и мелко дышал, с трудом втягивая воздух, и растирал себя руками, но могильный холод было не прогнать. Это лицо, это ужасное лицо... Где-то внутри заживо погребен Арни... «Он всегда здесь», — сказал мой друг. За исключением тех минут, когда Кристина разъезжает по городу сама по себе. Лебэй не может быть в двух местах одновременно. Это не по силам даже ему.

Наконец-то я пришел в себя и смог поехать дальше. Бросив взгляд в зеркало заднего вида, я заметил, что плакал: под глазами были влажные круги.

В четверть десятого я подъехал к дому Джонни Помбертона. Он оказался высоким, широкоплечим человеком в зеленых резиновых сапогах и теплой куртке в красно-черную клетку. На лысеющей голове — старая шапка с засаленным козырьком.

Джонни посмотрел на небо.

— По радио опять снегопады обещают. Вот, гляди. Подогнал тебе красавицу. Что скажешь?

Я выбрался из салона и опять встал на костыли.

Под резиновыми наконечниками заскрипела дорожная соль — отлично, значит, не поскользнусь. Рядом с поленницей во дворе Помбертона стоял очень странный грузовой автомобиль — я таких в жизни не видел. От него исходил легкий, но крайне неприятный запашок.

Когда-то, в самом начале карьеры, этот грузовик был детищем «Дженерал моторс», о чем свидетельствовал шильдик на гигантской морде. Но с годами на этой туше чего только не наросло! Одно можно сказать наверняка: машина была огромная. Решетка радиатора располагалась примерно на уровне глаз Джонни Помбертона (как я уже говорил, рост у него был немаленький). Еще выше помещалась кабина, напоминавшая громадный квадратный шлем. За ней, на двух парах сдвоенных колес, лежала длинная цистерна.

Только вот я никогда не видел грузовиков, выкрашенных в ярко-розовый цвет. На боку красовалось слово «ПЕТУНИЯ», выведенное готическим шрифтом, черными двухфутовыми буквами.

— Даже не знаю, как сказать, — протянул я. — Что это такое?

Помбертон сунул в рот сигарету «Кэмел», ловко чиркнул шершавым пальцем по спичке — та вспыхнула — и закурил.

— Дерьмовозка, — сказал он.

— Чего?!

— Двадцать тысяч галлонов может вместить. Она молодец, моя Петуния.

— Не понимаю... — Но я уже начинал понимать. Какая удивительная ирония судьбы... Прежний Арни бы оценил.

По телефону я попросил Помбертона дать мне какой-нибудь тяжелый и большой грузовик. Он дал мне самый большой. Четыре его самосвала сейчас были в работе — два в Либертивилле и два в Филли-Хилл.

— Есть у меня и грейдер, но после Рождества он что-то барахлит. Нервишки расшалились. Черт подери, не вовремя закрылся гараж Дарнелла, не вовремя!

Петуния была автоцистерной. Для откачки дерьма из канализационных систем.

— Сколько она весит? — спросил я Помбертона.

Он щелчком отбросил сигарету.

— С говном или без?

Я сглотнул.

— А сейчас она?..

Джонни откинул голову и захохотал.

— Думаешь, я бы дал тебе груженую машину? Нет-нет, в цистерне сухо и пусто, как в глобусе. Но запашок никуда не делся, а?

Я принюхался. Да уж, пахло от нее будь здоров.

— Могло быть и хуже, — сказал я. — Наверное.

— А то! Первый техпаспорт Петунии я давным-давно потерял, а сейчас в графе «полный вес автомобиля» стоит восемнадцать тысяч фунтов.

— Ого.

— Если тебя остановят на шоссе, а весишь ты больше восемнадцати тысяч фунтов, ребята из транспортной комиссии будут недовольны. Пустая она весит... не знаю, может, тысяч восемь или девять. Пятиступенчатая коробка с двухскоростным дифференциалом, значит, в твоем распоряжении десять скоростей... если, конечно, ты справишься со сцеплением.

Он с сомнением покосился на мои костыли и прикурил вторую сигарету.

— Ты хоть справишься?

— Конечно, — невозмутимо ответил я. — Если оно не слишком тугое.

Но надолго ли меня хватит? Вот в чем вопрос.

— Ладно, это твое дело, я не буду соваться. — Он радостно посмотрел на меня. — Заплатишь наличными — получишь десятипроцентную скидку. Об операциях с наличностью я любимому дядюшке обычно не докладываюсь.

Я открыл бумажник и достал оттуда три двадцатки и три десятки.

— Сколько вы хотите за один день?

— Девяносто баксов — и она твоя.

Я без вопросов отдал ему деньги. На всякий случай я брал с собой сто двадцать долларов.

— Что будешь делать со своим «дастером»?

Об этом я как-то не подумал.

— А здесь его можно оставить? Только на сегодня?

— Ага. Хоть на всю неделю, мне без разницы. Припаркуй машину на заднем дворе да ключи оставить не забудь — вдруг мне придется ее переставить.

Я объехал дом и очутился на заснеженном кладбище запчастей для грузовиков: они торчали из глубокого снега, как кости огромных зверей из белого песка пустыни.

Потом я минут десять ковылял назад: не хотел нагружать левую ногу — приберегал ее для Петунии.

Я подошел к ней и ощутил, как в животе, подобно маленькой черной туче, собирается комок ужаса. Петуния, разумеется, без труда остановит Кристину... дело за малым: Кристина должна приехать в гараж Дарнелла, а я должен справиться со сцеплением. Я никогда в жизни не сидел за рулем такой громадины, хотя летом успел поработать на бульдозере. Да еще Брэд Джеффрис пару раз разрешал мне подурачиться с автопогрузчиком.

Помбертон стоял рядом с Петунией, сунув руки в карманы клетчатой куртки и окидывая меня оценивающим, умудренным взором. Я подошел к двери в кабину, схватился за ручку... и поскользнулся. Помбертон заспешил мне на помощь.

— Все в порядке!

— Ага, ага.

Часто дыша и выпуская облачка пара, я снова сунул костыль под мышку и открыл дверь кабины. Взялся левой рукой за дверную ручку изнутри и, балансируя на правой ноге, закинул внутрь костыли, после чего забрался сам. Ключи были в замке зажигания. Я захлопнул дверь, левой ногой выжал сцепление — боли, к счастью, почти не было — и завел Петунию. Двигатель взревел, как десяток гоночных машин на трассе.

Подошел Помбертон.

— Ничего себе голосок, а? — завопил он сквозь грохот.

— Это точно! — проорал я.

— Знаешь, малый... Сомневаюсь, что у тебя есть права категории «С»! Не сдавал ты экзамена на управление грузовыми автомобилями, это как пить дать!

В свое время (к вящему ужасу мамы) я получил права категории «М», чтобы управлять мотоциклом, а вот отметки «С» в моем удостоверении действительно не было.

Я улыбнулся.

— Но вы не стали проверять, потому что я внушал доверие.

Он тоже улыбнулся.

— Ага.

Я поддал газу. Петуния дважды «стрельнула» — как будто пальнули из пушки.

— Можно спросить, для чего тебе нужна такая махина? Извини, что лезу не в свое дело...

— Буду использовать ее по прямому назначению!

— Не понял?

— Хочу избавиться от кое-какого дерьма.

Съезжать с холма, на котором стоял дом Помбертона, было страшновато: даже пустая и сухая, эта детка весила немало. Из кабины мне были видны только крыши машин на дорогах.

Я чувствовал себя незаметным, как кит в декоративном пруду, и яркая раскраска делу не помогала. Время от времени я ловил на себе удивленные и смешливые взгляды.

Левая нога начала побаливать, но мозг был занят другим: я пытался освоить незнакомую раскладку переключения передач и при этом не проморгать светофор. Куда более заметная и неожиданная боль разливалась по плечам и груди — руль у Петунии был без гидроусилителя, и вертеть баранку оказалось не так-то просто.

Я свернул с Мэйн-стрит на Ореховую, затем остановился на парковке за «Вестер ауто». Осторожно спустился на землю, захлопнул дверь (нос уже давно привык к специфическому аромату машины), встал на костыли и двинулся к заднему входу в магазин.

Я вытащил из кармана три ключа от гаража Дарнелла и понес их в отдел, где изготавливали копии ключей. За доллар восемьдесят центов мне сделали по две копии каждого. Новенькие я сунул в один карман, а кольцо Джимми Сайкса — в другой.

Я вышел через главный вход на Мэйн-стрит и подошел к телефону-автомату возле соседней закусочной. Небо над головой стало заметно серее и ниже. Помбертон был прав: скоро пойдет снег.

В закусочной я заказал себе кофе со слойкой, а сдачу понес в телефонную будку. Неуклюже прикрыв за собой дверь, я набрал номер Ли. Она ответила сразу же.

— Деннис! Ты где?

— В «Обедах Либертивилля». Ты одна?

— Да. Папа на работе, мама пошла в магазин. Деннис, я... я чуть ей не рассказала. Стоило мне подумать про эту пустынную парковку возле магазина... представить, как мама идет по ней одна... В общем, твои слова про отъезд Арни из города сразу перестали иметь значение. Может, ты и прав, только мне все равно страшно. Понимаешь?

— Да. — Я вспомнил, как сам позавчера подвозил сестру до магазина, хотя левая нога уже отваливалась. — Отлично понимаю.

— Деннис, так больше продолжаться не может. Я сойду с ума! Наш план еще в силе?

— Да. Оставь маме записку, Ли. Скажи, что у тебя появилось срочное дело, никаких подробностей, ладно? Когда ты не вернешься к ужину, твои родители наверняка позвонят моим. Пусть думают, что мы сбежали.

— А что, хорошая мысль! — Она рассмеялась, и у меня мурашки побежали по коже. — Тогда увидимся.

— Подожди, еще одно. У тебя обезболивающие какие-нибудь есть? «Дарвон» или вроде того?

— Да, есть «Дарвон», папа недавно сорвал спину... Что, нога разболелась?

— Слегка побаливает.

— Слегка?

— Пока все нормально.

— Не врешь?

— Не вру. К тому же надо только пережить сегодняшний вечер — потом дам ноге отдых. Ладно?

— Ладно.

— Приезжай как можно скорее.

Она вошла в закусочную, когда я заказывал вторую чашку кофе, одетая в парку с меховой оторочкой и потертые джинсы. Последние были заправлены в удобные и практичные сапоги фирмы «Фрай». Словом, вид одновременно сексуальный и походный. Несколько мужиков принялись с интересом ее разглядывать.

— Хорошо выглядишь, — сказал я и поцеловал ее в висок.

Ли протянула мне бутылочку с прозрачными серо-розовыми капсулами.

— А вот ты не очень, Деннис. На, держи.

Официантка — седоватая женщина лет пятидесяти — принесла мне кофе: темно-коричневый прудик посреди белого блюдца.

— Вы почему не в школе, дети?

— Нас освободили от уроков, — серьезно ответил я. Официантка удивленно вытаращила глаза.

— Кофе, пожалуйста, — сказала Ли, снимая перчатки. Когда официантка, демонстративно фыркнув, ушла за стойку, Ли наклонилась ко мне и прошептала: — Вот будет смешно, если нас поймает школьный инспектор!

— Обхохочешься, — ответил я, а сам подумал, что на самом деле вид у Ли довольно измученный, хоть мороз и разрумянил ей щеки. Под глазами — темные круги, лицо осунулось, как будто она давно не спала.

— Ну, что будем делать?

— Прикончим тварь. Вы еще не видели ваш экипаж, мадам.

— Господи! — выдохнула Ли, разглядывая великую и ужасную Петунию. Ее громада безмолвно возвышалась посреди парковки за «Вестерн ауто», между крошечными «фольксвагеном» и «шевроле». — Что это такое?!

— Дерьмовозка, — серьезным тоном ответил я.

Она удивленно посмотрела на меня... а в следующий миг истерически захохотала. Признаться, мне было приятно на это смотреть. Когда в кафе я рассказал ей о нашей с Арни стычке на школьной парковке, лицо ее осунулось еще сильнее, а плотно сжатые губы побелели.

— Знаю, выглядит она довольно нелепо...

— Это *мягко* сказано, — выдавила Ли, все еще хохоча и икая.

— ...но для нашего дела она подходит как нельзя лучше.

— Да уж. Ты прав. И... есть в этом даже какая-то ирония, правда?

Я кивнул:

— Я тоже так подумал.

— Ну, поехали. Я замерзла.

Она первая забралась в кабину и поморщилась.

— Фу...

Я улыбнулся.

— Не переживай, скоро привыкнешь.

Я вручил ей костыли и неуклюже залез в кабину. Левая нога — после первой поездки на Петунии боль в ней стала довольно острой — лишь едва заметно ныла. «Дарвон» помог.

— Деннис, с ногой точно все будет нормально?
— Надеюсь. Выбора у меня все равно нет, — ответил я и захлопнул дверь.

51. Кристина

> Сказал я однажды другу,
> ведь я постоянно треплюсь,
> — Джон,
> говорю — правда, это было
> не его имя, —
> темнота вокруг,
>
> что нам делать,
> почему бы нам не купить,
> машину побольше,
>
> да гони — он говорит,
> ради бога, и смотри,
> куда едешь.
>
> *Роберт Крили*

С парковки «Вестерн ауто» мы выехали около половины двенадцатого. К этому времени уже начался легкий снегопад. Первым делом я поехал к Сайксу. Жать на сцепление после «Дарвона» стало куда проще.

Дома никого не было: мама Джимми, наверное, ушла на работу, а сам он отправился за пособием по безработице или еще куда. Ли нашла в сумочке пустой мятый конверт, стерла с него свой адрес и красивым наклонным почерком подписала: «Джимми Сайксу». Затем положила внутрь ключи, закрыла конверт и просунула его в щель для писем и газет. Все это время я держал Петунию на нейтралке, давая отдых ноге.

— Что теперь? — спросила Ли, забираясь в кабину.
— Позвоним кое-кому, — ответил я.

Неподалеку от пересечения улицы Кеннеди с Кресент-авеню я заметил телефонную будку. Осторожно выбрался из кабины, взял у Ли костыли и неторопливо поковылял к будке.

Сквозь грязное стекло Петуния казалась каким-то диковинным розовым динозавром.

Я позвонил в Хорликс и попросил соединить меня с Майклом Каннингемом. Арни как-то говорил, что его отец не любит лишний раз вылезать из кабинета и даже обеды таскает из дома, чтобы не ходить в столовую. Это оказалось нам на руку.

— Деннис! Я звонил, но ты уже ушел из дома. Твоя мама...

— Куда он едет? — Внутри у меня все заледенело. Лишь тогда, в тот самый миг, я в полной мере осознал, что все происходит на самом деле, и отчасти поверил в успех нашего безумного предприятия.

— Как ты догадался? Деннис, что происхо...

— У меня нет времени, да и не могу я ничего вам сказать. Куда он едет?

Майкл медленно проговорил:

— Они с Региной сразу после школы поедут в Университет Пенсильвании. Арни позвонил ей утром и попросил поехать с ним. Он... он якобы одумался. По дороге в школу до него вдруг дошло, что надо серьезно заняться поступлением и не откладывать дело в долгий ящик, не то все пропадет. Он сказал, что остановил свой выбор на Университете штата Пенсильвания, и попросил помочь... поговорить с деканом колледжа искусств и наук, с кое-какими профессорами...

В телефонной будке было холодно. Руки уже начинали неметь. Ли сидела в кабине Петунии и с тревогой наблюдала за мной. «Как ты хорошо все устроил, Арни, — подумал я. — Все-таки не зря столько лет играл в шахматы». Он манипулировал родной матерью — дергал за ниточки, а та и рада была поплясать. Мне даже стало немного ее жаль... Впрочем, Регина и сама была великим манипулятором, заставляя всех вокруг танцевать под свою дудочку. И вот теперь, когда она потеряла бдительность и с ума сходила от стыда и страха, Лебэй положил ей под нос приманку: возможность вернуть семейную жизнь в прежнее, нормальное русло.

— По-вашему, все так и есть? — спросил я Майкла.

— Конечно, нет! — взорвался тот. — И Регина тоже бы это поняла, если бы хоть на минуту включила голову! По современным правилам приема абитуриентов Университет штата Пенсильвания должен принять Арни в июле — если, конечно, у него будут деньги на обучение и нужное количество баллов. И то и другое у него уже есть. Он как будто из прошлого прилетел, ей-богу! На дворе семидесятые, а не пятидесятые.

— Когда они выезжают?

— Они договорились встретиться у школы после шестого урока; так мне сказала Регина. С остальных уроков он отпросится.

Значит, они покинут Либертивилль меньше чем через полтора часа. Тогда я задал последний вопрос, хотя ответ был мне прекрасно известен:

— Они ведь не на Кристине поедут?

— Нет, на нашей машине. Регина сама не своя от радости, Деннис. А он... он, конечно, здорово придумал с этим поступлением... знал, на чем играть. Регина готова его на руках носить. Деннис, что происходит? *Умоляю*, ответь!

— Завтра. Я отвечу завтра — обещаю. Даю слово. А сегодня вы должны кое-что для меня сделать, Майкл. Это вопрос жизни и смерти для моих родных и семьи Ли Кэбот. Пожалуйста...

— Господи, — выдавил он. У него был такой голос, будто его только что посетило великое озарение. — Он уезжал из города всякий раз... всякий раз, когда убивали людей. Только в ночь убийства Уэлча он был дома, спал — Регина видела его своими глазами... Деннис, кто садится за руль в его отсутствие? Кто убивает людей на Кристине, пока Арни нет в городе?

Я чуть было не ответил, но в телефонной будке было холодно, левая нога уже начинала побаливать, мой ответ мог вызвать еще сотню вопросов... А в результате Майкл все равно бы мне не поверил.

— Майкл, послушайте, — как можно убедительнее и тверже произнес я, на секунду почувствовав себя ведущим детской телепередачи, эдаким мистером Роджерсом. «Большая машина из прошлого хочет вас съесть, мальчики и девочки! Знаете, как ее зовут? Кристина, правильно!» — Вы должны позвонить нашим с Ли родителям. Пусть обе семьи соберутся в доме у Ли. — Я вспомнил, что ее дом построен из кирпича — уж кирпичную-то стену Кристине не пробить. — Вам тоже лучше побыть с ними. Соберитесь все вместе и ждите моего приезда или звонка. И скажите им: ради меня и ради Ли, пусть ни в коем случае не выходят на улицу после... — Я прикинул: если Регина с Арни выедут из школы в два, к какому времени его алиби станет пуленепробиваемым? — После четырех часов дня. После четырех — из дома ни ногой. Никуда не выходить. *Вообще никуда!*

— Деннис, я не могу так просто...

— Придется, — перебил его я. — Моего старика вы убедите, а вдвоем вы сумеете уболтать и Кэботов. Майкл, вы тоже держитесь подальше от Кристины.

— Они поедут прямо из школы... Арни сказал, что на школьной парковке с его машиной ничего не случится.

И снова я услышал в его голосе это потрясение. Майкла как громом поразило, и неудивительно: после выходки Реппертона Арни не оставлял Кристину на открытых парковках, тем более бесплатных. Скорее он бы пришел в школу голым.

— Ну-ну. Если выглянете в окно и заметите возле дома Кристину — держитесь от нее подальше. Ясно?

— Да, но...

— Сначала позвоните моему отцу. Пообещайте.

— Хорошо, я обещаю. Но...

— Спасибо, Майкл.

Я повесил трубку. Руки и ноги занемели от холода, но лоб покрылся испариной. Я пихнул дверь костылем, открыл и поковылял к Петунии.

— Что он сказал? Дал обещание?

— Дал, — ответил я. — Они с моим папой встретятся и уговорят твоих предков. В этом я уверен. Если Кристина и выйдет сегодня на охоту, ее жертвами можем стать только мы.

— Хорошо... Хорошо.

Я завел Петунию, и мы покатили прочь. Сцена была готова, и нам оставалось лишь дождаться начала представления.

К гаражу Дарнелла мы катили сквозь легкий, но непрекращающийся снегопад. Около часу дня я въехал на парковку. Длинный барак из рифленого железа пустовал; огромные колеса Петунии без труда подъехали к воротам по заснеженному асфальту — снег здесь давно не убирали. На воротах красовались все те же таблички, что и в августе, когда Арни впервые привез сюда Кристину: «ЗАЧЕМ ТРАТИТЬ ДЕНЬГИ? ВАШЕ НОУ-ХАУ, НАШИ ИНСТРУМЕНТЫ!», «Здесь вы можете снять гараж на неделю, месяц или год» и «ПОСИГНАЛЬ — ОТКРОЕМ». Но мое внимание привлекла другая надпись, размещенная с обратной стороны окна: «ЗАКРЫТО НА НЕОПРЕДЕЛЕННЫЙ СРОК». В углу заснеженной парковки одиноко и безмолвно стоял древний помятый «мустанг» — в 60-е на таких катались оголтелые лихачи.

— Жутко здесь, — тихо проговорила Ли.

— Да уж. — Я дал ей копии ключей. — Один из них должен подойти.

Ли взяла ключи, выбралась на улицу и пошла к воротам. Пока она возилась с замком, я наблюдал за улицей в зеркала заднего вида — к счастью, мы почти не привлекали внимания. Наверное, когда человек видит такую огромную и явно подозрительную машину, ему и в голову не приходит, что она может участвовать в некоем тайном преступном сговоре — уж слишком бросается в глаза.

Ли дернула вверх ручку ворот, потом еще раз — безрезультатно. Тогда она вернулась к грузовику.

— Замок я открыла, но ворота не поднимаются. Может, примерзли?

Ну вот, подумал я, приехали. Не так-то все и просто.

— Деннис, не переживай так, — сказала она, увидев мое лицо.

— Да нет, все нормально. — Я открыл дверь и в очередной раз исполнил трюк с выпрыгиванием из кабины.

— Осторожно! — с тревогой воскликнула Ли. Она обняла меня за талию и помогла добраться до ворот. — Не нагружай ногу.

— Да, мамочка, — ответил я с улыбкой. Затем встал боком к воротам, чтобы основная нагрузка пришлась на правую ногу. Ну и вид у меня был, наверное! Сам согнулся в три погибели, левая нога в воздухе, левая рука сжимает костыли, правая — ручку ворот... человек-змея, не иначе. Я потянул, и ворота слегка поддались... но не до конца. Ли была права, они примерзли к земле. Слышно было, как хрустит лед.

— Помоги, — сказал я.

Ли обхватила мою правую руку обеими руками, и мы дернули вместе. Хруст стал чуть громче, но лед по-прежнему не отпускал ворота.

— Осталось совсем чуть-чуть, — сказал я. Правая нога неприятно пульсировала, по щекам катился пот. — На счет «три» тяни со всей мочи.

— Ага.

— Раз... два... три!

В следующий миг ворота освободились от хватки льда и стремительно поехали вверх. Я пошатнулся, выронил костыли... левая нога подогнулась, и я упал прямо на нее. Глубокий снег немного смягчил падение, но все равно боль была страшная: как будто в ногу ударила серебряная молния. Она дошла до самых висков и спустилась обратно. Я стиснул зубы, едва сдерживая крик. Ли уже стояла рядом на коленях, одной рукой обнимая меня за плечи.

— Деннис! Как ты?!

— Помоги встать.

Ей пришлось буквально затаскивать меня на костыли, и мы с ней изрядно выдохлись. Без костылей я теперь и шагу не мог ступить. Левая нога невыносимо болела.

— Деннис, ты не сможешь жать на сцепление...

— Смогу. Помоги забраться в кабину.

— Да на тебе лица нет от боли! Поедем к врачу.

— Нет, помоги мне забраться в кабину.

— Деннис...

— Ли, помоги мне!

Мы вдвоем кое-как доковыляли до Петунии, оставляя на снегу взрыхленные следы. Я поднял руки, схватился за руль и подтянулся, беспомощно пытаясь помогать себе правой ногой. Ли все равно пришлось меня подтолкнуть. Наконец я сел за руль Петунии, потея и дрожа от боли. Рубашка промокла до нитки. До того дня в январе 1979-го я и не представлял, сколько пота выжимает из человека физическая боль.

Я попытался надавить на сцепление левой ногой — и серебряная молния вернулась. Я откинул голову и стиснул зубы.

— Деннис, я иду искать телефон и вызывать «скорую». — Лицо у Ли было белое и напуганное. — Ты снова сломал ногу, так?

— Не знаю. Только про врачей нам сейчас думать нельзя, Ли. Иначе пострадают люди — твои родные или мои. Лебэй ни перед чем не остановится. Мы должны с ним покончить. Раз и навсегда.

— Но ты же не можешь вести машину! — взвыла Ли. Она плакала. Капюшон ее куртки слетел, когда мы пытались запихнуть меня в кабину, и в русых волосах белели снежинки. Зря только возились... за рулем от меня толку не было.

— Иди внутрь и поищи там какую-нибудь швабру или просто длинную палку.

— Зачем? — со слезами спросила она.

— Сначала найди — а потом посмотрим.

Она шагнула в черную разъявленную пасть ворот и скрылась из виду. Я держался за ногу и из последних сил боролся с подступающим ужасом. Если я в самом деле повторно сломал ногу, мне светило до конца жизни носить ортопедическую обувь с каблуком. Впрочем, это еще при самом удачном раскладе. Если мы остановим Кристину. Жизнеутверждающая мысль, ничего не скажешь.

Ли принесла швабру.

— Годится?

— Чтобы заехать внутрь — да. А там придется придумать что-то получше.

К счастью, швабра была разборная, и я без труда открутил черенок. Крепко взяв его в левую руку — еще один костыль, черт побери! — я выжал сцепление. Секунду-другую черенок держался на педали, а потом соскочил, едва не выбив мне зубы. Молодец, Гилдер, так держать!

— Ну, залезай, — сказал я Ли.

— Деннис, ты уверен?

— А то!

Она внимательно посмотрела на меня, потом кивнула:
— Хорошо.

Я захлопнул дверь, выжал педаль сцепления черенком швабры и включил первую передачу. Немного ослабил нажим, и Петуния покатилась вперед... но тут черенок снова сорвался. Машину затрясло, так что нам чуть шеи не переломало, а потом я вжал в пол педаль тормоза, и наша дерьмовозка застыла на месте. Мы были почти внутри.

— Ли, придется поискать что-то с более широким концом. Черенок слишком тонкий.

— Хорошо, я поищу.

Она снова выбралась и стала бродить по гаражу в поисках подходящего предмета. Я просто озирался по сторонам. «Жутко здесь», — сказала Ли. Машин в гараже не было, если не считать четырех или пяти развалюх, за которыми никто так и не приехал. Остальные отсеки были пусты, только белели в темноте их номера, намалеванные белой краской. Я взглянул на отсек номер 20 и сразу отвернулся.

Полки с подержанной резиной тоже пустовали, лишь в самом углу завалились друг на друга несколько лысых покрышек, похожих на обугленные пончики. Один из двух подъемников был частично поднят — в механизме застрял обод от колеса. Справа на стене поблескивал красным и белым стенд для регулировки развала-схождения, две «мишени» для передних фар напоминали налитые кровью глаза. И тени... всюду тени. Большие обогреватели под потолком были похожи на гигантских летучих мышей.

Гиблое место.

Ли открыла кабинет Уилла. Я наблюдал за ней сквозь окно, через которое Уилл следил за своими клиентами — честными работягами, которым надо кормить семью и бла-бла-бла. Ли нажала на несколько выключателей: над промерзшими отсеками вспыхнули лампы дневного света. Выходит, электричество не отключили. Свет все равно придется вырубить, чтобы не привлекать внимания, зато хоть обогреться сможем — и на том спасибо.

Ли открыла еще какую-то дверь и скрылась из виду. Я взглянул на часы. Половина второго.

Она вернулась, и я увидел у нее в руках другую швабру, фирмы «О-Сидер», с небольшой желтой губкой на рабочем конце.

— Может, такая сгодится?
— То, что нужно! — ответил я. — Залезай, малышка, прокачу.

Она снова забралась в кабину, и с помощью швабры я выжал сцепление.

— Отлично! Где ты ее нашла?
— В туалете. — Ли сморщила нос.
— Все так плохо?
— Грязно, воняет сигарами, а в углу — стопка замызганных книжонок. Из тех, что продают в подпольных магазинах.

Так вот что осталось после Дарнелла... пустой гараж, стопка порночтива и легкая вонь сигар «Рой-тан». Я снова похолодел и решил, что, будь на то моя воля, я бы снес этот барак к чертовой матери и закатал в асфальт. Никак не удавалось избавиться от ощущения, что это — место убийства. Место, где Лебэй и Кристина сперва завладели разумом моего лучшего друга, а потом отняли у него и жизнь.

— Скорее бы отсюда выбраться, — сказала Ли, с тревогой озираясь по сторонам.

— Да? А мне тут нравится. Уютненько. Можно свить любовное гнездышко... — Я погладил ее по плечу и заглянул ей в глаза. — Завести семью...

Она погрозила мне кулаком:
— Сейчас доиграешься.
— Не злись. Я тоже хочу убраться отсюда подальше — и поскорее.

Я въехал в гараж — нажимать сцепление шваброй оказалось нетрудно, по крайней мере на первой передаче. Черенок слегка гнулся, и я бы предпочел орудовать чем-то попрочнее, но придется пока обойтись и этим.

— Надо вырубить свет, — сказал я, заглушив мотор. — Мало ли кто увидит.

Ли вышла из кабины и выключила свет, а я тем временем развернул Петунию так, что ее задний конец почти уперся в окно между гаражом и кабинетом Дарнелла. Теперь ее морда смотрела прямо на открытые главные ворота.

Когда лампы погасли, вокруг снова сгустились тени. Свет, падавший сквозь ворота, был очень слабый и приглушенный снегом. Он узким клином ложился на заляпанный смазкой бетонный пол и умирал где-то посередине гаража.

— Мне холодно, Деннис, — крикнула Ли из кабинета. — Здесь есть отдельный выключатель для обогревателей. Можно их врубить?

— Конечно, — ответил я.

Через мгновение гараж наполнился шепотом обогревателей. Я откинулся на сиденье и осторожно провел рукой по левой ноге. Джинсы плотно облегали бедро: ни складочки, ни морщинки. Значит, оно опухало. И болело — очень сильно.

Ли вернулась и села рядом со мной. Сказала, что выгляжу я ужасно. Почему-то вспомнился тот день, когда мы везли сюда Кристину... королева би-бопа, что требовала убрать чертову развалюху от ее дома, и как Арни назвал ее мужа Робертом Трупфордом... а потом мы всю дорогу ржали как ненормальные. Я закрыл глаза, чтобы прогнать подступившие слезы.

Делать нам было нечего, только ждать, и время потянулось медленно. Без пятнадцати два... два... Снегопад на улице немного усилился. Ли выбралась из грузовика и опустила ворота. Стало еще темнее.

Она вернулась и сказала:

— Интересная там штуковина сбоку от двери, наверху. Видишь? Похожа на автоматическую систему открывания дверей, у нас в Вестоне такая была.

Я резко выпрямился. Посмотрел на устройство, о котором она говорила.

— Черт!

— Что случилось?

— Так вот в чем дело! Автоматика! В Кристине есть что-то вроде брелока-передатчика, Арни же мне говорил. Ли, скорее сломай эту штуку. Вот, возьми черенок.

Ли опять спустилась, взяла у меня черенок первой швабры, подошла к электронному устройству и стала изо всех сил молотить по нему черенком — точно паука убивала. Наконец мы оба услышали хруст пластмассы и стекла.

Она неторопливо подошла к Петунии, отбросила черенок в сторону и забралась в кабину.

— Деннис, может, пора рассказать мне подробности плана?
— В смысле?
— Ты понял. — Она указала на закрытые ворота. Сквозь пять небольших квадратных окошек в гараж попадало немного света.

— Когда стемнеет, мы ведь их поднимем, так?

Я кивнул. Сами ворота были из дерева, но обшиты полосками стали, как внутренние двери старинных лифтов. Я впущу Кристину и тут же закрою ворота — пробить их она, надеюсь, не сможет. Я вновь похолодел при мысли, как близко мы были к провалу. Не сломай Ли электронное подъемное устройство, зверь бы без труда выбрался на улицу.

Итак, сначала откроем ворота. Впустим Кристину. Закроем ворота. И с помощью Петунии я попытаюсь забить ее насмерть.

— Хорошо, — сказала Ли, — идея мне нравится. Но как ты закроешь ворота в нужный момент? Может, в кабинете Дарнелла и есть такая кнопка, но я что-то ее не видела.

— Насколько я знаю, такой кнопки там нет. Поэтому ты будешь стоять вон там, рядом с воротами, и нажмешь кнопку, как только Кристина въедет в гараж.

Кнопка располагалась справа от ворот, примерно двумя футами ниже разбитого устройства.

— Ты встанешь в углу, никто тебя не увидит. Кристина въезжает — ты нажимаешь кнопку и быстренько выпрыгиваешь за ворота. Бах! Ловушка захлопывается.

Ли помрачнела.

— И в ловушку попадает не только Кристина, но и ты. Как говорил великий Вордсворт, хреновый расклад.

— Это Кольридж, а не Вордсворт. Но другого способа нет, Ли. Если ты останешься внутри, Кристина тебя задавит.

И даже если в кабинете Дарнелла есть нужная кнопка... ты сама читала в газете, что случилось со стеной его дома.

Ли это не убедило.

— А ты поставь Петунию рядом с воротами. Когда Кристина въедет, я протяну руку в окно и нажму кнопку.

— Если Петуния будет стоять у ворот, Кристина ее сразу увидит. И ни за что не въедет в гараж.

— Тогда мне не нравится твоя идея! — взорвалась Ли. — Я не оставлю тебя одного! Ты... ты практически меня обманул!

Именно это я и сделал. Сейчас, по здравом размышлении, я бы поступил иначе, но в каждом парне восемнадцати лет преобладают шовинистически-рыцарские наклонности. Я обнял Ли за плечи. Она поупиралась, но потом прильнула ко мне.

— Другого выхода нет, — сказал я. — Будь я здоров или умей ты водить машину с ручкой... — Я пожал плечами.

— Я же боюсь за тебя, Деннис. Я хочу помочь!

— Ты и так поможешь. На самом деле тебе тоже грозит опасность — и покруче, чем мне. Ты ведь будешь стоять там совсем одна, без всякого укрытия. А мне в кабине ничего не грозит. Я просто расшибу эту тварь на запчасти, вот и все.

— Надеюсь, так и будет, — сказала Ли и положила ладонь мне на грудь. Я погладил ее по волосам.

И мы стали ждать.

Я представлял, как Арни выходит из школы с учебниками под мышкой. Регина ждет его на улице, в семейном универсале, сияя от счастья. Арни отрешенно улыбается и терпит ее объятия. *Арни, ты сделал правильное решение... ты не представляешь, как мы с папой рады, как* счастливы. *Да, мам. Хочешь сесть за руль? Нет, ты веди, мам.*

И вот они вдвоем едут в Университет штата Пенсильвания, Регина за рулем, Арни сидит рядом, сложив руки на коленях, лицо у него бледное, хмурое и совсем не прыщавое.

На школьной парковке безмолвно стоит Кристина. Она ждет, когда снег повалит сильнее. Ждет темноты.

В половине третьего Ли снова пошла в кабинет Уилла — воспользоваться уборной, — а я тем временем всухую проглотил еще две таблетки «Дарвона». Нога наливалась свинцовой болью.

Вскоре после этого я потерял счет времени. Видимо, болеутоляющее затуманило мозг. Все происходящее казалось сном — тени вокруг сгущались, белый свет, падавший из окошек, постепенно становился пепельно-серым, под потолком гудели обогреватели...

Мы с Ли, похоже, занимались любовью... Не в прямом смысле, конечно — больная нога бы не позволила, — но я помню ее учащенное дыхание в моем ухе и шепот: «Будь осторожен, умоляю, будь осторожен, я потеряла Арни и не могу потерять еще и тебя». А потом меня накрыла волна наслаждения, так что боль на несколько секунд полностью отступила — никакой «Дарвон» не сравнится с оргазмом. Но все быстро закончилось. А потом я вроде бы задремал.

Проснулся я от того, что Ли трясла меня за плечо и шептала мое имя.

— А? Что? — Я еще не пришел в себя, но чувствовал, что нога наполнилась стеклянной болью: от малейшего движения она бы взорвалась миллионом осколков. В висках неприятно пульсировало, глаза отчего-то лезли на лоб. Я заморгал и подумал, что похож на огромную глупую сову.

— Стемнело, — сказала Ли. — Я, кажется, что-то слышала.

Я опять заморгал и увидел, что лицо у нее вытянулось от страха. Потом я посмотрел на ворота — они были открыты.

— Как это...

— Я их открыла.

— Черт! — Я выпрямился и тут же поморщился от боли, пронзившей ногу. — Не самый мудрый шаг, Ли. Если бы она приехала...

— Она не приехала. Просто на улице стемнело, вот и все. И снегопад усилился. Поэтому я выбралась из кабины, открыла ворота и сразу вернулась. Я все думала, ты вот-вот проснешься... ты что-то бормотал во сне. А я думала: «Только дождусь темноты, только дождусь полной темноты». Но потом я поняла, что уже полчаса сижу в полной темноте, и свет в окошках мне просто мерещился. А сейчас... секунду назад... я услышала какой-то шум.

Губы у Ли затряслись, и она плотно их поджала.

Я взглянул на часы: без четверти шесть. Если все прошло хорошо, мои родители и Майкл сейчас дома у Ли. Сквозь лобовое стекло Петунии я взглянул на темный заснеженный квадрат открытых ворот. Оттуда доносился свист ветра. Бетонный пол у входа уже слегка замело снегом.

— Да это просто ветер, — сказал я. — Бродит и разговаривает сам с собой.

— Может, но...

Я медленно кивнул. Мне не хотелось выпускать ее из кабины, но если она не уйдет сейчас, возможно, второго шанса уже не представится. Я этого не допущу. Если Ли не закроет ворота, Кристина просто даст задний ход и уедет прочь.

Дождется более подходящего момента.

— Хорошо, — сказал я. — Главное, стой в этой маленькой нише справа. Кристина может какое-то время просто постоять у ворот, не заезжая. — «Нюхая воздух, как хищный зверь», — подумал я. — Не пугайся и не паникуй, не шевелись, иначе она тебя заметит. Просто стой спокойно и жди, когда она въедет в гараж. Затем нажми кнопку и выметайся. Поняла?

— Да, — прошептала Ли. — Деннис, у нас получится?

— Должно. Если она вообще приедет.

— Мы увидимся только потом... когда все закончится.

— Да уж.

Она наклонилась, обхватила меня за шею и поцеловала в губы.

— Будь осторожен, Деннис. Но обязательно убей эту тварь. Она не заслуживает человеческого имени. Убей гадину!

— Убью, — сказал я.

Ли заглянула мне в глаза и кивнула.

— Сделай это ради Арни. Выпусти его на свободу.

Мы крепко обнялись, а потом она скользнула к двери и случайно задела коленом свою сумочку. Та упала. Ли замерла на секунду, и вдруг ее испуганно поджатые, бледные губы растянулись в улыбке. Она подняла сумочку и начала торопливо в ней рыться.

— Деннис, помнишь «Смерть Артура»?
— Смутно.

До травмы я, Ли и Арни вместе ходили на классику английской литературы, которую вел Фуджи Боуэн. В самом начале года мы проходили «Смерть Артура» Томаса Мэлори. Но для меня было загадкой, почему Ли спросила об этом в такой неподходящий момент.

Наконец она нашла, что искала — нейлоновый розовый шарфик, какими девушки прикрывают волосы во влажную погоду. Ли повязала его мне на предплечье.

— Это еще что такое? — с улыбкой спросил я.
— Будь моим рыцарем. — Она тоже улыбнулась, но взгляд у нее был серьезный. — Будь моим рыцарем, Деннис.

Я взял губку от швабры, которая валялась рядом, и неуклюже отсалютовал.

— Буду, моя прекрасная леди! Или я не сэр О-Сидер!
— Шути сколько хочешь, — сказала Ли, — но отнесись к этому серьезно, хорошо?
— Хорошо. Буду твоим благородным рыцарем в сияющих доспехах.

Ли снова улыбнулась.

— Помни про заветную кнопочку. Жми со всей силы! Мы же не хотим, чтобы ворота дернулись и остались на месте, так?
— Так.

Она выбралась из кабины. До сих пор я закрываю глаза и вижу, какой она была в тот миг затишья перед бурей: высокая красавица с длинными волосами цвета дикого меда, стройными бедрами, длинными ногами и этими потрясающими нордическими скулами. Даже в лыжной куртке и потертых джинсах она двигалась легко и изящно, словно танцовщица. Я до сих пор вижу ее во сне, потому что, разумеется, пока мы готовили западню для Кристины, эта древняя и бесконечно коварная тварь готовила западню для нас. Неужели мы и впрямь думали, что так легко обведем ее вокруг пальца?

Во сне все происходит как в замедленной съемке. Я вижу мягкое покачивание ее бедер, слышу гулкие шаги по грязному бетонному полу и даже едва различимый сухой шелест ее куртки. Ли шагает медленно, подняв голову и прислушиваясь — сама как животное, но не хищник, а зебра, что грациозно идет к водопою в сгущающихся сумерках. У нее походка животного, которое чует опасность. Во сне я пытаюсь докричаться до нее сквозь лобовое стекло Петунии. *Вернись, Ли, возвращайся скорее, ты была права, это не просто шум, Кристина притаилась за пеленой снега, вернись, Ли!*

Тут Ли резко остановилась, сжала руки в кулаки, и в этот миг посреди заснеженной темноты вспыхнули свирепые белые круги. Словно открылись белые глаза.

Ли застыла как вкопанная. Никакого укрытия поблизости не было. Она стояла в тридцати футах от ворот и чуть справа. Я видел потрясенное и растерянное выражение на ее лице.

Я был потрясен не меньше, и мы упустили эти первые драгоценные секунды. А в следующий миг фары бросились вперед, и за ними я увидел темный и низкий силуэт Кристины. Свирепо рыча, ее двигатель набирал обороты: она летела прямо на нас через дорогу, где уже давным-давно, может, еще до наступления темноты, ждала подходящего момента. Снег образовывал вокруг нее туннель и падал тонкой пеленой на лобовое стекло: там его почти сразу растапливал стеклообогреватель. Все еще набирая скорость, Кристина влетела на площадку перед самым въездом в гараж. Двигатель оглушительно ревел — восемь цилидров чистой ярости.

— Ли! — заорал я и вцепился в ключ зажигания.

Ли резко свернула вправо и бросилась к воротам. Кристина ворвалась в гараж ровно в тот миг, когда она подбежала к кнопке и нажала ее. Я услышал рокот закрывающихся ворот.

Кристина влетела слегка под углом, метя в Ли, вырвав из стены кусок дерева. Раздался металлический скрежет, напоминающий пьяный хохот: часть ее бампера погнулась и едва не отвалилась. Почти не тормозя и выпуская из-под колес снопы искр, Кристина начала разворачиваться. Ли успела забежать в угол, но спрятаться ей было негде. Успеет ли она выскочить на улицу? Я с ужасом осознал, что ворота закрывались слишком медленно — Кристина тоже могла проскочить. Даже если ворота снесут ей крышу, это ее не остановит.

Двигатель Петунии заревел, и я врубил противотуманные фары. Белый свет затопил все вокруг, включая Ли. Она стояла напротив стены, вытаращив глаза от страха. Ее куртка в свете фар приобрела какой-то неестественный, почти кислотный голубой цвет, и мой мозг с тошнотворной точностью сообщил, что ее кровь при таком освещении казалась бы фиолетовой.

Ли мельком взглянула на меня, затем снова на Кристину.

Шины «фьюри» резко завизжали, и она бросилась на Ли. От свежих черных зигзагов на бетоне поднимался дым, и я успел заметить, что в Кристине сидят *люди* — полный салон.

В этот самый миг Ли неуклюже подскочила вверх, точно чертик из табакерки. Мысли в моей голове вертелись со скоростью света, и я успел подумать, что она хочет перепрыгнуть машину, словно на ней не обыкновенные сапоги, а скороходы или вроде того.

Но нет, Ли уцепилась за один из ржавых железных кронштейнов, которые поддерживали полку, протянувшуюся по всему периметру здания. В тот вечер, когда мы с Арни впервые привезли сюда Кристину, вся эта полка была заставлена отремонтированными и лысыми покрышками. Почему-то она напомнила мне библиотечную полку, заставленную пухлыми черными томиками. Вцепившись в раскос кронштейна, Ли резким движением вскинула ноги вверх, как гимнаст на брусьях. Еще секунда — и ей бы оторвало ноги ниже колен. В воздух взлетел кусок хромированного металла. Две одинокие покрышки свалились с полки и запрыгали по полу, точно гигантские резиновые пончики.

Голова Ли со страшной силой ударилась о стену; Кристина тем временем уже давала задний ход, причем *все четыре* ее колеса оставляли на полу черный след и дымились.

А ты что делал все это время? — спросите вы. Да какое там время! Все произошло в считаные секунды, я только и успел выжать сцепление с помощью швабры да включить первую передачу.

Ли еще держалась за кронштейн, но голова ее безвольно висела, а сама она пыталась разлепить глаза.

Я стал отпускать сцепление, и тут у меня в голове зазвучал холодный голос рассудка: «Тише, дружок, если отпустишь слишком резко, мотор заглохнет — и тогда Ли конец».

Петуния покатилась вперед. Я заставил ее двигатель оглушительно взреветь и полностью отпустил сцепление. Кристина вновь кинулась на Ли. Капот у нее был смят, сквозь облупившуюся краску проблескивал металл... казалось, она оскалила зубастую пасть.

Она успела преодолеть три четверти пути — и тут моя Петуния вдарила ей как следует. Кристина крутанулась на месте, и одна из шин слетела с обода. «Плимут» отбросило в груду автомобильного хлама в углу; он с грохотом ударился о стену, двигатель истерически завизжал и стих, снова завизжал и стих. Кристине разнесло весь перед, но она была на ходу.

Я выжал тормоз и сам едва не сшиб Ли. Петуния заглохла. Тишину нарушали только разъяренные вопли Кристины.

— Ли! — заорал я. — Ли, беги!

Она ошалело уставилась на меня, и я увидел липкие ленты крови в ее волосах — действительно фиолетовые. Она отпустила кронштейн, приземлилась на ноги, но пошатнулась и упала на одно колено.

Кристина вновь бросилась на Ли. Та встала, сделала два шатких шага вперед и скрылась за Петунией. Кристина вильнула и врезалась в переднюю часть моего грузовика. Меня самого бросило вправо. Левую ногу пронзила острая боль.

— Вставай! — крикнул я Ли, пытаясь дотянуться до ручки и открыть дверь. — Вставай!

Кристина дала задний ход, а затем снова помчалась вперед и скрылась у меня из виду — ушла за Петунию. Я лишь успел краем глаза заметить красную молнию, мелькнувшую в наружном зеркале заднего вида. Потом раздался визг шин.

Ли ничего не соображала и просто шла вперед, схватившись руками за голову. Между пальцами текла кровь. Она обошла Петунию спереди и просто уставилась на меня.

Я понял, что случится дальше. Кристина опять сдаст назад, объедет меня сбоку и попросту впечатает Ли в стену.

Я в отчаянии выжал сцепление шваброй и завел двигатель. Он кашлянул и заглох. В воздухе поднялся крепкий и тяжелый бензиновый дух. Мотор залило бензином.

В зеркале заднего вида вновь появилась Кристина. Она бросилась на Ли, но та успела вовремя попятиться, и «плимут» с оглушительным грохотом вошел в стену. Пассажирская дверь распахнулась... и меня охватил абсолютный ужас: я выронил черенок швабры и зажал рукой рот.

На переднем пассажирском сиденье сидел Майкл Каннингем. Голова безвольно болталась, лицо было ярко-розового цвета, как у человека, умершего от отравления угарным газом. Значит, он не послушался. Первым делом Кристина приехала к дому Каннингемов, о чем я смутно подозревал. Майкл вернулся домой с работы — и вот она, стоит возле дома, блестящая и как новенькая, вручную восстановленная его сыном. Он подошел ближе и... каким-то образом Кристина заманила его внутрь. Может, ему просто захотелось посидеть немного за рулем, как мне тогда, в гараже Лебэя? Почувствовать себя на месте Арни, ощутить энергетику машины. Если так, ручаюсь, в последние минуты жизни Майкл натерпелся страху. Завелась ли Кристина сама? Заехала ли в гараж? Может быть. Может быть. А потом Майкл обнаружил, что не может ни заглушить ревущий мотор, ни выбраться наружу. Возможно, за секунду до смерти он увидел на пассажирском сиденье настоящего водителя Кристины и потерял сознание от ужаса?

Теперь это не имело значения. Только Ли имела значение.

Она тоже увидела, кто сидит в салоне. Ее крики — пронзительные, отчаянные — парили в напитанном выхлопными газами воздухе, точно кислотно-яркие воздушные шарики. Но зато она пришла в себя.

Ли развернулась и побежала к кабинету Уилла Дарнелла. На пол падали капли крови размером с десятицентовик. Кровь уже пропитывала воротник ее куртки... Черт, слишком много крови.

Кристина дала задний ход, оставляя за собой расплавленную резину и груды битого стекла. Она развернулась почти на месте, и центробежная сила захлопнула пассажирскую дверь — но прежде я увидел, как голова Майкла дернулась в обратную сторону.

Секунду или две Кристина стояла на месте, прицеливаясь и оглушительно рыча. Возможно, Лебэй наслаждался последними мгновениями перед убийством. Если и так, я рад, потому что в противном случае Ли бы погибла. В этот самый миг я, бормоча что-то себе под нос (наверное, молитву), повернул ключ в замке зажигания, и на сей раз мотор Петунии заработал. Я отпустил сцепление и вжал в пол педаль газа ровно в ту долю секунды, когда Кристина рванула вперед. На сей раз я протаранил правый бок. Раздался визг рвущегося металла: Петуния пробила ей крыло. Кристина накренилась и врезалась в стену. Зазвенело стекло. Двигатель «плимута» ревел и стенал. Лебэй за рулем яростно оскалился и посмотрел на меня.

Петуния опять заглохла.

Поворачивая ключ, я перебрал все проклятия, какие только смог вспомнить. Если бы не моя нога, если бы не падение в снег, все было бы уже кончено. Мне оставалось бы только затолкать Кристину в угол и разбить ее вдребезги о шлакобетонную стену.

Однако Кристина уже пыталась дать задний ход. Скрипел и визжал металл. Она вырвалась из узкого проема между Петунией и стеной; изрядная часть ее красного кузова осталась лежать на полу, правое переднее колесо полностью оголилось.

Я завел Петунию и дал задний ход. Кристина отъехала в дальний конец гаража. Все ее фары потухли, лобовое стекло было сплошь усыпано звездами и паутинками трещин. Покореженный капот издевательски ухмылялся.

Радио орало на всю катушку. Рикки Нельсон пел «Не дождусь конца уроков».

Я оглянулся и увидел Ли в кабинете Дарнелла. Она смотрела в окно. Ее русые волосы пропитались кровью, кровь стекала по левой стороне ее лица на воротник куртки. «Слишком много крови, — в отчаянии думал я. — Слишком много, слишком много».

Ли распахнула глаза и показала пальцем в дальний угол гаража. Ее губы беззвучно двигались.

Кристина летела по пустому гаражу, набирая скорость.

Прямо на ходу ее капот распрямлялся, вновь закрывая двигатель. Две фары замерцали и вспыхнули, а крыло и правая сторона кузова... я увидел это лишь краем глаза, но, честное слово, они ткались прямо из воздуха; красный металл появлялся из ниоткуда и плавными волнами накрывал колесо и правую сторону моторного отсека. Трещины в лобовом стекле исчезали прямо на глазах. И соскочившая с обода покрышка уже выглядела как новенькая.

«Да она *вся* выглядит как новенькая, — подумал я. — Господи, помоги!»

Кристина неслась прямо на стену, отделявшую кабинет от гаража. Я быстро отпустил сцепление, надеясь перерезать ей дорогу, но Кристина успела проскочить мимо. Здорово у меня получается, ничего не скажешь. Я дал задний ход и врезался в шкафчики для инструментов. Они рухнули на пол с глухим металлическим лязгом. Кристина протаранила стену между кабинетом и гаражом. Она даже не притормозила, влетела в нее на полном ходу.

Никогда не забуду следующие несколько мгновений — они чудесным образом отпечатались в моей памяти, и я до сих пор вижу их четко, в мельчайших подробностях, как через увеличительное стекло. Ли заметила, что Кристина несется на нее, и инстинктивно попятилась назад. Напоролась на стул Уилла и упала за него, за письменный стол. В следующий миг — почти сразу — Кристина въехала в стену. Большое окно разлетелось вдребезги. Осколки смертоносными стрелами полетели в кабинет. Перед Кристины смялся от удара, капот открылся, оторвался и перелетел через крышу, затем упал на пол с металлическим грохотом.

Лобовое стекло взорвалось. Труп Майкла Каннингема вылетел наружу, вперед головой, которая с моей стороны казалась приплюснутым футбольным мячом. Он угодил прямо в окно кабинета, рухнул, будто мешок с зерном, сперва на письменный стол, а оттуда сполз на пол. Я видел только его ноги в ботинках.

Ли завизжала.

Падение за стол спасло ее от смертоносных осколков, но, когда она поднялась, лицо ее было искажено гримасой абсолютного ужаса. Майкл Каннингем свалился прямо на нее, его руки упали ей на плечи, и теперь она словно бы вальсировала с трупом. Ее вопли были подобны шаровым молниям. Кровь все еще текла. Ли скинула с себя Майкла и побежала к двери.

— Ли, нет! — заорал я и выжал сцепление. Ручка швабры сломалась на две части — у меня в руках остался обрубок длиной в пять дюймов. — Ах ты ЧЕР-Р-РТ!

Кристина сдала назад, оставив на прежнем месте лужицу из антифриза, масла и воды.

Я выжал сцепление левой ногой и почти не почувствовал боли.

Ли рванула на себя дверь кабинета и выбежала наружу.

Кристина развернулась и нацелила свою измятую, оскаленную морду прямо на нее.

Я завел двигатель, ударил по газам и громко зарычал на адскую тварь: она стремительно приближалась, и я уже видел прижатое к стеклу багровое, распухшее детское лицо, словно бы молившее меня о пощаде.

Я со всего маху налетел на Кристину. Багажник ее раскрылся, подобно разъявленной пасти. Зад занесло, и Кристину протащило мимо Ли, которая бежала со всех ног, вытаращив глаза от ужаса. Помню брызги крови на меховой оторочке ее воротника — крошечные круглые капельки, похожие на кровавую росу.

Преимущество на моей стороне. Теперь ничто меня не остановит. Даже если после всего этого мне отрежут ногу, я доведу дело до конца.

Кристина врезалась в стену и отскочила. Я выжал сцепление ногой, врубил задний ход, отъехал на десять футов, снова выжал сцепление, врубил первую передачу. Кристина попыталась уйти от меня вдоль стены, но я вильнул влево и опять впечатал ее в стену, сделав ей практически осиную талию. Двери вмялись в салон. За рулем сидел Лебэй, облик которого то и дело менялся: скелет, полуразложившийся труп, дряхлый старик, крепкий и здоровый человек лет пятидесяти с седеющим ежиком. Он посмотрел на меня, ухмыльнулся и погрозил мне кулаком.

Двигатель Кристины по-прежнему работал.

Я снова сдал назад. Мою ногу, казалось, залили раскаленным добела металлом, боль отдавала даже в подмышку. Сущий ад. Боль была всюду, я чувствовал ее в шее, в челюсти...

(Майкл, господи, ну почему ты не остался дома...)

...в руках, в висках...

(Арни? Друг, прости, если б я только мог...)

«Фьюри» — ее покореженные останки — как пьяная покатила вдоль стены гаража, расшвыривая груды инструментов и металлолома, срывая кронштейны и полки. Полки валились на пол с глухими хлопками, и эти хлопки отдавались эхом в пустом гараже, подобно дьявольским аплодисментам.

Я вновь выжал сцепление, затем вдавил в пол педаль газа. Двигатель Петунии заревел, и я повис на руле, как ковбой, пытающийся удержаться на диком мустанге. Я вдарил по Кристине с правого бока и начисто лишил ее заднего моста, который насквозь пробил дверь. Сам я от столкновения едва не перелетел через руль: он больно ударил меня по грудной клетке и выбил из легких весь воздух. Я откинулся на спинку сиденья и разинул рот, точно выброшенная на берег рыба.

Ли забилась в дальний угол и крепко обхватила лицо ладонями, отчего оно превратилось в маску ведьмы с раскрытым ртом.

Кристина не заглохла.

Она медленно потащилась к Ли, как зверь с перебитыми задними лапами. На ходу она регенерировала, восставала из мертвых: сама собой надулась одна покрышка, смятая радиоантенна с громким серебристым «дзынь!» выпрямилась и гордо встала над искалеченным задом.

— Умри! — заорал я на нее. Я плакал, грудь тяжело вздымалась, левая нога полностью отказала. Я схватил ее обеими руками и обрушил на педаль сцепления. Перед глазами все помутилось, посерело от раскаленной боли. Я практически чувствовал, как скрежещут внутри обломки кости.

Я врубил первую передачу и вдруг услышал голос Лебэя — в первый и последний раз. Высокий, пронзительный, полный неистощимой ярости:

— *Ах ты, ГОВНЮК! Сдохни, вонючий ГОВНЮК! ПОШЕЛ В ЖОПУ!*

— А не надо было лезть к моему другу! — хотел крикнуть я в ответ, но с губ сорвался лишь сдавленный, вымученный стон.

Я ударил Кристину прямо в зад: он смялся гармошкой, раздавив бензобак. Над кузовом взлетел желтый язык пламени. Я прикрыл лицо руками, но пламя тут же погасло. Кристина стояла у стены, будто жертва гонок на выживание. Ее двигатель из последних сил взревел, громко выстрелил и заглох.

Наступила тишина, нарушаемая лишь басовым гудением мотора Петунии.

Ли побежала ко мне, рыдая, вновь и вновь выкрикивая мое имя. Я вдруг некстати осознал, что рука у меня до сих пор повязана ее розовым нейлоновым шарфиком.

Я посмотрел на него, и мир опять посерел.

Я успел ощутить на себе ее руки, а потом окончательно ушел в темноту.

Минут через пятнадцать я очнулся, ощутив на лице приятную влажную прохладу. Ли стояла на подножке со стороны водителя и протирала мне лицо мокрой тряпкой. Я поймал тряпку губами, пососал и тут же сплюнул — от нее несло машинным маслом.

— Не волнуйся, Деннис, — сказала она. — Я выбежала на улицу... остановила снегоуборочную машину... Водитель, наверное, со страху лет на десять постарел... столько кровищи... он сказал... «скорая»... он вызовет «скорую»... Деннис, ты цел?

— А ты как думаешь? — выдавил я.

— Нет! — произнесла Ли и расплакалась.

— Тогда... — я проглотил сухой ком в горле, —...не задавай глупых вопросов. Люблю тебя.

Она неуклюже меня обняла.

— Он сказал, что и полицию вызовет.

Я почти ее не услышал. Мой взгляд был прикован к безмолвной искореженной груде металлолома — останкам Кристины. Так посмотришь — даже не поймешь, что когда-то это была машина. Но почему она не сгорела? Один из колесных дисков лежал на земле, точно помятая «блошка» из настольной игры.

— Давно ты тормознула машину? — прохрипел я.

— Минут пять назад. Потом взяла тряпку и намочила ее вон в том ведре. Деннис... слава богу, все закончилось!

Чпок! Чпок! Чпок!

Я все еще смотрел на помятый диск.

Вмятины выпрямлялись сами собой.

Вдруг диск поднялся, встал на обод и, подобно огромной монете, покатился к машине.

Ли тоже это увидела. Она замерла на месте. Глаза распахнулись и полезли из орбит. Губы сложились в беззвучном «Нет!».

— Давай ко мне, — тихо проговорил я, словно боялся, что Кристина нас услышит. Впрочем, как знать? Может, она действительно слышала. — Залезай с той стороны. Будешь давить на газ, а я — правой ногой на сцепление.

— Нет... — прошипела Ли, отрывисто и часто дыша. — Нет... нет...

Груда металлолома задрожала. Ничего страшнее я в жизни не видел. Она дрожала вся, целиком, точно зверь... приходящий в сознание. Слышался металлический перестук деталей, поперечные тяги гремели в креплениях. На моих глазах валявшийся на полу погнутый шплинт покатился к груде железа и исчез в ее глубине.

— Забирайся, — сказал я.

— Деннис, я не могу. — Губы Ли задрожали. — Я... больше... не могу... там труп... отец Арни... Пожалуйста, я больше не могу...

— Ты должна взять себя в руки.

Она посмотрела на меня, затем — снова на непристойно трясущуюся тушу этой старой шлюхи, которую поделили между собой Лебэй и Арни, затем на капот Петунии. Вдруг кусок хромированного металла пронесся мимо нее и глубоко оцарапал ей ногу. Она закричала и бегом бросилась на свое место, забралась в кабину и села рядом со мной.

— Что... что мне делать?

Я схватился за крышу, наполовину свесился из кабины и выжал сцепление правой ногой. Двигатель Петунии все еще работал.

— Просто жми на газ и не отпускай, что бы ни случилось.

Держась левой рукой за крышу, а правой крутя руль, я отпустил сцепление и покатил вперед, прямо на груду железа. Смял ее, разбросал... и словно бы услышал еще один яростный вопль.

Ли прижала руки к ушам.

— Я не могу, Деннис, я не могу! Она... она *кричит!*

— Ты должна, Ли.

Ее нога сползла с педали газа; издалека донесся вой полицейских сирен. Я схватил Ли за плечо... и ногу пронзила тошнотворная боль.

— Ли, ничего не изменилось. Ты должна.

— Она на меня орет!

— Время на исходе, мы должны покончить с этой тварью. Осталось совсем чуть-чуть.

— Хорошо... я попробую... — прошептала Ли и вновь наступила на педаль газа.

Я сдал назад. Петуния откатилась футов на двадцать, я выжал сцепление, врубил первую передачу... и вдруг Ли закричала:

— Нет, нет! Смотри!

Перед разбитой тушей Кристины стояла женщина с ребенком — Вероника и Рита. Они держались за руки, лица у них были серьезные и печальные.

— Там никого нет, — сказал я. — А если и есть, пора им возвращаться... — серая молния вновь пробила меня насквозь, —...в могилу... Не убирай ногу!

Я отпустил сцепление, и Петуния покатилась вперед, набирая скорость. Женщина с ребенком не исчезли в последний момент, как бывает в кино; они будто разлетелись во все стороны разноцветными брызгами... и мамы с дочкой не стало.

Мы опять протаранили Кристину и расшвыряли детали в разные стороны. Железо рвалось и визжало.

— Еще не все, — прошептала Ли. — Еще не все, Деннис. Давай, давай!

Ее голос словно бы доносился из другого конца темного коридора. Я сдал назад, затем опять врубил первую. Мы протаранили Кристину еще раз... и еще. Сколько раз? Понятия не имею. Мы били ее снова и снова, всякий раз мою ногу пронзала молния, и перед глазами становилось все темнее.

Наконец я поднял осоловелые глаза и увидел, что воздух за дверью полон крови. Только это была не кровь, а пульсирующий красный свет, пробивающийся сквозь окошки в воротах. За воротами слышались взволнованные голоса людей. Они пытались попасть внутрь.

— Как ты? — спросила Ли.

Я посмотрел на Кристину... но это была уже не Кристина. Пол гаража ровным слоем усыпали покореженные куски металла, клочки обивки и битое стекло.

— Надеюсь, нормально. Впускай их, Ли.

Пока ее не было, я снова потерял сознание.

Помню лишь несколько отрывочных образов; картинки то обретали четкость, то снова растворялись во мраке. Из кареты «скорой помощи» вывозят каталку; на хромированных бортах — холодные блики флуоресцентных ламп. Кто-то говорит: «Режь, надо разрезать, иначе ничего не видно». Потом женский голос (наверное, голос Ли): «Только не делайте ему больно, умоляю, не делайте ему больно, если можете». Потолок кареты, а по бокам — две капельницы. Прохладная вата с антисептиком, укол иглы.

После этого все окончательно разладилось. Глубоко в душе я понимал, что не сплю — боль это доказывала, — но все происходящее казалось сном. Наверное, дело было в обезболивающих, да и в перенесенном шоке. У койки сидела и плакала моя мать; вокруг почему-то была та же палата, в которой я провел всю осень. Потом пришел папа, а с ним — отец Ли. Лица у обоих были такие осунувшиеся и мрачные, что они показались мне портретами Труляля и Траляля, какими бы их написал Франц Кафка. Папа склонялся надо мной и громовым голосом твердил одно и то же: «Как туда попал Майкл, Деннис?» Вот что они хотели знать. Как Майкл попал в гараж. «Ох, друзья, у меня в запасе столько интересных историй...»

Мистер Кэбот говорил: «Во что ты втянул мою дочь, юноша?» А я, кажется, отвечал: «Важно не то, во что я ее втянул, а то, из чего она вас вытащила». Эти слова по-прежнему кажутся мне весьма остроумными, учитывая обстоятельства.

Ненадолго приходила Элейна и махала у меня перед носом «Йодлем» или «Твинки». Потом Ли с розовым шарфиком; она хотела повязать его на меня и просила поднять руку... Но я не мог, рука была как свинцовая.

Потом пришел Арни, и уж это, разумеется, был сон.

«Спасибо, друг, — сказал он, и я с ужасом заметил, что левая линза его очков разбита. Лицо было целое, но эта линза напугала меня до чертиков. — Спасибо. Ты молодец. Все правильно сделал. Мне уже лучше. Теперь все будет хорошо».

«Да брось, Арни. Обращайся», — хотел ответить я, но он уже исчез.

21 января я начал понемногу приходить в себя. Левая нога снова была в гипсе и висела на системе блоков. Слева от кровати сидел незнакомец. Он читал книжонку в бумажном переплете — детектив Джона Д. Макдональда. Увидев, что я открыл глаза, он положил книгу на колени.

— Вы врач?

— Инспектор полиции. Меня зовут Ричард Мерсер, но можешь звать меня Рик, если хочешь. — Он протянул мне руку, и я с опаской до нее дотронулся. Пожать не смог. Голова раскалывалась, во рту все пересохло.

— Слушайте, я с удовольствием отвечу на все ваши вопросы, но сначала мне нужен врач. — Я сглотнул. Он с тревогой посмотрел на меня, и я выпалил: — Я должен знать, смогу ли ходить!

— Если верить доктору Эрроуэю, ты встанешь на ноги недель через пять-шесть. Повторного перелома нет, Деннис, только очень серьезное растяжение. Нога распухла, как сосиска. Он сказал, ты легко отделался.

— А что Арни? Арни Каннингем? Вы знаете...

Он отвел взгляд.

— Что? Что с ним?

— Деннис, сейчас не время для таких вестей...

— Прошу вас! Он... он умер?

Мерсер вздохнул.

— Да. Он умер. Они с матерью попали в аварию на трассе, в снегопад. Сомневаюсь, что это был несчастный случай.

Я попытался что-то сказать и не смог. Показал пальцем на кувшин с водой, стоявший на прикроватном столике... и подумал, как это печально — знать, где что находится в больничной палате. Мерсер налил мне воды и вставил в стакан соломинку. Я попил; стало немного легче. В смысле, горло немного отпустило, во всех остальных смыслах мне ничуть не полегчало.

— Почему сомневаетесь?

Мерсер ответил:

— Вечер пятницы, машин на трассе немного. Снегопад не такой уж и сильный. Видимость была снижена, по радио водителей просили соблюдать осторожность на дорогах. Судя по силе удара, они ехали со скоростью около сорока пяти миль в час. Автомобиль — «вольво» миссис Каннингем — выехал на встречную и врезался в грузовик. Через несколько секунд взорвался.

Я закрыл глаза.

— Что с Региной?

— Тоже скончалась по дороге в больницу. Не знаю, утешит ли это тебя, но они хотя бы не...

— Не страдали, — закончил я за него. — Чушь собачья. Они успели настрадаться, вы уж мне поверьте. — К горлу подступили слезы, я их проглотил. Мерсер молчал. — Все трое погибли... Господи, вся семья...

— Водитель грузовика отделался переломом руки. Деннис... он говорит, что в машине было трое людей.

— Трое?!

— Да. И они вроде как боролись. — Мерсер пристально поглядел на меня. — Мы разрабатываем теорию, что они подобрали автостопщика, который скрылся с места аварии до приезда полиции.

«Бред, вы просто не знаете Регину Каннингем», — подумал я. Она бы ни за что не подобрала автостопщика — как не надела бы слаксы на чаепитие преподов. Представления о том, как можно поступать, а как нельзя, прочно сидели в голове Регины. Словно высеченные в граните, сказали бы вы.

Значит, это был Лебэй. Одновременно в двух местах не мог быть даже он. Видимо, сообразив, что Кристину уже не спасти, он попытался вернуться в тело Арни. А что случилось потом... кто знает? Но тогда я подумал — и по-прежнему думаю, — что Арни дал ему отпор... и заработал хотя бы ничью.

— Умер... — промолвил я. Тут и слезы потекли. Ни физических, ни душевных сил у меня не осталось, и я не смог сдержаться. И спасти друга не смог... Сколько раз спасал, а в самый нужный момент не сумел. Да, остальных я уберег от беды, но не Арни.

— Расскажи мне, что случилось. — Мерсер положил книгу на столик и наклонился ближе. — Расскажи мне все, что знаешь, Деннис, от начала до конца.

— Что вам сказала Ли? Как она?

— Всю пятницу она провела здесь, под наблюдением врачей. У нее было сотрясение и рваная рана на голове, пришлось наложить десяток швов. Но лицо не пострадало. Везучая! И симпатичная.

— Она красавица, — сказал я.

— Согласен. Только вот молчит как рыба. — Его губы расплылись в восхищенной улыбке. — Ни мне, ни родному отцу ничего не говорит. Из-за случившегося он, как бы это поприличнее сказать... не в духе. Но Ли все твердит, что рассказывать историю будешь ты. — Он задумчиво посмотрел на меня. — Потому что именно ты положил конец этому ужасу.

— Да...Только хвалиться мне нечем.

Я никак не мог свыкнуться с мыслью, что Арни умер. Это невозможно! Помню, когда нам было по двенадцать, мы вместе поехали в летний лагерь «Виннеско» в Вермонте. Я соскучился по дому и заявил, что попрошу родителей меня забрать. Арни сказал, что в таком случае он всем в школе наврет, будто меня исключили за поедание козявок из носа. А однажды мы с ним забрались на самую верхушку дерева на заднем дворе моего дома и вырезали на стволе свои инициалы. Он часто оставался у нас с ночевкой, и мы допоздна смотрели ужастики, свернувшись под старым стеганым одеялом. Втихаря уплетали сэндвичи из «Чудо-хлеба». В четырнадцать Арни прибежал ко мне, напуганный и пристыженный, и сообщил, что ему начали сниться эротические сны... из-за которых он, похоже, мочит постель. Но самое яркое воспоминание из нашего детства — это, конечно, муравьиные фермы. Я вспоминаю их по сей день. Мы построили столько муравьиных ферм... как же он может быть мертв? Господи, да ведь это было, кажется, на прошлой неделе! Как он мог умереть? Я открыл рот и хотел сказать это Мерсеру. Нет, Арни не умер, мы ведь вместе строили муравьиные фермы... Но ничего такого я не сказал. В конце концов, он мне никто.

«Арни, — подумал я. — Слушай, это ведь неправда, а? Боже мой, мы столько всего не успели сделать... Даже ни разу не сходили на двойное свидание...»

— Что случилось? — повторил Мерсер свой вопрос. — Расскажи, Деннис.

— Вы не поверите, — со слезами в голосе проговорил я.

— Ты удивишься, но я готов поверить практически всему. И между прочим, нам многое известно. У меня погиб коллега, главный по этому делу. Его убили не так давно. Мы были близкими друзьями. За неделю до смерти он по секрету сказал мне, что в Либертивилле творится нечто невероятное. А потом его убили. Так что я лично заинтересован в расследовании.

Я настороженно поерзал на месте.

— А больше он вам ничего не сказал?

— Что напоролся на какое-то давнее нераскрытое убийство, — ответил Мерсер, по-прежнему буравя меня взглядом. — Только это уже не важно, потому что убийца умер.

— Лебэй, — пробормотал я, подумав, что у Кристины был веский повод убить Джанкинса. Он действительно слишком много знал и явно был близок к раскрытию остальных убийств.

— Да, он упоминал это имя, — сказал Мерсер и еще ближе наклонился ко мне. — И вот что. Джанкинс отлично водил машину. До свадьбы он даже участвовал в гонках и одержал немало побед. Его «додж-крузер» с двигателем «Хеми» слетел в кювет на скорости сто двадцать миль. Выходит, его преследователь — а Джанкинса явно преследовали — водил машину еще круче.

— Да уж...

— Я пришел сюда по собственному желанию. Сижу уже два часа. И вчера ждал, но вечером меня попросили удалиться. У меня с собой нет ни диктофона, ни стенографистки, никаких «жучков», будь спокоен. Официальные показания — это совсем другая история. Все, что ты мне расскажешь, останется между нами. Я должен знать правду. Потому что я иногда вижусь с женой Джанкинса и его детьми. Сечешь?

Я все обдумал. Думал я долго, минут пять. Мерсер сидел и терпеливо ждал. В конце концов я кивнул.

— Хорошо, я расскажу. Только вы мне все равно не поверите.

— Посмотрим...

Я открыл рот, понятия не имея, что скажу.

— Он был рохля, понимаете? В каждой школе есть хотя бы парочка таких доходяг, это прямо закон. Один мальчик, одна девочка. Эдакие козлы отпущения. Иногда этих бедняг в самом деле *убивают*, во всех смыслах, кроме буквального, а иногда они находят способ выжить. У Арни был я. Потом — Кристина.

Я внимательно посмотрел на Мерсера и, если бы в тот миг я увидел хоть малейший неправильный намек в этих серых глазах, до жути похожих на глаза Арни... наверное, я бы заткнулся и попросил его написать в отчете какую-нибудь правдоподобную историю и то же самое рассказать детям Джанкинса. Пусть придумывает, что хочет.

Но он только кивнул, не отрывая от меня взгляда.

— Я просто хочу, чтобы вы это понимали, — проговорил я, и к горлу подступил огромный комок. — Ли Кэбот появилась только потом.

Я глотнул еще воды и следующие два часа говорил без передышки.

Наконец мой рассказ подошел к концу. Никакого эффектного финала; просто у меня окончательно пересохло в горле. Я не стал спрашивать, поверил мне Мерсер или хочет упечь меня в психушку... а может, вручить медаль за отменное вранье. Я понял, что в целом он мне верит — хотя бы потому, что мой рассказ полностью совпал с теми сведениями, которыми располагала полиция. До мелочей. А что он подумал обо всем остальном — о Кристине, Лебэе и гостях из прошлого, — этого я не знаю до сих пор.

Между нами ненадолго повисла тишина. Наконец он хлопнул себя по коленям и встал.

— Что ж, пойду. С тобой, конечно, хотят повидаться родные.
— Ага.

Он достал из бумажника маленькую белую визитку.

— Со мной почти всегда можно связаться по этому телефону — или оставить сообщение. Когда увидишь Ли Кэбот, попроси ее, пожалуйста, выйти на связь.
— Хорошо, если просите.
— Она подтвердит твою историю?
— Да.

Он пристально посмотрел мне в глаза.

— Вот что я тебе скажу, Деннис. Если ты и врешь, то сам об этом не знаешь.

Мерсер ушел. В следующий раз я увидел его на похоронах Арни и его родителей — и больше мы не встречались. В газетах появилась заметка о трагическом и страшном совпадении: отец семейства погибает в аварии возле дома, а вскоре после этого на трассе попадают в аварию его жена и сын. Пол Харви сделал об этом случае радиопередачу.

О том, что в гараже Дарнелла нашли обломки Кристины, нигде не было ни слова.

Вечером ко мне пришли родные, и к тому времени на душе у меня стало гораздо легче — отчасти потому, что я все выболтал Мерсеру (в университете профессор психологии рассказывал нам о «синдроме случайного попутчика» — людям часто бывает легче откровенничать с чужими людьми, нежели с близкими), но главным образом меня окрылил вечерний визит доктора Эрроуэя. Он был крайне сердит и раздражен; предложил в следующий раз просто отпилить ногу бензопилой и избавить всех от лишних хлопот, но и сообщил (как будто с неудовольствием), что никакого серьезного вреда я, похоже, себе не причинил. Предупредив, что от таких выходок мои шансы поучаствовать в Бостонском марафоне не растут, он ушел.

Словом, родных я принял в нормальном настроении, и все прошло хорошо. Главным образом благодаря Элли, которая без конца тараторила о грядущем катаклизме — ее Первом Свидании. Прыщавый ботаник Брэндон Херлинг позвал ее кататься на роликах. Наш папа повезет их на машине. Клево, что сказать.

Потом к беседе подключились и мама с папой, только мама без конца бросала на отца предостерегающие взгляды. Мама с Элейной вскоре ушли, папа остался.

— Что случилось? — спросил он меня. — Ли рассказала отцу какую-то безумную историю о живых машинах, мертвых детях и всяком таком. Он в бешенстве, на стену лезть готов.

Я кивнул. Конечно, я зверски устал, но мне не хотелось продлевать мучения Ли — еще не хватало, чтобы родители сочли ее лгуньей или сумасшедшей. Раз уж она подтвердит Мерсеру мою версию событий, я должен подтвердить ее версию.

— Хорошо, я все расскажу. Но это долгая история. Отправишь маму с Элли в магазин? Нет, лучше в кино.

— Настолько долгая?

— Да, настолько.

Он с тревогой посмотрел на меня.

— Хорошо.

Затем я поведал свою историю во второй раз. А теперь вот и в третий; говорят, Бог любит троицу.

Покойся с миром, Арни.

Я люблю тебя.

Послесловие

Наверное, будь это все выдумка, в финале раненый рыцарь Гаража Дарнелла взял бы в жены прекрасную леди... леди с розовым нейлоновым шарфиком и надменными нордическими скулами. Но этого не случилось. Ли Кэбот теперь носит фамилию Акерман и живет в Таосе, Нью-Мексико. Она вышла замуж за рядового клерка компании «Ай-би-эм» и в свободное время торгует продуктами «Амвэй». У нее две дочки, однояйцевые близняшки, так что свободного времени у нее не так уж много. Время от времени я звоню ей и справляюсь о делах; моя привязанность к прекрасной леди оказалась очень сильна. На Рождество мы обмениваемся открытками, и на день рождения я тоже посылаю ей открытку — потому что она никогда не забывает про мой. Такие дела. Иногда мне кажется, что после тех событий прошло уже гораздо больше четырех лет.

Что с нами случилось? Не знаю. Мы встречались два года, занимались любовью, учились в одном университете (Дрю) и вообще прекрасно ладили. После разговора с моим папой ее отец закрыл рот на замок и больше не вспоминал о случившемся, хотя ко мне всегда относился с легким подозрением. Думаю, и он, и миссис Кэбот обрадовались, когда мы с Ли наконец перестали встречаться.

В какой-то момент наши пути начали расходиться. Я сразу это почувствовал и очень страдал. Я жаждал Ли, как жаждет человек вернуться к давно заброшенной вредной привычке... табак, сладкое, кока-кола... ну, вы понимаете. Я долго ждал, что она ко мне вернется, но в каком-то смысле делал это из чувства долга. Как только положенный срок ожидания истек, я с почти неприличной поспешностью вернулся к нормальной жизни.

Нет, я все-таки знаю, в чем дело. Случившееся в гараже Дарнелла было нашей тайной, и, разумеется, у всех влюбленных есть тайны... только наша была скверная. Холодная и безумная, отдающая могильной вонью. После секса мы лежали в кровати, прильнув друг к другу, и иногда передо мной возникало оскалившееся лицо Роланда Д. Лебэя. Я целовал ее губы, живот или грудь, набухающую страстью, и вдруг слышал голос: «Нет на свете запаха приятнее... Ну, после женской киски». От ужаса у меня стыла кровь, и страсть улетучивалась.

Господь свидетель, иногда я видел то же самое и в ее глазах. Влюбленные далеко не всегда живут счастливо до конца своих дней, даже если поступили правильно и сделали все, что было в их силах. Мне потребовалось четыре года, чтобы это понять.

Итак, наши пути разошлись. Чтобы хранить тайну, нужно два человека; нужно видеть эту тайну в глазах другого. Я любил Ли, в наших отношениях было много прекрасного: прогулки по осенним паркам, поцелуи, смешные ласковые прозвища... но ничто не сравнится с тем моментом, когда она повязала мне на руку розовый шарфик.

Ли бросила университет, чтобы выйти замуж. Прощай, Дрю, здравствуй, Таос. Приглашение на свадьбу я принял почти без колебаний. Жених оказался нормальным парнем. Водил «хонду-сивик». Никаких проблем.

Мне даже не пришлось париться из-за футбола — в Университете Дрю попросту нет футбольной команды. Зато я каждый семестр брал себе по дополнительному предмету и два лета подряд отправлялся в летнюю школу — случись все иначе, мог бы потеть под августовским солнцем, сбивая манекены на футбольном поле. В результате универ я окончил раньше остальных — на три семестра раньше.

Если вы встретите меня на улице, то не заметите хромоты; а вот если пройдете рядом мили четыре или пять (каждый день я нарезаю минимум три — к ЛФК, как выяснилось, привыкаешь), то увидите, что я начинаю немного припадать на левую ногу.

Дождливыми днями она болит. И снежными ночами тоже.

Иногда мне снятся кошмары — сейчас уже гораздо реже, — и я просыпаюсь в холодном поту, хватаясь за ногу. Над коленом до сих пор прощупывается твердый ком. Но все мои опасения насчет колясок, фиксирующих повязок и ортопедической обуви не подтвердились. А футбол я никогда особо не любил.

Майкла, Регину и Арни Каннингема похоронили в семейной могиле на кладбище «Либертивилль-Хайтс». На могилу поехали только родственники: близкие Регины из Лигоньера и родные Майкла из Нью-Хэмпшира и Нью-Йорка.

Похороны прошли спустя несколько дней после адской финальной битвы в гараже. Гробы были закрыты. От одного только вида этих деревянных гробов на тройных дрогах сердце у меня сжалось, точно в него швырнули лопату холодной земли. Муравьиные фермы не могли устоять перед безмолвной непрошибаемостью этих гробов. Я немного поплакал.

Затем осторожно проехал на коляске к гробам и положил руку на тот, что был посередине — не знаю, кто там лежал, да это было и не важно. Опустил голову, провел так несколько минут. А потом услышал за спиной голос: «Хочешь, потолкаю коляску, Деннис?» Я обернулся и увидел Мерсера в аккуратном темном костюме — почему-то он был похож на адвоката.

— Ага, — сказал я. — Только дайте мне еще пару минут, ладно?

— Ладно.

Я помедлил и добавил:

— В газетах пишут, что Майкл погиб возле дома. Поскользнулся и попал под машину.

— Да.

— Ваших рук дело?

Мерсер не ответил и перевел взгляд на Ли, которая стояла рядом с моими родителями. Она разговаривала с мамой, но то и дело с тревогой косилась на меня.

— Симпатичная, — снова сказал он.

— Однажды я на ней женюсь, — кивнул я.

— Не удивлюсь, если так и случится. Тебе кто-нибудь говорил, что ты рисковый парень?

— Кажется, тренер Паффер один раз обмолвился.

Он хохотнул.

— Ну что, покатили? Ты уже давно тут сидишь. Пора возвращаться к жизни.

— Легко сказать.

Он кивнул.

— Да... наверное.

— Ответите мне на один вопрос? Я должен знать. Что... — Я умолк и откашлялся. — Что вы сделали... с обломками?

— О них я лично позаботился, — весело и непринужденно ответил Мерсер, но лицо у него было очень, очень серьезное. — Попросил двух наших засунуть весь хлам в автопресс за гаражом. Вышел примерно вот такой кубик. — Он развел руки на два фута. — Один из парней здорово о него порезался. Швы потом накладывали.

Мерсер вдруг улыбнулся — такой горькой, холодной улыбки я в жизни не видел.

— Говорит, железка его укусила.

Затем он покатил меня к началу прохода, где стояли мои родители и моя девушка.

На этом история заканчивается. Правда, иногда я вижу сны. Прошло четыре года, и лицо Арни начало стираться из моей памяти — желтеющая фотография в старом школьном альбоме. Никогда бы не поверил, что это возможно. Я сдюжил, благополучно превратился из юноши в мужчину — что бы это ни значило, — недавно получил диплом и преподаю историю в школе. Начал в прошлом году. В моем первом классе было два типчика старше меня — эдакие бадди реппертоны, вечные второгодники. Я одинок, но в моей жизни есть несколько интересных леди, и об Арни я почти не вспоминаю.

Кроме как во сне.

Сны — не единственная причина, почему я решил все это записать. О другой я сейчас расскажу, но и сны, конечно, сделали свое дело. Может быть, в каком-то смысле это способ вскрыть нагноившуюся рану и промыть ее. А может, мне просто не хватает денег на приличного мозгоправа.

В одном из таких снов я вновь оказываюсь на похоронах Каннингемов. Гробы лежат на тройных дрогах, но в церкви никого нет, кроме меня. Я опять на костылях, стою в начале центрального прохода, у самой двери. Мне не хочется идти к гробам, но костыли сами тащат вперед. Я прикасаюсь к стоящему посередине гробу. Он тут же распахивается, и внутри я вижу не Арни, а Роланда Д. Лебэя, истлевший труп в военной форме. Меня обдает вонью трупных газов, и покойник открывает глаза; его руки, черные и склизкие, покрытые какой-то плесенью, хватают меня за рукав. Он садится, вонючее, яростно скалящееся лицо оказывается в нескольких дюймах от моего, и начинает хрипеть: «Этот запах ничем не перебьешь, а? Нет на свете запаха приятнее... после женской киски... после женской киски... после женской киски...» Я пытаюсь заорать, но не могу — руки Лебэя стискивают мне горло.

Второй сон — еще более жуткий, чем первый. У меня заканчивается урок в средней школе Нортона: я собираю с учительского стола вещи, бумаги и ухожу из кабинета. Прямо в коридоре, по обеим стенам которого тянутся серые шкафчики, стоит Кристина. Новенькая и блестящая, на свежей белобокой резине. Капот украшен хромированным декоративным элементом в виде расправленных крыльев. За рулем никого, но двигатель ревет и затихает, ревет и затихает... ревет и затихает. Иногда я слышу голос Ричи Валенса, погибшего в авиакатастрофе вместе с Бадди Холли и Джайлсом Перри Ричардсоном. Ричи поет «Ла бамбу», когда Кристина бросается на меня, оставляя на полу горелую резину и срывая дверцы шкафчиков. Я замечаю на ее «блатном» номере ухмыляющийся белый череп на белом фоне, а на черепе — слова: «Рок-н-ролл жив».

Тут я просыпаюсь — крича или хватаясь за ногу.

Впрочем, кошмары снятся мне все реже. Хотя в одном из учебников по психологии (в надежде постичь непостижимое я проглотил их немало) сказано, что с возрастом люди вообще начинают реже видеть сны. На прошлое Рождество, когда я подписывал для Ли открытку, что-то заставило меня добавить постскриптум: «Как ты с этим живешь?» Я запечатал конверт и сразу отнес на почту, пока не успел передумать. Через месяц пришла ответная открытка с изображением нового таосского центра современного искусства. Сзади был только мой адрес и единственная строчка ровным почерком: «Живу с чем? Л.»

Рано или поздно все мы получаем ответы на самые важные вопросы.

Примерно в то же самое время — похоже, именно под Рождество меня начинают посещать эти мысли — я написал письмо Рику Мерсеру. Один вопрос не давал мне покоя, глодал и глодал меня изнутри. Я спросил его, что стало с кубиком прессованного металла, в который превратилась Кристина.

Ответа я не получил.

Со временем я научился жить и с такими вещами. Надо просто меньше думать о всякой ерунде. И я почти не думаю.

Итак, мой рассказ подошел к концу. Беспорядочный ворох старых воспоминаний и ночных кошмаров уместился в аккуратную стопку бумаги. Сейчас я сложу ее в папку, папку спрячу в ящик, а ящик закрою на ключ — и это будет конец.

Но я упомянул, что есть еще одна причина, по которой я решил все это записать.

«Его упертость в достижении единственной цели. Его неистощимая ярость».

Несколько недель назад я наткнулся на странную заметку в местной газетенке. «Будь честен, Гилдер», — слышу я у себя в голове голос Арни. Поэтому я буду честен. Именно эта заметка заставила меня взяться за перо, а вовсе не кошмары и воспоминания.

В заметке рассказывалось о смерти некоего Сэндера Гэлтона по кличке Сэнди.

Этого Сэндера Гэлтона убили в Калифорнии, под Лос-Анджелесом, где он работал в кинотеатре для автомобилистов. После окончания фильма он, видимо, отправился закрывать контору и вошел в бар, когда прямо сквозь стену в помещение влетел автомобиль. Он протаранил барную стойку, сшиб машину для приготовления попкорна и самого Сэнди, пытавшегося открыть дверь в проекционную кабину. В руках у убитого нашли ключ от этой самой кабины. Я прочел заметку под заголовком «СТРАННЫЙ НАЕЗД ПОД ЛОС-АНДЖЕЛЕСОМ» и вспомнил последние слова Мерсера: «Он говорит, железка его укусила».

Конечно, это невозможно... как и все, что с нами случилось.

Теперь я постоянно думаю о Джордже Лебэе в Огайо.

И о его сестре в Колорадо.

О Ли в Нью-Мексико.

Что, если все повторяется?

Что, если эта тварь отправилась на восток — заканчивать начатое?

А меня приберегает напоследок?

Его упертость в достижении единственной цели.

Его неистощимая ярость.

Содержание

Предисловие автора..................7
Пролог..................8

Часть первая. ДЕННИС — ПЕСЕНКИ О МАШИНАХ

1. Первое свидание..................11
2. Первая ссора..................21
3. На следующее утро..................30
4. Арни женится..................33
5. Как мы добирались до гаража Дарнелла..................48
6. Снаружи..................64
7. Ночные кошмары..................67
8. Первые перемены..................76
9. Бадди Реппертон..................81
10. Смерть Лебэя..................91
11. Похороны..................95
12. Семейная история..................104
13. Тем же вечером..................120
14. Кристина и Дарнелл..................131
15. Футбольные страсти..................145
16. Входит Ли, выходит Бадди..................152
17. Кристина опять на ходу..................166
18. На трибунах..................177
19. Несчастный случай..................186

Часть вторая. АРНИ — ПЕСЕНКИ О ЛЮБВИ

20. Вторая ссора..................188
21. Арни и Майкл..................195